南风北寄 著

上册

青岛出版集团 | 青岛出版社

图书在版编目（CIP）数据

我见星河似你/南风北寄著.—青岛:青岛出版社,2022.11
ISBN 978-7-5736-0058-5

Ⅰ.①我… Ⅱ.①南… Ⅲ.①长篇小说—中国—当代 Ⅳ.①I247.5

中国版本图书馆CIP数据核字（2022）第150724号

WO JIAN XINGHE SI NI

书　　名　我见星河似你
作　　者　南风北寄
出版发行　青岛出版社（青岛市崂山区海尔路182号）
本社网址　http://www.qdpub.com
邮购电话　18613853563
责任编辑　郭红霞
特约编辑　孙昭月
校　　对　李晓晓
装帧设计　千　千
照　　排　梁　霞
印　　刷　三河市良远印务有限公司
出版日期　2022年11月第1版　2022年11月第1次印刷
开　　本　16开（640mm×920mm）
印　　张　37
字　　数　573千
书　　号　ISBN 978-7-5736-0058-5
定　　价　65.00元（全2册）
编校印装质量、盗版监督服务电话　4006532017　0532-68068050

目录 (上册)

目录

下册

第一章

表　白

大二开学，学生社团联合会的新一届负责人选举刚刚结束。晚间，学校旁的烧烤店里有学生正在聚会。一个假期不见，大家玩得兴起，喝了不少酒。一个女生喝得有些多，瘫在她的男朋友身上说着胡话。

在这种氛围中，闻乐也喝了两杯。她酒量一般——一罐罐装啤酒的量，多一口都不能喝。

闻乐摆摆手，向想要过来斟酒的学长示意自己不喝了。学长没劝酒，反倒下意识地瞥了闻乐对面的一个男生一眼，笑道："行，那你喝不喝饮料？我叫张麟去给你们女生拿一些。"

闻乐对那男生不熟，只知道是同届不同部门的同学。闻乐道："我不喝了，学长你问问其他女生吧。"

学长闻言，却没有去问其他女生，只对着闻乐身边的几个女生招呼了两声，便端着酒去了另一桌。

见学长走开了，闻乐右手边的一个女生用肩膀撞了闻乐一下，道："什么情况？闻大美女这是又俘获了哪个无知少男的心哪？今晚不会又有特殊的表白节目吧？"

闻乐左手边的短发女生笑道："哎，邱雅琳你是不是瞎啊？对面那群男生往这边儿瞅一晚上了。那赤裸裸的眼神，合着你根本没发现啊！"

邱雅琳翻了个白眼，道：“关玥你才瞎吧？闻大美女走到哪儿不是这个待遇啊？”

关玥摇头：“这次不一样。你看学长刚才那动作——先瞅瞅闻乐，再瞅瞅张麟，最后会心一笑。你品品。”

邱雅琳冷笑：“呵呵，男人，图谋不轨。”

闻乐像是听不懂这二人话里的调侃之意，夹了一块烤肉，淡淡地道：“有吗？吃肉，这个好吃。”

关玥哈哈一笑：“别给我装。问你呢，怎么个意思？”

闻乐白了她一眼。

关玥捂住胸口，夸张地道：“美人连翻白眼都翻得风情万种，要命。”

闻乐笑道：“你烦不烦？”

邱雅琳用食指敲了敲桌面，催促道：“快说快说！”

闻乐无奈地道：“真的不熟，我刚知道他的名字。”

关玥大笑：“接下来你是不是要这样拒绝他——‘这位同学，你是个好人，但是我不认识你’。哈哈哈哈……”

邱雅琳也跟着笑了一阵，又突然托腮看向张麟的方向，啧啧两声，小声地道：“说实话，人家小孩儿长得高高帅帅的，外在条件还是相当不错的。”

接着她又酸溜溜地来了句：“哎，是不是美女都有这样的优势——但凡跟美女表白的，都不一般？”

闻乐向来不会与不熟的人谈论感情这种私事，便直接转移了话题，笑道：“有男朋友的人就不要调侃单身人士。我平日里看你们秀恩爱已经很惨了。”

邱雅琳闻言，扑哧一声笑了出来，不由得看向坐在另一桌的男友，她含笑的眼神里带着两分甜蜜。

身旁的关玥见邱雅琳这副模样，当即翻了个白眼，调侃道：“瞧瞧，这是谁这么没有眼力见儿，排座位的时候怎么就把人家小情侣分开了呢？”

邱雅琳不好意思地轻咳一声：“也没到难舍难分的地步。”

关玥大笑：“我看也差不多了吧。”

见话题终于被岔开，闻乐轻抿了一口所剩不多的酒，不动声色地退出了这场聊天。听着旁边的女生热烈地讨论着关于恋爱的话题，她心里突然觉得有些没劲。

自上大学以来，别人对她感情方面的窥探从未停止过。似乎在那些窥探者的眼中，一个长期保持单身的美女身上一定存在某些秘密。但事实上，她什么秘密都没有——没有被伤害的经历，没有长期暗恋的人，也不是不婚主义者。她的感情经历如同一本边角泛黄实则内里空白的笔记本。

闻乐选择单身的理由真的很简单，就像她选择喝茶而不是喝咖啡，选择棉质睡衣而不是丝质睡衣一样——因为喜欢，因为舒服。

也因为没能遇见能够打动她的“咖啡”或“丝质睡衣”。

闻乐的单身理由简单到没有什么可说的。而闻乐也懒得去解释。

说到底，闻乐并不怎么在意窥探者对她的印象。

刚开学不久，大家都在兴头上，便闹到很晚才散场。此时已将近九点半，社联的副主席结完账，安排了宿舍相邻的同学将喝多的同学送回去，又安排了几个尚且清醒的男生结伴送女生回宿舍。

闻乐的脸颊微微发烫。她自知酒量浅，喝得很少，双颊却还是染上了一层浅浅的粉色，更衬得皮肤白里透红。

闻乐与几个女生结伴而行，发现女生们在嘀咕着什么。闻乐侧耳听了听，才知道她们又在说张麟，因为他正好在护送女生回宿舍的那群男生当中。

饭桌上被闻乐转移的话题又原封不动地回来了。女生们都冲着闻乐挤眉弄眼。

闻乐知道她们没有恶意，却也没有做出反应。

夏夜晚风轻拂，树叶细碎的剪影随风晃动。在昏黄的路灯的映照下，一群男女说说笑笑，青春美好。

他们的宿舍分布在不同的区域，走至宿舍区的岔路口，男生女生陆陆续续分开。

闻乐挥手与几个相熟的女生告别，却见她们在一旁挤眉弄眼。闻乐若有所觉，低头看了地上一眼，发现身后不远处有三个男生的影子，于是她了然——张麟没有离开。

过了一会儿，其他女生都已离开。这条路上只剩下闻乐、张麟和另外两个男生。

闻乐循着路灯昏黄的光线，径自朝宿舍所在的方向走着，只偶尔会留意身后的几个人。

闻乐假装不知道张麟跟在身后，因为她并不期待那可能出现的表白场景。

闻乐在感情方面有自己的想法，并不认可单方面心动的表白。一场不合时宜的表白，只会徒增日后彼此碰面时的尴尬。

可身后的男生踌躇片刻后还是喊住了闻乐："闻乐！"

闻乐很想装作没听到，但夜晚的校园实在安静，这一声轻唤在寂静的夜里格外突兀。

闻乐在心中叹了口气，转过身。

闻乐是名副其实的美人——她有着精致的五官、完美的身材、古典的气韵。这样过分优越的外在条件，让她在大一刚进校园时就凭借着一张素面朝天的脸拿下了院花的称号。

自此之后，她的那些追求者便前赴后继，屡挫屡战。

从大一到大二，闻乐的高人气从未消减半分，却始终没有人能获得她的芳心。

此时的闻乐站在昏黄的路灯下，而那男生在灯下看美人，只觉得她更有韵味。

闻乐的穿衣风格保守，裙子要过膝，短袖要到手肘，扣子要系到最上面一颗。虽然这样的衣着弄不好会显得土气，但好在她爱美又懂搭配，配上自身的古典气韵，常让人误以为她是从电影中走出来的二十世纪的名门淑女。

张麟看着闻乐，心头不由得一荡，迟迟不敢说出口的话终于冲到嘴边："闻乐，我喜……"

闻乐却突然开口打断了张麟的表白，朝张麟的后方挥手，道："我在这里！"

闻乐已经忘记自己多久没有这样冲动过。她想大概是酒精麻痹了她的大脑，理智在这寂静又紧张的夜里退隐，让冲动占据了上风。

于是，当看清出现在不远处的人时，在酒精的作用下，她冲动了一次。

张麟呆呆地看着闻乐笑着走到对面，亲昵地挽起一个男生的手臂，而她似乎这时才想起什么，转头对张麟道：“这位同学多谢你了，有人来接我，你不用送了。拜拜。”

张麟被闻乐这一举动弄蒙了，便没有看到被闻乐挽住手臂的人微不可察地皱了一下眉。那人下意识地想要抽回手去，但感觉到闻乐因为紧张而紧攥着他的手后，犹豫片刻又放弃了。

他这细微的动作却没瞒过闻乐。

闻乐觉得自己的脑子被分裂成两半，一半已经成为糨糊，懵懵懂懂，完全忽略掉张麟，甚至都没有察觉到他们周围还有其他人，更没有注意到那些人震惊的模样；她的另一半脑子却在急速运转，捕捉着身边人的每一个动作与反应。于是，闻乐察觉到了被她挽住手臂的那个人最开始的抗拒。她正紧张着，那人又放松了紧绷的肌肉。闻乐暗自松了口气，提着的心放回去了一半，她心中却暗骂自己一定是疯了……

一路走到拐角，再不见张麟的身影，闻乐才松了一口气，放开了挽着的周考的胳膊。她的理智慢慢地占了上风，尴尬终于如潮水般涌来。

冲动真的是魔鬼！闻乐心中哀号着，面上却不露半分。

她强压下尴尬，慢慢退开两步，勾唇浅笑，落落大方，轻声开口，声音里带着一点儿醉意：“好久不见，周考。”

她方才没仔细看，如今细瞧才发现，三年不见，周考变了不少，似乎比记忆中的那个模样更为成熟俊美。不得不承认，迄今为止，闻乐还没发现谁的长相比周考的更合她心意。

闻乐仰头打量周考，周考身后那三个舍友也在打量闻乐——“经管学院高人气女生”的名头如雷贯耳，却没想到真人竟然比传言中的更美。

周考身后的三人发出窸窸窣窣的动静，似乎想要跟周考说什么，但周考没理会。他闻到了淡淡的酒气，不由得沉眸看了闻乐片刻，问：“你喝酒了？”

闻乐没有直接回答，只抬手看了看手表上的时间，说：“今晚多谢你了。我的头有些晕，先走了，回见。”

周考闻言，微微蹙眉：“我送你。”

闻乐道：“不用，很近了。”

周考却转身示意他的舍友先回去，又对闻乐道："走吧。"

随即，他在舍友的起哄声中率先抬脚离开。

闻乐回到宿舍楼，走在灯光明亮的走廊里，醉意逐渐消退。

恰逢宿舍长程惠从别的宿舍串门回来，她跟闻乐打了声招呼："乐乐回来了？"

闻乐淡淡地点了点头："嗯。"

"魂不守舍的。"宿舍长心中嘀咕着，又多看了闻乐一眼，但看不出究竟，便跟着闻乐进了宿舍。

宿舍里的人见闻乐回来，跟她打了个招呼，又各自忙自己的事情了。

闻乐坐到书桌前，开始慢条斯理地卸妆，只是有些神情不属的样子。

放在桌上的手机轻振了一下，闻乐下意识看去，见是距离自己仅几步之遥的宿舍长发来了两条信息。

惠："怎么了？

"看你有心事。"

闻乐看着这两条信息不知如何回复，只简单回了一句："没事，喝多了有些头疼。"

不是闻乐不愿说，而是她也不知道自己在想什么。她现在的思绪杂乱而不连贯。

闻乐总是能想起今日送自己回来的那个人。

三年不见，他变得更为优秀，她在人群中一眼便能捕捉到他。

闻乐想起灯光下周考那完美的轮廓，他的眉眼、鼻梁、薄唇、脖颈、喉结和露在黑色T恤外的一点儿锁骨。

他那冷冷淡淡的仿佛目空一切的眼神，带着致命的魅力。只是如今的他有所收敛，却显得深沉成熟，叫人欲罢不能。

他帅得有些过分。

闻乐爱一切美丽的事物，对周考这种顶级的帅哥也没有多少抵抗力。

可周考这个人……

闻乐不由得想起过去，那些她以为自己已经遗忘了三年的画面，其实依旧历历在目。

闻乐生长在西南某省的一处环境优美的偏远山村，上高中之前家里甚至连一台电脑都没有。

而周考是一个含着金汤匙出生的男生，在某私立学校从幼儿园一路读至高中，甚至本该保送大学或出国念书。

她与周考本不该有交集。

可就在三年前，周考的父亲因工作调动，带着一家人来到了闻乐所在的那座偏远的小城市。

周考转学后，与闻乐同校。

他在转学后参加的第一次考试中，以十分的优势夺走了闻乐的全校第一。

从七岁上学开始，就没有人能从闻乐手上夺走第一名。将近十年的时间，闻乐一直稳坐年级第一的宝座，从未失手。

直到高一下学期，她以十分之差败给周考。那是她第一次尝到挫败的滋味。总是第一名的她为此大哭了一场，从此彻底将周考列为自己人生中的头号劲敌。

哪怕周考并不知道她这号人物。

凡事只要有了第一次，难免就会出现第二次、第三次……第若干次。

接连三次考试——一次开学考和两次月考，闻乐都败北了。

闻乐的骨子里有着山林旷野孕育出的野性，她外表看上去有多像淑女，内心就有多疯狂。

接连的失败动摇不了闻乐的信心，反倒激起了她的斗志。

那年的期中考试，闻乐写出了一篇足以登上杂志的满分作文，以五分的优势力压周考，重夺第一。

那也是闻乐第一次以胜利者的姿态走进周考的生命里。

周考的衣服上似乎还沾着闻乐身上淡淡的香水味，那香味若隐若现，在静谧的夏夜不动声色地撩人。

那是优雅又妩媚的淡淡花香，就像今晚的闻乐——妩媚的长卷发，精致的妆容，明艳张扬的红裙，美丽却又陌生。

周考不由得想起自己第一次见闻乐时她的模样。

当时周考的父亲因工作调动，被调往西南某省的一座偏远的小城市。他将周考带在身边，周考也就转入了那座小城市中唯一的一所重点高中。

小城市的教育资源有限，即使是当地的重点高中，这所学校在安排考试时用的试卷也存在知识点挖掘不深、知识面拓宽不够等问题，所以这种试卷于周考而言相对简单，几次考试他都轻松拿下了第一。但遗憾的是，他未能与第二名拉开足够大的差距。倒是第二名与第三名之间的差距足有五十分，而他与第二名的差距永远不超过十分，这样的局面让周考收起了轻视之心。

周考设想过，若是在教育资源持平的情况下，他与闻乐的角逐会更为激烈。

但考虑到拥有资源也是实力的一部分，所以周考始终没有去关注那位“第二名”的情况。

直到那次期中考试，那位一直紧咬着周考不松口的“第二名”终于以五分的优势力压周考，重夺第一。

周考读过她的那篇满分作文，文如其人——才华横溢又质朴真诚，读完令人惊讶于作者的年纪，却也叫人心生钦佩。

一位势均力敌的对手于周考而言是十分珍贵的馈赠之礼。

周考在心中重视并尊重这位难得的对手。

周考真正见到闻乐，是在期中考试过后的年级大会上。

周考穿着一身蓝白色的校服站在升旗台下的人群里，看着升旗台。

闻乐就在这时走入他的视线。

闻乐也穿着一身蓝白色的校服，留着齐肩的短发，她的头发在阳光的映照下闪着光芒。

闻乐从容地走到话筒前。风拂过她的齐肩短发，她嘴角含笑，骄傲自信，整个人神采奕奕，眼中似含星光。

十六岁的闻乐不施粉黛就拥有着更胜出水芙蓉的娇艳，那是只抿唇一笑就能惊艳众人的美丽。她那青涩鲜嫩的模样像是清晨刚盛开的幽兰，缀着点点露珠，清新美丽，令人观之难忘。

周考眼中闪过惊诧之色，原来那个别人在他耳边提过无数次的名字的拥有者，那位实力强劲的对手，那位才华横溢的执笔者，竟是这样一位清丽绝伦的女孩儿。

她身上有一种区别于周考从前见过的所有女生的气质——古典的沉静，奔放的野性。她像是一朵幽兰，名贵稀罕，却偏偏生长在这贫瘠偏僻的角落，引人遐想，叫人忍不住去探究。

那是周考第一次见到闻乐。她才华横溢又过分美丽，没人不被十六岁的闻乐打动。

周考也不例外。

可惜……

周考不知想起什么，眉头微微蹙起。

算了……都是往事。

这般想着，周考只觉得一阵心烦意乱。

他卡着门禁时间进了宿舍，一开门就被舍友堵个正着。三个舍友手上分别拿着扫帚、尺子和皮带，一副要严刑逼供的架势。

周考无奈地说："你们很闲？"

舍友杭帅道："还有一篇明天要交的小论文没写，但这不重要！"

舍友成亮跟着大声附和："不重要！重要的是你必须跟我们交代！"

舍友蓝智鑫接话道："交代！你什么时候……什么时候……"

蓝智鑫说着说着就开始抽抽噎噎的，一副受了伤害的模样，委屈地道："什么时候把我的'女神'给……给……呜呜呜……"

话没说完，蓝智鑫就捂住脸，作势假哭起来。

周考淡淡地问："'女神'？谁？"

成亮瞪他："你说谁！你说谁！"

蓝智鑫道："就……就经管学院的院花，我的'女神'闻乐！"

"闻乐？"周考的嘴角轻轻扯动，"你的'女神'？"

蓝智鑫扬起下巴："啊！怎样？你要打我吗？"

周考没理会蓝智鑫的耍宝，突然问起另一件事："你说她是经管学院的？"

杭帅道："这你都不知道？你这男朋友是怎么当的？"

周考微不可察地皱了一下眉，道："她不是我的女朋友。"

蓝智鑫大惊："你还不承认！我的'女神'都承认了！"

周考推开堵在门后的几个人，懒得跟他们废话，从衣柜里拿出衣服转身去洗澡。

他的身后传来几个舍友的控诉声：

“你这就不对了！”

…………

周考洗完澡出来，蓝智鑫还不肯放弃，追在周考身后喋喋不休：“老大，你跟闻乐到底怎么回事啊？你们这俩高颜值的人怎么会搞到一起去？

“你谈恋爱竟然不告诉我们？怪不得谁追你这高岭之花，你都不动心呢，原来是早就有女朋友了啊。

“啧啧，咱们学院的女生要是知道这件事，心都该碎了。”

蓝智鑫捂着心口道：“我的心也碎了。”

周考耐着性子又解释了一遍：“我和闻乐只是以前见过，不太熟。”

成亮凑上前，好奇地道：“那刚刚……”

“刚刚，她让我假装是她的男朋友来拒绝别人的告白。”周考轻扯嘴角，语含讽刺，“你看不出来？”

蓝智鑫大叫：“啊啊啊啊……懂了。你好惨啊！”

周考面无表情地看着蓝智鑫。

蓝智鑫讪讪地住了嘴。

杭帅趴在床上写论文，还不忘插两句嘴：“主要是吧，你们两个在一起这件事太劲爆。”

成亮跟着附和道：“这不行，咱们受不了受不了。”

今晚碰到闻乐，周考是真的感到意外，意外于遇见闻乐，意外于闻乐选了经管学院，意外于身边的人似乎都知道闻乐。

周考问：“你们怎么都知道闻乐？”

“因为我们有‘校园小广播’啊。”成亮晃了晃手机，笑得特贱。

“校园小广播”是A大发布的一款供学生交换信息的应用程序，历经几代学生的经营发展，已经成为一款专属于A大学生的具有娱乐性质的应用程序。

周考曾在开学之初下载过这个应用程序，但因它的娱乐性较强，于周考而言用处不大，于是当晚周考就把它卸载了。

蓝智鑫嘎嘎怪笑两声，同情地望着周考，语气却是幸灾乐祸的：

“没有‘校园小广播’的你，自然不知道那让闻乐一举成名的回眸一笑了。”

早在大一新生的军训还没结束时，闻乐就凭借着一条视频火遍了全校。彼时入学的新生还没记住同班同学的名字，就先记住了闻乐的大名。

闻乐能出名纯粹是个意外。

A 大隔壁的 D 大是一所艺术类院校，里面的俊男美女无数，童星出道的“小花”李乐雪就是其中一员。

A 大与 D 大相邻，周边的小吃街相通，两校的学生常因美食相遇。

大一新生军训的第五天下午散场后，闻乐和舍友去了学校附近的一家在网上很有名气的冷饮店，恰巧李乐雪与其助理在附近拍短视频。彼时某视频应用程序刚火不久，回眸一笑类型的视频受各大网络红人的青睐，李乐雪也跟了个风。

闻乐正拿着冷饮与舍友说笑，忽然听到身后有人喊“乐乐”。

闻乐下意识地回头，茫然四顾，却见人群中另有一人和她一样回头了。闻乐才知那声“乐乐”不是叫自己。她不由得失笑，转身与舍友离开了。

李乐雪长相精致，气质清纯，又有数量众多的粉丝，因此她的视频发出去后，点赞和转发量高达十几万，不久就登上了热门。有人便跟风发了李乐雪拍视频时路人视角的视频。李乐雪本人的视频中只有她自己，路人视角的镜头里却多了些其他人。其中一个无意的镜头清楚地拍到了在李乐雪背后回眸失笑的闻乐。

美人之间最忌比较。

视频中，闻乐穿着一身迷彩服，英姿飒爽，一张脸不施粉黛，明媚娇艳，淡淡的一个回眸，美丽十足。相比之下，路人镜头里的李乐雪都沦为了闻乐的陪衬。

这个视频迅速爆火，热度甚至超过了李乐雪的原视频。

有人发现这个视频中的女生正是 A 大经管学院的大一新生，便将视频发往“校园小广播”。之后，这个视频引起了不小的讨论——毕竟向往美的人和事物是人的天性。

后来网上的视频被删除，“校园小广播”里的视频却一直保留了下来。

蓝智鑫献宝一样地拿出手机，打开“校园小广播”，道：“给你看看闻乐的名场面。注意形象，不要流鼻血哟……”

周考只扫了那个视频一眼，便移开了视线。那他们是没有见过十六岁时锋芒毕露的闻乐。

想到这儿，周考又微微皱了一下眉，甩掉了脑海中的画面，不再去想闻乐。

开学不久，正值社团招新。傍晚，社联在J号楼的202教室准备了第一场面试。

闻乐作为新上任的宣传部副部长，是今日的面试官之一。

A大虽然是一所集中了全国各地学霸的顶尖高校，但是学霸们的个性不一样，想法也千奇百怪，因而一晚上面试下来状况百出。休息时，另一个部门的一个男生小声抱怨：“这简直比我参加一场物理竞赛还累。”

闻乐这组还好，没有出现奇怪的面试者，所以她尚不能明白这个男生的感受。

和闻乐一同面试新人的关玥附在闻乐耳边道：“我有一个舍友是校学生会的，在外联部，面试时来了一个男生，上来就叽里呱啦说了一长串外语。那几个面试官都蒙了，完全听不懂。那男生冷笑一声，很轻蔑地说了一句‘你们外联部都不掌握点儿外语的吗？看来这个部门够令人失望的’，说完他就走了。”

关玥说着翻了个白眼：“我的舍友顶着一脑门儿的问号，当时她简直要气炸了。”

闻乐嘴角微抽，道：“我给你的舍友推荐一款翻译器。下次哪怕别人说阿拉伯语，它都能翻译出来，还能指出对方说得不标准的地方。”

闻乐道：“哎，同学，你这个发音不标准哪。啧啧，你口语不大行，这翻译软件完全识别不出来呀。”

关玥闻言，笑得上气不接下气：“哈哈哈，真有你的闻乐。”

当然，正常甚至是优秀的面试者仍然占了面试人数的九成以上，但总有几个放飞自我的，搞得面试官们措手不及。

闻乐万万没想到，刚调侃完别人，自己就中了招。

倒数第二个面试者是个相当有个性的学弟。

这个学弟完全没有面对面试官的紧张感，他轻松地瘫坐在椅子上，直勾勾地望着闻乐。

闻乐皱了皱眉，这样直接打量她的目光让她感觉被冒犯到了。

接下来这人的表现更是夸张。他对学长问的问题置若罔闻，仍是直勾勾地望着闻乐，然后开始毫无顾忌地聊起天来。

“学姐，我是为你而来的。我在‘校园小广播’上看过你的照片，你真人比照片更漂亮。

“学姐有男朋友吗？

“学姐的理想型是什么样的？”

他完全忽视了学长的提问，像一只开了屏的孔雀一样肆无忌惮地表现自己，似乎忘记了这是一场面试。

闻乐黑着脸敲了敲桌面道：“同学，这是在面试，请端正态度，不然就请你出去。”

学弟闻言，笑着换了个姿势，道：“学姐，干吗那么严肃啦？”

闻乐合上报名表：“好的，同学，你的面试结束了。下一位。”

学弟无所谓地摊摊手，道：“说实话，学姐，我就是听说加入社联能要到你的微信号才来的。我来都来了，你不能让我空手回去吧？”

在场的男面试官已经一脸不耐烦，准备站起来将这人赶走。就在这时，203 教室的面试结束，张麟推开 202 教室的门走了进来。听到这男生的话，他不由得皱起了眉头。

张麟冷笑一声，带着另外两个男生走过来，对那耍赖的男生道：“别费心了，你学姐可不是单身，她的男朋友是法学院的周考。你在这儿胡搅蛮缠有意思吗？”

“什么？”男生不甘地看向闻乐，但又顾忌着张麟和教室里其他的男生，难堪地起身走了。

此时，偌大的一间教室内，所有人都将视线落在闻乐的身上。没人在意一个无赖的去留，因为他们此刻有更为关心的话题——闻乐的男朋友是法学院的周考。

有女生小声惊叹：“我的天，张麟说的是真的吗？闻乐。”

大家都目光灼灼地盯着闻乐，等待她的答复。闻乐此刻满脑子都是她昨天干的蠢事，却忽略了为什么身边的人都认识周考这个问题。

早在张麟出现的那一刻，闻乐就全身一僵。她想起昨晚的事，尴尬得脚趾都蜷缩在一起了。

她都干了什么？她让三年不见的周考假装是她的男朋友，以此拒绝张麟。闻乐觉得自己当时一定是疯了，完全没有想过要是张麟在公共场合向她确认，她该怎么办。或许她当时对现在这样尴尬的境地有过预料，但酒精影响了她的判断，于是一个冲动做了令自己后悔的事。

顶着所有人的视线，闻乐全身僵硬，无法用言语形容自己此刻的尴尬。她不能在张麟面前否认，却也不能在众人面前承认。

她进退维谷，此中滋味实在过于酸爽。

但闻乐怎么会让自己在众人面前丢面子呢？于是，她管理好表情，轻咳一声，不好意思地笑了笑，道："干吗呢，面试官们？我们还在面试呢！"

避而不答有时候也是最好的回答。

众人见她不说，只当她不好意思在大家面前说感情方面的事，就当她默认了。众人也不好意思追着问，就叫了最后一个人进来面试。

面试刚一结束，闻乐就趁着众人尚未反应过来之际声称有事，拎起包溜之大吉了。

闻乐几乎是狼狈地赶回宿舍，关上门才觉得不对劲：为什么他们都认识周考？周考很有名吗？那她怎么现在才知道周考也在 A 大？

正想着，闻乐听到了舍友们激动的尖叫声。一听这声音，她就知道她们在看帅哥。

闻乐放下包，凑过去问："你们干什么呢？"

"冲冲冲！"

"啊啊啊啊！投他！给我投！"

闻乐见状，笑道："你们在干吗，怎么这么激动？"

程惠道："你忘记今天是什么日子了吗？"

闻乐一愣："什么日子？"

满青旋转过头，一脸严肃地盯着闻乐。片刻后满青旋的严肃脸崩裂，她兴奋地喊道："是'校园小广播'校草评选的日子！"

闻乐恍然大悟："明白了。"

包小凡还在低头摆弄手机。她连点了几下，突然放下手机，喊道："快！乐乐，给三号投票！我们宿舍就差你没投了！快！还有三分钟就截止了！快！"

闻乐摆摆手："你忘记了，我没有这个应用程序。"

闻乐虽然身为"校园小广播"上的红人，但她不想在这个应用程序上面看到别人发关于自己的东西，早早就将它卸载了。像"校园表白墙"一类的社交软件，她也一概没有。

包小凡大手一挥："没关系！这不重要！我用微信给你发一个链接，你点进去，给三号投票。"

满青旋十指交叉握在一起，泪汪汪地道："你都不知道你这一票对我们来说多重要。"

闻乐说："我不知道哇。"

程惠歪在床上啃着苹果，道："今年有一个候选人在网上人气挺高的，他的票数很高。我们选自己学校的校草，外人跟着瞎掺和什么呀？虽然他长得也有一点儿帅啦，但给他个'班草''系草'当一当就顶天了。他这一番操作真是败坏路人缘。"

包小凡拍手道："这个人简直不知天高地厚。要知道校草代表着咱们学校的颜值水平，是咱们女生的脸面和福利。一个真正拥有高颜值的校草能打破大众对咱们A大的固有印象，证明咱们学校不仅学霸多，而且颜值也不差。况且今年杀出来一匹黑马，那颜值，那身材，那气质，我有信心他绝对是能横扫各大高校校草榜的一个神仙似的人物。你说，他不是校草，谁是校草？"

满青旋也跟着附和道："本来凭三号选手的高颜值，那校草的宝座绝对是他的。但偏偏那个网红搞了这么件事，一下子就把票数拉上去了，我们三号选手的校草宝座岌岌可危呀。"

闻乐点开链接，好奇地道："所以现在票数最多的是那位网红选手？"

程惠闻言，冷笑一声："那哪儿能行！"

包小凡也跟着骄傲地挺了挺胸，道："今天下午'校园小广播'上就有人专门为这事开了一个帖子。咱们也能发动自己的亲朋好友。经过一个下午的'鏖战'，咱们终于把三号选手的票数给拉上来了。哎，乐乐，你好了没有？只有两分钟了！”

闻乐慌忙说：“我不会弄。”

这时，程惠突然大叫：“那个人的票数追上来了！啊啊啊啊！快！快！就要逼近了！闻乐你快点！一票也不能放弃！快！还有不到一分钟了！”

包小凡和满青旋也跟着紧张地喊：“啊啊啊！还有两票就要追上了！乐乐，乐乐！”

闻乐被她们喊得也紧张起来：“好好好，你们别催。”

绿色的进度条终于走到了尽头，投票页面显示出来了。闻乐刚松一口气，就又听到程惠大喊：“哎呀！票数持平了！乐乐！”

闻乐手一抖，连忙把页面往下拉，匆匆选了三号选手，点了“确定”，提交了申请。

页面显示投票成功，而此时正好是十点整，投票活动正式结束。

闻乐长长地呼出一口气，道：“结果怎么样啊？”

三人捧着手机戳弄，片刻后包小凡率先尖叫出声：“啊啊啊！我们成功了！三号选手是校草！”

接着宿舍里就响起了一阵欢呼声。隐约地，闻乐还能听到隔壁宿舍传来的欢呼声，一时有些啼笑皆非。

程惠放下手机，拍了拍闻乐的肩膀：“感谢你，同志！感谢你在最后时刻投下那关键的一票，让周考同学最终以一票的优势获得了‘校草’的称号。乐乐，恭喜你，你亲手将我们的三号选手周考同学送上了‘校草’的宝座。”

闻乐愣了一下，大脑似乎停止了思考，问：“你说三号选手是谁？”

程惠道：“周考哇，法学院的周考。”

闻乐追问：“大二的？”

程惠理所当然地回答：“对呀，难道还能是大一的？我们学校的大一新生大部分在东校区，不在本部，他们是不参与校草评选的。只有等大二回了本部之后，他们才能参与这个评选。”

闻乐无语。

刚才她们催得太急，她没有看到照片就投了票。她竟然亲手将周考投成了校草！

闻乐感觉从遇见周考开始，她就有些背。

一个星期内，先是投出去的稿子被退回来，编辑要求她重写；再是下午社联的活动临时出了乱子，搞得人仰马翻；更糟糕的是，有人把她与周考的事情传了出去。

闻乐算是知道骑虎难下是什么滋味了。

周三下午的公共课，闻乐和舍友们到得有些早。她们习惯性地坐在教室第三排靠窗的位置。那个位置靠前，但又不打眼，所以闻乐与舍友们一向喜欢坐在那里。

微信上有社联同部门的同学给闻乐发信息，说他下午有事，没法儿去社联值班了，想跟闻乐换一下值班时间。闻乐翻了翻自己的课表和备忘录，正要回他信息，却突然被人轻轻拍了一下。

闻乐抬头看去，见是同系不同班的一个女生，有些眼熟，但平时没什么来往，也不熟。

闻乐有些茫然，漂亮的眸子中显出了两分困惑："有事吗？"

那女生留了一个娃娃头，齐刘海儿，大眼睛，鼻子有些塌，但皮肤很白，她涂着番茄红色的唇膏，整个人显得元气满满又十分可爱。

女生被闻乐的美貌震惊了，伸手捂住嘴巴，惊叹道："妈呀，太美了！"

闻乐习惯了被夸，几乎是下意识地露出了害羞又温婉的笑。别人夸赞她的容貌，她不知如何回答时，便总是报以这样的微笑。

女生想起自己过来找闻乐的目的，不好意思地捋了一下刘海儿，小声地说："不好意思呀，我是二班的潘映映，咱们是一个系的。我听大家都在传你和新晋校草在一起了的消息，就想来问一问，那是真的吗？"

潘映映的眼中闪着一种让闻乐觉得有些熟悉的光。闻乐总觉得这神情似曾相识，但此刻她的注意力被潘映映的一席话吸引了，便反问："新晋校草？"

潘映映道："周考哇！"

闻乐先是一蒙，接着感觉轰的一声，好像有什么在脑中爆炸开来一样。她的脸迅速染上了一层红色。

此刻闻乐的脑海中翻滚的弹幕是：自作孽，不可活；冲动是魔鬼；骑虎难下；丢人……

一时心血来潮借着酒意冲动了一次，闻乐几乎要将一张老脸丢尽了。

出来混总是要还的。

闻乐扯出一抹假笑，尽量让自己显得淡定又随意，道："谁说的？没有的事。"

这话一出口，闻乐越发觉得完全没有问题，反正她那天喝了酒，说的话、做的事都可以不算数。

这么想着，闻乐也不心虚了，轻撩了一下头发，笑得落落大方："同学，如果有人再来问，麻烦你帮我澄清一下。这种流言对我和周考都不好，万一周考有喜欢的人……是吧？你也知道的。"

是的，没错，只要脸皮厚，她就不尴尬、不心虚。

"啊？"潘映映闻言，失望地叹了一口气，沮丧地道，"其实我觉得你俩还挺配的……"

闻乐心想：同学此话怎讲？完全没有根据的好吗！

潘映映走后，闻乐回复了微信上的信息，跟那个想调班的同学换了值班的时间。

程惠用手肘捅了捅闻乐："乐呀，咋回事呢？"

闻乐眨眨眼："啥？"

程惠道："就是你和周考哇，你什么时候跟周考牵扯上了？今天上午好多人给我发微信信息，问我你俩什么时候在一起了。"

闻乐否认："我不是，我没有！"

说完她又嘀嘀咕咕："消息怎么传得这么快？是谁这么大嘴巴？"

程惠问："啥消息？到底咋回事啊？"

闻乐看了看时间，见距离上课的时间还早，她们周围也没坐几个人，便凑到程惠身边，压低声音，将事情大概说了一遍。

程惠闻言，震惊不已："所以周考其实是你的高中同学？"

闻乐连忙拽了程惠一下，压低声音道："你小点儿声！"

程惠做了个拉拉链的手势。

闻乐小声地道："其实也不算同学，他在我们学校待了不到一学期，我俩还不同班，就见过几面。"

闻乐和周考都是隔空过招，或者说是她单方面与周考过招。

程惠还是觉得有些不可思议："你拉他当挡箭牌，他同意了？"

闻乐点点头："他还挺绅士的。"

程惠怀疑地看了闻乐一眼："说实话乐乐，你真的不喜欢他呀？"

闻乐闻言，冷笑："我要是喜欢他，我跟他姓！"

程惠皱着眉，撇着嘴，摇摇头："可他真的超帅。你不是还亲手投了他当校草吗？"

闻乐转头看向程惠："那是你们坑我！"

程惠嘿嘿一笑："乐乐，可是他真的帅。"

闻乐皮笑肉不笑，道："我还超级美呢！"

下课后，闻乐没跟舍友一起离开。她同社联的同学换了值班时间，只得收拾了包直奔社联所在的J号楼。

这个钟点儿J号楼的一楼除了看门的保安大爷，一个人都没有。

闻乐与上一个值班的同学交接好文件后，签了名。

临走时那个同学道："楼上的201教室还有人在用。等他们走了，你别忘记收钥匙。刚才部长说晚上可能会有校学生会的人来送文件，你拿了文件再锁门离开。"

闻乐点头："行，我记下了。"

"那我走了。"

"嗯，再见。"

这会儿没什么人，闻乐将办公室简单地收拾了一下，便开始在办公桌上写作业。

楼上201教室的人也不知在开什么会，闻乐写了一个小时的作业，他们才散会。闻乐收到201教室的钥匙时，已经接近晚饭时间了。

晚饭叫的外卖，闻乐只简单吃了两口。作业写完后，她又拿出U盘，用办公室的电脑改稿子。

两周前，闻乐给《文兴杂志》投了一篇稿子。前两天稿子被退回来了，《文兴杂志》那边的编辑要求闻乐把这篇稿子大改一番。

闻乐从大一就开始在网上写点儿东西，赚点儿零花钱。

晚上九点，等了许久的文件终于送来了。

闻乐与校学生会的同学交接了文件，做好记录，然后收拾了包，关了电脑与电灯，锁门离开。

此时已经是晚上九点多，整座J号楼只剩下闻乐一人。保安室亮着灯，透过玻璃窗口闻乐却没看到保安大爷的身影。A大是一所拥有百年历史的高校，因此许多硬件设施老旧落后。学校正在逐年翻修校内的各栋楼，最先动工的自然是学生宿舍楼和主教学楼。J号楼不知排在翻修计划表的第几页，走廊上老旧的吊灯也因年久失修而发出暗淡的光。

闻乐穿过灯光昏暗的走廊走到J号楼门口。一阵风吹过，门口高大的树木与藤蔓上的叶子簌簌作响，她头顶的外置灯也发出一阵阵吱嘎吱嘎的响声，这声音在寂静无人的夜里令人莫名有种毛骨悚然的感觉。

就在这时，闻乐发现在树木的阴影下站着一个人。

闻乐吓了一跳，心脏几乎骤停。她在心中暗骂了一句，面上却还算冷静。

闻乐假装没看见那人，转身向着出口走去。

J号楼坐落在一个半米高的台子上，台子下就是人行道，人行道上有路灯，视线会好一些。

J号楼出口的东面是台阶，其实半米的台子也不算高，但很少会有人选择从高台上跳下去。

闻乐直接向台阶走去，走了没几步就被叫住了。

“闻乐！”

说实话，黑灯瞎火的，只有两个人，对方又是男生，闻乐不想回头。

闻乐假装没有听到那人喊她，继续向台阶走去。

身后的人见闻乐不理自己，仍不肯放弃，疾跑几步上前来叫闻乐：“闻乐学姐！”

闻乐能感到那人已经跑到了自己的身后，她不得已转过身，看向那人。

闻乐借着昏暗的灯光看清了对方的脸。她觉得那人有些眼熟，却想不起来他是谁。

闻乐警惕地后退两步，脸上露出客套的笑：“学弟找我有事吗？”

那人闻言，面上一喜：“学姐还记得我，对吗？那天我没能要到你的微信号，还以为你把我忘了。”

闻乐听他这么一说，就想起这人是谁了，正是那日在社联面试时向她要联系方式的人。她不由得面上一僵，又不动声色地后退一步，脸上仍保持着微笑："这么晚你怎么会在这里？"

那人道："我知道学姐在社联要值班，所以我每次下晚自习路过这里都会往办公室看一看，不承想今天学姐恰巧就在。我就留下来等学姐了。"

闻乐忍着不适道："你找我有什么事吗？"

那学弟急切地上前两步，闻乐只得又后退两步。那学弟道："学姐，那天他们说你有男朋友了，我不相信。我跟了你一天，发现你根本就没有和别的男生联系。学姐你是骗我的，对不对？"

闻乐的脸上笑容顿失，她眯起眼睛："你说……什么？你跟了我一天？"

学弟只顾着自己说，并不回应闻乐的问题："学姐，我是真的喜欢你，给我个机会吧。我知道你和周考谈恋爱的事是假的，而且我有哪里比不上周考那个小白脸儿？"

他说着还激动地上前两步，闻乐不得已又向后退了两步。她伸手想制止这人："你等……"

学弟有些激动，见闻乐伸手就想上手拉闻乐一把。

闻乐见状又下意识地后退一步想要躲开，却不知道自己因为被面前这位学弟逼得连连后退，早已站在台子的边沿。此刻闻乐直接踏空，身体失去平衡，向下跌去。

"学姐小心！"

学弟猛然睁大双眼，伸手就要去抓住闻乐，却还是晚了一步。

失重感让闻乐的瞳孔骤缩，她正想调整姿势以便减轻伤势，却已然被什么托住了。

闻乐微怔，觉得鼻尖飘过熟悉的清香，一扭头就见到一张熟悉的脸——周考。

周考从背后托了闻乐一下，闻乐此刻就背靠着周考的胸膛，她的腿还蹬在台子上。这个动作有点儿尴尬。闻乐轻咳一声，正想说点儿什么让周考把自己放下，却发现自己突然腾空。她下意识地攀住了周考的脖子，可手刚攀上去，双脚就已经落地。

一个短暂到一眨眼就没了的公主抱——是周考把她从台子上抱了下来。

闻乐的脚已经着地，但她的脑子还没反应过来，手也还挂在周考的脖子上。周考不得已微微俯身。四目相对，闻乐从周考漆黑的眸子里看到了愣住的自己。

这是咋回事？

闻乐受惊般地松了手后退两步。她轻咳一声正想说什么，又想到身后那人，便眨了眨眼睛，转了转眼珠，咬着牙，红着脸，转身对那人道：“那个……学弟，我男朋友来接我了。再见。”

周考挑了一下眉。闻乐心中哀号着，悄悄地用手扯了扯周考的衣摆，示意周考不要拆穿自己。

周考扫了那学弟一眼，又看了看闻乐抓着自己的衣角的手，才道：“走吧，女朋友。”

“女朋友”三个字在闻乐听来格外讽刺，她尴尬得恨不得找条地缝钻进去。

周考淡淡地对那学弟说：“我带着我的女朋友走了，你……最好不要再出现了。”

周考的话音顿了顿，他看向那男生的眼中多了几分压迫与警告之意，又道：“至于跟踪这种事，要是有第二次，你仔细想想后果……”

那学弟脸色难堪，立刻落荒而逃。

似乎因为闻乐刚刚受过惊吓，周考对闻乐的态度柔和了不少，甚至主动开口说话，像是一种变相的安抚，他问：“又被表白了？”

闻乐本就尴尬得无地自容，一听他这话，脸更是涨得通红。但闻乐从来都不会在人前输了阵仗。她咬着牙强装淡定：“人气太高，没有办法。”

周考笑了笑，没再说话。

闻乐觉得松了一口气，正犹豫着怎么跟周考道谢，又听周考道：“听说你亲手将我投成了校草？”

闻乐的脑子嗡的一声，她满目震惊：“谁说的？”

怎么一个个都这么大嘴巴！

周考淡淡地道：“别人。”

闻乐咬牙，却在脸上挤出一个微笑："这只是一个误会。"

周考挑了一下眉，没有继续追问，只道："见你两次，你次次都在夜里被表白。"

闻乐轻扯嘴角："都怪我这该死的魅力。"

周考本想说女生夜里不要一个人出来晃荡，话到嘴边却觉得有些别扭，于是淡淡地道："希望没有第三次。"

闻乐道："不会的。"

第二章

没落家族

闻乐推了推宿舍的门，竟没推动，门似乎被什么卡住了。

闻乐敲了敲门，宿舍里传来一声叫喊："等一下！……"

闻乐等了一会儿，听到门后传来窸窸窣窣的声响。片刻后，门被打开了。

闻乐往宿舍里望了一眼，便知道自己为什么推不动门了。

本就不宽敞的走道上堆满了凌乱的大大小小的箱子与包装纸，闻乐觉得从门口通往自己书桌的道路阻碍重重，几乎没有地方容她下脚。

而在这堆东西的中央，有一个人正拆着包装，继续制造着垃圾，嘴里还喋喋不休地说着每件东西的来历。

"我们从秀场出来，珍珍说要不要再去逛逛。'老佛爷'人太多了，我们又拐去了'巴黎春天'……这款包珍珍看了两眼，说了句很适合阿美，就刷了卡……这件衣服我一眼就看中了，虽然有些贵，但是喜欢的东西怎么可以放过？所以我还是忍痛买了下来，但我不后悔，因为它真的好美！"

被孙优美强行拉着念叨的程惠脸上的笑容有些僵硬，表情里还有一丝丝的痛苦之意。程惠就是一个"糙汉子"，每天穿的都是几十块钱的黑白 T 恤加运动裤。她对孙优美精致的生活一窍不通，更没有兴趣去探究。

而满青旋和包小凡早就不仗义地上了床，戴着耳机追剧。

闻乐有些想笑，但忍住了，踮着脚寻着缝隙走上前，道："嘿！这是……"

孙优美回头，上下打量了闻乐两眼，见闻乐一身白色长裙，扎着个丸子头，头上又别了个闪闪发光的水晶发卡，整个人妆容精致，脖颈修长，气质出众。

孙优美的脸色不由得一僵。她自小就是美女学霸，聪明的脑袋和漂亮的脸蛋让她走到哪里都备受欢迎。高考时她更是超常发挥，再加上自主招生时获得的加分，成功考入了全国顶尖的 A 大。

孙优美原以为凭自己的颜值定然能备受同学的追捧，院花、班花之类的名号更是手到擒来。

学霸扎堆的地方，哪来那么多帅哥美女？她这样的颜值恐怕已经是顶天了。

孙优美甚至畅想过"A 大美女学霸"的称号能为她带来怎样的关注度与名气。

不承想，流年不利，她遇到了闻乐，还让闻乐抢了她所有的风头。

孙优美畅想过的美好画面被现实击碎。在闻乐的光芒的映衬下，孙优美的美貌似乎大打折扣，就像是月亮掩盖了星星的光芒，只要闻乐一出现，孙优美就成了那颗被遮盖住光芒的星星，暗淡又不起眼。

孙优美从小就是人群中的焦点，备受身边人的追捧，这巨大的落差让她无论如何都接受不了。

孙优美从见到闻乐的第一面起就不喜欢这个过分美丽的女生，更是在闻乐将她的光芒掩盖后视闻乐为眼中钉、肉中刺。孙优美现在最讨厌的事情，就是与闻乐处于同一空间，呼吸一样的空气，这让她感到窒息。

闻乐刚一出现就将孙优美拆包装炫耀包和衣服的好心情破坏了。孙优美恨得咬牙，却还是敷衍了一句："嘿，回来了。"

成年人的世界就是这样虚伪又和谐。

闻乐将背包放在桌面上，寒暄道："优美什么时候回来的？"

"就下午。"孙优美敷衍地回了一句，在视线扫到闻乐的背包时，心下冷笑，心情也陡然转好。

孙优美心情颇好地转头，风情万种地撩了一下头发，手上的四叶草戒指在她那雪白的手指上格外惹眼。

程惠看到闻乐，脸上的笑终于不再僵硬。趁着孙优美回头的间隙，程惠朝闻乐眨了眨眼，感谢闻乐将自己从这无聊的话题中拯救出来。

闻乐在心里轻笑一声，冲程惠眨眨眼，夸赞道：“优美的戒指可真好看！”

孙优美的虚荣心被大大满足，注意力果然被转移，也不打算继续拉着程惠絮叨，反而轻轻摸着手上的戒指，用特有的骄矜的语气说：“也就还行吧，他非要买给我，没有办法。”

程惠闻言，在孙优美看不到的地方翻了个白眼。

孙优美是她们宿舍里的一朵“奇葩”。

她们宿舍实际上有六个人，除了程惠、闻乐、包小凡、满青旋，还有两位，一位是神龙见首不见尾，早出晚归、刻苦用功的学霸艾飞，另一位就是这位小美女孙优美。

孙优美有着白皮肤、大眼睛、小圆脸，长相甜美可爱，性子却不如她的模样那般清纯可爱，而是有着不少心机。

孙优美这小姑娘特虚荣，从大一开学开始，就力图将自己打造成有钱的美女的形象。

307 宿舍里的六个人，除了包小凡，其他几个都来自小城市，父母都是普普通通的工薪一族，闻乐更是来自西南某省的偏远山村。刚进大学时，闻乐她们几个甚至认不全孙优美的衣服、包上那各大品牌的标识。与孙优美相比，她们简直是彻头彻尾的“土包子”。

孙优美花钱大手大脚，更在有意无意间透露她家里是做生意的。307 宿舍的那几个涉世未深的土包子，就这样轻轻松松地被孙优美欺骗了。反正孙优美的有钱的美女形象在 307 宿舍里是树立起来了。

但孙优美要的不只是在宿舍里树立自己的形象。她要的是在班里、系里，甚至在整个学校里，以及接触不到她真实家庭背景的社会里将自己有钱又漂亮的形象树立起来。

但凡是谎言就会有被戳破的一天，其他人可没有 307 宿舍这群“土包子”那么好骗。

程惠脾气好，人缘也好，与班里的女生关系都不错。她似乎天生就带有这样一种独特的魅力，或许不吸引男生，却能给女生强烈的安全感，所以几乎没有女生排斥她。

一次，程惠去别的宿舍串门。众人聊八卦消息时，隔壁宿舍一个眼光毒辣、性格也火爆的女生直接将孙优美的谎言戳破了。

“你们宿舍那个孙优美也太有意思了吧！她是不是一直显摆自己很有钱？我的天！她身上穿的那些衣服，背的包有八九成都是假货好不好？还在那儿装，当谁看不出来呢？我服了。”

女生一旦聊起八卦消息来即可拥有媲美福尔摩斯的分析推理能力。她们每一步的分析都堪称完美。

世上没有不透风的墙，孙优美到底有着怎样的家庭条件，她的老同学一清二楚。

而高校圈子说大是真大，但说小也确实小，恰好那个隔壁宿舍的女生的朋友里就有一个人对孙优美的家庭背景一清二楚。

孙优美的母亲是小学老师，父亲开了一家不小的书店。即使她家里条件不差，却也与其塑造的有钱人形象相去甚远。

孙优美平日的确出手阔绰，生活精致，但这是因为她有一个男朋友。她的包、衣服甚至是平日里的花销，大多来自这位不为众人所知的男朋友。

孙优美瞒得紧，在这之前307宿舍里的其他五个人都以为孙优美是单身。

后来有一次，孙优美与男朋友吵得厉害。她半夜号啕大哭把众人惊醒，这才承认自己有个男朋友。

从此她又陷入了秀恩爱的怪圈。

她人不坏，只是好胜心和虚荣心很强，舍友们不想把宿舍的气氛闹得太尴尬，也就没有拆穿她。

都是成年人，自己选择的生活别人没有必要去指手画脚。

孙优美的男朋友家里生意做得很大，经常带她出入年轻人的圈子，也因此，孙优美才认识了那个随手送她一个包都是名牌的珍珍。珍珍是隔壁艺术学校的学生，和闻乐她们同届，家境优渥。

前两日，那个珍珍邀请孙优美去巴黎看时装秀。孙优美向辅导员请了几天病假，同她的男友、珍珍和几个“那个圈子”的人坐飞机去了巴黎。今天傍晚，她才拎着一包东西回了宿舍，还边拆边炫耀，将整个宿舍弄得乱七八糟。

孙优美就是这样的性格，除了虚荣，别的方面还算简单，比如，只要从闻乐身上找到了优越感便满足了。于是，她开始拉着闻乐没完没了地说着自己在巴黎的见闻。

闻乐看出了孙优美的心思，却没与她计较。

时间确实不早了，闻乐拉着程惠去洗漱。程惠看了乱糟糟的宿舍一眼，觉得一阵头疼，向孙优美喊道："我回来之前把宿舍收拾干净啊！"

孙优美笑着说："知道啦，烦人！"

整个宿舍表面一片和谐。

闻乐与程惠刚洗漱完，就听见孙优美在大喊，声音震得床上戴着耳机的那两人都不由得摘下耳机，看着孙优美。

"闻乐，你竟然和周考在一起了？！"

闻乐望着孙优美充满震惊和怒意的双眸，歪了歪头，心想：这是……什么情况？

"你和……周考在一起了？"

孙优美用一种奇怪的眼神上下打量着闻乐。她指了指手机上亮着的页面，道："假的吧？"

闻乐不知道孙优美为什么反应这么强烈，她的长睫扑闪了一下，嘴角带出一抹很淡的微笑，说："网上的八卦消息也能信？"

孙优美又打量了闻乐一会儿，没能从闻乐身上找出什么不妥的地方，这才似放过闻乐一般收回了视线，语气微妙地说："那就好。"

话不投机半句多，闻乐本不想跟孙优美计较，但孙优美阴阳怪气的模样太气人。闻乐挑了挑眉，声音里透着一股冷意："什么叫'那就好'？"

孙优美扫视了闻乐两眼，像是在衡量什么商品的价钱："周考那样的家庭怎么可能接受一个普通的女孩儿？在他身上下功夫也是白费。"

闻乐脸上的笑彻底消失了。她盯着孙优美问："他是什么家庭？谁又在他身上下了功夫？话要说清楚。"

闻乐似乎生气了。

孙优美的视线扫过其他三个舍友，然后她立刻转变了态度："哎呀，我就是听说周考生在一个大家庭，跟大家聊一下八卦消息嘛。他出身于那种家庭，普通家庭的女孩儿去招惹他，根本就是白费功夫。”

闻乐冷声道：“哦，是吗？”

“哎，我看好像还有蛮多人喜欢他的。以前总觉得老人说的话就是封建残留，但现在想想蛮对的，在一起的人还是要门当户对才会有好结果的。”

这话是在嘲讽闻乐，可在闻乐得知孙优美所塑造的形象背后的真相之后，这话听来就太讽刺了。

闻乐沉默，一时竟不知该如何回她。宿舍里的气氛有些尴尬。就在这时，一阵电话铃声打破了这沉寂——是孙优美男朋友的专属铃声。

孙优美捧起手机，满眼得意：“哎呀，不跟你们说了，我的亲爱的来电话了。”

宿舍门被关上，隐约还能听到走廊里孙优美欢快娇媚的笑声。

包小凡在那笑声消失后翻了个白眼：“她又想干什么？”

闻乐耸耸肩，表示如果跟孙优美计较早晚会气死自己。

她没必要这样做。

还在宿舍里的四个人都洗漱完毕在床上躺着了，出去煲了半个小时电话粥的孙优美这才小跑着回来，开始一脸兴奋地翻箱倒柜。

程惠被她这动静吓了一跳：“大晚上的，你干啥？”

孙优美从衣柜里抽出一件粉色的超短连衣裙，对着门背后的镜子比了比，然后满意地将裙子丢在床上。她当众就脱掉了身上的衣裳，边换衣服边道：“宿舍长你今天就当没看见我。麟子要带我去参加一个聚会，今天晚上我就不回来了。”

程惠皱了皱眉：“大晚上的，你注意安全……”

孙优美不在意地摆摆手。

程惠好心提醒道：“明天早上八点有课，别忘了。”

孙优美根本不在意：“八点的课我赶不上，反正老师也不点名，逃了就好啦。宿舍长‘妈妈’不要担心啦……”

程惠无奈道：“你……你走之前别忘了把这一地的东西收拾好。”

孙优美忙着换衣服、化妆、弄头发，敷衍道：“知道知道。”

孙优美折腾了半个小时，人是变美了，宿舍却更乱了。

孙优美的手机铃声又响起来了——她男朋友已经开车到楼下，打电话催她。

孙优美挂了电话，慌乱间却稳稳地给自己画好了眼线。她拎起包就往门外跑，跑到门口看到已经被自己拆开却还没有收拾的衣服和包，又返回来将所有东西都堆放进自己的衣柜，还用锁锁上了。

此时宿舍已是满地狼藉，程惠提醒孙优美："你的包装盒！"

孙优美走得急，忙道："先放着，等我回来再收拾。"

说完她就像一阵风一样冲出了宿舍。

程惠忍无可忍："什么人哪？！"

包小凡摘下耳机，一副不爽的神情。

这时，满青旋悠悠地说了一句："突然想起来明天好像有人来检查卫生。"

程惠没忍住骂了一句脏话。

刚从图书馆自习回来的艾飞一推门就听到这声音，吓了一跳。她立刻退出去合上门看了门牌号一眼，确认自己没有走错后，才纳闷地重新推门进去，却看见了一地的垃圾。

"什么情况？"艾飞道。

程惠气得头疼："明天有人检查卫生，她现在走了大概明天也不会回来。"

艾飞心领神会这个"她"是谁，又究竟干了什么事……

明天早上八点有课，等起床再收拾是来不及了，床上的四个人不得不现在爬起来和艾飞一起给孙优美擦屁股。

程惠踹了踹脚边那一堆包装盒："怎么办？宿舍里没地方放，给她扔了万一她再闹着要呢？"

包小凡手上拿着扫帚，叉着腰："别扔，千万别扔，这些都给她留着。明天下午有老杨的课，她不敢不去，肯定会回宿舍的。到时候，我就把这一堆垃圾给她重新放回去，她必须给我老老实实地收拾干净了。留一根头发，我都给她塞嘴里去。"

满青旋举手："附议。"

闻乐指了指床下："那就塞床底下吧，等别人检查完卫生，我们再给她拿出来。"

程惠点点头："可以。"

几个人对视一眼，笑了。

次日下午有老杨的课。

老杨是出了名的难搞，上课前必须点名，第一次点名没到的人期末扣十分，第二次点名还没到这人就没有平时成绩，第三次要是那个人还不在，那个人的这门课就得直接重修。

孙优美有过一次“前科”，这次要是再逃课，没有平时成绩的她期末考试很难及格。孙优美此时还不敢太过放纵，果然如包小凡说的，到了中午她就出现在宿舍里了。

或许是昨夜玩儿到太晚，孙优美的黑眼圈有些重，人也有点儿没精神。

孙优美一进宿舍，见到原封不动的垃圾还愣了一下：“今天上午不是有人来检查卫生吗？”

哦，她还知道检查卫生。

她是故意的，气死人了！

程惠冷冷地点了点头：“是呀，检查完了。”

孙优美指了指那一地的垃圾：“那我们是不是 0 分哪？”

系里对宿舍的卫生成绩看得重，若是得了 0 分，她们怕是要被辅导员约去谈话。

包小凡冷笑道：“那倒不是，我们这次的卫生成绩又是 100 分。”

孙优美又看了看地上的东西，实在想不通。

闻乐道：“我们其实也不大好动你的东西。毕竟这些东西都这么贵是吧？我们也不敢乱扔，于是又把这些东西给你弄回了原样。你再仔细找找这里面有没有什么贵重的东西吧。”

闻乐一脸真诚无辜，说出的那一番话像极了孙优美的语气，阴阳怪气的。

孙优美的脸色有些难看，她似乎意识到，这大概是闻乐对自己昨晚讽刺她的报复。

孙优美的手死死地揪着包，她真的是恨死了闻乐。

这时程惠也补了一句道：“你赶快找找看有没有什么贵重的东西，找完赶紧收拾了吧。这么多东西就这样摊在宿舍的地上，看着挺乱的。”

孙优美咬着牙不情不愿地上前收拾垃圾。

哪儿有什么贵重的东西，昨天她临走前把拆出来的东西全都锁进了衣柜里。她比谁都清楚，现在这一堆东西，真的就是一堆垃圾了。

孙优美憋着一股气，用手把包装纸攥得哧哧直响。她将所有包装纸都收拾干净了，闷闷地道："好了吧？"

程惠戴上眼镜，往地上看了一眼："这地上是什么？优美，拿扫帚清理一下。"

孙优美气红了眼。

宿舍恢复了干净整洁，大家的心情也跟着变好，只有孙优美的心情相当糟糕。

孙优美经过满青旋身边时，满青旋皱了一下鼻子，道："优美你喝酒了？你身上的酒味有些重。"

孙优美闻言，扯着袖子闻了闻，是有些重，便答道："没怎么喝，是昨天不小心把酒洒身上了。我去洗一下。"

孙优美说着就要去衣柜找换洗的衣服，却发现衣柜的钥匙不见了。

孙优美哐哐拍了两下衣柜的门，委屈得带着哭腔："干什么呀？怎么都欺负我？"

宿舍里的其他人一脸疑惑。

说完，孙优美也不管别人迷惑的眼神，踹了一脚衣柜门，转身跑出了宿舍。宿舍的门被她摔得震天响。

宿舍里的其他人都很惊讶。

包小凡震惊得瞪圆了眼睛，把手机往床上一摔，从床上爬起来，下床穿鞋，就准备追出去："她什么意思？自己弄丢了钥匙怪别人欺负她？她今天不把话说清楚，就别想再进这个门……"

程惠和闻乐连忙追上去，连拖带抱地将包小凡拉回来。包小凡气得眼眶都红了："什么玩意儿，谁欺负谁呀？她一个人欺负我们五个人，她还委屈上了？"

闻乐用左手抱着包小凡的腰，用右手给包小凡拍着胸口，温声细语地说："不气不气，咱不气……"

程惠道："行了行了，你追上去能干什么？跟她对骂还是对打？"

包小凡深吸一口气，又缓缓地吐出来："哎哟，我这暴脾气！"

满青旋回头看了孙优美的书桌一眼，道："不过……她好像没拿书，下午的课不会又不去了吧？”

“随她。”

下午老杨在课堂上点名，孙优美果然没在。

老杨合上点名册，说：“两次点名没到的人，这学期没有平时成绩。”

老杨的视线在学生们身上扫过，他用手上的笔在点名册的封面上轻敲了两下：“另外，我还要跟你们的辅导员谈谈。”

课堂上突然响起一阵低低的讨论声。307 宿舍的几个人也不由得对视了一眼，却不知该说些什么。

她们对孙优美并没有恶意。孙优美只是有时候会让人生气，可说到底她们和孙优美之间也只是有一些小矛盾。人与人相处不可能没有矛盾，交往和相处本就是一个相互磨合的过程，谁都不是十全十美的，没有必要因此恶语相向。表面的和谐是成年人的虚伪，也是成年人向世界释放善意的一种方式。

犹豫片刻，程惠还是掏出手机给孙优美发了一条信息。

“杨老师点名了。你这是第二次没到了，他要扣除你的平时成绩，还要联系辅导员。你要不要提前向辅导员请个假？”

信息发出去了，程惠却迟迟没有收到回复。

程惠与几个舍友对视一眼，摇了摇头。

下课后，闻乐接到了院学生会一位学姐的电话。

“闻乐，你写的主持稿老师看过了，他说很棒。待会儿我把确定出席晚会的嘉宾名单给你发过去。你把这些嘉宾的名字加进去……你还不认识这场晚会的男主持人吧？我把他的微信名片给你发过去。你跟他约个时间对对稿子。”

一周前，辅导员找到闻乐，说希望闻乐能做今年新生入学典礼的女主持人。

闻乐当时就是一怔，事实上她从来没有学过主持，而且据她所知，学院里擅长主持并且竞争这个机会的人还不少。

闻乐知道如果自己接下这个任务会引来怎样的是非与口舌，但她从来无惧这些。

她甚至在辅导员开口的那一刻，就已经决心接下这个任务。她这样一个有上进心的女孩儿，不可能放过任何一个到手的机会。

闻乐其实知道辅导员为什么选她做新生入学典礼的女主持人，大家也都心照不宣。

因为她形象好，因为她名气更大，因为她能给经管学院带来更好的宣传效果。

这些闻乐都知道。

作为被偏袒的受益方，闻乐不可能不知道，这样多多少少对其他竞争者有些不公平。闻乐只想安抚自己的良心，于是还是问了句为什么是她。

辅导员只说了一句话："因为你成绩第一。"

在校园里，这个理由似乎是无可辩驳的。

闻乐一边儿唾弃自己的虚伪，一边儿想，或许她的舞台表现比不得那些更有经验的人，但她的主持稿会让大家心服口服。

思绪从一周前拉回，闻乐回答电话那头："好的，学姐。"

那边想了想，又道："然后就是服装问题。可能需要你自己去取服装。我把租借服装的店铺的位置发给你，你明天直接挑好了服装带回来。你先自己付钱，记得把单据发给我，到时候院里再给你报销。后天你还要自己把衣服还回去……"

闻乐刚挂了电话，就见程惠向自己走来，便道："明天我要去取新生入学典礼的主持人服装。你有空吗？陪我去？"

程惠道："明天第七八节没课，我那会儿没事。行，陪你去。"

"对了，刚刚孙优美给我回信息了。"程惠又说。

程惠刚上第一节课的时候给孙优美发的信息，现在两节课都上完了孙优美才回信息。

闻乐道："她怎么说？"

"她说随便吧，正好她不想上老杨的课了，今年干脆都不去了，明年重修。"

闻乐沉默半天，比了个大拇指："她最近疯得还挺厉害。"

程惠低声道："她整天跟着她男朋友出去玩儿，也不知道去哪儿，课也不上了，一颗心完全不在学校里了……"

孙优美的男朋友家里花钱把他送进了一所野鸡大学，但他并不去上课，整天开着车跟一帮朋友满世界地玩儿。

程惠的心里有些慌："我们也不是盼着她不好，就是觉得她男朋友这样挺不靠谱的……劝她她也不爱听，只当我们嫉妒她……她今天晚上又不回宿舍睡了……"

闻乐沉默片刻后，道："要是她明天再不回来，我们就联系辅导员吧。"

"是得联系辅导员了。"程惠说着又有些暴躁，"不过她回来又要怪我们告状。我们真是瞎操心，就不应该管她！"

闻乐听了这话哈哈笑出了声。程惠在女生中人缘这么好不是没有理由的。闻乐笑着在程惠的脸上猛亲了一下："我们宿舍长真是善良，哈哈哈！"

程惠猛地摸了一把脸，果然看到手指上有一抹红色。她更暴躁了，伸手就朝闻乐的胳膊上打："啊！你口红掉色！"

闻乐笑着躲开。她的手机突然叮的一声响，有短信进来了。

闻乐把手机掏出来看了一眼，有些疑惑。

程惠凑上前问："咋了？"

闻乐道："我有一个快递到了，但我最近没怎么买东西啊。"

闻乐正想着是哪儿来的快递，电话又响了——是于阿姨打来的。

闻乐一看来电显示就知道是怎么回事了。她给程惠比了一个嘘的手势，接通了电话："喂，阿姨。"

于阿姨的声音从听筒里传来："乐乐，阿姨给你寄的快递你收到了吗？……"

闻乐与于阿姨说了几句便挂了电话。

程惠道："又是你阿姨给你寄的东西呀？"

闻乐点点头。

程惠道："唉，我也想有这样的阿姨。"

闻乐虽然在山里长大，但是她从小到大都没有缺过漂亮的裙子。

于阿姨是闻乐童年时最喜欢的阿姨，因为她每次来，都会给闻乐带各种各样漂亮的裙子。

小时候，闻乐没有想过为什么于阿姨每次来都给她带好看的裙子。后来长大些了，她才从管家爷爷的口中得知，于阿姨是他们家的裁缝。

也是那时候，闻乐才知道，原来管家和裁缝一样——是个职务。在那之前，她一直以为管家爷爷就姓“管”名“家”。

后来闻乐渐渐长大，接触的人多了，才发现自己家的特殊之处。

虽然闻乐一家住着大房子，但是生活在山里；虽然闻乐家里有管家、裁缝、厨娘，但这些人似乎是和他们一起生活的家人，他们家好像没钱给这些人发薪水。

再长大一些，闻乐才想明白，他们家的人其实是一群住在山里的因循守旧的没落家族。

他们家的人其实是寒酸到了极点，却强要面子苦苦维持着过去光鲜亮丽的生活的可怜虫。

闻乐和程惠把一个大箱子搬回了宿舍，接下来就是最快乐的拆快递时间。

衣服、香水、化妆品，甚至包和鞋子都装在同一个箱子里，怪不得这个箱子这么大。

箱子里的衣服全是闻乐喜欢的风格。程惠抖开一条火红色的长裙，这条裙子的面料略硬，正好能将肩部的线条与腰线勾勒得很清晰，长长的裙摆下端层层叠叠的，如玫瑰绽放一般。看着这样一条裙子，哪怕是程惠也不由得惊叹出声：“乐乐，你阿姨的眼光简直绝了！我的天，这裙子太美了吧！你要是穿着这身衣服出去，怕是得请一卡车的保镖来保护着……”

闻乐的视线也被那裙子吸引了，她喃喃地道：“确实……太美了……”

“不过这是不是不太适合在学校里穿？”闻乐道。

程惠道：“你可以约会的时候穿。等你哪天有看中的人了，你就穿着这条裙子去找他，保管他下一刻就拜倒在你的红裙下唱《征服》。哈哈哈……”

闻乐也跟着笑。

这时宿舍的门被推开，两人回头，却见孙优美走了进来。

孙优美的视线立刻被程惠手上的红裙吸引，紧接着又落在了闻乐搬回来的那个大箱子上，她眼中闪过一丝轻蔑之意。

孙优美施施然走到书桌前，拿了什么东西放进包里，道：“回来拿点儿东西，你们继续。”

说完她就走了。

孙优美关上宿舍门，翻了个白眼，想着闻乐那个没有商标的纯色大纸箱，不屑地嗤笑了一声，又低声嘟囔了一句："便宜货。"

自从闻乐上大学开始，每隔一段时间她就会搬回来这样一个箱子，箱子里尽是一些衣服和包。孙优美见闻乐的衣服好看，就问闻乐那些衣服和包是从哪家店买的，是什么牌子。闻乐却说那些东西不是什么牌子货。

不过，那些衣服和包上确实没有品牌的标识。

孙优美又联想到闻乐的出身，心道：山里来的，哪里有钱弄来这么些好衣裳，大概是别人捐的或是从二手市场上淘的吧。

看看自己手上价值不菲的包，孙优美满意地一笑，扬长而去。

"晚上去图书馆吗？"程惠问。

闻乐看了看时间，摇头道："不了，我得去找新生入学典礼的男主持人对对稿子。你忘了，明天下午就要彩排了。"

"对哦，后天是新生入学典礼。"满青旋撑着下巴，一边儿摆弄手机，一边儿道，"别的宿舍这几天都在准备节目，是不是就我们宿舍啥都没有？"

包小凡吸了一口酸奶，道："咱宿舍出了个主持人，怎么没有？"

满青旋道："不过为了这个主持人的位置，前几天还有人去找辅导员了。"

程惠道："在网上没闹够，还想去找老师闹？"

"辅导员不理她们，她们又找了系主任，系主任说这是院里的决定，把她们气得又在网上大骂一通。"满青旋道，"这事还没完，我都能想到闻乐主持之后她们指指点点的样子。"

闻乐正往包里收拾东西，闻言，笑道："我早就预料到了。她们要说就说，反正我得了这个机会，被人说两句也不会少块肉。"

"也是，让她们说去。"

包小凡好奇地问："哎，那男主持人是谁？也是辅导员定的？"

闻乐道："三班的李旭阳。"

满青旋啧啧地道："我知道那个什么李……李旭阳，长得还挺帅。"

包小凡笑了："我每次看到他，都觉得他像是一只毛都没长齐的鸡。"

"哈哈哈哈，你这什么形容？毛都没长齐的鸡？"程惠笑喷。

"没错，他就是这样，就他那脖子……就这样……"包小凡说着还抻着脖子学起李旭阳的样子来。

满青旋气结："什么呀！简直不忍直视，你烦不烦，你又毁了一个帅哥！我恨你！"

宿舍里又响起一阵笑声。

程惠见闻乐收拾得差不多了，问道："你几点回来呀？记得带着宿舍的钥匙。"

"八点左右。你不说我都忘了。"闻乐从抽屉里掏出钥匙，另外几个人就听见一阵清脆的响声。

满青旋笑道："乐乐，你怎么有这么一大串钥匙呀？像是包租婆。"

闻乐看了钥匙一眼："是呀，还挺沉。"

闻乐还没见过那位男主持人，被舍友这么一说，她还挺好奇那人到底长什么样子。直到见了真人，闻乐才知道包小凡为什么那样形容他。

李旭阳的长相清秀，身材瘦削，身高一米七五左右。这是一个一眼就能让人看出他的出身还不错的男生，他大概是在家里备受宠爱，被家人百般呵护着长大的。他那尖细的下巴微微抬起，身上带着一种近乎幼稚的骄矜，确实有点儿像一只还带着黄色绒毛却抻着脖子的小鸡。

包小凡的形容过于形象了。闻乐抿唇一笑，却不禁想起周考。

闻乐觉得有些奇妙，明明李旭阳和周考差不多年纪，周考眼中就带着一种让人容易忽视他的年纪的成熟，而李旭阳在闻乐看来就是一个有些幼稚的弟弟。

这真是奇怪。

晚上舍友们回到宿舍时，闻乐已经洗漱完躺在床上看书了。

她们肉眼可见地有些激动，一关上宿舍门就开始尖叫："啊啊啊……乐乐！你猜我们在图书馆看到了谁？"

闻乐把视线从书上移到满青旋的脸上："谁？"

满青旋道："周考！"

闻乐莫名地眉心一跳："所以呢？"

包小凡激动地说："他真的好帅！超级帅！"

满青旋道："你绝对不知道发生了什么！"

"隔壁外语学院的院花跟她同学也在图书馆上自习，也看到周考了。于是，她就让她的同学去跟周考要微信号。"

包小凡和满青旋，一个扮演周考，另一个扮演院花的同学。

满青旋指了指远处的程惠，道："帅哥，我能帮同学要个微信……"

包小凡板着一张脸努力学着周考的样子，在满青旋说到"微信"两个字时，竖起食指在嘴唇上一挡。

满青旋装作愣住的模样，痴痴地盯着包小凡，似乎忘了要说什么，而包小凡则一脸冷酷地转身离去。

演到这里两人又开始疯狂尖叫："啊啊啊啊！我的天，绝了！"

"他就把手指往嘴唇上这么一放，我的天，性感爆棚！"

程惠也跟着感叹："这男的简直绝了！"

满青旋跟着附和："绝了！"

包小凡也说："绝了！"

满青旋斗志昂扬地道："乐乐！拿下他！"

程惠也跟着怂恿："对！乐乐，凭你的美貌，上去吸引他！让他跪下唱《征服》！绝对不能便宜了其他女生！"

闻乐不知想到什么，然后慢悠悠地转过身背对舍友："丑，我拒绝。"

"你这个不争气的老娘儿们！"

翌日下午，闻乐拉着程惠去租借主持新生入学典礼时穿的礼服。

闻乐和程惠站在这家租借礼服的店铺楼下，望着破旧的小楼，沉默不语。

过了好久，程惠才道："乐乐，你确定是这个地方吗？"

闻乐机械地点头道："根据学姐给的地址，是这儿没错。"

程惠深吸一口气，道："这里晚上都能用来拍恐怖片了，幸好你没有自己一个人来。"

闻乐挽住程惠的手："走吧，勇士。"

两人顺着老旧得掉了皮的水泥台阶上了二楼，一进店门，便不由得轻叹一声，这家店当真是表里如一。

店面不大，挂着各式礼服的衣架共摆了六排。这些礼服看上去五颜六色，款式挺多，但是有一个共同点，那就是……有些过时。

闻乐和程惠翻看着礼服，越看越有一种无力感。

最后两人从百十件礼服中挑出了三件还能看得过去的。

一件中规中矩的黑色包臀礼服，一件缀着碎钻的蓝色修身长裙，最后一件是有着大裙摆的粉色丝质礼服。

程惠道："这三件礼服你穿着都挺好，你想选哪件？"

闻乐看着这三件礼服，突然想起于阿姨说过的话。那时她同于阿姨提起自己要主持新生入学典礼，于阿姨道："乐乐皮肤白，适合浅色，穿白色或粉色的礼服就很好看。"

闻乐随手指了指那件粉色的长裙，道："就这件吧。"

闻乐去付钱，老板开了单据，程惠拿过来细看——120 元。

在返回学校的地铁上，两人正计划着晚上吃什么，突然响起了一阵手机铃声。闻乐看了手机一眼，见是爸爸闻天启打来的电话。

闻乐有些疑惑地接起电话："喂，爸爸？"

过了几分钟，闻乐挂了电话。程惠问："怎么了？"

闻乐道："我爸爸竟然来京城了，说正好看看我，要带我去吃饭。"

程惠看了看时间，见不到五点，便说："你七点是不是有彩排？不要忘了。吃完饭再赶回去，时间应该来得及。衣服我直接给你拎回去。你去找你爸吧，咱们下回约。"

闻乐根据爸爸给的地址来到了商贸大厦的一家高档西餐厅。闻乐有些纳闷爸爸怎么会选在这里，但没多想。她低头看了自己的穿着一眼，一身黑色连衣裙加白色细跟高跟鞋，虽然今天出来得有些急，但穿成这样倒也不失礼。

闻乐走进包间，见爸爸西装革履地坐在餐桌前。他已年近五十，因保养得宜，看上去只有三四十岁的模样，那梳得整齐的头发和鼻梁上架着的金丝眼镜让他看上去倒像是一位商业精英。

"爸爸。"

闻天启抬头看向女儿："乐乐，快来。"

饭间，闻天启问了闻乐一些日常生活的事。闻天启忙于事业，将独女交给自己的父母带，对女儿的陪伴不够，为此他心中总是有些愧疚。

闻乐挑着说了些学校的事情，都是些琐碎的小事，闻天启却听得很认真。

甜点上桌，服务员退下去，包间门再次被关上。闻乐又道："爸爸，你怎么会来京城？"

闻天启道："这几天来京城出差，正好在这附近，就想来看看你。"

"爸爸在京城待几天？"

闻天启道："大概三天，之后会有些忙，恐怕没办法陪你过生日。"

闻乐这才想起自己马上就要过生日了，她笑道："爸爸不说我都要忘了。"

闻天启道："虽然爸爸没有办法陪你过生日，但爸爸把生日礼物给你带来了。"

闻天启从手边拿起一个纸袋递给闻乐："前几天，你于阿姨跟我说你明天要作为主持人参加你们学院的新生入学典礼。是吗？"

闻乐接过袋子，点点头。

闻天启道："晚会的礼服准备好了吗？"

闻乐道："刚刚去租了一件粉色的礼服。"

"正好，这份礼物你应该能用得上。"

闻乐闻言，有些好奇，从纸袋中拿出一个黑色的盒子："这是什么呀？"

闻乐打开盒子，看着盒子里的东西，她美丽的眸子不由得睁大："好美。"

只见一套首饰静静地躺在盒子中，在灯光的照耀下闪烁着迷人的光。

这是一套粉色摩根石材质的珠宝首饰。项链上缀着的那颗水滴形状的粉色摩根石足足有三十克拉，两只耳坠、一枚戒指都是用一颗十克拉的粉色摩根石打造的。晶莹剔透的粉色摩根石镶嵌在花朵形状的戒指和耳坠上，由无数碎钻拱卫着，简直绚烂夺目。

没有哪个女生不会为这样美丽的珠宝而心动，闻乐几乎一瞬间就被它俘获了。

闻乐从小在奶奶身边长大，见过很多的珠宝。她的奶奶是一位十分讲究的优雅的老太太，有着整整三大皮箱的珠宝。那些珠宝看上去有些年头了。闻乐小时候想那大概是他们家最值钱的东西，只要卖掉其中一条项链，应该就能改善他们家窘迫的生活。但那都是奶奶的宝贝，大概也是他们家最后的体面吧。

闻乐的奶奶爱珠宝，大概没有女人不爱。哪怕是闻乐，也常常一边儿感慨没落家族的悲哀，一边儿情不自禁地被珠宝的光彩所吸引。

现在，她也将拥有属于自己的珠宝了吗？

闻天启见女儿十分喜欢自己送的礼物，心情相当不错。他道："前些日子你奶奶打电话跟我抱怨，说女孩儿长大了，该有些自己的积累了，怎么能一套像样的首饰都没有。爸爸这才想起，是爸爸疏忽了。你奶奶自你出生起，就开始给你积攒首饰。可是那些不适合日常穿戴，于是爸爸就找人给你定制了一些时下可以佩戴的。这套是你于阿姨找人帮你设计的，你喜欢吗？"

闻乐的视线依旧在珠宝上，她愣愣地点了点头，心中却在盘算着这套首饰的价钱，以他们家的条件，应该买不起真的珠宝首饰。

十二岁之前，要是有人说闻乐他们家穷，闻乐一定会骂回去。

她爷爷是村里最有学问的老头儿，她奶奶是村里穿得最好看的老太太，身上还戴着漂亮的首饰，他们家的房子是村里最干净的房子。可是等十二岁的闻乐去县里上学之后，要是再有人说闻乐家穷，闻乐大概会说："你说得对。"

当每个月拿着600块钱生活费的闻乐听说有的同学脚上的一双鞋要几千块钱，有的同学身上的那些衣服全是她买不起的所谓的名牌时，她才对在贫困地区贫困县贫困村的自己家有了新的认识——出去务工的父亲（闻天启）和留守老人（闻乐的爷爷奶奶）加留守儿童（闻乐）的配置，好像就是电视上演的那些贫困家庭的样子。

而且他们家也没有彩电、电脑和汽车，大概是出去务工的父亲的工资只够养活他自己加三个没有工作的人，实在买不起其他的物件，甚至有时爷爷还会下地劳作来补贴家用。

大概他们家与同村的人家里相比还好，与城市里的同学家相比是真的穷。

于是闻乐对奶奶的那些珠宝首饰也产生了怀疑，也终于明白了奶奶为什么不当掉它们了，因为那些首饰是假的，不值钱。

所以当爸爸说这套首饰是送她的礼物时，闻乐的第一反应是"哦，也是假的"，但那也足够美丽了。闻乐想，只要她足够努力，日后总能给自己买到真珠宝的。

闻乐点了点头，眼中溢满欢喜："谢谢爸爸，我很喜欢。"

闻天启的眼神闪了闪，只淡淡地笑了笑，却在心里轻轻地叹了一口气。他看着闻乐，就像是在看一个无理取闹的小孩儿。

闻天启突然毫无预兆地问了一句："乐乐呀，你上大学的时候，爷爷和爸爸送给你的那两把钥匙，没有丢掉吧？"

"钥匙？"闻乐愣了一下，从包中将钥匙取出来，"在这里呀，没掉。"

闻天启欣慰地点点头："那就好，不要弄丢了，毕竟这是爷爷和爸爸的一点儿心意。"

闻乐将钥匙收好："放心，不会掉的。"

话说到这里，一般人都会问一句"这是哪里的钥匙"，然而闻乐没有问。

话题到这里戛然而止。

这也再次证实了，女儿真的是在刻意回避，又或者是在自欺欺人。罢了，再等等吧。闻天启在心里无奈地说。

随即他又把话题引回到生日礼物上，道："这套首饰恰好可以配你的礼服，明天你戴着这套首饰上台，一定是全场最美的公主。"

闻乐有些犹豫道："可是……爸爸，虽然这礼物很美，但是有些太过张扬了。我只是一个主持人，又不是入学典礼的主角。"

闻乐看看闻天启，又不忍心拒绝他，而且这套首饰真的太美了，于是她道："这样吧，我就戴耳坠和戒指好了。"

闻天启点头："对，乐乐这样想没错。"

我的女儿真是又美丽又善良。闻天启想。

第三章

话题中心

经管学院因人数众多，向学校申请了全校最大的剧场来举办这次新生入学典礼。

晚上六点，闻乐到达后台。

负责舞台的学姐看了闻乐的妆容一眼，摇头道："闻乐，你这妆不行，到时候舞台灯光一打，就会显得你很没有气色。舞台妆一定要又浓又厚，你看男主持人那边儿。"

闻乐看了李旭阳一眼，见他脸上涂了一层厚厚的粉底，此刻看上去有些惊悚。

李旭阳好脾气地笑了笑说："别看现在吓人，等到了舞台上就好了。"

闻乐点了点头："明白了。"

闻乐手里拎着装礼服的大袋子，背上背了一个书包，找到化妆间后，敲了敲门便推门进去。

化妆间里有一群正在相互帮忙化妆、穿衣服的女生，她们见闻乐进来，都齐齐往闻乐的方向看去，和闻乐打了声招呼，又继续低头做着手上的事。

三个化妆台前都坐着人，闻乐就先换了衣服。

换衣服的地方在角落，是一个用布帘隔出来的小空间。闻乐换上了礼服——粉色的礼服很长，直接挡住了她的脚，大大的裙摆显得她的腰身很细，裙子的上半身是抹胸的设计，但肩上露出来的所有皮肤都被一层粉色的薄纱遮挡。礼服的款式很简单，简单意味着它不会太土。

闻乐掀开布帘走出来，热闹的化妆间瞬间安静了下来。

闻乐太美了，甜美又妩媚！

闻乐像是没有察觉到别人的反应一样，微微垂下眼帘，低头看着脚下，双手拎起大大的裙摆，小心地从随意摆放的书包、箱子中间穿过。

此时恰好有一个化妆台空了出来，闻乐拎着背包坐到了这个化妆台前。

她回忆着李旭阳的样子，给自己涂了一层厚厚的粉底液，又补了补眉毛、眼影、眼线，再戴上假睫毛，涂上大红唇。

闻乐照了照镜子——嗯，舞台妆在台下看是真的夸张。

闻乐起身打量化妆镜中的自己，总觉得缺了点儿什么。礼服是非常简单的样式，一体的粉色，只在薄纱遮盖的地方绣着两朵不显眼的同色玫瑰。她的头发上也没有头饰，整个人中规中矩，显得太平淡了些。

果然她还是需要戴上爸爸送的礼物。

闻乐从书包里拿出两个不足巴掌大的盒子，将盒子打开，只见镶嵌着纯净的粉色摩根石的耳坠与戒指在灯光下熠熠生辉。

闻乐戴上耳坠与戒指，再打量镜中的自己——完美。

闻乐收拾好自己的东西，将其存放在班级看管物品的地方，才出去找李旭阳对流程和稿子。

时间临近六点半，观众开始陆陆续续入场。

李旭阳正与一位学姐说话，闻乐跟两人打了声招呼。

李旭阳还没反应过来，那学姐已拉着闻乐，上下打量着她说："你化浓妆也这么好看，太过分了吧！"

闻乐笑道："学姐今天也超美的。"

学姐也笑道："哄我吧你就。"

两人正说着，学姐注意到闻乐手上的戒指，眼睛都直了："妈呀，好看！闻乐，你这个粉色的水晶戒指简直太可爱了！你在哪儿买的？发个网购链接给我呀。"

闻乐当然不知道上哪儿去弄链接，便瞎扯道："没链接。就是我逛街的时候在路边摊儿买的，只要 200 块钱。"

这学姐也觉得闻乐手上戴的戒指不会是名牌货，也知道闻乐的家庭情况——之前她帮着辅导员处理新生工作，当时就知道闻乐是从一个贫困县的山里走出来的。

几个人只闲聊了几句就开始对流程。

晚上七点，晚会正式开始。闻乐深吸一口气，面带微笑，与李旭阳一同走上舞台。

她还没站定，台下就响起了一阵掌声、喝彩声和口哨儿声。

闻乐正在整理裙摆，不由得抬头看了一眼。她这一眼，引来了更多的欢呼与喝彩声，还有几个男生将双手放在嘴边，夸张地大喊："'女神'！"

"闻乐！"

"我们爱你！"

台下响起一阵笑声。

闻乐笑着与李旭阳对视了一眼，流畅地说出早已背得滚瓜烂熟的台词。

台下这么一闹，闻乐反倒没了紧张感。

晚会进行得很顺利。

程惠作为院学生会的成员被叫去后台做后勤，负责观众的抽奖事宜。

这会儿抽奖还没开始，程惠正空闲着，便抓了把瓜子站在垃圾桶旁一边儿看演出，一边儿嗑瓜子。

闻乐报完幕从台上下来，就看见程惠招呼自己过去。

"吃不吃？"

闻乐摆摆手，喝了口水，道："一会儿上台嗓子会干。"

程惠道："这套礼服租的时候看上去不咋样，没想到灯光一打效果这么好。"

闻乐还没看过自己穿这身衣服在灯光下是什么效果，有些好奇，便在程惠面前转了个圈，笑道："什么效果？"

程惠吐掉瓜子壳儿，翻了个白眼："别费心思了，我是不会夸你的。"

闻乐笑得不行。

“在台上紧张吗？”

“还行，不紧张。”

“我看你表现得也相当好。”

待李旭阳报幕结束，就见一个穿着白色抹胸礼服，梳着公主头的女生，踩着一双十厘米细跟的高跟鞋款款走上台。

程惠戳了戳闻乐：“这个人就是那几个去辅导员那儿闹的女生里打头儿的那个，也是个班花，长得挺好看的，好像小时候学过主持，家里条件挺好的，就挺傲气的。待会儿你上台的时候小心点儿，就怕她闹幺蛾子。”

闻乐看了看那女生，点点头：“好的，放心。”

那个穿白裙子的女生上台弹了一首钢琴曲，下台时从支架上拔下了话筒。

按流程，这时话筒应该交给上台的主持人。

闻乐迎面走过去，穿白裙子的女生把话筒递过来。闻乐伸手去接，没想到那女生突然松了手，话筒落在地上。整个剧场的人都听见了那咚的一声——穿白裙子的女生没关话筒。

原来“幺蛾子”在这儿。

穿白裙子的女生捂着胸口，小声道：“不好意思呀，我的裙子有些短，你能帮我捡一下话筒吗？”

闻乐在心里翻了个白眼：就这？

这段位有点儿低。

闻乐扯出一个假笑，温柔地道：“好哇。”

于是闻乐弯腰去捡话筒。

工作人员正在将钢琴从舞台上搬走，他们的脚步声与细微的交谈声清晰可闻。

闻乐的手刚碰到话筒，那女生就踩着一双闪闪发光的细跟高跟鞋走到了闻乐身边，居高临下地看着闻乐。

闻乐察觉到了对方的动作，却不动声色，握着话筒就要起身。

只见穿白裙子的女生一个虚晃，似乎将要摔倒。她那又高又细的鞋跟眼看就要向闻乐手上踩去。

闻乐在心里轻笑，她用胳膊往上一捞，就架着那女生的一条腿，把那女生狠狠地抵到了墙上。

闻乐能听见嘭的一声——穿白裙子的女生的后背和头撞到墙上，这一下似乎撞得不轻。

那女生蒙了一阵，似乎没反应过来。

闻乐轻轻地笑了笑，温柔体贴地说："小心点儿。"

那女生还蒙着。

此时两人的动作十分微妙——闻乐抬着那女生的一条腿，那女生的包臀小短裙卡在腿根，露出了裙子下面的底裤，模样狼狈。

而台下最右侧的观众将这一幕尽收眼底，顿时引起一阵骚动。

闻乐松开那女生，走的时候嘟囔了一句什么，那女生闻言，气红了眼。

闻乐说的是"小孩儿把戏"。

随即，闻乐迅速调整好表情，仪态万千地走上台。

穿白裙子的女生用一双通红的眼睛死死地瞪着闻乐。

晚会很成功。

观众离场后，参加晚会的演员、后勤人员和老师们合照，之后老师离开。偌大的剧场还要由院学生会成员和一部分班干部留下来清理。观众席的垃圾全都被观众带走了，只剩下舞台上的一些道具需要收拾，东西并不多。

闻乐先是被系主任拉着说了一会儿话，又被学弟学妹拉着合影，结束时后勤人员已经将卫生做得差不多了。

时间不早了，剧场里剩下的人不多。闻乐身上的礼服还没换下来，她先拎着包去了化妆间。

可化妆间的门被锁了。

闻乐连忙去找管钥匙的学姐。

"你还没换衣服？"学姐愣了一下，纳闷地道，"刚刚姚姚说她们把化妆间都收拾干净了，就把钥匙拿走了，还说她明天直接去还钥匙。"

"姚姚是谁？"

"就是今天穿白色抹胸礼服的那个，我以为你们认识。"

闻乐反应过来“姚姚”是谁了——下台时无理取闹的那个。

学姐大概也想明白了：“实在不行你就去厕所换吧。不过……你知道的，一晚上没人打扫了，那个女厕有些脏。”

何止是“有些”。

闻乐笑笑：“没事，那我先穿着吧。”

学姐往台上看了看，道：“行，那你先回去吧，卫生已经打扫得差不多了。你这一身衣服也不方便，需不需要我找个人送你回去？”

闻乐摆摆手：“不用。”

学姐从舞台边上拆了一个气球给闻乐，那气球插在粉色的塑料管上，是小时候在公园里能看到的那种最简单的玩具。学姐说：“美女，拿一个吧，别让那群男生都给糟蹋了。这是今天晚会的纪念物。”

她们身后有几个男生正在玩踩气球。

闻乐笑着接过气球：“谢谢学姐。”

左手挎着一个袋子，右手拿着一个气球，背上再背着一个书包——闻乐就这样出了剧场。

这形象有点儿搞笑。闻乐想着自己的模样，不由得笑出了声。

“闻乐！”

听见有人叫自己的名字，闻乐便回头去看，只见一个男生抱着一捧花朝自己跑来。

闻乐的笑容僵住，她心想：大晚上的，这个人要干吗？

那个男生跑到闻乐身边站定：“闻乐！你今天真的很美！你今天的表现超级棒！”

闻乐客套地笑了笑：“谢谢。”

接下来，男生开始滔滔不绝地赞美她，闻乐听得头皮发麻。

其实拒绝过那么多男生，闻乐到现在都不知道，遇到这种情况到底是耐心地听完，然后认真地拒绝更好，还是直接甩头就走更好。

前者似乎会让对方抱有希望，后者似乎太过不留情面。

闻乐站在原地，她的思绪却已经飘远，耳边男生的话音似乎已经变得模糊。

闻乐不禁回想，自己以前是怎么拒绝别人的。

高中时期的闻乐年轻气盛、脾气暴躁，她对别人冷脸相向，甩头就走的情况似乎更多一些。

上大学之后，她的脾气好了许多，碰上这种情况她多半会委婉地拒绝对方，甚至是直接截住对方的话头，不给对方说出口的机会，再有就是找过挡箭牌。

挡箭牌——周考。

“周考？”闻乐吃惊地看着路对面，几乎以为自己产生了幻觉。

剧场离学校门口很近，中间隔着一条长长的柏油路，不时有车辆从这里经过。

晚上九点半，路灯的光有些昏暗。一辆越野车正缓缓驶来，车灯发出明亮的光，照亮了沿着对面马路边儿走来的一个人——周考。

闻乐吃惊地瞪着周考。越野车遮挡住闻乐的视线又离开，周考还在那里。

这不是幻觉。

那真的是周考。

显然，车灯发出的光也让周考看清了路对面的两人。

周考不知何时停住了脚步，站在原地看着闻乐。

周考正巧站在路灯下，灯光将他的轮廓照得更为清晰。他似乎喝了酒，眼中有些迷离的醉意和冷冽的寒意。

他似乎不怎么开心。

路的两边，两盏路灯下，闻乐和周考的视线对上了。

闻乐有时候觉得这世上真的有些解释不了的缘分，过分……奇妙。

而那个正在努力吸引闻乐注意力的、抱着花的男生似乎也意识到了什么，转过身盯着对面那位过分优秀的同性，满眼的警告与戒备之意。

闻乐没管眼前这个男生的反应，对着周考无声地说了五个字：帮人帮到底。

闻乐不知道隔着这样的距离对方能不能看清她的口型，但就是有一种直觉，周考能领会她的意思。

果然，她就见周考微微地蹙了一下眉，有些不耐烦地道：“你怎么又……”

你怎么又大晚上被人表白。

周考止住话头，大步上前攥住闻乐的手腕：“我送你回宿舍。”

闻乐嘴角的弧度又大了些。

抱着花的男生像是被侵犯了领地的野兽，边骂边伸手去拉闻乐的另一只手：“周考，你有病吧！”

周考手疾眼快地挡住那男生要去抓闻乐的手，将闻乐往自己的身后扯了扯。

闻乐被周考护在身后，如此近的距离，她闻到周考的身上有一股淡淡的酒气。

周考淡淡地看了那男生一眼，用不容拒绝的语气道：“我送她就好，有些事不用解释吧？”

那男生看着周考和闻乐，想到那些传言，脸色很不好看。

周考又看了闻乐一眼。

闻乐心领神会，挽上周考的胳膊，温柔地对那男生笑着说：“就送到这里吧，谢谢了。”

闻乐到底给他留了点儿面子。那男生脸色有些难堪地离开了。

闻乐挽着周考的手臂放开了。

闻乐叹了一口气道：“可见表面单纯，背后玩弄心计的那一套，有时候还蛮有用的。”

周考乜了闻乐一眼，闻乐假装没发现，转移话题：“你喝酒了？”

周考轻轻地嗯了一声：“一点儿。”

“看上去并不像是一点儿，你似乎醉了。”

“能把你送回宿舍。”

周考看了看闻乐手上的东西，这才注意到闻乐的打扮，皱了皱眉，道：“你大半夜的穿成这样出来闲逛？”

“什么叫大半夜？夜生活刚刚开始好吗？”

周考笑了笑：“你挺野？”

闻乐轻咳一声：“主要是晚上紫外线没那么强，夜间活动比较有利于保护我的皮肤。”

周考嗤笑了一声，不信她的胡扯。

他看了闻乐手上的粉色气球一眼：“所以你的夜间必备活动是拒绝别人的表白，你今晚的特别活动是重回幼儿园？”

再一再二不再三，闻乐确实理亏。可闻乐哪儿肯吃亏，遂倒打一耙：“你知道你喝醉后会变得刻薄吗？”

周考抿了抿嘴唇，声音低了些：“我没喝醉，而且我刚才只是陈述事实。”

闻乐指了指自己手上挎着的袋子：“你要是没喝醉怎么会不帮我拎袋子，你的绅士风度去哪儿了？”

周考愣了一下，伸手接过挎在闻乐胳膊上的袋子，不说话了。

闻乐轻笑，心想：臭男人，还说没喝醉。

没喝醉他会这么听话？

这两个人并不知道，就在他们转身离开时，那些因为留在剧场里打扫卫生最后走的后勤人员正好走出了剧场，这群人一出门就看到了闻乐和周考手挽着手离开的画面。

经管学院高人气女生闻乐挽着“新鲜出炉，还热乎着”的校草周考!

这真是惊天炸雷!

“怎么就穿这身回来了？拖着大裙摆不累吗？”

闻乐放下包，摆摆手道：“我穿着平底鞋，不累。”

程惠觉得不对劲：“是不是那个姚姚又给你使绊子了？”

闻乐笑了笑：“没什么的。”

满青旋好奇地问：“怎么了？发生了什么？”

程惠就把姚姚故意丢掉话筒还要踩闻乐的手的事情说了。

“其实当时好多人看到了，她不知道院学生会老师就在下面看着，那老师脸都青了。”

满青旋震惊地道：“她疯了吧，在舞台上使绊子？”

程惠道：“有什么好惊讶的，要是乐乐伤了手不能上台，肯定是要有人替乐乐上台的，这不就给那些别有用心的人制造了机会吗？而且姚姚完全可以说自己不是故意的，到时候只需要赔点儿医药费。他们家有钱，又不在乎那点儿钱。”

包小凡正趴在床上玩手机，闻言，道：“我以前跟她上同一所中学。虽然我俩不是一个班，但是我也听说过她。她下手掌握着火候呢，想办法在诊断书上动动手脚，其实也赔不了多少。”

满青旋再次震惊地道：“我的天，这个女的简直心理变态吧？”

包小凡点点头：“你还别说，我真觉得有点儿。她爸妈都是高级知识分子，从小就对她要求特别高。她爸妈能为了一两分，在开家长会的时候当着走廊上那么多人的面指着她破口大骂。

“我当时还听说，他们家的气氛特别奇怪。她高中的时候是走读生，一回家她妈妈就紧盯着她学习，动辄打骂。当时她一直考不过班上的另一名同学，她妈妈就骂她废物，骂她没用。我感觉她就是压力超大的那种人。

“虽然高中那几年大家的压力都很大，大家都挺紧张的，但是人家是从小就这样，她的成长环境特别压抑。不过除了学习，别的事情她爸妈对她都百依百顺的，不怎么管。”

程惠道：“这种父母也是有点儿极端了，确实会导致孩子心理……有点儿那啥，我们还是不要跟这种人扯上关系比较好。”

大家正说着话，满青旋却突然大叫起来：“啊啊啊！乐乐！你干了什么？！”

程惠道：“你咋咋呼呼什么，怎么了？”

“刚刚我们还说不要跟她扯上关系，你看‘校园小广播’！我的天哪！”

“经管学院高人气女生疑似恋情曝光，恋人竟是……”

“惊！她竟然在新生入学典礼上做出这种事！”

包小凡无奈：“你别念这些乱七八糟的标题了，到底怎么了？”

满青旋抬起头，两眼瞪得溜圆，难以置信。

闻乐：“什么？”

程惠震惊地打开“校园小广播”，当看到娱乐板块里那标红的一排排标题后，竟然不知道该说什么。

包小凡用一脸被雷劈了的表情看着闻乐，道：“他们说你其实不喜欢男生……”

闻乐震惊地道：“什么？”

程惠补充道：“还说你当众把姚姚逼到墙边，压在墙上……”

闻乐有些哭笑不得：“他们天马行空的想象力时常让我觉得世界很

魔幻。”

程惠道：“咋办？”

闻乐笑了笑，看上去并不着急。

三个人见闻乐这表情，好奇极了，相互对视了一眼：“有猫儿腻！”

“快说快说！”

闻乐故作风情万种地甩了甩头发，浅浅一笑：“因为今晚遇到了挡箭牌。”

三个人又互相看了看：“周考？”

闻乐点点头，提着裙子侧着身子往宿舍里走：“看着吧，明天情况会大反转。姐姐明天依旧是最招人嫉妒的‘话题女王’。”

这边的三个人一齐做出受不了了的呕吐样，心中却又好奇得要死。

可闻乐就是不说。

闻乐洗漱完，往脸上敷了一层面膜，坐在电脑前查看邮件。

《文兴杂志》的编辑给她发来信息，说这次的稿子审核通过了，还通知了她稿子具体发表的时间和稿费的发放日期。

闻乐给编辑回了封邮件，再抬头就发现身边有一张脸。闻乐吓了一跳，定睛一看原来是程惠。

闻乐捂着胸口：“吓死我了，你干吗？”

程惠也捂着胸口：“我才是让你这张大白脸吓死了！”

闻乐的脸上还敷着面膜，这面膜是白色膏体的。

程惠又闻了闻，道：“你这面膜的味道还挺好闻，也是你阿姨给你寄来的？”

闻乐点点头，从书架的隔板上拿下来一个手掌大小的玻璃小罐儿，看上去就是一个磨砂质地的正方体，没有其他多余的东西，但是那流畅的线条很特别，让这个普普通通的小罐儿显得有一种高级感。

闻乐打开小罐儿，里面是白色的膏体：“来一点儿？”

程惠找了个发箍把刘海儿往上一撩，闭上眼：“来，糊少点儿。”

闻乐笑了声：“行。”

程惠道：“你阿姨总给你寄这么多瓶瓶罐罐，还都是一样的包装，这都是从哪儿弄的呀？你阿姨是做护肤品生意的？”

闻乐道：“不知道，我一直以为阿姨是在外头卖衣服的。”

程惠道："真好，我也想有这样的阿姨。"

闻乐给程惠的脸上涂完面膜，笑道："你可以成为这样的阿姨。"

程惠瞪她："谁要当阿姨？人家是小姐姐。"

两人正说笑着，宿舍的门突然被推开。宿舍里的四个人以为是学霸艾飞回来了，往门口看了一眼——孙优美。

孙优美拎着一个装着甜食的袋子。她那小圆脸上赔着笑，声音里带着做作的欢快之意，说："我回来了。我给你们带了好吃的。"

她边说边拎着袋子，在每个人的书桌上放了一大盒甜食。

她小心地窥探着几个人的脸色，可怜巴巴地道："我好像又乱发脾气了……你们不会生我的气了吧？"

"你们知道我的，我就这个脾气，你们不要生气了好不好……"

她可怜巴巴地举着三根手指，道："我保证，我下次绝对绝对不会再犯了！"

另外四个人都没说话。

包小凡气得翻了个白眼，表示真的不想理孙优美。于是，几个人僵持了一会儿。最后，还是闻乐率先开口打破了沉默："你这语气跟那些坏男人的语气好像啊！"

孙优美扑哧一笑："哈哈哈……真的好像。"

整个宿舍的气氛这才缓和下来，307 宿舍又好似回归了往日的虚假的和谐。

闻乐和程惠对视一眼，轻叹了一口气。

孙优美总是这样，脾气一上来就不管是非对错，先乱发一通脾气，事后想起来自己又后悔，买上自己最喜欢吃的马卡龙作为道歉礼物送给别人，软声软语地向别人道歉。

其实大家都不喜欢吃马卡龙，那东西太甜腻。

孙优美得到了几个舍友的原谅，笑得很开心，还给了每个人一个拥抱。

包小凡面上很嫌弃，却没有拒绝。

孙优美心满意足地和这几个人拥抱完毕，却突然看见她们的表情。孙优美像是预料到了什么，突然捂上耳朵："啊！我知道你们又要念叨了。我说我怎么总有一种上了大学都摆脱不了父母的感觉，原来就是因为你们！”

程惠把孙优美的手拉下来，道：“我不管。就算你不爱听，我们还是要说一下的。你就当我们是为了自己仅剩不多的良心吧。”

孙优美放下手，低着头，像一个受训的小孩儿，道：“行，你们说吧！”

程惠道：“你这个学期要是再旷课，恐怕就要延迟毕业了。辅导员有可能还会通知你的父母。”

孙优美也不想走到辅导员通知她的家长这一步。

“距离产生美，”满青旋奸笑道，“你就得一边儿忙自己的事，一边儿恋爱。你忙自己的事的时候晾着你的男朋友，若即若离的感觉才能保持新鲜感。”

说到这儿，孙优美突然抿了抿嘴唇，眼眶有些红：“我也知道不能天天缠着他，可我怕我不在他身边，他会去找别的女人。”

程惠道：“我也没谈过恋爱，但是我觉得这玩意儿你得给他点儿空间和信心吧，要不他万一觉得……”

孙优美补充道：“觉得有窒息感是吧？”

程惠没说话。其实她们都看出来了，孙优美自己都懂。

孙优美却突然哭着道：“可是他之前就犯过好多次了。”

几个人面面相觑，没想到事情会发展到这样的地步，但似乎面对这样的局面，她们也并不感到意外。

孙优美哭着说：“我们都已经在一起几年了。可他竟然背着我带别的小姑娘去吃饭，还把我喜欢的那款包送给了别的女人。嘤嘤……”

四个人不知该如何安慰孙优美，她们都没有谈过恋爱。这样频繁出轨的男生留着干啥？可是她们不是当事人，“分手”两个字从她们口中说出太过轻易。

孙优美是成年人，该不该分手她自己心里清楚。这件事似乎在她心里藏了许久，而从她咬牙隐瞒这件事的这一举动就能看出她的态度。

孙优美突然擦掉眼泪，态度坚决：“我不可能让那些小姑娘把他抢走。我也不可能把他让给那些小人。”

看，这就是她的态度。

几个人不知该反对还是该支持，或许她们的态度并不重要。

程惠看了闻乐一眼，不知该怎么说。

闻乐道：“我做事之前一般会想好备选方案，这样不至于让自己走到绝路。”

孙优美只愣愣地擦着眼泪，不知道听进去没有。

闻乐拍拍程惠，示意她俩脸上的面膜该洗了，然后两人去了洗漱间。

待她们从洗漱间出来，孙优美似乎已经收拾好心情，正低头玩手机。

闻乐做好护肤，便爬上床准备睡觉。只是她刚躺下，就又听见满青旋大喊：“乐乐，你和周考在一起了？！”

“‘校园小广播’都炸窝了！”

“你不是说你没跟周考在一起吗？”孙优美的声音里充满了难以置信之意，“你骗人！”

孙优美肉眼可见地有些激动，她连珠炮似的道：“我不是警告过你吗？周考不是你能碰的！你知不知道什么是廉耻？！”

孙优美喊完，整个宿舍都安静了。

闻乐没说话，就静静地看着激动的孙优美。

闻乐想，自己为数不多的良心真的不值得用在孙优美这个东西身上，孙优美就不值得被原谅。

包小凡突然很冷静地说了一句：“孙优美，你好好想想，你刚刚说的是人话吗？”

孙优美此时也反应过来了，脸色有些发白。她艰难地咬了咬唇，沉默片刻后，低声道：“对不起，闻乐。我有些激动，因为我最近对这些事情比较敏感。可是……”

接着，孙优美抬起头直直地望向闻乐，她的眼神丝毫不退让：“可是闻乐，你就是做了错事！周考是珍珍的未婚夫，你怎么能……”

闻乐冷冷地看着孙优美：“在指责我品行不端之前，你就不用向我确认，我到底有没有和周考在一起吗？”

孙优美的眼神躲闪了一下：“可是，‘校园小广播’上都有周考送你回来的照片了，他从来没有送过别的女生。”

闻乐冷声道：“所以外界也没有人知道他不是单身，不是吗？那么我又怎么知道呢？

“倘若他真的有未婚妻，我会为自己之前与他有超乎正常礼仪的接触而道歉，并远离他，甚至还会揭发他的恶行。但我想，在我不知情的情况下，这件事的主要责任是在明明有未婚妻却隐瞒不说的周考身上吧？而奇怪的是，在这种情况下，你竟然指责我，而不去怪罪那个男人？

“就像你的男朋友出轨，你也没有试图去了解错出在谁身上，就去指责那些女生，而不去指责你的男朋友。孙优美，你这是什么心理？”

孙优美后退一步，有些手足无措。

闻乐也不愿意再看见孙优美，她躺回床上，懒得跟孙优美多说，只道：“至于周考那边，我会向他求证。事实上，当面对质才是最真实有效的方式。就是不知道你和他哪一方会不愿意。”

孙优美急忙道：“你……我没撒谎！”

闻乐懒得理她。

程惠看了看时间，打了个哈欠，道：“行了，咸吃萝卜淡操心。十一点了，还不洗漱？该熄灯了。”

第二天上午没课，也不用去社联值班，闻乐就睡了个懒觉，八点半才起床。见包小凡和满青旋还在床上睡懒觉，闻乐就和程惠一块儿去了图书馆。

两个人在路上走着，程惠想起昨晚的事，气得直骂：“孙优美没点儿良心，我都让她气死了。”

闻乐也气：“我的每一分钱都是自己挣来的好吗？到底是谁靠着男……”

闻乐到底没有把话说完，深呼了一口气，又道：“算了，不提她了，心烦。”

程惠用手肘捅了捅闻乐：“不过，你跟周考到底怎么回事啊？”

闻乐撇撇嘴：“果然世界上没有免费的午餐，也没有不用付出代价的挡箭牌。”

程惠的眼中带笑：“你就真的只把他当挡箭牌？”

闻乐扑哧一笑：“这种话你会信？”

程惠啧了一声：“果然。”

“都是成年人，谁都不傻，说单纯都是装单纯。对方到底有什么样的心思，谁不是一清二楚？挡箭牌和‘男闺密’这种遮羞布扯开就没有意思了。”

“所以你其实喜欢他？”

“不知道，”闻乐摇摇头，眼帘微垂，整个人多了一丝怅惘，“大概就是一点儿执念吧。”

程惠有些吃惊：“所以你们从前真的有过一段过往？”

“要是有什么就不会有执念了，可能得不到的才是最好的。”闻乐想起过去，轻叹了一口气，“其实有时候，只要一个眼神，彼此就知道这段感情就剩一层窗户纸了。”

可惜，偏偏就没人捅破它。

这层可怜的窗户纸，却为这段感情蒙上了柔光滤镜，就像经软件处理过的照片，有着虚假的美好和遗憾。

程惠觑着闻乐的神色：“那……他也是这么想的？”

“不知道，”闻乐耸耸肩，“也都不重要了。”

程惠听得糊涂：“什么意思？”

“从陈旧的执念里萌发的冲动大多都是畸形的，现在好了，”闻乐自嘲地笑了笑，“他的情况有争议，正好可以把我那过时的冲动掐灭。”

这话听着竟然有些冷酷。比起其他女生，乐乐是太理智冷情了些。程惠心想。

上午图书馆里的人并不多，两人找了个安静的角落落座。干净明亮的图书馆里，只有翻动书页的声音。

时间流逝，日头渐渐西移。

阳光打在闻乐浓密的长发、长而直的睫毛上，此时的闻乐有种近乎纯真的美丽。真正的美人，是活动在不同场景里有着千万种风情的动态与静态的结合。

闻乐轻轻地起身，指了一下书架，示意程惠自己要去找一本书。

那本书被放在书架最高的一层上。闻乐踮着脚试了试，她的手指刚好可以碰到书脊的底部。

闻乐踮着脚将书一点点抽出来，抽出的书竟然带出一张薄薄的卡片，冷不防迎面砸向她的脸。

闻乐下意识地伸手去挡，却在手忙脚乱之际，将书架上的一本书打落了。那本书径直地朝着她的脸砸下来。闻乐急忙后退，撞在了一个人身上。

闻乐看见一条手臂伸出来接住了往下落的书，卡片飘落在地。图书馆安静依旧。

闻乐转身后退一步，发现这人竟是周考。

周考亦后退了一步，将手中的书递给闻乐。

闻乐垂下眼帘，接过书，轻轻地道了声谢。

周考的声音也很轻，意有所指："你是该好好谢谢我。"

闻乐没有接话，因为她想到了孙优美昨天所说的话。

闻乐的心里莫名有些烦躁，她想问清楚但又不想由自己问出口，心中堵着一口气，仿佛只要她问了，她就落了下风，周考就占了上风。

算了，她如果没有那么在意他，何必要问呢？而且似乎只要她问了，她要想再与他保持距离，她就是逃兵了。

那不可以，她闻乐永远都不会是怯懦胆小的逃避者。

保持距离就可以了，没必要问。

闻乐正想着，嘴巴却张开了，只听她问道："听说你有未婚妻？"

周考闻言，一愣："是吗？我怎么不知道？"

闻乐抿唇一笑，不知信了没有："据说叫什么'珍珍'。"

"不熟，"周考眼皮都没动一下，只看着闻乐，"倒是你，很在意？"

闻乐咬牙。他果然很得意，她不该问出口的。

"哦，不，"闻乐假笑道，"还记得吗？你说我是该好好谢你。"

周考挑眉："这就是你的诚意？"

"及时告知你多了这样一个未婚妻，可以帮你挽回不必要的名誉上的损失。这还不够有诚意吗？"

周考轻轻地笑了一下："我以为自从遇到你，我就没有什么名誉可言。

"说是帮我挽回名誉上的损失，倒更像是铲除异己。这明明维护的是你的名誉，不是吗？"

闻乐推开周考凑近的脸，嫌弃地道："你是宫斗剧看多了吧？！"

闻乐不想再理周考，便继续顺着书架找自己需要的书。周考没离开，慢慢地跟在闻乐身后。

闻乐懒得理他，却见周考向自己靠了过来。

闻乐转过身，面无表情地望着周考：“据我所知，你们专业需要用的书不在这层吧？”

周考笑了，突然俯身，几乎要把闻乐困在怀中。闻乐心中一悸，心跳像是漏了一拍，她下意识地后退一步，后背紧贴在书架上。

闻乐瞪向周考：“干什么？”

只见周考那狭长的眼中闪过一丝笑意。

两人的距离越来越近，周考还在继续逼近。他身上很淡的须后水的味道和闻乐头发上的香味渐渐融合，在越发狭小的空间内发酵出近乎暧昧的氛围。

闻乐下意识地向后退，可她的后背早已紧贴书架，退无可退。周考单臂撑在闻乐身侧，高大的身影在闻乐面前投下一片阴影，若外人看到了大概会以为这两人在接吻。

可若凑近了，再多逗留一刻，便知道那绝对是错觉。

只见周考贴着闻乐的腰侧取出一本书，声音很轻，带着笑意：“哦，所以你以为我现在在这里，是为了你吗？”

闻乐美丽的眸子里像是燃起了火焰，心想：你要玩儿是吧？！

闻乐伸手往周考胸前用力一推，周考就着这力道顺势后退了两步，后背贴着书架。

闻乐把胸前的头发拨到耳后，她身上带着一种演员即将上台表演时的饱满的精气神，只见她一个眼神转换，眸子里立刻满含着波光潋滟的柔情。

她若是去当演员，应该可以把“祸国妖姬”这一人物诠释得很好。

闻乐伸出那雪白的柔荑，似乎就要抚上周考英俊的面庞。

周考眼睛微眯，没有动作。

闻乐的手在几乎要触碰到周考的脸颊时，拨开周考的脸，从书架上抽出一本距离周考的脑袋最近的书，并踮起脚凑向周考耳边，轻轻地道：“非要这样玩儿吗？”

周考嘴角轻勾，也微微低下头，侧向闻乐耳边，好似在同情人低语：

“你动作也很熟练哪！”

两人不欢而散。

只是分开时，因为两人离得太近，闻乐的唇轻轻地擦过周考的耳郭。

闻乐的这一动作很轻，周考又心不在焉，所以没有注意。

闻乐取了书，回到自习桌边，掏出随身带着的小镜子，用湿巾将嘴上的番茄红色的唇釉擦去，补了个斩男色的口红。

闻乐看着镜子里的自己，嘴角轻勾。

周考敢戏弄她？呵呵。

程惠用笔轻轻地敲了敲闻乐的桌子，极小声地说：“你在笑啥？傻了？”

闻乐收了镜子：“没事。”

周考借完书直接去了教室，他来得有些晚，此时教室里已经坐了不少人。

“我的天……”

“那是什么？”

“啊……不会是那个吧？”

周围响起叽叽喳喳的议论声和笑声，周考没有在意。女生有时候会有一些奇怪的点，他搞不懂，也不想懂。

可今天有些不对劲，杭帅突然喊了一声：“天哪！”

杭帅看了看四周，压低了声音，道：“老大，你大清早干什么去了？”

周考指了指手上的书：“图书馆。”

“骗人，”杭帅似乎不知道怎么说，又指了指周考的耳朵，“你自己用手机照照。”

周考似乎听到了女生的偷笑声，有些疑惑地用手机照了照自己的耳朵，就看见耳朵上有两道嫣红的……唇印。

周考突然想起，在图书馆他与闻乐相互嘲讽完之后，闻乐离开时他的耳朵曾感觉到一种轻微的触感……

周考铁青着一张脸，耳朵却有些红。

教室里依旧有女生在偷偷地笑，而在周考耳中，那仿佛是闻乐奸计得逞后的笑声。

“哈哈哈……”

程惠无奈地摘下耳机：“乐呀，你到底在偷偷地笑什么？都笑一天了，你是不是傻了？”

闻乐反应过来，用双手捂住嘴巴，继而又伏在程惠肩上笑。

程惠道：“到底怎么了？”

“没事，”闻乐摆摆手，道，“就是我赢了一局。”

“赢了谁？”

“周考。”

“你什么时候见到周考了？”程惠很惊讶，她明明一整天都和闻乐在一起。

闻乐道：“就在图书馆的时候。”

“所以你问过了？他到底有没有未婚妻？”

“他说‘我怎么不知道’。”

“看来是没有了。”

听到两人在谈论这事，满青旋凑过来：“两个人的答案不一样，那其中肯定有一个人撒谎了。”

包小凡也凑过来：“那有没有可能存在第三种情况，两人都没说谎？”

“你是说，其实那个珍珍说的是真的，她真的是周考的未婚妻，但是周考说的也是真的，他是真的觉得自己没有未婚妻。也就是说，周考的家里人给他定了未婚妻，但是他自己不知道？”

包小凡点点头：“理论上是有这样三种情况的。”

满青旋不可置信地道：“不会吧……这都什么年代了，还有这种事？”

“他们家跟一般家庭不一样，你还真的不知道他们会有什么样的操作。”

包小凡道：“今天我跟我的一个家境不错的闺密聊天的时候帮你们打听过周考。周考的家条件优越，咱们可比不上。

“周考家很有实力。周考外公那边儿是经商的。周考高中毕业的时候，他外公送了他一家公司。”

满青旋目瞪口呆："我的天！这……妈呀！这不就是偶像剧里男主角的标配吗？我考上 A 大，我妈就给我包了顿饺子。"

程惠道："贫穷限制了我们的想象力。"

包小凡道："这还不是重点，重点是，就在高三毕业的那个暑假，周考带着那个公司的员工做了一个项目，好像是投资了一个什么软件，据说到现在他已经赚了不少钱了。"

"牛！大佬！大佬！"

"天哪，这样的人真的存在吗？我原来以为电视剧里那些男主角的形象都是瞎编的，没想到我身边真的有这样的大佬！"

包小凡道："所以他的家族也不是我们能想象的。

"还有那个珍珍，他们家也是经商的。豪尔酒店你们知道吧？那就是他们家的。她是货真价实的有钱人家的孩子。他们家好像跟周考的外公家那边关系很近。"

"这真的是门……"满青旋突然意识到不对，偷偷瞟了瞟闻乐，把要说出口的话咽了下去。

闻乐笑笑，说："真的是门当户对，祝他们幸福。"

包小凡听闻乐这么说，不知为何心中有些不是滋味，便道："乐乐，我说这些话不是为了……"

"我知道，"闻乐笑着说，"你可以问问程惠，其实我今天上午就说过，不论周考到底和珍珍有没有关系，我都不打算和他在感情上有任何进展。"

程惠朝着包小凡和满青旋点了点头。

闻乐轻撩头发，又扯出一缕在指间慢慢地缠绕，一副妩媚动人的样子："主要吧，我的梦想是努力赚钱，以后养活一个听话的小男朋友。周考有点儿贵，要是养活他，我怕是要累死，养不起，养不起。"

三个舍友闻言，纷纷笑出了声，笑声之下却有些莫名的心酸。叫人望而却步的不仅是如山一般高的出身差距，还有现实和自尊。

突然响起一阵铃声打断了宿舍里的笑声，闻乐拿起手机一看，见是一串陌生号码。

闻乐接通电话，还以为又是某个购物网站的客服打来的，却听电话那头的人道："你就是闻乐？"

听对方的语气就知道来者不善，闻乐淡定地回答：“我是。你是哪位？”

“我是周考的未婚妻苏珍珍。”

“在全校人的眼皮子底下纠缠别人未婚夫感觉很爽吧？”

听见这话，闻乐只觉一阵火气直直地冲上头皮，而这火气之外竟还有些无力感。

闻乐觉得有些荒唐，她大把的宝贵时间不应该浪费在这富有戏剧性又毫无意义的纠缠上。闻乐不禁回想，自己到底是怎么陷入这泥坑里的。

哦，起因是她遇见了周考。

闻乐很冷静，她确定必须做点儿什么，让自己迅速从这场荒谬的闹剧中抽身。

于是，闻乐深吸了一口气，尽量语气平和地对着电话那头道：“我理解你此刻的心情，也知道陷入爱情的人多半不会用大脑思考。但是有些事，我觉得你还是需要搞清楚。”

“我目前为止是单身，没有也不打算插足任何人的感情。我不管你和周考是什么关系，我和他，没有关系。如果你还是不相信，那就约个时间，我们三个人坐下来，好好地、开诚布公地谈一下，好吗？”

电话那头的人大概是没理解闻乐的意思，只抓住自己关心的点继续说：“我和他是什么关系？我们两家的家长已经快要给我们订婚了，你说我们是什么关系？你最好有点儿自知之明，别去纠缠他，不然我会让全校的人都知道你是个什么人。”

闻乐已经不想再与苏珍珍废话，因为再说下去也只是对牛弹琴。她直接忽视苏珍珍那些威胁的话，冷冷地问道：“你是怎么知道我的电话号码的？”

“我为什么要告诉你？”

闻乐毫无感情地道：“祝你们订婚快乐。我跟周考没有关系，不要再来烦我。”

“这是你说的，我会找人盯着你的。你要是反悔，我真的会把你插足别人感情的事公布到网上。”

闻乐挂了电话，就见三个舍友都瞅着自己。

“什么情况？”

闻乐有些烦闷地回答：“刚才给我打电话的人应该就是孙优美说的那个珍珍吧。她说，她和周考目前是即将订婚但实际还没订婚的关系。”

包小凡道：“那看来就是第三种情况，她和周考都没说谎。不过还没订婚她就开始顶着未婚妻的身份作威作福了，万一这婚订不成……啧啧，她不怕被打脸哪？”

闻乐道：“那是他们的事。”

这件事与她无关。

满青旋却突然道：“乐乐，你真的觉得周考是那种明明有未婚妻还和别的女生暧昧不清的人吗？”

闻乐愣了一下，脑子里下意识地想回答不是，可是随即她就摇了摇头。与她无关，她不想再被卷入这样荒谬的闹剧里了。

程惠道：“其实你和周考的事虽然被人挂在‘校园小广播’上讨论了两天，但是现在基本上没什么水花了，那些帖子都沉下去了，可能大家也没当真。”

满青旋道：“对呀，这两天反倒是那个跟周考竞争校草的人的人气比较高，这个人是直接被别人爆料说他出轨。现在校内关注你跟周考的事的人都不多，校外的人又怎么会知道？”

包小凡道：“那么‘未婚妻’是怎么知道这事的呢？还找到了你的手机号，直接给你打电话……我怎么想都觉得这是某个白眼儿狼干的。”

闻乐耸耸肩：“她还跟我说‘我会找人盯着你的’。”

闻乐说着看了看孙优美的床铺，道：“她今天晚上还不回来？”

程惠道：“她说要回来的。她父母在家管她还管得挺严的。她在外面交男朋友，跟男朋友出去玩都瞒着她父母，朋友圈更是常年屏蔽她的亲戚和老同学。她应该也害怕辅导员通知她父母她夜不归宿这事的。

“可怜她爸妈现在还以为自己的女儿老老实实地在学校里读书，每个月就拿着他们给的那点儿生活费。”

闻乐道：“算了，不说这些破事了，影响心情。周末你们都有什么安排？”

满青旋趴倒在床上，叹气道：“我要去兼职，你不知道那个小孩儿有多难教。啊啊啊啊！现在支持我兼职的唯一动力，就是这个月发了工资我就可以拿下我梦寐以求的游戏机了。”

“加油！你可以的。”包小凡托着腮，“我还没有安排，要是实在没事我就回家蹭顿饭，我有点儿想我妈做的红烧肉了。”

程惠道：“我们社团有个志愿者活动，你们要不要去？参加的人能拿到一个志愿者证。”

包小凡举手：“我去，我没考驾照，这个志愿者证正好补一个创新学分。”

满青旋道：“你这个志愿者活动的时间跟我兼职的时间不冲突吧？我也想去。”

程惠道：“就周日一整天。你不是周五、周六的下午去兼职吗？不耽误你的事。”

闻乐道：“那我也去。”

“你不是有一个志愿者证了吗？”

闻乐笑道：“上大学的乐趣不就是收集各种证书吗？”

满青旋朝闻乐扔了一个抱枕：“你这个变态！”

四个人说笑了一阵，艾飞就从图书馆回来了。几个人看了看时间，便各自上了床，孙优美则是临近门禁时间才回来。

闻乐拿着电子阅读器坐在床上看书，突然手机振动了一下。她看了一眼，见是程惠给她发的信息。

惠：“她换包了。”

这是在说孙优美。

闻乐还没来得及回复，就又收到了程惠发来的一张照片。

惠：“她上次还说珍珍买的这个包多好看，就是太贵了。”

惠：“我觉得她不可能傻到跟珍珍买一样的包的。”

没有女生喜欢别人模仿自己。

说到这儿，闻乐明白了，这个包大概率是珍珍送给孙优美的。而珍珍为什么突然送给孙优美这么贵的包，联想自己今晚接到的电话，闻乐似乎找到了原因。

送包大概是一种奖励和拉拢人心的手段。

啧啧，大手笔，但这一套对付孙优美显然很管用。

接下来的两周，闻乐的事情渐渐多了起来。

她要准备辩论队的比赛，要领着学弟学妹们去做社联的活动，她有排得满满的课程以及繁重的作业，还要抽时间写点儿稿子来赚点儿零花钱。

差不多连轴转了两周，闻乐每晚回宿舍的时间甚至比艾飞还要晚一点儿。终于，辩论赛、社联活动结束了，连稿子也已经写完发出去了，闻乐这才松了一口气，不再忙得连饭都没时间吃。

这半个多月，闻乐没有再见到周考，似乎周考再度从她的生活中退出了。倒是孙优美的一举一动都会泄露一些跟他有关的信息。

孙优美已经连续几天心情暴躁了，大概也是受了珍珍的坏心情的影响。孙优美甚至都没再将那个包背出来。似乎包小凡的话应验了，珍珍没能如愿订婚。

不过这些跟闻乐已经没关系了，闻乐也没有兴趣再去关注。

这天晚上闻乐在图书馆自习，突然收到《文兴杂志》的编辑发来的信息，说稿子出了点儿问题，需要再修改一下。闻乐没带电脑，看编辑催得挺急的，就干脆收拾了东西回宿舍。

因为赶时间，闻乐不得已抄了小道走。

从这条小道走会穿过一个小花园，这个小花园是情侣约会的“圣地”。闻乐怕尴尬，平日不爱从那儿走。

不巧的是，偏偏让闻乐遇见了比见到情侣更尴尬的事。

就在这条小道的前方，闻乐见到了周考和一个女生。

他们两个人隔着差不多一米的距离，气氛有些剑拔弩张。

闻乐的脚步慢下来，她思考着自己是不是应该绕远路离开，可惜还没想好就被那女生发现了。

那女生是一个妆容精致、衣着考究的小美女，她浑身上下带着一股傲气。此刻她红着一双眼，似乎很难过。

她看见闻乐之后就变得十分激动，指着闻乐对周考喊道：“我说我这次怎么把你叫下来了，原来你不是为了见我，而是约了她，你太过分了！”

闻乐疑惑了。

那女生说完哭着跑开了，路过闻乐身边时，狠狠地推了闻乐一下。闻乐完全没有预料到，踉跄了一下，一脚踩到了路边的一个不平坦的坑里，扭伤了脚腕子。闻乐感觉自己听见了咔嚓一声，此刻她的表情略微有些扭曲。

闻乐瞬间就疼得直冒冷汗。

而苏珍珍早就哭着跑远了。

周考大步走上前扶住闻乐，却被闻乐推开。闻乐忍着疼痛，费力地用单脚站着："我觉得有点儿尴尬，你觉得呢？"

周考淡淡地道："哦，这种情况我碰见过三次了，我可能习惯了。"

闻乐道："你不去追？"

周考反问闻乐："前三次碰见你被人表白，也没见你去追呀。"

闻乐道："可这不是你的未婚妻苏珍珍吗？"

闻乐在孙优美发的朋友圈里见过苏珍珍的照片。

周考有些不悦："我记得你上次问我的时候，我给过明确的答案——我没有未婚妻。"

周考看上去有些烦躁，似乎不愿再提这个话题，只说："我背你去医务室。"

闻乐指了指自己身上那条红色的包臀长裙，道："恐怕没法儿背。"

周考扫了闻乐一眼："那就扛着吧。"

闻乐伸手："这位绅士，公主抱了解一下。"

周考没动，似乎还说了一句："这里离医务室可不近……"

闻乐比了个"好"的手势，抬脚就蹦："姑奶奶自己走行吧？"

周考的眼中突然闪过一丝笑意，他大步上前，打横抱起闻乐——是一个标准的公主抱。

周考抱起闻乐掂量了一下，啧了一声。

闻乐怒道："你放我下来，我不信我自己去不了医务室！"

周考偷偷地笑，把怀里的人抱得更紧了些："别动，走了。"

他们在去医务室的路上遇到不少人。闻乐全程低着头，用头发尽量将脸遮住。

周考发现了闻乐的意图，打击道："没用的，别挡了。"

闻乐不听，心想：挡着总比不挡强。

周考把闻乐抱到医务室放下，闻乐心想：这人看着挺瘦，其实身上全是腱子肉。

“肌肉不错。”闻乐说。

周考却道：“我恐怕要找医生看一下我的肌肉是否拉伤了，感觉你比预想中的要重一些。”

闻乐生气地道：“同学，你这话非得当着我的面儿说吗？！”

校医在旁边听得直笑：“美女，你男朋友这是故意在你面前说，好让你心疼他呢。”

周考轻轻地咳了一声，尴尬地转过头去。

闻乐扑哧一笑，道：“医生，您觉得就他这种不解风情的人能有女朋友吗？”

校医又被逗得直笑，道：“怎么不能？这么帅的小伙子，你在大街上随手抓一个女生，那都是愿意当他女朋友的。”

闻乐道：“那您可以问问他抓到了没有。”

校医意有所指地看看闻乐，笑道：“我看是抓到了。”

闻乐道：“您想多了。”

校医帮闻乐看了看脚腕子，说闻乐的脚踝有些肿了，自己得先去给闻乐配药，之后才能给她包扎脚踝。

校医临走前拿了一瓶药油给闻乐，道：“小姑娘，我这儿人手不多。你男朋友一路抱你也不容易，你就心疼一下他，用这东西帮他揉一揉胳膊吧！”

闻乐道：“他真不是我男朋……”

医生没等闻乐说完，就笑着去给闻乐配药了。

周考坐在闻乐身边，将胳膊一伸，看上去心情不错的样子：“来吧。”

闻乐无语了。

周考闭着眼，任由闻乐那双柔软的手揉搓着他的手臂，还像个大爷一样发号施令：“用力一点儿。”

闻乐咬牙，手上暗暗用力。周考的手臂上全是硬邦邦的肌肉，揉起来实在有些费劲。而且不知道是不是因为周考身上的肌肉比例大，他的体温明显比闻乐的高。

闻乐坐在周考身边，感受着周考身上灼热的气息，竟然觉得自己的身上也有些热。

闻乐热得脸上泛出了几分淡淡的红晕。

校医还在里屋配药，闻乐和周考都没有说话，一时间静得仿佛可以听见两人的呼吸声，气氛也有些奇怪。

周考的喉结上下滚了滚。

闻乐的耳朵尖儿悄悄地爬上了一片粉红。

过了一会儿，周考低声说："好了。"

闻乐低低地应了声，收回手，而手上似乎还残留着周考身上的温度。

周考突然起身，不知道去干什么，回来时手上拿着一张带着包装纸的湿巾，递给闻乐："给。"

闻乐没反应过来："啊？"

周考撕开包装纸，又将湿巾往前送了送。闻乐伸手接过，擦了擦掌心沾染的药油。

不一会儿校医配完药出来，帮闻乐上了药又按摩了一会儿，还叮嘱闻乐要养两天，闻乐点头应下。

然而，周考还得把人送回宿舍。

医务室离闻乐的宿舍楼并不近，闻乐也知道，如果再让周考把她抱回去，恐怕周考的胳膊的确要疼上一阵儿了。

闻乐咬咬牙，跟校医借了把剪刀。

周考道："你干吗？"

闻乐不说话，弯腰撩起裙子的下摆，拿着剪刀沿着红色包臀长裙的两边一剪，咔嚓两下就把她心爱的包臀长裙剪成了两边高开衩式的长裙。裙子两边的开衩一直开到大腿根，闻乐那两条雪白的长腿在红色的裙摆下若隐若现。

周考移开视线，他的喉结又不自觉地上下滑动，心想：这样的裙子还不如不穿，果然还是不露腿的长裙适合闻乐。

闻乐不知道周考的心理活动，把剪刀还给医生后，对周考道："背吧。"

这回轮到周考无语了。

闻乐的手臂攀在周考的肩上，两条滑腻纤长的腿垂在周考的腰侧，更要命的是，闻乐的胸挤压在周考的背上。

该死，周考的呼吸声不由得有些粗重，心想这还不如抱着。

闻乐以为周考是累了，没忍住小声儿问了句："我真的就那么重吗？"

周考似乎很轻地笑了一下，却没出声。

闻乐不禁恼羞成怒："周考！"

周考这才开口："不重。"

闻乐不大信："你说实话，我不生气。"

"说实话，我不知道，"周考的眼中含着笑意，突然低声道，"毕竟我只抱过你一个人。"

闻乐的耳朵一麻，脸上一红，她暗骂这个浑蛋。

"不过，"周考突然话锋一转，道，"你要是重……"

闻乐气急："怎样？！"

周考笑道："那我也认了……"

闻乐气死了。

"要是连你都能找到女朋友，我就……"

闻乐突然停住不说了，毕竟这家伙再怎么不济，他那张脸还是挺帅的。

周考却追问："你就怎么样？"

闻乐翻了个白眼："我就恭喜你，那真是世界上的又一大奇迹。"

两人斗了一路的嘴，终于到了闻乐的宿舍楼下。因为是女生宿舍楼，周考就不方便上去了。

闻乐从周考的背上下来，道："我让舍友下来接我，今天多谢了，你回去吧。"

周考应了一声却没有动，看样子是打算等到闻乐的舍友过来了再离开。可偏偏闻乐今天回来得太早，她的舍友都不在宿舍。闻乐给程惠发了信息，程惠也要十多分钟才能赶回来。

晚上的女生宿舍楼下，完全不亚于闻乐一直不愿意经过的那个被称为约会"圣地"的小花园。

男生与女生回到宿舍楼下，依依不舍。同样的一幕每天都在这里上演。或许是闻乐回来的时间点太不巧，今天晚上在女生宿舍楼下依依不舍的情侣似乎过分的多。

闻乐和周考这一男一女，此刻相顾无言地站在这里就显得分外突兀，也格外尴尬。

闻乐尴尬地指了指右边，小声儿对周考说："要不我们去那边儿？"

女生宿舍楼下种着几棵松树，再往右侧则是一个小小的花园，里面种了一些树，也算是一个隐蔽安静的去处。

周考知道闻乐是觉得尴尬，便点了点头，扶着闻乐往右侧墙壁边儿上走去。

闻乐单脚站久了，脚有些麻。她把背靠在墙上以承托身体的重量。

周考站在闻乐面前，两人之间的距离很近，一时谁都没有说话。

近来有些降温，晚间已经不再闷热难耐，时而拂过的阵阵晚风更是让人感觉凉爽舒适。

可有时，再凉爽的风也吹不走一些燥热。

闻乐的长裙被风吹起，露出了雪白修长的腿。周考下意识地移开视线，可闻乐的长发也被风吹起，从周考的鼻端拂过。

眼前是闻乐的美腿，鼻端萦绕着闻乐身上淡淡的香气，周考突然觉得喉头有些紧，不知道自己留下来的这个决定是否正确。

周考的喉结上下滚动着，他下意识地后退一步，想拉开两人的距离。

"啊……"

谁料闻乐突然惊叫一声，整个人扑到周考的怀里，以熊抱的姿势挂到了周考身上，两条雪白的长腿挂在周考腰间。

周考呼吸不畅。这真要命。他将双手无措地举在半空中："你……你干什么？"

闻乐用双手紧紧地攀着周考的脖子，尚且有些惊魂未定："虫……虫子！我的天哪，那么长，那一定是一只蜈蚣！"

闻乐长这么大，天不怕，地不怕，偏偏怕虫子。

闻乐从小在山里长大，爬过树，下过河，见过野猪抓过蛇，见识过各种"大场面"，可一直无法克服对虫子的恐惧。

说来这也与闻乐小时候的经历有关。

西南地区的气候湿热，本就多蚊虫，再加上闻乐住在山区，那里草木繁茂，蚊虫之多就更不必说。而偏偏闻乐又是格外吸引蚊虫的奇怪体质。

毛毛虫爬过她的裙子，草蜈蚣爬过她的脚背，壁虎爬过她的枕头底下……闻乐从小到大的遭遇可以写一部“蚊虫惊魂史”了。

有些东西怕着怕着就习惯了，可是也有些东西就是能欺负你一辈子。

闻乐挂在周考身上，有点儿想哭。今天晚上都是些什么事啊！

周考似乎察觉到了闻乐的情绪，怕闻乐掉下去再伤着脚，便把闻乐抱紧了些，声音低沉地说：“别怕，我们出去等？”

闻乐郁闷地点点头，有点儿怀疑人生。

周考抱着她出去，轻声安慰：“没事，有我在。”

闻乐下意识地抱紧周考，心中竟莫名安定了几分。

周考找了个干净的角落将闻乐放下。闻乐扶着周考，单脚站稳，叹了一口气。

周考道：“我还以为你天不怕，地不怕。”

闻乐反问：“难道我不是？”

周考挑了一下眉：“那刚才是……？”

“虫子这种生物不算在内。”闻乐边说边低头看了脚下一眼，再三确认没有虫子，才松了一口气，喃喃地道，“大概就是今天比较倒霉……”

说实话，来A大之后闻乐已经很久没见过虫子了，怎么就偏偏今天在周考面前……

闻乐有些郁闷，刚刚那一幕实在有损她一直以来在周考面前维持的无懈可击的胜利者的姿态。

周考却以为闻乐说的倒霉是指她崴了脚，而闻乐的脚腕子受伤这事也的确跟他有着间接的关系。

对于这场无妄之灾，周考需要给闻乐一个解释。周考张了张嘴，有些犹豫：“其实……”

其实，周考家与苏珍珍家并没有那么熟。

真正与苏珍珍家相熟的是周考的外祖父一家——黎家。

苏家与黎家相熟也并不是因为处在同一个圈子里，仅仅是因为两家是邻居，而苏珍珍的妈妈又是一个热情好客、厨艺极好的女主人。

周考小时候住在外祖父家时认识了苏珍珍。后来随着周考父亲外调，周考也去了外面读书。七八年没见，周考几乎忘记了那个小时候见过几面的小女孩儿。

周考再次见到苏珍珍，还是在高考结束后。

彼时周考的外祖父让周考经营一家公司，周考就跟着舅舅学习管理。那段时间他就住在外祖父家，与隔壁的苏珍珍见了几面。但两人也没说上话，毕竟七八年不见，彼此都很生疏了。

周考的舅舅与苏家有一些生意上的往来。酒局上他喝多了说了些胡话，说两家的孩子从小认识，年纪也差不多大，要是能凑成一对岂不是好事？

只是一句酒后的玩笑话，苏家人却对此上了心。

与周家联姻百利无一害，这其中的利益实在是叫人心动，于是心思活络的苏家人就去找人说项。

但是苏家的联姻计划实施得并不顺利。

周家的孩子都是自由恋爱，没有联姻的先例，且周家为人清高，对于苏家这种上赶着攀附关系的行为，多少有点儿看不上。说白了就是两个家庭的价值观相差太大。

苏父多次向周考的舅舅提及此事，但都被他舅舅糊弄过去了。周考的舅舅甚至还为了此事躲了苏父好几天。

苏父也察觉到了周考的舅舅的态度，早就知道周家没有这样的意思，可是怎么想也不甘心。

苏家没有轻易放弃，再加上苏珍珍也是真的喜欢周考，于是苏父放下面子，再次上门与周考的舅舅谈了一番。

苏父既然做到这个份儿上了，周考的舅舅也不好再糊弄，只得硬着头皮当着苏父的面给自己的姐夫打了电话。

周父听完就知道是怎么回事了。他只说这都什么年代了，他的儿媳妇自然是要周考自己领回来的，周考想和谁结婚，那是周考的事，等周考想要结婚的时候，自然就跟他说了，现在不都讲究孩子是独立的个体嘛，作为家长还是要适当地放放手啦。

周父的话说得很委婉，但是拒绝的态度很明确，于是这场一厢情愿的订婚就这样无疾而终了。

周考顾及女孩儿的名声，只含糊地说了个大概。闻乐自己连蒙带猜也明白了七七八八。

闻乐对周考的话还是信的，也认同周考的观点，道："放心，我和我们宿舍的人都不会说出去的。"

只是……这事最初就是苏珍珍自己透露出去的。说实话，闻乐觉得就算自己这边保密，苏珍珍那几个姐妹恐怕也还是会把这件事捅出去，就好比当初的孙优美。

不过，闻乐没有多说什么。她相信其实周考心里也有数。

相比于苏珍珍的事，闻乐更关心如何找回自己刚刚因为虫子而丢失的面子。

或许是因为与周考的初识来自对"年级第一"这个位置的争夺，闻乐在面对周考的时候，总是有一种渴望胜利的心情。在一场与周考的对决中占上风所带来的快感，对闻乐来说不亚于拿一次奖的满足感。

闻乐的眼中带着笑意："你为什么跟我解释这些？"

周考看了闻乐一眼，淡淡地道："还不是怕我辛辛苦苦地将某人背回去，却被某些人骂成有未婚妻还抱别的女生的人渣？"

闻乐挑眉，笑道："原来你还蛮在乎自己在我心中的形象啊！"

周考反问闻乐："是吗？你觉得我很在乎自己在你心中的形象？"

周考从来不会落于下风。

闻乐撇撇嘴，道："算了。是不是你们法学院的人嘴皮子都比普通人的利索？"

"哦，你不是你们辩论队的最佳辩手吗？"

"你想跟我在辩论赛上见？"

"你不是一直都希望赢过我吗？"

"你真是自我感觉良好，"闻乐道，"我只是见不得有人在名次上压我一头，谁都不行。"

"你的好胜心可真强。"

闻乐皮笑肉不笑："说得好像你不是一样。"

周考但笑不语，没有说是，也没有说不是。

突然传来一阵嗞嗞的声音。

闻乐低头道："有东西咬我！"

闻乐还算镇定，周考却吓了一跳。他怕闻乐还会跳起来，便下意识地扶住闻乐的腰，将闻乐往自己怀中一护："哪里？"

闻乐陡然被周考护在怀里，她的额头擦过周考的喉结，鼻间尽是周考身上的味道。闻乐不禁有些走神，莫名觉得燥热。

"你们在干什么！"

突然前方传来一声大喊，周围的人都朝闻乐这边儿看过来。

闻乐心中哀号：这也太尴尬了吧……

程惠意识到自己的反应有些过激，不由得捂住嘴，往闻乐这边儿跑来。

闻乐也才反应过来此时她和周考的姿势有些过于暧昧。周考连忙把闻乐放开了。

两人都有些尴尬。

程惠笑着走过来："你就是周考吧？我是乐乐的同学，把乐乐交给我吧。"

闻乐咳了一声，用力抓着程惠的手臂，对周考道："今晚麻烦你了。"

周考也客气地道："应该的。"

周考走后，程惠抓着闻乐的手压着声音道："不是吧乐乐，什么情况啊？你们在一起了？"

闻乐还沉浸在刚才的尴尬中无法自拔，小声道："没有，只是一个误会。"

闻乐把自己今晚经历的倒霉事都跟程惠说了。

程惠啧啧称叹。

"诡异，太诡异了，这是什么诡异的发展？"程惠犹自后悔道，"都怪我，要不是我破坏气氛……啧啧，你俩怕不是要就着这气氛亲……"

闻乐掐了程惠一下。

"哎哟！"程惠笑道，"开玩笑开玩笑。不过他跟苏珍珍到底怎么回事啊？"

闻乐想了想便把那事的来龙去脉跟程惠说了。

程惠闻言，道："咱们宿舍的人是不会把这件事说出去的，也没地儿跟别人说呀。我还是觉得，这事会被苏珍珍那个圈子里的姐妹捅出去。"

闻乐耸肩："连你也这样觉得。"

程惠道："但这跟咱没关系，我主要怕孙优美不肯善罢甘休。"

“苏珍珍为了让孙优美监视你，给了她一个那么贵的包。孙优美尝到了甜头，要是发现自己突然失去了作用……这落差，啧啧。当然，咱这是以最坏的角度来推测，没说她一定会怎么着。”

闻乐道：“孙优美不敢闹太大动静的。她要是还顾忌着辅导员和她的父母，就一定会要我们跟她打好配合。她还用得上我们就不敢太过分。”

“也是，”程惠想了想又叹道，“悲哀。”

“不过乐乐呀，你真的不打算跟周考在一起吗？”

闻乐很坚定地摇头：“不。”

程惠道：“其实我有点儿想不通，你们两个都是单身，又还都有那么点儿执念，为啥不在一起呀？是因为苏珍珍和孙优美吗？”

闻乐笑道：“我要是想和周考在一起，苏珍珍和孙优美就都不是问题。主要是我和他还没到那份儿上，你知道吗？就是……我虽然对他有点儿好感，也馋他的美色，但是那种好感完全没有给我一种我要迫切地摆脱单身和他在一起的冲动。就只有简单的好感，没到那份儿上。”

程惠摇摇头，道：“不懂。”

闻乐道：“简单来说，我还是希望顺其自然，不想因为渴望恋爱而恋爱。如果好感积累到一定程度，变成喜欢，并且喜欢得不得了，想立刻和对方在一起，到了那种程度我就会选择恋爱。

“而且单身真的挺好的。”

闻乐不知道周考是怎么想的，或许他的想法和自己的差不多。

走在回宿舍的路上，周考也在思考，自己和闻乐之间到底算是什么关系。

他承认自己真的很在乎闻乐，甚至觉得闻乐对他来说很特别。闻乐是十几年来唯一让他动了那种心思的人。闻乐很特别，真的很特别。

周考遇到过很多女孩儿。她们当中也有很多人很优秀，很漂亮，很聪明，但是那些女孩儿的身上都没有闻乐那种劲，那种让周考觉得棋逢对手，十分着迷的劲。

周考对待异性通常是疏离客气的。但是对待闻乐，周考常常想要挑战她的底线，想看她那张伪装出来的面具崩裂，想战胜她，甚至驯服她。闻乐身上那种特别的野性，实在叫周考着迷。

周考到现在都清楚地记得，第一次见到闻乐时，她给自己带来的那种感官上的冲击。他甚至认为，闻乐成为他感情方面的启蒙并不是什么令他意外的事情。早在第一次见闻乐时，他就已经被闻乐俘获。

周考承认到现在他对闻乐都是有好感的，但是这种好感还没有多到让他想要将这段关系再向前推进一步的程度。

他很在乎闻乐对他的看法，但又不是那么在乎闻乐。当有人向闻乐表白时，他并没有那种领地被侵犯的不适感。

周考曾经以为闻乐是校园“小太妹”。他对这样的闻乐十分不齿。可就在一个星期之前，周考在学校的咖啡馆附近看到的闻乐，却打破了他曾经对她的固有印象。

学校的咖啡馆附近有一群流浪猫。流浪动物保护社团和一些喜欢小动物的同学会在固定的投喂点给那些流浪猫准备猫粮、饭盆和干净的清水，有时还有加了营养粉的牛奶。因此那些流浪猫时常会到投喂点来觅食。

有的流浪猫与人相处久了并不怕人，但有的流浪猫还是很怕生。

那日中午，一只瘦小的流浪猫出来觅食。每逢有人经过，它就放弃进食，偷偷躲起来，等人走后，再悄悄地出来。

当时周考正坐在咖啡馆里靠窗的位置，将这一幕看进了眼里。

那只流浪猫的一顿饭已经被打断了好几次，而闻乐也刚好要从这里经过。

闻乐当时手里拿着书，手上拎着的是从便利店买的饭团。她远远地看到了小心翼翼地从角落里跑出来觅食的流浪猫。她笑了笑，停下了脚步，就站在原地，没有继续往前走。

流浪猫没有发现闻乐，终于开始安心地吃猫粮了。

闻乐就站在不远处看着，没有走也没有用手机拍照。等流浪猫吃完走了以后，她才离开。

周考确定，闻乐是在等流浪猫吃完。

这样细腻温柔的举动显然与他印象中的闻乐的形象不符。周考想，或许是他对一些事情的判断过于武断。事实上，他当时也没有弄清事情的来龙去脉，如今想来也不知自己为何会犯下这样低级的错误。

这大概是关心则乱。

闻乐休养了没几天就下地行走了，因为事实在是不少——社联和校学生会搞了一个大“动作”。

校学生会决定要举办一场联谊活动，外联部给他们拉来一个大赞助商。但是校学生会觉得只凭自己的力量要达到赞助商的要求有些困难，于是决定和社联联合起来。

赞助商先支付了一半的赞助费，提出若是第一天参加联谊活动的人流量和“校园小广播”上对这场活动的讨论热度达到了要求，就将总赞助费增加到原定的三倍。

闻乐这天上午收到消息，说是校学生会包下了学校的体育馆，策划着要在那儿举办一场为期三天的联谊活动。社联与校学生会的宣传部门自然就是这次活动的主力军之一。

为了这场联谊活动，J 号楼的 333 教室经常坐满了社联与校学生会的成员。闻乐是社联的宣传部副部长，周考是校学生会的组织部部长，开会时两人都得在场。

几场会议过后，校学生会和社联决定，只要能拿下三倍的赞助费，就将一半的赞助费捐给因洪水和泥石流而失去家园和学校的贫困地区的儿童。

后续会议开了一场又一场，两个社团的宣传部、策划部吵了一轮又一轮，整个过程中甚至穿插着这两个社团内部人员之间的吵闹。

人一多场面就不好控制，其中出的乱子和笑话也同样不少。但在这种情况下，能力出众的人也很快地显露出来了，并且获得了众人的支持与信任，就连负责社联和校学生会的老师对这样的人也多了几分关注。

其中最引人注目的当数周考和闻乐这两个“校园小广播”上的热门人物。

虽然早就有传闻说这两个人疑似在交往，但是真正和他们俩相处过的人都会知道，那些只是谣言，而且周考和闻乐的相处模式还特别耐人寻味——有时两人针锋相对，有时两人又配合得十分默契，时常叫人摸不清路数。

后来有人问起这两人之间的关系，校学生会和社联的内部人员只会一脸纠结地总结道："是旗鼓相当的对手。"

被问到的人说不定还会用一副一言难尽的样子补充道："而且他们两个人是在我们建工作群的那天才加上的微信。"

不论过程多么曲折，这场联谊活动最终还是如约到来了。

在社联与校学生会各部门的配合下，这场联谊活动已经通过拉横幅、发传单、在校广播台进行播报、在"校园小广播"上发邀请帖等各种方式，宣传得广为人知了。为了增加参与人数，校学生会还邀请了相邻的几个学校的学生会成员。

不仅如此，本校多位拥有大批粉丝的帅哥美女也收到了此次活动的单独邀请函；联谊活动的开幕式还邀请了本届"校园十佳歌手"比赛的冠、亚、季军和人气很高的上一届冠军。

这场活动的火爆程度直逼"校园十佳歌手"比赛。

闻乐在开幕式上没有表演节目，但是有别的安排。倒是校学生会为了吸引眼球，让周考准备了一个节目。新晋校草的舞台首秀，自然能引起众人的关注。

为了那个特殊的安排，闻乐早早就打电话向奶奶要了一件旗袍。奶奶的旗袍每一件都是纯手工制作的珍品。直到联谊活动举办当天的上午，那件旗袍才寄到，一起寄来的还有一对珍珠耳坠和一个翡翠手镯。

联谊活动的开幕式是晚上六点半开始，闻乐和三个舍友早早就在宿舍梳妆打扮了。

满青旋把衣服摆满了整个床铺，在镜子面前来回试。

包小凡捧着手机看"校园小广播"上有关这场联谊活动的宣传广告："啊啊啊！天哪，乐乐你们办的这场联谊活动简直太棒了！"

程惠道："我也觉得，真的太棒了！你们是不是还特意邀请了易泽安？就是那个跟周考竞争校草的人气挺高的人。"

闻乐道："是的，不只是他，'校园小广播'上粉丝数量多的人我们都邀请了，不过有些人因为没时间拒绝了。"

满青旋放下衣服道："我听易泽安说他今天晚上要直播。我有些激动。我觉得他会火。"

闻乐道："校学生会也是为了他能带来的宣传效果才邀请的他，不是吗？"

程惠笑道："为了这场联谊活动，乐乐也是拼了，这旗袍……我的天，我都能想象到那群男生的反应。不过，乐乐你今天晚上需不需要保镖哇？我很便宜的，一晚上一百就够了。"

闻乐拒绝："不需要。"

闻乐拿起自己要穿的高跟鞋，亮出那十厘米的细跟，道："看到这跟儿了没有？绝对致命，一拍一个坑。"

程惠比了个大拇指。

满青旋捂脸大叫："啊啊啊啊！我太期待了！"

包小凡也捂着胸口倒在床上："我也太期待了。"

程惠道："这几天，我身边所有的女生都在打听周考到底要表演什么节目。我最近都不敢去隔壁宿舍串门了。她们都觉得乐乐肯定告诉我这件事了，说我就是不想告诉她们。我可太委屈了，我明明什么都不知道。"

满青旋道："就是！乐乐，你还不肯说吗？距离活动只有几个小时了，你还不肯告诉我们吗？"

闻乐笑道："告诉你们不就没有惊喜了？反正也只有几个小时了，你们再等等就好了。"

包小凡道："可我们就是超想知道！啊啊啊啊！"

程惠突然指了指孙优美的床道："她肯定会去的。前两天我看见她手机上显示的是'校园小广播'上你们联谊活动的广告页面。"

满青旋道："她要去就去呗。不过，她都有男朋友了还去联谊？"

闻乐道："你猜今天晚上会有多少不是单身的人出现在联谊活动现场？"

包小凡扑哧一笑："超级多。"

程惠道："你们到底有没有抓住问题的关键？"

"啥关键？"满青旋一脸蒙的样子。

闻乐道："你是说孙优美有可能把苏珍珍带来？其实我早就料到了，毕竟我们还邀请了隔壁学校的人。苏珍珍是隔壁艺术学校的学生，来了也不奇怪。"

关键是苏珍珍并没有对周考死心。

程惠道：“你和周考有没有什么互动？”

闻乐道：“暂时没有。但是如果人流量不理想的话，或许我们会采取一些特别的手段。谁知道呢？”

程惠道：“那个苏珍珍上次把你推倒，让你崴了脚，我还挺怕她再闹事的。那时候人又多，会很尴尬。”

闻乐道：“这点我也有准备。”

“而且上次只是意外，”闻乐羞涩地笑了笑，道，“其实在下是跆拳道黑带。”

晚上六点，场地已经布置得七七八八，所有晚上有任务的人都在化妆间准备行头。

为了联谊活动的开幕式，闻乐也准备了许多。除了向奶奶要了一身行头，为了配合今天晚上的造型，闻乐还特地提前去做了嫣红色的美甲，又顺道去理发店将头发做成了一次性的大波浪卷发。

化妆间里的女生除了校外请来的演员，大多是校学生会和社联的人，彼此共事许久，都相互认识。闻乐作为人群中最耀眼的那位，哪怕是在女生中也备受关注。

闻乐将装着自己行头的小箱子打开时，周围围着不少女生。当看到那件摆放在箱子中的衣服时，女生们不由得发出一声惊呼。

那是一件黑色的复古缎面旗袍，款式很简单，黑色缎面上有着同色系的暗纹，看上去有种令人意外的美丽。

她们几乎能够想象到闻乐穿上这件旗袍出现在人群中会引起怎样的轰动。而最重要的是，当闻乐将这件旗袍从箱子中取出后，众人发现这旗袍竟然开了不小的衩，这令她们十分诧异。

认识闻乐的人都知道闻乐的穿衣打扮向来偏保守，从来没见过闻乐穿过露出膝盖以上部位的衣服。这还是闻乐第一次在公共场合穿如此性感的衣服。当然这种暴露也是相对于闻乐自己而言，毕竟这件旗袍除了开到大腿的开衩，其他部位依旧是规规矩矩的样式。

与闻乐相熟的几个女生笑道：“看来闻乐为了这次晚会真的是豁出去了。”

闻乐叹了口气，道："谁说不是呢？"

众人闻言，大笑。

饶是在场女生对闻乐穿上旗袍后的模样有所猜测与想象，并且做好了被闻乐惊艳的准备，但真正见到换上了旗袍从简易换衣间出来的闻乐时，还是不由得嫉妒得要命。

看来今天晚上这场活动的热度是不缺了。

闻乐坐在化妆镜前，看着镜中的自己，拿了眉笔将眉毛勾画得稍细些，用了略深的眼影扫了扫上下眼皮，还配合今日的打扮用眼线胶笔在下眼睑处加深了眼部轮廓。复古的眼妆让她的眼睛看上去更具风情和韵味。最后，她用 D 牌的 999 色号的口红涂了一个烈焰红唇。

戴上奶奶寄来的珍珠耳坠和翡翠手镯，换掉脚上舒适的平底鞋，蹬上十厘米的尖头高跟鞋，闻乐打量着镜子中的自己——变了一种风格，仿佛换了一个人。

闻乐刚将自己捯饬好，一位学姐就找了过来："闻乐，出大事了！"

原来，联谊活动开幕式的女主持人因为突然来了例假，肚子疼到不能上台，但晚会又不能缺了女主持人，学姐的意思是让闻乐顶上。

闻乐拉着学姐的手道："学姐，再没别人了吗？我没有系统地学过主持呀！"

学姐道："没有女主持人了，有男主持人，咱总不能一下子上两个男主持人吧！不要紧的闻乐，你不是主持过一次你们院的晚会吗？据说效果还挺好的。"

闻乐心道：那是因为稿子是我自己写的，并且我已经倒背如流了，还录了视频，对着录的视频我纠正了不知多少遍。

学姐道："主要是因为你今天在开幕式上没有表演节目哇。乐乐，别的能上场的女生都准备了节目，抽不开身。其实你只要对着稿子读就好了，不用太紧张的。"

学姐都说到这份儿上了，闻乐也没办法再推辞。她是知道的，虽然社联和校学生会两个组织的人加起来是不少，但今天晚上人手还真是不大够用的。

闻乐点头应下来，找来了稿子，躲到没人的角落埋头苦背。说实话，在这样完全没有一点儿准备的情况下上场，闻乐的压力相当大。

闻乐正抓紧时间背稿子的时候，对此次活动期待许久的 A 大的学生们便兴奋地入场了。

体育馆里原本是没有舞台的。现在这个舞台是临时搭建而成，只有简单的 LED 显示屏，后头隔出来的一块空间完全不能供工作人员化妆和换衣服，所以女生和男生的化妆都是在体育馆楼上闲置的空办公室里进行的。

六点半时，在楼上的办公室里已经能够听到一楼的喧哗声。这对于所有工作人员来说，无疑是一个好消息，因为喧哗声越大，意味着人越多，也就意味着他们离任务的目标越近。

六点四十五分，闻乐和男主持人一起下楼，顺着被舞台遮挡的一个小门走进体育馆，直达后台。此时后台里的工作人员有的正在忙着调试设备，有的正在安排活动流程。

闻乐与男主持人走进后台，和认识的同学打了招呼。有人的视线扫向闻乐，并长久地停留。

“闻乐，你今晚好美。”

闻乐不好意思地笑笑。因为准备得并不充分，闻乐紧张得提不起精神寒暄，此时她的脑子里还在过着稿子，头脑都有些恍惚。突然闻乐想起什么，拉着那个让她主持的学姐道：“学姐，我这身衣服合适吗？”

闻乐这身衣服并不是为了主持准备的，而是为了开幕式结束后的开场舞。

学姐闻言，笑道：“怎么不合适？美就行了。加油！别紧张。”

晚上七点，开幕仪式正式开始。

闻乐深吸一口气，对着男主持人点点头，接着两人一前一后走上舞台。

话筒的开关尚未打开，可在闻乐的高跟鞋踏上通往舞台的最后一级台阶的时候，台下原本还在说笑的观众就渐渐地安静了下来。

优雅的尖头高跟鞋轻轻地落在铺着红毯的舞台上，一双雪白修长的腿在黑色的布料下若隐若现，那细腻光滑的肌肤在黑色旗袍的映衬下白得惊人，美得耀眼。

所有见到这一幕的人都停下了动作，他们的眼睛追随着这美色不肯离开。

那是着一身黑色缎面旗袍的闻乐，她披着一头及腰的黑色长发款款走来，那样有韵味，像是从电影中走出来的神秘的东方美人。

难以形容那被黑色旗袍包裹着的身段有多完美，大概穷尽人们的想象，也不会比此刻他们看到的闻乐更动人。

闻乐转身站定，面带微笑看向观众，自信从容。

柔情似水的眸子与火红的唇，黑色的绸缎与雪白的肌肤，红色的蔻丹与纤细的手指，碧绿的手镯与那圈在手镯中纤细雪白的手腕，这个女人无一处不精致，无一处不美丽。

她一个人，往台上一站就是一场视觉盛宴，一身旗袍，艳惊四座。

第四章

联谊舞会

舞台的灯光打在闻乐身上，她的一颦一笑都牵动着台下观众的心神。他们只见得美人巧笑倩兮，还尚未从这美色中回过神来，美人就已翩然离去。

众人甚至都没有听清第一个节目是什么，视线只追随着那道身影。直到劲爆的音乐声响起，众人才回过神来。

第一个节目是由上一届“校园十佳歌手”大赛的冠军演唱的摇滚歌曲。有摇滚乐热场，现场的气氛很快被调动起来。

闻乐走下台后，大大地松了一口气。

男主持人见状，笑道：“紧张吗？”

闻乐道：“有点儿，主要是太突然了，我都没怎么准备。”

男主持人安慰道：“但是你表现得很好，不用紧张。”

“谢谢。”

两人说着走到了后台。那个让闻乐上台主持的学姐正在跟几个部长聊天。她见了闻乐忙招呼道：“乐乐，这里！紧张吗？”

闻乐笑了笑，道：“还好，我上台后就感觉好多了。”

学姐道：“就知道你没问题，下一个节目谁上？”

闻乐环视了后台一圈，看到目标人物后道：“是文学院的池欣蔓。”

众人顺着闻乐的视线看去，就见池欣蔓穿着一身白色的汉服，头发绾成古时的发髻式样，脸上化着精致的妆容，正与朋友说着话。池欣蔓似乎有些紧张，一直在做深呼吸。

校学生会的一个部长问学姐："那是你们社联的人？"

学姐道："不是呀。"

部长奇怪地问："那是谁邀请她来表演节目的？"

部长身边的社联的另一个学姐道："池欣蔓是文学院的院花。我们当初向那些在'校园小广播'上粉丝数量多的人都发了邀请，至于她上台表演节目是自己申请的。"

部长道："是吗？她还挺热心的。"

他身边的学姐扑哧一笑："你是不是傻？下周就是校花大赛，你说她为什么自告奋勇？还不是想利用这次机会给自己涨点儿人气？"

部长闻言，一愣："啊，下周校花大赛就开始了？我都忘了。"

"闻乐你报名了没有？"

闻乐摇头："没呀。"

在场的人都有些不解："为什么呀？"

闻乐不好直说自己不喜欢那些哗众取宠的名头，只找了个借口，道："最近事挺多的，没时间。"

那个让闻乐上台主持的学姐叹了一口气："唉，我还一直期望着周考是校草，闻乐是校花，这样校学生会有一个校草，咱社联有一个校花，也算是旗鼓相当。"

部长道："也不知道大家都是怎么想的。凭什么选校草就让大家在网上投个票就行了，选校花还得凭着才艺进行比赛？凭什么呀？"

"闻乐，你真不去呀？"

闻乐睁眼说瞎话道："真不去，我又不会什么才艺。"

事实上，不论是舞蹈还是乐器，闻乐都是从小就开始学的，但她不想为了校花的名头去比赛。

众人闻言，不由得有些失望。

一群人没说几句话第一个节目就到了尾声。闻乐是第二个节目的报幕主持人，站在台阶下等待上台。池欣蔓一见是闻乐报幕，脸色一僵，但只片刻就恢复了，没让人发觉。

闻乐结束报幕，池欣蔓上台，一黑一白两道身影形成了鲜明的对比，不用说脸蛋，单论身材曲线，闻乐就更胜一筹。

池欣蔓一身白色汉服的装束也相当柔婉清丽。她本以为怎么也会让众人惊艳一下，不承想闻乐是她这个节目的报幕主持人。有闻乐这一珠玉在前，池欣蔓再上台，视觉冲击就大打折扣了。

见到台下的反应，池欣蔓不由得有些失望，心想：明明原本的主持人不是闻乐。

校学生会和社联在这场开幕式上下足了功夫，安排了各种类型的节目——摇滚乐、街舞，甚至还专门去学校外面请了两人来说相声。除了这些本来就能调动气氛的节目，剩下的节目全都是由话题度和热度都相当高的各大院花、院草来表演。

例如曾与周考竞争校草之位的易泽安、高人气校草周考，等等。

节目数量不多，所以开幕式的时间不长，只有一个小时。到后半场的时候，需要闻乐上去报幕的节目已经不多了。她也彻底放松下来，走到那个让她上台主持的学姐身边，聊了一会儿天。

学姐捧着手机直笑，道："'校园小广播'上的人都在问周考什么时候上台。"

闻乐看了一圈后台，道："他还在化妆间？"

学姐道："不知道，没看见他。"

闻乐看了看节目单，道："他是最后一个表演。"

学姐道："主席真是会玩儿，故意把周考放在最后，还不让周考说自己表演什么，弄得我们内部成员都不知道周考要表演什么节目。"

学姐转了转眼睛，看向闻乐。

闻乐后退一步："干吗？"

学姐眯起眼睛道："乐乐呀，你……该不会知道点儿什么吧？"

闻乐眨眨眼："为什么我会知道？你们都知道的，我跟他其实不熟。"

学姐突然扑哧一笑："你紧张什么？谁说你们两个很熟了？不是都说，最了解一个人的往往是他的对手吗？"

闻乐道："谁紧张了？"

学姐道："你到底知不知道？"

闻乐道："不知道。不过我猜他肯定会演奏个小型乐器，比如箫、笛子或者是小提琴之类的。”

学姐道：“为什么呀？他说不定跳个舞，唱个歌呢？”

闻乐肯定地说：“不可能，他肯定是用乐器表演。这是我对我的对手的了解。”

“好吧，暂且信你。”

周考最后一个表演，报幕员是男主持人。闻乐在后台和学姐说话的时候，周考和校学生会主席从后台入口走了进来。

后台响起一片口哨声。

学姐拉了拉闻乐，示意闻乐往身后看。

闻乐回头，见周考穿着一身考究的黑色礼服，缓缓走来。周考恰好抬眸，与闻乐四目相对。两人都在彼此的眼中看到了惊诧之色，继而缓缓地错开视线。

周考走到一旁，同在场的工作人员说话，那边儿传来男生们一阵哈哈哈的笑声。

而在他们的不远处，女生们在小声尖叫。

“我疯了！你看到没有？妈呀！他从那个门口走进来的一瞬间，我以为我来到了国际大牌的秀场！”

“男模都不敢这么夸张。”

“太帅了。”

“这大长腿！这脸！这气质！天哪，天哪，天哪！”

学姐咽了咽口水：“这也……太性感了吧……”

闻乐扑哧一笑，道：“没错。”

学姐突然指着周考身后的一个箱子道：“闻乐！竟然真的是小提琴！”

闻乐也看到了那个箱子，觉得丝毫不意外。

学姐看着闻乐，怀疑地道：“该不会是他对你说的吧？”

闻乐道：“想多了吧你！”

男主持人上台报幕：“接下来有请——周考！”

“啊啊啊啊啊啊！”

“周考！”

“周考！周考！”

男主持人的话音落下的一瞬间，体育馆里爆发出一阵尖叫声。

男主持人捂着耳朵跑到后台，酸溜溜地道：“这是目前为止我听到的最响亮的一次尖叫。”

学姐拉着闻乐的手，无情地将男主持人推开：“干啥？挡着我们了！”

男主持人只能在心里哀号。

学姐拉着闻乐跑到舞台侧面，在台下看周考表演。后台的女生早就抢占了前排的位置，闻乐和学姐站在后排，勉强能看到周考的身影。

周考缓步走上台，一身考究的昂贵的礼服，尽显他修长挺拔、宽肩窄腰的身材。他的出现再次引起了台下女生的一片尖叫声。

周考于台上站定，眼神淡漠，舞台灯光又为他俊美的面庞加了一层梦幻般的滤镜。

灯光和音乐最能渲染气氛，甚至能给人造成一种虚假的恋爱的错觉。

周考微微扬起下颌，将小提琴架起，缓缓拉动。

悠扬的音乐声响起，场上一片寂静，所有人都目光灼灼地望着周考。

周考似乎沉浸在音乐里。

音乐越发激昂，周考的眼神依旧淡漠，这强烈的反差越发叫人欲罢不能。

没有人不好奇，这样一双眼要是露出痴迷动情的神色，该是怎样的美景。又有谁能退去这双眼中的淡漠，将这冷淡的人儿化为最痴情忠诚的情人。

大概不会有这样一个人。

最好不会有这样一个人。

众所周知，周考有无数的追求者，却从来没有谁能令他动心。大概这样优秀的男生不会耽于情爱。

一曲结束，全场寂静。许久后，观众才反应过来。掌声持续了很久。

开幕式的表演结束，男主持人上台念结束词。闻乐没有上台，因为她要准备下一个节目，联谊活动的第一个项目——开场舞。

联谊活动的舞台搭建在体育馆的篮球场上，所有的观众都坐在篮球场边的观众席上。

现在，整个场地一片空旷。舞会开始后，那里将成为众人的舞场。

当男主持人宣布活动正式开始的时候，穿着得体的礼服的工作人员都出现在空旷的场地上，而另外一群工作人员则引导着观众慢慢地走下观众席，将工作人员围在中间，形成一个圈。

主持人拿着话筒，道："现在，有请我们的工作人员代表，高人气女生——闻乐！"

在万众瞩目中，闻乐缓缓走到人群中央。

男主持人面带笑意，道："现在请挑选你的舞伴。在场所有的男士都可以邀请闻乐跳第一支舞。"

男主持人的话音刚落，也不知是为了活动效果还是什么，在场所有身着礼服的工作人员都弯下腰，伸出手，向闻乐发出邀请。

像是打开了某个开关一样，在工作人员之后，也有别的男生陆陆续续地走到闻乐身边，伸手向她发出邀请。

闻乐的周围已经站满了等待她的回复的男生。

此刻，作为人群中的焦点的闻乐能够感受到无数"扎"在自己身上的赤裸裸的各怀心思的目光。她早已料到会出现这种情况，所以不大在意。

闻乐环视周围，原本只想选择一个离自己最近的学长作为舞伴，突然，闻乐看到了周考，他站在人群的最后面，眼神冷淡。

闻乐的嘴角扬起一抹不怀好意的笑容，她在心里估算了一下观众的人数——并没有想象中的多。那么，她再加一把火吧！

闻乐直勾勾地看向周考。周考的视线也对上了她的。

她嘴角一勾，朝着他的方向缓缓地抬起手。他微微眯起眼，几乎立刻领会了她的意图。他的嘴角扯出一个饶有兴味的笑容。

在场的人都看到了闻乐的动作。

闻乐的手平举在半空中，被翡翠手镯圈住的手腕纤细雪白。她在等一个人来握住这双雪白的柔荑，带着她踏入舞池，在万众瞩目中跳第一支舞。

这个人是谁呢？

众人循着闻乐的视线看去，见周考缓缓地从人群中走来。

周考在闻乐面前站定，两人四目相对。他缓缓地弯下腰，握住她的手，嘴角勾出一个微笑。接着，他将她的手拉近，低下头，闭上眼，轻轻地亲吻她手指上那枚翡翠戒指。灯光下的两个人如置身梦幻，这一吻显得更虔诚而轻盈。时间似乎在这一刻停止了。

这是让无数人疯狂的一幕。美艳的东方美人用美貌征服了冷淡俊美的王子。

所有人都屏住了呼吸，直到周考缓缓站直身体，与闻乐四目相对，唇角带着笑意。

就在这时，浪漫优雅的音乐骤然响起。闻乐垂下眼帘，优雅地伸展双臂。周考上前，与她的手做环状叠在一起。工作人员立刻疏散人群。人群向后退去，留出中间的圆形空地。

两个人滑入舞池，随着轻柔悠扬的音乐缓慢旋转。周考在闻乐耳边说："鞋跟这么高，脚腕子好了吗？"

"这位先生，我觉得你现在不该说这么扫兴的话呢。"

两人依旧在舞池中旋转。周考轻轻地笑："扫兴吗？这明明是一位绅士对女伴的关心。"

闻乐也客套地笑道："我想在这样的情境下，你应该称赞女伴的鞋子漂亮，或者称赞她的容貌美丽。"

周考沉吟片刻，似乎有些为难。

臭男人。闻乐暗骂。

闻乐看到场上观众的反应，决定再加一把火。

"敢不敢玩儿点儿刺激的？"

"你想怎样？"

闻乐笑道："你跟得上我的舞步吗？"

周考低头看见闻乐眼中尽是挑衅之意，便挑了一下眉："你可以试试。"

闻乐嘴角轻勾："一会儿你跟不上可不能怪我。"

周考但笑不语。

"既然如此……"闻乐轻笑，一个旋转便松开周考的手滑到了舞池边缘。

两人彻底分开。

所有观众都愣了，不知道这是什么情况。这支舞不是刚刚开始吗？怎么这就结束了？

工作人员也是一脸不解的样子。那位让闻乐上台主持的学姐连忙上前，问闻乐是不是出了什么事，是服装问题还是身体不舒服。

闻乐附在学姐耳边说了什么。学姐蓦然瞪大双眼，接着就有些激动地跑开了。

不一会儿，音乐声停了。而闻乐背对着众人，站在舞池边缘。

观众一脸疑惑，开始窃窃私语，猜测是不是出现了什么问题。

但下一刻就响起了悠扬的小提琴曲，众人的注意力不禁被这音乐吸引。闻乐却在此时卡着一个急音，骤然转身。她身上温婉柔和的气质顿时消失，眼神变得锋利又魅惑。

闻乐整个人都变了。那是截然不同的一个人，身上带着一种极具攻击性的野性和魅力。她嘴角的笑容很淡，带着点儿漫不经心的随意。

见到这一幕，场上的人都停止了窃窃私语。

周考也在这时转身。他微微抬起下颌，望着对面即将向他发动攻势的绝色美人，轻轻一笑。那一刻他的眼中似乎迸发出一片光亮，却只片刻这光亮就已被他遮掩藏好。

周考微微扯动领带。他产生了一种前所未有的强烈的征服欲，他的控制欲与胜负欲似乎就要从眼中溢出。

周考的眼神在灯光的映照下带有一种虚假的迷离感。他用修长的手指扯动着领带，微微露出漂亮的喉结……

这音乐不是浪漫的舞曲，而是激昂的战歌。

这不是一支舞，这是两大高颜值选手的巅峰对决，这是两位猎手的激烈交锋。

狂野热烈的探戈的确比优雅的华尔兹更适合对决。

两人隔着整个舞池对望，都看到了对方眼底的野心与欲望，那是赤裸裸的征服欲。

闻乐迈出长腿，拖着摇曳的步伐进入舞池。周考上前几步，将闻乐从身后揽入怀中。

闻乐的后背紧贴周考灼热的胸膛，而周考的侧脸贴着闻乐的面颊，似乎在嗅闻乐身上的香水味，又似在用灼热的气息撩动闻乐的耳郭。

这般贴近不知撩动的是谁的心扉，而悠扬的音乐声之下似掩盖着一声声惊叹。

忽然，音乐急促变换，两人彻底放开了气势，你进我退，动作有力又奔放，步步向对方逼近，谁都不肯后退一步。

音乐和灯光总有蛊惑人心的魅力。在这些观众眼中，此时的闻乐和周考眼神深沉而迷离，他们的眼眸在灯光的映照下折射出星光一样的光芒。他们有着高高的眉骨与深陷的眼窝，他们那长睫毛在脸上打下层层斑驳的阴影。

闻乐嘴角噙着笑，周考眼中含着光。两人双手紧握，距离紧缩，似乎是在深情地凝望，又像是在不加掩饰地蛊惑对方。两人双脚紧追、双腿纠缠，翩跹着滑入舞池中央。

在场的观众似乎忘了周遭的一切，视线紧紧追着舞池中央的两人。

优雅的高跟鞋和精致的皮鞋在舞池中旋转跳跃，动作仿佛同步，轻盈而优雅。

周考和闻乐像是两只欢快的蝴蝶，在舞池中央缠绵追逐。

这大概符合所有女生对罗曼蒂克的场景的想象。

闻乐在周考怀中翩跹起舞，旋转时她的长发掠过他的下颌，而他的手放在她那紧致凹陷的腰间。

这一切都太美了，不会有比这更迷人的梦幻场景。

周考握着闻乐的手，闻乐后仰下腰，长发垂落，背部弯出一个极美的弧度。

接着闻乐起身，她将手臂攀在周考的背上，修长白皙的腿蹭着周考的大腿，将膝盖卡在周考的腰间，姿势暧昧，令人生出无限幻想。

闻乐红唇轻勾，魅惑众人，那眼神却锋利得似乎要直直地洞穿人的灵魂。

周考的手有节奏地缓缓抚上闻乐的背，在一声急促的重音里蓦然将她按进怀中，他的眼神逼人。

闻乐回收长腿，轻盈旋转，在一阵轻快的音乐中飞快地从周考的控制中脱离，似即将逃脱囚禁的蝴蝶。

周考却顺势拉住闻乐的手，如牵住飞鸟的最后一根丝线。两人隔着两臂的距离对望，似乎在进行一场谈判。

周考回手一拉，闻乐旋转着重回周考的怀抱。周考低头将背靠着自己的闻乐拥在怀中。

闻乐抬头与周考对视，两人似乎又投入到了对对方的试探之中，脚步配合默契。

重音敲下，谈判破裂，高傲强势的双方均不愿向对方妥协。

两人激烈地交锋，谁都不肯认输。可在场的所有观众早已一败涂地，拜倒在这两人的美色之下。

这两人明明想俘获彼此，却俘获了所有观众。

他们仍在继续“征伐”，舞步急速又激烈，动作狂野又热烈。

旋转、拥抱，你进我退，谁都不肯落于下风。

接着一个亲近的贴面动作似乎象征着两人终于达成和解。

闻乐放松身体，任由周考将自己拥进怀中，她的长腿掠过周考的腿的侧面，缠在周考腰间。周考的呼吸一顿，他一手握住闻乐的细腰，一手抚上闻乐的长腿，在令人脸红心跳的暧昧的氛围中急速旋转。

观众已经痴了，脸红心跳的，不知所以。

音乐收尾，周考弯腰逼向闻乐，而闻乐的一条腿仍然挂在周考的腰间，另一条腿撑在地面。周考的手将闻乐的腰紧紧按向自己。闻乐因周考的逼近而后仰，一个漂亮的下腰，腰身与腿部弯出漂亮的弧度，长发在空中轻荡。

一曲结束，震撼人心，场上鸦雀无声，落针可闻。

奔放的舞蹈，火热的气息，暧昧的气氛，迷幻的灯光，在万众瞩目中，一支探戈舞中的交锋试探，令在场的人心驰神往，春心动荡。

而作为主角的两人又怎能平静?

两人紧紧盯着对方，眼中似乎有什么火热的东西直直地烧灼他们的灵魂，爽快过瘾。

掌声雷动，尖叫喝彩声不绝。

周考和闻乐的视线依旧紧紧粘在彼此身上，眼中仿佛有星光闪烁，美丽异常。

周考慢慢平复着呼吸，低声问闻乐：“如何？”

闻乐轻轻喘息，眼中带着笑意，往观众席上扫了一眼，或许是尚未从刚刚的状态中走出来。这一眼魅惑众生，她却不知情，只道：“看来是合格了。”

周考扶着闻乐的腰，两人慢慢直起腰，呼吸间都能闻到彼此身上的味道。周考道：“只是合格吗？”

闻乐笑道："哦，那你自己觉得呢？"

周考只轻轻地啧了一声，没有说话。

闻乐也收回了缠在周考腰间的腿。不管有多少男生的视线不舍地追随着那修长白皙的腿，终究它们还是重新藏回到布料后。

两人躬身行礼，慢慢退场。

掌声经久不息。

闻乐走下台，那个让闻乐上台主持的学姐兴奋地迎上来，抱着闻乐尖叫。

"我的天！乐乐！你们太撩人了！"

学姐的朋友们也走过来："你看我的眼睛，我激动得都快哭了。"

校学生会的一个女部长道："我的天！闻乐，你俩跳的跟我们当初一块儿学的不是同一种舞吧？"

闻乐点点头："不是。"

学姐奸笑道："你们俩什么时候背着我们偷偷练了？"

闻乐笑道："真没有。"

"那是什么舞？太……太带感了。"

"探戈，"闻乐解释道，"刚好我们两个都会，就随便跳了跳。"

学姐红着脸："虽然你们两个跳得像在打仗一样，可我还是觉得脸红心跳的。"

"你们太会撩拨人了吧！"

"感觉你们两个跳的这支舞没有撩拨动对方，但是在场观众都被你们撩拨死了。"

"你们知道你们这叫什么吗？你们这就叫恃美行凶。"

"对！恃美行凶！"

"明天晚上要办假面舞会，我突然好期待你和周考哇！"

"对呀！明天还有假面舞会！超期待！不知道还有没有惊喜？"

学姐说着朝闻乐挤挤眼。闻乐不知道该说什么。学姐突然凑近："你喷的是什么香水呀？怎么这么好闻？"

闻乐道："就是 Y 牌经典的粉瓶款。"

"不对吧，那款我也有，怎么跟你身上这个味儿不一样啊？你身上这个有点儿木调香，Y 牌那款没有这个味儿的。"

木调香……闻乐不知为何突然想到了周考。周考今天晚上喷的香水好像就是……闻乐一怔，脸突然有些热，不由得扯开话题道："那可能是我装衣服的箱子里喷过别的香水……我也记不清楚了。"

"真好闻，下次我也试试把香水混着喷。"

易泽安是一位在某视频应用程序上拥有百万粉丝的网络达人。

他给自己塑造的形象就是帅哥学霸，并借此形象收获了一大批粉丝。

前段时间社联邀请易泽安参加这次联谊活动。看了联谊活动的计划单后，易泽安毫不犹豫地接受了邀请。并且在与负责人员沟通之后，他决定在自己的直播间对第一天的联谊活动进行现场直播。

易泽安能成为拥有百万粉丝的网络达人凭的可不只是他的形象，还有他对市场的敏感度。他总能抓住网友想要的那个点进行营销，而这次的联谊活动对他来说无疑是个好机会。

网友们都对全国顶尖的名校感到好奇，易泽安平日也会录很多校园视频博客发到网上，这些视频的点击量一直都挺高的。

"名校""舞会""联谊""帅哥""美女"都是能够吸引网友的元素。易泽安想，他或许能够通过这次直播提高自己的知名度，收获更多的粉丝。

所以易泽安很早就开始准备，哪怕他不是社联和校学生会的内部人员，也几乎全程参与了这次联谊活动的筹划、宣传与现场布置。

易泽安早就与工作人员商量好，选了体育馆里最好的位置进行直播，以便他带的设备能将整个舞台拍摄清楚。

而当天晚上的情况也是远远超乎他预计的好，直播刚开始没多久，他的直播间就上了某视频应用程序首页的热门，观看人数直逼七位数。

粉丝量涨得飞快，易泽安却几乎不用露脸，只需要坐在人群中，将摄像头对准舞台，不时进行解说，与粉丝进行简单的互动，再争取一次观众的关注就行了。仅是这样他今天晚上在直播间收到的礼物就有不少。

开幕式结束之后，易泽安例行进行解说："开幕式到这儿就结束了，接下来是联谊活动的舞会。开场舞还是由我们的女主持人——我的'女神'闻乐来跳的呢！"

闻乐从人群中走出来的时候，易泽安直播间的弹幕就开始讨论这位穿着黑色旗袍的美女了。其实早在闻乐作为主持人出现时，易泽安的直播间就出现了第一波轰动。闻乐穿着黑色旗袍站在台上的样子实在令人震撼，只是易泽安正与朋友聊天就没注意。

闻乐挑选了舞伴后，周考上前低头亲吻闻乐的戒指，因为距离太远，直播间那头的网友看不到闻乐手上的戒指，所有人都以为周考亲吻的是闻乐的手。

网友发的弹幕多到让直播间卡顿了一会儿，易泽安酸溜溜地说了一句："唉，要不是为了给你们解说，我一定下去跟我的'女神'跳第一支舞。"

直播间的粉丝纷纷发弹幕嘲笑易泽安。

当音乐响起，闻乐和周考滑入舞池，事情的走向很快就发生了变化。

这次联谊活动的流程里设置了舞会一项，但考虑到大多数同学并不会跳交谊舞的事实，以及为了活跃气氛，所有工作人员都学了同一个舞种，那就是华尔兹。

刚开始闻乐和周考确实老老实实地跳了两分钟的华尔兹。可接下来，画风突变，两人极具攻击性的交锋，让易泽安震惊到失语。

易泽安痴痴地盯着台下舞动的两人，身上的鸡皮疙瘩暴露了他的激动与震撼。他已经忘记了自己还在直播，幸而摄像头将这极具冲击力的一幕记录下来了。

直播间的观看人数已经达到前所未有的高峰。易泽安却只呆呆地看着那舞动的两个人，甚至忘了说一句"新来的朋友点点关注"。

直播间的弹幕疯狂滚动。

一曲结束，场上掌声雷动。

易泽安终于醒过神来。他咕咚咽了一下口水，红着脸道："这真是……绝了……"

直播间里的观众完全没有因为易泽安的冷落而失望离去，相反，直播间的弹幕刷屏到已经看不清屏幕的地步，甚至频频出现卡顿。

"这是什么高颜值啊！"

"这是一对情侣吗？我的天！美女的眼神绝了，我的天！我起了一身的鸡皮疙瘩！"

"这真的不是艺术类院校吗？这真的不是会聚了超高颜值的人的表演

类院校吗？”

“安安明明也长得那么帅，可是现场正在跳舞的那对……对不起安安，我要喜欢上别人了。呜呜呜呜……我的天！”

“诸位，你们难道没有意识到，这两个高颜值的选手都是A大的超级学霸吗？他俩竟然长得这么好看！”

“为什么你们会觉得他们般配？这两个人把这支舞跳得完全没有暧昧缠绵感，相反，我感觉他们只想征服对方。”

“这个小姐姐我爱了，她的舞一点儿都不柔媚，她是‘女王’！她要征服这个小哥哥！啊啊啊啊！小姐姐你已经征服了我！”

“隔壁舞蹈系的我震惊了！你们A大学生的素质都这么牛的吗？就连跳舞都这么强？他们俩跳的这支舞以专业人员的眼光来看都是及格的！不敢置信！”

“安安！安安！安安！我要知道那个旗袍美女的资料！快安排！”

“现在真的很少有人能将旗袍穿出这样的韵味了，这个小姐姐不论是颜值、气质还是身材都绝了！还有谁能比她穿旗袍更好看！”

“刚刚下单了一件旗袍，我知道我穿着不好看，但我就是想穿。”

“难道没有人注意到那位帅哥身上的礼服吗？那是A牌今年最新的秀场款。这位还是学霸，爱了爱了，这是什么小说男主角呀！……”

“A大不愧是全国顶尖的学校，见识到了。”

…………

易泽安回过神来，才想起被自己忽视了的直播间的网友。他连忙去看，没想到直播间里的网友都在激动地刷着弹幕。

易泽安先例行让新来的网友关注自己，又挑着回答了几个问题。

易泽安笑道：“我……我有些激动，等开场舞结束，我可以带你们去采访一下那个穿旗袍的小姐姐——我的‘女神’。”

男主持人在闻乐和周考的开场舞结束之后，开始上场带动气氛。

只是场上终究还是不会跳舞的人居多，而鼓动不会跳舞的人加入进来是工作人员的主要任务之一。

学过跳舞的工作人员会邀请在场一位不会跳舞的异性进入舞池，跟着音乐晃动。

在工作人员的鼓励和带动下，也渐渐有人带着自己的舞伴进入舞池，跟着音乐学着工作人员的步伐轻晃。这样的体验对那些从来没有跳过交谊舞的同学来说也是十分有趣的。

这也不是一个正式的舞会，不需要有太多的顾忌，大家在舞池中说说笑笑很是放松。如此，这个联谊舞会才算正式“活”了起来。

大部分工作人员在舞池中跳舞，剩下的一部分负责操控音乐设备，另一部分则负责维持现场的秩序。

闻乐因为刚刚跳过开场舞，就同负责操控音乐设备的工作人员待在一起。她正与那些工作人员说着话，就突然听到有人叫自己。

“闻乐！”

闻乐转头：“易泽安？”

易泽安几乎全程参与了这次联谊活动的筹备，闻乐不可能不认识他。易泽安身边还带着一个闻乐不认识的人，这人正拿着设备拍摄易泽安。

闻乐看了摄像头一眼，没说什么，只问易泽安：“有事吗？”

摄像头正从侧面拍着两人，说实话，闻乐有些不舒服。

当初他们邀请易泽安的时候，就默许了易泽安可以带着设备入场。易泽安拍摄舞台表演的时候，闻乐这个主持人肯定也早就被录入直播当中。闻乐这个时候再说被拍不舒服就太矫情了。

易泽安似乎有些拘谨，又似乎有些紧张，他的声音有些发紧，不太好意思地道：“你今晚很美。”

闻乐闻言，愣了一下，随即一笑：“谢谢，你也很帅。”

闻乐身上的气质很特别，明明看上去很温婉，却又让人觉得十分有距离感，难以接近。

闻乐的五官无疑是经得住各种距离的镜头的考验的。此刻摄像头离闻乐不足半米远，这样近距离的、只关注五官的拍摄所带来的惊艳感更加直观和震撼人心。

直播间里又刷起了一轮弹幕。

“这是什么高颜值啊？我羡慕了。”

“为什么长成这样还要考 A 大？”

“哈哈哈……只有我在疯狂地截图吗？这小姐姐的五官长得太好了，随手一截就是一张美照。”

易泽安的脸有些红，道：“直播间的网友都很喜欢你。”

闻乐点头，客套地道：“谢谢。”

易泽安见闻乐的态度有些冷淡，以为闻乐面对镜头有些紧张，便指了指镜头，道：“你可以跟他们打个招呼。”

闻乐不得不看向镜头，笑了笑。她实在是不知道说什么，于是说了句：“大家好，欢迎报考 A 大。”

易泽安扑哧一声笑了出来，闻乐身边其他的工作人员也在笑。

直播间里的弹幕先是顿了一下，然后又开始疯狂地滚动起来。

“小姐姐你长得好好看！”

“哈哈哈哈哈！这是什么鬼话？欢迎报考 A 大？你们学校招生办一定很开心有你这样的学生！”

“我也想考 A 大，可是实力不允许呀！”

“听到这一句话后我特意看了看日期，我仿佛又回到了高考刚结束各大高校争抢生源的时候……这既视感……”

易泽安笑道：“你不用这么严肃的。他们很喜欢你，还对你有一些好奇。我能跟你聊聊吗？”

闻乐不太好拒绝他，只能点点头。

易泽安道：“刚刚你和周考跳的那支舞让大家很震撼，能说说那是什么舞吗？”

闻乐道：“暂且算是探戈吧。”

易泽安道：“我们当初明明学的是华尔兹，你和周考一开始跳的也是华尔兹吧？为什么你们最后却跳成了探戈？”

闻乐闻言，俏皮地眨了一下眼：“大概因为我在刁难他。”

“我有个问题能问问你吗？那么多男生邀请你，为什么你偏偏选了周考？是因为提前就有安排吗？”

“闻乐！”

闻乐还没回答，就听到有人喊了她一声。

那人是周考。

周考慢慢走上前，在场的众人都看向周考。周考轻轻颔首，算是向众人打过招呼。

见周考出现在镜头内，直播间又开始了新一轮的弹幕刷屏。

“是那个拉小提琴的小哥哥！”

“这个点头的动作……我一个男的都觉得他好帅。”

“我有点儿激动，天哪，这是什么‘二男争一女’的绝世名场面！”

闻乐不知道周考来干什么，便问：“怎么了？”

周考的视线在镜头和易泽安身上扫过，他的眼神深沉而带着些凉意，道：“那边儿人手不够，跟我过去一下。”

说着他握住闻乐的手腕，拉着她转身就走。

闻乐心中松了一口气，对着在场的人道：“那我先过去了。”

易泽安望着闻乐离开的方向微怔。说实话，他本打算邀请闻乐跳一支舞的，不承想却被周考截和……

周考用温热干燥的手攥着闻乐的手腕，大步流星地走在前面。两人一路走过去，难免有人注意。周考却沉着一张脸，没有在意。她不得不小跑跟上，心中还有些好奇：这是出了什么事？这么急？

周考把闻乐带到无人的角落后，松开了她的手。

她四下看了看，问：“出了什么急事需要人手？”

他却答非所问：“脚腕还疼吗？”

她下意识地活动了一下脚腕：“不疼，怎么了？”

他看了看舞池，将视线转回闻乐身上，道：“那再陪我跳一支舞。”

闻乐一怔：“什么？”

他没再说话，弯腰伸手，向她发出邀请。她没有拒绝，就像开场舞的时候他没有拒绝她一样。她轻轻地将手放到了他的手上。

两个人牵着手滑入舞池。

舞池中的人很多，会跳的、不会跳的都在舞池中摇晃。他们的注意力大多在自己的舞伴身上，因此周考和闻乐隐没在舞池中，并没有引起太多人的注意。

闻乐的手攀着他的手臂，周考的手扶在闻乐的肩上。音乐声悠扬，两个人舞步轻缓——是两个人之前没有跳完的华尔兹。

舒缓的音乐似乎柔化了两人的气场，闻乐的声音在这音乐里都柔缓了两分：“为什么又要跳一支舞？”

周考向后方瞥了一眼。他没有隐瞒闻乐，带着闻乐转身。两人位置掉转，闻乐就看到了之前周考所见——苏珍珍。

苏珍珍果然跟着孙优美来了联谊活动的现场，而且目标很明确——周考。所以当看到闻乐邀请周考跳开场舞的时候，苏珍珍几乎咬碎了一口牙。那本该是她的舞台，她的灯光，她的男人。她本应该与周考订婚，成为周考唯一的舞伴。周考只会对她行吻手礼，主动邀请她，带着她翩跹在舞池中央，接受所有人的嫉妒与羡慕。她才应该是万众瞩目的女主角！

苏珍珍恨不得将闻乐扒皮抽筋！

而此时孙优美正在跟男朋友金麟闹别扭。

金麟原本不想来，孙优美跟他闹了几天脾气。最后不知金麟是自己想通了还是为了哄孙优美，还是来了。

一开始还好好的，没过多久金麟就开始捧着手机跟别人聊微信。孙优美问是谁找他，金麟说是几个兄弟约他晚上去喝酒，他给拒绝了。孙优美不信，要看金麟的手机。结果，金麟清空了最近的聊天记录，还骂她有疑心病。

后来舞会开始，周围的情侣全都去了舞池中央跳舞，孙优美也想让金麟带自己去跳。

孙优美知道金麟会跳舞，因为金麟说过跳舞是他们那个圈子必须学的社交礼仪之一。

可金麟不愿意，说了句："不去，你又不会跳。"

孙优美怒瞪金麟："你教我不就行了？"

金麟不耐烦地道："我这双鞋是手工定制的，今天第一天上脚。教完你，我这双鞋也就废了。"

孙优美气得说不出话来。

苏珍珍却完全不知道照顾孙优美的心情，转身对金麟伸出手道："麟子。"

金麟这才懒洋洋地收了手机，道："行吧，大小姐。"

说完他就弯腰握上苏珍珍的手，与她滑入了舞池。

男朋友刚刚拒绝了自己，就和别的女生进了舞池，孙优美觉得自己好像被狠狠地扇了一巴掌。她恨恨地盯着舞池中央，一双眼都红了，她再次意识到自己与金麟的生活圈子之间存在着鸿沟。

苏珍珍与金麟跳舞可不是为了气孙优美。事实上她完全不在乎孙优美，找金麟只是因为自己的身边只有金麟这个男生，而金麟恰好又会跳华尔兹。她不在乎现在的舞伴是“金麟”还是“银麟”。她只想进入舞池，因为进了舞池就可以交换舞伴。她要跟周考跳舞。她怎么能让那个女人霸占周考？金麟虽然是个纨绔子弟，但是并不傻，他自然看出了苏大小姐的心思。他不在意，而且……不可否认，周考的舞伴是个美人。

闻乐看到苏珍珍和金麟离自己越来越近，愣了一下。她知道金麟是孙优美的男朋友，只是……为什么金麟会与苏珍珍跳舞，而孙优美却在舞池之外十分渴望又嫉妒地望着这里？

这真是奇怪。

闻乐小声问周考：“他们想干什么？”

周考道：“交换舞伴。”

闻乐无奈地道：“你若是不带我进入舞池，他们也不会动这样的心思。”

周考道：“苏珍珍会直接来邀请我。”

闻乐道：“所以呢？”

周考卡着节奏带闻乐下了个腰。闻乐长腿后斜弯出一个优美的弧度，随后缓缓起身。他望着她的额头，她看着他的下颌，两个人翩翩旋转着。

周考浅笑，低声道：“一位绅士怎么能在大庭广众之下拒绝一位女士？让她丢掉面子是极粗鲁的行为。”

闻乐闻言，却瞪了他一眼：“所以你才没有拒绝我的邀请？”

他轻笑，看着她的眼神中带着一丝揶揄之意：“如果我说‘是’会怎样？”

闻乐皮笑肉不笑，握着他的手的力道也松了。她作势要离开：“那您自己玩儿吧！”

周考突然用力攥住她的手，狠狠地将她压向自己的胸前。她猝不及防地被他按进怀里，不禁惊呼一声，继而抬头，瞪着他。

周考却在此时低头，附在她耳边，声音低沉地道：“我如果想拒绝，就不会给你开口的机会。”

闻乐看向他。

他的眼中带着一丝笑意：“就像这样。”

周考看了身后的苏珍珍和金麟一眼，低声提醒了闻乐一句：“跟上我。”

接着，在一阵急促的音乐声中，周考紧紧攥着闻乐，带着她在舞池中央急速地大步地旋转。闻乐的衣摆翻飞着如同一只黑色的蝴蝶。

两个人的脚步默契得如同一人，从舞池一端转向另一端，跨越整个舞池，将就要靠近的苏珍珍和金麟远远甩在身后。四人的距离再度拉开。

这番动作之下，舞池中的人都发现了这两人。他俩却旁若无人，只随着音乐尽兴地舞蹈。

闻乐倚靠在周考的身上，一条腿向后缠在他的腿上，另一条腿轻点地面。周考一只手拦在闻乐腰间，将闻乐整个人抱起旋转。

他们的舞姿实在是独特又高调，有人渐渐停下动作，望向舞池中翩翩起舞的两人。

音乐还在继续，周考凑在闻乐耳边道："看。"

她轻轻喘息道："什么？"

他轻笑："我们也能心平气和地跳完一支华尔兹。"

闻乐却笑了："只要你别气我，别说华尔兹，就是……"她突然不说了。

他追问："就是什么？"

她眼波流转，道："就是芭蕾我也可以跟你跳。"

周考却轻叹一口气，带着她旋转一圈，气息丝毫没有乱，道："很遗憾，我不会跳芭蕾。"

她扑哧一笑。

周考问她："笑什么？"

闻乐道："没什么，只是想象了一下你跳芭蕾的样子。"

周考的眼中含着笑意，他没有意识到自己的语气有多温柔："很好笑吗？"

闻乐又笑了，点点头："很好笑。"

这一笑令周考惊艳，他不禁为之一怔。他的喉结上下滑动，声音有些紧，他将视线紧紧粘在闻乐的脸上，似乎想把这一幕刻在脑海里："所以我不会学，但……你似乎学了。"

闻乐否认："我没学。"

周考轻啧一声。他知道闻乐没说实话。

苏珍珍与金麟不知是因为舞技不好还是配合不好，始终没能追上闻乐和周考。

闻乐和周考跳舞的时候，易泽安邀请了一位同专业的学姐进入舞池。而易泽安带来的人还在用设备帮他拍摄现场，当然主要是为了拍摄易泽安。

当闻乐和周考大步地从舞池的一端旋转至另一端时，两人就难免被易泽安的摄像机拍到。于是，易泽安的直播间又炸窝了。

“他们又在跳舞了！”

“那位小哥哥不是说有什么急事才把小姐姐带走的吗？怎么？他说的急事就是去跳舞哇？”

“有猫儿腻，有猫儿腻！”

“‘什么‘有急事’？显然是借口哇，其实就是来找小姐姐的借口罢了，哈哈哈哈……”

“啧啧，难道你们都没有发现吗？那个小哥哥走的时候紧紧攥着小姐姐的手腕哦，你们谁会去攥女同事的手腕？不会吧。这明显就不是‘有急事’啊。”

“哈哈哈哈哈，他急了，他急了。他是醋坛子翻了吧？”

一曲结束，进入自由活动时间。

苏珍珍始终没能跟周考跳上一支舞。

周考看看闻乐的高跟鞋：“脚腕子真的不疼？”

闻乐摇摇头，不过穿了一晚上的高跟鞋，脚有些累。

周考似乎看出了闻乐眉宇间的一丝疲惫之意，低声道：“去休息一下吧，我去找苏珍珍谈谈。”

闻乐看向周考，不知道周考为什么跟她说这个，他一向是不喜欢跟别人解释这些的。

周考没再说话，转身拦住就要走过来的苏珍珍，两人去了安静的角落。

闻乐看了两人消失的方向一眼，收回视线。她似乎察觉到了那被周考掩盖在礼貌之下的对苏珍珍的厌烦。

闻乐去后台看了一下，见没有需要帮忙的地方，就去找舍友。

远远地见到包小凡正与一个男生说话，见她满脸笑意的样子，闻乐笑了笑，悄悄走开。

程惠远远地朝闻乐招手。闻乐走过去，见程惠身边站着一个穿着白裙子的女生。那女生长相清纯，是一个小美女。

程惠介绍道："这是我在社团里的朋友——单姗。这是我的舍友闻乐。"

那女生很温柔，脾气很好的样子。闻乐同她打过招呼，三个人站在一起聊天。

程惠道："看到包小凡对面的那个男生没有？"

闻乐看了一眼，道："看到了，但是没看清长相。"

程惠道："据说是她暗恋过的男人。"

闻乐笑道："她暗恋过的男人比满青旋喜欢过的人还多吧？"

程惠道："谁说不是呢？我们小包看上去老老实实的，其实心里有一个鱼塘，可以同时养好几条'美男鱼'。"

闻乐扑哧一笑。

单姗也抿唇笑了，笑得很温柔。

三个人站的地方离体育馆的西侧小门很近。闻乐似乎听到争吵的声音，就朝西侧小门看了一眼。

程惠道："是孙优美，她又和男朋友吵起来了，大概今天晚上会回宿舍住。"

闻乐想起今晚金麟一直在和苏珍珍跳舞，大概能够猜到孙优美为什么和金麟吵架。

三个人正说着话，就见苏珍珍从另一个方向失魂落魄地离开了体育馆。

闻乐穿着十厘米的高跟鞋站了一晚上。说实话，她觉得脚也疼，腰也疼，但她是工作人员，必须等舞会结束才能离开。现场能坐下的地方只有观众席。闻乐穿的旗袍开的衩有些大，即使穿了安全裤，她也不想去高的地方坐下。

闻乐觉得脚疼，但是没有表露出来，依旧笑着跟程惠和单姗聊天，说点儿八卦消息，只是偶尔会小心地活动一下脚。

突然闻乐看见周考从后台走过来，看方向正是朝着自己来的。

程惠用手肘捅了捅闻乐，道：“是不是找你的？”

闻乐眨眨眼：“不知道哇。”

单姗的眼中都是笑意：“我怎么觉得他就是看着你呢！”

说话间周考已经走到了闻乐面前：“闻乐，你过来一下。”

闻乐不解，看了苏珍珍离开的方向一眼，心道：苏珍珍不是早就走了吗？还是真的出了什么急事？

闻乐跟程惠和单姗打过招呼后，跟着周考走了。周考带着闻乐走到了二楼的一个小办公室。

闻乐以为被他们借到的小办公室全都用作了化妆间，没想到这里还有一间闲置的。

化妆间里放着工作人员的包和行李，为安全起见，活动一开始所有化妆间的门都被锁上了。但这一间小办公室，周考有钥匙，能够自由出入。

“进来吧。”

闻乐跟着周考进去，往四处一看。小办公室内很干净，办公桌上放了一些文件，关键是这个小办公室里有一张又大又软的沙发。

闻乐看到那沙发的瞬间眼睛几乎就放出了光。闻乐想，她的脚终于可以放松一下了。

周考道：“坐吧。”

闻乐坐在沙发上，舒服得几乎想要喟叹一声。她的双脚终于被解放了。脚不疼了，心情就好多了，声音也不由得柔和许多，闻乐用懒洋洋的，还有点儿软乎乎的声音道：“找我干吗？”

周考从放着电脑的办公桌上拿了一杯热饮放在闻乐面前：“一点儿公事。”

闻乐看向那杯热饮，这才觉得喉咙干渴。她这一晚上竟然一口水都没喝。闻乐拿过那杯热饮，发现是一杯热牛奶。

闻乐的心情似乎又轻盈了几分，她的嘴角带着连她自己都没察觉的笑，问道：“你什么时候买的呀？”

周考道：“刚刚。”

闻乐想起苏珍珍走后周考似乎消失了一段时间，看来就是那时买的了。

闻乐道："谢谢。"

周考道："我只是有些渴，多买了一杯。"

闻乐看了周考的咖啡一眼，又看了看自己的热牛奶，心道：哦，买多了，还不重样地买多了。

闻乐抿了抿唇，压着嘴角的笑，看向周考："有吸管吗？"

她的口红可不是不沾杯的。

周考闻言，轻笑一声，低沉的笑声在不大的办公室里回荡。闻乐动了动耳朵，感觉有些酥麻。

闻乐瞥了周考一眼："怎么，还不许人有'包袱'了？"

周考从纸袋中拿出自己的吸管递给闻乐："你今天晚上这么凶，我以为你不在乎'包袱'呢！"

闻乐不敢置信地瞪了周考一眼："凶？！我什么时候凶了？"

"就是跳探戈的时候。"

闻乐又瞪了他一眼。这人瞎吗？她豁出脸皮去搔首弄姿成那样了，却被他说成凶？她要被气死了。

周考垂着眸，忽视掉闻乐对他的瞪视，道："对我就罢了，我心理承受能力强，对别人可不要那么凶。"

闻乐扑哧一声笑了出来。她喝了两口牛奶，只觉浑身舒畅，便舒服地眯了眯眼。周考递给她一份文件。她接过来看了一眼，见是明天晚上假面舞会的流程规划、主持稿和宣传文案。

闻乐道："就这点儿东西你还需要我帮你看？"

周考恭维道："你文采好。"

闻乐无奈："我是理科生。明明你才是文科生吧？"

周考乜她一眼："帮不帮？"

吃人嘴软。闻乐挤出假笑："帮帮帮。"

其实这些文件真的没多少内容，两人将已经定下的流程检查了一遍，看看有没有什么疏漏的地方，然后就边翻看着文件边聊着天。

闻乐道："今天晚上各方面的反响还不错，我们这个活动在网上的热度低不了，明天我们基本上就能达到预期目标了。但是如果明天舞会临时来的人太多，那么我们恐怕就要多准备一些面具了。"

周考用笔在文件上画了两下，道："嗯，这点我们会长也想到了。就在刚刚他又订购了一批道具。还有羽毛和颜料也是明天到。"

闻乐又翻看了一下文件，改了几个错别字和用词："没问题了。"

她将文件放下，看了周考一眼，又转了转眼珠，突然好奇地问道："你明天会扮成什么呀？"

他闻言，脸上的表情有一些扭曲。而这只出现了一瞬间的情绪却被闻乐捕捉到了。她来了兴趣，紧紧盯着周考，想听他的回答。

周考很快做好表情管理，只道："到时候你自然就知道了。"

闻乐听到这个答案自然不甘心："反正我都会知道，你为什么不现在告诉我？"

周考又翻了一页文件，不说话了。闻乐知道自己没办法从他的嘴里套出东西来，只好作罢，只是……

闻乐想到社联和校学生会一致通过的要求，心里只想笑。

社联和校学生会的学姐学长们认为，工作人员应该本着负责任的态度为联谊活动"献身"，活跃气氛和提高假面舞会的代入感是他们每个人的责任。

于是众人决定，工作人员负责搞怪，而来宾负责美。组织甚至还决定，联谊活动结束当天要进行投票，自我牺牲最大的工作人员将会获得敬业奖，能得到组织准备的一份小礼物，而将自己装扮得很美的工作人员将会受到众人的谴责。

所以所有工作人员的装扮大概都不会有多美，不过闻乐觉得，这样的舞会搞怪点儿会更好玩儿一些。

闻乐实在没有办法将周考跟"搞怪"和"丑"联系起来，周考似乎一直是高岭之花一样的形象。

这样想着，闻乐看向周考的眼神中就有些揶揄之意。

周考的视线虽然还落在文件上，但是他对闻乐的神情有所察觉，道："别用那种眼神看我，想想你自己，又能好到哪儿去？宣传部副部长。"

闻乐却不在意，挑了挑眉，道："很期待你明天晚上的表现，组织部部长。"

当天的联谊活动于晚上九点半结束。来宾都退场之后，所有工作人员留了下来。他们先是开了一个简单的会议，总结了一下当天晚上的情况，然后简单地安排了第二天的任务，最后就是大家一起收拾设备和打扫现场。

晚上十点半，闻乐才回到宿舍。她先脱掉高跟鞋，然后摘下耳环和手镯，放到盒子中收好。最后她看着手上的翡翠戒指发了一会儿呆，不禁想起周考轻轻地吻在这枚戒指上的场景。

他的唇落在翡翠戒指上，温热的鼻息喷在闻乐的手上。闻乐似乎能够透过那戒指感受到那道气息，她的手指和手心都蹿起一股不正常的灼热感。

闻乐忽然觉得有些燥热。她像被烫着了一般飞快地将戒指从手指上摘了下来，然后把戒指握在手中，手指不自觉地蜷缩了一下。片刻后她将戒指小心地放回盒子里，又将盒子放在抽屉的角落里，再缓缓地关上抽屉。

今晚的联谊活动的热度注定会持续很久。大家一直都在“校园小广播”上讨论这个活动，就连微博上的网友对这个活动的讨论度也相当高。所有人都很兴奋。这是寻常的一晚，但对一些人来说又是特别的一晚。

闻乐洗漱完毕上了床，听着舍友用激动的声音说“校园小广播”上大家对今晚的联谊活动的讨论；说易泽安因为做了这场活动的直播，一晚上就涨了三十万的粉丝量；说所有人都被穿着一身旗袍的闻乐折服，现在“校园小广播”上的人正在唱《征服》；还说……她与周考那支震撼全场的舞蹈。

闻乐听着听着又开始走神，她的视线不聚焦地落在前方。而宿舍的灯光照在上铺显得格外明亮，在她迷蒙的视线中泛出光晕。

她似乎透过那光晕又看到了舞池上方的光。

就像慢动作回放一般，周考俯身下压，闻乐的腰被周考有力的手臂紧紧攥着，闻乐的手被周考包在手心。闻乐向后下腰，从上而下地望着周考那张英俊的脸。

灯光照在上方，周考的几缕发丝因为弯腰的动作而飘动，被灯光映照得晶莹透亮。

周考用狭长的双眼望着闻乐，那漆黑的眼珠中倒映着她一人的身影，仿佛除了闻乐再也没有什么能被他收入眼底。那一刻，时间似乎都静止了。

周考扶着闻乐的腰让两人站直身体。闻乐看着周考的手慢慢抚上她的手肘，又顺着手肘一路滑至她的手心，然后顺着指缝下滑，与她十指相扣。

闻乐怔怔地望着周考。周考拉着闻乐在人群的注视下跑向舞池中央，然后环着闻乐在舞池中一圈又一圈地跳了整整一个晚上。

闻乐睁开眼睛，觉得心脏跳动得有些急促。她擦了擦额头上的汗，又看了看时间，见已经是早上九点半了。原来她昨晚因为太累，不知什么时候睡了过去。而她竟然在梦中和周考跳了一晚上的舞。

闻乐坐起身在宿舍里扫视了一圈，见包小凡和满青旋还在睡，程惠在床上玩手机，艾飞早就没了人影，孙优美的床铺空空的。

闻乐见状又躺了回去，然后趴在床上打开手机微信，看看有没有人给她发信息。

联谊活动要接连办三天，周五晚上到周日晚上，昨天周五，今天周六。

今天上午没有课也没有其他安排，闻乐便玩了一会儿手机。等包小凡和满青旋也醒了之后，宿舍里渐渐响起了说话声，闻乐这才下床洗漱。

中午，307 宿舍里的四个人懒得去食堂，就点了外卖。因为点外卖不用换衣服，省事。主要是外卖一到，往睡衣外面随便套上一件长外套就能出去拿。女生宿舍楼下这种打扮的人绝不在少数，但没人会穿着睡衣去食堂。

孙优美不在，程惠道：“孙优美今天上午在微信上跟我说，她男朋友在学校附近买了一套房，她以后要搬出去跟男朋友住了。”

几个人吃惊地道：“辅导员知道吗？”

程惠道：“她说她跟辅导员说过了。”

几个人对视了一眼，没再多说。

下午两点左右，工作人员前往体育馆布置假面舞会的活动现场。

闻乐拎着自己的小化妆箱——还是昨天的那个小箱子，只是装在里面的衣服换了。

举办假面舞会，工作人员自然要准备面具。

并非所有来宾都会提前准备面具，于是组织就购买了大量的面具。他们买的都是最便宜的硬纸壳的白底面具。这样的面具价格很低，即使购买的数量非常大，也花不了多少钱。

为了最大限度地压缩成本，他们先在“校园小广播”上进行了一轮统计，得到了大概会来参加假面舞会的人数后，再购置面具。

为了增加联谊活动的趣味性，他们准备在这空白面具上做文章——给这场舞会增设一个DIY环节。

没有准备面具的来宾可以提前一到两个小时入场，利用工作人员提供的场地和材料，动手制作自己的面具。

除了空白的纸壳面具，工作人员还购买了大批量的羽毛、颜料、塑料链子、各色丝线、各种各样的小珠子、蕾丝、铁丝等十分便宜的小玩意儿供来宾制作面具，甚至还有剪碎的易拉罐，环保又便宜。

当然，这些东西并不都是免费的，但也不贵，只要付1块钱来宾就能拿到这些制作面具的材料。

社联和校学生会在宣传过程中也明确表示，所有同学用来买面具材料的这1块钱都将捐献给因遭受洪灾和泥石流而失去学校和家园的贫困地区的儿童。

工作人员还会将制作完成的面具拍照记录下来，并从中选取最特别的三十个，发布到“校园小广播”上。待舞会结束，在征得制作者同意的情况下，将票数最靠前的十个面具进行现场拍卖，拍卖所得的钱将全部捐献给贫困地区的儿童。

“DIY面具”本身就是一个能吸引人的项目，而这个项目与假面舞会、拍卖、公益结合在一起，更是吸足了目光。

下午五点，活动现场布置完成。工作人员结伴去食堂吃饭回来后，又将流程过了一遍，然后他们分批次去了化妆间换装。

闻乐刚进化妆间没多久，就有人拎了一堆奶茶走进来。

化妆间的女生都惊喜不已。这个牌子的奶茶容量大又好喝，当然，它的价钱也十分配得上它的容量，一杯要好几十块钱。

各种口味的奶茶都有，女孩儿们纷纷上前挑选自己喜欢的口味，还七嘴八舌地问这是谁请的。

进来送奶茶的女生道：“是周考周大校草。”

女生们又开始兴奋地小声尖叫。

“这奶茶我不喝了，我要把它供起来。”

“天哪，我这辈子竟然还能有幸喝到校草请的奶茶！”

来送奶茶的女生道："而且他给每个工作人员都买了一杯，算算也要花不少钱呢。"

闻乐看着手中的奶茶，不知为什么想到了昨天晚上的那杯热牛奶，只觉掌心一热，一股暖意一路向上暖到心口。

这场假面舞会没有主题，也并不是所有的来宾都会准备好服装。主办方的建议是如果来宾有意准备服装，并要扮演一个角色，就要选择有官方认定的配对人物的角色进行扮演。

工作人员当然要带头遵守规则。闻乐要扮演的是小丑女哈莉·奎茵。

哈莉·奎茵的妆容相对简单，因为要戴面具，所以妆也不需要化得太费力，但因为面具会露出眼睛，闻乐还是化了一个烟熏妆，涂了个姨妈色的口红。

闻乐准备的衣服不是蓝红配色加渔网丝袜的那一身，而是哈莉·奎茵在《猛禽小队》里一身黄色连体裤加粉红色内衣的装扮。这身衣服极不显身材，但闻乐的身材比例好、皮肤白，穿着这样一身衣服依旧惹眼。

闻乐换好衣服后，拿起一个普普通通的白色纸壳面具，用蓝色和红色的笔在它的眼睛周围勾画出诡异的纹路。这倒是十分符合闻乐这身小丑女的装扮。

闻乐脸小，戴上面具后，就只露出下巴和红唇，完全看不出她本来的模样。只是不知为何，闻乐鬼使神差地戴上了昨天的那枚翡翠戒指。

闻乐戴上面具后，转了一圈，对身边的女同学道："认得出我是谁吗？"

女同学震惊地看了闻乐一眼，笑道："看不出。但是闻乐呀，你这是在投机取巧吧？你这装扮既不搞怪，也不能说没搞怪；乍看上去很丑，细看还挺好看的。啧啧，早知道我也挑'小丑女'了。你太聪明了吧！"

闻乐笑道："你的'毒皇后'也不错。"

女同学晃了晃手上的蛇果："羡慕吧？我还能随身带零食。"

闻乐笑道："美死你了，别吃花口红啊！"

女同学也跟着笑了。

五点左右有来宾提前来到 DIY 区制作自己的面具。闻乐戴着面具和相熟的同学在 DIY 区负责维持秩序和整理材料。

闻乐眼见一位手工大佬用了四十分钟将一个普普通通的纸壳面具变成了一件艺术品。

大佬专心地坐在椅子上制作面具，渐渐地吸引了不少人过来围观。闻乐站在长桌的里侧，正好在那位大佬的对面，能将他的动作看得一清二楚。

那大佬估计是一个手工 DIY 类型的视频博主，因为他一来就往桌子上放了一个小小的摄像机。调整好摄像机的角度之后，他就开始动手制作了。

闻乐眼看着他将几个易拉罐剪成一样的形状固定在面具上，用颜料上色绘图，用蕾丝封边，用小珠子、丝线制作流苏，用羽毛做最后的点缀。那人仿佛心中早就有了草图。

他收笔抬头的那一刻，闻乐几乎想给他鼓掌，而周围的人已开始鼓掌了。

闻乐连忙上前给这位大佬的作品拍照，还询问他主办方能否将这件作品的照片上传到“校园小广播”上，供网友投票并进行最后的拍卖。

闻乐觉得，这面具肯定有能力厮杀到最后的拍卖环节。

那大佬憨憨地笑了笑，道：“我本来也是这么打算的。我真的觉得你们的这个活动特别有意义。我也不知道自己能做点儿什么，就想做个好看点儿的面具支持一下你们的活动。”

闻乐当即感动得不行，上前与大佬握了握手：“非常感谢您的支持，有您这样的来宾也是我们主办方的幸运。”

事实上，如果没有设置这么一个 DIY 环节，闻乐都不知道他们学校有这么多的手工大佬。

闻乐觉得这种 DIY 活动放在有美术专业的学校一定会办得十分精彩，可惜 A 大没有美术专业，只是没想到卧虎藏龙的 A 大即使没有美术生，这场 DIY 面具活动也依旧异常精彩。

最后，每一个精美的面具都被它的主人免费转让给了主办方，由主办方拿它们去做最后的拍卖。说实话，这的确令人感动。

令人惊艳的面具不仅仅有三十个，这令工作人员十分为难。最终他们决定，将那些令人无法抉择的面具的照片全部上传到“校园小广播”上，让网友们去纠结。

晚上七点，所有的DIY面具都制作完成后，众人才进入会场。

因为是假面舞会，当天晚上的灯光没有前一天晚上的那样亮。不过，灯光师开了彩灯。彩灯能在昏暗的环境中营造出一种神秘又浪漫的气氛。

别人常常以为学霸们严肃又正经，事实上他们有时候活泼又有趣。

为了活跃气氛，主办方要求每一位工作人员的装扮都要走搞怪风，意思是让大家最好都搞笑点儿，要是大家都太正经了就没意思了。

事实上，主办方远远低估了学霸们的搞笑程度——闻乐从DIY区走进会场时，差点儿没被那些人的装扮笑死。

闻乐看到一群站在一块儿的“美少女战士”。她猜想那几个女孩儿应该是一个宿舍的。而像这种以宿舍为单位的角色扮演还有很多，比如西南角那儿站着的“唐僧师徒四人”。

闻乐笑得都快喘不过气了，扯着身边的女同学问：“请问唐僧师徒四人各自的官配是谁？”

女同学愣了半天：“他们有……有吗？”

这时，一个穿着西服但头上套着个哈士奇皮套面具的人从闻乐的面前走过。

闻乐当场愣住了，接着就见那男生去找了他的官配——一个穿着白色连衣裙套着萨摩耶头套的女生。

闻乐震惊地道：“这对未免太搞笑了！”

这都不算什么，还有一个男生把自己装扮成了天使。他穿着深V领白色长裙，背后背着假翅膀，头上是一个白色的铁丝圆环。

闻乐只觉得目不暇接。

突然闻乐身边的女同学，也就是那位“毒皇后”小姐，激动地指着一个地方道：“那里有四只‘蜘蛛精’！”

说完她又小声嘟囔：“那四个‘蜘蛛精’应该都是唐僧的官配吧？”

当然像小丑女和小丑这样的热门官配，闻乐也见到不少。但他们大多都是红蓝衣服那一套造型，闻乐倒是没跟谁撞衫。

晚上七点，主持人准时上台，宣布假面舞会开始。

这场舞会的男主持人不是昨晚那位。事实上，联谊活动这三天每天的主持人都不同。

主持人念完主持稿上的内容后，顿了顿，说：“现在，请邀请你扮演的角色的官配一起进入舞池，跳今晚的第一支舞。”

闻乐蒙了：“我们的活动流程里没有这项啊。”

闻乐看向她的部长。部长也一脸蒙地回望了她一眼。两人又一同看向社联主席，只见主席一脸坏笑。

好吧，原来一开始就要求大家扮演有官配的角色是为了这个。

但是闻乐没有太在意。她是工作人员，本来也没打算今晚要跳舞。不承想接下来主持人又冒出一句：“一分钟后，没有进入舞池的人都要接受惩罚！当然选错官配的人也要接受惩罚！我指的是在场的所有人，不管是来宾还是工作人员。”

主持人说完便一脸坏笑地看着大家，似乎在暗示大家那个惩罚相当可怕。这下全场都动起来了。

没有进行角色扮演的人随便拉个舞伴就能进入舞池，而有扮演某个角色的人则在场上疯狂地寻找自己所扮演的角色的官配。

在这场具有娱乐性质的联谊活动里，基本没有人会扫兴地与主办方的游戏规则逆着来，大家都很配合地在场上找舞伴。

闻乐扮的是“小丑女”，她只要找到一个“小丑”就行。但是扮“小丑女”的人似乎有些多。

主持人还在台上倒计时：“45，44，43……”

闻乐前边儿那个扮成猪八戒的男生拦住了一个女生。女生急得快要崩溃：“大哥，拜托！我是‘黑寡妇’，不是‘蜘蛛精’！没时间了，你走开！”

闻乐远远地看到一个穿着紫色西服、头发是绿色的“小丑”先生，便连忙走了过去。

“20，19，18，17……”

还剩十五秒的时候，闻乐走到了那个“小丑”面前。虽然被一个黑色的面具遮住了大半张脸，但那个“小丑”的身材颀长，一身剪裁合宜的紫色西装穿在身上，越发显得他肩宽腿长。闻乐莫名觉得这人的气质有些熟悉。

闻乐正要叫住那个“小丑”，却被一个穿红蓝外套和渔网袜的“小丑女”抢先一步。

那个“小丑女”穿着一条超短裤，露出一双被破洞渔网袜包裹着的笔直修长的腿，像是一条刚刚从水里走出来的美人鱼，再加上紧身的露脐短袖和纤细的腰肢，衬托得她的胸部越发丰满。

闻乐能感觉到，四周的男生似乎都在羡慕那个“小丑”。闻乐没有动作，只静静地看着那个穿紫色西装的“小丑”。

闻乐前方的“小丑女”对穿紫色西装的“小丑”发起邀请。“小丑”站着没动，没有拒绝也没有同意，而“小丑女”似是志在必得。“小丑”最终妥协，握住“小丑女”的手，低头亲吻了一下。

闻乐的脸色有些难看。

周围的人开始窃窃私语，他们也从那“小丑”的身高、气质和动作上认出，那是周考。

眼前那两人携手进入了舞池，闻乐站在原地，周身的气压很低。她莫名地有些生气，还有些心寒。

主持人还在倒计时：“10，9……”

闻乐觉得有些没劲，刚想转身回后台，这时一个人挡住了她的去路。

那人也是一个“小丑”。

不过不是穿着紫色西装的英俊“小丑”，而是一个穿着橙黄条纹背带裤的那种游乐场会有的“小丑”。不过他没戴五颜六色的假发，而是戴了一顶同颜色的西装帽，看上去没有那么滑稽。

闻乐想，没错，游乐场的小丑也是小丑，可惜她现在不想进舞池了。

闻乐摇摇头，示意对方她不想跳舞。“小丑”却固执地弯下腰，伸出手邀请她。

“5，4，3……”

闻乐听着主持人的倒计时，看着这个固执的“小丑”，感觉到他真的很想跳舞。

闻乐心一软，心想算了，便把手放在了“小丑”的手上。

“小丑”低头，轻轻地吻在闻乐的翡翠戒指上。

闻乐蓦地抬头，望向“小丑”，眼中满是惊讶之情。

两人滑入舞池，随着音乐翩翩起舞。闻乐曾与周考跳过两支舞。哪怕仅凭肢体的接触，闻乐也能立刻认出来，这才是周考。

那之前那人是谁？

闻乐不由得看向之前那个穿紫色西装的“小丑”。

对面的人似乎不满于她此刻的分神，抚在她背后的手掌突然用力一按。闻乐惊呼一声，被猝不及防地狠狠地掼入那熟悉的怀中。

闻乐的上半身被紧紧地压在周考的胸膛上。周考单臂搂着闻乐的细腰，卡着音乐带着闻乐在半空中旋转了一圈。

闻乐紧紧地攀着周考的臂膀，在空中旋转时抬头与周考对望。两人隔着两层面具对望，不相干的人被他们从脑海中甩出。

闻乐落地，周考拉起闻乐的手，带着闻乐在他怀中旋转。

真是奇妙，穿着橙黄条纹背带裤的“小丑”带着穿着黄色连体裤的“小丑女”在舞池中舞蹈，竟像是奇幻的浪漫的童话一样。

眼前这个“小丑”身材高大，舞姿优雅。都说人靠衣装马靠鞍，可也有那么一些得天独厚的人，哪怕身披麻袋，也能有国王般的气场。

只因刚刚的一个走神，闻乐就被周考夺去了主动权。周考娴熟的舞技让闻乐像一个提线木偶一样被他带着旋转。

不过，闻乐很快回过神来，并找回了主动权。

闻乐奇怪地看向周考，自带她进入舞池后周考就一直没有说话。

闻乐看了看周考今天的这身装扮，扑哧笑了，猜想他没说话大概是因为这身滑稽的衣服。

周考淡淡地问：“笑什么？”

闻乐道：“我是真的没有想到，你竟然会扮成这样。”

周考道：“惊喜吗？”

“惊喜，”闻乐又笑着上下看了周考一眼，满眼的揶揄之意，“你今晚的造型很棒。”

周考道：“你这恭维的语气未免有些过于勉强了。”

闻乐直接笑出了声。

“你怎么会想到扮成小丑哇？”

周考顿了顿，用一种一言难尽的语气道：“因为商家搞活动买两件包邮，买三送一。团购小丑服，四件只要 120 块。”

闻乐几乎不敢置信，周考昨天晚上还穿着品牌礼服出席了一场并不怎么正式的联谊活动，却在今天突然学会了精打细算。她甚至怀疑周考家是不是在一夕之间破产了。

闻乐大为震惊，并发出了震惊的声音："哇！"

周考瞪了她一眼，接着用一种毫无波澜甚至心如死灰的声音艰难地补充了一句："还因为一个宿舍的人就应该整整齐齐。"

闻乐再也忍不住，笑出了声。她笑得直抖，周考握着闻乐的手都跟着颤抖起来。

闻乐真的是要笑死了。她的脑海中立刻出现了一本正经的高岭之花周考遇到了一宿舍的搞笑的舍友，被精打细算的舍友逼着穿上这件滑稽的小丑服的场景。闻乐想：周考当时应该是无限接近于……被"逼良为娼"的样子吧？

闻乐突然想看看周考的另外三个舍友。她转头在整个体育馆内扫视了一圈，几乎没怎么费力就找到了那三个人，因为他们实在是很特别，很高调。

人群中那三个手里牵着氢气球的"小丑"，穿着和周考同系列不同颜色的小丑服。他们手上拿着氢气球，使得他们的模样更像是游乐园里贩卖气球的"小丑"了。

闻乐扑哧一笑，问周考："你的气球呢？"

她顿了顿，又用一种严肃的语气谴责周考道："你们宿舍不整齐了！"

"我常常感觉自己因为不够搞笑而显得不合群。"周考相当无奈，指了指靠近后台的一根栏杆道，"气球在那里。"

闻乐循着周考指的方向望过去，果然看到靠近后台的栏杆上拴着一个小黄鸭形状的氢气球。

闻乐道："你怎么把气球拴在那里了？"

周考道："不然我手上拴着氢气球和你跳舞？"

闻乐耸肩："我不介意呀。"

周考突然将闻乐拉至怀中，从背后圈住闻乐。

闻乐被周考从背后紧紧拥住，有些猝不及防。周考微微侧头，贴近闻乐的脸颊，灼热的气息喷在闻乐的脖颈间。闻乐感受着周考紧紧拥着她的手臂和宽厚温热的胸膛，觉得自己的心脏有那么一瞬间停止了跳动，但随即又飞快地跳了起来。

周考压低了声音，缓缓地道："我介意。"

他的动作似乎也随着这缓慢吐出的三个字而放缓了。他拥着闻乐，两人就像是一对耳鬓厮磨的情人一般在舞池中小幅度地晃着。

两人紧拥在一起，气息交融，仿佛是一对正在热恋期的情侣，鼻间飘荡着彼此的味道。

周考似乎又轻轻地向闻乐的耳边侧了侧头。这动作非常细微，就像是周考下意识地追寻闻乐的气息，像是他无意识地渴望，又像是他在痴迷地追随。

这极细微的动作还是被闻乐察觉到了。她头皮一麻，感觉周考喷在她耳侧的气息愈加灼热。她被烫得有些受不了，藏在鞋中的脚趾蜷缩了一下，她的呼吸变得有些急促。

两人都不再说话，沉默地跳着这支舞，但他们知道，他们的内心远远没有肢体表现出的那样平静。

他们似乎再也做不到游刃有余地闲聊、打趣和调侃对方。他们需要时间来平复一些东西。

昏暗的环境和光怪陆离的光线容易营造出一种接近梦境与现实之间的模糊而不真实的错觉。

这样的错觉容易卸下人的心防，叫人放松，失去戒备。于是理智也渐渐退隐，将感官放纵给冲动，暧昧滋生，深层的渴望之情也肆无忌惮地生长起来。

闻乐觉得今天晚上的事情可能有些失控，但是她的理智已经被消磨得所剩无几。她竟然生不出想要去阻止的念头。

闻乐把大脑清空，全心投入到这支舞蹈中。

音乐结束的时候，闻乐努力平复着自己的心情。现在她的脑子里一片混乱，她甚至完全不知道刚刚自己跳了什么。

可是所有人都停下了动作，直直地望着她和周考。闻乐和周考却没有察觉到那些目光，只直勾勾地望着彼此。直到一阵掌声响起，打断了他们的对望。

闻乐有些茫然地望向人群，不知道到底发生了什么。

过了一会儿，她才从窃窃私语的人群中得到了答案。原来不知道什么时候周考用双手把她托举到空中，她在空中做了个一字马，然后翻身挂在了周考身上。

疯了……闻乐想，她和周考一定是疯了。她觉得她和周考都需要冷静冷静。

一支舞结束，闻乐草草行了个礼。搞笑的是她明明没有裙摆，却做了个双手提裙的动作。周考也脱帽弯腰，行了个绅士的脱帽礼。

就在这时，主持人让所有人和自己的舞伴留在原地。工作人员将找出选错官配的人，进行惩罚。

当工作人员点到周考与闻乐时，闻乐蒙了。她不由得看向周考，周考也看向闻乐。

闻乐有些不忿地道："虽然你这个'小丑'不是那个'小丑'，但是我觉得从广义上来说，咱俩这也算是官配。"

周考没说话，只把双手放在闻乐的肩上，推着闻乐一起上台接受惩罚。

周考放在闻乐的肩上的灼热的手存在感十足，闻乐尽量忽视它，并试图转移注意力，道："你刚才来找我跳舞，难道不是因为你觉得我们扮演的角色是一对吗？"

周考但笑不语，只在闻乐不注意时看了看闻乐手上的戒指。

两人站上台时，主持人还在点名，那些被点到名的人陆陆续续地走上舞台。

闻乐的视线不经意间又扫到了刚刚被她认错的那个穿紫色西装的"小丑"，她没忍住又看了周考一眼。比较了一下两人后，闻乐对周考说："那个人的背影和你的好像。"

周考看了看，淡淡地嗯了一声。

就在闻乐以为周考不会再说话的时候，周考又淡淡地说了句："那是服装表演系的班长。"

A 大的服装表演系只有一个班，所以也只有一个班长。

闻乐还是皱了一下眉，她总觉得那个男生的身上有一种令她不太舒服的感觉，特别是之前那个人低头亲吻那个穿红蓝外套的"小丑女"的手的那一幕，让她格外不舒服。

周考似乎不想让闻乐再去注意那个服装表演系的男生，所以又跟闻乐讨论了一下台下那些有趣的人。

闻乐的视线又扫过周考的几个舍友，她笑道："你没说之前，我以为那些拿着气球的男生是主席安排的工作人员。”

周考似乎也笑了笑：“的确，你们主席也并非做不出这样的事。”

闻乐看了后台一眼，道：“今天没有看到主席和你们会长。”

周考淡淡地道：“他们 PK 去了。”

闻乐道：“什么？”

周考解释了一下。

大概意思就是昨天社联主席和校学生会会长这两人组队玩游戏，输了一局晋级赛，两人相互指责对方是菜鸟。为了证明到底谁是菜鸟，校学生会会长带着学生会的男生，社联主席带着社联的男生在刚刚大家跳舞的时候偷偷找了个角落蹲着玩游戏去了。

两人正说着话，主持人又点上来一批人。

那位“猪八戒”同学到底还是和“黑寡妇”同学组成了搭档。两人被点了名，扮成“黑寡妇”的女生垂头丧气地走上台，“猪八戒”同学却乐呵呵的还挺得意。

“唐僧”和四个“蜘蛛精”也上了舞台。“唐僧”被四个“蜘蛛精”小姐姐围在中间瑟瑟发抖。

台下的观众都要笑疯了。

主持人点够人后宣布了惩罚的项目，那就是真心话和大冒险这两项。

主持人的手中有一个箱子，箱子里装有写着“真心话”或者“大冒险”的字条。受罚者有两次抽取字条的机会，如果不想选第一次抽到的惩罚项目，可以再抽一次。抽完第二次就再没有机会了，必须在两次抽出来的惩罚项目中选择一项。

主办方也不敢将惩罚的题目设置得太过分，都控制在一定程度内，但是又尽量带着一点儿暧昧。

第一个抽字条的是一位女生，她抽出来的“真心话”的问题是“在场的哪位男生更符合你对理想型的想象”。

那个女生没再抽第二次，直接指了指台下那位穿紫色西装的“小丑”。

说实话，单从身材、气质论，这个“小丑”在人群中确实显眼，而且因为戴着面具看不到脸，一般人真的很难把他与周考区分开。

众人充满善意地哄笑起来。

第二个男生抽到的“真心话”的问题是“说出你暗恋的女生的名字”。

那男生看了看台下，似乎有点儿难为情，要求再抽一次字条。他第二次抽出来的是“大冒险”。

他抽中的“大冒险”的要求是“把嘴唇涂红，在纸巾上留下一个唇印，并将这张印了唇印的纸巾塞进全场最令你关注的人的口袋中”。

主持人刚把这个项目念出来，观众就哄笑起来。

受罚的男生支支吾吾说要选“大冒险”。

主持人向工作人员要来了口红和纸巾。为了增加游戏的互动效果，主持人还指定了台下的一位男生给受罚者涂口红。

那个男生应该从来没给谁涂过口红，把口红歪歪扭扭地都涂到嘴唇外边儿去了。

台下的人看得直笑，那男生还边涂边指挥受罚的男生：“你噘噘嘴，噘嘴！”

台下的人，特别是女生都要笑疯了。

饶是花了将近五分钟的时间，那口红还是涂得惨不忍睹，最后勉强印在白纸巾上的是一片硕大的红印子。

给受罚者涂口红的男生连连后退，嘟囔道：“怎么电视里美女的唇印都那么性感？你这也太吓人了吧，这谁敢要哇？……”

台下又响起一阵哄笑声。

被惩罚的男生顶着个歪歪扭扭的大红唇，把印有自己硕大的唇印的纸巾小心翼翼地塞到了被四位“蜘蛛精”包围着的唐僧的怀里。

“唐僧”浑身僵硬，一副崩溃的样子，台下观众也一脸震惊的样子。

受罚的男生不好意思地道：“从你上台起我就开始关注你了。”

“唐僧”都要昏死过去了。

受罚的男生又道：“为什么你能被那么多小姐姐喜欢？”

台下的观众再次哄然大笑。

唐僧用生无可恋的语气道：“好男人还是要专一，这样的艳福贫僧消受不起呀！”

台下的人都要笑疯了。

轮到周考抽字条了，他第一次抽到的是“真心话”。

“说出你初恋女友的名字。”

主持人补充道：“暗恋对象也行，不准说明星啊，必须是第一个让你心动的女生的名字。”

周考的喉结上下滚动了一下。

闻乐不自觉地看向周考。

周考声音低沉，冷静地道：“换一个。”

主持人有些失望的样子。

于是周考又抽了一张字条。

这次是“群体大冒险：用嘴传糖纸”。

主持人给周考看了看那张透明的小小的玻璃糖纸，道：“这是一个集体项目，需要在场所有人参与哟。”

周考藏在面具后的眉头轻皱了一下。第二个大冒险他完全没考虑。

主持人看周考没再说话，便提问道：“选哪一个？”

“闻乐。”

主持人没听清：“什么？”

周考又冷静地重复了一遍。

“我选第一个。闻乐。”

闻乐心头一震，瞳孔紧缩，猛然看向周考。她觉得心脏突然就漏跳一拍，血直直地涌上大脑，耳朵里有什么东西在嗡嗡地响，面具后的脸一片通红。

周考的脸藏在面具后，所以大部分人都不知道他是谁。台下响起一片起哄声，众人也没有多想，只以为这又是闻乐的一个狂热追求者。甚至还有男生毫不避讳地跟周考叫板，大声喊道：“‘女神’是我的！”

可并不是所有人都不知道台上这个向闻乐表白的“小丑”是谁，周考在校学生会认识的几个很要好的朋友，还有台下那三个周考的舍友是知道的。

周考说出“闻乐”两个字的那一刻，了解内情的那几个人都不敢置信地望向周考，随即他们开始兴奋地吹口哨，或是大笑着起哄，然而他们因为隐没在人群中而并不显眼。

面具真是很好的伪装，那些平日不敢轻易说出口的话都可以在面具下放肆地喊出来。

台下那些兴奋的观众若是知道此刻周考身边站着的那个“小丑女”正是闻乐，不知他们该多么震惊与激动。

今天的主持人是社联的一个男生，他与周考和闻乐都不相熟，并不知道这一对假的小丑搭档正是周考与闻乐。他听到周考这么说，只道：“看来我们闻乐真的是魅力无边，不过……”

主持人话锋一转，冲台下大声喊道：“让我看看他的情敌有多少！”

主持人的话音刚落，台下便传来一片笑声。原来，不知道是不是为了凑热闹，场下三分之一的男生都举起了手。

主持人笑着哇了一声，拍拍周考的手臂：“哥们儿，你得加油了。”

台下又响起了一片笑声。

闻乐有些走神，她的脑子里还在回响着周考的那句话。她的脑袋里有些乱，至于乱什么，闻乐也不太清楚，只是乱哄哄地想不了东西，以至于主持人喊了她两遍，她才回过神来。

闻乐冲着主持人不好意思地笑了笑。

主持人道：“看来这位美女有些紧张，让我们给她一点儿掌声好吗？”

台下传来一阵掌声。

闻乐抽到的真心话是“如果暧昧对象现在跟你表白，你会接受吗”。

闻乐听到字条的内容的时候，都快崩溃了。

这是什么鬼东西？

要不是因为闻乐自己是工作人员，她都怀疑是不是谁别有用心地准备了什么表白仪式。

这放谁身上不会多想呢？

周考刚说让他第一个心动的女生是闻乐。

于是闻乐就抽到“你愿意接受暧昧对象的表白吗”这样的问题。

这就像是在问闻乐“你愿意和周考在一起吗”。

闻乐简直不敢想象，如果此刻他们都没戴面具……

闻乐尴尬地蜷缩了一下手指，笑着对主持人道：“我选择‘大冒险’。”

主持人点点头，让闻乐重新抽了一条“大冒险”的题目。

闻乐抽到的大冒险是“不心动挑战：完成三个不心动挑战，若失败，就接受喝苦瓜汁的惩罚”。

闻乐点头，说这个可以。

主持人笑着拿了可以测心率的电子手表上来，给闻乐戴在手腕上。

第一个“不心动”挑战是给闻乐看某视频应用程序上点赞数超多的帅哥视频。一共有五个视频，视频中的那几个帅哥在某视频应用程序上都挺火的。

视频是在舞台背后的 LED 显示屏上播放的，所有人都可以看到。

能在某视频应用程序上拥有那么多粉丝的帅哥的颜值自然是没的说的，从播放第一个视频开始闻乐就听到台下有女生的尖叫声。

闻乐面无表情，反倒在视频中的帅哥卡着点儿换完装后心率慢慢从 85 次 / 分钟降到了 82 次 / 分钟。

主持人笑道：“看来这个不是你的‘菜’。”

LED 显示屏切换到了下一个视频。这次播放的不是帅哥换装，而是帅哥卡着点将刘海儿撩上去，然后通过一个慢动作转头看向镜头。

这个男生的眼睛很漂亮，睫毛很长。他慢动作看向镜头的时候眼神很深情，十分撩人。

闻乐的心率从 82 次 / 分钟降到了 80 次 / 分钟。

主持人觉得头疼，道：“看来你很难对付哇。”

主持人又选了三个卡点视频，那里面甚至有当红的某高人气年轻男明星。

台下女生的尖叫声不断，闻乐却面无表情地看着视频，心率几乎以一种均匀的速度下降着。几个视频看完，闻乐的心率已经降至 78 次 / 分钟。

主持人看了闻乐两眼，纳闷地道：“我怎么觉得你这目光里有点儿嫌弃之意呢？”

闻乐笑出了声：“没有哇。”

主持人纳闷地道：“喜欢你的男生可惨了，你看上去好难追呀。”

闻乐无辜地眨了眨眼：“是吗？”

主持人道：“没关系，还有第二个挑战。”

主持人扫视了台下一圈后，点了那个穿紫色西装的“小丑”上台。

闻乐和周考都下意识地蹙了一下眉头。

主持人把那穿紫色西装的“小丑”拉到一旁小声地叮嘱了什么。

说完话，主持人转身看向闻乐，故意发出一种很搞笑的奸笑声，道：“接招吧，哈哈哈哈……”

闻乐无奈地别开视线。

穿紫色西装的“小丑”似乎有些无奈，但还是听从了主持人的安排，从舞台旁边那个用装饰的花瓶中抽出一枝红色的玫瑰，缓缓地走到闻乐身前。

这人不愧是服装表演系出身，其模特般的身姿步伐就是与普通人的不同。他迈着因常年训练而形成的优雅步伐，由内而外散发出一种独特的气质，这种气质竟然与周考的有些相似，再加上相似的身材，怪不得别人容易把他误认成周考。

不过，不知道是不是闻乐的错觉，她总觉得这人似乎在有意无意地模仿周考。

台下的女生们都很羡慕闻乐。

穿紫色西装的“小丑”走到闻乐面前，将手上的红玫瑰递给闻乐，用一种刻意压低了的声音对闻乐说：“你今晚很美。”

闻乐无语了。

周考面具下的表情有些不悦，闻乐没做反应，反倒是先看了周考一眼，而就在这时，闻乐的心率从 78 次 / 分钟上升到了 82 次 / 分钟。

主持人的声音有些得意：“升了升了！”

周考闻言，眉头蹙起。

闻乐转过头看向穿紫色西装的“小丑”，淡淡地道：“谢谢。”

闻乐接过玫瑰，心率稳定在 80 次 / 分钟。

主持人有些遗憾：“哎！心率怎么又降回去了？你这也太难对付了吧！”

台下又传来哄笑声，穿紫色西装的“小丑”走下了台。

主持人似乎死心了，就想随便指个男生。他指定了闻乐身边的周考。

主持人意兴阑珊地道：“哥们儿你凑到美女耳边说句情话吧！”

周考闻言，看了主持人一眼，又看看闻乐，眉毛轻挑。周考缓缓地凑到她耳边，她的心率开始慢慢攀升。

主持人不可置信地瞪大双眼，屏住呼吸，看着 LED 显示屏上闻乐的心率迅速攀升至 99 次 / 分钟。

众人只见那穿着橙黄条纹背带裤的滑稽的“小丑”在穿黄色连体裤的“小丑女”的耳侧停留了片刻，也不知“小丑”说了什么，“小丑女”的心率直接突破了 120 次 / 分钟。

心率指数超标，闻乐挑战失败。

主持人大惊，连忙上前问周考：“哥们儿，你跟美女说了什么话这么管用？我的天！教教我们呗，以后我们要是找到女朋友了就请你吃饭。”

周考笑着看了闻乐一眼。实际上，他什么都没说。闻乐嫌弃他，觉得他让人心烦，再没去看他。

主持人叫工作人员拿来苦瓜汁，这苦瓜汁只用一个小小的纸杯装了半杯。闻乐伸手去拿，就在这时一只手从闻乐手边伸过，抢先一步拿起了那杯苦瓜汁。

闻乐向身后看去，见小丑打扮的周考站在身后，手上拿着那杯苦瓜汁，淡淡地道：“我来吧。”

台下响起一阵口哨声。

主持人看到这一幕十分欣喜，立即应允。

周考将杯子放到嘴边，一口饮下苦瓜汁。闻乐仰头看着他的喉结上下滑动。他放下空了的杯子，朝着主持人点了一下头。

主持人不敢置信地看向周考道：“这玩意儿我尝过，绝对苦到怀疑人生。我现在都怀疑我尝过的苦瓜汁跟你喝的是不是一种东西了。”

周考完全没反应，仿佛自己刚刚只是喝了一杯白开水。

主持人对着他竖起大拇指：“牛！”

“要是你这样的都能单身，那在座的各位都应该是光棍儿了。”

台下响起一阵女生的哄笑声。

周考不知为何看了闻乐一眼。

惩罚游戏结束之后，所有人下台。接下来就到了拍卖面具的环节。

今天晚上的活动，组织上基本没有给闻乐安排任务。闻乐的主要任务是在活动结束后，写一篇关于本次话动的宣传稿，然后给校刊投稿，给校学生会、社联这两个组织和 A 大的学生提升一下形象。

场上的人现在都在关注拍卖环节，闻乐作为空闲的工作人员站在LED显示屏后的一处偏僻的角落，以防有什么突发情况好上去帮把手。

闻乐所在的位置是LED显示屏后的一个出口，从这个出口出去是一段不短的像隧道一样的路，说这条路像隧道其实是因为这条路的上方是篮球馆的观众席。

闻乐一个人倚靠在“隧道”边缘的墙壁上玩手机，这里光线昏暗，隐蔽又安静，站在这儿基本看不清远处的人的模样。

就在这时，闻乐听到了一阵脚步声。不过这很正常，除了她，有别人从这里经过也不奇怪。

可是这脚步声离她越来越近，不一会儿有人挡在她面前，在灯光的映照下投下一片阴影。

闻乐抬头看了一眼，发现是周考。

周考依旧是那副打扮，穿着小丑服、戴着面具和帽子，唯一不同的是手上还拿着一个“小黄鸭”氢气球。

这下子周考就与他们宿舍的人装扮得完全一样了，看上去有些搞笑，但是闻乐一点儿都笑不出来。

说实话，从周考说第一个让他心动的女生是她的时候，她的心就很乱，她到现在都有些反应慢半拍的感觉。

其实她对这个答案并不意外。她是第一个令他心动的女生，他是第一个令她心动的男生，这件事两人心照不宣，但是她没想到他会说出来。

窗户纸没捅破的时候闻乐觉得一切都没问题。她可以装作没有发生过那回事一样。

可现在窗户纸被捅破了，就完全不一样了。闻乐甚至有点儿生气，气周考就这样捅破了这层窗户纸。

昏暗又安静的“隧道”内，一切声音都会很明显。

闻乐面无表情地看着周考。

周考低声问她：“刚刚在台上让你不开心了？”

他低低的声音在这环境中竟然显得很温柔，闻乐心中那股气似乎消散了。

闻乐摇摇头，也小声道：“没有。”

周考轻笑："我们的'第一名'大小姐也能接受失败了？"

闻乐在周考的胸口捶了一下："你好烦。"

他压低了声音轻笑，低低的笑声在隧道中响起，有细微的回音。她的耳朵动了动，她刚要收回手背在身后，他却拉住了她的手。

闻乐没能成功地把手抽回来，只低声问道："干什么？"

他将自己手上的"小黄鸭"氢气球系在了闻乐的手腕上。她啪的一下打开周考的手，"小黄鸭"氢气球在她的手腕上晃动了一下。

闻乐的心中有一股莫名的火气。她突然有些受不了地质问周考道："周考你到底知不知道你在干什么？"

周考低头看着自己的手，片刻后才开口，声音很低，嗓音沙哑："我知道。"

闻乐抬头，直直地望着周考的眼睛。她几乎就要沦陷在那双压抑着欲火又藏着星光和柔情的眸子里。两人的呼吸都有些急促，意乱情迷之际，他缓缓低头想朝她的双唇吻下去。她仰着头，眼神迷离。两个人的唇渐渐靠近。

可下一刻，闻乐突然偏过头，伸出食指和中指抵住他的唇。他的唇很柔软，他的气息是灼热的。闻乐的气息有些不稳，她按在周考的唇上的手指在轻轻颤抖。

闻乐的声音也有些不稳，但她还是冷静地道："你被灯光和音乐蛊惑了。"

周考的眼中闪过一丝茫然和无措之意，片刻后又出现一丝挣扎之意，最后他闭上眼睛，再睁眼时，眼中的欲火和情愫尽数退去。

周考轻叹一口气，伸手抓住闻乐的手腕将她的手拿了下来。

闻乐垂眸没有看周考。

周考低头看着闻乐，声音很低很轻地说："你是对的，是我唐突了。"

接着周考轻轻地低下头，在闻乐的额头上吻了一下。闻乐感受到额头上传来温热的触感。

闻乐的心像是被烫到一般，她的心脏猛然收缩了一下。

经过社联和校学生会的一番运作，假面舞会的参与人数及其在网上的话题度已经超过了众人的预期。

第三天晚上的联谊活动不仅没有设置主题，更是大胆地请了乐队和DJ 来表演。

令人兴奋到要爆炸的现场音乐混着炫酷的灯光，兴奋的人们在舞池中跟着节奏摇摆着身体。与其说今天晚上办的是一场联谊活动，不如说是一场聚会。

甚至一些年轻的老师和许多隔壁学校的人也混了进来，加入这场狂欢派对中。

闻乐和几个认识的朋友在灯光闪烁的舞池中跳了一会儿就离开了。

明明今晚的氛围比前两天的更好，但闻乐总觉得有些意兴阑珊。

“在找谁呢？”

闻乐被这声音召回神，就见程惠带着单姗走了过来。

闻乐摇头道：“没找谁。”

单姗却突然来了句：“今天晚上怎么没看到周考？”

程惠闻言，揶揄了闻乐一句。

闻乐顿了顿，移开视线道：“我怎么知道？他又不是社联的。”

两人见闻乐不愿说就没再继续讲这个话题，转而说起别的事情。

程惠道：“你们这次的任务是完成了吧？那可是三倍的赞助费，真牛！”

闻乐道：“感谢投资方。”

单姗笑道：“你们社联和校学生会应该会举办庆功宴吧？”

闻乐道：“说是明天，周一晚上。”

程惠道：“真好，早知道我就不退出校学生会了。”

闻乐道：“还不是因为你当初社团报多了，又忙不过来。”

单姗温柔地笑了笑，道：“我们志愿者协会也不差呀。”

程惠得意地道：“那是，要不然我也不可能留下来。”

程惠想起了什么，又道：“‘生化 7’（《生化危机 7》）上映了，去看不？”

闻乐点头：“要去。”

程惠道：“正好咱周四下午最后两节没课，到时候再叫上包小凡和满青旋一起。开学这么久，咱们还没聚过餐呢，我可太想念烤肉的味道了。”

“行。”

单姗羡慕地看着两人道：“你们宿舍的氛围可真好。”

程惠道：“我们宿舍六个人，真正能聚在一起的也就我们四个。”

单姗低声道：“我们宿舍……气氛有些微妙。”

程惠道：“也正常，什么样的舍友都有，跟舍友合不来，找别的合得来的朋友就好啦。”

闻乐又不自觉地往人群中看了一眼，但这天晚上她一直没有见到周考。

周一晚上，校学生会和社联的人在一起聚餐，很是热闹。

社联和校学生会第一次合作，两方的成员一起忙活了大半个月，拿下了这样一笔大单，还吸引了全校师生前所未有的关注。

这场联谊活动在“校园小广播”上的讨论度一直居高不下，甚至史无前例地超越了“校园十佳歌手”比赛和校花大赛的热度。

甚至有人提议将这样的联谊活动一届一届传下去，而且这样的呼声越来越高。

虽然这个提议还没有被正式确定下来，但这对所有参与过这个活动的工作人员来说无疑是一种认可。

大半个月以来的合作让他们之间多了一种亲近感，整个社联和校学生会的关系拉近了很多，闻乐也认识了几个校学生会的朋友。

可是在众人都拉近了距离的同时，闻乐和周考的关系反而疏远了，他们的关系像是回到了原点，却又和一开始的有一些微妙的不同。

两人全程没有交流，各自在各自的圈子中庆祝。

那天的吻似乎只是两人意乱情迷之下的一个错觉。

周考被校学生会会长和会里的一些男生拉着灌了不少酒，大家絮絮叨叨地说着男生之间的话题。

校学生会会长非要带着几个朋友给周考灌酒的主要原因是“校园小广播”上的一个帖子。

假面舞会那天，穿紫色西装的“小丑”与穿红蓝外套的“小丑女”躲在角落处被人拍了照片，发到了网上。大家都将那穿紫色西装的“小丑”认成了周考。

有人猜测周考交了女朋友，有人猜测那个“小丑女”是闻乐。

可很快有人放出了周考与闻乐站在一起的图片，又对比了穿红蓝外套的“小丑女”与穿紫色西装的“小丑”的身高差。对比之下，穿红蓝外套的“小丑女”显然比闻乐矮，不可能是闻乐。

于是，网友们开始猜测那个穿红蓝外套的“小丑女”到底是谁。

这个帖子的热度其实很高，但是因为最近联谊活动的风头实在太盛，讨论度居高不下，所以这个帖子隐藏在其中没有太明显。

但到底还是有人注意到了，于是校学生会那些人就想从周考的口中逼问出那个女生到底是谁。

周考被灌了不少酒，却再三说明那个穿紫色西装的“小丑”不是他。众人都不信，毕竟那人的身形与周考的极为相似。

周考无奈地捏了捏眉心，道：“如果我没看错的话，那应该是丁间。”

有人追问：“丁间是谁？”

有知情的人闻言，神情有些古怪，解释道：“就是服装表演系的一个男生，好像还是他们班的班长。”

一个大大咧咧的男生得知那“小丑”真的不是周考，有些失望地道：“唉，真不是周考？但他和周考好像啊。”

有男生附和，傻不拉几地笑了两声：“他不会是故意模仿我们大校草吧？”

周考垂眸，喝了一口酒，他的脸上看不出什么表情，他冷淡的样子有着几分与这个年纪不符的成熟。

与周考相熟的男生见他这副样子，也就不再说什么了。其实周考每每不经意地露出这种难以言说的表情时，都会让人有一种距离感。

而恰巧女生这边儿也在讨论这个话题。闻乐喝着手上的酒，听着其他女生聊八卦消息。

与一些神经大条的男生不同，女生对这些话题更为敏感。

“那天那个穿紫衣服的‘小丑’好像是丁间，”坐在闻乐对面的一个女生的眼中闪烁着聊八卦消息时独有的“金光”，小声道，“而且不瞒你们说，其实那个‘小丑女’是我们班的班花。”

“真的假的？”有女生惊呼了一声，似乎因为吃到了这样劲爆的八卦消息而有些兴奋。

“真的，骗你们干什么？”坐闻乐对面的女生笑了笑，继续道，“其实我们班的班花原本也以为那个‘小丑’是周考，特别是当丁间低头吻她的手的时候，她更肯定了。那天周考不就是这么吻的闻乐吗？”

说着几个人不由得看向闻乐，眼中露出一丝“金光”。

闻乐轻轻地敲了敲桌面，矜持地道：“我们那是炒作，而且他实际上亲的是我手上的戒指。”

闻乐身旁的一个女生推了闻乐一把，笑骂：“骗鬼呢，那后来你俩怎么又跳了一场？”

闻乐轻咳一声，有些尴尬，但依旧脸不红心不跳地扯了一个理由：“因为我说他舞技不如我，他不服，不服只好再比一场喽……”

闻乐想，这理由她自己都要信了。

“哈哈哈哈哈……”桌上的女生都哄笑起来。

“的确是你们俩能干得出来的事。”

“我真是服了。闻乐，你跟周大帅哥跳舞，就一点儿也不心动啊？”

闻乐风情万种地撩了撩头发，有些不满地道：“你怎么不去问他跟我跳舞心不心动？我没他好看吗？”

女生们笑得趴在桌子上，心想闻乐的胜负欲真是太强了！

众人见闻乐谈起这个话题时丝毫没有害羞的样子，也不再怀疑。毕竟她们是真的见过闻乐和周考在开会的时候针锋相对、唇枪舌剑，恨不得拔刀互砍的模样。

这两个人的胜负欲已经“丧心病狂”到完全忽略对方的美色的程度了。

众人笑够了，就对闻乐和周考的事情失去了兴趣，又开始聊起关于丁间的八卦消息。

坐闻乐对面的女孩儿道：“我们班的班花不是以为那个穿紫色衣服的‘小丑’是周考吗？她其实还挺喜欢周考的，然后就挺主动的。我们班的班花那撩拨人的手段也不是吹的。我们班的班花刚要使出浑身解数撩拨那个传说中谁都撩拨不动的‘周考’时……”说到这儿她顿了一下，突然笑道，“事实证明，周考真的是谁都撩拨不动的，我们闻大美女也没成功。”

有女生笑道：“这主要是因为别人想拿下周考，她却想打败周考，哈哈哈……”

闻乐挺挺胸："怎样？女斗士很骄傲！"

"女斗士再斗下去怕是要成'剩斗士'了。"

闻乐发出警告："聊八卦消息就好好聊，怎么扯上别的了？"

对面的女生双手合十："我的错，咱们继续聊八卦消息。

"我们班的班花刚要使出浑身解数撩拨那个传说中谁都撩拨不动的'周考'时，发现对方竟然也相当主动。两人一支舞没跳完就跑下去找了个地方……那叫一个干柴烈火……

"当时两人亲得激烈，班花嫌对方的面具碍事，直接把它给摘了。丁间应该是没想到她会突然来这么一手，直接愣了。

"班花一抬头，看见丁间那张脸，直接给……"

有女生兴奋地追问："直接怎样？不会直接给了他一巴掌吧？"

对面那女生故意吊了一会儿众人的胃口，才扑哧一声笑了出来，道："直接就给丑哭了，哈哈哈哈哈……"

众人一片安静，过了一会儿，才有人问道："不至于吧，那个丁间真的有那么丑吗？"

闻乐身边一个穿黄色裙子的女生解释道："也没那么丑吧，其实就长得一般，说起来还有点儿不是符合传统审美观的帅，但是跟周考是没法儿比的。"

"他是不是在……模仿周考？我怎么看他有点儿别扭呢？"

"我也觉得有点儿，他之前好像不那样的。"

"他为什么变成那样了呀？"

"只是小道消息呀，我也只是听说。好像是之前有经纪公司来签人，他去面试，但是经纪公司的人看中了路过的周考，周考给拒绝了。不知道什么原因，反正最后丁间也没签上。"

"啊，这样啊，怪不得他要模仿周考呢。不过他才大二，其实不用那么急吧？"

"出名要趁早。"

这晚众人实在高兴，闹哄哄地喝了不少酒。

闻乐开心，也喝了两杯。可她酒量浅，脸上很快就染上了红晕。美人微醺时更添风情，闻乐自己不觉得，落在她身上的若有若无的视线却越来越多。

周考喝得有些多，起身去卫生间时，他的视线无意间扫到人群中的那抹艳色。他不由得皱了一下眉，俯身跟身边的同学说了什么才起身离开。

过了一会儿，服务员端着现做的草莓奶昔去了女生那桌。甜甜的粉红色的草莓奶昔格外讨女生的喜欢，于是啤酒很快就被放在了一边，无人问津。

第五章

为了追你

周四这天下午最后两节没课，307 宿舍的四个人约好去看最新上映的《生化 7》，顺便吃顿烤肉再逛一会儿街。

307 宿舍虽然除了包小凡其他人都来自小城市，但是家境并不困难。

包小凡家在京城有两套房，家里经济条件宽裕，她自己手头也宽松。

满青旋的父母都是老师，她自己还做着兼职能赚一份零花钱。

程惠的父母开了一个小厂子，她自己也偶尔做一点儿兼职。

闻乐更是从大一下半学期开始就基本上实现了经济独立。她常在网上写稿，有时候是杂志文章，有时候是影评、乐评和一些公众号文章，还有各类广告、宣传文案等零零散散的东西。

闻乐写这些稿子，有时是出于兴趣，有时是为了磨炼文笔。她虽然没有选文学专业，但是受爷爷的影响，在写作上几乎没怎么停过笔。而现在，她在写稿圈子里也小有名气，手上的钱除去已经花掉的也攒了有小十万。

这笔钱说多不多，说少不少。但对闻乐来说，哪怕不再做兼职，以她的消费水平，这笔钱也足够她读完大学了。

四个人都没有经济上的压力，且消费水平基本上差不多，三观也差不多，因此能够玩儿到一起去。

电影晚上八点开始，她们七点就吃完了晚饭。

程惠结完账后大手一挥："走！逛街去！"

"走走走！"

"逛街，逛街！"

闻乐急忙道："等我补完这个口红！"

每次逛街时另外三个人还是会对程惠寄予厚望。

满青旋拉着程惠的手郑重地道："宿舍长你一定要拉住我，如果我要买的东西超过 200 块，你直接把我拖走就行。"

程惠翻了个白眼："你做梦呢？我怕我就是开一辆拖拉机也拽不走你。"

包小凡握着程惠的手，一脸郑重地嘱托："宿舍长，我今天刚领了生活费。我想买的东西要是超过 250 块，你就打醒我！"

程惠翻了个白眼，看向闻乐："你呢？"

闻乐道："我？我消费多理智呀！"

程惠道："你没看见今晚的打折力度有多狠吗？有点儿数好吗？"

闻乐摸摸鼻子笑道："那我现实点儿。你一定要拉着我，只让我买一件。"

于是半个小时后，四个人人手拎着两只袋子开始疯狂地相互谴责。

满青旋看了看手中的两个购物袋，悲痛地道："宿舍长，你辜负了我对你的期望。"

包小凡道："说好的拉住我们呢？结果你自己买得最凶。"

闻乐叹了口气："只有一个购物袋的我，是如此理智。"

闻乐只买了一样东西，手中的另一个购物袋是程惠的，里面装着程惠买的三件……T 恤。

程惠道："哦，我买的这三件 T 恤都没你那一个托特包贵。恭喜闻乐同学！"

闻乐心痛地道："还不是都怪你跟我说它打折。"

四人相互谴责着就走到了一家品牌店前。

透过玻璃衣柜能看到模特身上穿着一条漂亮的红色包臀长裙。闻乐看着那长裙，不由得停下了脚步，她突然想起那条被自己剪成高开衩的红色长裙，与这条有些像。

显然她的舍友也发现了这一点，包小凡道："这条裙子跟你之前剪坏的那条好像。"

闻乐道："什么叫剪坏？高开衩更性感好吗？"

程惠扫了一眼价格："一条裙子这么贵？走走走，赶紧走。"

"我还是觉得你穿那条破的开衩的裙子好看。"

闻乐笑着跟舍友离开："我也这么觉得。"

一个与周考相熟的学长申报的项目过了审，这学长高兴就请了一帮朋友来某购物广场聚餐。周考因与这学长的关系不错，之前也给这学长帮过忙，就也被邀请了。

餐厅里面有些嘈杂，周考出来接了个电话，没说两句就看到楼下出现了一道熟悉的身影。

这个购物广场和大多数的商场一样，一楼中央是一个巨大的广场，站在那里能直接看到穹顶玻璃；二楼到顶楼中间都空开了这个广场，每一层都用玻璃和栏杆隔出了安全距离。

周考在五楼，一出餐厅门就可以透过半人高的玻璃看到楼下的景象，而此刻，就在周考正对面的四楼，有四个女生正站在一家店前指着一条红裙子说笑。

隔着一层楼和大半个广场，周考一眼就认出了那道熟悉的身影，那个上身穿着一件白衬衫，下身穿着一条浅黄色碎花长裙的女生正是闻乐。

她今天扎了一个低马尾，一缕长发从脸侧滑下，显得温柔极了。

四个女生正对着玻璃柜中的那条红色长裙说笑。而周考看到那条长裙，不由得想起了那个晚上，从医务室回来时，为了方便他背她，她借了校医的剪刀，将腿上那条长裙剪开。

周考挂了电话，眼前似乎出现了那晚被闻乐剪开的红色长裙和那双挂在他腰间的雪白的腿。

周考的呼吸一顿，他的眼神渐渐变得深沉。

四楼的几个女生都没有发现周考，她们说说笑笑地沿着楼层和楼层之间的长扶梯上了六楼。六楼是电影院。

周考出来打电话，许久没回去，里面的同学找了出来，见周考望着对面发呆，便好笑地道："发什么呆呢？进去吧。"

周考这才回过神来，点点头，跟着那同学进去。只是刚走到门口，周考就突然停住了，像是想起什么似的，道：“你先进去吧，我出去一趟，一会儿回来。”

不待那男生回答，周考就拍了拍他的胳膊，离开了。

那男生不明所以，耸耸肩回了包间。

周考不知自己着了什么魔，就这样顺着扶梯下到了四楼。站到那家店门前时，周考甚至都没有想好自己到底要干什么。

周考在店门前一眼就看到了那条红色长裙，他的脑海中不自觉地浮现出闻乐穿上这条红色长裙的模样。他想：这应该会很适合她。

周考走进了店里。店员听见脚步声便回身，却见进来的是一个人高腿长、年轻俊美的超级大帅哥。

店员愣了一下。只慢了这半拍，他们的副店长就一脸微笑地迎了上去。

错失与帅哥搭讪的机会，店员懊悔不已。她见过来商场站台做宣传的明星，那已经是娱乐圈出了名的帅哥了，可要是放在眼前这人面前都有些失色。

副店长满脸是笑地迎了上去：“您好，有什么能为您服务的吗？”

周考没说话，只看向橱窗里的模特。

店长说话的时候也在偷偷打量着周考。这个购物广场附近有好几所大学，经常有学生前来购物。周考这么年轻，副店长几乎一眼就看出了周考是个学生。

但是……副店长打量着这男生，见他的颜值身材无可挑剔，身上的衣服样式很简单，看不出品牌，用料却极好……

副店长见周考看着那裙子，于是又搭话道：“您是给女朋友买衣服吗？这款是我们这一季新出的限量款，您的眼光真的不错。”

周考没说话，他的手无意识地转动着手机，似乎在思索什么。

副店长下意识地看向周考的手，发现他的手腕上戴着一块手表。副店长眼睛一转，立刻又热情地问道：“您女朋友穿多大尺码的衣服？”

周考听到“女朋友”三个字，睫毛动了一下，不过没说话。他怎么会知道尺码，只是目测闻乐的身材与这模特差不多。

“就这条吧。”周考道。

副店长道：“如果您女朋友的身材和这个模特差不多的话，那她应该是穿S码。”

周考点点头：“包起来吧。”

副店长道：“您怎么支付？”

周考刷了卡，拎着一件女装回了包间时，心想，自己大概是魔怔了。

买下裙子之后的一整晚，周考的脑子里就只剩下了闻乐，以致他在饭桌上频频走神。虽然别人递上来的酒他都喝，可学长与他交谈时，他常常慢半拍才反应过来。学长问他是不是有心事，他又不肯说。

他们散场时已经很晚了，周考一个人拎着购物袋走在学校里灯光昏暗的路上。路上没有什么人，周围很安静，只有虫鸣声和晚风吹动树叶的窸窣声。

周考看着路灯又忍不住走神，想起自己与闻乐在大学校园里重逢时闻乐的样子。当时的闻乐也是一袭红色长裙，带着几分酒意，美得不可方物。

周考不由得笑了笑。其实他一直都没能从对闻乐的迷恋中走出来，从被闻乐惊艳到的第一眼到吻上闻乐的额头的那一刻……周考的眼前不断浮现出他与闻乐之间的每一幕。

借着些微的酒意，周考走到了女生宿舍楼下。周考知道闻乐为什么拒绝他的吻，她是该拒绝的。

接连两天的舞会，灯光、音乐以及跳舞时那被人为营造的氛围，会导致身处其中的人意乱情迷。

置身于那样的环境之中，连周考都分不清之所以产生那种情感到底是因为受环境的影响，还是因为他内心的情愫已经积累到了需要喷发的程度。

周考一度和闻乐持有一样的观点，那晚灼热的欲望和凌乱的心跳声只是一时的意乱情迷。

或许彼此分开各自冷静下来后，他们就会回到从前的状态。

周考冷静了三四天，自以为已经能够平静地面对闻乐了。可是今晚再见到闻乐和那条红裙，他又开始满脑子里都是闻乐了。

于是周考终于想明白了，他对闻乐一见钟情，此后便念念不忘。

就这么简单，周考却不太好承认，横亘在他们之间的除了彼此的骄傲和所谓的理智，还有那该死的胜负欲。

周考在闻乐的宿舍楼下站了半天，又抽了两根烟，才给闻乐打了个电话。

电话接通，周围很安静，周考声音很低地说："是我。"

闻乐愣了一下。过了片刻，周考才听见她的声音从电话的另一端传来："周考？"

周考淡淡地嗯了一声。

又是一阵沉默，两人隔着电话，听着彼此平静的呼吸声。

闻乐那边传来轻轻的关门声。

而后闻乐低声开口，她的语气很客气："有什么事吗？"

这客气又疏离的一句发问直接将周考想要说出口的话堵在了口中。

周考张了张嘴，突然不知道该如何开口，片刻后才道："有事想要麻烦你，有时间出来谈一谈吗？"

闻乐似乎有些意外："什么事？"

周考道："电话里说不清，见面谈吧，你什么时候有时间？"

闻乐道："周日。"

周考挂了电话，整个人隐没在黑暗和烟雾中，看不清神情。过了一会儿，周考掐灭了烟转身离去。

闻乐这周末本来没有安排，打算听于阿姨的话出去看看有没有舞蹈兴趣班。但就在周考打电话的半个小时之前，闻乐的"小弟"发来信息说这周在京城，问闻乐周六有没有时间出去聚聚，闻乐就和"小弟"约在了周六。

虽然闻乐现在看上去温柔端庄，小时候却是实打实的野性难驯，从小学到初中基本上打遍学校无敌手，是个人见人怕的疯婆子。

闻乐从小就长得漂亮，很多男生都很喜欢她。小学时，男生向女生表达喜欢的方式就是欺负女生，例如拽女生的辫子，抢女生的书本、笔袋等。这些调皮的男生经常惹怒女生，甚至将女生欺负哭。但是闻乐是朵奇葩。

战斗力很强的小闻乐给予这些男生的调皮且恶劣的把戏的打击是相当残酷且严厉的。

女生发育得比男生早，小学时候闻乐长得高。初中时，闻乐拿下跆拳道黑带，也学过一些武术。

直到初三，闻乐的老同学们偶尔还能看到闻乐按着男生让其动弹不得的画面。

闻乐靠着拳头收获了一大批的“小弟”，直至现在她都和一些“小弟”保持着很好的关系。

周六来的这几个都是初中就跟着闻乐的“小弟”，有的甚至小学时就和闻乐认识。他们有的人读了职专，有的则跟着闻乐去了同一所高中，但是这群人的关系一直都很好。

他们约在闻乐学校附近的一个餐厅里。

饭间张浩问道：“姐，你现在还没有男朋友哇？都让你不要那么凶，你看你这么凶谁敢要你呀？”

闻乐往张浩的脑袋上拍了一下：“胡说八道，我哪里凶了？现在谁见了我，不说我温柔贤淑？”

张浩捂着头，龇牙咧嘴道：“你看你还说你不凶。你要是不凶，能到现在还没有男朋友？”

闻乐作势又要打他，张浩连忙捂着头躲开。

众人说说笑笑，气氛一如既往地好。

周考在远处看着这群人说笑打闹的样子，不知为什么心情有些糟糕。

他今天和朋友路过这个餐厅，隔着玻璃窗户一眼就看见了闻乐。那几个男生中有两个有些眼熟，周考不由得想起高中时的一幕幕往事，烦躁地点了根烟。

周考初见闻乐时，闻乐穿着校服，一头短发，不施粉黛，站在升旗台上讲话。她骄傲自信，像是一朵开在贫瘠的角落的野玫瑰，令人惊艳。

后来是在高中的图书馆。傍晚，一场雨突如其来，闻乐站在图书馆门口翻找书包里的雨伞，周考从闻乐身边经过。

闻乐已经摸到了伞柄，而周考也看到了那压在几本书下的浅黄的一角，可是鬼使神差地，周考像是没看到一样走到闻乐身边，道：“我送你一程。”

闻乐抬头看向周考，她漂亮的眼中满是意外之意。片刻后，闻乐悄悄地将雨伞塞回了书包的最里面，装作没有伞的样子，点点头。

豆大的雨点噼里啪啦地打在周考的伞面上。两个人靠得很近，却又隔着一点儿距离，没有触碰到彼此。

他们全程没说一句话，只专注地低头走路，而后在分别时说了声“谢谢”与“不客气”。

那是不同班级的他们距离最近的一次，也是他们唯一的一次对话。转身的那一刻，两人的嘴角不约而同地挂上的那一抹微笑，就已经说明了一切。

那是青涩而美好的第一次心动。

再之后，周考想起了让他对闻乐失去好感的那一幕。

那是一个下午，周考和班上的几个男生刚路过学校后面的小巷，就见到一向规规矩矩的乖巧少女长腿一甩，用一个利索的侧空翻将一个男生踢倒在地。

闻乐低头冷冷地看着地上的男生，她身后跟着四五个“小弟”，那模样像极了不良少女。

周考的视线与收腿回眸的闻乐的视线撞上，闻乐明显愣了一下，却什么也没说。

周考和同学离开时，听到身边有男生调侃道：“哦，‘大姐’又打人了，不知道这次倒霉的是谁。”

“大惊小怪什么？她也不是第一天欺负人了……”

这是周考第一次对别人动心，他那颗尚且稚嫩的心灵因此受到了巨大的冲击。

自此，周考开始疏远闻乐，并在不久后因为父亲工作调动而转学离开，不辞而别。

周考想起过去的事，心中有些乱，又不知道自己在胡思乱想些什么。他走到一边抽起了烟。一根烟没抽完，他就接到了老师的来电，说之前报名的比赛定了出发日期，就在周一。

周考挂掉电话后，掐灭了烟，过了片刻，才低头给闻乐发了条信息。

他下周一就要离开，如果这周日与闻乐见面说清楚了，却又要因为比赛离开半个月，那就太仓促了。他需要一个合适的时机。

闻乐正和“小弟”说笑着，突然感觉到手机振了一下。她看了一眼，见是周考发信息来说取消周日的见面，说是临时有事。

闻乐脸色一沉，将手机屏幕朝下扣在桌面上，也没回信息。

她不由得回想起两天前的那通电话。

想到周考在电话里模棱两可的态度，加之他们在舞会时的接触，闻乐当时就想得有些多。她不知道周考有什么事需要大半夜的打电话麻烦她，却又不方便在电话里说。

那晚闻乐在通话时虽然冷静，挂了电话后却发了一会儿呆。周考的一通电话，搅得闻乐心神不宁好几天。可是临到头了，周考突然又说有事跟她取消了这次见面。

闻乐恨得咬牙，心中的怒火直蹿而上。对，是她的不对，她明知道周考总是擅长临阵脱逃，竟然还抱有期待。

高中时周考不辞而别，如今又突然取消见面，明明每次主动的都是他，却也是他最先逃跑。

周考你个懦夫!

闻乐想，她要是再给周考一次机会，她就是狗!

闻乐发了狠，心道：还是丑狗!

周日这天本来除了与周考碰面，闻乐就没有别的安排了。既然周考又推了这次碰面，闻乐也没了别的安排，她上午便出去看了几家舞蹈兴趣班。可这几家兴趣班要么是时间安排不合闻乐的意，要么就是距离学校有些远。闻乐一时没有拿定主意，就只加了舞蹈兴趣班联系人的微信，说要再考虑考虑。

之后她就在图书馆里泡了一天。

晚上从图书馆回来，闻乐听见舍友在讨论校花大赛的事。闻乐边卸妆边听，才想起今天是校花大赛出结果的日子。她在图书馆待了一天，完全没有留意这件事。

程惠和包小凡没有事就去凑了个热闹。这会儿，她俩正说着今年的校花——是体院健美操系的，叫谭丹亦。

程惠叹了口气道：“虽然这个谭丹亦的颜值与往届的院花比起来已经很不错了，放在一堆院花里也不差，但是真的跟咱闻乐不是一个级别的。”

包小凡道：“我虽然没有在现实生活中见过明星，但是我觉得明星大概也不会有乐乐好看了。乐乐这种模样的院花绝对是巅峰了，再往上，不能有了吧？”

程惠笑道：“你忘了当初那个李乐雪了？”

包小凡恍然大悟：“对！李乐雪的颜值其实在整个娱乐圈都属于上流了，但还是被乐乐的颜值比下去了。前两天李乐雪那个新剧大火，网友都在夸她颜值高，我却想起了当初那个视频。”

程惠道：“互联网是有记忆的，当初李乐雪被乐乐比下去的视频还在‘校园小广播’上呢。”

“而且乐乐还不上相。你还记不记得，当初李乐雪的经纪公司来人说要处理那个视频的事，结果见了乐乐直接愣住，半天挪不开眼，还目瞪口呆地说要签乐乐，哈哈哈哈……”

闻乐轻咳一声：“姐妹们，我在这儿呢！你们再这么吹下去，我都要美得上天了！”

程惠和包小凡听罢大笑。

包小凡还是觉得可惜：“乐乐，你要是去参加校花大赛，真的，都不需要你有什么才艺，就上去跳一支广场舞，那校花的宝座就是你的了，谁都抢不走。”

闻乐卸完了妆，起身去洗漱：“不去，白给都不要，我是要用智慧和武力征服尔等愚蠢的人类的。”

程惠拿起一个抱枕砸过去，闻乐笑着躲开。

周一上午第四节课下课前，闻乐收到短信，是《文兴杂志》的稿费打过来了。闻乐给杂志社的编辑发了一条信息，说稿费收到了。

下课铃响了，闻乐收拾了书包，抬头却见班长走上台，说要开一个五分钟的临时班会来说点儿事。

学校每年都有支教的名额，今年去山区支教的学姐学长不巧正遇上了南方的洪灾。山区虽然没有受洪水影响，但是大雨引发了不少的滑坡和泥石流事故，所幸去支教的学姐学长和山区的儿童都安全，没有发生意外。

不过据说因为今年的大雨，不少山区中的房屋甚至是学校都被冲毁了。学长学姐就打算发动社会的力量，为山区的儿童筹钱重建房屋和学校。

这个活动早在一周前就开始了，校学生会得到的消息较早，院里晚一些，班长上去说的就是有关捐款的事。

捐助的方式很多，可以是帮助校学生会的人去募捐，可以直接捐钱，也可以参加重建项目等，这样一来能给山区的受灾儿童提供帮助，奉献自己的爱心；二来能增加学生的社会实践经验。

校学生会和社联办的联谊活动收到的赞助费几乎一大半都用于此次捐款了。

班长说具体的重建和募捐项目还没有确定，但是想要捐钱的同学可以直接联系班长，数额不限，不论是捐 1 块钱还是捐 100 块钱都应当本着自愿的原则且都应当被尊重。

闻乐自然也要支持这个捐款活动，她与爷爷奶奶也住在山区，虽然他们一家不在受灾地区，但是一度认为自己是留守儿童的闻乐非常能够理解那些受灾孩子的心情。

闻乐想了想，觉得这也算是缘分，便干脆把刚刚才收到的 5256 元稿费一次性全捐了。

周五下午，闻乐接到负责校刊的一位学姐的电话，说是因为南方洪水，很多贫困儿童的生活受到影响，除了在学校进行募捐，校刊也想做一个专题来增加社会对贫困儿童的关注度。

校刊主编认为当初校学生会和社联举办的 DIY 面具以及拍卖面具的活动十分新颖且有意义，就联系了这两个社团。得知了活动的最初想法是由闻乐提出的，再加上之前闻乐发表在校刊上的文章言辞恳切，思想又有深度，这主编就想与闻乐合作做一个有关贫困儿童的专题。

闻乐几乎不假思索就答应了。

周六这天，负责校刊的那位学姐给闻乐介绍了一位中文系的学长。这位学长叫许天皓，文笔十分出彩，大大小小的奖项拿到手软，而且还在读大四就已经拿到了一家非常有名的出版公司的录用通知。

那天闻乐和许天皓在学姐的引见下于一家咖啡馆碰面，见面后闻乐竟被许天皓惊艳到了。

许天皓的长相并不是那种俊美到十分有攻击性的，他整个人给人的感觉都很淡，像是一幅着墨不多的水墨画，却十分耐看。

他一米八左右，身材瘦削，五官清秀，冷白的皮肤配上一副细框银边的眼镜，带着一种非常儒雅的书生气，但是整个人的气质并不死板。相反，他温文尔雅，谦逊体贴，又博学多才，说话风趣，温柔得像是四月春水，给人一种很舒适、很放松的感觉。

没人能不对这样一个人产生好感。

闻乐和许天皓聊了很多，国内、国外、古代、现代的各种文学都聊了个遍。

学姐在一旁听得目瞪口呆，看向闻乐，吃惊地道："哇，很少人能跟我们学富五车的许大才子聊这么多，好多人都接不上他的话，主要是因为他说的人名有些别人听都没听过。哇，闻乐，你深藏不露哇！你这也该有一个图书馆的阅读量了吧？"

闻乐听得直笑："怎么可能？学姐太夸张了。"

许天皓却道："你怕是谦虚了。我读过你的很多文章，不论是措辞还是文章深度，都能显现出你的积累。我也很少能跟同龄人聊得这么深，上次这样聊天还是和一位年近四十的编辑。而你竟然还是一位理科生，这实在让我困惑。"

闻乐笑道："真的没有，我知道的这些也是从我的祖父那里听到的。"

许天皓笑着说："能教出这么优秀的孙女，你的祖父应当是一位学富五车的老前辈了。"

学姐却有些吃惊，因为她明明听说过闻乐是从山里出来的。倘若闻乐的爷爷真的学富五车，以那个年代知识分子的稀缺程度，他们一家又怎会沦落到山中？

学姐有些犹豫，不知道该不该问闻乐。若闻乐是有意隐瞒自己的家世，她问出来惹得闻乐恼了，她该怎么办？

闻乐似乎没有注意到学姐的纠结，转而聊起别的话题。

这天下午闻乐和许天皓聊得很尽兴，两人交换了联系方式，以便下次联系。

自从联谊活动的聚会结束之后，闻乐差不多有两周的时间没有再见到周考。闻乐也没有再想到他，甚至周围的人也没有再提到过周考，周考似乎从她的生活里销声匿迹了。只是后来她不知道听谁说，周考飞去了 H 市参加什么比赛。

闻乐没细听，也没多问。

闻乐每日的学业和社团活动，再加上偶尔的一点儿兼职就已经让她的生活足够忙碌，她也没有那么多工夫去想别的事情。

忘了是联谊活动结束后的第几天，闻乐晚上十点半从图书馆回到宿舍时，听到宿舍里的人在讨论周考刚刚在某个全国大赛上拿了奖。闻乐没去细听，卸了妆就去了卫生间洗漱。

舍友看了一言不发的闻乐一眼，不知道为什么也没再提这个话题。

自舍友谈论周考的话题后又过了两天，许天皓约了闻乐出来吃饭，说是要就校刊的专题项目再聊一聊。两人约在学校附近的一个在网上很有名气的饭店，就是闻乐上次与“小弟”聚会的地方。

那是一个周六，闻乐上午约了满青旋去做头发，于是把与许天皓见面的时间约在下午。

最近闻乐和满青旋在追韩剧，沉迷于韩剧女主角那温柔的浅棕发色无法自拔。两人一拍即合，决定趁着周六有时间去做头发。

追着婆媳伦理剧的程惠轻嗤一声：“你们就嘚瑟吧。”

闻乐和满青旋得意大笑的样子像是两只鹅。

浅棕色的大波浪发型，显得人温柔又妩媚，而且格外显白。染了头发之后的闻乐就像是加了一层韩式滤镜，整个人白到发光，看上去温柔又清纯。

头发烫染花了五个小时，从上午八点到下午一点。因为时间太长，店里的美甲师又刚好没有客人，闻乐便做了个闪闪发光的美甲。

其间闻乐的手机上收到一条微信信息，可闻乐手上正忙着就没看，直到两个小时后做完美甲点开手机，才知道是周考发来的信息。

但是怎么办，她不想看。

闻乐直接删除了提示信息，心道：其实该把他拉黑的。

闻乐这天新做了头发，穿了一身香芋紫色的碎花连衣裙，配了一双小白鞋，像是从韩剧中走出来的女主角。她温柔清纯的模样让许天皓愣了愣，接着他笑了，真诚地赞美道：“你今天也很美。”

这个“也”字取悦到了闻乐，闻乐笑着落座。

两人五点半见面，一直聊到晚上八点半才从饭店出来。整整三个小时，他们聊电影，聊音乐，聊文学，聊出版，就是没聊校刊的专题。

闻乐想这大概就是成年人的套路，打着公事的幌子把人约出来，却并不聊公事，天南海北地聊，说说笑笑，暧昧不明地传达着“我想追你”的信号。若是谁想拒绝，只需要很隐晦地表示一下，再见面时还能一点儿都不尴尬地继续合作。

闻乐不禁又想到周考，忍不住在心里骂他一句。也不知道他有什么毛病，传达了暧昧的信号，然后自己又给掐断了。

从饭店出来后，许天皓送闻乐回宿舍。两人一路说笑，聊得畅快。

许天皓把闻乐送到女生宿舍楼下就离开了，走之前说了句：“北庵东路有一家店的日料很不错，下次有机会带你去尝尝。”

闻乐笑着答应了。

许天皓离开后，闻乐也转身回宿舍，可刚走两步就被人抓住了手臂。

闻乐吓了一跳，转了个身就见到黑着脸的周考从阴影中走出来。

周考离开了半个月，他对闻乐的想念一天比一天重，甚至不知为何还有些不安。

周考突然有些后悔，为什么要找一个合适的时机？他就应该在走之前的那天将一切都坦白，不，在联谊活动第二天的那个晚上他就应该狠狠地吻下去。

恋爱这玩意儿需要什么逻辑，需要什么冷静，需要什么前因后果？感情本就是感性的事，跟着感觉走又有什么问题？枉他自诩聪明，却在感情上犯了傻。

该死，他想，一刻都不能等了，要立刻见到闻乐。

于是周考下飞机后，行李箱没取，宿舍也没回，风尘仆仆地直奔女生宿舍楼下来找闻乐。

他在闻乐的宿舍楼下等了三个小时，却等到了这一幕。

一身紫色长裙的闻乐做了新发型，一看就是精心打扮过，而且她对着另一个男生笑靥如花。周考觉得自己的心都要炸了。

周考紧紧抓住闻乐的手臂，嘴唇紧抿在一起，眼神锋利，周身的气压极低。

闻乐看向周考，淡淡地道：“你有事？”

她的语气冷淡，态度疏离。

周考的心猛地缩了一下，他仿佛感受到了锥心一般的疼。周考用压得很低的有些沙哑的声音问："为什么不回信息？"

闻乐敷衍道："没看到。"

周考抿着唇，紧紧地盯着闻乐，眼中似乎有什么正在燃烧着的恐怖的东西。

闻乐似乎有些不耐烦了，皮笑肉不笑地扯了一下嘴角，然后一寸一寸、强硬而坚定地将手臂从周考的手中扯回来。

而后她转身离去。

周考看着自己空落落的手，周身都蒙上了一层阴郁的气场。

这晚周考躺在宿舍的床上想了很久，直到微信上出现了好友申请。看到申请人的备注是"张泽"后，周考不由得坐起身。

周考早在去比赛之前就想要弄清楚当年让他误会的那一幕的真相。

周考翻出几个高一时和自己关系还不错的同学的 QQ，给他们留了信息，说是有事，如果看到了请加他的微信。

他在闻乐所在的高中待的时间不长，离开后只给很少的人留了联系方式，而且那个时候也只是互相留了 QQ。现在大家已经很少用 QQ 了，可惜周考也没有他们其他的联系方式。

周考是在 H 市比赛时给那几个人发的信息，过去了半个月才收到一个微信好友申请。周考通过了申请，拿着烟去了洗漱间。

两人开语音聊了一会儿。张泽听周考进了 A 大，似乎并不怎么意外，只道："你果然去了 A 大。"

"果然"两字听得周考心中一跳："你怎么知道？"

"你忘了吗？当时学校为了鼓励我们，统计了我们每个人的目标大学，之后做了一张表贴在门外的墙上。我还记得你的名字就在第一栏第一个，你名字后面写的不就是 A 大？全班再没有敢写这么好的学校的人了，只有你，我记得很清楚。"

不知道为什么，周考心里有些奇怪的感觉，但是他没去多想。

张泽又道："哎，你知不知道闻乐也考进了 A 大？你应该还记得她吧？高一的时候你们两个一直在争'年级第一'的位置。"

周考道："嗯，她当初的目标也是 A 大吗？"

张泽道："不，她是理科生，写的是'京城大学'，所以说，她最后去了 A 大，我们觉得很惊讶。

“她当年考了我们省的第四名。我们这个小城市从来没有出过这么高分的学生，当时几乎可以说是市里最轰动的新闻了。我们学校也沾了闻乐不少光。

“本来我们都以为她会报 A 大隔壁的京大呢，毕竟京大的理科更厉害些。当时京大来咱们学校挖闻乐。谁都没想到，她竟然报了 A 大，大家都觉得很意外。”

周考心中那种没来由的感觉越来越重，以致竟然还带着点儿酸楚感。周考点燃烟吸了一口，他英俊的面庞隐在烟雾中，神色难辨。他很少抽烟，最初抽烟只是因为他带着公司团队做项目时，身边所有人都不看好他，而他彼时只是一个高三的学生，信服力又不够，且这项目极烧钱，他那时顶着极大的压力不知如何排解，就学会了抽烟。他已经很久没抽烟了，只是不知为什么最近抽得有些多。

张泽没察觉到周考的不对劲，兴致勃勃地问道：“你当初考了第几名？”

周考吸了口烟，声音有些低：“我保送。”

张泽惊讶地道：“这么好？不过这样你俩就没法儿比高考名次了。”

“其实，我在学校见过闻乐，”周考掸了掸烟灰，道，“她变了很多。”

张泽道：“是不是变得更漂亮了？”

“不是，”周考掐着烟垂着眸子，让人看不清他眼中的神情，“她变得……很温柔，不太像她。”

张泽闻言，哈哈笑了两声：“那真是有些奇怪，想当初闻乐可是学校里的‘大姐大’。”

周考似乎在引导着张泽走向这个话题。

周考说：“你还记不记得当初我们从学校后面的小巷经过，看见她和几个男生把另一个男生踢倒在地？后来似乎是有人找了老师来，我们就离开了。”

张泽思考了一会儿，道：“有吗？不记得了。”

周考声音低缓，牵引着张泽挖掘回忆：“我记得当时，王旭还说闻乐总是欺负男生。”

“总是欺负人？”张泽哈哈笑了，“她也不是欺负人吧，只要别人不招惹她，她也不会去欺负别人。她学习很用功，没那么多闲工夫找事。如果是她主动出手的，那对方应该不是什么好东西。对了！叫你这么一说我还想起来了一些，当时她是带着几个男生把那个谁……周立堵在学校门口揍了一顿。

“你不知道，那个人就是个垃圾。他当时欺负一个女生，威胁她不能跟别人说。那个女生本来就胆小懦弱，又不敢跟家人说，弄得精神都不太正常了。然后那天周立又把那个女生堵在小巷里，欺负她，被闻乐撞见了。闻乐就把他揍了一顿。”

“所以她不是在进行校园霸凌，对吗？”周考的声音有些沙哑。

张泽笑道：“当然不是呀！她人很好的，出了名的男生缘、女生缘都很好，哈哈哈……”

周考的心里一阵苦涩，一直苦到嘴里。

他觉得自己当初太傻。

周考又和张泽随便聊了两句后，找了个理由就挂了电话。而挂了电话的张泽很纳闷，也不知道周考到底要找他聊什么事情。

周考靠在窗口发呆，他的脑子里都是闻乐，还有高一那年的青涩的回忆。他想起当初那个下雨的傍晚，他们撑着一把伞，走在回宿舍的路上，闻乐微微低着头，露出一段纤细修长、微微泛着粉红色的脖颈，还有那即使在雨声掩盖下都无比清晰的自己的心跳声。

再之后就是他疏远了闻乐时，闻乐望着他，她眼中的星光渐渐暗淡，只剩下满眼的茫然和失落之意。

当初青涩娇嫩的闻乐就已经满身光芒，现在日渐成熟的闻乐，更是吸引着所有人的目光，她的身边会出现越来越多优秀的人。周考想起闻乐今晚把手抽离回去时的坚决果断，只觉心疼到发麻。

周考的心一阵阵地抽痛，他真的很后悔了。

周考忍着满嘴的苦涩，给管家打了一个电话，吩咐了一些事情。他想他不能再浪费时间了。

周五这天闻乐要出席一个颁奖会。

某集团为了赞助A大优秀学子设立了一个奖学金项目。这个奖学金项目的申报已经是上学期的事情了，奖学金和获奖证书的颁发却推迟到了这个学期。

集团设立奖学金项目也有为自身树立有社会责任感的企业形象方面的考虑，自然需要写一些通稿，发一些新闻，所以就举办了这样一个颁奖会。

出席这个颁奖会的自然都是各大院系的前几名。

因为是正式场合，所以闻乐扎了个马尾辫，穿了一件黑色西装外套和一条黑色包臀裙，还配上了丝袜和高跟鞋。

颁奖会的地点选在行政办公楼的一个小会议室，来的人不太多，有几十个人。

闻乐一进门就见到了那个修长挺拔的身影。周考也穿了一身正装，高大英俊，他一向是人群中的焦点。周考也一眼就看到了她，闻乐却不想上前与他打招呼。她像是见到陌生人一般与周考擦肩而过。

闻乐能感到身后的灼热的目光，可她就像是没有察觉一般径直走到自己的座位落座，全程都没有与周考进行眼神交流，就像完全忽略了这个人一般。

颁奖结束后，集团代表和学校老师对获奖的学生进行了一番表扬和鼓励，再之后就是合照。整个颁奖会的时间没有多长，很快就结束了。

一群人从走廊离开。几十个人一起下楼，让狭窄的楼梯显得有些拥挤。

闻乐脚上这双高跟鞋有些大，不太合脚。有个男生着急回去上课，下楼的时候有些匆忙。闻乐不慎被撞了一下，脚一滑，差点儿跌下楼梯。

闻乐连忙去抓扶手，却抓到了一条手臂。闻乐一愣，接着整个人被带着站稳。

闻乐不用转身，一闻到熟悉的须后水的味道就知道这个人是周考。

闻乐的气息渐渐趋向平缓，她低声说了声谢谢。

很快，前来参加颁奖会的其他人都走了，只有闻乐和周考还站在楼梯上。闻乐说完谢谢就准备离开。

周考却一把拉住闻乐的手，拉着她走到了一个偏僻的角落。

闻乐皱着眉，甩开周考的手："干什么？我一会儿还要去社联值班。"

周考把闻乐抵在墙边，挑了一下眉道："没良心的，你就这么谢我？"

闻乐有些不服气，嘟囔了一句："刚才不是谢过你了吗？"

周考耍赖道："我没有听到，你再说一遍。"

闻乐一字一顿地道："谢谢！"

周考突然低低笑了一声。他低下头，慢慢逼近闻乐。

周考的脸越来越近，灼热的气息和身上的香水味把闻乐包围住了。闻乐转过头，还有些生气，一只手推着周考的胸膛，道："你干什么？离我远点儿。"

周考仍旧慢慢逼了上去，在嘴唇与闻乐的脸颊还有一厘米的距离时，向后凑过去，凑到了闻乐的耳边。接着他抬手拂过闻乐滑落的一缕发丝，轻轻地别到闻乐的耳后，低声说了一句："走了。"

闻乐被他低沉的嗓音撩拨得耳朵发红，却也被他气得心脏疼。

闻乐推开周考径自走在前面，周考在闻乐身后不紧不慢地跟着。

下楼梯的时候，周考拉起了闻乐的手。闻乐却抬手将他的手打落："这位绅士，你在干什么？"

他道："我牵着你或者我抱着你，你自己选一个。"

"为什么？"

"因为高跟鞋不适合你。"周考道。

闻乐要被这个人气死了，他真的是狗嘴里吐不出象牙。

周考又补充了一句："你穿得太美，容易被太多人觊觎。"

"神经病！"闻乐转身不去理他，但不可否认，她的心情还是好了很多。

周考微微弯腰伸出手，像那日邀请闻乐跳舞一样，做出一个邀请的手势："这位小姐，你总不想在大庭广众之下光着脚走路吧？"

闻乐扑哧一笑，把手放在了楼梯的扶手上："我可以扶扶手哇，要你干什么？"

啧，这个人不太好骗了，周考在心中轻叹，眼中却染上笑意。既然不好骗，那就……他轻笑一声，大步上前，一个公主抱就将闻乐抱了起来。

闻乐惊呼一声，连忙攀住周考的肩。周考抱着闻乐健步如飞。

周考的气息竟然还很平稳，他道："还是这样比较快。"

闻乐气得捶了周考一下："你到底在干什么？"

周考耐心地对闻乐道："你的脚刚刚扭伤过，又穿着不合脚的高跟鞋。你不想要你的脚腕子了？"

闻乐打量着周考，满眼的怀疑之意。

他又笑了，声音很低，很温柔："当然，主要还是为了追你。"

闻乐的心跳猛然加快。

下一刻，她笑了起来："那你死心吧，没结果的。我怎么会为了一棵歪脖子树放弃整片森林？"

周考的脸色黑了黑，他道："我怎么不知道你还有'一片森林'？"

"你不知道的事情多了去了。"闻乐见他这副样子，心中却有些得意。

下了楼，周考把闻乐放下。

这时闻乐用来扎头发的黑色小皮筋突然断了，那一头柔顺的长发几乎有些狼狈地散落了下来。

她猝不及防地伸手抓住散落的头发。周考突然抬手，他用手指扯住领带，三两下就将领带扯了下来。她几乎控制不住地盯着他那骨节分明的手指和修长的脖颈看。她觉得他扯开领带的时候有一种说不清的叫人脸红心跳的性感。

脖子没有了领带的束缚，周考又伸手解开衣服上最上面的两颗扣子，露出了漂亮的喉结和颈线。

他把闻乐抓着头发的手扯开，拢起她散落的长发，有些笨拙地用自己的领带将她的头发束好。领带的尾部随着闻乐的长发垂落，竟然挺好看。她屏住呼吸，任由他摆布。她能够感受到他的气息暖融融地包围着她。

他用一种温柔到近乎恳求的语气在闻乐的耳边轻声说："给我一个机会，嗯？"

闻乐没有回答，只推开他，向前走去。

他上前两步："闻乐。"

她嗯了一声。

周考道："我说真的。"

她道："我知道了。"

"我知道了"是个什么回答？周考叹了口气，捂着那颗忐忑不安的心，心想：这大概就是自作自受。

新一年的国家奖学金名单下来了，闻乐填了表格，交给辅导员，道："老师，我先走了。"

辅导员却突然道："闻乐，你等一下。把门关上，我有事要跟你讲一下。"

闻乐有些莫名，听辅导员这语气显然不是要说什么好事。闻乐一边儿关门，一边儿在心中猜测辅导员会跟她说什么事，最近似乎并没有发生什么需要辅导员跟她谈话的事。

闻乐关了门走过去，辅导员道："最近有同学跟我反映你的事，还说了一些不太好的话。"

"老师，这是什么意思？"

辅导员道："闻乐，你一直是我们院的重点培养对象，各方面也都非常优秀。不论是学习方面还是社团活动方面，你都非常优秀。学校希望你们成才。但是你知道，对社会有用的人才，首先必须有德，其次才是有才。老师说这话不是有意贬低你，也不是在指责你。只是老师也知道你的家庭情况，同学们大多也都知道你家里的情况。你是从贫困山区出来的孩子，大家从来没有因为你的家庭情况看不起你。相反，因为你出色的个人能力，大家都非常喜欢你。可见，获得大家认同的方式，并不需要什么家世背景或者金钱什么的，只需要你有足够的个人魅力。"

闻乐越听辅导员这话就越觉得不对劲："老师，到底怎么了？您直接跟我说吧。"

辅导员道："乐乐呀，老师知道你的家庭条件，也相信你的人品。就是最近有人跟老师反映说你给山区捐钱，又说你最近又买了一个名牌包，就花钱有些……捐款本来也是为了献一份爱心，没有人会去攀比，我们应该根据自己的情况量力而行，对不对呀？

"你一直不肯申请贫困生补助，现在花钱又这么凶，再加上有同学跟老师反映这些情况，老师就有些担心。你这个年纪对金钱方面不需要太过急躁，以你的能力和学历，以后这方面是不会缺的，千万不要因为一时的诱惑而走了弯路。你是非常优秀的孩子，老师相信你能想清楚的。"

闻乐的一颗心沉了下来，她问："老师，是不是有人跟您说了更难听的话？您觉得我花的钱来路不正？"

辅导员没有说话，一脸为难的样子，但闻乐已经从辅导员刚才的话和他的表情里推测出这件事的来龙去脉了。

闻乐道："老师，我不申请贫困生补助，是因为我们家真的不穷。而且我从大一下学期开始就已经实现了经济独立。我有自己的兼职可以赚钱，再加上学校颁发的各种奖学金，足够支持我现在的生活……"

闻乐从辅导员的办公室出来，沉着一张脸。她不知道为什么会有人跑到辅导员面前去造自己的谣，也不知道那个人在辅导员面前是怎样说的，但是不用猜也知道那些话一定很难听。

说实话，闻乐有些难过，因为别人口中的那个名牌包其实是她趁着打折买的，而且那个包从买回来到现在她一直都没有背过，知道她买了那个包的人，只有几个舍友，而孙优美自从搬出去和男朋友住之后，就再也没有回来，连孙优美都不知道她买包这件事。

她不想去怀疑谁，但是她真的很失望，她以为她和舍友的关系已经很亲密了，不承想却被这些人从背后给捅了一刀。

闻乐回了宿舍，辅导员找她谈话的事情她跟谁都没说。只是她一言不发的模样有些反常，谁都看出了她的不对劲，可是问她她又不说。

闻乐对着电脑发了一会儿呆，突然手机上的一条短信让她回了神。

那是快递发来的短信。

闻乐有些疑惑，她最近没买东西，不应该有快递的。她打开几个购物应用程序又确认了一遍，自己真的没有买东西。莫非又是于阿姨寄了东西来？闻乐把快递取了回来。那是一个很沉的箱子，她把箱子搬回宿舍时已经出了一身汗。

舍友们也凑过来看热闹："你这是买了什么，这么重？"

闻乐擦了一把汗，道："我也不知道。"

闻乐找来剪刀把箱子拆开，发现那里面竟然是满满一箱子的奖状和证书。她惊呆了。她把这些奖状和证书都打开，见里面全都写着一个人的名字——周考。

她气得心脏疼，觉得这是周考在向她示威，周考一定是在报复她。她想，周考现在肯定在得意地大笑，他想用奖状和证书压死她。

闻乐觉得周考就要成功了，她真的要被这些奖状给累死了，这一路搬箱子回来，她的腰都要断了。

她本来就因为辅导员找她谈话的事有些难过，这下更是气疯了，掏出手机就给周考发信息。

“你是不是有病？

“你这是向我示威吗？

“你寄给我这么一堆东西，就是想压死我对吧？

“你觉得有意思吗？

“这东西谁没有？我也能用我的奖状和证书埋了你。你给我等着！”

闻乐怒气冲冲地把这五条信息发过去，过了半天，周考就只回了一句话：“你就是传说中的那种不解风情的女生吧？”

“什么意思？”

“给我把箱子里的东西都看完。”

闻乐带着疑惑，在舍友们的震惊中把周考的每一张奖状和证书都看了，最后实在没有看明白什么，只总结出了一句话——这个人真的优秀。

闻乐翻看到最后，发现箱子里还剩一个U盘。她有些好奇周考到底在搞什么，便打开U盘看，只见8G的优盘里只放了一个文件，是一段音乐。

闻乐想，这个东西可能携带病毒，大概是周考想要整她，她绝对不会上当。但她又实在忍不住好奇，最后还是咬牙打开了它。

舍友们也凑上前来，想看看这到底是什么东西。

那是一首歌——那英的《征服》。

闻乐扑哧一声笑了出来：“什么啊？”这首歌驱散了她刚刚从辅导员办公室里带出来的不快，她笑了。

闻乐给周考发信息：“你是不是疯了？”

“‘第一名’小姐，你看到我的诚意了吗？”

“那个《征服》的意思我差不多懂，但是你给我一箱奖状和证书有什么用呢？”

“只要你拿下我，这些也是你的战利品。听说‘第一名’小姐酷爱收集奖状和证书。”

闻乐气笑了：“请问这位同学，我要这些都写着你的名字的奖状和证书有什么用呢？”

“主要是想给你看看我有多么优秀。”

见闻乐好久没回信息，他又发来一条信息：“你在干吗？”

“我想从男朋友备选人里找一个谈恋爱，让你看看他是怎么追我的。你学着点儿。”

“闻乐，你疯了吧？你试试！你敢！”

“我怎么就不敢了？我这就试给你看。”

周考大概要被气死了，半天没回信息。她却觉得心情格外好。

过了一会儿，闻乐还是没有等到周考的信息。她觉得有些饿，就下楼去买吃的。

她穿着睡衣，脚上踩着拖鞋，一出女生宿舍大门，就看见周考正蹲在女生宿舍楼的不远处，拿着手机发呆。

她想起自己还穿着拖鞋，见了他，连忙往回走。

他也看见了她，连忙喊道：“闻乐，你过来。”

既然被发现了，再走也就没什么意义了，她走上前：“你蹲在女生宿舍楼下干什么？”

周考撸了把头发，站起身，叹了口气：“我这不是……怕你……找别人吗？”

她闻言，扑哧一笑。

周考招招手说：“过来跟我说说，你有多少男朋友备选人。”

她笑道：“你真的想知道？”

周考说：“闻乐，你知不知道，聪明的女生从来都不这样？”

闻乐问：“为什么？”

他说：“不是，因为聪明的女生懂得挑选一个最优秀的男生。这样做只花费一份精力，所能得到的收益却是成倍的。现在你面前就有这样一个机会。”

闻乐四处望了望：“什么机会？在哪里？”

他叹气：“你这样的脑子是怎么考进 A 大的？刚才那一箱奖状和证书你都白看了？”

说到奖状和证书闻乐就生气：“你还敢说！光是从快递中心把你那一箱东西搬回来都要把我累死了。”

周考笑了笑：“所以受了这个累，你从这一箱奖状和证书中获取了什么信息？”

她扑哧一笑。周考屈起手指在她的头上敲了一下："你真是白看了。"

她捂着头，顶着一脑门儿的问号。像他这样，他还想追人？他追梦去吧！

周考瞥了闻乐一眼，仿佛会读心术一般，问道："又在心里说我什么坏话？"

闻乐在脸上挤出一个虚伪客气的微笑："您自行领会吧。"

周考轻啧了一声："没良心，枉我看你不开心就去给你买了甜点，想哄你开心。"

他后退几步，走到一辆黑色的轿车前，打开副驾驶座的门，从副驾驶座上拿出了一个精致的点心盒子和一杯奶茶。

闻乐看着车，不由得挑了一下眉："这是你的车？"

周考点头："怎么，不像？"

她道："的确不怎么像。"

闻乐看了周考身后那辆黑色的车一眼，又看了看周考的那只手表，道："主要是真没见过谁的车没有他的表贵的。"

周考关上车门道："只是因为它比较合适。大多数人都能一眼看出车的价格，却很少有人能一眼看出来手表的价格。"

闻乐没再过多纠结这个问题，转而将视线落在点心袋子上。

她知道周考手上拿着的那个点心的牌子。这个牌子的点心向来受很多网友的追捧，好吃是好吃，但不便宜。最重要的是，学校里没有这家店，并且她们学校的位置超出了这家店的外卖配送范围。想要吃到这个牌子的点心，需要开车 30 分钟过去买。

闻乐给周考发微信信息，差不多是在半个小时之前。这个时间怎么也不够周考开车去店里买了点心，再回来蹲在女生宿舍楼下等闻乐。

闻乐问他："为什么说我不开心？"

他说："今天中午我在 J 号楼看见你了。"

他这么一说闻乐就知道了。

经管学院的行政楼就在 J 号楼的对面。

周考又说："我下午有事路过北庵东路，就顺路买了这些。"他将手上的袋子递给闻乐，闻乐的手躲了一下没去接。

周考补充道："算是对我上次失约的道歉。"

他说着低下头靠近了闻乐一些，低声道："不要生气好不好？嗯？我下次不会这样了。"

闻乐最擅长跟周考针锋相对，跟他硬碰硬，但是闻乐最近发现这人竟然升了级变换了套路，这实在是打了闻乐一个措手不及。

她还不知如何应对这样的周考。她撇撇嘴，伸手接过了奶茶和点心，说："行，看在点心的面子上。"

周考的眼中闪过一丝笑意，他突然低头看向闻乐，声音压得很低，说："怎么样？其实我还是挺会追女生的吧？"

闻乐说："是呀，你会追女生。你在后面追，女生在前面跑，你的目标是第一个冲线。比赛第一，友谊第二，对吧？我总结得不错吧？"

周考叹了一口气："是呀。你就是那种'别人在追你，你却以为别人在跟你抢第一'的不解风情的女生。即使我们不在同一个专业，但只要你在图书馆自习的时候我出现在你身边，你就会以为我要跟你比六级和雅思的成绩吧？"

闻乐突然扑哧一声笑了出来："没错，这不应该才是我们之间正确的相处方式吗？"

周考说："这位女士，我想我需要再郑重其事地说一遍，我正在追求你，这是一位男性对一位异性的追求，不是一个学霸对另一个学霸的成绩的追赶。这么多年了，你的思维模式是不是该改变一下了？"

闻乐看着周考，笑得从容淡定："我不是告诉过你了吗？我们不合适。"

周考脸上的笑容渐渐消失了，他道："哪里不合适？"

闻乐道："门不当户不对，我这样的人还是不要高攀你家了。"

周考却淡淡地道："可是据我所知，单是你手上戴的手镯就不便宜，你跟我说你攀不上我家？"

闻乐脸上的笑容一僵，她下意识地把戴了手镯的手别到身后，说："我听不懂你在说什么。"

周考低头看着闻乐，眼神认真："闻乐，你到底在逃避什么？你弄清楚了没有？你逃避的是我，还是你自己优裕的家境？"

"周考，"闻乐突然打断周考，"我回去了，我不想穿着睡衣在楼下待太久。”

周考却在闻乐身后开口：“你若是因为过去的事情不肯原谅我也就罢了。可是你若是因为其他什么原因连带着不能接受我，我不能接受。你自己好好想清楚吧。”

闻乐心神不宁地回了宿舍，饭也忘记买了。她将周考买给她的奶茶和点心放到桌子上，盯着它们发呆，思绪却跑到了别的地方。

闻乐无意识地攥着手腕上的手镯，双眼放空。

这时程惠突然凑过来：“乐乐，你怎么会有这家店的点心？谁给你送的？外卖不是送不到咱这儿吗？”

闻乐干笑了一下，道：“是一个老同学，刚好路过那里，就给我捎了些。”

包小凡也不信，揶揄闻乐道：“什么老同学，又是哪一个追求者吧？只是你一向不收这些的，怎么这次突然带回来了呢？看来这次不一般哟。”

闻乐的心突然漏跳了一拍，耳朵有些红，只是脸上还很镇定：“瞎说什么呢？是老同学。”

“好吧，好吧，是老同学。但是下次这个老同学再给你送点心的话，你要不要提醒他，追人买东西可是要把整个宿舍的份一起捎带上哟！

“还有乐乐，你要是有对象了的话，一定要请我们吃饭哪。你可是第一个脱离我们宿舍这支单身队伍的人。”

孙优美直接被大家忽略了，而且现在她们宿舍也的确只有五个人。

闻乐笑道：“那你们等着吧。”

被她们这么一打岔，闻乐就没再多想周考的话。她吃了几口点心，听着舍友们聊新的八卦消息。

“再过两天‘国奖’（国家奖学金）的名单就下来了。”

“下来就下来呗，怎么了？”

“我最近听说了一个八卦消息。”

没错，这是一个热爱看八卦消息的宿舍。

“据说上一届某学院的‘国奖’候选人是一男一女，而且这两个人刚好是一对情侣。”

“哇，这么优秀！”

“别急，好戏还在后头呢。这两个人都想争取这个‘国奖’，谁都不让谁。本来这个女生的优势更大一点儿，因为她的名次更靠前。两个人说好了公平竞争，最后不知怎么‘国奖’的名额却落在了男生头上……”

“但是据说人家两个现在还在一起。”

“男生拿到‘国奖’之后有分给女朋友吗？”

“想什么呢？怎么可能？”

“天哪，至于吗？这还是男女朋友吗？！”

“涉及利益了呗。”

“这次咱们院的两个候选人是谁呀？”

“不知道，乐乐的成绩一直是全院第一，肯定有乐乐。”

程惠淡定地嗑了一粒瓜子儿：“是乐乐和艾飞。”

“都出在咱宿舍，这也太牛了。”

程惠闻言，却意味不明地冷笑了一声。

闻乐几乎醍醐灌顶，就像有一道闪电划过脑中，她似乎明白了什么，不可置信地看向程惠。

程惠看向闻乐的双眼不由得睁大：“不会吧，不会吧？你真的出事啦？”

闻乐愣愣地点了点头。

其余两个人感觉到有八卦消息，连忙凑了上来：“出什么事了？我今天就看你有点儿不对劲。”

闻乐犹豫了一会儿，还是把上午辅导员找她谈话的事说了出来。

程惠最擅长推理分析，她冷静地嗑着瓜子儿，眼睛看着地面，思索了一会儿，然后把瓜子往桌上一放，分析道：“首先，乐乐这个包自从买回来还没有背过。乐乐有一个名牌包这件事的确只有我们宿舍的这几个人知道，所以说能举报乐乐的一定是我们几个中的某一个。乐乐不可能举报自己，去掉一个人还剩下四个人。

“我们三个每天和乐乐待在一块儿，都是知道乐乐没有背过这个包的。如果是我们三个去举报的话，那么我们一定会想到乐乐会怀疑到我们几个身上。所以说只要我们三个不傻，我们都不会拿乐乐买包的事去举报她。而艾飞那天晚上只知道我们买了包，但是她不跟我们一块儿玩，因此并不知道乐乐没有背过这个包。

“其次，不论是‘国奖’还是别的奖项，艾飞作为院里的第二、三名，一直在跟乐乐竞争，就像刚才我们说的那对情侣之间的‘国奖’大战也是出于利益，这就有了动机。仅就目前的分析来看，她的嫌疑的确是最大的。但是咱们也没有证据，也不能去随意地指责别人，这样容易伤到我们之间的感情，也容易冤枉人。”

包小凡说：“其实我一直觉得她这个人有点儿不对劲。你看我们书桌上的书，都是统一书脊朝外放，这样能看清是什么书，好拿好放。她平时也是这么放的。有几本书却被她书脊朝里放着，也不知道是什么书。我有一天好奇地看了一眼，发现那些书全都不是我们上课要用的，而是她自己学英语的书。虽然这也不能说明什么吧，但我觉得她就是不想让我们知道，所以总是藏着掖着。她每天早上起那么早，晚上回来那么晚，但还是考不过乐乐。我觉得她可能是嫉妒乐乐吧。”

闻乐道：“算了，我们也没有证据，别去猜了，伤感情。”

“不过，乐乐呀，你真的一下子捐了不少钱？”

闻乐点了点头说：“我前阵子不是说我给《文兴杂志》投了稿吗？星期一上午稿费刚打过来，就是那些钱。然后班长说要帮山区儿童募捐，我觉得这也是一种天意和缘分，因为我们家也住在山区嘛，我还挺心疼那些孩子的，就全都给捐了。”

“我的天，你写那稿子忙了那么久，你就这么一下子把所有的稿费给捐了，你不心疼啊？那天买个包都给你肉疼成那样。”

闻乐笑了笑：“我觉得很有意义就够了。”

程惠说：“你竟然一点儿风声都不透露。”

满青旋道：“不对，我们都不知道你捐了多少钱，她怎么知道的？”

包小凡道：“你们忘了她是副班长，要帮班长统计钱数的？好了，这下她的嫌疑更大了。不过，乐乐，你们家真的是住在山区吗？我怎么觉得你的气质不太像呢？各方面都不像。”

闻乐下意识地摸了摸手腕上的手镯，垂下眼帘，思索片刻，不知想到了什么。过了一会儿，她才抬起头来试探着说道：“我们家真的是住在山区，但是跟别的在山区住着的人还是有一点儿区别的。我小时候以为我是留守儿童，后来才知道我爷爷奶奶是特意从城市搬去山区住的。”

“哦，那你爷爷奶奶真的太了不起了。他们是不是就像电视里的那些道德模范一样，到贫困地区去支教，然后一辈子就留在那里了？”

几个人对闻乐的爷爷奶奶肃然起敬。

闻乐道：“不……不完全是吧……”

“怪不得乐乐一下子捐了不少钱，原来是受爷爷奶奶的影响。”

当对一个人心中存了怀疑的时候，对待这个人的态度到底是会不同的。艾飞回来的时候像往常一样跟众人打招呼，还笑着跟大家调侃了两句。

闻乐忍不住偷偷打量着艾飞的神情，发现自己根本就没有办法从她的脸上看出什么。

程惠看了闻乐一眼，给闻乐使了个眼色，然后就开始了她的“表演”。

程惠翻看着群里的文件，装作不在意的样子，提了一句：“今年的‘国奖’名单要出来了，今年的奖学金是5000还是8000？”

闻乐一直在注意艾飞的神情，可艾飞在程惠提到“国奖”这两个字的时候并没有什么反应。

程惠也没有看出什么来，于是再接再厉道：“乐乐今年又是咱们院的第一名，等‘国奖’下来了，乐乐要请咱们吃饭哪。”

果然，当听到“国奖”两个字和闻乐的名字放在一起时，艾飞脸上的笑容就有些僵，但随即她就和包小凡、满青旋一起附和着要闻乐请客。

闻乐笑着说等确定下来再说也不迟，心中却还是不自觉地加深了对艾飞的怀疑。

晚上突然刮起了大风，闻乐被窗外呼呼的风声吵醒，坐起身时就见程惠已经起床把窗户关上了。

第二天一早醒来，新闻都在说台风来袭，这几天会一直有雨。出门前程惠一再叮嘱大家一定要记得带伞。

傍晚时分孙优美突然回了宿舍，她说这几天可能有台风，她男朋友送她上下学有些麻烦，所以回来住几天。

这几天闻乐遇见周考的频率也似乎变高了点儿。

前天闻乐在图书馆遇见了周考，他拎着书包坐在了闻乐的对面。

她只看了他一眼，便继续看书。周考倒也没有打扰她，也拿出书来翻看，似乎在写什么论文。两人全程没有交流。

只是过了一会儿，闻乐起身去书架旁翻书，回来的时候发现桌子上多了一杯热牛奶，上面还贴着一张便利贴。

粉红色的心形便利贴上写着：不比六级，不比雅思。

闻乐想起那天周考跟她说：“你就是那个别人在追你，你以为别人在跟你抢第一的不解风情的女人。

“即使我们不在同一个专业，但只要你在图书馆自习的时候，我出现在你身边，你就会以为我要跟你比六级和雅思的成绩吧？”

闻乐无奈地撕下便利贴，翻了个白眼，差点儿笑出声。

闻乐从自己的便利贴上撕下一张绿色的便利贴，飞快地写了几个字，然后揉成一团塞到了周考的手里。

周考看着那张便利贴的颜色，表情微妙。他打开便利贴，见上面写着一行字：别爱我，没结果。

周考的嘴角抽动了一下，当着闻乐的面儿把那张绿色的便利贴撕得粉碎，然后握在手中收拾好书包，头也不回地离去，走得那叫一个潇洒果决，留下闻乐一个人在发愣。

就他这态度，还追人?

闻乐自习完已经是晚上了，她收拾好书包，从书包中找到雨伞，就要走进雨中。这时周考却不知道从哪里冒了出来。他走到闻乐身边，撑开伞，问：“这位女士，我有没有这个荣幸送你一程？”

闻乐看了周考一眼，笑靥如花，然后一把将他推开：“没有。”

说完她就撑开雨伞，大步走入雨中。

周考看着闻乐离开的背影，眼中染上笑意，也撑着伞走入雨中。他跟着闻乐，一直把闻乐送到了女生宿舍楼下。

周考全程只远远地跟在闻乐身后，没有说话。

他撑着伞站在滂沱大雨中看着闻乐走进女生宿舍楼。

雨幕模糊了周考的面容，但他那一身黑衣黑裤和手上撑着的黑伞，让他在雨中依旧存在感十足，他的高挑和俊美仿佛有种冲破雨幕的力量，雨幕遮掩不住他的俊美，反倒给他增添了一种深情款款的气质。

闻乐转身，嘴角却带着一丝不易察觉的微笑。

周三下午，闻乐在社联办公室值班。

校学生会的一个男生过来送文件，闻乐跟他交接完文件后，他就离开了。

这几日一直是台风天气，上午刚下了雨，这会儿雨停了，只是天还阴沉沉的。

此时办公室只有闻乐一个人在，周考拎着一杯热奶茶走了进来，将奶茶放在她的桌上。

闻乐抬头瞥了周考一眼："干什么？你很闲？"

周考道："你觉得我很闲吗？"

他别有意味地凝视着闻乐，闻乐不自在地别开脸。

闻乐的视线放在奶茶上。不可否认的是在这样阴沉的天气里能喝上一杯热乎乎的奶茶，的确让人感觉很惬意。

闻乐盯着奶茶却突然道："你知道一杯奶茶的热量有多高吗？"

周考却只道："你想让我知道吗？"

"算了，"闻乐伸手接过奶茶，对周考摇了摇奶茶，道，"谢了。"

周考道："带伞了吗？"

闻乐道："带了。"

周考轻啧一声："聪明的女孩儿在这个时候都会说没带。"

闻乐道："那你就去找你的聪明女孩儿吧。"

"她不是在这里吗？"

闻乐装作听不懂。

周考问她："晚上几点结束？"

闻乐道："大概九点半吧。"

周考看了看手机，道："晚上有雨，早些回去。"

闻乐点点头："我知道。"

周考道："除了'我知道'，你还能给我点儿别的回答吗？"

闻乐说："你想要什么回答？"

周考却没直说，只道："晚上我有事，先走了。"

周考晚上有一个公司的会议。本来他可以到公司开会，但是因为时间太晚了，最近天气不好，路上有积水又堵车，而且宿舍有门禁时间，所以他就跟院里借了一个小会议室，在会议室里开了近两个小时的视频会议。

周考结束会议时已经九点半了，他看了天色一眼，不知道为什么，觉得有些心神不宁。

开会时他把手机关掉了，刚刚一打开手机就看到了数个未接来电和舍友的信息。周考有种不祥的预感，连忙打了电话回去。

舍友蓝智鑫接通电话，连忙问道："老大，你去哪儿了？没事吧？你没在J号楼吧？"

听到J号楼周考心里就是一个咯噔，他的声音不自觉地有些发紧："怎么了？J号楼怎么了？我刚开完视频会议，还在行政楼这边。"

蓝智鑫有些庆幸："太好了，吓死我了！你没发现吗？外面的风多大呀。

"刚才风很大雨也大，挺吓人的。据说隔壁学校用板房搭建的屋子的房顶都被吹跑了。我们学校的好多大树直接被连根拔起，好像还有不少人受伤了。据说J号楼那边的大树也倒了好几棵，砸伤了不少人，好像有一个女生直接就被砸倒在一棵大树底下了。我看别人在微信里发的视频说救护车到现在还没来，就刚刚的事……"

蓝智鑫的话还没有说完，就听见手机里传来一阵忙音，提示通话结束了。

蓝智鑫看着手机屏幕还有些发愣："这怎么就挂了？我话还没说完呢。"

杭帅道："你没让他不要往回走吗？这么大的雨就算打着伞也能把人给浇透。"

蓝智鑫道："我没来得及说。但是老大又不是没长眼睛，他自己不会看吗？雨大不大，他自己不知道吗？"

杭帅道："也是。"

周考听说J号楼出事时心里就感觉不太好，听到舍友说一个女生直接被埋在了树下，他的手更是颤抖得几乎握不住手机。

周考从来没有像现在这么害怕过。他不禁想起闻乐说要九点半才能离开，而现在已经九点四十了。

周考彻底慌了，一阵阵心悸让他有些呼吸不稳。他强逼着自己镇定下来，然后拎起伞直接去了J号楼。

外面的风和雨依旧很大，雨伞完全撑不开，一旦撑开就有被风给刮走的趋势。周考根本懒得跟伞做斗争，直接扔了伞，迎着风雨往外走。

豆大的雨点砸得人生疼。下了两个小时的暴雨，学校的排水系统已经报废了，地面上的积水已经没过脚踝。周考蹚着水，淋着雨，逆着风，浑身狼狈地向J号楼跑去。

周考有些着急，还有些害怕，他不由得加快脚步，生怕自己慢一步就会失去什么重要的东西。

走了不到100米，周考就已经浑身湿透了。他从来没有这样狼狈过，可他没有时间在乎自己的形象。

J号楼的确受灾严重，这本就是一栋老楼，周围又种了很多树。其中有几棵树被大风连根拔起，东倒西歪地砸在墙上，砸碎了玻璃，砸到了从这里经过的学生。

周考到达J号楼的时候那里已经围了一些人。他上前去寻人，却没有在受伤的人中看到闻乐的身影。

周围帮忙清理现场的学生都一脸困惑地看着一身狼狈的周考。可周考哪有时间在乎他们的目光，他转身便向下一棵树走去。

不知是幸运还是不幸，周考没有从伤员中找到闻乐。然而周考走到最后一棵树旁边时，看见了一片熟悉的沾了血的裙摆。那是一条绿色的裙子，闻乐今天也穿了一条绿色长裙。

周考心中一悸，脸色苍白，瞳孔骤缩。他深吸一口气，用颤抖的手擦了擦脸上的雨水。

大雨模糊了周考的视线，让他看不清那绿色裙子的具体花纹。周考努力让自己睁大眼睛，好分辨清楚那裙子的花纹是不是和闻乐所穿的一样。

明明只有几步的距离，可周考完全不敢走上去，他在害怕，他的手指颤抖着，呼吸也显得有些困难。

夜色和雨幕的遮掩让周考一直无法看清那裙子的样式，他不得不咬着牙，祈祷着，走上前去准备看清楚。

“周考！”

就在这时，一个声音从拐角处响起。那熟悉的、清亮而柔美的声音，就像是救命的药一般，让周考那快要因为悸动而死的心回归了正常。

周考转身就看见闻乐艰难地撑着一把伞，站在没有人的拐角处。

那一刻，周考突然有些庆幸，又有些好笑，他撑开手掌按着额角，似乎有些哭笑不得。

他就站在雨中，浑身早已被雨水浇透。他似乎意识到了自己的样子有多狼狈，放下手就要转身离开。可刚走了两步，他就像是受不了一般，转过身大步上前，一把将闻乐紧紧搂入怀中。

周考紧紧地搂着闻乐，力道大到像是要把闻乐嵌进身体里。

闻乐猝不及防地被浑身湿透的周考搂进怀里，她不由得愣了愣。接着，她的衣衫被周考的浸湿。隔着两层湿透的衣衫，闻乐感受到了周考身上的热度，以及周考那快得绝对不正常的心跳。

周考的呼吸声有些粗重，响在闻乐的耳边，似乎雨声都消退了。闻乐第一次如此直白地感受到周考灼热而浓烈的感情，她的心跳似乎也跟着对方的心跳开始不正常地加速。

周考把闻乐抱在怀里好一会儿，又握住闻乐的手，将闻乐的手紧紧地按在他的胸膛上。闻乐的手掌感受着那灼热的温度和怦怦的心跳，她似乎被烫到了一般蜷缩起手想要逃开。周考却强硬地不让她将手拿开。

周考将闻乐紧紧地拥在怀里。

他说："吓死我了。"

这四个字如同重重的一击，击溃了闻乐的骄傲和闷气，她甚至觉得鼻头一酸，眼眶有些热。

她似乎知道了他大晚上的冒着大雨，一脸苍白又惊慌的模样是为何了。那一刻她心软了，她似乎什么都愿意答应他。

她愿意承认冲动与氛围是爱情必不可少的因素。

周考抬手揉着闻乐的头发，似乎在宣泄着心中的恐惧与对闻乐的珍爱。他微微低下头，在闻乐的头顶印下一个吻。

他的声音沙哑到不像话："闻乐，我们都错过那么久了，不要拒绝我了。"

闻乐回抱住周考，声音沉闷地道："嗯。"

她根本抗拒不了他如此直白热烈的情感。

周考用自己的脸颊蹭着闻乐的脸颊，投降一般地喟叹："没有谁能让我如此失态。

“如果有，那她必须是我的爱人。”

周考的内心久久不能平静下来，他反复地抚摸着闻乐的头发，亲吻着闻乐的鬓角。

闻乐轻轻拍着周考的后背安抚他，拍下去却发现自己的手上全是水，原来周考的衣服已经全都被雨水给打湿了。

闻乐的心顿时一软，她低声跟周考说话，试图将周考从不安的情绪中转移出来。

闻乐问他：“你怎么来了？”

周考平复了一会儿才用比较平稳的语气说：“我在隔壁楼的会议室开会，听说这边出了事，有些担心你，就过来了。”

闻乐问他：“为什么不打一把伞？这么大的雨，你全身都湿透了。”

周考又在闻乐的脸颊边蹭了蹭，感受着闻乐身上的热度和那淡淡的清香，他那颗因惶恐不安而剧烈跳动的心终于渐渐恢复了正常。

周考道：“雨太大，我撑不住伞。”

闻乐闻言，只觉心里酸酸的。她又不说话了，只把头埋在周考的胸口，搂紧了周考。

两人拥在一起，过了好一会儿才慢慢分开。

周考低头轻轻揉着闻乐的头发，却突然发现闻乐胸前的衣服被他身上的湿衣服沾湿了，他有些抱歉：“把你的衣服沾湿了。”

闻乐摇摇头，表示自己并不在意这些。她一直撑着伞，而周考又给她挡去了大部分的雨水，现在她身上除了被周考的衣服沾湿的地方，其他地方基本都是干的，打湿的这一块儿并不碍事。

闻乐拉着周考进了J号楼里面避雨，两人的手紧紧牵在一起。

闻乐的手被周考的手完全包裹住，他的手掌的温度比她的高，那热度贴着闻乐的掌心一路暖到闻乐的心底。闻乐低头看了两人握在一起的手一眼，突然感受到了周考那紧紧粘在她身上的灼热的视线，她不由得脸一热，一片粉红色渐渐漫上她白皙的脸颊。

周考问她：“你刚才去哪儿了？有没有被吓到？”

闻乐摇了摇头：“我差不多要离开的时候，突然想起还没有清点库存，就去三楼清点，但是我发现数量有一些不对，就在那里多待了一会儿。”

三楼储物室离楼下最远，闻乐虽然听到了很大的响声，但是没有多想，等她锁上储物室的门出来，这才发现树竟然被风吹倒了。

周考道：“幸好。”

周考在心中庆幸又感激着。

闻乐突然问道：“我看楼下围着一群人，是发生什么事了吗？”

想起这事，周考用低沉的声音说：“风刮倒了树，砸伤了路人。”

闻乐闻言，愣了一下，然后往外看了一眼：“我们要不要出去帮忙？”

周考道：“我出去吧。外面风雨太大打不了伞，你的衣服都是干的，不要出去淋湿了。你去仓库里找找有没有什么能够用得上的东西。”

闻乐也点头说好，只是有些担忧地看了已浑身湿透的周考一眼。

周考摇头：“去吧，我没事。”

外面的风雨一直都没有停。闻乐在社联的仓库里翻找出了一些纱布，只是还没来得及拿着东西出去，就见周考走了回来。

闻乐连忙迎上去问：“怎么样了？”

周考说：“雨太大了，救护车一时半会儿过不来，但是校医已经到了，也已经指挥着大家把受伤的人送到了校医院。你不用担心。”

闻乐闻言，松了一口气：“人伤得不重吧？”

周考说：“还好，都是轻伤，伤得最重的一个似乎是腿骨折了。”

“那还好。”

闻乐见周考手上拿着一个东西，周考也注意到了闻乐的视线，便道：“这是他们留给我的一件雨衣。风太大打不住伞，穿雨衣还能好一些。”

闻乐无奈：“那你怎么不穿？”

周考摊了摊手，道：“我已经湿透了，再穿又有什么用？”

周考又被雨浸过一遍，浑身湿淋淋的。闻乐跑到楼下保安室跟保安大爷借了条毛巾。周考用毛巾把头发简单地擦了擦。

闻乐用一次性纸杯给周考倒了一杯热水，又从办公室的抽屉里翻出某次做活动时赞助商赠送的一条薄薄的小毛毯，披在周考身上。

周考看了看窗外的雨，又看了看时间，发现已经快十点了。可是这雨还没有要停的意思。

周考喝了一口热水，看向闻乐。

办公室的灯光有些昏暗，坐在灯光下的周考被光影描摹出好看的轮廓。湿透了的头发被他捋在脑后，露出他那光洁的额头和清澈的双眼。他的睫毛也被雨水打湿了，浸湿后的眼睫如鸦羽一般黑。

闻乐不禁被他深情的眼神和俊美的容颜诱惑了，她的视线与周考的粘连在一起，难舍难分。

下着雨的夜晚，只有两个人的房间，有些昏暗的灯光，刚刚确认关系的一对情侣，处处都透着暧昧的气息。

周考直勾勾地盯着闻乐。他把喝了一口的热水放下后，伸手握住闻乐的双手，将她拉到了自己的面前。

周考把玩着闻乐的双手，他那骨节分明的手指一寸寸地缓慢地摩挲着闻乐纤细白嫩的手指。整个房间里只剩下两人的呼吸声，于是这简单的动作都能让人脸红心跳。

周考用深情的目光直直地逼视着闻乐的双眼。而一向与他针锋相对的闻乐，此刻却像是被按了“噤声键”。她垂下眼眸，一言不发，精致的容颜染上绯红，面若桃花，长长的眼睫像是蝴蝶的翅膀一般轻轻扑扇，偶尔露出那藏着光含着情的眸子。

闻乐的美是一种大开大合的绚烂之美，像是烟花燃放的那一刻，或是春日花开的那一瞬，那是值得将每一刻都定格在照片或画里的令人惊艳之色。

在这个只有两个人的空间里，有时候不说话反倒会让氛围愈加暧昧。

周考深情地望着闻乐，他的呼吸愈来愈紧，随后牵着闻乐，一点点地把闻乐拉进怀里。他单手抚上闻乐的脸颊，他的手掌灼热，动作轻柔。她不禁连呼吸都变得小心翼翼。

他终于开口，声音有些沙哑，但很低也很轻：“你今天答应我的事不许反悔。”

闻乐的声音像是飘在半空中：“什么事？”

此时周考的声音因沙哑而显得格外低沉，配上他特有的优雅音调，几乎有种蛊惑人心的魅力，他缓慢而低沉地道：“当然是做我的女——朋——友。”

闻乐的脸先是一红，接着她抬头看向周考，在与周考的视线交汇的那一刻，她的眼中又出现了往日的那种骄傲又无畏的神采。

闻乐看向周考的眼里甚至带着一丝挑衅和诱惑之意。她轻轻一勾涂了口红的唇，然后俯下身在周考耳侧轻声道："男朋友，为了维持你的身份的稳定性，你可要好好表现。"

闻乐说话时气息喷在周考的耳侧，这清新淡雅甚至带着一点儿甜蜜的花果香的气息让周考的呼吸一顿。

两人在办公室里又待了一会儿，外面的雨不仅迟迟没有停，反而有越下越大的趋势。两人决定不继续等，打算趁着雨还没有变得更大，赶紧回宿舍。

周考拿出之前那件雨衣，对闻乐道："穿上。"

她看了看窗外的大雨，又看了看浑身湿漉漉的周考："那你怎么办？"

他笑道："我现在这个样子穿不穿都无所谓。"

她看了看外面豆大的雨点，坚持道："这样吧，我们两个一起穿。"

周考觉得好笑："两个人怎么穿？"

她指了指雨衣："一人一只袖子足够了。"

闻乐边说边做示范地穿上了一只袖子，道："你进来，用一只手穿另一只袖子。"

这雨衣对闻乐来说确实是大了些，但塞两个人实在勉强。

周考只点头答应，然后趁着闻乐整理雨衣时，嘴角一勾，直接用雨衣将闻乐包了起来，把人紧紧地揽进怀中。他有力的手臂紧紧禁锢着闻乐，让她动弹不得。

她使劲地挣扎了一下，没挣动，她抬头看向周考："干吗？"

周考却一手揽着闻乐，一手拎着雨伞推着闻乐向外走："走吧，再不走就要到门禁时间了。"

他一手揽着闻乐，一手打着伞。闻乐被周考紧紧护在怀里，几乎没有被雨淋到。

外面的风实在太大，雨伞挡不住多少雨，豆大的雨点砸在周考的身上，周考的衣服又被彻底淋湿了一遍，而闻乐的身上几乎没有沾上多少雨水。

闻乐有些担心，这样一遍遍地淋雨，她怕周考会生病。

闻乐不禁抬头看向周考，周考似乎察觉到了闻乐的视线，用揽着闻乐的手揉了揉闻乐的头发。

路面上的雨水没过了脚踝。闻乐的鞋跟有四五厘米高，周考一直注意着路面，生怕水下有凹凸不平的地方会让闻乐扭到脚腕子。

周考再度低头看了一眼，但积水污浊，让他看不清路面。他眉毛微蹙："我背你。"

闻乐觉得既暖又甜，但她还是摇了摇头："不用，这条路很平坦。"

周考见她态度坚决，也没有再坚持，一路迎着风雨把闻乐送回女生宿舍楼下。

两个人站在女生宿舍楼门口。周考早就浑身湿透了。借着门前屋檐下微弱的灯光，闻乐看着雨水顺着周考的面颊流下，水珠在灯光下闪着光泽，慢慢地滑过周考的鬓角、下颌和脖颈，竟有种意外的诱人的性感。

闻乐轻咳一声错开视线，然后脱掉了雨衣。

脱下雨衣后，闻乐的衣服竟然还是干的，而周考已经完全成了一个"水人儿"。

闻乐看着周考，觉得有些心疼，于是把雨衣递给周考说："穿上吧。"

他摇摇头："明天还会有雨。风雨太大，雨伞没有多大用处。这雨衣你就留着吧，我那里还有。"

周考不肯接，闻乐也奈何不了他，就没再坚持。

闻乐抿了抿唇，道："那你拿着伞吧。"

周考低头看到了闻乐眼中的担忧之意，不由得点了点头，留下了闻乐的黄色碎花小伞。

此时已经接近门禁时间，如果再不走，周考很可能进不了男生宿舍楼的大门。

闻乐看了看时间，说："回去吧。"

周考低头看着闻乐，低低地应了一声，却没有动。

闻乐见周考没有要走的意思，不由得抬头看向他，问道："怎……"

闻乐的话没说完就被周考打断了："闻乐。"

闻乐抬头，却直接被周考拉入怀里。他将闻乐紧紧地禁锢在怀中，然后掐着她的下巴，一低头就吻了上去。

这个吻毫无预兆，却是今晚注定会有的一个动作。

闻乐的手指不自觉地蜷缩了一下，接着她紧紧地攀上了周考的肩。

雨依旧很大，但雨声似乎已经渐渐消退，因为闻乐几乎听不到外界的任何声音。

周考霸道而热烈地吻着闻乐，他的气息灼热，动作说不上温柔。他急不可耐地攫取着闻乐的气息。

闻乐被他吻得头皮发麻，她软软地靠在他的怀里。

闻乐几乎要融化在这样汹涌热烈的吻里。

这两个“校园小广播”上的热门人物在女生宿舍楼下热烈地拥吻，本来是不应该的，但此刻谁也不愿意去想那么多。

要怪只怪今晚的雨下得太大，让喜欢决了堤，汹涌而出，再难自已。

闻乐不知道自己是怎么走回宿舍的，但她知道自己的脸一定特别红。站在307宿舍门口，闻乐才突然醒过神来，捂着自己的嘴唇傻笑着。直到隔壁宿舍传来开门声，闻乐才连忙收起自己脸上的笑容，推开宿舍的门。

307宿舍一片安静，这安静里还透着一种相当微妙的氛围。闻乐不由得皱了一下眉，抬眼看去，只见地上放着一个包装箱，箱子里是一个包。那包就随意地被放在箱子里，还有一半的链子掉在地上，这不是孙优美往日的作风。

孙优美对自己的包向来爱惜，刚拆开的包若是不背，绝对会爱惜地放在防尘袋里，再放到柜子里，然后锁上柜子。像今天这样让刚买回来的包的链子直接耷拉在地上，是以往孙优美绝对不会做的事情。

直到低低的抽噎声传来，闻乐才发现，是趴在桌子上的孙优美在哭。

闻乐看了孙优美一眼，又与程惠对视了一眼。程惠摆摆手，示意闻乐不用管孙优美。

闻乐走进宿舍，轻轻地关上门。

这时，程惠突然发现了有哪里不太对，她狐疑地看着闻乐，道：“乐乐，你的口红怎么没有了？”

闻乐下意识地摸了一下嘴唇，果然，她的手指上干干净净的，她的口红……

闻乐的脸特别红。

她的口红自然是刚刚被周考吃了。

闻乐只能尽量让自己表现得冷静一些，道：“吃完饭忘涂了，我说怎么感觉忘了什么事似的。”

程惠还是不信，上下打量了闻乐一眼：“不对吧，你的嘴怎么还有点儿肿？”

闻乐心中又是一慌，随口扯了个理由：“因为吃了辣的东西。”

程惠闻言，眉头又是一皱，闻乐心中一紧，心想：果然什么都瞒不住“人间显微镜”程惠同学。

闻乐想，要是程惠再提出什么质疑，她就直接说实话吧。

谁知程惠只是不满地嘟囔了一句：“我也想吃。”

闻乐却不知道想到了什么，突然被自己的口水呛到，咳嗽了起来。

程惠哼哼了两声道：“看吧，这就是吃独食的代价。”

闻乐咳得更猛了。

闻乐爬上床后，见手机上弹出了程惠传来的信息。

女生们在一起最快乐的时候大概除了一起购物，就是一起分享八卦消息了。

惠：“她男朋友好像出轨了。”

闻乐叹了一口气，敲下几个字。

WL：“她上次不是说过了？”

惠：“上次她只是说她男朋友喜欢在外面招惹别的女生。

“这次好像是有确凿证据了，就是出轨了。”

闻乐打下几个字却又删掉了。

惠：“她其实还挺聪明的。她跟她男朋友认识的那几个女生的关系都搞得很好。其中一个女生私下跟她说，她男朋友定了一个限定款的包。她以为那是她男朋友为了他俩的什么周年纪念日送给她的包，她还挺高兴的。结果今天她收到的这个包比女生说的那个便宜了一半。”

WL：“说不定是女生记错了。”

惠：“她在她男朋友的钱包里翻到了小票，就是那个限定款的包的发票。”

WL：“她怎么说？”

惠：“她不想分手。她不可能放手的。她要是分手了，未必再能找到一个愿意这么给她花钱的男朋友了。她为了维持现在这种生活，势必会死死地抓住她的男朋友，讨好、迎合、妥协。但是她男朋友就没有这样的顾虑，就很潇洒。她在这段关系里太被动了。这样的感情其实并不纯粹。所以说其实还是门当户对的感情才更公平，更舒服。不过这跟我没关系，我是不会结婚的。”

闻乐看着手机上的“门当户对”四个字发了一会儿呆，直到手机又一次发出振动声——是周考发来的微信信息：“睡了吗？”

闻乐看着微信对话窗口，嘴角控制不住地上扬。她翻了个身，捧着手机回信息。

“没。你到宿舍了？”

“到了。”

“你淋了雨，记得洗个热水澡。”

周考直接给闻乐发了一条语音信息。

闻乐见周考发了语音信息，忙起身翻找耳机，结果发现耳机忘在书桌上了。她又爬下床去找耳机，这就花了两三分钟的时间。插上耳机，闻乐就听到了周考发的那条一秒的语音信息的内容。

周考声音低沉，轻轻嗯了一声。

闻乐的耳朵一麻，她却在心中骂道：这个男人就说一个字非得发条语音信息！

接着周考就发过来一条文字信息：“你不会还特意找了耳机吧？其实就一秒，你直接点‘转文字’就行了。你就那么想听我的声音？”

“你女朋友没了。”

“什么？”

“不，你没了。再见。不，还是别见了。你可能想要黑名单大礼包。”

闻乐发完信息后，周考却没什么反应。过了一会儿，他竟然直接打了一个电话过来。闻乐的手一抖，差点儿把手机摔了。

闻乐直接按了挂断键，可接着电话又打了过来。

闻乐轻啧一声，拿着手机下了床，走到洗漱间关上门，才点了接通。

闻乐面无表情，声音冷冰冰地道：“干吗？”

周考的声音里还带着笑意：“生气了？”

闻乐心平气和地缓缓地道：“没有，要是这样就生气，我早被你气死了。”

周考似乎很轻地笑了笑，然后用温柔的声音道：“其实是我想听你的声音。”

闻乐的嘴角不受控制地上扬。

闻乐用与脸上的表情不符的声音冷淡地道："现在听到了，可以跪安了。"

周考笑得更欢了，他似乎怕打扰别人，把声音压得很低，笑起来的声音低沉。闻乐的耳朵有点儿麻，她把耳机摘下一个，对着电话那头的人道："收！"

周考的笑声竟然真的停了，闻乐得意地笑了起来。

周考听着电话另一端的笑声，眼中也染上了笑意。他等闻乐笑完了才道："周末有时间吗？"

闻乐眉毛一挑，心中似乎知道了周考的打算，嘴角的笑容越发深了。只是闻乐想起，这周末自己还有别的事情要做，便道："不一定，这个周末我的事情挺多的。"

周考闻言，似乎是有些遗憾地叹了一口气："这么忙啊？"

闻乐道："是的。"

闻乐有些奇怪："可是你看上去怎么这么闲？"

周考道："我这周也很忙，但是还是想见你。"

闻乐的眼中像是飘满了星星，她看着窗外簌簌晃动的树叶，觉得那雨点敲击在树叶上的声音在此刻听来是如此悦耳。闻乐的声音里带着自己都没有察觉的温柔："来日方长，急什么？"

周考闻言，似乎怔了片刻，随即也笑了，道："没错，来日方长。"

可是过了一会儿，周考道："可是周末我还是想见你。"

闻乐的眼睛笑得都眯成了月牙儿形："等我有时间就告诉你。"

闻乐挂了电话从洗漱间出来，见孙优美已经上了床，那C牌的包原封不动地放地上。

程惠道："给谁打电话呢？聊这么久。"

闻乐道："很久吗？"

明明他们没说几句话。

程惠道："也就半个多小时吧。"

闻乐有些吃惊。

包小凡幽幽地来了句："不会是谈恋爱了吧？"

闻乐没有说是，也没有说不是，只当默认，给她们一个慢慢接受的时间。她觉得再过一阵，等她和周考的感情稳定一些，再跟大家说比较合适。而且现在宿舍里有个情绪明显不稳定的家伙，她现在这个时机说不太好。

但是包小凡和程惠似乎没有多想，包小凡更是问完那句话后就重新戴上了耳机，似乎对闻乐的答案已经心中有数。

“人间显微镜”程惠竟然也没有多想。

闻乐有些惊疑地上了床，她们对她找到男朋友这件事就这么没有信心吗？

第六章

戒　指

周五下午，闻乐和许天皓约在学校咖啡馆见面。这次他们约出来见面还是为了讨论校刊专题。

两人聊完正事已经下午四点半了。闻乐把笔记本收回包里，一抬头就见许天皓直直地看着自己。

许天皓一直是温文尔雅的，连目光都是柔和如春风的，但这同样意味着别人很难从他的眼中读出什么深层的情绪。他很少有像现在这样情绪外露的时候，盯着闻乐的目光甚至带着一点儿明显过高的温度。

闻乐愣了一下，垂下眸子，不去与许天皓对视。

许天皓却道："正好也快到晚饭时间了。上次我说要带你去尝尝北庵东路那家店的日料，这个钟点儿那家店差不多开门了，我们要不要去试试？"

闻乐不由得想起上次他俩在女生宿舍楼下的对话，觉得有些尴尬。她实在没想到自己会这么快找到男朋友。她觉得有些抱歉，早知如此上次就应该婉拒了这位学长。

闻乐道："抱歉学长，晚上我约了男朋友。"

许天皓闻言，表情一僵："男朋友？"

闻乐垂下眸子，浅浅一笑，有些不好意思地道："我昨天刚刚找到男朋友，学长大概是第一个知道这件事的。”

许天皓望着闻乐，他的脸上出现了与他往日的温柔截然不同的冷淡疏离的表情。但只是片刻，他就控制好表情，轻叹了口气，语气轻松地道：“不知道是谁这么幸运，竟然能获得你的青睐？”

闻乐不好意思地笑笑，低下头，道：“以后有机会的话，我介绍给学长认识。”

两人从咖啡馆出来，许天皓绅士地帮闻乐拉开门。闻乐浅浅一笑，向他道了声谢。

闻乐从学校咖啡馆出来后去社联处理了点儿事。处理完事情后，她没去图书馆，而是直接回了宿舍。最近她学业上并不忙，老师在课堂上留的作业和自己列的学习任务也都做完了，只剩下校刊的稿子没写。

晚上八点，程惠、包小凡、满青旋风风火火地跑了回来。

这三个人风风火火的，让闻乐在她们刚一出现在三楼走廊上时就听到了她们的声音。三个人说说笑笑，打闹着进了宿舍。她们嘭的一声关上宿舍门，才看到坐在书桌前改稿子的闻乐。

满青旋大喊一声：“乐乐！”

闻乐吓了一跳，敲错了一个字，于是不满地道：“干吗？”

包小凡放下包，坐到闻乐身边，笑道：“乐乐，今天跟小哥哥约会了？”

听到“约会”两个字，闻乐下意识地想到周考。可是她随即一想：不对呀，我今天没见到周考。

闻乐把刚刚敲错的那个字删除掉，道：“你胡说什么呢？我哪有时间？”

自从那天和周考确定关系，她到现在还没见到周考呢。

包小凡却不罢休，一只手撑着下巴，嘿嘿地笑着看向闻乐：“据说那个小哥哥是文学院的一个学长。啧啧，还挺帅。”

经她这么一说，闻乐明白了，包小凡说的应该是许天皓。

闻乐笑着摇头：“那是负责校刊的一个学长，最近我们因为一个项目在合作。喏，就这个。”

闻乐指了指面前的稿子：“你怎么知道我今天和他见面了？你遇见我们了？”

满青旋翻了个白眼：“劝你下载一个‘校园小广播’。信息滞后的滋味你还没尝够？”

闻乐一听“校园小广播”就皱了一下眉：“我又被拍到了？”

程惠点点头，从“校园小广播”上翻出那个帖子：“是呀，恭喜，又有你的‘热帖’了。”

闻乐心道：这些人也太无聊了吧？她接过程惠的手机看了看那个帖子。帖子里面有几张照片，照片上的闻乐低头浅笑，一副有些害羞的模样。

这个帖子的标题起得非常夸张——“惊！校园高人气女生和文学院系草疑似恋情曝光！”

许天皓虽然不是校草，但是那种温文尔雅的书卷气让他在学校也拥有着很高的人气。

应用程序上回帖的大多数人都表示并不相信这件事。

这帖子一出现关注度就很高，所以连带着之前的几个和闻乐有关的帖子都被挖了出来，顶在了主页上头，最上面的帖子是“那些大学四年绝对不会找到对象的‘花花草草’”。

闻乐点进那个置顶帖，发现第一个名字就是她的，接着就是周考的。

闻乐无言。

程惠也看到了那个帖子，哈哈直笑道：“你和周考被认为是最不可能找到对象的两个人。”

闻乐假笑，心道：谢谢，不巧就在昨天我们两个携手坠入爱河了。

包小凡捧着手机，道：“但是那个小哥哥真的好帅呀，特别斯文的那一种。啊，我喜欢！”

闻乐拍拍包小凡的肩膀：“加油！你有机会的。”

包小凡哼了一声：“算了吧，我怎么感觉那个师兄是真的喜欢你呢？”

闻乐道：“是的，不过我已经婉拒了。”

包小凡道：“这样的优质男生你都毫不留情地给拒了，我也要去那个帖子里支持你四年都找不到对象的说法了。”

闻乐欲言又止。现在孙优美不在，她是不是可以把真相告诉舍友们了？

程惠却突然问了一句："包小凡，你上次在联谊活动上撩拨的那个'弟弟'呢？"

包小凡眼神飘忽："什么'弟弟'？"

程惠用怀疑的眼神上下打量着包小凡："我觉得有情况。"

满青旋大叫一声："啊！包小凡，你前两天跟同学出去吃饭，不会是去跟'弟弟'约会吧？"

程惠和满青旋拉着包小凡审问的时候，闻天启打来了电话。闻乐就拿着手机偷偷溜去了洗手间。

周考最近因为公司有点儿事情需要经常开会，住学校不方便，于是暂时住在学校附近他名下的一套房子里。

周考毕竟只是一个大二的学生，他的公司有专门的人打理。他只是偶尔过问一下公司的事务。但是最近公司有一个大项目，总经理说希望周考能参与。

晚上他与总经理吃了个饭，了解了一下那个项目的状况和进度。回到家已经是晚上八点，周考洗了个澡出来，发现微信上全是蓝智鑫发来的信息。

周考点开信息看了一眼，最上边儿一排全是链接。或许是知道周考不一定会点开链接，蓝智鑫又给周考发了几条长语音信息。

周考点开一条语音信息，然后把手机扔在沙发上，起身走到冰箱处，拿了一瓶矿泉水出来。

蓝智鑫的声音响起："老大，哈哈哈哈……你猜我在'校园小广播'上看到了什么？你成功被评选为最不可能找到对象的人之一。哈哈哈哈……我也投了一票。群众的眼睛果然是雪亮的！哈哈哈……"

这一条语音信息播完下一条便自动播放："你猜另一个能和你匹敌的人是谁？"

蓝智鑫自问自答道："是闻乐！哈哈哈哈……你说说你们两个人……要不干脆你俩凑一对儿得了。我要是有你这脸，我绝对……"

周考喝完水，掐断语音，结束了蓝智鑫聒噪的声音。他对学校里这些幼稚的投票活动和各种帖子完全没有兴趣。特别是在刚刚结束一场公司会议，又与总经理聊完之后，他满身疲惫，只想好好休息一番。

可周考还是鬼使神差地点开了蓝智鑫发来的链接，匆匆扫了几眼。退出页面后返回到应用程序主页面时，他看到了那个标红的帖子挂在上头。

最上面的几个帖子都与闻乐有关。周考轻轻蹙了一下眉，把日期最新的那个帖子点开，就见到了闻乐被偷拍的那几张照片。周考的脸色当即就沉了下来。

又是这个男人！周考的心中醋意横飞。闻乐对他都没笑得这样温柔过。

周考捏了一下眉心，拨了一个电话给闻乐。

她刚挂了闻天启的电话。闻天启说给闻乐买了份礼物，所以这周周日要来一趟京城。

闻乐有些奇怪，感觉爸爸最近往京城跑得有些勤。她正想着，就接到了周考的电话。

周考的声音从话筒中传来："在哪里？"

她道："我在宿舍，怎么了？"

周考顿了顿，道："周末有时间吗？"

她道："没有。周六我要参加志愿者协会的活动，晚上才能结束，然后要出去和同学聚餐。周日我爸要来，具体是什么安排我还不知道。"

周考叹了口气："好吧。"

周考的声音有些没精神，闻乐不由得问道："你怎么了？"

他反问："我怎么了？"

闻乐道："你的声音不太对劲。"

他又叹了口气："听到女朋友周末有时间见别的男人却没时间见我的消息，我不太好。"

闻乐笑道："你看到'校园小广播'上的那些帖子了？"

周考道："是呀。那个跟你约会的人看上去有些眼熟。"

她道："那是负责校刊的一个学长。最近我在忙一个校刊的项目，所以跟他有些交集。"

他道："上次他还说要带你去吃日料。"

闻乐的眼中不自觉地染上了笑意："你的语气可真酸！"

周考道："女朋友亲自酿的醋，你说酸不酸？"

她不由得笑出了声，道："我今天还跟那个学长说要介绍我男朋友给他认识。但你这么酸，我觉得你们可能还是不要见面比较好。"

周考闻言，嘴角忍不住上扬，心中也舒服了，道："不会，我很高兴能见到他。"

闻乐笑了笑，却突然道："我以为你不会下载'校园小广播'呢。"

周考道："我的确没下载，但架不住有人往我面前送有关你的帖子。看到'校园小广播'上的帖子，唯一让我欣慰的大概就是与你有关的帖子还能有我的名字出现。"

闻乐轻啧一声："有点儿心酸。"

他道："是吧？你也觉得有点儿心酸？"

她笑道："好啦，你要是有时间的话，我把周日下午的时间空出来，好不好？"

周考道："好吧，勉强接受。"

周六志愿者协会的工作结束时已经下午五点了，闻乐和程惠、单姗等几个关系还不错的女生去学校附近的一家麻辣香锅店吃饭。

单姗是程惠在志愿者协会认识的朋友。闻乐与她见过几面之后也熟悉了。其余的几个女生也都是单姗的朋友。

这家麻辣香锅店很受学生的欢迎，307 宿舍的人每个星期都要来一趟。艾飞向来不怎么和宿舍里的人玩儿，孙优美则嫌弃这里格调低，因此每次来的人都只有程惠、闻乐、包小凡、满青旋四个。

单姗是个长相清纯漂亮、气质温柔可人的女孩儿，与程惠这样豪爽强硬风格的女生是完全不同的类型。闻乐一直好奇她们两个人怎么会成为朋友。直到与单姗相处下来，闻乐才知道，单姗的温柔体贴很难不让人对她生出好感。

店里的饮料冰镇过，所以闻乐一摸上饮料瓶子，就沾了一手的水。闻乐的眉毛刚刚动了一下，单姗就伸手递给闻乐一张纸巾。这时单姗还在跟别的朋友说着话，她给闻乐递纸巾看上去就像是一种下意识的行为。

闻乐对单姗的这些下意识的举动简直感到惊叹。

闻乐想，原来自己这样的人在单姗面前就显得不够温柔体贴了。

一顿饭结束，闻乐对单姗的好感倍增。307 宿舍的人虽然并不是每个都像程惠一样走豪爽风，但其他几个人在护肤、彩妆之类的话题上也基本上与闻乐聊不到一块儿去。单姗却能与闻乐聊得很好。

闻乐和单姗交换了微信号。程惠指着闻乐笑道："我就知道你们两个能合得来。"

单姗对程惠道："我还得谢谢你介绍这样一个美人给我认识。我可得找乐乐好好讨教一下变美心得。"

程惠突然道："乐乐，其实我觉得你要是愿意做美妆博主，绝对可以大火，而且肯定比你现在的兼职赚钱。"

单姗对闻乐道："如果你不想露面的话，可以在那种笔记分享平台分享美妆类的笔记。那种平台不用露面，很适合你的。"

闻乐闻言，心中也是一动，但是没有立刻答应。她点了点头，道："等我看看。"

程惠的眼睛一亮："没错，那个很适合你。"

晚上，闻乐去单姗说的那个笔记分享平台看了看。那是一个新兴的社交媒体应用程序，刚上线不到两年的时间，就拥有了一大批的忠实用户。

闻乐在那上面注册了一个账号，浏览了一下应用程序推送的内容，还看了看那些点赞和评论数量比较多的笔记，希望可以初步地了解一下市场。她发现那是一个生活分享平台，支持用户用文字、图片和视频的形式来记录和分享生活。

闻乐研究了一会儿，发现那个应用程序上那种真有技术含量的笔记的热度比较高。她挑了几篇这样的笔记看。

程惠凑过来看了一眼，道："孙优美也玩儿这个。"

闻乐抬头看了她一眼。

程惠接着道："她经常从这个应用程序上找东西，然后把图片发给她男朋友……她男朋友买了之后她就发到上面。她偶尔还会在上面晒她和她男朋友的日常生活。现在她的账号好像也有几千个粉丝了。"

闻乐笑着道："真的什么都瞒不过你。"

程惠得意地扬了扬下巴道："那当然。"

闻乐只看了几个帖子就关掉了这个应用程序。她已经基本上有谱了，但到底要不要在这上面写东西还要另说。

闻乐跟闻天启约在周日上午十点见面。那天早上她睡了个懒觉，到八点半才起床。

孙优美前一天晚上又没回来，可能是又和男朋友和好了。

舍友们还在睡懒觉，闻乐轻手轻脚地下床洗漱、穿衣服、化妆。

九点二十分左右，闻乐接到她爸的电话，说蒋叔会开车来接她。

蒋叔是和闻天启一起长大的，这些年一直跟着闻天启在外闯荡。

校外的车是可以进入A大的，还能够一路开到女生宿舍楼下。但车在学校里面走要绕路，闻乐便让蒋叔把车停在学校的侧门外。那里离女生宿舍很近，人也不多。

闻乐拿着自己的包，轻手轻脚地往门口走。

程惠翻了个身醒了，见闻乐已经打扮好，像是要出门的样子，便轻声道："去哪儿？"

说完程惠想起闻乐之前说过她爸爸要来，于是摆摆手道："哦，你爸爸来了。再见。"

闻乐挥挥手："拜拜。"

闻乐走到学校的侧门外，就看见一辆黑色的轿车停在那里。这个钟点儿经过侧门的人不多，但为数不多的几个路人的视线都不由自主地落到停在路边的那辆黑色轿车上。

这不只是因为那辆车的车牌号码是"6789"，更是因为车标上那交叠的两个"M"。

闻天启已经提前告诉闻乐接她的车的车牌号。闻乐确认自己要坐的就是那辆黑色轿车后，先是眉心跳了一下，然后面不改色地，仿佛什么不对劲都没有发现地走到车旁上了车。

闻乐笑着打招呼："蒋叔。"

蒋叔转过头，笑着看向闻乐："哎，乐乐又漂亮了。"

蒋叔是看着闻乐长大的长辈，闻乐笑着跟他聊起家常来。

蒋叔送闻乐去了一家私人场所，领着闻乐进了包间后就退了出去。

与其说那是一个包间，不如说是一个庭院。院子里的流水、假山、盆景都布置得极为精心。

闻天启穿着一身舒适的黑色中山装，衣服上用黑色的暗线绣着花纹。他手上拿着鱼食，正站在假山前喂鱼。

“爸爸。”

闻天启闻言，转过头来，看向闻乐。他年近五十却依旧英俊儒雅的脸上露出了笑容。他放下手中的鱼食，接过站在一边的服务生递上的湿毛巾擦了擦手，然后带着闻乐走进屋内，坐在了宽大的沙发上。

闻乐在闻天启身边坐下后，见周围环绕着一群服务生。或许闻乐自己都没有发觉，在这样的环境下，她竟然丝毫拘谨都没有，依旧是轻松自如的状态。

闻乐把包递给服务生，问道：“爸爸，你最近怎么往京城跑得这么勤？”

闻天启道：“因为爸爸的公司搬到京城来了。准备了大概一年，最近才搬来。”

闻乐一怔：那爸爸不就要住在京城了？

闻乐是爷爷奶奶带大的，很少和爸爸单独住，但也不是从来没有过。她和爸爸单独住的时候都是在国外。爸爸带她到各处旅游。不过，她从来没有在爸爸工作的地方住过。

“那爸爸是要住在京城了吗？”

闻天启闻言，脸上露出笑容，道：“乐乐还记得吗？你小的时候我们在京城住过。”

闻乐愣了一下，显然她不记得了。

闻天启的脸上虽然带着笑容，眼中却有一丝伤感：“乐乐可能不记得了。那时候你不过四五岁……你妈……”

闻天启的声音很轻，他说的最后一个字闻乐没听清。他似乎也不愿意继续这个话题，于是换了个话题：“以前的房子有些旧了，而且离你们学校太远。爸爸准备的新房子就在你们学校附近，一年前就开始装修了。时间虽然有些仓促，但这套新房子还是可以住的。这两天我再归置归置，你就可以住进去了。”

闻乐心道：学校附近可没有便宜的房子，没个七八百万拿不下来吧？

闻乐压下心中的疑问，没敢问。

闻天启道：“乐乐，学业要是不忙的话你就回家住吧。”

闻乐看着闻天启那期待的眼神，不忍拒绝，于是点点头。

闻天启闻言，眼中浮现出笑意。他对女儿一直心存愧疚，以前因为种种原因，陪伴女儿的时间根本不够。好在现在他总算能抽出时间来陪伴女儿了，虽然有些晚，但他也想做出弥补。

闻天启道："过两天房子弄好了，爸爸来学校接你？"

闻乐点头："好。"

闻天启见女儿体贴乖巧，心中熨帖，招手唤来了他的助理。

助理把手上的一份文件放在闻乐面前，又递上一支笔。

闻天启道："爸爸最近给你买了一份礼物，需要你签个字。"

闻乐也没多想，接过笔，就在助理的引导下签了名。

闻乐签了文件，又跟闻天启聊了一会儿，说到了自己最近在学校参与的联谊活动和校刊的专题项目。

闻天启的眼中露出骄傲的神色，不过他嘴上没有说什么夸奖的话。过了一会儿，他朝着前方招了招手。

闻乐见三个穿着正装的男人拎着几个袋子走了过来，助理从他们的手中接过所有袋子，并从里面拿出了好几个盒子。

闻天启道："别人家都是富养女儿，穷养儿子。我们家没有儿子，爷爷一直把你当成男孩儿养，希望你能上进自强，也好接管我们家的家业。"

闻乐听到"家业"两个字，眉心又是一跳。

闻天启道："现在你成年了，大学的环境相对中学时期的要复杂很多，你要面对的各种诱惑也多。爸爸觉得有些东西是时候让你接触了。"

闻天启摆摆手，让助理把所有的盒子都打开。

助理把手上的几个盒子全都打开。于是成套的首饰、车钥匙、腕表、鞋、皮包等大大小小的物品摆满了整张桌子。

闻乐为了不让自己在闻天启面前太丢脸，努力维持着面上的表情，尽力使自己的笑容看上去优雅又得体，但是其实她已经在心里疯狂地尖叫，甚至有些不知所措。她突然庆幸自己没有心脏病，又在想爸爸把自己交给爷爷奶奶养的这个决定是多么正确。你看这个帅气的老头子，他根本不会养孩子。

等助理把盒子里的礼物都展示完毕，闻乐脸上的笑容都要僵硬了。

闻天启却轻描淡写地道："乐乐，你这么优秀，学校里追你的男生肯定不少。”

闻乐没说话。

闻天启道：“在大一阶段，你遇到的同学还相对简单。但是从大二开始，你接触到的人就会越来越复杂，他们会用各种各样的手段来追求你。

“乐乐，你看，其实那些小孩儿为了追求你而送给你的礼物根本不值一提。以后你考试拿一次第一，爸爸就送你一件你想要的礼物。等你毕业之后，你自己也会拥有购买这些东西的能力，到时候你或许连这些都不会放在眼里了。乐乐，爸爸是什么意思，你明白吗？”

闻乐眨眨眼道：“爸爸的意思是希望我现在以学业为重？”

闻天启欣慰地点头：“没错，乖女儿。”他就差明着告诉闻乐：现在送你东西的男生都不怀好意，乐乐你要看清他们的险恶用心。

闻乐低着头，做出乖顺的模样，却在心里吐槽：可是我大前天才有了对象啊……

吃完饭已经是下午两点左右，闻天启还有事，就准备让人送闻乐回学校。

闻天启看了看桌子上的一堆东西，对闻乐道：“有什么东西想要带回宿舍吗？没有的话，爸爸就让人把这些带回去，给你放房间里。”

她的视线粘在一桌子的礼物上，缓慢而不舍地摇了摇头。

闻天启很欣慰，眼中满是骄傲，心道：瞧瞧我的女儿，多么低调沉稳的性格！

他道：“有什么想要的东西就跟你于阿姨说。”

“好的，爸爸。”

临走之前，助理走过来，手上捧着个宝蓝色的丝绒盒子。闻天启看到这盒子像是想起了什么，对闻乐道：“你奶奶也让我给你带了礼物。”

助理把盒子打开，里面放着一个手镯。

闻天启道：“你奶奶说天凉了，让你戴着这个暖玉镯子养身体。”

闻乐点点头，在助理的帮助下把手镯戴上了。

蒋叔把闻乐送回学校，闻乐下车后跟蒋叔道了别。

她看了看时间，见才下午两点半。

闻乐想起之前答应周考的事情，就给周考打了个电话。

闻乐慢慢地往学校的侧门那边走了一段路，电话才接通。

“喂。”

话筒中传来周考的声音，但不同于他平时的声音，话筒中的声音沙哑，有气无力的，还带着一点儿鼻音。

闻乐轻轻皱了一下眉，不由得停下脚步，问道：“周考，你怎么了？”

电话那头过了一会儿才有动静，周考声音含糊，似乎随时都能睡过去：“可能有点儿发烧……”

闻乐眉头紧皱：“你在哪儿？谁和你在一起？”

周考反应迟钝：“我自己在家。”

闻乐听到周考在电话里的声音，有些担心，不由得想到周四那天周考反复淋了雨，又觉得听周考那声音的状态，他显然烧得不轻。

闻乐要了周考的地址，转身叫了个出租车，匆匆赶往周考的住处。

周考住的小区就在学校附近，说是附近，但坐车也要半个小时以上。这里算是一个比较新的小区，安保很严。闻乐让周考给物业打过招呼，才被放行。

闻乐拎着退烧药，用周考给的密码直接开门进了屋。

窗帘都拉着，屋子里暗沉沉、静悄悄的。但屋子里不知道放了什么，有股很好闻的淡淡的清香，让人很放松。

闻乐在玄关处换了鞋，然后走到客厅找遥控器，让窗帘自动拉开，窗外的阳光洒进屋内。

闻乐没找到热水。好在她已经买了矿泉水，便用热水壶把水稍微加热了，再把热水倒进杯子里。闻乐拿着药端着水，进了周考的卧室。

周考穿着黑色的睡衣躺在床上，还在熟睡，只有一半的被子盖在他的身上。他脸色苍白，头上还冒着汗。大概是烧得厉害，身上难受，周考的眉头紧紧地皱在一起，闻乐进来了周考都没有反应。

闻乐大步上前，把水杯放在床头柜上，然后用指背贴着周考的脸颊，试了试周考的体温。周考的身上烫得吓人，闻乐心中一紧，连忙去找了毛巾，用毛巾擦了擦周考额头上的汗珠，又用毛巾包着来的时候她在药店买的冰袋，敷在周考的额头上。

周考轻轻动了一下头，却还是没有睁开眼。

闻乐低声叫他：“周考……周考。”

周考似乎听见了，他的睫毛颤动了几下，他将眼睛缓缓睁开一条缝，闻乐的脸逐渐在他眼中变得清晰。过了好一会儿，周考终于清醒过来，睁开了眼，用沙哑的嗓音道："闻乐……"

闻乐想到周考这病可能是因为淋了雨才得的，心中有些难受。她用前所未有的温柔声音，轻轻应了一声。看周考嘴唇干裂，她柔声道："你渴不渴，要不要喝点水？"

也不待周考反应，她就把吸管放进杯子里，然后把吸管凑到周考嘴边。

周考咬着吸管喝了几口水。闻乐给周考擦了擦嘴角，道："中午吃饭了吗？"

周考点点头，但没什么精神。

闻乐给周考量了量体温，体温计显示 38.8℃。

闻乐皱了一下眉。她把周考扶着坐起来，又依着说明书挤出两颗退烧药，然后拉过周考的手，把药放在他的手心里。她手里端着温水，对周考柔声道："吃药。"

周考摇摇头。

闻乐瞪他。

他道："喂我。"

她恨不得拍他一巴掌。他生着病还嘚瑟。

闻乐不想跟病号计较，便把药片喂到了周考嘴里。她柔软的指腹擦过周考因为发烧而有些灼热的唇，却被周考张嘴叼住了。

闻乐用另一只手往周考的胳膊上拍了一下，但是想到周考现在身体难受，到底没舍得用力。

周考被闻乐瞪着，因发烧而显得有些萎靡的眼神中划过一丝笑意。他用舌尖轻轻地舔了一下闻乐的指尖。她被这湿热的触感吓了一跳，脸顿时变得通红。他却在这个时候松了口，微微张嘴示意闻乐给自己喂水喝。

见他病成这副模样还有精神逗她，闻乐稍稍放下心来。

吃了药后，周考躺在床上昏昏欲睡，可他的一只手死死地拉着闻乐的手不肯松开。闻乐被他牢牢地握着手，与他十指相扣，挣也挣脱不掉。

周考烧得迷迷糊糊的，视线却依旧粘在闻乐身上。闻乐被他看得心软，低声哄他："你睡吧，我不走。"

周考听了这话，才闭上眼睛慢慢睡去，手上的力道也渐渐小了。

闻乐见状，心中感动得一塌糊涂，不由得低头凑到周考面前，在他的脸上轻轻地亲了一下。周考似乎在睡梦中露出了笑容。

闻乐把周考头上的毛巾换了下来，重新裹上冰袋。

下午五点左右，周考的烧退了。他从床上爬起来后做的第一件事就是进浴室冲了个澡。

闻乐不会做饭，正在客厅抱着手机研究点什么外卖。听到浴室传来水声，她不由得轻轻蹙眉，心想：这个人烧退了吗，就洗澡?

周考带着一身水汽从浴室出来，身上裹着浴袍，头发滴着水，摸索着到客厅找闻乐。

闻乐正在厨房用热水壶烧水，猝不及防地被周考从身后抱住，她吓了一跳。

"干吗？！吓我一跳。"

周考把头埋在闻乐的脖颈间，温热的呼吸喷在闻乐的锁骨上，激得闻乐打了一个寒战。

周考黏黏糊糊地贴在闻乐身上，声音低沉，嗓子因为发烧而有些沙哑："我好想你。"

周考抱在她腰间的手又收紧了几分："我都几天没见你了……"

生病的周考格外黏人，闻乐被他这副样子弄得没了脾气，心软又心动。

闻乐声音很轻地道："才三天。"

周考闻言，不满地道："才——三天？一日不见如隔三秋，你都不想我吗？嗯？"

闻乐被他撩拨得脸红。

突然一滴水落在闻乐脸上。闻乐伸手一摸，又转过头去看，见周考的头发还滴着水。

闻乐一把推开周考，瞪着周考。

周考被闻乐瞪得有些心虚。

闻乐道："刚退烧你就嘚瑟。"

周考低声道："出了一身汗，难受。"

闻乐道："吹头发去。"

周考道："手疼，你来。"

要不是周考还生着病，闻乐真想一巴掌拍死他。但闻乐到底没忍心，瞧着他那张因为生病而显得苍白的俊脸就不忍心。

周考坐在床上，闻乐站在周考面前给他吹头发。周考的双臂不老实地抱着闻乐的腰，头还总往闻乐身上靠。

闻乐帮周考吹完头发，外卖也到了。闻乐去拿外卖之前拍了周考一下："去换衣服。"

因为周考发烧，所以闻乐点的东西都很清淡。周考没什么胃口，闻乐晚上吃得少，两人基本上都没怎么吃。

收拾完垃圾已经晚上六点半了，闻乐叮嘱周考吃药后就准备离开。走之前，闻乐摸了摸周考的额头，周考把她抱进怀里舍不得放手。

闻乐觉得手心里的温度有些高，皱了一下眉，拉着周考又给他量了一次体温。

这次体温计显示的是38.1℃。

周考又发烧了。

闻乐有些担心："要不去医院吧？"

周考道："不用，睡一觉就好。"

闻乐怕周考晚上发烧没人照顾他，心中很是担忧。

周考看着闻乐，他知道这话不该说，可是或许是生病让人脆弱，让他的感性战胜了他的理性。他低着头，用近乎蛊惑人心的声音软软地道："今晚不要走了……"

闻乐望着周考，挣扎片刻后，点了点头。

周考烧迷糊了，见状露出满足的笑。那笑看上去有些傻，又有些甜。

周考生病的样子要比他平日的样子乖许多，闻乐想。

周考伸手接过闻乐的包，整个人从身后抱着她，就像是一个背部大挂饰一样地挂在她的身上，推着她回屋。

闻乐推开周考，让他坐到沙发上。

周考很配合，手臂放在沙发扶手上，眼睛直勾勾地盯着闻乐。

闻乐忽视掉身后的视线，倒了杯温水，坐到周考身边，又从药的包装中挤出胶囊："吃药。"

周考张开嘴含住闻乐递过来的药，又乖乖地喝了她准备的温水，全程都没有闹什么幺蛾子，倒是有些乖。

闻乐见状心软得仿佛化成一摊水，笑眯眯地摸了摸周考的额头和脸颊。

他的体温很高。或许是因为太难受，他没有精神闹腾了。

闻乐有些心疼："要不你去床上睡一会儿？"

周考拉着闻乐摸在他脸上的手，把闻乐拉近，用沙哑的声音说："就在这儿，你陪我。"

她皱眉。

周考道："你需要电脑吗？我这儿有电脑。"

他躺在沙发上，身上盖着薄薄的毯子，头枕在闻乐的腿上。闻乐把他的笔记本电脑放在沙发扶手上，开始写稿子。

周考一开始还盯着闻乐，可过了一会儿，就昏睡过去了。

闻乐将视线放在电脑屏幕上，手放在键盘上敲敲打打。她偶尔低头看看周考，伸手在周考的额头上试试温度。

周考睡了不到四十分钟就醒了。

闻乐盯着稿子在思索什么，手无意识地在周考的脸侧轻轻地抚摸。

周考鼻息间全是闻乐身上淡淡的花果清香。他睡得很安心，直到感觉到一只软软的手摩挲着他的脸颊，才慢慢醒了过来。

醒来就见到了闻乐无意识的小动作，周考眼神温柔，望着闻乐的眼中写满了自己都不知道的深情。

周考把手从毯子中拿出，握着闻乐抚摸他脸颊的手，放到他的唇边吻了吻。

无名指上灼热的温度烫得闻乐回了神。她低头就见周考握着她的手垂着眼帘，近乎虔诚地亲吻着她的无名指。

柔软灼热的唇落在闻乐的无名指上，闻乐只觉心间一烫，记忆瞬间被拉回办联谊活动的那个晚上。

那晚周考就像这样握着她的手，低头亲吻在同样的位置，两次。只是这一次再没有了戒指的阻隔，而直面这灼热的冲击远比想象中要来得刺激。

她的心几乎立刻就不受控制地飞快地跳了起来。她被烫得下意识地缩手，但手被周考牢牢握住了。

闻乐的声音带着一丝轻颤："干吗？"

周考看着她的手，道："这里缺了个东西。"

他答非所问，声音依旧沙哑，精神却好了许多。

闻乐道："是缺了那枚翡翠戒指吗？"

他摇头，用手指摩挲着闻乐无名指的根部，道："这个位置是留给我的。"

周考坐起身，先是闭上眼缓了缓，然后轻轻地按了按额头。

闻乐下意识地伸手探了探周考额头的温度，觉得他似乎退烧了。

周考拉着闻乐的手，站起身，走向卧室。

闻乐跟着周考走进卧室，见周考从床头柜的抽屉里取出一个丝绒盒子。她好奇地看过去。

周考打开盒子，里面放着一枚男款戒指。她有些不解，看向周考。

周考取出那枚男款戒指。接着闻乐就见他捏着戒指内外两面，轻轻一捻，一个更小的圆环就被他从男款戒指中取出。

闻乐这才看清，原来那男款戒指中间凹下去的一圈钻其实是一枚女款排钻戒指。

这戒指的设计实在是精巧。

女款排钻戒指嵌在男款戒指中间，从男款戒指中间的镂空看过去像是男款戒指镶嵌的钻。而取出女款排钻戒指后，男款戒指就从一枚镶嵌着钻石的戒指变成了一枚中间镂空的朴实的铂金戒指。

"夏娃是亚当的肋骨，你是我的灵魂和心脏。没有你，我将失去光彩。"

周考轻轻说着，拉起闻乐的手，将那枚女款排钻戒指缓慢地戴在了闻乐的中指上。

闻乐看着周考将那枚璀璨的戒指戴在自己的手上，然后拉着她的手，低头吻在那戒指上。

闻乐的眸子微微睁大，心脏跳动的速度早已失控。她被一种巨大的甜蜜与感动之情所包裹着。周考总是明白该如何撬开她的心房，让她为他失控。

周考抬起头，眼中就像有一片星海，美得如梦如幻。闻乐几乎不可自拔地陷了进去。

周考低头在女款排钻戒指上吻了很久，才抬头看向闻乐。他温柔地笑道："这是我上次去比赛时遇见的一位设计师的作品。我觉得这两枚戒指很适合我们，所以我请那位设计师给它们修改了尺寸。最近我才收到。

"离开你的三年，一切都索然无趣，就像这枚男款戒指，没有了那一排钻石，光彩就大打折扣。"

周考把男款戒指递给闻乐："闻乐，帮我戴上好吗？"

闻乐微微低头，过了一会儿，才拉过周考的手，把男款戒指戴在周考的中指上。

闻乐抬头看向周考，声音很低，细若蚊吟："周考。"

周考没听清，不由得弯腰低头，凑近闻乐，问道："什么？"

闻乐伸手抚上周考的脸颊，用手掌摩挲着周考的侧脸和耳后，她眼中媚光四射，声音迷离，带着自己都未察觉的蛊惑之意。她红唇轻启，凑在周考耳边，道："周考。"

周考低低应了声："嗯。"

闻乐的声音很轻，像是童话故事中用歌声蛊惑人心的海妖："我想吻你了。"

说着，她微微偏头吻上了周考的唇。

他瞳孔骤缩，整个人微不可察地颤抖起来。下一刻，他几乎有些失控地捧住闻乐的脸，掌握了主动权，凶狠地索取闻乐的气息。

闻乐也有些失控。

处于热恋期的情侣，只需要一点儿火星就能点燃，偏偏这两个人都不是安分的主儿。闻乐头皮发麻，腿有些软。周考揽着她，顺势跌到床上。两个人呼吸混乱，情动不已，似乎就要一发不可收……

"周考，妈妈听你前几天在电话里有鼻音。你是不是生病了？听杨助理说你这周住在这里，妈妈来给你送点儿药……"

两个人猛然清醒，不可置信地望向客厅的方向。他们竟然没有听见有人进了家门！

接着两人对视一眼，闻乐心头一跳，有些慌乱地一把推开周考。她衣衫凌乱，一时慌不择路躲进了衣柜里。

就在她关上衣柜门的下一刻，周考的房间门口就出现了一个人影。

周考就着被推开的力道直接仰面躺在床上，抓了把床单，手臂搭在眼睛上，叹了口气。

“妈。”

周考从床上坐起，伸手理了理乱发，然后下床穿鞋：“妈，你怎么来了？”

黎华将视线从周考那红得像是吃了口红的嘴上扫过，眉心一跳。她看到周考卧室里那一双多出来的拖鞋，依旧面不改色地道：“妈妈来看看你。”

说着她的视线又不经意地落在床头柜上那插了吸管的水杯和几盒药上，脸上的笑意加深。

周考带着黎华出了卧室。一到客厅，黎华就发现了放在沙发扶手上的笔记本电脑和桌子上的手镯。

闻乐打字时手镯碰撞在电脑上会叮当响个不停。她怕打扰周考睡觉，就摘下来随手放在了桌子上。

黎华的视线在那个手镯上停留了几秒，眼中似有深意，脸上的笑容却不变。

周考收了电脑，黎华在沙发上坐下。

黎华看了看桌上的药，问：“生病了？”

周考心中还惦记着闻乐，心不在焉地嗯了一声，道：“已经没事了。”

黎华看着周考唇上那在客厅灯光下越发明显的口红痕迹，眼中藏着笑意：“没事就好，妈妈就是担心你，所以来看看。既然你没事，那妈妈先走了。”

说着黎华竟然真的转身就要离开。

周考有些意外：“妈，你这就走？”

黎华已经走到玄关，她的视线扫过挂在玄关衣帽架上的包，笑道：“我公司还有事，你好好照顾自己。”

说完黎华就离开了。

周考送走黎华后，走回卧室，打开了衣柜。

闻乐抬头看向周考。当看到周考唇上的口红时，她顿时睁大了双眼，只觉一阵头晕目眩。

“周考你就这样……见你妈妈的？”

周考闻言，一愣：“怎么了？”

闻乐慢慢捂住脸，她身上露出的皮肤早已红透。

“周考你这……笨蛋……”

周考过了一会儿才反应过来。他伸手摸了摸自己的嘴唇，双眼微微睁大，又转身拉开衣柜另一侧的镜子，立刻就从镜子中看到了自己嘴上那凌乱的红痕。

他轻咳一声，耳朵渐渐变红。

闻乐好一会儿没听到有什么动静，便悄悄地把手指挪开露出一条缝，从指缝里偷偷瞧着周考，只见周考正站在镜子前仔细地打量着什么。

闻乐不知道周考在看什么，于是慢慢放下手，问他：“你在看什么？”

周考还在仔细端详着镜子里的自己，闻言，在自己嘴角处明显超出嘴唇范围的一抹红痕上指了指：“你干的。”

然后他又指了指另外一处明显的红痕：“还有这个。”

闻乐不可置信地瞪大双眼。他竟然在这儿想这些？

闻乐气恼得直接从衣柜里跳出来打周考。她的动作有些急，滑了一下，差点儿摔倒。周考连忙上前揽着闻乐的腋下把她抱起来。

闻乐像小熊一样挂在周考身上，被吓得一巴掌就拍在他的肩上。接着她眼眸微微眯起，扳着周考的脸，挑眉问他：“好哇，你非得跟我一道道算是吗？”

周考闻言，笑了起来，抱着她转了个身，把她压在床上。他笑得胸口都在抖：“那你就给我算算吧。”

闻乐眯着眼，缓慢地咬了咬下唇，轻声道：“你好坏啊。”

周考低声轻笑，用自己戴着男款戒指的那只手把她戴着女款排钻戒指的那只手按在她的头顶。两人十指相扣。他低头在她耳边轻声问道：“那你喜欢吗？”

说完他也不等闻乐回答，就低头吻上了闻乐的唇。

两个人缓缓地温柔地交换气息，传达着自己的爱意。此刻他们什么都不愿意去想，只专注地亲吻着彼此。

然而这注定是个不平静的晚上，一阵电话铃声打破了这一室缱绻的情意。

闻乐迷迷糊糊地伸手去推周考。

周考呼吸沉重，声音含糊地道："别管它。"

闻乐也有些沉溺其中，又由着周考亲了一会儿，但总算没失去理智，又伸手拍了拍周考的肩。

周考在闻乐的唇上轻轻地咬了一下，才不情愿地从闻乐身上起来。

闻乐的气息还有些乱，她拿过自己的手机，看到来电显示后吓得一激灵，直接清醒了。

周考从闻乐的身后缠上来，抱着她亲吻她的脖颈，声音低沉："谁？"

闻乐挣了一下："我爸。"

周考的动作一僵，他松开闻乐，老老实实地坐在闻乐身边。

闻乐想起今天闻天启跟她说的话，一阵心虚，努力平复了一下自己的气息，才接通电话。

"爸爸。"

闻天启的声音从听筒中传来："乐乐，怎么这么久才接电话？"

闻乐心虚，扯了个理由："我把手机调成静音了，没听见。"

闻天启没有怀疑什么，只道："早点儿休息，不要熬得太晚。晚上看书一定要注意光线，保护好自己的眼睛。"

闻乐点头："知道了爸爸。爸爸，这么晚给我打电话有什么事？"

闻天启道："也没什么事，只是之前装修的时候忘记问你喜欢什么样的风格，哪天你有时间，爸爸让蒋叔开车带你去看看还有没有什么需要添置的东西。或者你想到了也可以随时告诉爸爸。"

闻乐点头："好，我有时间就告诉蒋叔。"

闻天启又道："爸爸给你买的车就停在车库，但是爸爸建议你还是少开。你蒋叔有时候跟着我不方便接送你，你可以联系小杨去接送你。小杨开的那辆车适合你现在的情况。"

接着，闻天启嘱咐了闻乐一点儿其他的事。挂电话前，闻天启又叮嘱了闻乐一遍，要她以学业为重。

闻乐挂了电话，有些心虚。

周考从身后抱住闻乐，用脸颊蹭了蹭闻乐的脸颊，轻声道："其实交男朋友也不会耽误学业。"

闻乐闻言，轻笑，转身看向周考："你都听到了？"

周考道："我没想偷听，可是你话筒里的声音太大了。"

闻乐轻笑："没避着你。"

周考笑了笑，抬起闻乐的手，在闻乐的手上亲了亲，温柔地说："再陪我一会儿，我就开车送你回去。"

闻乐的手指轻轻抚过周考的眉宇，笑着点点头。

但当她的视线扫过周考唇上仍旧残留的红色时，她突然问道："你妈妈……知道了吧？"

周考握着闻乐的手，把闻乐拦腰抱进怀里。两人一起倚靠在床头上，周考答道："嗯。"

他的眼中带着笑意："估计刚进门的时候就发现了。"

闻乐想起自己放在玄关的鞋子和包，不由得长叹一口气，把脸埋进他的怀里。

"这也太尴尬了……"

周考低头亲了亲闻乐的额头："是我不好。"

闻乐深吸一口气，道："你妈妈是因为发现我在这里，所以走得这么快？"

周考不知想到了什么，突然笑道："看来她还是很放心把她生病的儿子交给你。"

闻乐道："你妈妈的反应着实出乎我的意料，不过也的确缓解了我的尴尬。"

周考道："以后见面你就知道了，你们应该合得来的。"

闻乐笑着瞥了他一眼："以后的事以后再说吧。"

周考突然想起了什么，下床出了卧室，没过一会儿就拿着一个东西回来了，是闻乐放在客厅桌子上的手镯。

周考拉过闻乐的手，给闻乐戴上手镯。

闻乐晃了晃手镯，手腕在手镯的衬托下显得越发纤细雪白。

周考盯着这个手镯，微微皱了一下眉。

闻乐注意到了周考的表情，有些不解："怎么了？"

周考摇摇头，道：“没事。”

周考只是觉得这手镯有些眼熟，但又想不起来具体在哪儿见过。

周考想不起来，但总有人能想起来。

黎华从周考那儿下来就一脸笑意地上了停在楼下等自己的车。

司机见黎华过来，连忙打开车门：“夫人。”

司机道：“夫人的心情似乎很不错，少爷没事吧？”

黎华满脸笑意地从包里拿出手机，笑道：“好着呢，还有空……”黎华收住话头，还有空干什么到底是没说出来。

司机也是周家的老人了，看着周考长大，了解周考那清冷的性子，实在是想不出来以小少爷的性子生着病还能怎么样。

司机穷尽想象力，大概也就能想出周考生着病还拼命工作、拼命学习了。

黎华拨了个电话给助理：“安妮，港城拍卖会的拍卖目录你还留着吗？发过来给我看看。”

没过一会儿，黎华的手机上就有了提示信息，是安妮把黎华要的拍卖目录发了过来。

黎华点开拍卖目录，从里面找出了一张照片。照片上的那个暖玉镯子正与今天她在周考那儿见过的那个一模一样。

虽然没有经过专家的鉴定，但是以黎华这么多年来收藏翡翠等玉石珠宝的眼光来看，她并不觉得周考那儿的那个手镯是赝品。

黎华想起上个月家中老太太过寿，为了送老太太一份贺礼，她飞去港城参加了一场拍卖会。

当时她就看好了这个手镯，可惜那时给老太太准备的玉佛的价钱被抬得有些高，她就错失了这个手镯，不承想竟然在周考那儿看到了，而且那个手镯就随意地被放在桌子上。

黎华在心里把能买下这个手镯的人家合计了一遍，又从中挑出了有和周考年龄相仿的女孩儿的几家，却实在想不到是谁。

她知道的那几家的女孩儿都不怎么喜欢这样的东西。

黎华不由得想起周考家中那女孩儿放在玄关的鞋和包，那上面都没有什么商标，看上去挺低调的。也是，愿意花大价钱买这种手镯的女孩儿应该是不喜欢显摆的性子。

可是与周家相熟的几个家庭中的女孩儿与周考的年纪都相差甚大，因此与周考也没什么来往，且她看那女孩儿的鞋子和包的风格，应该也是与周考差不多年纪的人。

她很疑惑：这个能把周考拿下的女孩儿到底是谁？

周考是什么样的性子，黎华自然再清楚不过。周考性格冷淡，他的理智一向胜过感性。

说实话，看到周考生着病还把女孩儿弄到床上亲，黎华不是不惊讶，她甚至都怀疑那真的是她的儿子吗。

黎华实在想不通，就打了个电话给安妮，让安妮查查当初在拍卖会上是谁拍走了那个手镯。

过了一会儿，安妮打来电话："黎总，拍下那个手镯的人是天音集团的。"

黎华愣了一下："天……天音集团？"

天音集团——闻氏。

闻氏家族底蕴深厚，积累了雄厚的家业。据说，闻氏的家谱和族谱完整地传承了数百年，翻一翻闻氏的族谱还可以见到不少名人。闻氏在几十年前分为两支，一支移民海外，而另外一支闻氏嫡支则留在国内。但留在国内的这一支也在十年前搬离了京城，有传言说他们一直在海市、港城和国外活动。

黎华嫁入周家二十多年。她出身于三代从商的家庭。可饶是如此，在黎华眼中，闻氏依旧是一个神秘不可测的大家庭。

最近有消息说闻家现任的掌权人闻天启频繁出入京城，似乎想要搬回京城。

可是……黎华皱了皱眉。众所周知，闻天启单身几十年，没有孩子。外界一直有人猜测闻家这偌大的家业该何去何从，甚至有人猜测，闻天启将会从旁支过继一位继承人。莫非是闻氏旁支的女孩儿？闻天启已经从旁支中选定了继承人？

黎华想不明白，到了家还在想着这事。周考的爸爸周承运正在客厅拿着平板电脑看新闻，听到玄关那边传来声音，便抬头望去："回来了，儿子怎么样？"

黎华换鞋进屋，把包和外套递给阿姨，走到周承运的身边坐下，然后接过周承运递过来的水喝了一口。想起周考那模样，她差点儿笑出来。

黎华放下水杯，抽了张纸巾擦了擦嘴角的水迹，笑道：“那个浑小子……”

黎华眼珠一转，附到周承运的耳边悄悄说了什么。

周承运顿时睁大双眼，眼中仍旧有怀疑之意。他实在不能想象妻子口中的事是自己那个清高骄傲的儿子能干出来的。周承运与妻子对视一眼，确认妻子没有说谎后，皱着眉道：“这……不成体统！”

周承运看向黎华，不赞同地道：“你竟然还由着他？”

黎华轻拍他一下，嗔怪道：“大惊小怪，这都什么年代了？！”

周承运板着脸：“什么年代？什么年代都得守着咱家的规矩。”

黎华道：“行了，你儿子你还不知道？有分寸着呢。”

黎华的眼中染上笑意：“估计他是被那姑娘感动了，才和她在一起的吧。

“那是个细心的姑娘。周考爱喝凉水，我去的时候厨房里烧着热水。温度计、冰袋、退烧药、感冒药这些都齐全着呢！周考床头的杯子里还特意放了吸管。啧啧，我这个亲妈去了都不一定能有这么周到。”

周承运闻言，脸色也缓和了，眼中的笑意更深了，道：“儿子的眼光好。”

黎华也跟着笑：“别人家的孩子十几岁就开窍了，他二十了才开窍，算晚的了。”

周承运闻言，道：“你不是在儿子高一那年就跟我说，你怀疑儿子有情况了？”

黎华睨他一眼：“那不算，他可没有。”

说到这儿，黎华竟然也笑了起来：“你还别说……你记得你被调到那个小县城的时候吧？其实说来我还觉得纳闷，从小到大，他身边有多少长相漂亮、教养好、家世好又聪明的女孩儿，他都看不上，偏偏对那里的一个女孩儿青眼相加。倒不是我有什么偏见。你知道的，不一样的家庭教育出来的孩子不一样。不是说那里的孩子不好，只是我以为儿子那么骄傲，原本还害怕他看不上那里的同学。结果人家还不愿意理他，那段时间他整天失魂落魄的。我提心吊胆的，生怕他因此影响学习。”

黎华说着又笑了起来。周承运道："他现在这个年纪，谈就谈吧。但你得跟他说说，该注意的还得注意。"

黎华道："你怎么不跟他谈，那不是你儿子？"

周承运梗着脖子："我不谈，这事得你找他谈。"

黎华知道周承运是不好意思跟儿子谈这事，就笑了笑，没再推辞。只是她突然想起什么似的对周承运道："你还记得我上个月去港城拍卖会，说有个手镯没拿下，有些遗憾吗？"

周承运笑道："怎么？你找到那手镯了，想买下？"

黎华摇头："找是找到了，情况却不是这么一回事。

"手镯是在周考的客厅里看到的，就随手放在桌子上。"

周承运道："什么意思？你是说那手镯在那姑娘手上？"

黎华点点头："应该是那姑娘拿着周考的电脑打字的时候嫌碍事，随手放在桌上的。手镯旁边就放着笔记本电脑，电脑上的界面还没关。

"那手镯我找安妮查过了，当初拍卖成交，钱走的是天音集团的账。"

周承运对黎华日常提起的一些集团企业还有些陌生："天音集团？"

黎华道："天音集团，闻氏，闻家！"

周承运恍然大悟："啊，闻家。闻天启。前两天池军好像跟我提过一嘴，说闻天启要搬回京城了。"

黎华见周承运迟迟抓不到重点，不由得有点儿急："唉，你这个人，说那个姑娘呢！"

周承运道："说着呢，怎么了？"

黎华道："闻天启不是没有孩子吗？那这个女孩儿是什么身份？闻家旁支的？还是闻家已经选定了继承人？"

周承运闻言，道："这有什么关系？管她是嫡支还是旁支呢。"

黎华道："闻家偌大的一份家业都在嫡支的手中攥着，要是那女孩儿是旁支的话，难免就要争夺家业。你说咱儿子去跟着掺和那些污糟事干什么？我这不是担心吗？"

周承运闻言，拉过黎华的手，轻轻地拍了拍，笑道："你也把他保护得太好了。男孩儿就得摔打着长大，这样肩上才能担事。"

黎华还要说什么，周承运拍拍妻子，安慰道："好了，别操那份儿心了。外界很少有人知道，闻天启有个女儿，从小养在他们家老爷子身边，藏得很深，我也是机缘巧合才知道的。”

说着周承运还轻笑了一下，道：“臭小子也是有本事，闻天启藏得那么深的女儿都被他骗到手了，哈哈哈。”

在他们这种家庭里长大的孩子，其实打小就互相认识。闻天启和周承运小的时候又不大对付，虽然几十年过去了，但现在周承运一想到闻天启以后得知这事时的那张臭脸就浑身舒畅。

黎华双目微微睁大，有些惊讶：“你是说，周考那个小女朋友可能是闻天启的女儿？”

闻天启唯一的女儿，自然就是整个闻氏唯一的继承人。

周承运的心情不错，道：“我就说闻天启怎么想要回京城了。算算年纪，他的女儿应该也上大学了。你说你在周考那儿见了那女孩儿，看来那女孩儿也是在京城上大学，说不定还和周考同校。他这是把家业搬回来陪女儿了，哈哈哈……”

黎华闻言，没有多高兴，眉宇间反倒是又笼上一层忧愁。

闻天启不解：“又怎么了？”

黎华道：“这不好弄吧？你说闻天启就这么一个女儿，闻氏就这么一根独苗苗，闻天启哪里肯松手？万一……”

周承运喝了口茶水，漫不经心地问了一句：“万一什么？”

黎华担忧地道：“万一闻天启非要女婿入赘，你说周考他万一被拐跑了怎么办？”

“噗！”周承运一口水喷了出来，被呛得咳了两下。

黎华连忙上前用纸巾给周承运擦嘴，又拍着他的后背：“你说说你这么大个人了，怎么还跟小孩儿似的，喝口水都能呛着！”

周承运没有回应妻子的念叨。他心中一个咯噔，心道：坏了坏了失算了，怎么就没想到这茬儿？

周家子嗣繁茂，光周承运就有三个兄弟，与周考同辈的亲堂兄弟就有四个。而闻家嫡支确实只有闻天启的女儿这根独苗苗。

周承运陷入了一种即将失去儿子的焦虑中。

不行，他得找儿子聊聊，好好做做思想工作。

周考握着闻乐的手亲了亲，眼中都是赞美之意。

闻乐从小到大都活在别人对她外表的赞美中。如今，偶尔面对对方的赞美，她还会因为不知如何回应而感到尴尬。

但闻乐发现，男朋友的赞美之言让她很受用。她甚至有些享受周考为她的美貌而神魂颠倒的样子。

可惜周考是个小气鬼，总是吝啬给予她大段的赞美之辞。

当然也可能是因为这样，闻乐在看到他对自己露出痴迷或者是赞叹的神色时格外兴奋、满足甚至是动情。

周考眼中的赞美之意取悦了她，她心情很好的时候就会格外好说话。

周考看出了闻乐的愉悦之情和那一丝带着媚态的慵懒之意。她身上的刺就像软化了一样。周考的眼中带着笑意，他将闻乐抱在怀中。两个人亲昵地说着情话。

周考靠在床头上。他偏头亲了亲闻乐的嘴角，然后突然想起什么似的，拉着她的手，让她用指腹摸他的唇角。

“嗯？”

闻乐偏头看周考，周考似乎有些苦恼：“你的口红用洗面奶洗得掉吗？”

闻乐扑哧一声笑了出来，笑得眉眼弯弯，那甜美的样子像是一汪蜜糖，化进人心里。

闻乐从他的怀里起身，面对着他跪坐在床上，双手捧着他的脸。她用笑成月牙形的双眼仔细地打量了他一会儿。她偏着头，模样竟有些憨态的可爱：“不知道，我当初特意选了最难卸的不沾杯款。”

周考道：“那怎么办呢？”

她道：“不知道，是你自己要吃的。”

闻乐的嘴角闪过一丝坏笑，但下一刻就掩藏好了。

她抬起食指按在自己的下唇上。她微微仰着头，双眼直直地看着周考，眼神里结合了纯真和魅惑，杀伤力过高。

周考的喉结无意识地上下动了动。

闻乐轻笑着，用手指缓慢地拭过自己艳红饱满的下唇，然后低头看了看自己的指腹，上面的红色已经不多了。

闻乐嘴角轻勾，直接用还沾着些红色口红的食指指腹按在周考的唇上。

他盯着闻乐，她的神色看上去没有什么变化。

闻乐慢慢地将按在周考唇上的食指往下滑，滑出嘴唇，滑到周考的下颌上。

她盯着周考，笑靥如花，声音轻柔，魅惑地道："我的口红好吃吗？"

他的呼吸一顿，他再开口时声音又有些哑："忘记了。"

周考突然伸手按住闻乐的头，将她压向自己。

他道："让我再尝尝就告诉你。"

闻乐有些猝不及防，见自己身体不稳，连忙伸手撑住周考耳侧的床头……

许久，周考才放开闻乐，他的气息还有些乱，声音也还很沙哑："还行，甜的。"

闻乐被吻得迷迷糊糊的，还没反应过来。

周考接着又补充了一句："不涂口红的话，口感应该会更好。"

闻乐终于反应过来周考在说什么，脸特别红。她真的是招架不住。

闻乐双手抱拳，道："高手！比不过，比不过。"

周考闻言轻笑，把闻乐重新揽进怀中，在她的额头上亲了亲。

闻乐推开周考，摸了摸自己的额头，看着周考嘴上的红痕，扑哧一声笑了出来。

她能够想到两个人现在的模样，大概就像是两个疯子。

闻乐下了床，周考拉着她的手，问："去哪儿？"

闻乐拽着周考往床下走："洗脸。大少爷，你看看我们两个现在的模样，像不像是从精神病院跑出来的？"

周考笑着下床，嘴上还道："所以说电视剧里那些人亲完口红还完好的情况根本不合理。"

她指了指自己的嘴，又指了指周考的，道："但是正常的也没有这样的吧？"

周考挑眉："你没见过怎么就知道没有？"

闻乐拉着他进了房间里的独卫，道："我就知道没有。"

她想起自己的包里装了卸妆巾，又去玄关拿了包，抽出一张卸妆巾递给周考："用这个。"

周考弯腰，微微抬起下巴："你来。"

闻乐接过卸妆巾："看在你是病号的分上。"

周考的嘴角带着笑意，他看着闻乐用卸妆巾仔细地给他擦着嘴唇和周围沾染的口红。

周考洗完脸，站在一旁抱着手臂看闻乐卸妆。

闻乐手上的动作顿了顿，她偏头看向周考，伸手指了指门口，示意周考出去。

周考没有强留，很听话地退了出去，只是走前亲了一下闻乐的脸颊："别化妆了，我喜欢你素颜的样子。"

闻乐把周考推了出去，道："你不懂。"

不过闻乐卸完妆，洗了脸，也只是简单地涂了一点儿包里放的便捷装水乳。

说实话，闻乐的先天条件十分优越，几乎没有瑕疵的皮肤雪白滑嫩。因为作息规律加上家里善于用食补调养，闻乐基本上没有黑眼圈和皮肤暗沉的问题，皮肤透着健康的粉红色，睫毛浓密，自带眼线，眉毛浓密，形状也很好，嘴唇是淡淡的粉红色。

闻乐的素颜与她平日上淡妆的模样看不出多大区别，但闻乐总觉得自己不涂粉底液脸上光秃秃的没有安全感，所以出门时总是会化一点儿淡妆。

晚上九点半左右，周考打算送闻乐回学校。

出门之前，周考从衣柜里找出一个袋子，递给闻乐。

闻乐接过袋子往里看了一眼，只看到了精致的包装盒，不由得好奇："这是什么？"

周考道："礼物。你回去再打开。"

闻乐不知周考卖的什么关子，也没追问，打算等回去了再打开看。

周考带着闻乐去车库，来到他的车前。闻乐坐上了副驾驶座才发现车上有一个用来装饰的小玉佛。

闻乐觉得奇怪，这不太像周考的风格，反倒有点儿像中年人的风格。

闻乐不由得问了句："这真的是你的车？"

周考轻笑道："怎么？"

闻乐道："不像你的风格。"

周考道："是我爸的车。他刚到京城那阵儿打算自己开车上班，就买了这辆车。只开了两天，他们单位就给他配了一辆，所以这车就闲置了。我最近有事，见这辆车合适，就开来了。"

闻乐有些意外，她也听孙优美说过一些关于周考的家境有多么优渥的消息，而孙优美知道的消息自然来自曾经自称是周考未婚妻，对周考家的情况有所了解的苏珍珍。

闻乐实在没想到，像周考这样的家境，他父亲竟然只开一辆这么便宜的车。

周考见闻乐没说话，便道："怎么，很意外？"

"有些。"

周日晚上不到十点，出去约会的小情侣都回来了，他们扎堆在女生宿舍楼下，依依不舍。一辆黑色轿车在一排车中停了下来。

周考把车停下后，看向闻乐，他的眼神紧紧地粘在闻乐身上，写满了不舍之情。

闻乐松开安全带，转身看向周考。与周考黏黏糊糊的视线对上后，她心中一软，摸了摸周考的额头，问道："不烧了？"

周考点头："嗯。"

闻乐主动捧着周考的脸，吻了吻周考的唇，声音低柔地道："晚上早点儿睡。"

闻乐看了看手机上的时间，知道时间不早了，便拎起袋子，道："我要走了。"

周考安静地点点头，对着闻乐挥挥手。

闻乐见状笑着凑过去又亲了亲周考，道："回家给我打电话。"

周考轻轻嗯了一声："走吧，再不走我就把你带回去。"

闻乐轻笑一声："再见，男朋友。"

周考道："明天见，女朋友。"

闻乐下了车，走了几步，回头见周考的车依旧没有发动。她不由得对着周考的方向挥挥手，又把周考给自己戴了情侣戒指的那只手抬起来向他示意了一下，接着低头吻了吻那枚情侣戒指。

周考在车上看到闻乐的动作，心头一热，也低下头，在自己的那枚男款戒指上吻了吻。

闻乐自从回到宿舍，脸上的笑容就没有消退过。

舍友们都在宿舍，见闻乐这么晚回来，都围过来问："去哪儿玩了？和谁？"

"哟，手上还拿着礼物！"

"天哪！好像还挺贵重！"

闻乐笑着从舍友们的包围圈中挤出来，坐到自己的书桌前。她有些好奇周考给她准备了什么礼物。

舍友们过来围观。

闻乐将包装盒打开，见里面赫然躺着一条红色的裙子。

程惠惊呼一声："这不是你上次看到的那条裙子吗？谁这么大手笔？"

满青旋盯着那条裙子，眼中金光闪闪："乐乐，你是发财了吧？"

包小凡否定了这个猜测："不对，奖学金还没发下来，乐乐的稿费也刚捐了，应该不是发财……"

"你爸给的生活费吧？"程惠用一种看透一切的语气道，"说吧，今天商场做活动这条裙子打了几折？"

满青旋恍然大悟，随即控诉道："乐乐，你这也太不仗义了吧！商场有打折活动也不喊我们去。"

包小凡道："唉，我看到这裙子的第一反应，还以为是男生送的呢。要不是了解你，我还以为你有男朋友了呢。"

闻乐道："我……"

我就是恰好刚刚交了男朋友……她正要说出真相，就见宿舍的门被推开，艾飞走了进来。

不知道为什么，一见到艾飞，闻乐总是容易回想起当初辅导员跟她谈话的事，虽然没有证实那件事到底是不是艾飞干的，但是怀疑的种子一旦种下，心中就很容易滋生芥蒂。

闻乐看向艾飞，住了口。

包小凡、满青旋和程惠见艾飞走进来，和她打了个招呼，转而也默契地说起了别的话题。

闻乐也像往常一样跟艾飞打了招呼。艾飞或许以为闻乐还不知道

"那件事"是谁干的，仍旧像往日一样和大家说说笑笑。

艾飞也看到了闻乐手上的那条裙子。她虽然平日里早出晚归，看上去全身心投入学业，可对目前市面上大火的牌子也是耳熟能详。

艾飞是307宿舍里除孙优美外用着最好的护肤品的人。由于闻乐的护肤品全都是阿姨给的，那些包装上都没有商标，所以没法儿跟别人的比较。

艾飞道："哇，闻乐，这条裙子是他们家的限量款吧？高诗婧穿过这一条。"

高诗婧是当红明星，因为穿衣品位相当不错，她的穿搭经常被网上各大博主拿来分析。

闻乐笑笑，没说什么，把裙子收进了衣柜里。

艾飞放下包收拾东西，但眼睛全程盯着闻乐的衣柜。

闻乐不舒服地皱了一下眉。不知道是不是心理作用，自从怀疑艾飞之后，她觉得艾飞整个人都变了，变得令人不太舒服。

闻乐想着艾飞身上不对劲的地方，就忘记了把自己和周考的事告诉舍友。洗漱出来后，她发现周考打来了电话，这才想起这件事，只能以后再说了。

周考在闻乐手机上的备注已经变成了一组数字。她对数字敏感，早就把周考的电话号码背熟了。

周考的声音从话筒中传来："裙子喜欢吗？"

闻乐想起那条红色的裙子，笑道："什么时候买的？"

周考道："上次我和学长聚餐，就在商场看到了。这条裙子很像你当初剪坏的那一条。"

闻乐道："你还记得那我穿那条裙子的模样？"

周考道："你所有的模样我都记得。"

闻乐轻勾嘴角："好啦，我喜欢。"

周考也嘴角轻勾："下次穿给我看。"

闻乐道："看你表现咯。"

两人没聊多久，闻乐叮嘱周考不要忘记吃药后，就挂了电话。

闻乐挂了电话爬上床，程惠翻了个身打了个哈欠，随口说了句："最近这么忙吗？不知道的还以为你谈恋爱了呢。"程惠说完就继续盯着手机屏幕嘿嘿地笑。

次日班长说了今年秋季运动会报名的事。运动会主要是大一大二的学生参加，而大一新生更是这次运动会的主要参与者。留给大二学生的名额不多，班长建议去年没有参加过的同学踊跃报名。

闻乐去年负责举牌子，因此就没参加任何运动项目，于是她今年直接报了个短跑项目。

闻乐回了宿舍就开始翻找衣服。

程惠拿着一瓶 AD 钙奶从闻乐身边经过："找什么？"

闻乐道："运动会穿的衣服。"

程惠道："你上体育课穿的运动裤呢？"

闻乐从衣柜里拿出一条黑色的长裤："我觉得有些紧，这条裤子上体育课穿还勉强，但是短跑可能会活动不开。"

程惠一转眼珠，发挥了自己"人间显微镜"的功能，从闻乐的一堆衣服中拎出了一条灰色的运动短裤。

"嗯，这个好。"

闻乐这才想起来，这条运动短裤她本来是打算买来夏天在宿舍里穿的。收到实物后，她发现这裤子虽然布料舒服，弹性也好，但比想象中的要短。再加上她觉得穿睡衣也很舒服，所以就把这条短裤放一边了，一直没穿过。

闻乐看着那条运动短裤，皱了一下眉，有些犹豫地道："这条……会不会太短？"

程惠翻了个白眼："拜托，这是正经的运动短裤好不好？绝对没有偷工减料，也就意味着大家都这么穿。"

说着程惠还嫌弃地在闻乐的胳膊上拍了一下："人家能穿，咋就你这么多事呢？舒服，能拿奖才更重要，对不？"

闻乐点头："也是。"

说着程惠抱胸倚靠在衣柜旁，上下打量着闻乐，道："你说你好好一个小姑娘，怎么跟'老古董'似的？我认识你这么久，从来没见过你穿超短裤，穿的要不就是长裤，要不就是长裙。啧啧，'老古董'。"

闻乐笑道："也不是不能穿，只是我喜欢我现在这种风格。"

程惠道：“你知道你这种风格造成的直接后果是什么吗？”

闻乐道：“什么？”

程惠道：“大家都在说你不露腿是因为腿丑——又粗又弯的那种。”

程惠吸了口奶，又道：“所以那些想跟你竞争校花的院花都特别爱露腿。”

闻乐笑道：“我上次穿旗袍不是露了吗？”

程惠道：“美女，你那旗袍前面遮到脚腕，从侧面那一条缝能看到什么？所以……”

程惠眯着眼握着拳，一副志在必得的样子，道：“你就让所有人瞧瞧，你这个婆娘是真的浑身上下就没有不完美的地方。”

闻乐拿出衣服关上衣柜门：“幼稚。”

程惠道：“所以你穿不穿？”

闻乐道：“穿，怎么不穿？比赛第一，其他第二。”

程惠打了个响指：“漂亮。”

闻乐关衣柜门时，挂在锁上的那串钥匙晃动了一下。她一眼就看到了其中的一大一小两把熟悉的钥匙。她摘下那串钥匙，轻轻摸着那一大一小两把钥匙，陷入了回忆。

闻乐记得那是高三的暑假，当地邮政局打电话来说录取通知书到了，让她去取。因为闻乐住在山区，快递不太方便送上门。闻乐就骑着自行车，拿着身份证去邮政局取快递。她骑了一路，又满头大汗地跑回家，挥舞着手上的文件，兴奋地喊道：“爷爷！爸爸！我的录取通知书到了！”

爷爷和爸爸从书房走出来，对她露出满意的笑容。随后，他们又进了书房，再出来时两个人手上都拿着一个小盒子，异口同声地对闻乐道：“你的礼物。”

闻乐惊喜地打开两个小盒子，发现里面分别装着一把钥匙。闻乐有些好奇，还有些失望，问道：“这是什么的钥匙？”

爸爸只笑道：“到时候你就知道了。”

闻乐哦了一声，只以为这两把钥匙像钥匙项链之类的，带着某种隐喻的精神鼓励，比如“开启未知的大门”等类似的寓意。她没多想，甚至有些失望地将钥匙收了起来，挂在自己的钥匙扣上，只把它们当作护身符一样的东西。

而此刻，在经历了昨天和爸爸的那一番谈话之后，闻乐突然想到，如果他们家有着如此雄厚的物质基础，那么是不是意味着这两把钥匙可能不只是精神象征，而是某种切切实实的物质赠予？

闻乐想到这儿双目微微睁大。

程惠发现了闻乐的不对劲，问："怎么了？"

闻乐的声音有些颤抖："等等，我……我打个……打个电话。"

程惠见状心中也跟着一紧，心想闻乐这副样子是不是有什么要紧事。

闻乐拿出手机，从通讯录中找出了爷爷闻炳秋的电话。

说实话，自从昨天听了爸爸说的那一番话之后，她至今依旧有种强烈的不真实感。闻乐深吸一口气，慢慢地按下了拨号键。

此刻宿舍里就只有闻乐和程惠两个人。程惠见闻乐一副紧张的样子，不由得放下嘴中叼着的吸管，坐在一旁陪着闻乐。

电话等待拨通时的每一阵嘟嘟声都显得格外漫长。闻乐深吸着气，平复着自己紧张的情绪。一道细微的电流声之后，电话接通了。

"喂。"

爷爷的声音从话筒中传来。

闻乐小心翼翼地把电话凑到自己的耳边，先是问了问爷爷奶奶两个人的近况。爷爷许久不见闻乐，也挺想念孙女。远香近臭，这老头儿也只有在电话里才有这样的耐心。

得知爷爷奶奶的身体还好之后，闻乐张张嘴，想进入正题，却欲言又止。

爷爷哼了一声道："干什么吞吞吐吐的？有话就直接说。"

闻乐咬了咬牙，直接道："爷爷，高三暑假时我拿到录取通知书那天，你送我的那把钥匙是开哪里的锁的？"

爷爷又哼哼两声，颇不在意地道："哦，一套四合院儿的。怎么？你终于想起来要去看看了？"

闻乐的小心肝儿一颤，她觉得爷爷今天这话可比爸爸昨天那一番话刺激多了。

闻乐稳定了心神，道："那……爸爸送我的那把钥匙呢？"

那把钥匙，应该只是精神鼓励了吧？

爷爷不耐烦地道："一栋写字楼，具体在哪里我也不知道。"说着他还嘟囔了一句，"你爸会送什么好东西？肯定没有爷爷送的好！"

闻乐深吸一口气，心想，她这算什么？是"一夜暴富"，还是突然发现自己本来就有钱？

闻乐努力用平静的声音问道："就昨天，爸爸让我签了一份文件。我当时没仔细看，爷爷知道那是什么吗？"

老爷子一听更不爽了，孙女明明是他带大的，儿子竟想贿赂孙女。哼，坏小子。

爷爷道："我怎么知道，你爸爸就会拿些乱七八糟的东西扰乱你。你可不能给爷爷丢脸！你爸爸送的那些东西都不值钱，好东西都在爷爷手里。下次你爸爸再给你送些乱七八糟的东西，你就说你不稀罕那些破烂，让他别捣乱。"

闻乐道："爷爷，你真的不知道那是什么吗？好像文件上写了一个国外的什么地方。"

闻乐仔细回忆，只记得一个国外的地名。

爷爷突然住了口，过了半晌才不屑地哼了一声。

闻乐无意识地抠着裙子，小声道："爷爷，咱家条件这么好？那我小时候爸爸还跟我说他在外务工。"她直到现在还深深地记得，当初爷爷和爸爸穿着磨得起毛边儿的工字背心、大裤衩子和拖鞋，一脸愁苦地坐在沙发上说："现在的钱不好挣啊！"

闻乐又补充道："咱家莫非以前破过产？"

爷爷怒道："胡说八道！"

闻乐不知想到什么，心里一酸，道："莫非爸爸还有别的孩子？"

难道家里人瞒着她是想把家业都给别的孩子继承？

爷爷闻言，怒骂："胡说八道！家产都是你的，一分不少！家里就你一根独苗苗，不给你给谁？"

闻乐委屈地道："那你们还都瞒着我？"

爷爷心虚，过了一会儿又硬气地道："那是你自己笨！你考上大学后家里就没瞒着了，你自己现在才发现。笨蛋！"

闻乐道："那家里人之前为什么要瞒着我？"

爷爷被闻乐的话噎住了，梗着脖子道："穷养女儿，你不知道吗？"

闻乐一愣，道：“不……不知道哇。”

爷爷轻哼一声：“孤陋寡闻。”

接着他又补充一句：“没事多读书，少跟你爸爸学。”说完他就像逃一样飞快地挂了电话。

闻乐拿着手机发了一会儿呆。

程惠听着闻乐打电话，没头没脑的，一点儿也听不明白，但是那两句“咱家条件这么好”和“家里人之前为什么要瞒着我”，她倒是听见了。她有些蒙，问道：“什……什么情况？”

闻乐转头望向她，问：“‘穷养女儿’，你听过这话吗？”

程惠道：“没……没听过呀。”

程惠喃喃地道：“不都穷养儿，富养女吗？”

闻乐眼神还有些茫然：“是吧？我也只知道‘富养女儿’。”

程惠有些紧张，拿起杯子喝了口水，道：“到底怎么了？”

闻乐看着程惠，喃喃地道：“我可能……‘一夜暴富’了。”

程惠一口水喷了出来，满目震惊之意。

闻乐将自己的情况告诉了程惠，说得口干舌燥时，拿了瓶奶插上吸管，吸了两口，眼睛看上去还有些没神。

程惠震惊地拿着闻乐那两把平平无奇的钥匙，道：“所以这两把看上去普普通通的钥匙，实则一把是开京城的一个四合院儿的，另一把是开一栋写字楼的，是这样吗？”

闻乐咬着吸管，愣愣地点了点头。

程惠大张着嘴，看看钥匙又看看闻乐，简直难以置信。

程惠又道：“那你爸昨天给你送了什么？”

闻乐翻翻手机，从手机里翻出小杨的微信。据说小杨目前兼任她的管家和司机。微信上是小杨昨天给她发来的照片。小杨告诉她，昨天闻天启送她的那些东西都已经安排进新住处了。

程惠接过手机翻看着上面的照片：“这些都是你的吗？”

闻乐托着腮，道：“我还有点儿不敢相信。”

程惠把手机还给闻乐，突然凑到闻乐面前，道：“乐乐，你不会是得了什么妄想症吧？该不会‘一夜暴富’什么的都是你自己臆想出来的吧？”

闻乐看着程惠，思索了片刻后，认真地点了点头："也不是不可能。"

程惠哇哦一声，仍旧觉得难以置信："我还是觉得咱俩在做梦。你做的是暴富梦，我做的是抱你的大腿的梦。"

闻乐握着程惠的手，叹了口气。

她看到闻乐手上那一枚由钻石拼成的戒指，便端起来仔细打量："这枚钻石戒指又是从哪里来的？莫非这真的不是梦？"

闻乐抬手看了看，道："哦，这个是周考送我的。"

程惠道："什么？他为什么要送你戒指？"

闻乐看着戒指低头轻笑，有些不好意思地道："因为这其实是一枚情侣戒指。"

程惠道："他闲得没事干吗？为什么要送你情侣戒指？变态呀？"

闻乐看着程惠，无奈地道："情侣戴情侣戒指有什么问题吗？"

程惠翻个白眼："就是呀，你们又不是情侣，戴什么情侣戒指？"

闻乐静静地看着程惠。

"等等！我刚才说了什么？你又说了什么？"程惠脑子乱了，"情侣……情侣戒指，你和周考？"

程惠艰难地道："这个论题我怎么推理不出来呢？我完了，这太难了。"

闻乐惊讶地问道："我和周考在一起了，这件事有那么难以接受吗？"

"说实话，这比你暴富这件事更让我难以接受，"程惠木然地盯着闻乐，道，"你们两个是公认的最不可能找到对象的人哪！"

程惠站起身，捂着额头，晃晃悠悠地走到床边儿，歪身栽在了床上："乐乐有钱了，乐乐和周考在一起了。我肯定还没睡醒，你也应该没睡醒。你也去睡吧，等会儿醒来见。"

闻乐把程惠拽起来摇晃，道："我说真的。"

程惠摆手："好好好，真的。我睡一会儿。"

闻乐道："等我家装修好了，我请你去玩儿。"

程惠猛然坐起身，抱住闻乐。

闻乐道："我也需要缓缓，我一个人承受不来，你帮我分担分担。"

程惠道："我之前在一本杂志上看过一篇文章，说的是一个富翁因为家里有钱到孩子连鞋带儿都不会系，就决定骗孩子，说家里破产了，等孩子长大了，才告诉孩子自己是富翁这个真相。你们家不会也是这样吧？”

闻乐道：“我不知道。我家里的情况好像还不一样。”

程惠道：“天哪，这样的故事竟然发生在了我的身边。天哪！天哪！天哪！

“你还让不让人活了？连我都要羡慕了，你说其他人听了不得疯？

“本来你长得就好，还考上了全国顶尖的A大，还次次考试都全系第一，各种奖拿到手软，以收集各种证书、奖状为乐，家里条件也好！你还是独生女，家业的唯一继承人！你还拿下了很多女生的梦中情人周考。乐乐，我不活了！啊啊啊！

“这日子还怎么过！”

程惠简直要精神错乱了。

“小说都不敢这么写！”

程惠震惊了许久才慢慢平复，咸鱼一般地叹了口气：“好在你是我的朋友。我可以抱你的大腿吗？”

闻乐笑着跟她抱了抱。

程惠拍着闻乐的肩，叹道：“这戏剧一样的人生！

“不过说实话，其实周考和你还是挺配的，完全就是男版的你嘛。据说经常出现在新闻里的某个人物就是他爸。”

闻乐道：“现在说这些还早。”

程惠道：“今天你跟我说的这些要告诉宿舍里的其他人吗？”

闻乐道：“不了吧，先缓缓吧。我自己都还没完全接受。

“其实我早就怀疑了，但是一直没敢去多想，偏偏我爸爸真的不按常理出牌。”

程惠道：“其实我也觉得你家应该不像别人说得那么穷，但是我真的没想到你家能有钱到这种程度。”

正说着，宿舍门被推开了，两人便收住了话题。满青旋和包小凡打打闹闹着进来，见闻乐手上拿着一条运动短裤，道：“哇，乐乐，你终于开窍了，打算让你的美腿‘大白于天下’了！”

闻乐道：“我不是参加运动会要跑步吗？别的裤子施展不开，阻挡我发挥实力。”

包小凡道：“这下那些说乐乐腿粗的人要被打脸了。乐乐这美腿一出……啧啧，热帖预定。哈哈哈，想看他们被打脸。”

程惠突然想到什么，道：“乐乐的美腿图上了‘校园小广播’的热帖，你男朋友还不得吃醋？”

闻乐挑眉，心想：不会……吧？

第七章

秘密公开

闻乐戴着耳机在学校操场上跑步，耳机里的音乐突然被电话声打断——是周考的电话。

闻乐放慢脚步，直接顺着最里圈走到操场中央的草坪上。

说起来，从周日周考送她回来之后，两人也有两三天没见面了。周考最近似乎有些忙，两人只靠微信和电话联系。

闻乐看了看时间，见差不多是平日打电话的时间。电话接通，周考的声音传来：“喂。”

周考听到闻乐发出稍微粗重的呼吸声，问道：“你在干什么呢？”

闻乐平复着气息，道：“跑步呢。”

周考想起闻乐跟自己说过她报名参加了今年的运动会的事，便道：“你怎么今年报了项目，去年没参加吗？”

闻乐道：“我大一那年举牌子去了，就没参加。”

闻乐想起大一的事就不禁觉得好笑。当初学校分派了专门负责摄影的老师给每个学院的举牌选手都拍了照片，并放到网上发起“最美举牌选手”的投票活动。各学院纷纷为自己学院的举牌选手拉票。经管学院在人数上并不占绝对优势，只是当初好多别的学院的男生偷偷地把票投给了闻乐，闻乐最终以最高票数获胜。据说当时商学院的辅导员还为此事郁闷了好一阵。

闻乐故意嗔怪道："你都不知道吗？我当时还蛮火的。"

周考揉了揉额头，道："我当时有些忙，连运动会都没参加，又怎么能知道这些？"

说着周考的声音低了下来："不过如果当初我能参加运动会，也不会到大二才见到你……"

周考像是很低落的样子，他的心情似乎都因为这一遗憾而变得有些不好。

其实说不遗憾是不可能的，说到过去的事……

闻乐慢慢地在草坪上走了两步，然后坐在了草坪上。黑漆漆的操场上只有几盏灯光微弱的路灯，黑暗的环境容易让人放任一些隐秘的思绪发酵。闻乐在心中很隐秘的角落里藏着一个疑问，一直都没有问出来，但此刻，就着这漆黑的夜色，心中那些埋在记忆最深处的情绪似乎悄悄地冒出了头。

闻乐坐在草坪上，一手抱着膝盖，低声道："周考……"

周考轻轻嗯了一声，闻乐道："高一那年，我以为我们……"

闻乐终究没有说出口，只问道："你当初为什么不辞而别？"

闻乐的声音低低的，说到过去，她似乎还有些委屈。

夜晚的风带着一缕发丝轻轻拂过闻乐的脸颊。闻乐偏了偏头，迎着灯光她的眼神都显得有些黯淡。闻乐的手下意识地揪着草坪上的假草，将它在指尖一圈圈地轻绕。

周考闻言，呼吸一顿。在闻乐看不到的电话的另一端，他感到有些难堪，还有些悔恨和遗憾之意。

周考说不出口，突然觉得即使那是自己年少轻狂时犯的错，也不该就这样轻易地被原谅。闻乐却如他所愿地没有怎么刁难他，就再次给予了他这个机会。

他是感激的，又是难过的。

闻乐是个心软的好女孩儿，他浪费过一次机会，所以对自己当初犯过的傻依旧耿耿于怀。想起错失的那三年，周考的心中并不好受。

周考没有出声。真实的原因既蠢又荒诞，他说不出口。

闻乐没有追问，就像是隔着手机感受到了周考难过的情绪一样。她没有谴责和愤怒，只是柔和地问道："周考，你后悔过吗？"

过了一会儿，周考轻轻点了点头，意识到闻乐看不到后，又用沙哑的声音应了一声。

闻乐道："所以你要知道再一再二不再三。

"所以你要好好记得，是什么让你和我错过了三年。

"如果你再犯，你就是个大傻子，你就是个不值得给下一次机会，不值得被原谅的大傻子。"

闻乐看似在说着赌气的话，实则这表现在周考看来温柔又可爱。闻乐像是一阵轻柔的风拂过周考的胸口，周考的心里突然好受了些。

周考的声音很低，他艰难地道："所以你能原谅我吗？"

闻乐的声音清脆果断："不原谅。

"我要把这根刺插在你心上，你以后若是再犯错，我就戳一戳它，让你疼一疼。

"如果我以后戳这根刺的时候你不疼了，我就知道，你可能已经不喜欢我了。

"然后，我可能就会做当初你对我做过的事情——不辞而别。"

周考闻言，心中猛然一疼，仿佛感觉到自己的心口上真的插了一根刺。

"不会有那么一天的，它会一直疼的，"周考柔声道，"闻乐，别离开我。"

闻乐嘴角轻勾，道："那你乖不乖？"

周考像是个不再骄傲的低头耷脑的小狗，乖得不行："乖。"

闻乐得意地笑出来，笑得开怀，笑得埋藏在心中的最深处的一点儿怨气尽数消散。

"闻乐……"周考温柔地唤着她的名字。

"嗯？"

周考道："我真的好爱你。"

闻乐的心中一甜，嘴角上扬："热恋期的爱，并不具备那么高的可信度。"

他头疼地扶额道："闻乐，你非得在这种时候那么理智吗？"

闻乐理直气壮："那有什么办法，谁叫我是理科生！"

周考失魂落魄地叹了口气。

闻乐心想：我不会打击得太狠了吧？

她正想着，就听他喃喃地道："我被你吃得死死的……我似乎已经预见了之后既无地位，又无话语权的惨淡日子……"

闻乐听了这话，竟然脑补出一幅周考穿着围裙卑微地跪在地上擦地，而她抱着宠物坐在沙发上一边儿吃着被周考去皮切丁的水果，一边儿优哉游哉地看电视的画面。

闻乐扑哧一声笑了出来，但是随即意识到自己是在想一些乱七八糟的东西，便立刻摇摇头轻咳一声，一本正经地道："以不以后的，看你表现咯。"

周考轻叹一口气，转而说起别的事："你哪天比赛？我去看你。"

闻乐道："周五。"

运动会开两天，分别是周四、周五。周四这天主要是大一的项目，大二的项目基本上安排在周五。

周考笑了笑，柔声道："好，知道了。那你周四有安排吗？"

闻乐想了想，摇摇头，道："没有。周四因为开运动会停课了，但是没有我要参加的项目，所以我暂时没有安排。"

周考道："那既然这样，你明天来陪我吧。"

"去哪儿？干吗？你也不用忙运动会的事吗？"

周考点点头："嗯。明天就是周四了吧？我明天要在公司开会。你还没来过我公司吧？"

说到周考的公司，她还真的有点儿好奇："没有。"

周考道："明天来陪我吧，我开车去接你。几天没见，想你了。"

闻乐有些心动，欣然点头："好。"

两人约定了时间，又聊了一会儿，闻乐才回了宿舍。她身上的汗都已经被风吹干了。

闻乐回到宿舍的时候，艾飞都已经回来了。程惠道："乐乐，你今天怎么这么晚回来？"

闻乐只道："我今天出去得也晚。"

程惠道："也是。"

程惠看了闻乐腿上的黑色运动裤一眼，笑道："怎么不穿你的运动短裤哇？”

闻乐道：“晚上操场蚊子多。”

程惠道：“11月了还有蚊子？”

闻乐朝程惠吐了吐舌头。

满青旋从床上探下头来道：“明天周四没课，你们什么安排？我们出去玩吧。”

程惠翻了个身，道：“也行。”

闻乐想起自己与周考的约定，有些不好意思地道：“我明天有事。”

包小凡也举手道：“我……我明天也要回家吃饭。”

满青旋哈哈两声：“你明天是要回家吃饭，还是要约帅弟弟？”

包小凡朝满青旋龇牙：“回家。”

满青旋跟程惠商量着出去玩，闻乐则进了浴室洗澡。

闻乐洗完澡吹干头发爬上床后，感觉手机振动了一下。她拿起来一看，见是程惠发来了信息。

人间显微镜：“明天你要跟周考出去约会？”“人间显微镜”是闻乐给程惠改的备注。

WL：“嗯哼。”

人间显微镜：“啧啧啧。”

闻乐似乎想起什么，下床找出周考送她的那条长裙。

她准备明天穿这身。

一大早，闻乐就被宿舍楼外的一阵喧哗声吵醒。

女生宿舍楼离学校的大操场很近，要去参加运动会的学生都要经过女生宿舍楼。运动会是令学生们激动的事，大一新生更是活力十足，因此一大早就叽叽喳喳的，像是一只只麻雀在闹。

运动会第一天的主角是大一新生。大二的学生虽然停课了，却不需要去运动场。

307宿舍被吵醒的人不止闻乐一个。被扰清梦是一件令人恼火的事情，不知是谁发出烦躁的声音，接着传来了有人翻身时床铺的嘎吱声。

闻乐被吵醒后就没睡着，她在床上玩了一会儿手机后，就轻手轻脚地下床洗漱。

闻乐和周考约在早上八点半。她悄悄洗漱完，换好衣服，用一件纯白的棉麻圆领衬衫配周考送给她的红裙，又穿了白色堆堆袜和圆头小皮鞋，显得乖巧又妩媚，清纯又明艳。

闻乐化了淡妆，卷好头发，吃了一片吐司，喝了一小瓶酸奶后，发现离和周考约定的时间还差半个小时，就坐在书桌前玩手机。然后，闻乐收到了闻天启发的微信信息。

“你爷爷说你前两天打电话问那两把钥匙的事了。

“看来你终于想通了。

“我让小杨把两处房产的地址告诉你。

“有空你可以去看看。”

接着闻乐就接到了小杨发来的信息。闻乐只随便瞥了一眼，就将信息存进了备忘录。

程惠不知道什么时候醒了过来。她拿着一盒口香糖坐到闻乐身边，看看闻乐手上的戒指，又看看闻乐的红色裙子，别有意味地笑了笑，做了个口型：约会？

闻乐不好意思地点点头。

程惠往闻乐手心里倒了两粒口香糖，又别有意味地笑了笑。

闻乐瞬间明白了什么，红着脸把口香糖塞进了嘴里。

程惠坏笑着把一整盒口香糖塞进了闻乐的包里，然后拍了拍她的包，暗示意味十足。

她的脸又红了。

八点左右，程惠去洗漱间洗漱。可她刚进去没多久就出来了，样子还有些兴奋。她拉着闻乐一起进了洗漱间。

闻乐一头雾水，小声问她：“怎么了？”

程惠把闻乐拉到窗户前，指了指窗外，道：“那是谁？”

闻乐看了一眼就认出了周考的身影。她的耳朵尖儿一红，她轻咳一声，道：“我走了。”

程惠揶揄道：“啧啧，不是约的八点半吗？这么迫不及待？”

闻乐乜了程惠一眼：“不说了，他都来了。我走了。”

闻乐拿着包，轻手轻脚地走出宿舍。

闻乐下来时，周考正靠在车门上看手机。闻乐走过去，拍了周考一下。周考这才反应过来，抬头看向闻乐的眼中闪过一抹被惊艳之色。他特意将视线从闻乐的红裙上扫过，脸上露出一抹微笑，对闻乐道："很适合你。"

闻乐笑了笑，有些俏皮又有些得意的样子。

周考看着闻乐笑，他的喉头上下滚动，恨不得立刻吻她。

他连忙移开视线，走到副驾驶的位置给闻乐打开车门，做了个"请"的手势："这位小姐……"

闻乐笑着坐上副驾驶，抬头望向周考时，视线不经意扫过三楼307宿舍的窗口，却见程惠趴在窗户边上偷看，那架势就差探出身子了。

闻乐的嘴角一抽，她拿出手机给程惠发了两条信息："好看吗?

"悠着点儿，别掉下来。"

周考上车，刚关上车门就揽过闻乐亲了一会儿。他的呼吸粗重，声音也有些沙哑："我好想你。"

闻乐被周考亲得腰都有些发软，便笑着推开周考。周考还要凑上前来，被闻乐伸手捂住了嘴巴。周考望着闻乐，眼中满是欲求不满之意。

闻乐推开周考道："你好烦，我的口红又被你吃了。"

周考闻言，轻笑一声，拉着闻乐的手亲了亲，又凑到闻乐面前，道："我嘴上有口红吗？要是被公司的人看到……"

闻乐闻言，脸一红，推开周考的脸，拿出纸巾给周考擦了擦。还好今天她涂的是滋润型的粉色唇膏，颜色浅又方便擦掉。

闻乐从包中拿出唇膏在嘴巴上补了个色，又掰过周考的脸看了看，确定周考的脸上没有唇膏的痕迹。

周考的视线全程粘在闻乐的身上，他的眼中像是有星光。闻乐被周考看得脸红了一下，心中又甜得很，于是不好意思地低了低头。突然她的手机振动了一下——是程惠发来的信息。

人间显微镜："嘿嘿，被发现了。你们怎么还不开车走？你们是不是在亲亲？"

闻乐有些不好意思，发了个表情包过去。

周考见她低头发信息，不由得挑眉："今天有事？"

闻乐道："没有，是我的舍友在偷看。"

他闻言，往女生宿舍楼上看了一眼，果然看到三楼有一个女生扒在窗户上。

周考轻笑一声，发动车子，道："我下次是不是应该请你的舍友吃个饭？据说这是约定俗成的规矩。"

闻乐道："等等吧，我还没全部告诉她们。"

周考正要说什么，就听闻乐先发制人地道："你说了吗？"

"最近没回宿舍，不过早晚要说的。"

周考驱车来到中央商务区的一座大厦的地下停车场。准备停车时，周考问闻乐："你饿不饿？早上吃饭了吗？"

她道："不饿，我今天起得早，吃了些。"

周考道："嗯？"

她解释道："今天学校开运动会，外面很吵。"

周考不知道想到了什么，道："我也想看你举牌子的照片。"

她道："我没有，你去'校园小广播'上翻吧。"

周考道："那我势必要把这个应用程序翻个底朝天了。"

说话间周考已经停好车，两人随后从车上下来。

正是上班时间，闻乐见别的从车上下来的人皆是西装革履或者是一身白衬衫高跟鞋，一副精英白领的打扮。

闻乐道："失策了。"

他道："怎么？"

"早知道要来中央商务区，我该穿高跟鞋的。我这身打扮在一群穿高跟鞋和西裤的白领中不伦不类的。"

周考上前揽着闻乐的肩，道："他们是来上班的，你是来约会的，怎么能一样？"

周考的公司占据了这栋大厦的十六、十七楼两层。这公司最初是周考的外公让周考接手的一家科技公司，后来收购了一家以美妆和服饰起家的小型购物平台，之后这两家公司合并，以原本的市场为导向，新做了一个笔记分享平台的项目。

最近公司的发展到了瓶颈期，虽然这个笔记分享平台目前因为其新颖的模式有着一定的关注度，可这势头一旦过去，再按照原先的路线发展，做不到突破和转型，就会损失大批用户，最终会被日益多元化的竞争对手和市场所淘汰。

周考在路上和闻乐说了些公司发展的问题。闻乐是经管学院的，市场和管理她多多少少也学了一些，因此也能跟周考聊上两句。说实话，闻乐对这些东西还挺感兴趣的。

这个项目虽然最初是由周考发起的，但是实际的运作还是靠公司的人才。

周考道："与其说是我带着他们做项目，不如说我是在做这个项目的过程中学习。"

公司聘请的各种专业人才足够支撑这个项目的运转，而作为公司最大的股东，周考更多的作用是发起这个项目。

公司里的人都是周考的妈妈黎华的心腹带着周考一个一个挖过来的。用优厚的薪资、先进的理念以及长远的规划将一群人才聚集在身边，然后发起一个项目，为这个项目而努力，这样的过程也是相当奇妙的，而且因为公司里大部分都是年轻人，这让周考有着一种热血感。

闻乐听着周考的话，竟然有些向往。

两人说话间已经等到了电梯，周考护着闻乐走进电梯里侧。随着电梯上升，越来越多的人上了电梯，那些人进来的那一瞬间就注意到了电梯角落里的周考和闻乐。

周考来过很多次，这栋大厦里的人基本上都知道十七楼那个科技公司里有个小帅哥，看上去很年轻，颜值高，身材更是堪比国际男模。

当电梯里的人看到周考身边站着一个漂亮的小姑娘时，先是眼前一亮——这个小姑娘也太好看了吧！是新出道的明星，还是艺术学院在读生？然后他们随即感叹：原来小帅哥已经有女朋友了呀。

不出两个小时，差不多整栋楼里的人都得知，十七楼的小帅哥年纪轻轻却已经交了一个十分漂亮的女朋友。

周考和闻乐在十七楼出了电梯，刚走到前台，前台的姑娘就站起身，道："周总好。"

周考牵着闻乐的手走过去，点了点头。

她在大庭广众之下被周考牵着手，她的脸有些红。

前台姑娘看到闻乐，一双眼睁得老大。她紧紧地盯着闻乐，紧接着递了个袋子给周考，讷讷地道："周总，您的外卖。"

还不到九点，公司的人还没来齐，此时看到闻乐的员工并不多。

周考拎着袋子牵着闻乐进了办公室。

闻乐接过周考递过来的外卖，还没打开，先看到了外卖单子上的地址，只觉得这栋楼的地址有点儿眼熟："这栋楼……"

周考道："怎么了？"

她道："就觉得这个地址有点儿眼熟。"

"据说是闻……闻家的房产。"周考说着像是想到什么似的，突然转头看向闻乐，一挑眉毛。无数个画面从他的脑海中闪过，他想起来他到底在哪儿见过闻乐的那个手镯了。上次黎华去港城拍卖会，因为没拍到一个手镯很遗憾地念叨了好几遍，让他对那个手镯有了印象，而那个手镯竟然在闻乐手上……

还有前几天闻乐从他的住处离开之后，黎华就一直打电话给他，跟他说些让人摸不着头脑的话："爸爸妈妈就你一个儿子，你可要争气些，给我们领个女孩儿回来。入赘什么的爸爸妈妈是绝对不会同意的……"

周考当时还觉得有些奇怪，自己怎么会和"入赘"两个字儿扯上关系？他怀疑妈妈是不是又看了什么电视剧，自我代入到不能自拔了。可是现在，他突然想到一种可能——闻家在只有一个继承人的情况下要求男方入赘，似乎也不是不可能……

周考想到父母的担忧，不由得神色复杂地看向闻乐。

闻乐道："怎么了？"

他道："我能问一下岳……伯父的名讳吗？"

闻乐有些奇怪，但又觉得没什么好隐瞒的，便道："闻天启。"

他嘴角一抽。好了，原来他妈妈的担忧不是毫无根据的。

那么问题来了，如果闻家真的提出入赘这个要求，并坚持的话……他好像拒绝不了啊。

闻乐拆开外卖包装，袋子里是周考上次给她买过的点心。点心点了好几样，但奶茶只有一杯，闻乐不由得看了周考一眼。

周考领会，道："这是给你准备的零食。一会儿人来齐了我要去开会，你在这儿等我？"

闻乐笑道："你把我当小孩儿哄啊？"

周考摸了摸闻乐的头。

闻乐侧身躲开，娇嗔地看了周考一眼，警告道：“别弄乱我的发型。”

周考低笑两声，坐到闻乐身边，眼神缠缠绵绵、黏黏糊糊，看得人脸红心跳，似乎连空气都黏腻了几分。

闻乐在周考的办公室是真的不好意思，生怕下一刻周考就亲上来，连忙低头装作对点心感兴趣的样子摆弄起点心来，这一翻看便发现了自己喜欢的草莓大福。

闻乐当即把周考黏糊糊的视线抛到脑后，从精美的包装盒中取出一个单独包装的大福。她撕开包装咬了一口大福，甜而不腻、浓郁绵密的口感让她幸福得眯了眯眼。

周考见闻乐这副可爱的模样更是心猿意马，就凑过来作势要吻闻乐。

闻乐吓了一跳，这可是在办公室。她一慌，就将手上咬了一口的草莓大福直接塞进了周考的嘴里。

周考愣了一下，眼中闪过笑意，视线还粘在闻乐的身上，慢慢地将那半个草莓大福吞咽下肚。

闻乐想起那是自己吃过的草莓大福，耳尖不由得一红，却故作镇定地轻咳一声，不去看周考，随手拿过一旁的奶茶就吸了几口。

周考只是逗闻乐，陪着闻乐坐了一会儿，又说了一会儿话。

闻乐见周考办公室的书桌上摊着一本讲经济学的书，不由得拿过来翻看了几页，又放回去，道：“我见你上次也在图书馆借有关经济学的书，你修了‘二专’（第二专业）吗？”

周考道：“我一开始的确动过这个念头，但如果学了‘二专’，学业压力就会增加。我没那么多时间，还不如跟着公司的前辈学，其实在实践中学这些，效果反倒更好。”

闻乐点点头：“也是。”

正说着，外面有人敲门，然后一个穿白衬衫的男人推门进来：“周总……”

那人看到闻乐和闻乐面前放着的奶茶和甜点，不由得怔了一下，他将视线扫过闻乐的脸时，眼中露出了惊诧之色。但这人显然性子比较稳重，只片刻就恢复过来，道：“周总，十分钟后开会。”

周考点点头，道：“知道了。”

男人关上门出去，只是离开之前又偷偷往闻乐身上瞥了一眼，并不只是出于对闻乐身份的好奇，更是因为闻乐是个不可多得的美人。

秘书关上门愣愣地走出去，市场部的一个男同事见秘书迷迷瞪瞪的模样，不由得拍了他一下：“想什么呢？”

秘书反应过来，微微张大嘴，下意识地回头看了一眼，却只看到已经关上的办公室的门。

秘书摇摇头：“没什么，我去准备开会了。”

说完他就离开了。

男同事莫名其妙地看了秘书一眼，又看了周考的办公室一眼，心道：难不成他被老板骂了？男同事想不明白，挠挠头，转而乘电梯去了十六楼。

周考给闻乐拉开办公椅，让闻乐坐下，道：“我看你带了笔记本电脑，你要是用电脑的话坐这里比较舒服。我去开个会，一会儿就回来。

“他们知道我在开会一般不会进来，要是有人进来了你也不用理会。”

闻乐点点头：“好，我知道了，你去吧。”

周考低头在闻乐的脸颊上亲了一下。闻乐连忙推开周考，捂着脸瞪他：“哎呀，我脸上有粉底呀，你怎么这么黏糊！”

周考闻言，笑得不行。

她把周考的脑袋拉过来，双手捧着周考的脸，道：“我看看你嘴上有没有沾上粉底……”

闻乐一边儿凑上去，一边儿嘀嘀咕咕：“我可丢不起这个人……”

他的心都要化了，他看着闻乐的眼中全是星星。

周考正陶醉着，还想再亲闻乐一口，却被闻乐一巴掌推开：“快走，我烦你。”他心想：这扎心的感觉……

过了一个小时左右，周考办公室的门忽然被大力推开了，一个穿白T恤的娃娃脸男生探头进来，他的脸上笑容灿烂：“周总……”

“娃娃脸”的视线一下子就扫到了坐在办公桌前的闻乐，他那一双圆溜溜的眼睛瞬间瞪大，眼中先后闪过被惊艳、震惊、怀疑等神色，然后在闻乐看过来的时候，他对闻乐说了声不好意思，就退出去看了门牌一眼。确认自己没有走错后，他的眼中闪过疑惑的神色。

没走错呀，“娃娃脸”想着，又试探地把头探了进去。

闻乐觉得这“娃娃脸”还挺好玩儿，正要提醒他说周考去开会了，就听到门外传来一声熟悉的声音："在这里。"

那是周考的声音。

"娃娃脸"又把头缩了回去，但似乎因为震惊一时没反应过来，就没有关门。闻乐隐隐约约能听到办公室外的谈话声。

那"娃娃脸"的声音里充满了震惊之意："我的天！老板，你办公室里有个大美人儿？"

周考悠悠地道："我女朋友。"

闻乐闻言，脸上一热，连忙摇摇头把注意力重新放回电脑屏幕上。没一会儿，周考进来了，跟闻乐说有点儿事还要一会儿，二十分钟左右。

闻乐点点头。她其实无所谓，自己一个人在这间办公室写作业还清净，跟在图书馆和自习室没什么区别。

周考离开后没一会儿，门又被敲响了。闻乐打字的手指顿了顿，然后她说了声"请进"。

这次进来的是个留着齐肩短发的女生，看模样大概也比闻乐大不了几岁。闻乐猜这女生大概是刚毕业没多久。女生端着一个托盘进来，上面是一次性纸杯装着的果汁、水、咖啡等几种饮料，她笑着道："喝点儿东西吧，你要咖啡吗？"

闻乐笑着站起身，道："谢谢，给我水就好。"

女生放下水，其间偷偷摸摸地看了闻乐好几眼，没多说什么，就笑着退了出去。

一开始闻乐还以为是周考怕她喝奶茶吃点心太腻，特地吩咐别人给她准备的。直到后面收到了一堆水果、零食之后，闻乐才明白，大概是那个"娃娃脸"说了什么，估计现在整个公司的人都好奇周考的女朋友是什么样子的。

闻乐不好意思地把脸埋进手心，脸红成了一片。虽然……但是就是很不好意思……

二十分钟后周考回来了，他看到桌子上的一堆零食、水果、瓶装饮料，无奈地说："抱歉，我忘记了俞方是个大嘴巴。"

闻乐猜想俞方大概就是那个"娃娃脸"。

闻乐刚想说"没事，他们都好热情"，就听周考道："不过你就当提前适应好了，等学校里的人知道我们在一起了，估计我们在学校见面都会被围观。”

闻乐的话被堵在了嘴里，上不来下不去的，她只得郁闷地瞪了周考一眼。

周考轻笑一声，走到闻乐身后，弯腰把下巴放在办公椅那高大的椅背上，柔声安慰道：“其实他们就是好奇心重了点儿。因为现在全公司的人都知道周总的女朋友是个脾气很好的大美人儿，就按捺不住了想来看看。”

闻乐被周考夸得有些不好意思，也不瞪他了，转而看向自己的电脑屏幕，并挥了挥手示意：跪安吧，哀家正忙。

周考轻笑一声，不肯走，还在一边骚扰她：“在写什么呢？”

闻乐道：“微观经济学作业。”

闻乐想到自己现在霸占了周考的桌子，他也没地方去，便道：“你要用桌子吗？我给你腾地方。”

周考按住闻乐的肩：“不用，你坐这儿吧，我想你陪着我。”

闻乐笑了笑：“好。”

周考搬来一把椅子坐在闻乐身边，他用台式机，闻乐坐在周考的办公椅上用自己的笔记本电脑看文献。

荀菲是十九楼的一个游戏公司的女程序员，喜欢待在家里，不爱运动，热爱追剧、看帅哥。荀菲每来到一个环境，都会迅速把周遭的所有帅哥的底细摸清。而早在几个月前，荀菲就发现了十七楼的科技公司有一个颜值高，身材堪比国际男模的帅哥。

只是很难在电梯里偶遇这个帅哥，也不知道他在什么时间上班，荀菲总共也不过在电梯里偶遇过这帅哥两次。她对这个帅哥充满了好奇。

巧的是，荀菲最近在二楼食堂认识了一个在十七楼上班的姑娘叫钱思嘉。两个人能认识还是因为她们的手机屏保都是苏天宇——一个小明星。两人都是苏天宇的粉丝，于是一来二去地渐渐熟悉了起来。人与人熟悉之后，一些原本不方便打听的东西也就方便打听了。

今天荀菲看群里说十七楼那个帅哥领了一个小美人来公司，似乎是交了女朋友的样子。

在茶水间聊天的时候有人就说到了这事，一个和荀菲关系很好的同事问荀菲："你不是在十七楼认识了个姐们儿吗？中午吃饭的时候跟她打听打听。"

荀菲也正有此意，一听就点了点头。于是中午荀菲就约了钱思嘉吃饭，聊天时不经意地谈起这事。

荀菲道："你们公司是不是有个帅哥？看上去挺年轻的，超级帅，那身材简直了！啊啊啊……我第一次在电梯里见他的时候，还以为他是你们公司从哪儿挖来的小男模呢。我关注他好久了！"

钱思嘉闻言，一口水呛在了嗓子里，就开始猛咳。

荀菲连忙给她拍拍背："咋啦？"

钱思嘉抽了张纸巾擦擦嘴，缓了缓，又摆摆手，喝了口水压了压惊，深呼一口气后，这才道："你说的那个帅哥是不是特别年轻又很高的那个？"

荀菲双眼放光，期待地看向钱思嘉，连连点头，接着又用很小的声音道："说实话，我觉得他比阿宇还帅……但是我还是最爱阿宇。"

钱思嘉摆摆手，一脸惋惜，道："别想了，那是我们老板。"

荀菲震惊地道："什么？他不是普通员工吗？可是他明明那么年轻……"

钱思嘉轻笑一声道："家庭条件好呗。"

荀菲仍旧不可置信："可是我同事明明看到过他从车库出来呀，他开着一辆很普通的车……"

钱思嘉翻了个白眼："天真。"

"这大概就是低调吧，虽然他平时开着普通的车，但是他的车库里可能有好几辆跑车在落灰。"

荀菲张着嘴，下巴似乎都要掉下来了。

钱思嘉又叹了口气，道："我们老板哪，咱羡慕不来的。他今年二十岁，在A大上大二，是我们公司最大的股东。据说这公司是他外公在他考上A大那年送给他的礼物。"

"他还是A大大二的学生？"荀菲震惊到无以复加，惊叹道，"我的天，长得这么帅，家庭条件这么好，学习还这么好！原来偶像剧里的男主角是真实存在的？我原本以为那个小帅哥只是你们公司的一个实习生……"

钱思嘉啧啧两声："那分明是我们的大老板，人家可有实力了，啧啧。”

荀菲又问：“那……他的那个小女朋友呢？据说她长得超好看。”

钱思嘉闻言，更是连连叹气，摆摆手道：“我这辈子都不会再见到那么好看的人了，真的就像是画里的人一样，估计很多女明星在现实生活中都未必比得过她。不知道人家怎么长的。”

荀菲道：“谁问你这个了？他们是那种商业联姻吗？”

钱思嘉道：“不知道啊，这哪儿看得出来？她长得那么好看，可能是隔壁电影学院的吧，就在A大隔壁。”

荀菲叹了一口气道：“唉，生了那样一张脸，她肯定是要嫁入各方面条件都好的人家的。羡慕了。”

中午周考带闻乐到公司附近的餐厅吃了饭，那里不乏同一栋楼上班的白领，两人一出现就吸引了不少视线。

帅哥和美女走到哪里都是焦点。

两人吃完饭回到公司，周考下午没有会议，只需要在办公室看几份文件。偶尔会有人进来要求周考签字，不过这样的文件很少，因为周考目前只是一个学生，还不足以独立做主，所以大部分文件还是要由副总做主，周考只需要在少量文件上签名。

也偶尔有年轻的组长进来与周考聊项目，有时候是争取周考的意见，有时候只是单纯地想找周考说说自己的想法。

周考是一个不怎么管事，却十分开明、温和的小领导。闻乐也看得出来周考与这群年轻人的关系很好。

周考并不是简单地听对方说，然后随随便便附和。他会很认真地听并且思考，有时候会虚心请教对方，有时候也会精准地提出意见。因此虽然周考只是一个没有毕业的大学生，但是他也并没有受到轻视。

或许这也与周考的家庭环境有关。周考受到家庭的影响，对于处理人际关系，特别是领导与下属之间的关系游刃有余。

闻乐虽然看似在边上看电脑，但实际上她的一双耳朵早就竖起来听着周考与那些员工侃侃而谈。

闻乐以为自己伪装得很好，但是她不知道她那越发上扬的嘴角和弯成月牙状的眼中的星星早就出卖了她。

周考虽然与员工说着话，但是偶尔还是忍不住往闻乐身上瞟。看到闻乐的模样，周考只觉得心中又甜又软。

员工和周考聊完，便赶紧离开周考的办公室。

这对情侣自以为掩饰得很好，实则外人对他们的眉目传情一目了然。这真的让那些单身人士受够了。

那员工从周考的办公室出去后，站在门口抖了抖，又揉了揉胳膊上的鸡皮疙瘩。

此时那个给闻乐送水的齐肩短发女生正好经过，看到他揉鸡皮疙瘩的一幕，狡黠地挤了挤眼，笑着走开了。看她那眼神，她似乎是明白了什么。

周考送走员工，走到闻乐身边，道："无不无聊，要不我带你参观一下公司？"

闻乐其实还挺好奇的，但是想了想，还是摇了摇头。

她第一次来这里，别人都在工作，她一个外来人员跟着周考参观，这成什么样子？

周考知道闻乐是有些不好意思，也没再说，看了看时间，便道："作业写完了吗？"

闻乐道："快了。作业不急，下周交。"

周考道："那我们去看电影吧。"

闻乐有些意外，看了看周考桌子上的一沓资料，问："你不看了吗？"

周考道："看得差不多了。难得我们都有时间，不能浪费。"

周考说着就上来拉闻乐的手，把闻乐拉起来，笑道："走吧。"

闻乐笑着合上笔记本电脑，顺着周考拉她的力道站起身。

闻乐收拾好东西，跟着周考走出办公室。

秘书见周考走出来了，立刻站起身，视线扫过闻乐背着的包，便问道："周总，您要出去？"

周考点点头："文件我已经看完签好了，在办公室里，你一会儿拿走就行。"

秘书点点头："您下班了？"

周考点点头："有急事你给我打电话。"

其实两人都心知肚明，公司又能有什么急事需要给周考这个不太管事的周总打电话呢?

周考和闻乐出了公司，在电梯间等电梯。左右两个电梯几乎同时到达十七楼，只是一个上一个下，周考揽着闻乐的肩走进了右边儿的电梯。

而这时左边儿的电梯门也打开了，几个人从电梯里走了出来，其中一个三十岁左右的西装革履的男子突然站住转过身。透过右边儿即将关合的电梯门，他似乎看到了什么，他的眉毛微微挑起。然而电梯里那对正对望着说话的小情侣并没有注意到这道视线。

电梯门关合，彻底阻隔了这个男人的视线。

“陆总。”

男人回神，点点头。这个男人就是周考的科技公司目前的主要管理者，黎华派给周考的心腹——陆博瀚。

陆博瀚抬腿向公司走去，正遇到从周考办公室里拿了文件出来的秘书。

周考的秘书看见陆博瀚，便道：“陆总。”

陆博瀚点点头，只是脚步顿了顿，问道：“周总刚刚离开？”

秘书一愣，点了点头：“刚走。”

陆博瀚想起自己刚刚看到的周考和那个女孩儿亲昵的姿态，不由得又挑了挑眉，眼中含笑，道：“他带了人来？”

秘书点了点头，想到基本上全公司的人都知道了，也没有必要隐瞒陆博瀚，就直说了：“周总说，是女朋友。”

陆博瀚和周考的关系亦师亦友，两人的感情相当不错。听闻这话陆博瀚轻笑了一下，心想：这小子开窍挺快，这么快就“拐”到了女朋友，竟然还大张旗鼓地带到办公室来了。

陆博瀚抬腕看了看时间，心道：他这个时间下班，看来是去约会了。

下午六点吃完饭，周考便早早地把闻乐送到了宿舍楼下。临下车前，周考又拉着闻乐亲了一会儿。热恋期的情侣总是黏黏腻腻、难舍难分。

周考放开闻乐，将闻乐额前的一缕碎发别回耳后，又亲了亲闻乐的额头，道：“明天你要比赛，晚上早点儿休息。”

闻乐点点头。

周考道：“我明天去看你比赛，别紧张。”

闻乐笑道：“我怎么会紧张？我高中时可是每年运动会都拿奖的。”

周考道：“看来你搜集的证书、奖状已经囊括了各个领域。”

闻乐道：“怎么，不行？”

周考道：“我就爱死了你这劲。”

闻乐朝周考的胸口捶了一下：“‘油腻’。”

周考拉着闻乐挥过来的手又亲了一下，这才肯放闻乐下车。

闻乐下车后在宿舍楼门口遇到了下楼买饭的程惠。程惠还纳闷：“你怎么这么早就回来了？”

闻乐道：“早吗？”

程惠道：“不早吗？上次你说去见你爸那会儿，回来得多晚哪。”

程惠说的正是周考生病，闻乐在周考家照顾他那晚。想起这个，闻乐不由得脸一红，道：“我那天真的去见我爸了！”

程惠莫名其妙地看了闻乐一眼：“谁说你没去见你爸了？心虚什么？莫非……哦，原来你那天晚上是去见周考了？其实你不说我还不知道。”

闻乐后悔得想给自己一巴掌。为了防止程惠继续问，继续发现什么不得了的东西，闻乐连忙转移话题：“你们怎么没出去玩？”

程惠道：“我们都起不来床，在床上躺了一天。”

闻乐道：“宿舍里还有谁？”

程惠道：“就我和满青旋。包小凡回家蹭饭了，还有那两个你知道的。”

说话间两人进了宿舍。

见满青旋瘫在床上玩手机，闻乐道：“你吃饭了？”

满青旋翻了个身，继续盯着手机：“减肥。”

程惠放下盒饭，打开视频，看了瘫在床上发出嘿嘿的笑声的包小凡一眼：“你不会还在刷‘校园小广播’吧？”

满青旋笑道：“这批‘弟弟’相当可以呀。”

程惠道：“我怎么没见着个帅的？”

满青旋道：“你的要求不能太高，想要周考那样的，当然是没有了，但是这批‘弟弟’的平均水准还是比往年的高一点儿的。”

满青旋划拉了两下屏幕，道：“乐乐，你去年举牌的帖子又被翻出来了。”

“啧啧，啧啧，没有对比就没有伤害。网上都在说，看过你当年举牌的风采，后面的妹妹就再也没有让他们有看下去的欲望了。”程惠装模作样地道，“哎呀，人家也想被万众瞩目……”

闻乐朝程惠扔了个抱枕：“请你速速拿去。”

说到这个，程惠突然想起了什么，道：“快，拿出你明天的战袍，让我先看一看。”

闻乐看了她一眼：“朋友，能不能好好说话？”

程惠道：“哈哈哈，你明天穿着这条短裤一登场，你的美腿图就会上‘校园小广播’，你就又要被万众瞩目了。”

因为程惠的这番话，闻乐晚上给周考打电话的时候还觉得有些心虚。可惜周考没能预见自己即将面对的是什么。

虽然只有闻乐要去参加比赛，可是第二天一大早，整个宿舍的人都早早醒了。宿舍目前有五个人，艾飞是要去图书馆自习，剩下的几个人则是为了去操场给闻乐加油。

几个人都兴致勃勃的，可闻乐出门前非要穿上一件长度到膝盖以下的防晒衣。任程惠怎么扒拉，闻乐都不肯脱掉那件防晒衣。

程惠无奈：“你不热吗？”

闻乐攥着防晒衣的衣领：“我冷。”

程惠道：“冷个……”

闻乐凑到程惠的耳边小声说：“周考要来看我比赛。”

程惠道：“看就看呗。”

闻乐道：“万一他真吃醋怎么办？我觉得他兴致勃勃地来看我比赛，然后看得满肚子醋，不太好。”

程惠道：“这有什么，他吃醋了你就吻他，他还吃醋你就再吻，准能把他亲得服服帖帖的。”

程惠说着还受不了地抖了抖自己的胳膊：“受不了你们这些腻歪的情侣。”然后，她发出了嫌弃的声音。

“闻乐！”班长喊了闻乐一声，朝闻乐招了招手。

闻乐见班长叫她，连忙走过去，只听班长道：“你准备一下吧，再过一会儿就到你了。”

闻乐点点头。

程惠走过来问班长："到闻乐了吗？"

班长点点头。

程惠对闻乐道："走，我跟你一块儿下去。"

可走到一半，程惠突然想起了什么，道："等一下。"

过了一会儿，程惠拿着瓶矿泉水跑了回来。

闻乐感动得上去抱了程惠一下："宿舍长，爱你哟！"

程惠一副嫌弃得不行的样子，把她推开了。

闻乐是学校里的大名人，一路走到跑道内的区域时，周围不少人的视线悄悄跟着她。

场上的其他选手也看到了闻乐。闻乐扎着高马尾，露出整张脸，更显其五官之精致。而众人见到了真人方知，原来闻乐相对来说并不上相，那些静态的图片，根本表现不出闻乐的气韵与灵秀。

这些人打量闻乐时，视线难免扫过闻乐那一身长过膝盖的白色防晒衣，和只露出半截的雪白纤细的小腿和脚腕子。有着这样白皙纤细的半截小腿和脚腕子的人，应该是有一双美腿的。只是他们听说闻乐之所以总是遮遮掩掩的，可能是因为她有隐疾，腿型不好看所以从不肯露腿。就连这个时候，闻乐都穿着一身长过膝盖的白色防晒衣。不过，临近比赛，选手们的神经都是紧张的，根本没有时间过多地关注别人。

不一会儿，老师过来点名，安排小组比赛。刚分配完小组，就听到发号枪响的声音，正在赛道上的人急速冲了出去，看得正在准备的几个选手不由得一阵紧张，甚至当即就有人做了个深呼吸来平复紧张的情绪，又有几个人在原地做起了热身运动。

还有三组就轮到闻乐这组，程惠见其他选手的紧张劲，也跟着紧张起来："乐乐，你把衣服脱了吧，也热热身。"

闻乐点点头，拉开白色防晒服的拉链，然后脱下衣服递给程惠。

程惠拿着衣服，突然道："等下，你身后有个曲别针开了。"

程惠站在闻乐身后，给闻乐重新将号码布别好，也因此她将闻乐整个人挡了个严实。

周考早上亲自开车去给闻乐买了她喜欢的点心，但路上有些堵车就来得晚了些。他拎着袋子走进操场时，操场上正进行着一场大一的男子组一千米决赛。

这组选手里有两个实力强劲的选手，两人长得高腿又长，跑得飞快，初赛时就各自以多出同组选手大半圈的绝对优势进入了半决赛，并且一路以这样的优势挤进决赛，最终在决赛相遇。

这两个“大长腿”早在初赛时就被观众盯上，场上不少人都在等着看他们两人究竟谁能拿下第一名。两人偏偏又都出自大院，各自学院的啦啦队和后援团针锋相对，谁也不让谁。两人在跑道上竞争激烈，两个学院的人也在台上喊得激烈，惹得整个操场上的人都一阵躁动。

周考进来时观众台上的尖叫声、加油声几欲震天，少有人注意到他。于是，周考顺着台阶上了观众席后排，从后面的过道找到了经管学院的观众席的位置。

周考站在经管学院的观众席后排最高处，找了一圈没见到闻乐，反倒是惹得后排不少学生看了过来。

这里大概少有人不认识周大校草，于是众人你戳我我戳你，引得不少人在偷偷看他。

周考像是没有察觉到这些视线似的，下了几级台阶，找到正站在观众席中间的过道上拿着一张单子与一男生说话的闻乐的班长。

周考认识这人，同为校学生会的成员，周考跟闻乐的班长尚文康也算相熟。

尚文康刚叮嘱了小学弟给每个运动员发点儿巧克力吃，就听到身后有人喊他。

“尚文康。”

尚文康回头看见周考，有些纳闷：“周考，你怎么来我们院这边儿了？”

周考道：“闻乐呢？”

尚文康道：“哦，还有几场就该她比赛了。她就在那儿等点名呢。”

说着他就朝闻乐刚刚走去的方向指了指。

“哪里？”

程惠正给闻乐别号码布，把闻乐挡了个严严实实。

尚文康纳闷：“刚还在……”

话还没说完，程惠就已经别好了号码布。于是尚文康和周考就见一个穿白T恤黑长裤的短发女生走开，慢慢露出一个扎着高马尾，身穿灰色短袖和灰色短裤的女生的背影。

那女生的身材纤细曼妙，即使她只是留给众人一个背影，却也十分惹眼。她有着修长的脖颈、挺直的脊背以及一双笔直修长的腿。

尚文康的话消失在了微张着的嘴里，周围的人也无意中被那双长腿吸引了。

周考却盯着那熟悉的身影，微微眯起了眼，脸色沉了沉。下一刻，那身影便转身了。只见那女生笑靥如花地与刚刚挡住她的短发女生在说着什么，然后开始活动手腕脚腕，接着就是一个下蹲，压了压腿。

尚文康瞪着眼呛咳一声，脸有些红，低下头，有些慌乱地道："那个人……你找到了。我还有事……"说着他就走了。

闻乐还在压腿。

周考的脸色铁青，他觉得自己现在不太好。

程惠道："你这腿常年不见光其实是为了捂白些吧？都白到现在这样晃眼的程度了。"

闻乐站起身，跳了两下，活动着腿脚，闻言，突然停下，神秘地道："其实这是为了封印我的神秘力量。"

程惠差点儿被自己的口水呛到："什么玩意儿？"

闻乐哈哈一笑，没有继续刚才的话题，却道："你知道我从小在山里长大吧？"

程惠摇头："不知道哇，你还真是在山里长大的呀？"

闻乐点头："真的。我从小上山、下水、爬树、捞鱼，什么事都干过，野得跟猴子似的。有一次我爬树差点儿从树上掉下来，要不是领子被挂在树杈上，说不定我腿都给摔断了。爷爷当时很害怕也很自责。他可能觉得放养我会让我遭遇危险，从那之后就让奶奶教我当个安静的淑女。奶奶是大家闺秀出身，不管我就算了，一旦管起来，规矩多得很。我年纪小，闲不住，奶奶就想让我把精力用在别的地方，我就是在那个时候学的跳舞。"

闻乐说起奶奶，眼神柔和，流露出一种孺慕之情："奶奶很厉害，会很多种舞蹈，我也跟奶奶学了很多。但是我还是很皮，还是总想着出去玩儿，于是爷爷又找人教了我一些拳脚功夫。那些乱七八糟的东西我都学过一些，这一学更不得了了。”

闻乐说起过去，眼神中有些怀念之意：“我仗着自己会点儿拳脚，就从小学打到初中。”

程惠震惊地道：“你小时候还跟别人打架？”

闻乐捂脸：“你想不到吧？也不是真打架。就是从小学到初中，甚至到了高中，没有男生敢在我面前嘚瑟。”

程惠的三观有一瞬间的扭曲，在她眼中闻乐虽然有时候在宿舍里嘻嘻哈哈的，但是在外面，闻乐也算得上是个温柔端庄的淑女，实在没想到闻乐以前这么疯。

程惠震惊地上下打量着闻乐，道：“惹不起，惹不起……”

闻乐假装出一副娇羞的模样，往耳后别了别发丝，道：“人家已经‘改邪归正’啦！”

这副假娇羞的模样又不知道让多少人看直了眼。

程惠道：“为啥？”

闻乐摇摇头，道：“可能就是上大学了心老了，想端庄文静些。而那种只能迈开小碎步的包臀长裙，确实能带给我一种‘自己是淑女’的心理暗示。”

程惠笑道：“你那是不当淑女也不行了。”

其实程惠还有些好奇，她凑上前用胳膊肘碰了碰闻乐：“你脱了裙子到底能多狂野？”

闻乐笑着拍了拍胸口：“你等着，我一会儿上场吓死你。”

程惠看了看闻乐的胸，心想：就这还能跑得快？

闻乐像是看懂了程惠的眼神，不由得道：“怎么？不信？”

程惠轻咳一声，道：“你悠着点儿。”

闻乐不解：“什么意思？”

程惠道：“就是别太凶，注意表情管理，别吓坏那些喜欢你的同学。”

闻乐轻笑一声。

两人正说着，裁判示意闻乐该上场了。

程惠很紧张，边提前去终点边安慰闻乐道：“乐乐，你不要紧张啊，加油！”

闻乐笑着对程惠道：“看我给你拿个第一。”

闻乐上场，做好准备。在这样的情境下，紧张的氛围很容易感染人，靠近跑道这一侧的观众席上的人似乎都安静了不少。

闻乐摆好起跑姿势，专注地盯着跑道终点。裁判慢慢举起发号枪：“预备！”

砰！枪声响起，闻乐像一阵风一样冲了出去，长腿抡动，步伐轻盈。闻乐的视线专注于终点，周围的呐喊声、尖叫声震天动地。

这样的氛围越发能激发人的血性，闻乐不由得想起小时候她在山间奔跑时的肆意和无忧无虑，这一刻少年时山林为她孕育的野性在她心中复苏并疯狂生长。

闻乐超过了第一名，她的眼神专注，步伐迈得越发快，很快将其远远甩在身后。

这一刻，她是野性难驯的山间精灵，她的眼中没有了往日的柔情，只有肆意、骄傲的神色，带着逼人的攻击性。

观众的尖叫声随着闻乐逼近终点而越发响亮，程惠在终点等着闻乐，看得也激动万分。

闻乐冲线，裁判报出名次：“第一名！”

闻乐看到站在终点等她的程惠，笑了笑，上去与程惠拥抱：“怎么样？”

程惠这次没有推开她，有些激动地道：“第一！厉害厉害！”

闻乐松开程惠，气息还没有平复，额头上还挂着汗珠。

程惠把水递给闻乐：“喝点儿……”

她的话还没说完，就被几个声音同时打断。

“学姐，水。”

那是同系的一个学弟。

闻乐右边儿的一个男生手中也拿着一瓶水，对闻乐道：“闻乐，厉害呀。”

这是社联的一个学长。

还有一个男生手上拿着一张单独包装的湿巾，他有些羞涩，红着脸小声道：“学姐需要湿巾吗？”

这个人似乎有些眼熟，但她忘记了他的名字……

最后一个男生没来得及出声，手上拿着一块手帕，正递到半空中。

这四个人似乎因为这异口同声的一幕而愣了一下。

闻乐也愣住了。

程惠也呆若木鸡。

而这时又有一个声音传来："闻乐，恭喜。"

就像是没有发现现场的诡异状况一样，这个人朝闻乐递上了手中的饮料，并体贴地打开了瓶盖。这是许天皓。

闻乐想，世上大概没有比这更尴尬的事情了。

但下一刻，她就变了想法，心道：原来还有更尴尬的……

原来周考就站在不远处，正黑着脸看着她，手上空空如也。

就在这无比尴尬的时刻，身后传来了暴躁的喊声："第一名！第一名在哪？再不出来成绩作废！"

闻乐一个激灵，反应过来这是裁判在统计名次了。她如蒙大赦，只觉得此刻这粗犷又暴躁的声音宛如天籁。

闻乐连忙从几个人的包围圈中挤出去："老师，第一名在这里。"

"名字？"

"闻乐！号码0357。"

闻乐的身影很快被淹没在前来上报名次的其他选手中。

程惠不知所措，四下看了看，然后跟了上去。

在场的几个男生互相望了望，转身离去。

许天皓看向闻乐离开的方向，接着垂眸看了看手中拧开了瓶盖的水。不一会儿，他轻笑一下，仰头喝了一口手中那瓶水，然后把剩下的大半瓶水直接扔进了垃圾桶。

周考却一直黑着脸等在原地。

闻乐报完名次，踮着脚看了看，确定刚刚的"尴尬五人组"已经消失，这才松了一口气。这时，她的肩被人拍了一下。闻乐一惊，连忙转身，却见程惠一脸狡黠地看着她道："长见识了。"

闻乐拍着小胸脯，一脸还没有镇定下来的样子："吓死我了。你还笑我。刚刚也太尴尬了吧？"

程惠却道："我怎么觉得浑身热血沸腾，甚至还有点儿亢奋呢？"

闻乐捂着耳朵："我不想听你说话，你个不仗义的，刚刚也不帮我。"

程惠不可思议地道："我怎么可能帮你？我还想看他们五个人是怎么发挥各自的魅力赢得你的关注的呢。"

程惠还陷在自己的想象中无法自拔，笑得"猥琐"古怪："哈哈哈，但是刚刚看来，那个许系草更胜一筹。其次是那个大一的学弟，啧啧，就他体贴地递上了湿巾，那害羞的模样'学姐需要湿巾吗？'我可以，哈哈哈……"

闻乐回头看了程惠一眼，意味深长地道："哦，原来你喜欢'弟弟'？"

程惠闻言，摸着下巴摇摇头："我是不婚主义者，只是欣赏他，好吧？单纯地欣赏。"

闻乐突然看了看程惠手腕上戴着的手镯，然后眼睛微眯，嘴角挑起一抹坏坏的笑容："你真不结婚？我原本打算等你结婚的时候给你送一条金项链做嫁妆的，镶着鸽子蛋大的红宝石的那种金项链。"

程惠瞪眼："结！怎么不结？我喜欢闪婚！现在就可以！"

"但我知道你是不婚主义者，"闻乐却像没听到一样，叹了口气，拍拍程惠的肩，装作一副十分理解的样子，"好姐妹会支持你的一切决定，放心。"

闻乐说完就笑着走开了。

程惠连忙追上去："啊，你回来！我骗你的！我真的不是不婚主义者！嘤嘤……"

两人说说笑笑，走出人群集中的地方，远远地就见周考站在原地。闻乐一愣，有些心虚。

程惠却是会心一笑，凑到闻乐的耳边低声道："别忘了我跟你说的，没有什么'醋'是一个吻解决不了的，如果有，那就两个……狂野点儿。"

说着她就把闻乐朝周考的方向推了一把。

闻乐往前走了两步，还听程惠在身后"猥琐"地道："我看好你哟！"

哟什么哟，她现在很慌张好吗？

闻乐走过去，见周考在低头玩手机，似乎没发现她走过来。她不知道说什么，于是尴尬地轻咳一声，想要引起周考的注意，但是周考依旧低着头在看手机。

于是闻乐柔声问道：“你在看什么？有我好看吗？”

周考抬了抬头，道：“看你。”

闻乐没反应过来：“啊？”

周考把手机屏幕转向闻乐，黑着一张脸说：“看网友是怎么夸我女朋友的一双美腿的。”

果真闻乐就见到“校园小广播”的界面上放着自己压腿时的照片。

而下面的评论是这样的——

“这腿好看极了！这是……闻乐？”

“我喜欢。我喜欢。”

闻乐有些心虚，小声道：“怎么女生也……”

周考闻言，脸更黑了，声音阴沉地道：“你还想要男生？”

闻乐连忙摆手：“不是不是。”她还以为女生不喜欢她呢……

她感觉有些无奈，微微向前凑近了些，柔声道：“你生气了？”

周考别过头去，看见周围渐渐有人注意到他们两个了。

他蹙了一下眉，道：“这里人多，换个地方。”

接着他就抬脚离开了。

闻乐朝四周看去，果然见到不少打量他们的视线，她连忙跟上了周考。

周考带着闻乐从操场上的小门出去，绕去后面的停车场。相比操场的热闹，停车场倒是显得清静了些，没有人也就不用顾忌那么多。

闻乐凑上前去，伸手扯着周考的黑T恤下摆，柔声道：“你还生气呀？”

他冷着脸，眯眼看她：“我为什么生气？”

她闻言，点点头，道：“就是呀，你为什么生气？我又没做错什么。”

周考闻言，感觉自己的胸口被堵着了，像是有一口气堵得他的气息上不来下不去，他那张俊脸更冷了。

她见状，知道不好逗他逗得太过，不然恐怕不好哄。

闻乐不由得笑着上前两步，伸手从周考的腋下穿过去抱紧周考，将自己整个人都贴在周考的身上。

他只觉得一阵很淡的清香拂来，然后怀中一暖，就被闻乐抱住。投怀送抱的温香软玉，再冷的冰都能被融化。

周考自己或许都没发现他的脸色明显柔和了许多，但他仍旧僵持着不肯动。

闻乐用脸颊蹭了蹭周考宽阔的胸膛，她的鼻息间是周考身上淡淡的古龙水味。闻乐微微眯起眼，踮起脚，凑近他的耳边，轻声说："你是吃醋了吗？"

说着她的眼中闪过狡黠的神色，她又往周考的耳边吹了一口气，他的身体明显一僵。

闻乐嘴角轻勾，有些得意："你不准吃醋。你要是敢吃醋，我就……"

周考冷笑："哦，你就怎样？"

她放开周考，抬头与周考对视。

闻乐想起程惠的话，觉得自己应该更有气势些，就超凶地道："我就亲哭你！"

周考轻咳一声，将视线微微偏开，然后用有些沙哑的声音道："我吃醋了。"

她皱眉："不是说不准你……"

她的话没说完就被他打断："所以你该干什么？"

她呛咳一声。

周考继续道："不要只放狠话，要说到做到。来吧。"

闻乐又咳了一声，觉得自己在这方面是比不过这货的。

周考看向她，他的语气中带着挑衅之意："怎么，不敢？"

闻乐道："我那是不敢吗？"

她抬头看了看四周："我……这不是怕，光天化日之下影响不好嘛……"

周考闻言，从裤兜里掏出车钥匙，摁了一下，身后有什么车响了一下。

她初时觉得纳闷，怎么光听到响声看不到车。看到周考手上钥匙的标识后，她微微诧异，抻着脖子看了一眼，果然就见在那个看似没有停车的地方，停着一辆黑色的跑车。那车因为底盘太低，被别的车挡住了，闻乐不抻着脖子看还以为那里没车。

周考道："你要是觉得光天化日之下影响不好，我们可以去车里。"

闻乐盯着那辆炫酷的跑车："你之前的那辆车呢？"

周考道："没油了。"

闻乐无奈："没油去加呀。"

周考不吃这一套："别转移话题，到底有没有胆儿？"

闻乐有点儿心慌，也不是没有亲过，也不是不好意思主动亲，但就是周考这么一副流氓的样子配她刚刚说得很有气势的"亲哭"，就让她原本的气势化成一种莫名的羞耻感，她藏在运动鞋里的脚趾甚至蜷缩了一下。她绞尽脑汁地想办法转移话题，心中暗骂周考。

周考却不肯放过闻乐，还在催促："快点儿，请你现在就亲哭我。"

闻乐羞耻得脸都红了，还在拼命找借口："还是算了，'哭包'没有男子气概，我不太喜欢。"

周考轻笑一下，这一笑迷得她有些心神荡漾。周考压低声音，用像是在撒娇一样的柔和的语气道："我可以被你亲哭，也可以有男子气概。相信我，你会喜欢的。"

说着周考拉起闻乐的手贴在自己的身上。

闻乐的双眼微微睁大，睫毛扑闪如蝶翅震颤。她感受着那薄薄的一层黑色布料下的触感，不由得轻轻吞咽了一口口水。

片刻后她轻咳一声，别开头去，一边儿说着"你说你，大庭广众之下，这成何体统"，一边儿隔着那层衣衫，将周考的腹肌一块一块摸索清楚，甚至还捏了捏。

周考轻笑一声，拉着她的手作势要往自己的衣衫里伸去。

她屏住呼吸，感官全都聚集在那只手上。她受惊一般地缩了缩手指，像是下意识的紧张举动，但手指又很快舒展开，甚至离周考的衣衫下的皮肤更近了一些。

周考像是没有察觉到她的小动作，微微低头，用气音道："怎么，你只敢说不敢做？"

她的脸一红："你以为我不敢？"

闻乐眯着眼，一把把周考推到身后的车上，欺身逼近。他目光火热地望着闻乐。

闻乐揪着他的衣衫，低头靠近周考。

他的呼吸渐渐粗重，然而意乱情迷之际，他却突然感觉肚皮一凉，再是一痛。

他一低头，就见闻乐揪着他衣衫的那只手掀开了他的衣衫下摆，用白皙的手指狠狠地在他的腹肌上掐了一把，嘴上还嫌弃道："别闹。"

说完她就转身离开了。

周考不可思议地看向闻乐，虽然闻乐已经转身离开，可周考分明看到了她那红得像是玛瑙珠一样的耳垂。

周考愣了一下，随即微微眯起眼："闻乐！"

闻乐的动作顿了一下，然后她加快了脚步。

他连忙追上去，握住闻乐的手腕将闻乐转过来。

闻乐面上还很淡定："干什么？"

他道："我还吃着醋呢，你就这么走了？"

她道："你还吃醋？别人还知道给我递个水，你这个正牌男友却两手空空。你吃醋？我还生气呢！"

闻乐故作生气的模样道："你再闹，我就算不亲哭你，也可以打哭你哟！"

周考闻言，突然想起三年前在后巷见过的闻乐那一个利落的后旋踢，不知为何突然道："来吧！"

周考道："来打我吧！"

闻乐看着周考，道："你疯了吧？"

周考的神色却很认真："三年前，我不辞而别，你生气吗？打一场吧，不管是比试还是动手，我不想让'这口气'继续留下去。"

闻乐的心中一颤，她不知周考怎么就提起了这个话题。可要问闻乐生不生气……

闻乐垂下眸子，心想：说不生气，那是假的。

可是，她又不只是生气。

当初周考不辞而别，她其实是又气又伤心的。周考刚走的那几天，闻乐很失落，总希望周考还能回来。可等得久了，闻乐就彻底明白了，周考是不会回来了。

闻乐有时会想，周考不辞而别，大概是见识到了她的真面目，所以不喜欢她了。

其实不只是周考，从小到大，喜欢她的外表的人很多，可是所有人都是一旦认识到她真正的面目就会离开。闻乐就像是一个怪胎一样，有着惊人的美貌，却很少遇到追求者，因为她的好胜心太强，性子太野。她不温柔、不端庄。她骄傲、凶悍。她不讨人喜欢。

她总是会想，是不是因为这样，周考才会离开她。

她的性格太强势，完全不像奶奶那样温婉柔和。奶奶用尽心力都没能把她养成温婉端庄的大家闺秀。哪怕她学会了一个大家闺秀应该学会的所有技能，可是她看上去依旧不伦不类的，不像是个大家闺秀。

意识到周考再也不会回来的那晚，闻乐在家中趴在梳妆镜前哭了好久。她看着梳妆镜里自己那张近乎完美的脸，心中却对自己产生了巨大的怀疑。

她想起高中最受欢迎的一个女孩儿。那个女孩儿有着清秀的相貌，她的性格柔和得像是水，所有人都喜欢那个女孩儿。而她像是一把光华璀璨的利刃，少有人敢靠近。

于是高中毕业后脱掉一身校服的闻乐，留长了头发，扔掉了牛仔裤，换上了一袭长裙，放弃了舒适的运动鞋，穿上了优雅的高跟鞋，还用精致的妆容勾画妩媚，凸显温柔。紧身的长裙像是一道绳子，捆着她的野性，束着她的凶性。她把自己包装成一个像是奶奶一样的大家闺秀。

于是，在大学里追求她的人越多，越是前赴后继，她越是绝望，越是心冷。她即使将自己伪装成了这副模样，却依旧不会以这副模样接受别人的心意，因为他们喜欢的只是她那一层温柔又端庄的皮。

哪怕她知道，自己伪装出来的“皮”会随着时间的流逝，渐渐地和内里的“肉”长在一起。这是由外向里的一种同化，是对环境的妥协，也是一种成长。但闻乐仍然不能忘记过去的自己，因为那是她原本的、真实的模样。

而那个原本的、真实的她，在伤心过后，也曾生气得想把周考这个不辞而别的混账狠狠地揍一顿。这就是隐秘的，包裹在温婉端庄的外皮下的闻乐，又骄傲又强势，性子野脾气倔。她就是一个能因为不爽而和男生打得眼红的疯子。

那个“疯子”仍旧活在她的心底。就在周考提出要她动手发泄这口气的时候，她心中的那个疯子几乎不可思议地急速地浮了出来。

她有些战栗地，有些冷酷地，有些兴奋地，想要动手。

闻乐没再拒绝，周考就知道了闻乐的想法，道："来吧。"

闻乐垂着眸子："你说真的？我不会手下留情的。"

周考道："真……"

他话还没说完，闻乐就一拳挥了上来。

周考侧过头后，抬手架住了闻乐的手。闻乐收拳，另一只手却直逼而上。周考的反应敏捷，闻乐又是一个侧踢，雪白的长腿掠过周考的上身，帅气逼人，动作干净利索，毫不手软。

周考在力量上占优势，闻乐身形柔软，反应迅速。两人你来我往，打得火热。

闻乐的眼中仿佛有火苗在燃烧，她招招式式毫不留情，似乎要把过去的委屈和愤怒都发泄出来。

她就是好胜心太强，她就是性子太野，她就是不温柔不端庄，她就是骄傲，她就是凶悍，她就是不讨人喜欢。

那又怎样？

这两个人一个是俊男，一个是美女，长得高腿又长，闻乐的大长腿还时常划过半空。两人打得凶，你来我往、气势十足地过招，帅气十足，场面有些震撼。但任谁看，这里打架的两人也得是仇敌，绝对想不到这两个打得这么凶的人会是一对情侣。

于是，有人看见这情景，马上通知了老师。两人打得正酣，忘记了周遭的一切，却听身后有人大喊："那两个学生！你们怎么回事？"

两人一听就是一惊，连忙收住了手，对视一眼后，周考拉着闻乐撒腿就跑。

两人跑了一阵，找到了一条岔路。那条岔路从停车场通往学校操场处的一扇铁门，但由于常年封闭，地上长满了草，那扇门已经荒废不用了。

周考托着闻乐爬上铁门，翻进操场。然后他自己后退两步，一个助跑蹬着栏杆就跳进了操场。

两个人偷偷摸摸地溜进操场，身后的老师和保安怎样也抓不到这两个人了，于是干脆散了。

他俩对视一眼，不由得笑出了声。笑了一会儿，闻乐拍了周考一下：

“你怎么光躲不出招？”

周考叹了口气，道：“人犯了错就是要乖乖挨打的。”

闻乐道：“我凶吗？”

周考笑了笑，轻轻地在闻乐的鼻子上刮了一下：“凶。”

闻乐道：“你当初就是因为我太凶，才离开的吗？”

周考笑着摇头：“怎么会？你现在就不凶了吗？我不是没走？你当初打架的样子只能说让我有些意外，但也不是不能理解。因为我第一次见你的时候，心中就大概知道，你不是个善茬。”

闻乐还是不死心，继续追问：“那到底是为什么？”

周考想了想，低头在她的耳边说了什么。

闻乐抬头瞪他，但半晌想想又不知道该说什么，只道：“好吧，当初那场景是有点儿像校园霸凌，不过你也不大聪明。”

周考叹气：“我聪明就不会错过你这么久了。”

周考抱着闻乐，蹭了蹭闻乐的发顶：“消气了吗？没消气再让你打一顿吧，这次我不躲了。”

闻乐轻笑一声：“那就没意思了。气消得差不多了，剩下的攒着吧。以后你要是再惹我生气，我就继续打。”

周考无辜地道：“哇，你以后不会随便家暴我吧？”

闻乐闻言，笑着摸了摸周考俊美的脸，忍不住凑上去亲了亲他的嘴角：“那你以后要可爱些，好好表现。”

两人说着向停车场的方向看了一眼，见追他们的人已经散去，便偷偷地从另一个侧门回了停车场。

周考打开车门让闻乐上车。

车上放着闻乐喜欢的甜点。她的眼睛一亮：“你什么时候买的？”

周考坐上驾驶座，道：“你不是问我为什么车没油了不去加吗？因为我要给某人买甜点，来不及。”

闻乐喂周考吃了一颗巧克力豆，道：“我男朋友真棒。那些给我送水、送湿巾的人还比不上我男朋友的一个小拇指。”

周考笑吟吟地看向闻乐，道：“这是吃人的嘴短吗？”

闻乐道：“这全是爱的吹捧。”

周考刮了一下她的侧脸：“你上午还有比赛吗？”

闻乐摇头："没了，我下午三点有一场，四点还有一场。"

周考看了一眼时间，发现才九点五十三分，便道："中午我带你出去吃饭吧？"

"去哪儿？"

"公司附近。"

闻乐眨了眨眼，道："你今天是不是在公司还有事？"

周考道："一点儿，不多。"

闻乐道："你这是又要把我'拐'去你的公司陪你？"

周考道："去吧，嗯？我办公室里有个休息室，你可以休息一会儿。"

闻乐点点头。周考心情不错，上前亲了她一口，然后发动车子，开去了公司。

荀菲自从上次打听到十七楼的小帅哥是那个公司的大老板之后，就一直没能再偶遇到那个小帅哥。这天上午，荀菲跟着一个同事出去办了点儿事，十点半才被同事开着车捎回了公司。她正跟同事说着话，就见一辆黑色的跑车停在了前边儿不远处的车位上。

荀菲惊得停住了下车的动作，连忙指着那辆跑车给同事看。同事朝她指的方向看过去，只见一辆炫酷的磨砂面黑色跑车停在前边儿。

这偌大的停车场里虽然也有许多好车，但多是商务人士开的比较稳重的类型，像这样炫酷的跑车，她们几乎没见过。两个人不由得好奇：这莫非是哪家公司的客户？

两个人盯着那辆跑车，想看看从这辆车上到底会下来什么人。

她们都觉得下来的人大概率会是副陌生面孔，所以当跑车的驾驶室的门被打开，那个熟悉的拥有好身材的人从车上下来时，两个人都瞪大了双眼。那分明就是十七楼的那个帅哥，也就是十七楼那个公司的老板。

荀菲立即掏出手机拍视频，将那帅哥和那辆车录了下来。

那帅哥却没有直接离开，而是打开副驾驶的车门，将一个长腿小美人从车里拉了出来。接着两个人牵着手，上了电梯。

荀菲脸红心跳，就像是在看一部偶像剧。

荀菲颤抖着把刚刚拍到的视频发给钱思嘉。

荀菲："你说得果然不错。虽然小帅哥开着普通车，实际上他的车库里真的有很多好车……见识到了。”

周考直接把闻乐带去了自己的办公室。

周考在办公桌前处理文件，闻乐吃了一会儿点心，就去休息室趴在周考的床上玩手机。

闻乐趴在床上，她那一双笔直纤细的腿翘着交叠在一起，雪白的脚趾圆润粉嫩。

周考看完资料来到休息室的时候，就见眼前一晃，他不由得喉头一紧，抬脚走进去。

闻乐正趴在床上专心追剧，只觉得床的另一端凹了下去，转头就见周考坐在了床沿，一只手越过她的腰间撑在床上低头看她的手机。

电视剧正放到精彩的地方，闻乐见是周考来了，就转过头继续盯着手机屏幕，脸上露出笑容。

电视剧里，男主角把女主角困在女主角家门口的墙上，这时他们头顶上的灯光突然亮了起来，昏暗的灯光照亮了男主角的英俊面庞和女主角那琉璃般的浅色瞳孔。

音乐声响起，男主角低头，女主角的双手蜷缩在胸前，不知所措。女主角盯着男主角，像是在渴望着什么。

闻乐的耳机里传来了心跳声。

就在这时，她的一只耳机被摘走了。

闻乐双眼盯着屏幕，只伸手摸索着打了一下周考，不过没打中，她也不再去管。

电视剧里的两人越靠越近，心跳声越来越急，闻乐嘴角的笑容越来越大。

男主角声音低沉地念出那句名台词，然后低头吻住了女主角。

闻乐激动得脸都红了。她捂住嘴巴，发出小小的尖叫声。

这对主角太甜蜜了。

闻乐激动得不能自已，却突然被一股力道掀倒，她仰面躺在床上。她有点儿蒙，接着她眼前一暗，就被周考吻住。

周考吻得激烈，将自己半个身子压在了闻乐身上。

闻乐激动的心情还没有缓过来，就被吻得迷迷瞪瞪的，一时竟有种不知“今夕何夕”的感觉。

闻乐的记忆还停留在女主角被男主角吻住的那一幕，而此刻她却被吻住，这种无缝衔接的代入感，让她的心跳的速度急速攀升。她被吻得酥酥麻麻的，情动不已，于是也伸手攀住周考的脖颈，加深这个吻。

不知过了多久，两人才停下，慢慢平复了呼吸。

电视剧已经放完了片尾曲，自动切到下一集。

闻乐反应过来，在头顶摸索着自己的手机。她看了手机一眼，想到自己正看到精彩的地方就被周考给打断了，便瞪了周考一眼，把周考推开。

周考握着闻乐的手，声音还有些沙哑：“干什么，刚亲完人家就翻脸不认人？”

闻乐抽回自己的手：“你起开，别打扰我看电视剧。”

周考叹气：“你这翻脸可比翻书快多了，刚是谁亲得那么……”

闻乐捂住周考的嘴：“你能不闹吗？一天天的，没完没了。”

周考被闻乐捂住嘴，不能说话，但用一种“你始乱终弃”的眼神看着闻乐。

闻乐丝毫不为所动，翻了个身趴在床上，把电视剧退回到上一集，然后对周考道：“你该干吗干吗去，等我看完这一集。”

周考不服，捏着闻乐的下巴，把闻乐的脸转过来：“你是不是瞎？男主角有我帅吗？”

闻乐仔细打量了周考一眼，觉得男主角好像是没有周考帅，但她没说话。她不能增长这家伙的嚣张气焰。

周考见状笑了一下：“那你还不赶紧看我？”

闻乐面露为难之色：“可是你太能闹了，我看着心烦。”

周考的脸色一黑，他作势要亲她：“你再说！再说！”

她连忙笑着躲开。

两人闹了一会儿，周考从床上坐起，把闻乐也拉了起来，让她靠在自己身上：“你饿不饿？我们去吃饭？”

闻乐道：“还好，我刚刚吃了点儿甜点，现在不饿，等你忙完再去吧。”

周考刮了闻乐的鼻子一下：“你到底为什么喜欢吃那个甜点？它也太

甜了。”

闻乐道：“喜欢就是喜欢，不为什么。”

说起那个甜点，闻乐的脑中突然闪过什么，她似乎终于明白，上次周考给她订甜点的时候她为什么觉得外卖单上写的地址有些眼熟了。

闻乐一愣，连忙翻出手机备忘录，就见那上面写的地址与外卖单上的一模一样，只是没有具体到哪个公司哪层楼。

周考见闻乐愣住的样子，问道：“想什么呢？”

闻乐给周考看了看自己手机备忘录上的两个地址：“我……这楼……”

周考发现备忘录上的两个地址自己都有些眼熟，第一个地址似乎就在他家的老宅附近，第二个地址就是这栋大厦的。

这时，他听闻乐道：“这栋楼，好像是我的……”

闻乐的表情像是在做梦一样，她道：“我好像是……你的房东啊……”

他愣了一下。他的……房东？他突然想起来，上次他猜测闻乐可能是闻家的孩子，那这栋楼是闻家的产业，闻家家主是闻天启，也就是说闻乐可能是房东的女儿……而现在……闻乐不是房东的女儿，而是房东……

所以她真的是闻家的孩子，此闻天启也的确是彼闻天启，不是重名。

这也太巧了吧，周考心道。他第一次遇见闻乐明明是在那么偏远的小城市。

周考叹了口气：“你有没有发现，我们俩简直就像是命定的姻缘？”

闻乐笑道：“为什么这么说？”

周考道：“闻家离开京城已经十几年了，没有人知道闻家老太爷究竟带着一家人搬去了哪里。只有你爸爸代表闻家活动在海市、港城还有国外，使得所有人都以为你们家已经移民去了国外，去和海外的那一支闻氏会合了。

“绝对没有人想到，闻老太爷竟然带着你隐居在山里。那样偏僻的一个小城市，我本来这辈子都没有可能去的。但偏偏在我高一那年，我父亲被调往你所在的那个小城市搞扶贫工作。

“如此，我才遇到了本不可能遇到的你。”

闻乐笑着抱紧周考，道："这么说来虽然我们错过了三年，但还是很浪漫。"

周考在闻乐的额头上吻了吻："我们再也不会错过了。"

闻乐觉得十分甜蜜。

周考继续道："因为你成了我的包租婆。"

闻乐朝周考的胸口上捶了一拳："你再胡说……给你加租金哟！"说完，自己都笑了。

周考捂着胸口，也跟着笑："你不是包租婆吗？你明明就是……"

闻乐举起拳头威胁，周考这才住嘴。

闻乐道："你说的闻家，是天音集团的那个闻家吗？"

周考有些怀疑地看向闻乐："天音集团不是你们家的吗？你竟然不知道？"

她道："其实你对我们家的了解可能都比我多。"

他微微挑了一下眉，很意外的样子。

她道："我也不知道为什么我们家会住在山里。但小时候我真的以为我们家很穷，爷爷和爸爸也曾经给我营造过家里很穷的假象。"

闻乐说着，就想起了往事。她拉着周考的手，无意识地玩着他的手指，回忆道："后来我渐渐长大，他们开始想慢慢地跟我透露我们家的真实情况。可是我一直不愿意去看，不愿意去接受。有太多次他们故意露出马脚，而我故意装作看不见。他们见我不愿接受，也体贴地帮着我圆过去，但我知道，他们还是在等着我接受。"

闻乐的声音有些低落："其实我不接受，不只是因为赌气，更是因为我的性格太偏激了。"

周考轻轻地摸了摸闻乐的头，眼中满是怜爱之情。

她往前挪了挪，靠在周考的怀里，说着从未对别人说出口的心里话："说实话我有些失望。我从小就表现出了超乎寻常的好胜心和野心，像个上了发条的疯子一样。我小时候知道家里很穷，所以就很努力地学习，希望有一天可以带爷爷奶奶过上更好的生活，希望能凭借自己的努力，带着我们家走向更好的方向。

"我一直以为，只要我努力就可以做到这一切。可现在都变了。我发现我们家原本拥有的东西可能是我拼尽一辈子都得不到的，我发现我不用努力也能拥有我原本努力一辈子也得不到的东西。我没有感到高兴，相反我觉得我的心态可能会完全垮掉。

“我会觉得我的努力像个笑话，甚至会失去一直以来所拥有的信念与动力。我就像是一摊一直因为压力而凝聚成型的沙子。失去了压力后，我会变成什么样子？大概会变成一摊没有形状的烂泥。我害怕……没了野心与动力的闻乐，还是闻乐吗？”

周考轻轻地摸着闻乐的头，心中满是爱意。这就是闻乐，独一无二，最特别的闻乐，让他迷恋到无法自拔的闻乐。她一定不知道，哪怕没有这一副漂亮的皮囊，她也闪亮得像是星星，像是钻石。

他想把全世界都给她，她却会骄傲地说：“我可以自己去取。”

周考又低头吻了吻闻乐的额头，情难自已地道：“那最后你为什么又接受了？”

闻乐叹了口气：“总得接受不是吗？就算拖着，事实也不会改变。而且……”

她戳着周考的胸口，恨恨地道：“我都跟你在一起了。你们家什么条件，你不知道吗？交一个家境优渥的男朋友却不肯承认自己家庭条件好，这有意义吗？所以我说我不想找家境优渥的男朋友，我想要能被我养活的。”

周考的脸一黑，接着他却笑了。

闻乐还赌气似的戳着周考的胸口：“我可以养活一堆。”

这下周考脸上的笑再也挂不住了，他咬牙切齿地道：“闻乐！胆儿肥了你！你还敢要一堆！”

说着他就把闻乐扑倒，作势去扯闻乐的衣服。闻乐拽着周考的手直笑。周考见状，就去挠闻乐痒痒。闻乐笑得眼睛都沁出了泪花，讨饶道：“不了不了，我只要周考一个。周考，我最爱你了。”

周考闻言，这才放开闻乐。两人并排躺在床上，周考道：“那你听说天音集团的掌权人是闻天启的时候，是怎么自欺欺人的？”

闻乐笑着道：“我就骗我自己说‘好巧哦，我爸爸也叫闻天启’。”

周考道：“那小学语文课本上有你爷爷写的文章，你就没怀疑过？”

“我爷爷的笔名也不叫闻炳秋哇。

“你知道我是理科生，最烦背书。小时候，我最讨厌的一位作家就是郁石先生。我那时候就想，世界上为什么会有这么讨厌的老头子。老师天天让我背他的文章，我一点儿都不喜欢。”

周考眼中含笑地看着闻乐，闻乐继续道：“有一次我在家里背书的时候，一直记不住，就嘀嘀咕咕地骂郁石先生，好像是骂他讨厌鬼、大坏蛋什么的，然后就被我爷爷听到了。”

周考毫不客气地笑出了声。

闻乐也跟着笑。

“我爷爷就气得不行，随手拿了一本书敲我的脑袋，边敲边说我笨，说我不懂得欣赏，说我不尊敬长辈，然后硬是押着我背完了一整本《郁石文集》。”

闻乐笑得不行：“后来我才知道，原来‘郁石’是我爷爷的笔名，爷爷真正的名字叫闻炳秋。

“那时候我就知道家里不穷了，但是并不知道是那么有钱。我把爷爷当作是一个献身写作事业却清贫的老头子。”

说着闻乐摇了摇头：“然后这个清贫的老头子在我高三那年，送了我一座四合院儿。”

周考笑着道：“就是刚刚备忘录上的那一座？”

闻乐点点头。

周考道：“那房子的后面就是我家。”

闻乐转头看向周考：“这么说，要是我们家不搬出京城的话，说不定我们两个还会是青梅竹马？”

周考道：“就算搬出了京城，你依旧不会逃出我的手掌心。”

闻乐道：“美得你。”

周考像是突然想到了什么，问道：“所以你不报文学院是因为你爷爷？”

闻乐看了周考一眼，愣了一下，点了点头。她当初报考金融专业，家里人都只当她是因为学理报不了文学院。实际上，她从来没想过报文学院，哪怕她的文章一直拿奖，她也不想。

闻乐没想到周考竟然能猜到她的心思，她不报考文学院的确是因为她爷爷。

闻乐道：“因为我知道，我在写作上的成就一辈子都达不到爷爷的高度。我不喜欢别人提到我的时候说那是郁石先生的孙女。”

周考道：“你本身就足够优秀。”

闻乐道：“可我达不到爷爷那种专注的程度。

“外界都不知道，爷爷搬进山中已经十几年了。这十几年，爷爷几乎都是与世隔绝的状态，而他用了这十几年，只为打磨一本书。”

周考叹息：“郁石先生有如今这样的成就和地位，也不是没有缘由的。”

闻乐道：“其实我也很佩服奶奶。奶奶大概是我们家的精神支柱，爷爷为了写作可以十几年与世隔绝，奶奶为了爷爷也十几年如一日地守在山里。他们两个相互扶持了一辈子，依旧恩爱不移。”

周考低头吻她：“我们也可以。我的小包租婆可以对我有点儿信心。”

说着周考就要吻上去，这时门口却传来了轻轻的咳嗽声。

闻乐吓了一跳，连忙推开周考。

周考不满地朝门口望去，就见陆博瀚站在门口，尴尬地敲了敲门框，道：“我见休息室的门开着，以为你在休息。”

周考见是陆博瀚，叫了声：“博瀚哥。”

接着他拉着闻乐站起来，简单地介绍了一下：“这是博瀚哥。

“博瀚哥，这是房东……咳咳，闻乐，我女朋友。”

陆博瀚挑了一下眉，确定刚刚没听错，周考的确是说了“房东”二字，还说这姑娘姓闻。他不由得眉心一跳：该不会是我想的那样……？

周考带着陆博瀚出去说了什么，之后回来带着闻乐去吃了午饭。

饭后周考将闻乐送回学校。闻乐还有两场比赛，一场半决赛，一场总决赛，分别在三点和四点。

周考把闻乐送回学校时已经两点了。闻乐回去休息一下就该去裁判处报到。临下车前，周考亲了亲闻乐的额头：“你比赛肯定很累，你想吃什么零食？我开车去给你买。”

说着他又像是想起了什么，问道：“是不是该买……六人份的？”

闻乐知道周考是想连她们整个宿舍的份一起买，就道：“四人份就好。”

周考点了点头，没问闻乐为什么只要四人份，只问：“要吃什么？”

闻乐想了想，道：“就奶茶吧，还有 Z 记的鸭肠、鸭脖、鸡爪。”

两点四十分左右，闻乐起身去裁判处登记时，周考送来了她要的零食。

闻乐把东西递给程惠，让程惠分给包小凡和满青旋。

程惠把东西往座位上一放，用衣服一挡，催促道："走走，你比完再说。"

于是两人下去准备。

半决赛时闻乐又以绝对的优势拿下第一名。

然后是总决赛，闻乐依旧是第一名。

闻乐轻盈的身影、修长的双腿以及那山间精灵般独具野性又迷人的气质，不知道又俘获了多少男生女生的心。

"校园小广播"上有关闻乐的标红的帖子一直就被顶在上面没有掉下来。

闻乐拿了第一，回来时她们学院的休息处一片欢呼声，几个热情的女生激动地上来与闻乐拥抱。

体育场上就是有一种迷人的氛围，能让人忘掉往日的一切，团结在一起，为彼此的输赢而心情起伏。

闻乐的脸上的笑也放肆而真挚，不再只是浮现在表面的假笑。她笑起来的时候眼中似乎有星星，整个人都散发着一种耀眼的光芒，叫人想付出一切，只为长久地留住这样的笑容。

闻乐头上挂着汗珠，她走到休息的位置，灌了一大口水。

大概是因为上午的事，现在再没人在闻乐跑完后上去凑热闹。

程惠在闻乐身边坐下后，像想起什么似的将周考买的东西从衣服下扒拉出来，递给一边的包小凡和满青旋。

两人惊呼一声，极为惊喜："你哪儿弄的？这可点不了外卖。"

程惠淡淡一笑，什么都没说。

下午运动会落幕，众人只觉得意犹未尽。

这一晚"校园表白墙"上一直在刷屏，而"校园小广播"上众人的讨论更是一直都没有停下来过。

晚上八点左右，一条爆炸性的帖子被顶到了"校园小广播"的最上方："校草与高人气女生私下不和，证据确凿！两人竟在停车场大打出手！"

闻乐回来时，宿舍里一片安静，几个舍友都围在孙优美的桌前。闻乐仔细一看，见孙优美哭得正伤心。

闻乐轻手轻脚地走进去，又轻轻地关上门。

几个人听到动静回头看了一眼，见是闻乐便给闻乐使了个眼色。

闻乐用口型问怎么了，几个人摇摇头，做了个口型：失恋了。

孙优美和男朋友分手了。

孙优美的男朋友金麟跟别人在一起了。

孙优美哭得那么伤心，宿舍里的几个人的心里也不是滋味。遇到这种坏男人，又有什么办法？及时抽身或者不动感情大概是最好的选择。

见几个人都在安慰孙优美，闻乐也跟着坐在一边儿，沉默地陪着。

只是闻乐的手机一直在响，闻乐皱了一下眉，把手机调成了静音，没去理会。

过了一会儿，一个电话打了过来——是社联里一个跟闻乐关系很好的学姐。闻乐以为是社联有什么急事，连忙接起电话走出宿舍。

“喂，学姐。”

学姐的语气有些急，听到闻乐接起电话就是一串“连珠炮”：“乐乐，你和周考怎么回事呀？大家好歹曾经共事过，有什么事不能坐下来好好说呢？怎么能在大庭广众之下就打起来呢？”

闻乐听得一愣：“学姐，你在说什么？”

学姐也一愣，道：“你还不知道‘校园小广播’上的事吗？你身边没人跟你说吗？”

闻乐往宿舍里看了一眼，小声说：“我们宿舍有点儿状况，所以大家都没看手机，怎么了？”

学姐的声音有些急：“哎呀，你先别管别人了，先看看‘校园小广播’吧！你和周考打架的视频被人发到上面了。‘校园小广播’上面现在都炸窝了，你快去看看吧。”

闻乐一惊，她和周考打架？

那不是……

闻乐想起昨天的事，顿时明白了，可她的手机上没有“校园小广播”，只能连忙去下载了这个应用程序。然而网速有些慢。

闻乐想起刚刚收到的那些微信信息，猜测它们可能与这事有关，就先去看了看微信，这才发现微信图标上已经出现“99+”的小红点。闻乐点进去看了看，见发信息的人很多是当初搞联谊活动时加的校友，有的是社联的，有的是校学生会的。

“闻乐，你和周考怎么回事呀？”

“闻乐，什么事不能坐下来好好说哇，何必动手呢？”

“何必闹得这样难堪呢？”

“闻乐，你和周考是不是发生什么事了？”

“当初你和周考就不对付，我以为你们跳了一支舞之后关系缓和了呢，怎么现在的关系更糟糕了？”

“你没事吧？”

“周考是不是做了什么事惹你生气了？他这个人心不坏的，你别太跟他计较。”

“闻乐你和周考是不是有什么误会？”

…………

除了联谊活动时共事过的同学，许多同班同学甚至是学姐学长也给她发来了信息。

这当中还有许天皓。

许天皓：“闻乐，你和周考……”

许天皓：“你们分手了吗？对不起，我不是这个意思。我是想说，你别伤心……”

闻乐头大地看着这些信息。她来不及一一回复，就先没回，却见“新的朋友”处也有通知信息。她点开一看，发现全是一些陌生人。也不知他们从哪里得到了她的微信号，申请加她好友，备注信息里全是骂她的话。

闻乐看都没看，直接关了微信。

她把手机重新切换回下载页面，想看那个应用程序的下载进度。

可惜今天晚上的网速不好，那个应用程序迟迟没能下载完成。

闻乐的心里有些急，于是她回到宿舍，拉着程惠道：“把你的手机借我用用，‘校园小广播’上好像又出问题了。”

程惠闻言，反应过来，指指闻乐：“你？又？”

闻乐点点头，神情有些着急：“就……好像还比较严重。”

程惠连忙拿出手机，点开“校园小广播”。她的手机有些卡，等待的过程中，程惠问了闻乐一句：“你又干了什么？”

闻乐看了看四周，见包小凡和满青旋正看着她，而孙优美还在伤心，正沉浸在自己的世界里无法自拔。闻乐小声地说了一句：“我和周考打架了。”

程惠震惊地道：“你干了什么？”

包小凡、满青旋也张大嘴巴，瞪圆了眼睛：“什么？！”

闻乐没再说话，一脸无辜地看着对面的三人。

这时候程惠的手机终于进入“校园小广播”的主页面。她们这才知道，原来不是程惠的手机卡，而是因为涌入的流量太大，整个应用程序卡住了。

程惠叹息：“看看这个应用程序的卡顿程度，这就是作为A大红人的你们俩……的力量。”

闻乐捂着脸，诚恳地接受批判。

“校草与高人气女生私下不和，证据确凿！两人竟在停车场大打出手！”等了差不多半分钟，闻乐终于点进去了那条帖子。此时帖子已经刷了五百多楼。

“这是有什么仇什么恨，打得这么凶？”

“我的天，原来闻乐平时看着那么像个淑女，都是装出来的……”

“说实话，我觉得有点儿帅，这俩肯定学过跆拳道吧，跟电影似的……”

“这素质也太低了吧！”

“不管遇到什么问题，跟女生动手的男生也太没素质了吧，竟然打女人！”

“我是真的没想到这种当众斗殴的人会出现在我们学校。更可笑的是，‘校园小广播’上还有那么多吹捧这两个人的帖子。哈哈哈，真好笑。”

“周考一直在退让，根本就没有攻击对方好不好？一点儿都没有！瞪大眼睛看清楚！是她一直在咄咄逼人好不好？是她一直在追着他打！”

“明明是闻乐一直在出手攻击。校草完全不想跟那个疯女人纠缠好不好？”

“没有那么严重吧？我感觉他们两个就是在切磋。他们两个明显都会跆拳道，这跟正常打架不一样吧？”

“说实话，虽然每天在应用程序上看到这两人很烦。”

“哈哈哈！楼上说的没错，但是没有这两人的‘校园小广播’真的不好玩。”

“我的一个学霸学姐原本一直不知道这两人，但是今晚她知道了——那两个打架超凶的帅哥和美女。哈哈哈！”

…………

光闻乐她们看帖子的这会儿工夫，这个讨论帖子又刷了一百多层。

“虽然……但是我还是想说会跆拳道的女生也太帅了吧！”

“我犹记得不久前这两人绝美的舞姿。天哪！这才过去多久，这两人就打成这样！我伤心了。”

…………

程惠、包小凡和满青旋看完这条帖子，目瞪口呆地抬起头来看向闻乐，甚至下意识地后退了一步。似乎实在是过于震惊了，三个人齐刷刷地低头看看手机，又抬头看看闻乐，然后不可置信地重复了一遍视频中的一个动作。

满青旋仍觉得这一切十分不真实，震惊地道：“你？！这真的是你？”

包小凡学着视频中闻乐打架的姿势，比画了两下，长叹一声：“哇，太帅了！”

程惠显得要冷静很多：“你竟然真的会跆拳道？”

程惠拉着闻乐的手腕往门口走：“来来来，给我表演一个。”

闻言，包小凡和满青旋也连忙跟了上去，激动地叫着：“啊啊啊！我也要看，我也要看！”

闻乐站在走廊上的时候还一脸蒙的样子，她万万想不到自己的舍友们是这样的反应。

这三个舍友排排站似的站在一起，目光灼灼地看着闻乐，眼中闪着诡异的亮光：“来！”

“加油！”

“啊啊啊啊！期待。”

闻乐觉得羞耻得要命。她顶着这三个人奇异的目光，硬着头皮打了一套并不完全是跆拳道的东西。她学的东西很杂，只是为了好看随便打了一套。她最后用一个后旋踢收腿，帅气逼人。

对面那三人激动地鼓掌，闻乐羞耻得脸都红了：“够了够了，快回去！”

隔壁宿舍传来开门声，于是四个人一溜烟儿地跑回了宿舍。

程惠关上门：“所以你到底为什么要跟周考打架？”

闻乐道：“那就是简单的切磋，你们信吗？”

三人无奈地看向闻乐：“看看，你们两个给闹的，现在全校都知道A大校草和高人气女生大打出手了，再过不久，大概隔壁学校的人也会知道了。

“你俩就不能安分些吗？天天上热帖。”

闻乐道：“这……这是我们的错吗？我们也不想的好不好？

“这要是别人，打得更过分也不一定会上热帖吧……”

包小凡和满青旋问：“你和周考到底怎么回事啊？连我们都弄不清你们的关系了。”

闻乐看了哭得正伤心的孙优美一眼，犹豫了片刻。不过，她想着要是再这么瞒下去可能不太好，于是给程惠使了个眼色。程惠立即会意，与闻乐一人一个地捂着包小凡和满青旋的嘴。随后闻乐用口型说：我们在一起了。

包小凡和满青旋的眼珠子都要瞪出来了。她俩果然要尖叫，却被闻乐和程惠死死捂住了嘴，憋得满脸通红，直翻白眼。

满青旋缓了半天才反应过来，小声道：“那你们这对情侣吵架也太轰动了吧？”

闻乐小声辩解：“我们真没吵架。”

程惠拍了一下满青旋：“现在的问题是这个吗？你又没抓住问题的关键。”

满青旋道：“关键是啥？”

程惠拍了拍满青旋的脑袋：“大姐，你看看‘校园小广播’上骂得这么凶，你说现在的关键是什么？

“现在的关键是不是该想办法澄清这个谣言，挽救一下闻乐的形象？”

程惠又小声问了闻乐一句：“你家周考还不知道吧？”

闻乐给周考打了个电话，但是没打通。于是，她给周考留了条微信信息。

可她还没等到周考的回复，就先等到了辅导员的电话。

她看着来电显示，心里一紧，心想：该不会是辅导员也看到了那个帖子吧？不会吧不会吧……

闻乐忐忑不安地接通了辅导员的电话：“张老师。”

“闻乐，网上的视频是怎么回事？”辅导员的声音有些急，明显心情不太好。

有时候就是这样，你越不想发生什么，偏偏就会发生什么。

辅导员没等闻乐回答，又继续道：“你不像是这样的学生啊，你怎么会在大庭广众之下与男孩儿打架？这事还闹得这么大！

“闻乐，你告诉老师这究竟是怎么一回事，这中间是不是有什么误会，还是说那个男孩儿对你做了什么过分的事？你告诉老师，老师会保护你。老师知道，你不是随随便便跟男孩儿动手的孩子。”

虽然闻乐从小到大没少打架，可是从来没有被老师发现过。她上了这么多年学，一直都是老师心目中的乖学生。这是闻乐第一次因为打架的事情被老师抓到。

就像是你做了一件不怎么要紧的坏事，可偏偏被别人抓到了，满世界地宣扬，最后甚至捅到了你的老师面前。明明你没有错，可不知情的人都会说你错了。

闻乐的心中憋屈又难受，因为她和周考没有什么必须动手的隐情，就是想要打一场，但这又和真正的打架不一样，可就是说不明白。闻乐只能道：“老师，事情真的不是网上说的那样的，我们两个没有什么恩怨，就……”

闻乐不知道该怎么说，最后想了想，撒了个谎：“我们两个在同一个跆拳道馆，都是跆拳道黑带。我比完赛正好遇见周考，就跟他聊了一阵。周考说我们之前比试的时候我有几个动作不标准，想要给我纠正一下，然后我们就比试了起来。

“老师你也看到了，我们不是那种打架。”

辅导员闻言，松了一口气，道：“我说嘛，吓死我了。只是没想到你这么温柔的一个女孩儿竟然还学了跆拳道，打起架来还挺唬人的。”

闻乐扯着嘴角干笑了两声，道：“家里人说学跆拳道可以防身。”

辅导员道：“既然是误会，还是要早日澄清的好。你看，网上说得那么难听，不知情的人看到你们当众打架，对我们院、我们学校的印象也不好。”

闻乐点点头，心中还有些愧疚。确实，若是网上的人当真认为她与周考就是在打架斗殴，这对于学院、系里以及辅导员的工作都会产生不好的影响。

闻乐挂掉电话，心情有些失落，这时周考的电话打了过来。

闻乐因为心情不太好，声音发虚，显得没精神：“喂。”

周考听到闻乐的这一声喂就皱了一下眉，问道：“心情不好？发生什么事了？”

闻乐道：“我刚刚给你打电话，你怎么没接？”

周考道：“在洗澡，我看到你的未接来电就拨回来了，发生什么了？”

闻乐怏怏地道：“我在微信上给你发了信息，你去看看吧。”

周考听出闻乐心情不好，点了点头：“好，我看完给你回电话。”

不到十分钟，周考的电话就回了过来。

闻乐接起电话：“你有什么想法？”

周考道：“你就是因为这个心情不好？”

闻乐点点头：“刚刚辅导员给我打电话了，唉……”

闻乐没继续说下去，一手握着手机，一手揪着自己的裙子，闷闷地道：“早知道我就不和你打架了。”

周考道：“好了，别难过了，不是什么大事。”

周考姿态轻松，话中含笑，仿佛这事真的不是什么大事，而女朋友不高兴这件事才更让他在意。

但不得不说，周考的这种态度在无形中抚慰了闻乐那颗不太好受的心。

周考道："你今天晚上好好睡觉，明天我就带你去澄清好不好？"

闻乐听着周考用像是哄小孩儿一样的语气哄她，不由得轻笑了一下，只是因为心情低落，这笑声也显得有气无力。

周考心疼地道："你下载了'校园小广播'吗？"

闻乐点点头，慢吞吞地道："我下载了，就刚刚。"

周考道："那现在卸了吧，在见到你男朋友之前不要将这个应用程序下载回来。这个应用程序除了浪费时间和破坏心情，真的没有其他作用。"

听周考这么说，闻乐扑哧一声笑了出来，刚刚的难过似乎也散去了。她一向如此，低落的情绪困扰不了她太久，但这次走出低落的情绪似乎格外快，大概是因为有周考。

闻乐笑骂道："要是让当初开发这个应用程序和现在运营这个应用程序的学长知道了，还不跟你拼命？"

周考听闻乐终于来了精神，也安心了。

周考道："好了，看来我们明天不得不再次约会了。"

闻乐撇撇嘴："听上去好勉强的样子，你就不问问我有没有时间？"

周考顺势问道："那我想请问我的女朋友，明天你有没有时间同我约个会呢？"

闻乐笑道："好啦，我明天一天都没有安排。你想怎么做？"

周考道："你猜猜？"

闻乐想了想，就道："你不会是想带我去跆拳道馆约会，然后顺便拍一下照片，证明我们两个真的是在进行友好的技能训练与切磋吧？"

周考笑了笑，道："聪明。但……不只如此。"

闻乐警惕地眯了一下眼："你要干吗？你不会又要闹什么幺蛾子吧？"

周考道："明天你就知道了。"

说完周考还低声嘱咐了闻乐一句。挂了电话后，闻乐的脸红成一片。

闻乐进了宿舍，耳朵上的红色尚未散去。

程惠狐疑地看了闻乐一眼，道："不能吧……你刚刚不是去接辅导员的电话了吗？你这……"

程惠指了指闻乐泛红的耳朵："你这又是什么意思？"

闻乐闻言，脸又是一红。她推开程惠后，用口型说了两个字。

程惠立刻会意，摇着头，啧啧感叹。

当晚闻乐就卸载了下载不久的“校园小广播”，她的耳边仿佛还回响着周考低沉又温柔的声音，因此哪怕今夜经历了不那么愉快的事情，她依旧安然地陷入了香甜的梦乡。

第二天一大早，闻乐穿了一身运动服就下了楼，而此时她的舍友们正在睡懒觉。

周考在女生宿舍楼下等闻乐。

闻乐小跑着扑进周考的怀里，笑靥如花。

周六早上女生宿舍楼下的人还不多，因此没人注意到这两人。

周考开车带闻乐去了一个跆拳道馆。很快两人换上了跆拳道服，他们都是黑带等级。这馆中的教练跟周考很熟，见周考带女生过来，便朝周考善意地挤了挤眼睛，又吹了一声口哨。

周考笑着上前捶了那教练一下。两人笑着攀谈了一会儿后，周考请教练帮他和闻乐拍几张照片。

教练只以为是小情侣之间的情趣，欣然应允。

闻乐和周考走到场地中央。周考道：“再打一场吧。”

闻乐温柔地笑了笑，道：“我还是不会手下留情的哟。”

那教练见状心中一阵艳羡：不知周考从哪里找了这么一个温柔又漂亮的女朋友，可惜这小子不通人情，竟然带着这么温柔的女朋友来练跆拳道。这样暴力的项目怎么适合这么温柔漂亮的女孩儿？

正想着，却见刚刚那个温柔漂亮的女孩儿上前就是一记漂亮的侧踢，其气势之凶狠，动作之利落，让教练目瞪口呆。

这……

这是刚刚那个漂亮温柔的小姑娘吗？

这……真凶啊……

怪不得，周考要带他的女朋友来这里。

两个人酣畅淋漓地打了一场，打完后他们的身上都出了汗。

闻乐低头轻轻拂过一缕垂落在鬓边的头发，依旧是温婉动人的模样，仿佛刚刚那个出手狠辣、打得凶悍的人不是她一般，看得教练简直怀疑人生。

原来温婉柔弱的姑娘最惹不得呀。

教练在两人比试时就已经抓拍了不少照片。两人比完之后，周考却十指紧扣地牵起闻乐的手，举在半空中，示意教练再来一张。

教练一边儿在心中吐槽原来周考这小子还挺会玩儿的，一边儿努力地找角度给对面那两人拍了一张他自认为完美的照片。

闻乐偏头看了看她和周考十指相扣的手上戴着的情侣戒指。

闻乐的是女款排钻戒指，周考的是朴素的铂金男款戒指。乍一看它们是毫无关联、没有一点儿相似的两枚戒指，可谁又知道，这其实是一对情侣戒指呢？

教练赶紧把手机还给周考。

周考轻轻地笑了笑，拍了拍教练的肩膀道谢，然后接过手机，低头在手机上轻敲，像是在给谁发什么信息。

之后周考和闻乐就出去约会吃饭了。

饭吃到一半，闻乐的手机又哐啷哐啷地响了起来。闻乐狐疑地看了周考一眼，总觉得周考干了什么……

闻乐打开微信，看到了程惠发来的信息。

程惠显然有些激动。

“人间显微镜”发了一张图。

闻乐点开看了一眼，觉得那图应该是从别人在“校园表白墙”上发的动态里截下来的。

“校园表白墙”的文案里只有四个字：握手言和。

然后文案下面是“九宫格”照片。

这九张照片正是闻乐和周考穿着跆拳道服在跆拳道馆对打时由教练帮忙拍下的照片，前八张照片都是他俩打斗时不同的姿势，最后一张却是两人十指相扣，笑着看向镜头的照片。

因为闻乐是当事人，所以她一眼就看到了那照片中的两只手上的两枚戒指。

闻乐不再看图，返回去看程惠的信息，看完只觉得脸一红。

人间显微镜：“我服了，还是你家周大校草会玩儿。

“你们这是握手言和吗？

“谁握手言和发‘校园表白墙’啊？

“你们这是公布恋情吧？！是吧？！

“不要以为没有人知道那两枚戒指的来历！

“我就知道！

“我上网查了查，这是瑞典一个小众品牌的首席设计师的作品，意为‘你是我的灵魂’。

“你们真是厉害！”

闻乐给程惠发了个吐舌头的表情，然后就把手机屏幕朝下扣在桌面上。

周考见闻乐的脸有些红，不禁问道：“怎么了？”

闻乐闻言，心下羞恼，瞪了周考一眼：“你还说，你不知道你干了什么？”

这一眼没有什么杀伤力，反倒是惹得周考心猿意马的。周考一脸无辜的样子，道：“我干了什么？”

闻乐找出程惠发的那张照片给周考看：“你怎么把照片发在‘校园表白墙’上？”

周考嘴角含笑地看着照片，不答反问：“你打算什么时候给我个‘名分’？”

“名分”？闻乐突然想起上次爸爸对她说的话。

她轻咳一声，放下手中的餐具，用餐巾轻轻地压了压嘴角，然后像是不想负责任的坏人一样靠在椅子背上，道：“‘名分’这种东西是要自己挣的，哪有这样强要的？”

只是在周考的注视下，闻乐的声音越来越小。

他脸上的笑容渐渐凝固：“所以你是不准备给我个‘名分’了？”

闻乐偷瞄了周考一眼，发现他正在用“你这个坏女人”的眼神谴责她。她有些心虚，过了一会儿才说了实话：“那个……其实吧，是……我爸，他不太……”

周考心想闻乐这是扯的什么鬼理由。

闻乐看着周考，目光诚恳：“真的，我爸说现在勾引我的男孩儿都不怀好意，要我以学业为重。”

周考疑惑了。

闻乐道：“你能理解吧？”

他道："不太能。"

她道："我爸要搬来京城住了，我们家的房子差不多就要装修好了。"

她觑着周考的脸色，慢慢地道："所以你有没有觉得我们现在低调一点儿比较好？"

过了一会儿，周考像是受了天大的委屈一般点了点头："好吧。"

闻乐见状觉得有些内疚。可周考接着就用这副样子来了一句："那你该怎么补偿我？"

"啊？"

闻乐感觉心中的那点儿内疚瞬间就消失了，她挑了一下眉道："你想要什么样的补偿？"

周考道："周末都陪我。"

闻乐挑了一下眉，没说话。

周考又放低了声音："好不好吗？"

闻乐浑身一抖，觉得自从两人在一起之后，周考就领悟了什么不得了的技能，偏偏像他这样类似撒娇的示弱，就叫她狠不下心来。

她的眼神飘忽，她轻咳一声："前提是我没有别的事。"

周考听闻乐这么说就知道闻乐同意了，不由得笑了。这笑容浅浅的，但笑意直达眼底，像是冬日积雪初化，清澈的溪流潺潺，而第一缕春日的阳光射入水中，波光在那水中荡漾，美得柔和却也令人惊艳。

闻乐自己是美人，也喜欢好看的人和物，她对这样的颜值完全没有抵抗力。

她想，要是放在古代她大概就是那种昏君，只要美人一笑，星星也能给他摘下来。

等甜点的时候，闻乐突然想起周考发在"校园表白墙"上的照片，也不知道效果如何，于是又将"校园小广播"下载了回来，登上去看反馈。

闻乐不常逛"校园小广播"，因此对它的功能也不太熟悉。但她想要找的东西，早就被顶在"校园小广播"的娱乐板块的顶端，闻乐一看就知道那大概就是她要找的帖子了。

"报！'校园表白墙'惊现爆料，校草和高人气女生握手言和！"

闻乐心中吐槽：果然。

楼主先是放了两张图，一张是“校园表白墙”里那条动态——“握手言和”加“九宫格”照片的截图，另外一张是闻乐和周考双手交握，举在半空中的照片。

“我就说两人打得这么专业，不可能是正常打架的呀。”

“哇，这两个人竟然都是黑带呀，怪不得打得那么帅。”

“相信我，我也是跆拳道黑带，但是也打不成那个样子好吗？”

“假的吧？昨天被爆料打架，今天立刻就安排上了训练的照片。以前也没听说这两个人在一起学跆拳道哇。这明显就是为了洗白摆拍嘛！”

“服了，人家两个人都同框澄清了，你还不信。”

“做戏的痕迹太明显。闻乐脸上的笑容太假，明显就很不情愿。周考就更假了，你们什么时候见过周考笑成这样？用力过猛。”

“系了条黑带子就是跆拳道黑带了？谁知道衣服是不是借的，一点儿都不专业，竟然还戴着戒指比赛。”

“是呀，这两个人都戴着戒指。”

“就算当初两人真的在比试，真的没有打架，但这两个人私下的关系肯定不好。据内部人员透露，当时办联谊活动的时候，这两人就总是针锋相对的。”

“我就是想知道他们为什么要发‘校园表白墙’，是因为没下载‘校园小广播’吗？”

“证据确凿，没打架，但是关系是真的糟糕。”

…………

闻乐看着网友们的留言，叹息一声：“他们为什么会觉得我们私下关系不合呀？”

周考的嘴角带着浅笑，他却装出生气的语调道：“这些人太坏了，他们一定是单身，见不得别的情侣恩爱。”

接着周考的话锋一转：“其实说到底这也是我们的错，怪我们太懒了，从不秀恩爱。”

周考活动了一下手腕，笑道：“是时候做点儿什么了。”

闻乐警惕地看着周考，连忙道：“你别闹啊。”

周考突然低低地笑了起来。

闻乐不明所以："你笑什么？"

周考偏头看向闻乐："笑你太可爱了。"

说着他作势要亲闻乐，闻乐推开周考："烦你，一边儿去。"

周考的笑声就没断过。

闻乐懒得理他，说起了下午的安排："吃完饭你还要回公司吗？"

周考点点头："最近事情有些多，下午我还要回去一趟。"

这时，服务员端着甜点上桌了。闻乐用小叉子挑了点儿冰激凌蛋糕，抿了一口，舒服地眯了眯眼，放下叉子才道："说起来，我虽然去过你们公司，可还不知道你公司做的是什么。"

周考也挑了一口冰激凌吃，但他嫌太甜，只吃了一口就放下了叉子："'笔尖'应用程序你知道吗？"

闻乐点头。那不就是之前单姗和程惠推荐给她的那个应用程序吗？她手机上现在还有这款应用程序。

周考道："'笔尖'就是我们公司开发的，也是我接管公司后和我们团队的人一起做的第一个项目。"

闻乐有些吃惊，她实在是没想到目前正火的那个连自己都在用的应用程序竟然是自己男朋友的公司开发的。

"很吃惊吗？"

"有点儿。"

据说"笔尖"现在市值已经超过三亿，而它从正式被推出到现在还不到三年。

"你接触过这款应用程序吗？感觉怎么样？"

闻乐无奈地笑了笑，从手机上找出这款应用程序给周考看："恰巧最近朋友给我推荐了这款应用程序。说实话，我很喜欢'笔尖'的理念和设计。"

周考闻言，笑了笑，作为开发者，听到用户的肯定自然是高兴的，而能得到作为用户的女朋友的认可，他更是心情愉悦。

但周考没继续问下去，也没引导闻乐说出更多认可这款应用程序的话，反倒是聊起了工作上的事。

闻乐道："所以最近你们是在为'笔尖'的转型做准备？"

周考点头："现在市场上优秀的应用程序越来越多，并不是占得先机的应用程序就能安然无恙，若是不能以自身独特的优势留住用户，还是会被市场淘汰。

“‘笔尖’应用程序的功能并非不能替代。那些起步更早，有着大批忠实用户的老牌应用程序上，也有相关问题的讨论。老牌应用程序的用户更多。‘笔尖’与它们的不同之处在于，‘笔记分享’只是那些应用程序的其中一种功能，那些应用程序里面的笔记极为零散，‘笔尖’却将所有的笔记集中在了一起。

“现在越来越多的老牌应用程序以原有的功能为基础，开发了更多的副功能。一些老牌应用程序势必会开发出与‘笔尖’功能相似的副功能。到时候，‘笔尖’若依旧没能成功转型，或者是没能留住忠实粉丝，早晚会被淘汰。

“所以公司最近在研究‘笔尖’的转型方案。”

周考突然看向闻乐道：“你以后大概也要接触这些东西。对于‘笔尖’的转型，你有什么看法？”

闻乐想了想，道：“‘笔尖’最初的理念和定位就给它日后的转型留下了很大的操作余地。顺着它现有的功能和市场发展，你们完全可以开发出红人带货模式，这样既能提高平台关注度，又能留住一部分红人。

“‘笔尖’想继续发展下去，我觉得其实有两条路可以选，一条路是‘精’，另一条路就是‘泛’。

“‘精’可以只针对女性市场。把‘笔尖’作为女性的交流平台，这样运营成本会小一些，且会给用户更好的归属感，更容易培养用户对应用程序的感情。

“另一条路是‘泛’。‘笔尖’最初就没有将自己定位为女性交流分享平台，那现在你们就可以通过分类，在上面用不同的标签区分不同的交流区，例如女性、男性、学生、亲子、萌宠、潮玩、娱乐等，以拓宽市场和受众。”

周考笑着点点头：“我和你想的差不多。公司内部也是希望‘笔尖’日后转型做的是‘笔记—测评—带货—分享’一条龙的服务。”

闻乐点头，道：“这实际上是一个良性循环。用户在看到笔记、测评之后选择购买商品，然后通过分享商品的使用效果来增加自己的粉丝量，而粉丝看到他们关注的人分享的商品测评后可能也会去购买商品……如此循环。

“这样的循环不但能带动商品购买量，还能通过用户不断地测评和分享，淘汰一些商品，让那些商品的研发者不得不推出更好的产品。”

周考突然道：“看来你对‘笔尖’很感兴趣，你大三要不要来我们公司实习？”

闻乐有些心动，很想答应，但是突然想到了自己现在的身份——闻氏的独苗苗。闻乐道：“不知道我爸爸会不会有什么安排。”

周考诱惑闻乐：“来我们公司吧，我知道你喜欢‘笔尖’。而且，你难道不想和我共事吗？”

闻乐眨眨眼，说实话，她真的心动了。

南风北寄 著

下册

青岛出版集团 | 青岛出版社

第八章

名　分

11月中下旬，不论是在学业上还是在工作上，周考都忙得不可开交，几乎每天都要熬夜加班。如此一来，他和闻乐大半个月没见，只靠着手机联系。有时候他太忙，连电话都没有时间给闻乐打。

闻乐也投入到了繁忙的课业和社团活动中去。她发现自己虽然谈恋爱了，但她的生活并没有多少改变。

这样就很好，闻乐很喜欢这样的状态。

只是有时候她会有点儿想念将近二十天没见到的周考。

“校园小广播”上每天都有新的八卦消息供网友们讨论，当初那些讨论校草和高人气女生打架的帖子如昙花一现，就像这件火爆到让“校园小广播”卡顿的事从来没有发生过一样。

网友们对闻乐和周考的关系的印象仍旧固执地停留在私下关系紧张，王不见王的程度上。

事实上，他俩的关系给人的感觉就是相互对立的。

一个是最被社联看好的潜力股，经管学院金融系的年级第一，还要样样争第一，是各种奖项的包揽者；一个是最被校学生会看好的潜力股，法学院宪法与行政法学系的年级第一，而且同样是各种奖项的包揽者。

这两个人性格骄傲，主意大，又强势，谁也不让谁。再加上他们在停车场打得那样凶狠激烈，很难不让人产生误会。估计要是他们其中一个人换一下性别，都能被编排成小说中针锋相对的男一号和男二号。

但这些误会本质上对两个人来说没有任何影响，只是同学们越来越少在闻乐面前提到周考。

有很多次，社联的同学在闲聊在校学生会遇见周考的事，可一看到闻乐过来，就立刻收住话题，笑着跟她打招呼，转而说起别的话题。

闻乐有些无奈，其实她还挺想听听他们在校学生会遇见周考时发生了些什么。

学业忙碌，307 宿舍里那几个经常和闻乐一起玩儿的舍友也开始了早出晚归泡图书馆的生活。孙优美似乎从失恋的阴影中走了出来，可能是因为失去了男朋友的经济支持，她也朴素了不少，不再那么心高气傲，说话也没那么难听了。

但这期间发生了一件令她的舍友们感到意外的事。

孙优美和男朋友分手后，在宿舍里消沉了两天就离开了，说是心情不好想回家调整一下。她家就在京城。

只是孙优美回家待了二十多天，一直没来学校上课。就在舍友们怀疑她是不是出了什么事的时候，她回来了。

孙优美虽然看上去很开心，但金麟与别人在一起的事终究还是影响了孙优美。

有一天，程惠点开手机，边在上面翻找着什么边对闻乐道："孙优美打算在网上赚钱……也可能是受失恋的事影响……反正她在'笔尖'上发了美妆视频，还吸引了不少人关注，这会儿她已经有两三万的关注人数了。我估计她是想通过这种方式赚钱。其实她还挺适合做这个的，这才没几天，就涨了这么多的关注量。她要是能通过这次失恋找到适合自己的路，养活自己，也不失为一种成长。她那个男朋友本来就不怎么靠谱。"

十一月末，周考终于得闲，给闻乐打了一个电话。两人腻腻歪歪的，竟然煲了一个小时的电话粥。最后，两人约定周五出去约会。

次日，国家奖学金的获奖者名单下来了。闻乐又获奖了，她被辅导员叫去办公室填写资料。

办公室里只有辅导员和闻乐两人。辅导员很年轻，跟学生们的关系也很好。他和闻乐像朋友一样聊着天。聊着聊着，闻乐突然想起上次被辅导员叫到办公室的事。

闻乐顿了顿，道："老师，上次举报我的那个人是艾飞，对吧？我的舍友里只有艾飞不知道，我的那个包买回来我就从来没有背过。"

辅导员闻言，愣了愣，他看着闻乐清明冷静的目光，没说是，也没说不是，只是笑道："我做辅导员也有几年了，每次遇到与利益相关的事情，总会看到很多人起官司。

"人在做事的时候总要想清楚，到底什么更重要，是眼下的利益还是心中的坚守。我们没有办法勉强别人做出正确的选择，但是总有办法约束自己，你说对吧？"

辅导员始终没有说那件事是不是艾飞做的，但是他的态度已经表明了答案。若是闻乐冤枉了艾飞，辅导员怎么也会说一句让闻乐不要乱想的话，但他没有，反倒是劝诫闻乐要明白什么更重要。

闻乐笑了笑，点点头道："老师您说得对，我还是认为心中的坚守更重要一些。"

她的话像是对辅导员承诺了什么一般。

辅导员满意地笑了笑，看向闻乐的眼中满是欣赏之情。

闻乐想起之前的误会，觉得还是有必要解释清楚，于是又道："还有老师，关于我那个包……"

辅导员笑着摇了摇头，给足了闻乐面子："乐乐，老师知道你是个好孩子，那个包的事老师并不在意。"

说着他还装作很理解似的冲闻乐挤了一下眼。

闻乐哭笑不得，道："老师，我想说的不是这个。我是想说，因为我的户籍和住址，很多人都以为我家里比较贫苦，院里甚至曾经想给我发贫困生补助。当时我拒绝了，但我不是因为好面子而拒绝，而是因为我们家的条件还不错。"

辅导员正耐心地等闻乐说下去。

但闻乐不知道怎么解释比较好。她犹豫了一会儿，咬咬牙道："老师，您可能看过我填写的紧急联系人的资料，我的爸爸叫闻天启……"

辅导员很自然地点点头，道："我知道，你爸叫闻天启，跟天音集团的老总重名。”

闻乐笑着摇摇头：“不是，老师您误会了，不是重名，而是我爸爸就是天音集团的闻天启。”

辅导员道：“好好好，不是重名是……等等！你说什么？你爸就是天音集团的老总？！”

辅导员上下打量了闻乐一眼，确定没在她的脸上看出一丝说谎的神色，才有些结巴地道：“但是，你的户口不是……”

闻乐道：“没错，我随爷爷奶奶在山里隐居，但是我的爸爸的确是天音集团的闻天启。”

辅导员震惊得无以复加，实在是没有想到这个从山区出来的、平日里吃穿用度都十分符合穷孩子形象的闻乐，竟然是天音集团的大小姐！

辅导员有些思维混乱：难道有钱人喜欢住郊外，更有钱的人喜欢住山区？原来他们真的都向往大自然……

辅导员不知想到了什么，他又惊呼一声，然后从办公桌上拿起一沓宣传材料，看了一眼，恍然大悟地道：“怪不得闻天启先生同意这个周五来我们学校做演讲。之前院长还纳闷，明明闻天启先生是隔壁京大的校友，怎么都没去京大做演讲，反而直接来了 A 大。原来是因为你在这儿啊！”

闻乐的表情比辅导员的更加震惊：“老师，您说什么？我爸爸要来咱们学校做演讲？！”

辅导员疑惑地道：“你爸爸没跟你说吗？”

闻乐连忙掏出手机看了一眼，确认自己没有收到爸爸、蒋叔或者是小杨发来的信息后，缓慢地摇了摇头。

辅导员道：“那可能是你爸爸想给你一个惊喜吧。”

闻乐道：“老师，您能不能告诉我，我爸爸周五什么时候来？”

辅导员道：“周五下午哇，咱们院的师生都要参加的。”

闻乐在心中哀号。她周五下午约了周考，但是她要是不去听闻天启的演讲，闻天启肯定会问起……

辅导员道：“因为这是临时确定的消息，宣传资料也刚刚才印出来，你来得正好……”

辅导员数了一沓宣传海报出来，递给闻乐道：“这些海报你拿回去，给你们班的每个女生宿舍发点儿，当然班群里也会发通知告诉大家这件事。这个活动咱们院是要求全体师生必须出席的，这些海报主要是为了发给别的院看。”

闻乐接过了那一沓海报。海报上的闻天启有着一张英俊又儒雅的脸，辅导员看了海报一眼，又看看闻乐，笑道：“你现在这么一说我才发现，你和你爸爸真的长得挺像，就像是一个模子里刻出来的，果然女儿都像爸爸。”

闻乐回去以后，按照辅导员说的先给班里的每个女生宿舍送去了宣传海报。这些宿舍的女生拿到海报，关上门后，闻乐还能听到她们看到海报时发出的阵阵惊呼声。

之后，闻乐拿着海报回了宿舍。

孙优美还在床上，拉着床帘开着灯不知道在干什么。

程惠、包小凡和满青旋正坐在书桌前看剧、吃饭。

闻乐把宣传海报往自己的书桌上一放，道：“辅导员说周五有宣传讲座。”

满青旋闻言，沮丧地叹了一口气：“怎么又有讲座？这次又是谁？啊啊啊……我本来还打算周五下午出去玩的！”

包小凡上前拿了两张海报，一边看，一边递给满青旋一张：“天音集团掌权人闻天启？”

包小凡放下海报想了想：“奇怪，这个天音集团是干什么的？名字有点儿耳熟，但是我又想不起来。”

满青旋却尖叫着道：“啊啊啊啊！这个大叔也太帅了吧！”

闻言，包小凡也立刻跑题：“天哪！他真帅！”

程惠轻哼一声道：“天音集团你们都不知道，还是不是我们院的？那个集团不只是搞金融，好像什么都搞，反正就是相当厉害，而且真正厉害的不是这个集团，而是背后的家族。

“不过，我也是前些日子在一则新闻上看到的，之前也没听说过。这个家族太低调了，淡出大众的视线好多年了。前些日子天音集团突然又在京城活跃起来，引起外界的好奇，大家深挖下去才发现这个家族的深远历史。不过据说这个家族这几年不在国内，都是在沿海和国外发展，也不知道学校是怎么请到这个家族的人的。”

满青旋满脸震惊："天哪，这么厉害？"

"不知道。好像他们家的好多产业都在国外，反正这个家族就是超级厉害。不过，"程惠又小声嘟囔了一句，"我怎么感觉这个人有点儿像……"

说着程惠看向从刚才起就一言不发的闻乐，突然瞪大了双眼。

闻乐看着程惠，心想这个世界上到底还有什么能瞒得过这个"人间显微镜"？然后闻乐缓慢地点了点头。

"砰！"程惠直接从凳子上摔了下来。哪怕已经这样了，她依旧不知道疼似的死死地瞪着闻乐，仿佛灵魂出窍。

包小凡和满青旋连忙上去扶起程惠。

闻乐也走过去，小声问程惠："你的屁股不疼吗？"

程惠气若游丝地回答："我脑仁儿疼。"

程惠没感到尴尬，只觉得震惊。

程惠被架着站起来后，还反应不过来："我得去床上缓缓，这个世界太魔幻了。"

包小凡和满青旋都一脸疑惑。

吃完饭，包小凡和满青旋结伴下楼丢垃圾。程惠这才一脸蒙地拉着闻乐小声道："我知道你们家有钱，只以为你们家是普通商人，没想到你们家这么厉害。"

闻乐没说话，只拍了拍程惠的肩。

程惠见闻乐从刚才起就一副心事重重的模样，不由得问道："想什么呢？"

闻乐闷闷地道："我周五下午约了周考，但是我爸爸周五下午要来学校做演讲。要是我不在，我怕爸爸会问起；要是取消和周考的约会，我又怕没有时间和周考见面。周考可能以后周末都很忙，我不想浪费和他见面的时间。"

程惠道："这有什么？带着你男朋友去听你爸的演讲啊！"

闻乐道："这岂不是公布恋情？"

程惠道："笨哪，你们想公布恋情有法子，不想公布也有不公布的法子呀，操作空间大着呢。

"你们可以这样操作嘛……"程惠附在闻乐的耳边说了几句话。

闻乐的脸一红，她心想：这不是就要在舍友面前……这也太不好意思了吧？

程惠拍拍闻乐的胳膊："加油啊，别害怕。"

闻乐想了想，还是跑去洗漱间给周考打了一个电话。

周考接通电话，他的声音里带着一丝疲惫之意，但语气很柔和："这么快就想我了？"

闻乐笑骂："少自恋，跟你说正事。"

周考懒洋洋地道："咱俩之间还能有什么正事？"

闻乐斥道："别贫，好好听着。"

周考笑着道："好的，'领导'你说。"

闻乐踟蹰片刻，犹豫地道："周五……我带你去见……我爸，好不好？"

周考闻言，一愣，他以为闻乐终于打算公开他们的关系，连忙点头："就这么说定了，你不准反悔。"

闻乐一听周考这语气，就知道他想岔了，连忙解释道："不是那个意思……"

周考刚皱了一下眉，就听闻乐道："我刚刚得知，周五下午我爸要来咱们学校做演讲，我爸的演讲活动我不能不去，但是我们之前又约在周五……"

周考闻言，才知道自己空欢喜一场，他闷闷地道："哦，原来是我想多了……"

闻乐听周考这声音，不觉心就是一软。

可怜闻乐生得柔美娇艳，偏偏有着一副耿直的心肠。有一次，程惠吐槽，若周考是一个会装柔弱、耍手段的，闻乐肯定会被哄得团团转。

闻乐却一脸不好意思地说，若周考真的是那样的人，她可能看都不会看他一眼。因为她本质上是被周考的强势和优秀所吸引的。她只是扛不住一向强势又霸道的周考向她撒娇示弱，而周考身上的这种巨大的反差正是他的可爱的地方。

程惠第一次这么直接地被这两个人秀恩爱。

闻乐最受不了周考那种示弱又可怜的语气，偏偏她说不出哄人的情话来，只好委婉地向电话那头的周考表达了一下思念："这不是得循序渐进嘛……来吧，好不好？我们都这么久没见了。”

他用低沉的声音道：“那你想我没有？”

闻乐憋得满脸通红，都没能说出一个“想”字来。

他却非得听到闻乐说出那个字才肯罢休，不依不饶地追问：“你到底有没有想我？”

闻乐被逼急了，恶狠狠地道：“想‘死’你了！快来！”说完她就挂了电话。

而周考听到电话被挂断，笑得肚子都有些抽筋儿。

秘书推门进来就听见周考的笑声，不禁满脸疑惑。他们的小老板虽然年纪小，但是行事相当成熟，平日里小老板的那一张帅脸就算没有表情也给人一种冷若冰霜的感觉。秘书还是第一次见他们的小老板笑成这个样子，也不知道他到底为了什么事。

闻乐打完电话从洗漱间出来时，满青旋和包小凡已经回来了。

程惠见闻乐满脸的红晕还没褪去，又看了仍拉着床帘的孙优美的床铺一眼，小声地调侃闻乐：“呦，这小脸儿红的，当真应了那个词儿‘面若桃花’，你家周大校草又‘调戏’你了？”

闻乐瞥了程惠一眼，道：“被气得。”

满青旋和包小凡见状围过来，小声道：“啧啧，乐乐，你又去煲电话粥了？”

程惠闻言，简单地给她们说了一下情况：“乐乐打算周五约周大校草一起去听演讲。”

说着她看向闻乐：“怎么？你们家周大校草没同意？”

闻乐道：“不知道，我们谈崩了，但他应该会来。”

程惠扑哧一笑：“什么叫谈崩了？”

“谈崩了就是谈崩了。”

就算是她单方面觉得这件事谈崩了也是谈崩了。

满青旋道：“谈崩了他还来？”

闻乐道：“来。”

包小凡突然双眼放光：“嘿嘿嘿……这么说，我们可以围观了？”

程惠见状，就简单地跟她们说了一下她给闻乐谋划的操作方法。

包小凡和满青旋闻言，激动得互相抱在一起尖叫：“啊啊啊啊！围观！围观！围观！”

包小凡激动得不行：“真的想象不出闻乐这么不解风情的人谈恋爱是什么样子的。”

满青旋也跟着笑：“哈哈哈，不知道为什么我总觉得有点儿好笑，哈哈哈哈。”

闻乐瞪了这两个人一眼：“啊啊啊！你们太烦了。”

周五下午 307 宿舍的几个人都显得有一些激动。

程惠、满青旋和包小凡，早就穿戴整齐，提前一个小时赶到了学校的大礼堂。走之前程惠拉着闻乐叮咛道：“我们先去占座，你跟周考随后到。

“还记得我跟你说的吗？”

闻乐点了点头：“记得记得。”

最后出门前程惠又叮嘱了闻乐一句：“我们就在大礼堂的最后一排最角落的地方，你要是不知道的话给我们发微信信息。”

闻乐点了点头催促她道：“好的好的，你们快走啦。”

闻乐腹诽：我本来觉得没什么，但是你们三个人的激动模样搞得我也有些紧张。

演讲活动从下午四点三十分开始，到晚上六点结束。

那三个人走后，闻乐给周考打了一个电话。

“你现在在哪儿？”

周考说：“学校。

“怎么？演讲活动不是四点三十分开始吗？怎么？想我了？”

闻乐笑骂：“自恋。”

周考看了看时间，道：“现在才三点半，离活动开始还有一个小时，你有没有什么安排？”

闻乐挑眉：“没有，你想干什么？”

周考道：“我在校学生会办公室这儿。你过来吧，这儿没有人。等四点左右我们再一起去大礼堂好不好？”

闻乐想到大礼堂那么多人，他们两个也不方便做什么，便答应了。

与社联不同，校学生会的活动楼在 S 号楼。

闻乐到S号楼的时候的确没有碰到多少人。

闻乐按照周考给的地址找到了201办公室。

闻乐敲了敲门，很快门就被打开了，一只手伸出来，把闻乐拉了进去。接着她就感觉被一股力道给抵到了墙上。阴影笼罩着她，她被人揽着腰掐着下巴，死死地吻住了。

周考用沙哑低沉的声音在闻乐的耳畔呢喃道："我好想你。"

闻乐听了，忍不住又抱住周考，亲了亲他的唇角，轻声道："我也是。"

周考又急喘了一下，狠狠地在闻乐的脖子上咬了一口，警告道："别闹。"

闻乐被周考咬得一疼，狠狠地捶了一下他的胸口。可惜她身上没什么力气，这一捶像是猫挠的一样。

两人抱在一起亲热了好一会儿，直到闻乐的手机铃声响起。

闻乐拿出手机看了一眼，见显示的是爸爸的电话。

闻乐有些疑惑地接起电话："喂，爸爸？"

闻天启的声音从电话里传来："乐乐，今天爸爸在你们学校做演讲，你应该知道了吧？"

闻乐点了点头，声音里还有些抱怨之意："爸爸都不告诉我……"

"爸爸也是想给你一个惊喜。"

闻乐心想：这哪里是惊喜，明明是惊吓好不好？

闻天启道："爸爸的演讲活动你会来吧？"

闻乐道："爸爸的演讲活动，我当然会去捧场啦。"

闻天启笑道："乖女儿。

"活动结束后，你要是没有事的话就跟爸爸回家吧。家里布置好以后，你还从来没有去看过呢。活动结束正好到饭点，家里的阿姨那时也应该做好饭了。乔迁的第一个晚上，我们父女俩回家好好吃一顿吧？"

闻乐听爸爸这么说，不好意思拒绝。可是她原本约了周考。和周考这么久没见面，见面的时间又只有这么几个小时，她心中实在不舍。

闻乐有些为难地看了周考一眼。

周考从身后抱着闻乐，将下巴放在闻乐的肩上。他应该是听到了闻乐和闻天启的对话，但是始终垂着眸子，一言不发。

闻乐既不想拒绝爸爸，又不想拒绝男朋友，就犹豫了一会儿。但只这片刻，闻天启就察觉到了她内心的挣扎：“乐乐，莫非你下午还有事？”

闻天启叹了口气，他的声音里有些失落之意：“是爸爸不好，爸爸应该提前通知你的。”

见闻乐还没说话，周考就捏了捏闻乐的耳垂，然后向她轻轻地摇了摇头，表示自己与她下次再约，让闻乐回家吃。

闻乐觉得有些愧疚，但也没有拂了周考的好意，点点头对电话那头道：“我没事，正好我也想去看看新家。”

闻天启闻言，心情大好：“那爸爸做完演讲后直接把你带回家。不过活动结束后你可能需要等一会儿，爸爸需要跟你们学校的领导说一会儿话。”

闻乐连连答应。挂了电话后，她愧疚地看向周考。

闻乐摸了摸周考的脸颊，她的心里有些难受，还有些不舍。

周考却亲了亲闻乐的手，眼中带着笑意，道：“你能在你爸爸邀请你的时候，为我犹豫那么一下，我已经感觉很满足了。”

闻乐听了，心更是软得不行，又爱怜地摸了摸周考的头发，软声软气地说：“唉，你怎么这么懂事，惹得我怪愧疚的。”

周考刮了刮闻乐的鼻子，用沙哑的声音说：“当然这些我都是要讨回来的，你一点儿都别想逃。”

说着他的手摸上闻乐的衬衫领口，闻乐脸一红，拍掉了他的手：“不正经。”

周考亲着闻乐的脖颈，他的声音低沉沙哑：“正经人都不谈恋爱，谈恋爱要什么正经？”

两个人黏黏糊糊的，一直到四点十分左右才往学校大礼堂走。

七分钟左右他们就走到了学校大礼堂附近。眼见前面的人渐渐地多了起来，闻乐拉着周考的手，不让周考继续往前走。

周考回头看着闻乐：“干什么？”

闻乐道：“你忘了我之前怎么跟你说的吗？”

周考道：“记得，但是这里离大礼堂还有一段距离。”

闻乐说：“再往前我们就要被发现了。”

周考叹了口气："好吧，好吧。"

闻乐道："我先进去，然后我给你发信息的时候你再进去，可以吗？"

周考比了个"可以"的手势。

闻乐说："那你赶快找个地方待着吧。"

说着她就甩开周考，自己往大礼堂走去。

将近四点二十分时，大礼堂里基本上坐满了人。

天音集团掌权人的名号还是相当响亮的，所以这次活动来了不少人，将偌大的大礼堂坐得满满当当的。此时，大礼堂的入口处还挤着不少人，闻乐走过去的时候引起了不少人的注意。

闻乐从大礼堂左边的走道一直走到最后一排，然后走向舍友所说的最角落的地方。

程惠、满青旋和包小凡远远地看见了闻乐，朝闻乐挥了挥手。

闻乐迎着众多目光走过去，就见最后一排最外侧的位置有两个座位没有人，座位上放着书包。闻乐在靠近里侧的一个座位坐下。

后排的动静引起了前排的注意，几个男生女生回头看了一眼，见是闻乐，便用一种像是发现了什么新鲜事聚集地一样的探究的目光偷偷地瞄着她。

几个舍友见闻乐来了，就把那两个占座的包都拿走，然后冲着闻乐挤眉弄眼。

闻乐全当没看见，低头拿出手机给周考发信息。

闻乐坐了大概有两分钟，然后对舍友们说了一句："我去厕所。"她故意没有压低声音，因此前排的同学也能听到她说的话。

闻乐拿着手机去了女厕。关上女厕的门后，她给周考发了一条信息："你可以进去了。"

周考收到信息就往大礼堂走去。

这时候已经将近四点二十五分，整个大礼堂都坐满了人，喧闹的观众席也渐渐地安静了下来。

周考就在所有人的注视中走入了大礼堂。

周考先在门口站定，向观众席看去。他一米八八的身高有着天然的优势，再加上他那一双视力很好的眼睛，他很快就找到了现场仅剩的两个空位——就在最后一排的最外侧。

周考在众人的注视下从容地走向了那两个空位。

只见他低头问坐在那两个空位旁边的程惠："同学，这里没人吧？"

程惠愣愣地点了点头，似乎对周考的出现感到十分意外。

周考落座之后，却听程惠磕磕巴巴地道："可是……可是……你旁边有人……"

周考轻声说了一句"没有关系"。

周考坐下后给闻乐发了一条信息："你的舍友装得很像。"

这样全场就只剩下了一个空位，离得远的人不知道另一个空位是谁的，可刚刚见过闻乐坐下的人是知道的。

众所周知，闻乐和周考"不对付"，两个人坐在一起真的没关系吗？这些人虽是如此想着，脸上却露出了兴奋的神情——这是出于对八卦消息的敏感和兴奋。

不知情的人却见大礼堂的门口又出现了一道纤弱的身影，那款款走来的分明就是——闻乐。

闻乐甩了甩手上的水，显然她是刚从厕所回来。可是……

可是似乎有什么不对劲。众人的视线转向现场唯一的一个空位，惊讶和兴奋之情浮在他们的脸上。

闻乐在周考身边落座。

今晚有八卦消息，众人如此想。

闻乐似乎在看到周考的那一刻脸有些僵硬，坐得近的人能隐约听到她的声音。她非常客气，也非常疏离地说了一句："不好意思，里面是我的位置。"她的语气好像还有一些冷淡。

周考面无表情地点了点头，却没有要让开的意思，只是稍微把两条大长腿收了一收。他那张英俊又傲慢的脸似乎是在说：我给你让地方了，你要么进，要么就别进。

哟，他是在为难闻乐，众人兴奋地想。

闻乐的脸黑了黑，她犹豫了片刻后，侧过身子紧紧贴着前面的椅子艰难地从周考的大长腿让出来的一条缝中挪了过去。

而中途周考似乎还使了什么绊儿，闻乐被绊了一下。

这时候闻乐的脸色更难看了。

嚯，要打起来了打起来了，众人兴奋得眼睛冒光。

可惜闻乐没做出什么回击，只是安静地落座。

四点三十分整，一群穿着西装的人走进会场，做主持的老师上了台，众人的视线这才慢慢地收了回去，莫名地还有些不舍。

而在别人看不到的地方，闻乐狠狠地掐了一下周考的大腿。

周考非得当着这么多人的面戏弄她。

大礼堂观众席的灯光十分昏暗，而闻乐的长发又投下阴影，众人以为的“脸黑”，实际上是闻乐在脸红。

但她咬牙切齿倒是真的。

闻天启西装革履，走上台的时候，台下一阵躁动，闻乐隐隐约约地听见有人说“好帅”。

闻乐轻笑了一声，心道：爸爸这么多年一直保养得很好，看上去也的确是个老帅哥。

接着她就听到不远处的一个女生小声地科普道：“这位天音集团的掌权人闻总还是一个单身王老五……”

闻乐听完整张脸都黑了。

其实关于“妈妈”这件事，闻乐心中还是有些矛盾。

家里人很少提起她的妈妈。

在她的成长过程中，她的妈妈就像是一个“禁忌”。从懂事起，她就没有在长辈面前提过“妈妈”这两个字。

而这么多年她的爸爸也一直单身。任谁去网上搜一搜天音集团掌权人闻天启，任何的花边新闻都没有。爸爸洁身自好了这么多年，这给她一种感觉，爸爸深爱着妈妈，爸爸心中的那个位置永远是留给妈妈的。

这给了闻乐一种极其踏实的安全感。闻乐从小就感觉到，哪怕缺了妈妈这个角色，他们家仍然是一个完整的家庭。

但闻乐心中也很矛盾。

爷爷、奶奶和她都住在山区。爸爸在外工作不仅没有人陪伴，还要一个人支撑着整个闻家，很辛苦。闻乐一方面希望有人陪伴爸爸，另一方面又不希望爸爸的心里装有除了妈妈以外的其他女人。

闻乐很自私地下意识地回避爸爸可能另娶其他女人这件事。

周考看到闻乐的脸色有些不好，心知闻乐是因为听到刚刚那番话而心中不快，便在没人看见的地方，悄悄地握住了闻乐的手，与闻乐十指相扣，还摩挲着闻乐中指上的那枚戒指。

两人十指相扣，手上戴着的情侣戒指互相碰撞，发出轻微的声响，拉回了闻乐的神思。

闻乐抬头看了看周考，又轻轻地笑了笑，她顿时觉得心中的不悦之情消散了不少，于是反手紧紧回握住周考的手。

两人就这样在别人看不到的地方十指相扣，腿也轻轻地贴在一起，偶尔视线相交，缱绻又温柔。

忽然，闻乐好像发现有什么不对劲，猛地转头才看见三个舍友紧紧地盯着她和周考，那三双眼中几乎都冒着金光。闻乐不由得红了脸，连忙扯开与周考十指交握的手。

可周考在手上用了劲儿，不许闻乐松开，并且转头对着闻乐那三位“猥琐”的舍友笑着点了点头。

三个舍友见周考同她们打招呼，又凑在一起，嘿嘿地偷笑。

主持活动的老师结束开场白后，闻天启正式开始演讲。

他的声音温润，气质儒雅，他的身上充满了成熟男人的魅力，不少在场的小女生被他迷得晕头转向的。

周考和闻乐虽然两只手紧紧地握在一起，但是几乎全程没有说悄悄话，两个人都盯着台上的闻天启，专心致志地听他演讲。

一场演讲活动下来，闻天启收获了不少小粉丝。演讲结束后是提问环节，主持活动的老师说有问题的同学可以向闻先生请教，在场的不少人都踊跃举手。

周考听得认真，下意识就要举手。闻乐吓得一个激灵，反应过来后，连忙把他的手给拽了下来。

闻乐趁没人注意，小声对他道：“你疯了吗？我爸会看到我的。”

见周考挑了挑眉，闻乐又不好意思地小声道：“你以后有的是机会问……”

周考闻言，轻笑，点点头道：“好，这次算了。”

提问结束，主持活动的老师上台说了致谢词后，所有学生散场。

闻乐想起爸爸让自己等他，于是就让舍友们先离开。

周考在一旁等闻乐，闻乐闷闷地道：“你先走吧，我和爸爸一起回去。”

周考趁没人注意，揉了揉闻乐的头：“回家给我打电话。”

闻乐点点头，周考便离开了。

大礼堂的学生散得七七八八，而闻天启和几位老师在大礼堂外面攀谈。

闻乐坐在大礼堂里，等着爸爸结束谈话。没过多久，小杨就找了进来。

小杨见闻乐坐在礼堂里玩手机，便连忙走到她身边，道：“小姐，先生找您过去。”

闻乐点头，把随身背的包递给小杨，跟着小杨找到爸爸。

闻天启正在和人攀谈，这些人里有的是学校的领导，有的是学校从外面聘请的商界成功人士。

A 大不仅是国家顶尖的高校，更是全国最大的资源平台。经管学院的许多老师都是著名的商界人士，因被学院特聘而在这里代课。

闻天启手中自然攥着许多资源。所以，这次演讲活动不只来了许多学生，还来了众多特聘老师，这些人都想通过这次机会认识闻天启。

见闻乐走来，闻天启向她招招手，道：“乐乐，过来。”

闻乐走到闻天启的身边，见在场的人自己基本上都认识，所以挨个问了好。

众人不禁吃惊，但看到站在一起的闻乐和闻天启有着相似的眉眼，他们的姓氏又一样，也就明白了。

果然他们就听闻天启道：“这是我女儿，现在在贵校的经管学院读书，今年大二了。”

在场的众人一脸震惊，没想到自己的猜测竟然是对的。

外界传言闻天启一直都是单身，不承想他已经有一个这么大的女儿了。看来闻天启对这个女儿是真的疼爱，不然也不会把她保护得这么好，以致外界竟然一点儿也不知道这个消息。

在场的一个外聘老师笑道：“闻总啊，我一直以为你是单身，无牵无挂的。没想到，你还偷偷地培养了一个这么优秀的女儿。闻乐我可是知道的，经管学院大大小小的奖项都被她给包揽了。这当真是青出于蓝而胜于蓝哪！”

他的这番话就像是打开了什么开关，紧接着一连串的赞美之词从他的嘴里说了出来。

“我还想说是谁家的孩子这么优秀，原来闻乐是闻总的女儿啊，果然虎父无犬女。哈哈哈，我家那小子要是能有闻乐一半出息，我做梦都能笑醒。”

经管学院的院长对闻乐有印象，也记得闻乐的籍贯似乎是山区，就随口问了一句：“我怎么听说闻乐以前是住在山里？”

闻天启拍着闻乐的肩，笑道：“她还是小孩儿嘛，还是相对单纯的环境更有利于她的成长，所以我就让她随家里的老爷子隐居。”

众人闻言，才想起闻家的老爷子，那更是一位出色的人物。听闻闻乐是随老爷子在山中隐居，他们就更理解这件事了。

“闻乐是替你在老爷子身边尽孝，真孝顺啊。”

众人寒暄了几句后，就说起了别的事。闻天启对闻乐道：“你先去处理你的事吧。”

闻乐便笑着跟各位老师告别，转身离开了。

走到走廊拐角的时候，闻乐突然被人揽着肩膀按在了墙上。闻乐吓了一跳，定睛一看，才发现是周考。她捶了周考的肩膀一下，道：“吓我一跳，你不回去，在这里干什么？”

周考道：“想起来有点儿事要去楼上一趟，你去哪儿？”

闻乐感觉耳朵一麻，又看了看周围，道：“不去哪儿，我等我爸。我爸正在跟老师们说话，可能一会儿就过来了。”

周考道：“那我不走了，在这儿陪你，能多待一会儿是一会儿。”

闻乐道：“你怎么那么黏人，我不是说了回去给你打电话吗？”

周考叹了口气说：“打视频也解不了我的相思之苦。”

闻乐笑道：“这不能怪我，说到底这么忙的还是你自己。”

“都说搞事业的男人最有魅力，我怕我要是失去魅力了，你就不爱我了。”

闻乐扑哧一笑：“我为什么喜欢你，你没数啊？你不会真以为自己有什么人格魅力吧？我要不是‘贪图你的美色’，就凭我们在一起之前你的那张嘴，你觉得你能追到女孩儿？”

周考轻嗞一声，作势就要去捏闻乐的脸，闻乐笑着躲开了。

闻乐还火上浇油，道："你说是不是？你自己好好想想，我们两个没在一起的时候，你说的那些都是人话吗？你就没有个正经的时候。"

周考捂着自己的胸口说："我们这才在一起多久，你就开始嫌弃我了？"

闻乐笑得不行，周考凑上去就想捏闻乐的脸："你还敢给我笑。"

两个人正说笑着，突然一道声音从远处传来："乐乐。"

两个人回头看了一眼，见是闻天启。

"你们在干什么？"

闻乐只觉心头一紧，心虚得要命。她偷偷地瞪了周考一眼，才笑着转身对着闻天启叫了一声"爸爸"。

周考也在发现来人是闻天启的那一刻，收回要去捏闻乐脸颊的手，规矩地站在一旁。

闻天启走上前，用锐利的视线扫过两人。那眼神似乎是在打量他们，又似乎是在警告，带着一种压迫感。

闻乐顶着这样的目光，只觉头皮发麻，心中惴惴不安，心道：爸爸不会发现了吧？

想到之前爸爸对自己的叮嘱，闻乐不由得头痛。

如果他发现了自己和周考的关系，这该怎么办？

闻天启的视线先是停留在闻乐的身上，不过他似乎没有在她的身上发现有什么不对劲的地方，便转而看向站在一旁的周考。

闻天启在看清周考那张英俊的脸后，觉得周考有些熟悉，同时他的心里还有些不悦。

熟悉是因为他似乎在哪里见过这张脸，而不悦则是因为小女孩儿都喜欢长相好看的小男孩儿，而出现在闻乐身边的这小子长得如此英俊帅气，叫闻天启无论如何也不能放心。

再加上他见两个人刚才打闹时的举动，似乎有些过于亲昵了。

闻天启那锐利的目光就像是刀子一般，似乎想要直接刺破人的外皮直取灵魂。

就在闻乐觉得尴尬，想要说点儿什么的时候，闻天启突然收回了目光，恢复了往日儒雅温和的模样，笑着对闻乐说："乐乐，这是你的同学吗？你怎么不给爸爸介绍一下？"

见爸爸不再盯着周考，闻乐暗自松了一口气，不由得抬头看了周考一眼。

周考触到闻乐的目光后，立即明白了，主动上前一步，道：“叔叔好，我是周考。”

嗯？闻天启挑了挑眉，心道：姓周？

再看看这孩子的眉眼，闻天启终于明白了这厮给他的熟悉感来自何处。

果然就在下一刻，他就听周考说：“家父周承运。我在家中经常听爸爸提起叔叔，说叔叔年轻的时候就是那一代的佼佼者。”

千穿万穿马屁不穿，周考一本正经地吹捧着，大概也只为能在未来岳父面前留点儿好印象。

可闻天启显然不吃这一套。

闻天启淡淡一笑。不知道他想到了什么，他的神色有些复杂难辨，似乎丝毫没有将周考刚刚的话放在心上。

闻天启那冷淡的神色，完全不是对待熟人的孩子该有的模样。

此刻，空气似乎都凝滞了。若是换作别人，面对这一情形，恐怕脸色会有些难看，可是周考依旧稳如泰山，笑得谦和有礼，很难不叫人生出好感。

闻乐看着这两个人之间的互动，她的心中像是有无数只蚂蚁在爬，煎熬得很。

过了一会儿，闻天启收敛起那冷淡的神色，恢复往日温和儒雅的模样，笑着道：“原来你是承运的儿子，竟然也长这么大了。说起来我和你爸爸还是从小一起长大的。我和他这么多年没见了，也不知道他最近怎么样。”

周考从容地笑了笑，道：“家父的身体一直都不错。近来他还跟我提起过叔叔。他听说叔叔回京城了，很是欢喜，说一定要找个机会跟叔叔吃一顿饭。”

“是啊，我们的确许久未见。”说着闻天启又拍了拍周考的肩膀，“你爸爸当年也是那一辈中的佼佼者，你也生得一表人才，果然是虎父无犬子。”

闻乐心中一跳，不由得看了爸爸一眼。怪不得她总觉得爸爸现在的语气和态度有些熟悉，原来爸爸对周考说的，和她刚刚去见老师们时所听到的别无二致。

闻乐想到这儿，心下轻叹：虽然爸爸看上去很欣赏周考，但实际上不是他表现出来的那样。他说的话只是单纯的客套寒暄罢了，在这寒暄之外甚至还有着一丝冷淡疏离。

周考大概也察觉出了闻天启对自己的疏离，与闻天启聊了没有一会儿就道别离开了。

走之前周考还趁闻天启不注意，对闻乐笑了笑，以示安抚。

闻乐跟在闻天启身边，与他一起离开学校。

从学校大礼堂走到学校停车场，一路上闻天启一句话都没有说。

闻乐偷偷地看了闻天启几眼，见他的脸色不怎么好。直到父女俩上了车，司机缓缓发动了车子，闻天启的脸色才慢慢恢复如常。

闻乐瞥见闻天启的脸色好转，便小心地与他搭话："爸爸，你认识周考的爸爸吗？"

闻天启没回答这个问题，反倒问闻乐："那个男生是怎么知道你的身份的？"

闻乐听了不禁背后一僵，两手下意识地握在一起，只觉此刻爸爸看向自己的目光中充满了压迫感。闻乐心虚，小声道："我告诉他的……"

闻天启的声音里显然带着一丝不悦之意："你和他的关系很好吗？"

闻乐不知道该怎么说，就撒了个谎："我和他是高中同学，高中时，我们常常抢第一。上大学后他是校学生会的，我是社联的。反正，我们是朋友，也是竞争对手。至于我的身份，是上次我戴奶奶送给我的手镯，他发现手镯价格不菲，然后就问我……我只好承认了……"

闻乐说完想了想，觉得自己这么说也不算是说谎，因为这都是实话，只是她隐瞒了周考是自己的男朋友这一事实。

闻天启闻言，不由得轻皱了一下眉，心想周家的小子怎么可能和闻乐是高中同学。但是他随即想起周承运在三年前被调往偏远山区的事，这才明白。

闻天启不由得想到当年自己和周承运就是闻乐所说的那种关系，唯一不同的大概就是他和周承运都是男生，所以他们俩的竞争比闻乐和周考之间的还要激烈一些，他们俩无法成为朋友或者惺惺相惜，就是单纯地互相看对方不顺眼。

闻天启和周承运在同辈里都过于优秀，因此总被人拿来比较。两人从幼儿园开始就是势均力敌的竞争对手，没有想到到了他们的儿女这一辈竟然还是如此。

闻天启轻笑一声，心道：周家还真是“阴魂不散”。

闻天启看着闻乐说：“乐乐，当初爸爸和你说的话，你没忘记吧？”

闻乐点点头，道：“没有。”

闻天启满意地点点头，道：“你现在这个年纪，还是要以学习为重。当然交际也很重要，但是你要分辨什么样的人可以成为朋友，什么样的人只能是泛泛之交，什么样的人最好是少打交道。”

说到这儿，闻天启不由得想起今天见到的那一幕——周考的手眼见就要朝闻乐的脸捏去。闻天启沉着一张脸，刚刚才好转的心情又有变差的趋势。

闻天启继续冷冷地道：“比如说那些举止轻浮的男孩儿，我们还是少来往的好，因为交友不慎将会给你带来非常不好的影响。当然，你这么大了，这些道理你早就明白了，爸爸也不必多说。”

闻乐听到前半段的时候还觉得有些心虚，但是听到后半段，便觉得“举止轻浮的男孩儿”这几个字疯狂地在她的脑海中反复飘过。

闻乐需要强行忍住，才能保证自己不在爸爸的面前笑出声。

看来是今天周考想要捏我的脸的那一幕给爸爸留下了不好的印象。闻乐一边在心里幸灾乐祸，一边又感到发愁。

闻天启的车子一路驶进了别墅区，顺着别墅区宽敞的道路又驶进了独栋别墅所带的院落。

任谁都难以想象，在寸土寸金的京城黄金地段还有这样一片大型别墅区。

闻乐从车上下来，看着像是城堡一样的别墅，再一次真真切切地意识到自己家是真的有钱。

闻天启带着闻乐走进去，边走还边解释道：“这栋别墅爸爸买了也有几年了，但是因为这几年爸爸一直没怎么来京城，所以它就一直被闲置着。直到你上大学那一年，爸爸才想起来把这里重新修葺一番。你的房间在二楼，跟我上去看看吧，如果觉得有什么不满意的地方，你就告诉小杨，让他去处理。”

别墅内部是富丽堂皇的欧式装修，闻乐看这风格，想着这大概是别墅买来的时候自带的精装修。

闻乐跟着闻天启上了二楼，来到自己的房间。

那是一个大套间，套间里除了有卧室，还有会客厅、阳台、浴室以及衣帽间。

房间里有着巨大的落地窗、漂亮的水晶灯……每一个角落的装饰都极为用心，地上还铺了厚厚的地毯，为整个房间营造出一种温馨感。

闻乐走进衣帽间，见里面放着包、衣服、高跟鞋和一些常见的首饰，这些东西整整齐齐、满满当当地放了三面墙壁，而且全是闻乐从来没有穿过用过的新“装备”。

闻天启道：“这些东西都是你于阿姨给你准备的。最近她没有往学校给你寄东西，是因为我让她把东西都寄到这里来了。”

大概闻乐也没想到，这衣帽间最里侧的一扇关着的衣柜门是一道暗门。

闻天启带着闻乐走过去打开那衣柜门，就见里面是一道密码门。

闻天启输入密码，闻乐看得很清楚——那是她的阴历生日。

只听一声轻响，密码门被打开了。闻乐跟着闻天启走了进去，里面的声控灯自动打开，闻乐差点儿就被里面那些璀璨的各色珠宝闪瞎了眼。

原来，那是一个放满了珠宝首饰的房间。闻天启让人把那些极为贵重的珠宝首饰都放在了这个房间，而那些价格相对便宜的普通首饰则放在了衣帽间外边。

闻乐在这个暗间看到了上次爸爸送她的一些翡翠和红宝石首饰，也有一些她没见过的珠宝首饰。

偌大的一个房间，满墙壁的玻璃柜，里面都是这样贵重的珠宝。

闻乐惊讶地瞪大双眼，感觉自己就像是在做梦一样。

闻天启看着自己布置的房间，十分满意。

他低头去看闻乐，想知道女儿的反应，却见闻乐站在原地一言不发。

闻天启不由得有些忐忑，低声问闻乐：“乐乐，喜欢吗？”

闻乐转头看向爸爸，笑得眼睛弯成了月牙的形状，眼中隐约有光。

她看出了爸爸对房间的布置很用心，房间里的每一处细节，每一个小装饰，甚至连插在花瓶里的每一朵花都用了心思。

爸爸小心翼翼地问她喜不喜欢的样子，像极了一个小心翼翼地讨好女儿的笨拙爸爸。

闻乐的眼里渐渐泛起了泪花："嗯，我喜欢。"

"每一处我都很喜欢。"闻乐认真地补充道。

看完闻乐的房间，闻天启又带着闻乐去了别的房间。果然如闻乐所料，其他房间的装修与布置远远不如她的房间那样用心。

闻乐甚至在想，这段时间一直在装修布置的大概是她的那间房间吧。

闻天启带闻乐看完别墅里的各个房间后，与她来到楼下的餐厅吃饭。

有的饭菜还没上桌，用人们轮番上来送菜，闻乐在这些人当中惊喜地发现了熟人。

她不由得惊呼："蒋婶儿！"

没错，那人正是蒋叔的老婆蒋婶儿。

蒋婶儿前几年跟着闻乐一家住在山里。她有一手好厨艺，于是就在闻乐家帮厨，也算是看着闻乐长大的长辈。

闻乐离家这么久，极为想念蒋婶儿做的鸡汤，不承想蒋婶儿竟然也来了京城。

蒋婶儿见到闻乐也十分高兴。

她亲热地道："先生搬来京城，我家那口子也跟着先生在京城做事。老爷子听说这事后，说小姐最喜欢吃我做的菜，就让我过来照顾先生和小姐。

"先生和小姐离家在外，没有家里人照顾，别说是老爷子和老太太，就是咱们这些外人也不放心啊。"

闻乐十分高兴，道："那真是太好了，以后我可有口福了。蒋婶儿你不知道，开学这么久，我都要想'死'你的手艺了。"

蒋婶儿笑着说："那小姐今晚可要多吃一点儿，这才开学几个月你就又瘦了。"

闻天启看着闻乐高兴的样子，也跟着勾了勾唇角。

吃完饭闻天启留闻乐说了一会儿话，之后就让闻乐回了房间。

闻乐一直没能抽出时间给周考发信息，这会儿终于回到了自己的房间，便连忙掏出手机给周考打了个电话。

电话没拨通。

闻乐有些郁闷，心想：周考大概又在忙吧。

闻乐给周考发了一条微信信息，向他报备自己已经到家，然后放下手机去衣帽间挑一件睡衣洗澡。

衣帽间极大，大概是因为闻天启知道女儿爱美，也大概是因为他真心宠爱闻乐，所以光这衣帽间就有卧室那么大。

闻乐在衣帽间里转了一圈，发现单是当季的睡衣于阿姨就给她准备了十多件儿。

不得不说，于阿姨准备的衣服总是很合闻乐的心意。

也不知道是于阿姨懂得闻乐的心思，还是这么多年来，闻乐的审美被于阿姨潜移默化地影响了，总之她们俩在审美方面从来没有出现过分歧。

闻乐看着这么多衣服就心情舒畅，哼着小曲儿挑出一件白色的复古法式长睡裙。

这件长袖睡裙的衣料轻薄柔软，裙摆一直拖到脚尖。它的领口是一个方领，穿上它会露出漂亮的锁骨和修长的脖颈。闻乐还爱极了它的蕾丝花边，没犹豫就选了它。

洗完澡穿上睡裙，闻乐披散着还微微湿润的头发从浴室出来，第一件事就是看了看手机，可通话记录里没有周考的未接来电，微信上也没有周考发来的新信息。

闻乐不高兴地撇撇嘴，心想周考肯定又加班了，便快快地趴在床上玩手机。

这晚闻乐难得清闲，却正处在没有剧看、没有书看的无聊期。她躺在床上，一时间竟然不知该干点儿什么才好。

过了一会儿，闻乐从包里拿出笔记本电脑。原来，她突然想起前段时间单姗和程惠推荐她在“笔尖”应用程序上分享穿搭心得和护肤心得。

闻乐闲来无事，想尝试写一写。

但她这次动笔并不单纯是为了当初程惠和单姗说的提高自己的受关注度。

闻乐在得知“笔尖”应用程序是周考的公司研发的之后，就对这个应用程序产生了一种特殊的感情，但她说不清到底是什么。她并不想用这个应用程序来吸引粉丝挣零花钱，更多的是想通过沉浸式的体验来直观地感受周考团队的作品。

闻乐想，当她真正成为这个应用程序的用户之后，从用户的角度来看待这款应用程序，或许会有不一样的感触。

这样她下次和周考谈论“笔尖”也能言之有物，或许还可以给周考提一些有用的意见。

当初周考邀请她到公司去实习，她就觉得有些心动。虽然她没有确定到底要不要去，但是事先做一点儿准备并没有什么问题。

想到这里，闻乐开始行动了。

她在“笔尖”发布的第一篇笔记应该选择哪个领域呢？

闻乐看了看自己的衣帽间，见那里有放满了衣柜的衣服、包和鞋子，不由得轻笑了一下，心中有了主意。

如果问一个人在拥有了一屋子的新衣服之后最大的遗憾是什么，这个人大概会回答：当然是没有办法在短时间内穿上所有的漂亮衣服啊！

而做穿搭分享，就可以完完全全地满足一个人想要在短时间内穿多套衣服的想法。

好吧，闻乐承认，之前她所说的什么为了周考，为了“笔尖”应用程序那些话都是空话，她就是想要炫耀一下她的新衣服。

闻乐兴奋得不行，一路小跑着冲进了衣帽间。她用手指轻轻地抚过那些衣服，挑选出最让自己心动的几套，然后拿着它们在镜子前比对，感觉幸福极了。

闻乐挑选衣服的时候，发现这些衣服和自己以往所穿的那些有点儿不同。

以前于阿姨寄给她的那些衣服，上面从来没有品牌商标。现在衣帽间里的这些衣服也是没有品牌商标的，但是如果细看就会发现，它们当中有一些是大牌的最新款和经典款。

闻乐心中有些疑惑，她一直以为自己穿的所有衣服都是于阿姨亲手做的，现在看来并不是这样。

刚刚爸爸说这一衣帽间的衣服也都是于阿姨寄过来的，这让她不由得猜想，或许于阿姨还在自己家做对外采购的工作。之前她不愿意面对自己家的真实情况，选择逃避，而爸爸也不想勉强她，还曾对于阿姨叮嘱过什么，所以她的衣柜里就一直没有出现过在外采购的衣服。

现在既然她已经开始接受自己家的真实情况，那么于阿姨自然就可以通过采购来丰富她的衣柜了。

毕竟这些在外采购的衣服也挺好看的。

闻乐挑选完衣服，又从身后的柜子中挑出适合搭配衣服的包、鞋子，还有首饰。

她没再多想，按照自己的搭配，将衣服、包、鞋子，还有首饰一套一套地换上，然后学着她见过的那些穿搭博主一样站在穿衣镜前拍照，不过只拍脖子以下的位置。

如此她拍了五套。

拍完照片，闻乐将所有东西简单地收拾了一下，兴奋地跑回床上，撰写分享笔记。

写稿子对闻乐来说本来就不是什么难事，而且闻乐又分析过“笔尖”应用程序上那些穿搭博主的常用套路，所以不过十五分钟她就搞定了一篇简单的小笔记，并用“山音”这个账号上传了笔记。

不过，她挑衣服、换衣服这个过程差不多用了两个小时。闻乐看了看时间，见已经是晚上十点，但她依旧没有收到周考的信息。

闻乐有些郁闷地放下手机，穿着鞋下楼打算找点儿东西吃。

谁知道，她一下楼就遇见了闻天启。

闻乐自然地跟他打了个招呼：“爸爸，你还没睡？”

闻天启点了点头，却无意间瞥到了什么，整个人顿了一下，似乎没反应过来。等他反应过来时，脸色都变了。

闻天启分明看到闻乐的脖子上有一个红印子，这让他想到了极其不好的事情，所以他的脸色阴沉得吓人。

闻乐被闻天启吓到了：“爸爸，你怎么了？”

闻天启努力告诉自己要冷静要冷静。他知道闻乐从小皮肤就娇嫩，被蚊虫叮咬后，皮肤会起很大的反应。他不能因为那个红印子的位置特殊就乱想。

想到这里，闻天启克制住内心的怒火，轻声问闻乐："乐乐，你们学校蚊虫多吗？"

闻乐闻言，没有多想，点了点头："也不少。上次我还在学校发现了一只草蜈蚣。"

听到闻乐这么说，闻天启不由得安慰自己：看吧，是因为乐乐的学校虫子多。

闻天启的脸色也不再那么吓人了，他道："你脖子上的那个红点是被蚊虫咬的吗？"

闻乐一听就知道是怎么回事了。她想起今天在201办公室的时候周考在她的脖子上"啃"了一口。

闻乐吓得手都抖了，脸色发白。

但好在闻乐的脸本来就白，只要不是脸红，看上去就不太明显。

闻乐在心中努力告诉自己要冷静，要淡定。

她将自己的演技发挥到了这辈子自己能做到的极致，很自然地挠了挠被周考"啃"过的地方，又装作很自然地道："对啊，也不知道是被什么东西咬的，最烦虫子了。"

听着闻乐有些抱怨的口气，闻天启终于放心了，道："要不我让人给你拿点儿药膏？"

闻乐点点头："也好。"

"对了，你下来干什么？"

闻乐道："我想吃点儿水果。"

闻天启道："拨内线让管家给你送上去就好。"

闻乐道："哦，我给忘了。"

于是，闻乐就回了房间，然后播了内线让管家给自己送水果。

这时周考终于打了视频电话过来。闻乐正在气头上，周考撞枪口上了。

周考还没有察觉到危险，声音温柔低沉地道："想我了？"

闻乐怒道："还想你？我要打'死'你！"

说着闻乐指着自己的脖子："你看看这是什么！"

周考只见屏幕里晃过一片雪白，而那雪白之中绽放着一点"红梅"。

周考的眼眸一暗，嗓音也变得有些沙哑："这当然是我的印记。"

“印你个大头鬼！差点儿被我爸发现……”

周考却一副无所谓的语气：“发现就负责。”

闻乐要气疯了：“负你个大头鬼！你现在在我爸眼中就是一个‘举止轻浮的男孩儿’。你还要让他知道这是你干的？你是不是要让我去土里刨你？”

周考表情扭曲地道：“什……什么？举止轻浮的男孩儿……”

闻乐周末在家待了两天，其间闻天启比较忙，白天都不在家。

闻乐闲来无事就接连换了十几套衣服，写了三篇穿搭笔记。但是她没有把这些笔记发到“笔尖”上，而是将它们存在了电脑上，打算过一阵再发。

周日晚上，闻乐突然收到周考发过来的信息，问他们家在第几栋。

上次打电话的时候闻乐将自己住的小区的名字告诉了周考，但没有说自己住在几号楼。闻乐不知道周考为什么要问这个，但是也没多想，就把地址告诉了他。

周考收到闻乐的信息之后，再没有回复。

彼时闻乐正在看一部韩剧，见周考没有回复，就没去管。

过了一会儿周考打电话过来了。

闻乐接起电话，周考的声音从话筒中传来。他似乎在室外，话筒中不时传来风吹过的声音。周考道：“我在你家附近，你下来。”

闻乐听了不由得一惊，下意识地看向窗外。但是窗外是一个偌大的花园，闻乐只能看到里面种的一些花花草草，其他的东西都看不到。

闻乐好奇得要命，心想：这个小区安保那么严，若是没有住户带路，周考怎么可能进得来？

但闻乐没有怀疑周考的话，立刻就从床上爬起来，小心翼翼地下了楼。管家在楼下遇到她，还问了她一句：“小姐下楼是有什么事要吩咐我吗？”

闻乐摆摆手，说：“没事，我就是去花园里逛逛。”

管家有些疑惑地看了花园一眼。他知道闻乐皮肤嫩，又怕虫子，花园虽然有专人打理，但是有土地和植物的地方就难免会有虫子，为什么闻乐大晚上的还往花园里去呢？

闻乐看出了管家的疑惑，便找了一个借口："我手上有一篇稿子，要去外头拍点儿植物的照片儿。"

管家信以为真，只叮嘱闻乐多穿些。

十二月的京城已经供暖，外面很冷，闻乐在白色的睡裙外裹了一件米色的毛呢大衣。夜里的风有些凉，她一走出去就感受到了室内室外的温差，不由得把衣服又裹紧了些。

大门口到花园的距离有些远，而且开大门必然会惊动其他人。周考大概也考虑到了这些，所以跟闻乐约在了后花园。

她拿着手机，朝着周考所说的地方走去——后花园的那一处还有一些没凋落的花和绿色植物的地方。

她扫视了铁栅栏一眼，见外面并没有人。

她不由得有些怀疑：周考是不是在骗她？正想着，她就听到熟悉的声音响起："这里。"

闻乐循着声音看过去，果然就见周考穿着一袭黑色的长风衣站在铁栅栏外，他的手上拿着手机，手机屏幕的光照亮了他的脸庞。

闻乐的心猛地一跳，随即惊喜之情爬上了她的眼角眉梢。

闻乐几乎是小跑着上前，她的眼里都是笑意，声音因欢快而清脆明亮："你怎么会在这里？这个小区不是不放外人进的吗？"

就闻乐所知，这小区的安保之严简直"令人发指"，可这也正是它的卖点之一。能在这里买房的几乎都是各界精英。

周考从见到闻乐的那刻起，视线就紧紧地粘在闻乐身上。他从闻乐的眼中读到了惊喜之情，接着像是被这种情绪传染一般，他的眼中也渐渐地漫上了笑意。

周考的声音不高，低低的，沉沉的，还很温柔，在这个有些冷的夜里格外悦耳。他说："想要见你，总能进来的。"

闻乐虽然心中嫌弃周考一见面就撩拨她，但她嘴角的笑意怎么都止不住。

他们两个在一起也有两三个月了。

据说大部分情侣的热恋期也就三个月左右。闻乐还曾担心，她和周考之间的感情会随着热恋期的离开而渐渐淡去。

但事实截然相反。

他们之间的感情就像酒，时间越长，越醇美甘洌。

也因为这两三个月的相处，他们更加了解彼此。而他们越了解彼此，就越是发现对方与自己是如此契合。

闻乐的感情观深受家庭的影响。不论是相互扶持一生的爷爷奶奶，还是对妈妈念念不忘、守身如玉十几年的爸爸，都让闻乐感到爱情是如此美好。

或许是受到这样的影响，闻乐对待感情有点儿理想主义，甚至还有一点儿极端。

闻乐希望找到一个能够理解自己、忠于自己、爱自己的人。

闻乐曾认为这个世界上有两种恋爱。

一种是受多巴胺的影响，被彼此的外在所吸引的恋爱。这种恋爱能使双方在短时间内爱得轰轰烈烈，可热恋期过去，便可能爆发各种问题——三观不合，或是难以理解、难以忍受对方的缺点，导致两人间的爱情变质。这是闻乐最排斥的一种。

而另一种是柏拉图式的恋爱——精神恋爱。恋爱双方被彼此的灵魂所吸引，真正做到心意相通。这种恋爱会找到真正的灵魂伴侣，感情细水长流。这是闻乐所向往的。

在感情问题被问得多的时候，闻乐时常发现自己处在一种理想与现实之间的矛盾之中。

一方面她知道自己的想法是不切实际的，是过于理想化的。

另一方面她却绝望地坚守着。她早就知道时代不同了，她想要的那种感情在爸爸妈妈那个年代，甚至爷爷奶奶那个年代，都不容易找到，更何况现在。

现代的快节奏使得人心浮躁。用情真挚专一的人有时反倒追求不到心仪的对象。

这种社会现状让她更难以实现自己的目标。

就连闻乐自己都说不清楚，她和周考在一起究竟是源于第一种原因，还是夹杂着第二种原因的第一种原因。

但事实是，她似乎遇到了对的人。

她感觉周考是与她心意相通的。因为他们骨子里是一样的人，只有他们能理解彼此，只有他们才懂得彼此，而在一起的时间越长，这一点就越发明了。这大概就是来自灵魂的吸引力。

虽然三个月的热恋期快过去了，但他们在对视时，眼中仍有浓烈的感情喷薄而出，而且这感情的浓烈程度更胜从前。

闻乐在那一瞬间想了很多，想得很远，但似乎又什么都没想。

闻乐笑吟吟地看着周考，主动向周考伸出一只手。

周考会意，紧紧地握住闻乐的手。

晚风吹在闻乐的身上，卷起闻乐的长发，可闻乐不觉得冷。她感受着周考的手掌灼热的温度，只觉得有源源不断的热度从他们交握的手上传来，暖着她的手，暖着她的心。

闻乐喟叹一声。要不是隔着铁栅栏，她多想抱抱他，再亲亲他。

明明前天才见过周考，可是这一刻握着他温热的手，看着他仿若璀璨星光的双眸，闻乐才意识到自己有多么想他。

这太神奇了。

大概是情到深处，哪怕是再耿直强硬的人也能软化。闻乐看着周考小声道："周考，你亲亲我。"

这轻轻的一句话，让周考眼都红了，只恨自己不能破了这铁栅栏，走进那院子里，将闻乐拥入怀中，狠狠地揉进自己的血肉里。

周考深呼了一口气。他一向自持冷静，却不承想自己的情绪就这样轻轻松松地被闻乐的一句话给挑动。

周考觉得他要疯了。他为这个女人神魂颠倒，却还甘之如饴。

周考不由得想起自己幼时读"烽火戏诸侯"这个典故时，心生嘲讽，不明白怎么会有人为博别人一笑而做到那种程度。如今他虽然依旧不能理解周幽王的愚蠢举动，却明白了什么是"红颜祸水"。

真正的心上人是能让你连心都愿意剖出来给她看的。她向你提要求，你如何能拒绝得了？

周考没有办法隔着铁栅栏亲吻闻乐。他恨不得从铁栅栏翻进去，好抱住她，亲吻她。

但理智制止了他。

周考拉着闻乐的手，低头一遍又一遍地亲吻着她手上那枚一直没有摘下来的情侣戒指。

周考的唇温柔地印在闻乐的手指上，烫得闻乐一颤，她的心也化作了热蜜糖，甜滋滋的。

直到远处传来脚步声和说话声，两人才警觉地松开对方。

周考下意识地蹲下身，用栅栏与栅栏之间的水泥墙挡住自己的身体。

闻乐慌忙将手机拿出，迅速解锁，让它的屏幕亮起。

不一会儿，闻天启带着管家走了过来。

“乐乐。”

闻乐故作惊讶地回头，说道：“爸爸，你怎么过来了？”

闻天启道：“我听管家说你出来好一会儿了，有些担心，就过来看看。你在那儿干什么呢？这么冷也不回去。”

闻乐心道：我感觉自己出来没有多久啊，很久了吗？

闻乐装作刚反应过来的样子说：“哦，我正拍照片儿呢，结果有学姐给我发信息说社联的事，我站在这儿回信息就忘记拍照了。”

闻天启道：“拍什么照片儿呢？”

闻乐随口瞎掰道：“没什么，就是我接了一个写稿的兼职，需要用到一些好看的图片。我见花园修得挺精致，还种了很多植物，就想过来随手拍两张。等一会儿我就拍好了。爸爸，你们先回去吧。”

闻天启环视一圈儿，没发现什么不对劲的地方，于是点了点头，带着管家离开了，走之前还叮嘱闻乐说天冷早些回去。

闻乐乖乖地点了点头。

直到闻天启和管家的身影彻底消失，闻乐才松了一口气，小声地说：“起来吧。”

周考这才站起身来，靠着水泥墙叹了口气，满是无奈地道：“我觉得我迫切地需要一个名分了。你看我还有希望吗？”

闻乐笑道：“看来为了方便我们见面，给你名分的事的确是要提上日程了。”

周考勾了勾唇，道：“你要跟你爸坦白了？”

闻乐说：“先试探一下。不过……你到底是怎么进来的呀？”

周考指了指旁边那一栋别墅：“那是我姑姑家。”

闻乐挑了下眉：“所以你是来见你姑姑，顺道看看我？”

周考叹了口气：“我是为了见你，费尽心思地找了个理由来我姑姑家。”

闻乐有些纳闷："你来你姑姑家还要费尽心思找理由？"

周考叹息："我和我表哥不太合得来，大概就是有他没我，有我没他。"

闻乐着实吃了一惊。她知道周考虽然看上去骄傲冷淡，实际上他待人接物自有一套原则，从不让人难堪。

因此哪怕他看上去难以接近，但人缘也很好。

闻乐实在想不到他竟然能和自己的表哥不合到这种程度。

闻乐说："你说得有点儿夸张了吧？"

周考轻笑："被你看出来了，有他没我，有我没他主要是因为我总躲着他，基本上不和他出现在同一个空间。"

"为什么躲他？"

周考没多说，只道："性格不合吧。"

闻乐道："那你今天晚上碰见他了吗？"

周考笑了笑："我趁他不在家才来的。"

周考看了闻乐有些发红的鼻头一眼，虽然心中不舍，可还是道："你该回去了，小包租婆。"

闻乐见周考的手还紧紧地缠着她的手，分明是不舍得她走的样子。

闻乐看了手机上的时间一眼，小声地叹了口气："你可真是个大忙人哪。"

周考闻言，忍不住揉了揉闻乐的头发，小声哄道："等我忙完这一阵，就天天赖着你。"

闻乐面无表情地道："只怕那个时候都放假了。"

周考道："你家不是搬到京城来了吗？放假怕什么，大不了我豁出去搬到我姑姑家住。"

闻乐道："美得你，我过年是要回去陪爷爷奶奶的。"

周考一听要跟闻乐分隔几千公里，一个月不见，顿时就觉得自己的五脏六腑都被拧在了一起，仿佛还没有分别就已经感受到了那要命的相思之苦。

可是管理公司是他不能放下的责任，他到底不能做甩手掌柜……

闻乐本来也没想让周考为难，之前周考忙了二十多天，没跟她见面，她也没有抱怨一句。只是她心里到底装着周考，肯定会渴望有周考的陪伴。一想到过年之前周考都可能没有多少时间和自己在一起，她性格再要强也忍不住想抱怨两句。

但是看着周考难受的模样，闻乐又心疼："好啦，以后周末我没事就多去陪你好了。"

听到闻乐这么说，周考的第一反应竟然不是感动，而是生出一种让他毛骨悚然的冲动——他真的想不管不顾地推掉一切陪着闻乐。

当然，这只是一时的冲动，周考不会这样做，也知道闻乐不会喜欢他这样做。

周考只能轻叹一声，低下头，轻轻地吻了吻闻乐的戒指："女朋友，你真的该回去了。"

闻乐这才一步三回头地回到了别墅里。

周考一直站在原地，等闻乐在他的视线中消失之后才离开，不承想一转身就碰见了一个不速之客。

"呦，表弟，我说你怎么愿意来我家了呢，啧啧，原来你不是来见你姑姑的啊？"

周考听到这声音，立马转身就走。身后那人却像是没发现自己不受欢迎一般，紧跟着周考不放。

"小周周，刚刚那个小姑娘是谁啊？哪家的？你们啥时候好上的？舅舅、舅妈知道不？啧啧，大晚上的在后花园跟人家小姑娘卿卿我我的，小姑娘的爸爸知道吗？"

周考闻言，冷冷地扫了身后那人一眼："庞星光，你真的很烦。"

庞星光其实有些怕这个小表弟："你这么凶干吗？你跟哥哥说说呗。那是谁家的小姑娘啊？"

说着他看了闻乐家的房子一眼，道："这家人是新搬来的吧？面生得很，我头一回见。"

周考始终不接话，慢悠悠地在前面走着。庞星光喋喋不休："你跟哥哥说说呗，说不定哥哥还能帮你参谋参谋。瞧你们偷偷摸摸的。啧啧，你还没有名分吧？"

这话似乎是戳到了周考的痛处，庞星光被周考转头瞪了一眼。庞星光撇撇嘴："不说就不说，等明天我找舅妈去。"

周考嗤之以鼻："幼稚。"

周考垂眸想了想：恐怕我妈早就打听得一清二楚了。

“对了，”庞星光道，“过段时间我要去你们学校拍个片子。”

“什么片子这个时候拍？”

庞星光耸耸肩，道：“好像是一个什么活动的宣传片。”

说着庞星光揽着周考的肩：“到时候领着弟妹过来聚聚？”

周考斜着眼看他：“你怎么知道她是A大的？”

庞星光猛地睁大双眼，恍然大悟地说：“原来是同学啊！那你是得带她过来了。”

周考白了这家伙一眼，没答应，但也没拒绝。

闻乐回到别墅，见闻天启还在楼下等她，不由得快走两步上去。但是她总怀疑闻天启可能发现了什么，因此有些心虚，走到近前了，又放慢了脚步。

“爸爸。”

闻天启正拿着平板电脑看文件，听到闻乐的声音便抬头看向她，问：“照片儿拍好了？”

她点点头。

闻天启拍了拍自己旁边的沙发：“冷不冷？过来坐。”

她坐下后，闻天启与她聊了一会儿国内经济。自从闻乐接受了自己的家庭情况之后，闻天启就开始有意无意地引着闻乐，给闻乐讲解更多有关这方面的事。

聊了一会儿，闻天启见天色已经不早，便换了话题，聊起闻乐的学习生活。

闻乐看着闻天启，有些迟疑，但是想了想，还是小心翼翼地问出了口：“爸爸为什么不赞同我现在恋爱？只是因为怕影响我的学习吗？”

听到闻乐提起这个话题，闻天启先是一愣，再看到闻乐小心翼翼的眼神，又有些心酸——当然不是这个简单的原因。

这多多少少与他的私心有关。

闻天启这么些年在外工作，对女儿缺少陪伴，对女儿满心愧疚，便希望女儿能多留在他身边几年，好让他做些补偿。

再者，闻乐是个女孩儿。女孩儿在感情中往往更容易受伤害，所以闻天启更希望闻乐做一个充满野心、看重事业、心肠够硬、够坚强的孩子。

闻乐搞事业，有整个闻家做她的后盾。她这辈子几乎不会有什么太大的挫折。

而感情方面的不确定性太大了。

闻天启甚至一度动过给闻乐招赘的念头。

听闻乐这么问，闻天启就知道，她恐怕是有了这方面的心思。

闻天启不由得在心中轻叹：乐乐，爸爸只是不希望你不开心，不希望你受伤。

而且没有哪个臭小子配得上他的女儿。

闻乐小心地看着闻天启的神色，犹豫该不该说："可是，爸爸，如果我有喜欢的人怎么办？"

虽然知道这是很正常的事，但是闻天启的心态还是崩了。他很生气，还有些心酸。

见闻天启的表情似乎有些不对劲，闻乐又补充了一句："可是我不知道他喜不喜欢我。"

这一句话的效果堪比炸雷。闻天启要奓毛了。他的女儿闻乐……单恋别人？

闻天启显然是一个受不了闺女受任何委屈的老父亲。相比于闻乐恋爱的事，闻乐单恋别人这件事更让闻天启恼火，并且迅速转移了闻天启的注意力。

闻天启死死地压着心中的火气。为了不伤害到闻乐脆弱的小心灵，他尽量平静温和地问道："乐乐，你为什么喜欢他？"

听到爸爸问自己这个问题，闻乐倒是认真地想了想，自己到底喜欢周考什么，喜欢周考长得好看，喜欢周考的优秀，还是喜欢周考的甜言蜜语？

这些都不是，或者说，不只是……

闻乐不知道想到了什么，突然红着脸，说了这么一句："爸爸，他……就像是男生版的我，只有他能站在我的身边。"

闻天启愣了一下，似乎没想到闻乐会这样回答自己。

如果闻乐说喜欢那男孩儿的脸，喜欢那男孩儿的气质，喜欢那男孩儿的温柔，闻天启都能提出质疑。可是他没想到闻乐竟然说了这么一句。

这让闻天启沉默了，面对这样的回答他无话可说。

闻天启虽然没遇到过世界上的另一个自己，但是大概能想象得出那是怎样的一种感觉——他会懂自己，理解自己，所以也能化解那附骨之疽一般的孤独。

闻天启沉默了。

这沉默像是一种妥协。

闻天启想，如果世界上真的有这么一个人，自己会希望闻乐得到吗？

没想到闻乐像是看透了他的心思一样，小心翼翼地说："爸爸，我怎样才能得到他？爸爸，你能教教我吗？"

闻天启听了不由得心一软，真是恨不得把全天下都捧到女儿手里来。

闻天启叹了口气："爸爸可以帮你得到他的人，可是爸爸没办法帮你得到他的心。你应该明白你想要的是什么。"

闻乐没说话，只是微微垂下眸子。

闻天启知道，从小到大闻乐想要的，没有得不到的。

闻天启沉默了一会儿，只说了一句："如果他真的是男生版的闻乐，那么不用你出手，你就已经得到他了。"

闻乐闻言，眼睛一亮，高兴地上前抱住闻天启，在他的脸上亲了一口："爸爸，你太棒了。"

闻天启被女儿夸得迷迷糊糊的，也不知道自己到底棒在哪里。

"我一定把他拿下带回来给你看！"说完闻乐飞快地跑回了自己的房间。

闻天启还自豪地想，这个世界上没有他的女儿拿不下的人和办不到的事。

闻乐跑回房间关上门，背靠在门上偷笑：果然，比起我谈恋爱这件事，爸爸更接受不了我单恋别人。我为什么一定要和爸爸对着干呢？明明迂回路线更好用。闻乐，你真棒！

闻乐给周考发了一条微信信息。

周考收到这条微信信息后整个人就是一僵，然后猛地从床上坐起。

包租婆："唉，我还是太宠你了。"

包租婆："我竟然帮你拿下了你的未来岳父。"

包租婆："你的膝盖可以呈上来了。"

周某人："什么？！"

周某人："好的，亲爱的。"

周某人："明天就给你寄过去。"

十二月中旬，大街小巷的各大商铺都换上了崭新的装饰。空气里似乎弥漫着一种躁动的气息，这种气息不断地提醒着人们："快过节了"，情侣们即将大批出动进行约会，折磨单身人士的高峰期即将到来。

似乎各种节日就是给情侣们一个由头出来秀恩爱。他们在餐厅里秀完，又在广场秀，在广场秀完，又在朋友圈秀。

周考连着熬了两个晚上，才终于把节日那晚腾出来和女朋友约会。

他目前的状态还是比较紧张的。

自从闻乐说帮他拿下了未来岳父之后，他还缺一个机会告知他的未来岳父，他和闻乐真的在一起了。

而这次约会对他来说无疑是一个很好的机会。

名分的问题事关重大。

周考心情迫切，巴不得立刻就把自己是"闻乐的男朋友"这个身份给坐实了，因此他绝对不可能错过这样一个好机会。

周四这天晚上，闻乐特意回家住了一天。

闻天启显然为女儿回来住这件事感到高兴。在饭桌上闻天启问闻乐："最近不忙吗？我记得明天是周五，不是周末啊。"

闻乐笑道："明天过节啊，爸爸。"

说着她从包里拿出了一个小盒子递给闻天启："我回来陪爸爸吃饭，这是给爸爸的礼物。"

闻天启心中一热，感动得不行。他不想让女儿失望，于是拍了拍女儿的头说："爸爸也给你准备了礼物。但是你要到明天才能看到。"

闻天启打算一会儿通知秘书连夜准备礼物，第二天必须让闻乐见到。

闻乐开心地点了点头，模样很是乖巧。闻天启心中熨帖，心想他的女儿一定是世界上最好的女儿。

闻天启又问："明天你有什么打算？"

闻乐道："我们不放假，但是恰好我们明天下午没有课。我打算……"

说着闻乐的脸渐渐红了，她附在闻天启的耳边悄悄地说了什么。

闻天启的第一反应是有些不高兴，因为闻乐跟他说，她要去试探一下那个她暗恋的男生的态度。

闻天启替女儿觉得不值，认为那男生一定不正常，竟然还要女儿去试探他的态度。

但闻天启见女儿一副兴致勃勃的样子，也就没说什么，只是在心中祈祷，希望那个臭小子不要不知好歹，惹得女儿不开心。

闻天启问闻乐："你打算怎么试他？"

闻乐说："我准备约他明天一起出去吃个饭。如果他问我原因，我就说有事请他帮忙。如果他同意了，那说明我们有戏；如果他不同意，那说不定我们没戏。"

"如果他同意了，你怎么确定他真的是对你有意思，而不是只是单纯地想和你出来吃个饭呢？"

"如果他同意了，我就把他约到一个情侣很多的地方，看他的反应。我想，如果他不喜欢我，见到旁边有这么多情侣，他的脸色就可能有些冷，也可能有些不自在，或者不高兴。但如果他喜欢我，那我应该也能看得出来。

"比如他可能会脸红，可能会经常跟我对视，还可能会表现得比较热情。"

闻天启听闻乐这么说，心中很不是滋味儿，但想到女儿还是很明白这种男女之间的事的，又觉得很安慰。

不承想，闻乐又补充了一句："反正我在网上查到的就是这么说的……"

闻天启突然对闻乐的这次试探充满了担忧。

见闻天启不说话，闻乐又满是憧憬地说："到时候如果他喜欢我，但是他害羞，那我可以先表白呀。我这么勇敢，对不对，爸爸？"

闻天启闻言，觉得一口气堵在胸口，不上不下的，不知道该怎么回答。

就他的女儿闻乐这种条件，还需要先表白？对方是废物吗？

闻天启气得不行，只希望那个臭小子能主动点儿。不然，呵呵……怕是轮不到这小子了。

这一晚闻乐似乎都很兴奋。吃完饭之后，闻乐就跑去了自己的房间找衣服。

闻乐大概是太高兴了，一直拉着闻天启给她拿主意。

闻乐换了一件又一件衣服，每换一件都问他："爸爸，这件好不好看？"

闻天启一面觉得心酸，一面觉得欣慰，心酸是因为女儿竟然因为要跟那个臭小子约会这么兴奋，欣慰是因为女儿十二岁之后就再也没跟他这么亲密过了。

闻天启一边感慨，一边不厌其烦地看着闻乐在他面前挑衣服。

他觉得女儿无论穿哪一件衣服都很好看，而且他确实是这么对女儿说的。

"穿这件好看。"

闻乐听了指着另一件，闻天启道："那件也好看。"

最后闻乐只能无奈地放下衣服说："爸爸，你能不能给点儿实在的意见？"

闻天启却笑道："但爸爸说的都是真话，你真的穿哪一件都很好看。"

闻乐嘟着嘴，不大高兴的样子。

闻天启连忙指了一条红色的裙子说："乐乐穿这条裙子最漂亮。只要穿上这条红裙子，就是再眼瞎的男生，也会被你征服。"

闻乐很高兴地拿起那条裙子放在身前比了比："我也觉得这条裙子好看，爸爸的眼光真棒。"

闻天启笑着按了按眉心，道："好了，衣服你也选定了，爸爸该去工作了。"

闻乐点点头，挥挥手放闻天启去工作。

门在闻乐身后被关上，闻乐转身放下手中的裙子，脸上那种小女生欣喜的表情消失了。她看着爸爸离开的方向，浅浅地笑了笑。

她何尝不是像爸爸一样想拉近他们父女之间的关系呢？

周五上午有课，闻乐没有穿那条红色的裙子。

那条裙子有着特别的颜色和设计，只适合约会穿，并不适合平日穿。

闻乐拎着装有那条红裙子的袋子，穿了简单的毛衣、牛仔裤，外面则套了一件羽绒服，早上被管家送去上课。中午，她回宿舍换上了那条裙子。

宿舍的几个人都对这条红色的长裙有印象，它是于阿姨上次寄来的最好看的一条裙子。

这条裙子本来就是长袖的，适合秋天穿，冬天穿的话需要在外面套上羽绒服。但是在商场里约会暖气足够，羽绒服一脱，闻乐仍然穿得住这条红色的裙子。

这条裙子原本被闻乐放在宿舍，但是因为它的裙摆有些大，放在衣柜里占地方，所以闻乐让小杨把它给带回了家。这次回去她又将这条裙子取了回来。

这条裙子是略硬的质地，西装样式的上身，又帅又酷的直角肩，配上纤纤细腰和层层叠叠的裙摆，就像是一朵盛开的红色玫瑰。

闻乐刚把这条裙子从袋子里拿出来，舍友们的目光就被吸引了过来。满青旋不由得啧啧两声，揶揄道："约会去？"

闻乐现在早就不害羞了，点点头："是的。"

"唉，这个日子就是让你们这些情侣有由头出去玩的。"

闻乐哈哈笑了两声，又吐了吐舌头。

闻乐穿上裙子，化了妆，用卷发棒将刚染的浅棕色大波浪卷发卷了一下，最后穿上一双黑色的高跟鞋。她就像是一朵成了精的红玫瑰，美得不可方物，又透着一点儿灵动清新的美。

程惠捂着胸口说："乐乐，我建议你不要这么出去，否则后果不堪设想。"

闻乐没听明白："啥意思？"

程惠道："你要是这么出去，你跟周考是去约会了，餐厅里别的情侣怕是要当场闹分手了。"

"啊？"

"你想想，人家情侣好好的出去约会，结果凭空冒出你这么一个妖精，弄得人家男生的视线光往你身上瞅。啧啧啧，我都能够想象得到女生端起红酒哗啦一声朝男生泼过去，然后酒水顺着男生的脸和衣服滴滴答答地往下流，还有女生'赏'男生一巴掌，那个巴掌啪啪作响的场面。”

闻乐扑哧一声笑了出来：“舍长吹捧的本领又精进了。”

程惠比了个大拇指，骄傲地道：“那是。”

两人正说着话，就见包小凡不知道什么时候已经换上了一身裙子，还偷偷摸摸地走到化妆镜前开始化妆。

满青旋大叫一声：“你……你这是什么情况？！”

包小凡嘿嘿地笑了笑没说话。

满青旋说：“怎的？要跟小学弟去约会？”

包小凡嘿嘿笑着说：“就简单地吃个饭，吃个饭而已。”

趁着满青旋和程惠审问包小凡的工夫，闻乐拎着包，套上羽绒服悄悄地溜了出去。

周考在楼下等着闻乐。这会儿女生宿舍楼下人挺多，他就没有下车。闻乐认出周考的那辆迈腾后，坐上了副驾驶。

周考发动车子，道：“我一直很好奇，你是怎么拿下你爸爸的。”

闻乐笑道：“其实很简单，我就是告诉我爸，说我暗恋一个男生，让我爸帮我出谋划策追那个男生。怎么样，我是不是很聪明？”

周考摸了摸闻乐的头，笑着说：“我女朋友真棒！”

“不过你爸爸是不是觉得我眼特瞎？”

闻乐笑道：“那肯定啦。”

周考道：“今天你是怎么跟他说的？”

闻乐说：“我跟他说我今天约你出来，打算跟你告白。”

“看来今天我们是带着任务来约会的。”

“不过，”周考笑着说，“告白还是由我来吧。要不然我怕是不敢去见你爸了。”

闻乐扑哧一笑：“当然得你来。”

周考把车开到了学校附近的购物广场。他们像别的情侣一样，先吃饭，再逛街，最后看一场电影。

进了商场有些热，闻乐就把羽绒服脱下来拿在手里。周考随手接过羽绒服替闻乐拿着，视线在扫过闻乐那一身红裙时，眼中闪过一丝被惊艳之色。

闻乐看清了他眼中的被惊艳之色，笑着转了半个圈：“好看吗？”

她的裙摆层层叠叠，越发像是盛开的玫瑰。

周考轻咳了一声：“要不你还是穿上吧？”

闻乐不乐意：“我不。”

周考道：“虽然我女朋友太美了会让我很有面子，但也会让我有危机感。”

闻乐看了周考一眼，见他穿着黑色长裤、衬衫风衣。这一身在周考身上的效果毫不逊色于她这身红裙。

闻乐上下打量着周考：“男朋友，我不穿得好看点儿怎么让那些小姑娘知难而退？”

周考轻笑：“看来在这一点上，我们倒是很默契。”

果然两人一进餐厅就引起了不少人的注意，但当然没有出现程惠说的那种情况。

他们不管是在颜值上还是在气质上都很出众，以至闻乐一直听到有人在小声地议论她和周考。

“他们是明星吗？”

“不知道，他们的颜值也太高了吧？”

…………

两人在角落落座。他们点完餐后，服务生离开。

周考轻咳一声，道：“现在开始吗？”

闻乐没反应过来：“什么？”

周考道：“表白啊。”

闻乐不太优雅地翻了个白眼：“我不怎么想听。”

闻乐边说还边在心中吐槽：做戏就要做全套好吗？向人表白不需要给对方一种惊喜感吗？你问出来算怎么回事？

闻乐郁闷地喝了口水压压火气，真的不想和这个人说话，觉得他好烦。

周考却轻笑一声，低声道：“我给你变个魔术吧。”

闻乐抬眼皮睨了周考一眼，扯扯嘴角，极勉强地道：“哦，好吧。”

闻乐单手托腮，静静地看着周考表演。虽然她嘴上表示同意，但她这姿态和模样，显得极不配合。

周考只笑着从桌上的花瓶中抽了一枝红玫瑰拿在手里，然后用餐巾盖住它，再用另一只手盖在餐巾上面。

闻乐本来对魔术没有什么兴趣，此刻却被周考的手吸引了注意力，只因为周考那骨节分明的手实在是好看。

就在闻乐分神盯着周考的手指的时候，只见周考将那白色的餐巾一下子掀开，一枚方形的蓝宝石戒指就从他的手中露了出来，那枝玫瑰却不见了。

闻乐眨了眨眼，有些吃惊。她放下了托着腮的手，拉过周考的两只手检查，甚至低头看了看地上，确定那枝玫瑰真的不见了。

闻乐惊讶地道："去哪里了？"

周考笑而不语。

闻乐道："这魔术你什么时候学的？"

周考嘴角的笑有些得意："前不久。为了给女朋友一个更浪漫的约会，省得某些人总在背后骂我坏男人。"

闻乐心虚地轻咳了一声。

周考伸手拉过闻乐的手，将那颗十克拉左右的蓝宝石戒指戴在了她的手指上，道："听说闻家每年在珠宝上花费巨大，想来应该是闻家的女人喜欢收集珠宝。不知道我这算不算是投其所好。"

闻乐心中甜得像是喝了一罐糖。她伸着白皙纤细的手指，变换着角度看那颗色泽纯净的蓝宝石，只见宝石在灯光下反射着耀眼的光彩。

周考撑着下巴看着闻乐，眼中带着笑意："喜欢吗？"

闻乐点点头，满眼笑意："眼光不错呀。"

周考拉过闻乐的手低头吻了一下，道："能给自己的爱人买珠宝，大概是一个男人最值得骄傲的事情。

"闻乐，希望之后你的珠宝都由我来买。"

闻乐看着周考的眼睛，猜想里面大概有一条星河，美得过分，迷得她晕晕乎乎的，像是喝了烈酒一样，脸上都泛上了红晕。

闻乐捂住自己的脸颊，声音还有些飘："你的……你的告白文案不错啊。"

闻乐的耿直脾性又犯了。

她有些可爱。

周考低声笑了起来，正想说什么，但此时服务生端菜上来了。

周考止住了话头。闻乐也放下手，做出一本正经的样子，轻轻地用手捋了捋鬓边的头发。闻乐手上那颗十克拉的蓝宝石在灯光下熠熠生辉，上菜的服务员不禁往她的手上看了一眼，停留了一会儿才离开。

周考看出闻乐对这戒指的喜爱，心中也跟着高兴。

服务员走后，闻乐轻咳一声，从包里掏出一个小小的蓝色丝绒盒子，盒子上印着金色的图案，不过这图案不是什么大牌的商标，看上去像是兰草。

闻乐打开盒子，用手指抵着盒子将它推到桌子的中间。

周考低头看去，只见里面是一条男士项链。

这项链的样式非常简单，设计却很特别。

吊坠是一个多边形的星星，看上去很酷，但又不会很夸张，好看又大方。

闻乐笑道："周考同学，这是你女朋友给你摘的星星。"

周考闻言，笑着揉了揉额角："唉，我竟然有一个想要给男朋友摘星星的女朋友。"

他的声音低沉、淡然，却十分性感。闻乐听得耳朵一麻，便不自在地揉了揉耳朵："不好吗？"

周考道："好。"

周考眼含笑意："霸道总裁的剧本给你。"

闻乐被周考说穿心思，只好轻咳一声，努力装出淡定的样子，脸却越来越红。

周考将项链取出，拿在手里，仔细地端详着它，却见它的背部刻着一个和盒子上一样的兰草图案。

周考指了指那个兰草图案："这是什么意思？"

闻乐将项链拿过来看了一眼，摇摇头，道："不知道，好像我的衣服上都是这种图案。"

周考只是随口问了一句，见闻乐不知道，便没多说什么。

只是闻乐突然像想起什么一样，道："我跟我爸说今天来试探你，可是这戒指我该怎么解释？"

周考道："你就说我拿着玫瑰花和戒指，早有预谋地抢先一步表白了。"

闻乐轻啧一声："拿着十克拉的蓝宝石戒指表白会不会太夸张？"

周考道："好像有点儿……那要不你先把这枚戒指藏一藏，就说我拿了玫瑰花向你表白？"

闻乐道："也行。"

吃完饭离电影开场还有四十多分钟，两人就去楼下逛街。说是逛街，其实是周考陪着闻乐在看女装。

一路上闻乐都挽着周考的手臂。这对俊男美女颜值很高，所以回头率也高。

逛了几家，闻乐都没有看到合心意的衣服。周考开玩笑道："你何必进店，店里的衣服都被你身上的这套比下去了，哪里还有能被你看中的？"

闻乐随手从衣架上拿了一件衣服，道："你懂什么？逛街是女生的乐趣。"

只是话刚说完，她拿着的衣服就被周考拿走挂了回去。

闻乐只顾着和周考说话，都没来得及细看自己刚刚从衣架上取下来的衣服："你干吗？"

说着闻乐就想将那件衣服重新取出来。

周考道："不好看，不适合你。"

闻乐闻言，犟劲儿上来了："我不，我倒要看看是什么衣服我穿不起来。"

周考见拦不住闻乐，也不再去阻拦。只见闻乐拿起了一条连衣裙——低领露背还是超短裙的那种。

闻乐皱了皱眉头："呃……跟我想象的不太一样……"

但接着闻乐又笑着拿着衣服往自己的身上比了比，道："不过我好像从来没穿过这种风……"

话没说完她就被周考拉了出去。周考道："今天不怎么适合买衣服，我给你买个包怎么样？我看前面就是C家，你们女生不都喜欢那个牌子的包吗？"

闻乐被周考拉着走出那家店以后，还在认真地思考："你说我要不要换一种穿衣风格？其实我也觉得总是穿得太淑女有些单调。"

"是什么让你产生了这种危险的想法？"

周考捏了一下闻乐的脸颊，手却被闻乐一巴掌拍掉了。

周考平复了一下心情，耐心地说："你看过言情小说吗？"

闻乐点了点头。

周考道："那里面总裁是不是都是禁欲风格的？"

闻乐想了想，又点了点头。

周考道："刚刚你自己领了总裁的剧本，对不对？"

闻乐的眼神躲躲闪闪的，她没有回答周考的问题。

周考道："所以你是不是应该延续你的禁欲风格？"

闻乐眨眨眼，道："你们法学院的人是不是鬼扯起来都好有道理，好有逻辑？"

说完她就忍不住扑哧一声笑了出来。

周考闻言，也笑了，紧了紧握着闻乐的手，想了想，道："算了，你要买就随你吧。"

说完周考便拉着闻乐在整个楼层乱逛，闻乐不知道周考到底要找什么。周考在一家女士内衣店的不远处停了下来，然后轻咳一声，有些不好意思地转过身，背对着那家店，对闻乐道："你不是要换风格吗？要性感的？去吧，要里面最性感的那一套。"

闻乐瞪大双眼，不可置信地看向周考。

周考依旧背对着那家内衣店，凑到闻乐的耳边小声说道："可以性感，但只能性感给我看。"

闻乐的脸爆红，实际上周考的脸也在慢慢变红。

周考把闻乐往那家内衣店的方向推了一把："去吧。"

闻乐紧紧攥着周考的袖子，小声道："我……我不去。"

周考还在推闻乐："像我这么开明的男朋友可不多见，快去吧。"

闻乐的脸红得几乎要滴出血来，她猛地抱住周考的腰，使劲儿地摇头："不了不了，我是拿了霸道总裁的剧本的女人。"

周考道："真的不了？"

闻乐痛心疾首地点头，道："走吧亲爱的，我们去看看 C 家的包。"

两人达成共识，像是刚刚什么都没发生过似的牵着手离开。

闻乐在心中咬牙切齿：算你狠！

两人去 C 家逛了一圈，没买到包，反而买了一条裙子。

闻乐站在柜子前看包时，周考的视线扫到了一件衣服，他跟一旁的店员说了什么，店员便取下了一条白色的连衣裙。

周考接过连衣裙，在闻乐身上比了比。

闻乐不明所以地转过身：“干吗？”

周考把裙子递给闻乐：“很适合你。”

闻乐接过裙子看了一眼，见那是一条白色的连衣裙，公主风，少女心十足，而且这裙子不论是领子、袖子，还是裙摆的长度都绝对符合周考之前说的禁欲风格。

闻乐的穿衣风格多样，但她最近恰好不喜欢少女风，便有些嫌弃地道：“不要。”

周考却十分笃定，笑着将手搭在闻乐的肩上，推着她往试衣间走：“试一试，你会喜欢的。”

闻乐不情不愿地被周考推着走向试衣间，进去的时候还问周考：“你喜欢这种清纯的公主风？”

周考轻笑，趁店员不注意在闻乐的脸上亲了一口：“我只喜欢你喜欢的。去试试吧，你会喜欢的。”

闻乐被周考哄得很开心，轻哼一声拿着衣服进了试衣间。

说起来闻乐其实并不是不喜欢这条裙子，只是觉得这条裙子看上去很一般。但既然周考非要让她试，那她就试一试呗，好叫他认清自己的审美水平。

当然，这有点儿困难，毕竟她这样的美人穿什么都好看。

闻乐心中有些得意，一边胡思乱想着，一边换上了衣服。

可她万万没想到，这件看上去普普通通、完全不合她心意的裙子，穿上去的效果竟然会这么令人惊艳！

闻乐从试衣间走出去时清楚地听到了店员的惊呼声。

这件看上去甜美又少女心十足的公主裙穿上身竟然会这么美。

周考笑着走上前，扶着闻乐的肩膀，跟闻乐站在试衣镜前。

闻乐看着镜子中的自己，也被惊艳得心脏猛跳，忍不住用双手捂住自己的胸口，半晌才道：“天哪……这裙子太美了吧！”

周考笑道：“怎么样？你男朋友的眼光是不是绝了？”

闻乐激动地转过身，拉着周考的手，眨着亮晶晶的眼睛问：“你是怎么发现的？我自己都不知道这条裙子上身会这么好看。”

周考笑着凑到闻乐的耳边，用仅有闻乐能听到的声音道：“因为我的眼里都是你，所以最懂你的美。”

闻乐被周考撩拨得脸一红，心跳加速，竟然不敢跟周考对视，紧张得移开了视线。但周考还直勾勾地盯着闻乐，闻乐心下更紧张了，飞快地道：“我去换下来。”

说着她飞快地躲进了试衣间。

周考笑着去结账，路过几个店员旁边时还听到店员小声议论：“天哪，我刚才眼珠子都要瞪出来了，也太好看了吧！这条裙子明明卖得不太好啊，怎么她一穿上身就有种不一样的美感？”

“要是这美女是试衣模特，这裙子的销量也不会那么差了，卖断货是分分钟的事。太绝了……”

“唉，只要女朋友的颜值高，哪怕男朋友审美水平低，让女朋友穿芭比粉，她也能穿出天仙的效果。”

“说不定就是人家男朋友的眼光独到呢……”

闻乐出来的时候，周考已经结了账。闻乐挽住男朋友，高高兴兴地出了店门。

电影即将开始，两人检票入场。闻乐捧着两杯奶茶，周考拿着闻乐的羽绒服和逛商场时买的礼物。影厅里灯光昏暗，但隐约可见影厅里大部分是情侣。闻乐和周考坐在影厅后排的双人沙发观影座上。

闻乐像是想起什么似的，看向周考的领口：“对了，你怎么不戴我送你的项链？”

周考皮笑肉不笑地道：“你终于想起来了？我等着你亲手给我戴上呢。”

闻乐小声哦了一声，然后接过周考从口袋里掏出的项链，从身后给周考戴在了脖子上。

这项链有些长，周考戴上到锁骨以下五六厘米的样子。闻乐掰过周考的身子，仔细地端详着那项链。突然，她鬼使神差地伸手去摸项链上的吊坠。

周考低头，打算看看闻乐要干什么。

只见闻乐长长的睫毛颤了颤，然后她缓缓地低头，轻轻地在那吊坠上亲了一下。

周考当即呼吸一顿。

闻乐却还没停手。

她先是小心地四下打量了一下周围的环境。影厅里的双人沙发之间都有隔板，每个双人沙发都是一个私密的小空间。

闻乐见不会被人发现，便放下心来，伸手一颗一颗地解着周考的衬衫领口。

周考看着她，他的眼神逐渐迷离，呼吸变得有些粗重。

闻乐解开周考的四颗纽扣后，将那个被她吻过的吊坠贴着周考的皮肤放在了周考胸口上方的位置。

闻乐又将周考的扣子一颗一颗地系好，然后隔着衬衫摸了摸那颗吊坠的位置，嘴角带笑地道："把我给你摘的星星和我的吻时刻放在你胸口。"

说着她还对着周考眨了眨眼。

做完这一系列动作，闻乐自我感觉良好地捧起奶茶，美滋滋地喝了一口。

周考磨了磨牙，夺过闻乐的奶茶放到一边，咬牙切齿地道："我看你就是欠吻。"

说着他就把闻乐抵在沙发靠背上吻了下去。

就在周考即将靠近闻乐的那一刻，影厅里的灯彻底灭了，音乐响起，电影开始。

黑暗是最好的遮掩。闻乐原本还有些抗拒，但在感到光线昏暗下来之后，整个身子软了下来，手慢慢地沿着周考的背攀上周考的肩，最后她抱着周考的脖颈，回应着周考的吻。

毕竟是在电影院，所以两个人没有太过分，只是亲吻了片刻就分开了。

事后闻乐还心虚地四下看了看，确定双人沙发自带的隔板完全不会让别人看到他们两个人的动作后，才放心地坐回去。只是她转头却见周考竟然还在笑，便有些气不过地拍了周考的胳膊一下。

周考笑吟吟地拉过闻乐的手亲了一下，还小声说了一句："我怎么感觉你的奶茶比较好喝？"

闻乐的脸一红，她忙抽回手："都是一个味的，别闹！"

晚上十点，电影散场。周考开车把闻乐送回家。车开到小区门口时，闻乐刚想说自己在这里下车就好，就见停车杆打开，周考的车顺利地开了进去。

"你的车竟然能进？"

周考挑了一下眉："我上次就让姑姑家的管家把我的车牌号录入安保系统了。"

闻乐笑道："所以你这是早有预谋？"

周考道："我这是为了得到我的名分而做的准备工作。类似于上岗前拿证。"

闻乐笑道："真是说不过你。"

周考叹了口气，样子有些忧愁，语气有些嫌弃："女朋友太笨了怎么办？"

闻乐气得说不出话来。

闻乐心想：这男人飘了。

"说不过我就吻我啊，这都不会吗？"周考"谴责"道，"这还需要我教你吗？就你这样还想拿霸道总裁剧本？"

他的语气仿佛是在谴责闻乐怎么连 1 加 1 等于 2 都不会。

闻乐："……"

闻乐深呼一口气，然后心平气和地把手轻轻地放在他的胳膊上。周考还在开车。闻乐语气平静，眼神凶狠，淡淡地道："你再说一句，我就和你'同归于尽'。"

"这下够像霸道的总裁了吗？"

周考双手握紧方向盘，乖乖地闭上了嘴。

闻乐长舒一口气：这下世界终于清静了。

闻乐一进大门管家就得到了消息，通知了闻天启。

闻天启记得今天闻乐约了那个小子吃饭，也不知道如何了，所以心中很是挂念。一得到管家的消息，他就起身下楼了。

闻天启下楼后见到一脸笑意的闻乐，不由得一挑眉毛，心想：看来这是成了。

闻乐见到闻天启先是一愣，随即脸上绽开了笑容：“爸爸！”

闻天启招了招手，把闻乐叫到自己身边来。

管家接过闻乐的包和羽绒服外套。闻乐手上的袋子却没让管家拎走，而是放在了桌上。

闻乐脱掉羽绒服后，穿着一身红裙，亭亭玉立，如同从玫瑰中走出的精灵，让整个屋子都平添了几分光彩。

闻天启看向闻乐，眼中满是笑意和骄傲：“跟爸爸说说今天的进展。”

闻乐坐到闻天启身边，不知想起了什么，脸红了。

闻天启看着闻乐的神情就什么都知道了，却还是故作不知地问：“今天约会成功了吗？”

闻乐点了点头，漂亮的双眼笑成了月牙的形状：“爸爸，他抢先一步跟我表白了。”

闻乐让自己表现得像是一个心愿刚刚得以实现的小女生。她双眼亮晶晶的，看上去又激动又兴奋，像是想把自己的快乐分享给身边所有的亲近之人一样，喋喋不休地把周考变魔术送她礼物的事情稍做加工说了一遍。

闻天启听完，心中才舒服了一些，心想这小子还算有眼光。

可是他随即就意识到了什么，轻轻地问了闻乐一句：“所以你们是在一起了？”

闻乐的表情一僵，她小心翼翼地觑着闻天启的脸色，小声道：“不……不可以吗？”

闻天启看着闻乐小心翼翼的模样，心中酸涩。闻乐是他唯一的女儿，他恨不得将全世界都捧到女儿的面前。

女儿情路顺利闻天启自然高兴，可是谁也不知道她的感情之后会如何发展，而他也不舍得太早将女儿嫁出去。

可是看着闻乐那副高兴的模样，闻天启又不愿扫了闻乐的兴，只是看了闻乐放在桌子上印着C牌商标的购物袋一眼，道：“这是那小子送你的？”

闻乐的声音更小了：“不可以收吗？”

闻天启心中不是滋味，向管家招了招手。管家走上前，闻天启跟他吩咐了什么。不久，管家拿着一张信用卡走到闻乐身边，把卡递给闻乐。

闻乐伸手接过，看向闻天启：“爸爸？”

闻天启道：“喜欢的东西自己买，给男孩儿回礼的时候也不用吝惜。因为你还在上学，所以这卡的额度并不高，不过买个包回个礼还是够的。”

说完管家又给闻乐送上另一张卡，是一张普通的储蓄卡。

闻天启又道：“爸爸给你零花钱是一方面，给你的任务又是另一方面。

“爸爸要求你大四毕业时能在不动用这张卡中的钱的情况下，在这张储蓄卡里存上 100 万块钱。”

闻乐拿着那张储蓄卡道：“爸爸是希望我大学毕业前凭借着自己的能力挣够 100 万？”

闻天启道：“爸爸知道你靠写稿子挣了差不多 10 万，这 10 万可以作为你的本金，也就是说你需要在剩下的两年半的时间里挣到 90 万。方法不限。”

闻乐拿着两张卡，看着爸爸，认真地点了点头。

闻乐上楼后，闻天启突然问管家：“刚才送乐乐回来的是辆什么车？”

管家道：“我在监控里看了一眼，是一辆京 A 车牌的迈腾。”

闻天启轻笑一声：“迈腾？怕又是周家的吧？你在京城多年，对周承运的儿子知道多少？”

闻家搬出京城多年，可是家中的一些产业、人脉、人情往来仍需要有人照应，管家便一直留在京城打理这些事务。管家得知闻乐和闻天启要搬回京城住后十分欣喜，除了亲自带人打点布置别墅，更是住进来贴身伺候这父女俩。

管家在京城多年，对京城的某些小事的了解自然要比闻天启多一些。

管家道：“周老爷子这几年差不多要退下来了，周家近些年都是周承运在做主。周承运有一个独子，那个独子的确是同龄人中的佼佼者，据说他的脾气秉性和周老太爷有些相似，周老爷子很看好这个孙子。”

管家跟随闻天启多年，一些旁人不敢说的话，他说上一些闻天启也是愿意听的。管家道：“若小姐真的要在周家的几位少爷中挑选如意郎君，那周承运的独子周考应该是最好的选择。

“不说周承运这一支在周家的独特地位，只说周承运行为规矩和周考那酷似周家老太爷的秉性，都是这一辈中最难得的，能与咱家小姐匹配的了。”

管家说着又将周考从小到大的事迹挑着说了一遍。

闻天启的脸色渐渐地缓和了，但嘴上仍然不松口，轻哼一声：“乐乐的眼光自然是极好的。”

管家也跟着附和道：“听说小姐和周家小少爷是高中同学，认识多年了。两人怕不是早就……”

闻天启的脸色不大好看，管家笑着住了口，没再说下去。

闻天启也没有揪着这个话题不放，只是想起什么似的道：“周承运的儿子弄了个公司，开发了一款应用程序？他打算一直从商？周承运没打断他的腿？”

管家笑道：“据庞家的少爷说，当初周家小少爷弄这个公司只是为了给自己攒点儿老婆本，没想到能做到现在这样的规模。不过他原定的人生规划还是不会变的。”

闻天启嗤笑一声：“一个小破应用程序就想骗到我女儿？”

管家笑道：“从另一个角度来说，周家小少爷给咱家小姐买衣服的钱是自己挣的，这就与很多年轻人不一样了。”

“其他同龄人还在挥霍父母的钱的时候，周家小少爷就能自己挣下一份家业，用自己的钱给女朋友买礼物了。”

闻天启闻言，瞥了管家一眼，嘴角扯着一丝笑：“你倒是喜欢周家小少爷。”

管家知道闻天启并没有生气，恭敬地道：“我见过那周家小少爷一面，也相信小姐的眼光。”

闻天启笑了一声没说话，眼神令人捉摸不透。

次日周末，闻乐在家睡了个懒觉。下午闻乐接到院学生会学姐的电话，说是想要同她商量一下关于元旦晚会的事情。

闻乐正好想去一趟图书馆，就让小杨开车送她回了学校。

学姐约的见面时间是十点。闻乐九点半到学校后，先去了图书馆借书，然后带着书去了与学姐相约的咖啡馆。

这学姐是院学生会的一个部长，闻乐也担着院学生会里的职务，这学姐算是她的顶头上司。

学姐和闻乐很熟，便直接说明了来意。

学姐道：“这次元旦晚会还是由大一大二的学生出节目，你既是院学生会的成员，又是大二的学生，咱们院的学弟学妹们对你参加元旦晚会的呼声很高。咱们院的这个晚会到时肯定会有别的院的人特意来看。你要不要在元旦晚会上表演一个节目？”

这事闻乐还真的没想过，乍听学姐这么说，一时间也不知道答不答应。

学姐见闻乐没说话，又继续解释道：“其实院里有老师觉得上次的新生入学典礼你主持得不错，有意让你再主持一次晚会。但是辅导员说你已经做过一次晚会主持人了，说先把主持人的名额留下来，要是你实在没有节目，再把主持人的位置给你。”

闻乐一听，连忙摇头。她上次已经主持过一次院里的晚会了，这次她应该把机会留给更有主持经验的同学，而且她自知自己在主持方面的不足，便道：“学姐，我准备个节目吧。我同意辅导员的观点，这次主持人的名额还是留给更有经验的同学吧。”

学姐见闻乐应下了这件事，不由得笑着点点头，道：“好，我跟老师说说。你想表演什么节目可以先报给我。”

闻乐想了想，道：“钢琴可以吗？会不会有重复的节目？”

学姐摇摇头：“可以的，不重复。那我就给你报上去了，你准备准备吧。”

闻乐跟学姐道别后，想起今天要用的优盘落在宿舍里了，就又跑回宿舍去取。

闻乐推开宿舍门，却只见到了程惠，不由得纳闷地道：“怎么就你一个人？”

程惠正坐在桌前玩手机，闻言，哀怨地看了闻乐一眼，道：“满青旋做家教去了。她教的那小孩儿今晚有事，就把上课时间提到了上午。包小凡回家蹭饭。你也回家了。剩下那两个人，谁知道？大早上就没影了。”

说完程惠叹了一口气：“你们都不在，就剩我孤苦伶仃一个人，太惨了。”

闻乐见状不忍心留下程惠一个人，犹豫了一会儿，道：“要不……你跟我去我家吧？”

程惠闻言，惊讶地看向闻乐。

闻乐道：“上次我就说了请你去我家玩儿。现在有时间，去吧？”

程惠有些心动，但是又犹豫不决：“别了吧……我这人特害怕见长辈。”

闻乐笑道：“那你不用担心，我爸晚上才回来。”

程惠闻言，眼睛一亮：“去！等我收拾一下。”

程惠因为不怎么化妆，所以收拾的速度相当快，穿上一身簇新的衣裳，梳了梳头发，就整理完毕。而闻乐这边才刚刚从抽屉里翻出自己要找的优盘。

她回头看着换了一身装扮的程惠，比了个大拇指：“你这速度……不愧是从小到大短跑第一。”

两人锁上宿舍门，出了宿舍楼。

程惠还有些兴奋：“去你家怎么走？公交还是地铁？”

闻乐慢吞吞地道：“我……我的司机……”

正说着两人就走到了停车场。

周末停车场里的车不多，人就更少，于是那辆黑色的车和车旁边站着的西装革履的那个人就格外显眼。

程惠瞠目结舌：“你……你的司机？

“对哦，你太接地气了，我经常忘记你是千金大小姐这回事。”

闻乐提前通知了管家自己会带朋友回来，所以两人到家时管家已经让人准备了丰盛的午餐。

闻乐怕程惠不习惯，就让管家把午餐安置在小餐厅。菜上完后，用人都退了出去，门一关，那地方就像是一个小型包间。

程惠这一路过来，只觉得眼珠子都要瞪出来了。门关上后，她长舒了一口气：“哇！太气派了。”

闻乐见程惠还挺有活力，也松了一口气道：“你别不自在就行。”

程惠道：“我还以为你们家会有菲佣呢，电视里不都有吗？”

闻乐笑道："家里的这些人都是闻家的老人了，也算是我的长辈，看着我长大的。他们人很好的，有不少还是以前跟我一起住在山里的长辈呢。我以前就是个'泥猴'，所以你别不自在，随性就行。"

程惠道："我要是太欢脱，他们不会觉得我太没礼数吧？"

闻乐道："我小时候可真是爬树、下水，没有不干的，他们已经练就了一颗强大的心脏。"

程惠扑哧一声笑了出来，心中的拘谨也消散了不少。

饭后两个人上楼去了闻乐的房间。

程惠拉着闻乐要参观衣帽间。闻乐推开衣帽间的门，程惠当即惊呼出声："天哪！"

程惠只觉得被那些包闪花了眼："疯了，简直疯了！"

程惠颤抖地拉着闻乐的手："乐呀，你不是刚得知自己是千金大小姐吗？那你是什么时候攒了这么多包的？"

闻乐道："不知道你信不信，这些包都不是我买的。"

程惠道："你爸送的？那一下子送这么多，有点儿夸张了吧？"

闻乐小声道："好像是我于阿姨给我攒的，攒了好几年。"

程惠只恨自己为什么没有这么个阿姨。

程惠的视线在那一墙的包上流连。突然她眼尖地发现了什么，无奈地扯着闻乐的手："唉，天哪，乐乐！在你们家是不是价值不菲的包都不配摆在墙上，就直接堆在地上？"

闻乐这时候也注意到了地上那一堆还没拆封的包装盒，有些惊讶，摆了摆手："不是，地上的这一堆我也没见过。我早上离开的时候还没有这些东西……"

闻乐觉得奇怪，上前打开一个拆了一半的包装盒，里面果然如程惠所说躺了一个 C 家的菱格纹的小羊皮包。

程惠震惊地道："小羊皮包就只配堆地上吗？！"

就在闻乐为这个突然出现在她衣帽间的包迷惑的时候，黎倪走了进来。

黎倪算是贴身照顾闻乐的生活助理。闻乐也不知道该怎么称呼黎倪，这位姐姐是闻家的人，虽然跟闻乐不熟，但对闻乐十分关心。

黎倪身上穿着同家里其他人一样的黑色制服，见闻乐正蹲在那一堆盒子面前，就上前帮闻乐拆开其他的包装，一边拆，一边道：“小姐，这是今天上午刚收到的。您刚出门东西就到了，是于总前阵子帮您订的货。因为您的衣帽间已经没有放包的地方了，我刚刚去跟管家协商，管家正打算帮您把隔壁的客房给整理出来，重新弄一个衣帽间。这些包就先放在这里，您看有没有想背的，可以提前拿出来。”

程惠这一路过来无时无刻不为闻乐的家所震惊，而这震惊程度总在刷新刚刚创下的纪录。

第九章

恋情曝光

程惠扶额，道：“我们出去吧。”

闻乐道：“啊，这里的确是有点儿乱。”

程惠道：“不是，我得出去平复一下心情。”

两个人出了衣帽间，趴在闻乐的床上玩手机，边玩儿还边随口聊着天。

程惠在手机上敲了一阵，好像是在跟谁聊天。片刻后，她盯着手机屏幕道：“你元旦晚会报了啥节目？”

闻乐道：“钢琴。”

程惠笑道：“太好了，你果然报了，这下咱们宿舍的名额就够了。”

闻乐道：“什么意思？”

程惠道：“刚刚舍长在群里发了消息，让大一大二的每个宿舍出一个节目，咱们宿舍既然你去了，就不用再报了。我就知道咱们学院肯定会让你出一个节目。哈哈哈哈。”

闻乐见程惠一副得意的样子，便笑道：“我这名额是归属院学生会的，因为是院学生会的学姐帮我报的。咱们宿舍还得出一个节目吧？”

程惠满脸震惊：“不是吧？天哪，咱们宿舍莫非又要拿出‘死亡小品’了？”

说到这个“死亡小品”，闻乐就没忍住扑哧一声笑了出来。

那是大一的时候，忘了是哪次晚会，学院要求每个宿舍都出一个节目，别的宿舍的人都一块唱唱歌、跳跳舞，她们宿舍这群人一拍巴掌决定演一个小品。为了这个小品，宿舍里的六个人努力排练了两周，却在最后彩排时被审核老师一脸一言难尽地给裁了。

事后程惠特别难过地问班长：“审核的时候你在旁边笑得那么欢，那说明我们表演的小品很成功啊。为什么审核老师把我们的节目给裁了？”

班长委屈得不行：“我收了包小凡的贿赂——一包辣条，努力地帮你们带动气氛，但是很明显失败了……审核老师看我的眼神就像在看一个神经病。嘤嘤……”

307 宿舍备受打击，从此更加坚定了与一切晚会节目划清界限的决心。

想起往事，闻乐连忙摆手：“别了别了，我逗你的。我的节目算是咱们宿舍的。”

程惠白了闻乐一眼，低头重新拿起手机：“吓我一跳。”说着她又看起手机。

闻乐拿过一个枕头垫在胸前趴着玩手机，周考忙里偷闲，给闻乐发了几条微信信息。

闻乐懒得搭理他，给他发了一个“滚去工作”的表情包，然后偷偷摸摸地去翻他的朋友圈，看他的日常。

周考在没跟闻乐在一起时一直维持着高冷的形象，或者说现在在外人眼中仍然如此，他的朋友圈空空如也，仿佛他的微信号是一个假号。可是自从周考跟闻乐在一起后，闻乐的朋友圈就经常被周考发的动态刷屏。

屁大点儿事他都要发到朋友圈，吃了什么饭拍一张发到朋友圈，去了哪儿看了好看的东西拍下来发朋友圈，最近什么口味发朋友圈，什么时候休息“发朋友圈”……

闻乐对周考的那点儿小心思一清二楚。他们的朋友圈子有很大一部分是重叠的，但是闻乐从来没有看到任何认识的人给他点赞，于是闻乐就知道，这厮根本就是将他的朋友圈设置成了一人可见，而那个可见的人就是她。

这哪儿是发朋友圈，就是在变相跟闻乐分享日常，顺便隐晦地提一下要求，索取点儿关爱。

闻乐以前基本上不怎么翻朋友圈，而周考这样的举动直接导致了闻乐现在有事没事就爱翻翻朋友圈，有时候翻不到周考更新的动态还会心情不好。

闻乐这边刚打开周考的朋友圈，她的手机就嗡嗡地振动了几下——肯定是周考在闹她。

闻乐没管，继续翻周考的朋友圈，果然就见周考在几分钟前发了一条朋友圈。

狗蛋（闻乐给周考新改的备注）：“八点忙到现在，吃什么好呢？”

配图是周考办公室外的景色，闻乐看到这张图片就知道周考在他自己的办公室，于是翻了个白眼，退出了微信界面，转而点开另一个应用程序。

二十分钟后，周考的公司前台收到了一份外卖。

前台的姑娘拎着外卖送去总裁办给秘书，秘书又送去了周考的办公室。

周考接到外卖时笑得像是吃了糖的小孩儿。

秘书不明所以，送了外卖就退了出去。

周考慢条斯理地打开外卖包装，拿起外卖单，就见单子上的备注那一栏写着：“吃你的狗粮。”

周考收到了外卖还没吃，就先给闻乐打了个电话。

闻乐接电话时先偷偷摸摸地看了程惠一眼。

程惠号称“人间显微镜”，哪有她不知道的事情？她一看闻乐的样子就知道是闻乐的“小情人”来电话了，便哼哼两声翻过身去玩手机，不看闻乐。

闻乐笑了一下，穿上鞋跑到沙发那边，作势要喝水。其实她不是不好意思在程惠面前打电话，而是怕周考说出什么奇怪的话，被程惠听见，那就太尴尬了。

其实周考给闻乐打电话没有什么正事，就是想跟女朋友闲聊两句，这大概就是情侣的日常吧。

闻乐跟周考说起自己要上台表演节目的事。周考不太乐意：“他们都有什么毛病？想组团去看人家的女朋友？”

闻乐扑哧一声笑了出来，特不要脸地说了一句：“好啦，你都找到这么好看的女朋友了，就体谅一下人家吧。”

周考翻了个白眼：“我凭本事找到的女朋友，为什么要体谅他们？整天盯着别人的女朋友看，怪不得他们单身。”

“行了啊，你这张嘴。”闻乐轻咳一声，“中午休息的时间长吗？”

周考说：“还行，一个小时。”

“那你赶快吃饭，吃完饭睡一会儿。”

周考说：“我还想跟你说一会儿。”

“我没时间陪你闲聊，我舍友在我家呢。”

周考叹气：“真的好想你。”

闻乐道：“准你想，使劲儿想。”

周考不说话了，好像是被气到了。

闻乐又心软了：“好啦好啦，今天晚上跟你视频，让你帮我挑元旦晚会穿的衣服好不好？”

周考这才高兴，装模作样地道：“行吧，就勉为其难帮你挑一身。”

闻乐笑道：“毛病！”

闻乐收了手机，端了两杯水放在床头柜上。

程惠坐起身喝了一口水，眼睛却还盯着手机，也不知道她在看什么，嘴里啧啧有声。程惠喝完水，将杯子放回床头柜上，对闻乐说了一句：“你们有钱人也太会玩了。”

闻乐趴回床上：“你又看到了什么？”

程惠看着手机，道：“我在看微博。你没看热搜？热搜第五条。”

闻乐摇头说：“怎么了？没看。”

程惠道：“是‘笔尖’上的一个穿搭博主火了。

“一开始有一个穿搭博主在‘笔尖’上分享自己的穿搭，由于她的衣服太好看了，她的身材又好，搭配也好看，就吸引了不少人关注……”

很多人都以为这个穿搭博主是一个开网店的店主，发笔记是打算给自家的品牌做宣传，因此她分享的笔记下边有好多类似于“小姐姐你在开网店吧？”“小姐姐求链接”“小姐姐，求店铺分享”这样的留言。

除了这些留言，还有一些是夸博主身材好的。

一开始这个穿搭博主的笔记并没有多少热度。直到一条留言引起了讨论，这个穿搭博主才彻底火了起来。

檀香好香："搞笑，如果我没有看错，这个博主的衣服应该是乐音的私人定制款吧。你们居然还跟她要链接？"

这个人的留言一出现，就因为其阴阳怪气的语气激得不少人留言。

"她私人定制就私人定制呗，你至于这么高高在上吗？谁还买不起私人定制了？"

这条留言被"檀香好香"顶了回去："你还别说，你真买不起。你知道'乐音'这个牌子吗？你怕是连听都没听说过吧？乐音是天音集团旗下的服饰品牌的巅峰之作。天音集团旗下的几个轻奢和高奢品牌大家应该都知道，特别是天音集团在几年前收购了国际知名的蓝血奢侈品牌后，他们家在轻奢和高奢领域的市场占有率已经相当可观了。而天音集团旗下真正最高端的品牌就叫作乐音。乐音甚至不能说是品牌，因为它是以俱乐部的形式经营的。

"据说，创建乐音的初衷并不是为了盈利。它原本是天音集团的老夫人为自己和闺密而设的一个服装俱乐部。这个俱乐部不是申请入会制，只能通过别人介绍或者是邀请入会。俱乐部里的每一个人都拥有自己的设计师、裁缝和选品，甚至每一个人都拥有一套独属于自己的生产线，从布料、设计到制作，一条龙配备齐全。

"你们应该知道，因为天音集团在轻奢和高奢领域都拥有自己的品牌，所以他们家并不缺优秀的设计师。乐音的每一个会员每年缴的会费就不少。因为她所拥有的那条生产线里的每一个人都只为她一个人服务，她必须养活她那条生产线上的所有人。

"你们可能觉得这是什么鬼东西？乐音是什么连听都没听说过。这样吧，我给你们举一个例子。

"我看网上总是有人说'大满贯最佳女主角'席雅安如何如何的低调，从来不穿大牌，但就是随便穿，哪怕是野牌子也非常好看。

"我真是要笑死了，什么野牌子？席雅安是娱乐圈里唯一一个加入了乐音俱乐部的人。你们说的那些随便穿都好看的野牌子衣服，其实都是来自席雅安养着的那条独属于她的生产线，为她量身打造出来的衣服。

"你们还真的以为随便什么野牌子衣服，穿出来都有那种高级的感觉？不信你们可以去查一查席雅安身上那些看上去普通，但特别好看的衣服上是不是在最不起眼的位置都有一个蔷薇图案。那个蔷薇图案就是专属于她的生产线的商标。

“我之所以知道这件事，是因为我奶奶就是乐音的会员。我奶奶的专属标识是海棠花。海棠就是她的生产线……”

“檀香好香”的这条留言一出现，便震惊了不少人。有的人的关注点被引向了“檀香好香”所提到的那个乐音俱乐部上。“檀香好香”的原话被直接复制转发。紧接着就有人在网上发了“大满贯最佳女主角”席雅安衣服上的蔷薇标志。

蔷薇花标志有时候被当作衣服的花纹印在明显的地方，但在一整件衣服中很容易被忽视；有时候被印在衣服拉链的链柄上；有时候还被印在项链的吊坠上。

此外“檀香好香”还放了她奶奶的衣服上的海棠标志以及账户名为“山音”的穿搭博主的衣服上的兰草标志。

对比了这几种标志后，网友们这才觉得真的有“乐音”这一品牌的存在。

网友们不由得震惊了，原本他们以为那位亲民的“大满贯最佳女主角”身上穿的都是便宜衣服，没想到那些竟然是私人定制服装。

“檀香好香”在自己的留言火了之后又发布了一段话：“说实话，更令我震惊的是，我居然见到了兰草标志。

“我奶奶是乐音的会员，所以我多少接触过乐音。我一直都很想加入乐音，但是哪怕有奶奶的介绍，这些年我都没能进去。因为每多一个会员，乐音就要多增加一条生产线，所以近些年乐音开放的名额越来越少，审核也越来越严。据我所知，我身边的人没有一个能成功成为乐音会员的。

“最让我震惊的不是‘山音’小姐姐能加入乐音，而是她竟然拥有顶尖的兰草系列。

“我听奶奶说过，兰草系列是乐音最高级的生产线生产的。乐音对兰草系列的会员资格审核更是苛刻到极致。‘山音’小姐姐这么年轻，就能在乐音拥有一条兰草系列的生产线，该不会是‘乐音的亲女儿’吧？”

程惠不禁感叹：“竟然为了定制衣服给每个人整出一条生产线……”

程惠一边感叹着，一边把图片上的兰草标志放大。只是她觉得这个标志有点儿眼熟。她狐疑地看了闻乐一眼，似乎想到了什么，一脸震惊。她试探着问："乐乐……这该不会是你吧？"

"什么？"

程惠道："你最近玩'笔尖'了吗？"

闻乐道："半个月前玩的，最近没玩。"

她仔细地打量着闻乐的衣服，又拉过闻乐的衣摆："给我看看……"然后她就在闻乐的衣摆上发现了一圈很浅的兰草标志。

她放开闻乐，无奈地看着闻乐。

闻乐被她看得毛骨悚然："咋的？"

程惠把手机递给闻乐："你看看。"

闻乐接过手机，就看到上面是自己发的穿搭分享。

闻乐满脸震惊："我火了？"

程惠道："你自己火不火，你不知道？"

闻乐一边伸手去拿自己的手机，一边道："你知道除了微信，其他应用程序的通知我都是关了的。我当时发完帖子就关了'笔尖'。后来我上去看过一次，有一千多个点赞，增加了百十个粉丝。我看到有人私信我，跟我要链接。我上哪儿给弄链接去？所以就没回复。之后我也忘了这事，再没上去看过。"

说着闻乐打开了自己的手机，点开"笔尖"应用程序后，发现自己竟然多了十多万粉丝和无数条私信。她震惊了。

程惠也探头看了一眼："哇，你现在也是一个有着十万粉丝的网络达人了。"

闻乐却觉得有点儿棘手："其实我不想火的。我当时发笔记，以为自己顶多就能吸引到几百个粉丝。要是没有这个热搜，我肯定不会有这么多粉丝的，我也不知道原来乐音还有这么个会员制。"

程惠无奈了："火了不好吗？孙优美天天都想火。"

闻乐说："也不是不好，但是我大三想去周考的公司实习，我怕这样火了再去实习会有点儿不好。"

程惠没听明白："你啥意思？"

闻乐才想起来，自己还没有跟程惠说过"笔尖"应用程序是周考公司研发的这件事，便道："'笔尖'应用程序是周考的公司研发的。我要是成了'笔尖'的'红人'，再跑到他们公司去实习，会不会有非议？这件事会不会造成不好的影响？"

程惠恍惚地道："我现在才感觉到，原来大佬都在我的身边。这个世界太魔幻了。"

闻乐给周考打了个电话，说起热搜这件事，犹豫着道："上热搜的事是你们公司营销的吧？"

周考没听明白："热搜？你说宣传？那是陆总负责的。怎么了？出什么事了？"

"也不是，就……就热搜第五条，你看看吧。"

周考找到微博热搜，看了一眼就明白怎么回事了。

他将闻乐给自己戴上的那条项链摘了下来，然后看着项链吊坠背面的兰草标志。他当时就注意到了这个标志，只是没想到竟然是这么一回事。乐音，一听就是天音集团的东西，跟闻乐的瓜葛自不必说。

接着周考给陆总陆博瀚打了电话。果然，闻乐之所以能上热搜是有公司宣传部运作的因素在的。

陆博瀚道："这也是个意外。昨天晚上有同事说微博上出现了这个话题，热度还挺高。宣传部的人想趁着热度再宣传一下。有什么问题吗？"

周考只道："博瀚哥，停止宣传吧。"

陆博瀚一愣，但也没有驳了小少爷的面子，只点头道："好。"他们这位小少爷，虽然年纪小，但做事极有分寸。宣传公司产品以后有的是机会，他们公司背靠周家、黎家，资金雄厚，没必要为了这点儿小利惹得小少爷不开心。

陆博瀚挂了电话后，特意去看了看热搜。一见"乐音"两个字，他整个人就一愣：天音集团？最近夫人透露过，小少爷交的女朋友似乎是闻家的……

陆博瀚退出微博，心道：这次的宣传是该停了，闻天启可不是什么好相与的人。

周考挂了电话，又给闻乐拨回去道："这件事的确是我们这边运作的。不过公司的人不知道内情，我已经叫他们停了。"

闻乐叹气："是不是浪费了一次提高平台关注度的机会？"

周考摇头："不会，只要后期再进行正确的引导就行了。而且席雅安已经入驻了我们平台。"

"那就好。"

解决完这件事，闻乐才松了一口气。

程惠拉着闻乐，说要再去参观一下传说中的单独的生产线制造出来的衣服。

于是两个人又去了衣帽间。

程惠看了那些衣服一眼，啧啧赞叹："这些都是专属于你的生产线生产出来的呀，厉害！"

她顿了顿，不知想起了什么，突然笑了。

"笑什么？"

她道："那个'檀香好香'说对了呀，你就是'乐音的亲闺女'。乐音，闻乐，哎哟喂！"

闻乐拿出手机，道："之前我一点儿都不知道这件事，感谢科普。"

"哈哈哈，让别人给你科普你家的事。"

程惠一边拿出手机看"笔尖"，一边道："让我看看你现在的粉丝数。哈，十五万。我还关注了孙优美，我去看看她的粉丝数。啧，五万了。"

两个人只简单地聊了两句有关孙优美的事，没再多提。

下午司机把程惠送回了学校，走之前蒋婶儿打包了许多菜和蛋糕让程惠拎回去。

程惠有些招架不住蒋婶儿的热情，只得收下了这些东西。

晚上周考给闻乐打了视频电话，嘴上说"勉为其难"，实际上对给闻乐挑选衣服这件事兴趣十足。

闻乐有些无奈，打开后置摄像头，一路走进了自己的衣帽间，然后找了个支架把手机放在上面固定住，再把摄像头切换回来对准自己。

闻乐笑了笑说："某宝上的直播就是像我现在这样操作的。"

周考也笑道："那主播你可要专业一点儿。"

此时闻乐穿着法式长裙睡衣，浑身上下遮得严严实实的，只露出一段白皙修长的脖颈。周考没看到一点儿别的东西，不甘心地道："你在家里裹得倒是严实。"

闻乐上前敲了一下手机屏幕，仿佛自己敲的是周考的头：“你脑子里整天都在想些什么？”

周考道：“想你。”

“油嘴滑舌。”

周考道：“你把手机放在这里，我怎么给你挑衣服？”

闻乐道：“我给你拿过来看。”

周考催促道：“那你快点儿。”

闻乐从衣柜里挑出几件自己觉得合适的，拎到镜头前比给周考看。

周考看完摇摇头：“不穿这些，你带我去看看别的。”

闻乐瞪他：“我穿这些不好看吗？”

周考道：“非常美，但就是因为太美了，你不能穿给外人看。”

闻乐哼了一声：“毛病！”

周考道：“快点儿。”

闻乐拿起手机，切换成后置摄像头，从自己的那些衣服前走过，给周考看：“好了吗？”

周考眼尖地从一堆衣服中挑了一件：“就那条白色的裙子。”

闻乐伸手去拿白色的小裙子。

他道：“错了，是后面的第三件。”

她把那条裙子拿出来。那是一件白色的包臀抹胸裙，上边露下边短，闻乐都不知道自己还有这么一条裙子。

闻乐目瞪口呆地道：“你真的要让我穿这条？”

他道：“穿。”

闻乐咬牙，道：“行，我就穿这件了。”说完她把手机往支架上一放，转身就去了卧室，换上那条裙子。

那条白色的包臀小礼服带着点儿紧身效果，穿起来有点儿费事。

闻乐换上裙子，顺便找了个水晶发卡把头发盘成丸子头。她边盘发边向衣帽间走去。闻乐卡上发卡，对周考说：“你眼光不错，那就这件吧。”

闻乐虽然瘦，但身上该瘦的地方瘦，该有肉的地方肉一点儿不少。

修长优雅的天鹅颈，瘦削的直角肩，细腰翘臀大长腿，闻乐简直是人间尤物。

只听周考沙哑的声音从话筒中传来："摆个造型。"

闻乐翻了个白眼："怎么？想截图？美得你。"

说着闻乐就把镜头掉转了方向，对着正大开着的衣帽间的门，外面便是卧室。

只是闻乐觉得有些奇怪：把镜头转过去后周考怎么没抗议？难不成是卡了？

正想着，她就听周考轻咳两声，道："你是不是把什么东西掉在地上了？"

闻乐看过去，只见地上放着她刚脱下来的内衣。

穿这条包臀裙是没法穿内衣的，于是闻乐只贴了胸贴。闻乐记得自己把内衣脱下来后放在了床上，也不知道什么时候它掉到地上来了。

闻乐脸一红，连忙把镜头转了回来。周考微微垂下眸子，道："你……里面没穿？"

闻乐声色俱厉地道："闭嘴！穿了。"

周考道："哦。"

这声哦怪气人的，闻乐恼羞成怒："我真的穿了！"

周考道："哦，信你。"

她想这混账家伙难道不知道什么叫胸贴吗？！

她怒道："你给我等着！"

然后她一只手挡着胸，一只手伸进了裙子里，在里面掏着什么。

周考被自己的口水呛到，猛咳了一声，眼睛都直了。

闻乐还是一只手挡着胸，另一只手把从裙子里掏出来的东西放到镜头前，吼道："睁开你的眼睛，好好看看我到底穿没穿！"

周考咳得脖子都红了，过了一会儿才平复下来。他脸上一本正经，耳朵却红得发烫："我看不清，你靠前点儿。"

闻乐又将胸贴往前推了推。

周考道："你别晃，两只手拿着那东西。"

闻乐正要两只手拿胸贴，突然想到了什么，便低头看了一眼。此时，她一只手挡在胸前，只要一撤手，就……闻乐瞪了周考一眼，走出镜头范围，把胸贴塞了回去："你是不是活得不耐烦了？"

周考叹了一口气，妥协一般地道："好啦，我不看，你过来。"

闻乐轻哼一声，出现在镜头里。

周考在镜头里轻轻地掀起自己的衣服下摆，下面的腹肌若隐若现，声音低沉：“想看吗？”

闻乐轻咳一声，转过头去，语气很勉强，眼神却不是那么一回事：“看看也行。”

周考眼含笑意：“语气这么勉强，看来是不想看啊。”

闻乐眨着眼睛，道：“我这么宠你，你要愿意给我看，我肯定愿意看。”

啧啧，瞧瞧她这冠冕堂皇的台词，不知道的还以为她才是法学院的呢。

他笑道：“你过来摆个姿势，我就给你看高清大图，还附赠上手体验服务。”

她听到这话，第一反应竟然是有点儿心动。但随即她就唾弃自己，并极力说服自己不要被周考的美色蛊惑。

闻乐坚守自己的节操：“那不看了。”

周考道：“哪有你这样的？条件慢慢谈嘛，怎么能一下就否决我的提议呢？”

“你谈生意啊？还慢慢谈。”闻乐无奈，“就不谈！真正的高手不用付出代价，就能得到想要的东西。”

周考轻笑道：“你这是白用白拿。”

闻乐的语气很硬气：“怎么，我对自己的男朋友这样不可以吗？”

周考笑得不行：“可以可以，随时欢迎。”

闻乐真的是没脸听下去，不由得深入地思考了一会儿，想不通他们的对话怎么就朝着这么诡异的方向发展了。

这一定是周考的问题。

她连忙转移话题：“好了好了，元旦晚会的衣服挑完了，挂了吧。”

周考连忙喊住她：“等等！”

“怎么？”

“这条裙子太丑，不适合你，你还是穿我送你的那条吧。”

闻乐气得咬牙切齿，觉得这个浑蛋就是故意骗自己穿给他看的，便恶狠狠地道：“我偏不，我就要穿这条上台，我还要上台摆姿势，你等着吧。”

说完她就挂了电话。

她竟然还要上台摆姿势！好了，他今晚睡不着了。

闻乐一旦做了决定，那真的是十头牛都拉不回来。周考算是见识到了闻乐的倔脾气。

元旦晚会的前一天晚上，周考特意抽出了一个晚上的时间陪闻乐，哄她换一件衣服。可无论周考怎么说，闻乐就是不肯。

不过，周考从来都不是那种死板而不知变通的人，“曲线救国”的道理他也是懂的。

元旦晚会的举办时间是周五晚上，于是周考在周五那天下午什么都没干，跑去公司附近最大的购物广场逛女装店。

他买了三条裙子和两个包，让店员嫉妒得眼都红了：这是谁家的男朋友这么懂事？

周考买的两个包一个是给闻乐的，一个是给黎华的。女朋友还没领回家，周考可不能因为这些东西让妈妈对女朋友有意见。

周考让秘书把其中一个包送回家给黎华，剩下的四个袋子放回自己的车上，然后就开着车去学校“堵”闻乐。

周考到学校的时候已经五点半了，这个时间闻乐应该已经在大剧院了。

周考给闻乐发了一条信息，让她到门口接自己。

看着闻乐裹着一件长及脚踝的羽绒服，周考先是松了一口气，然后拎着购物袋下车，走到闻乐身边。

大剧院里面暖气充足，短袖都穿得住，但室外的温度是真的低，冷风刮得人脸疼。

闻乐的脖子上围着围巾还冻得直往围巾里缩，再看看周考，见他穿着一身看上去并不厚重的大衣，帅气优雅，拎着袋子走过来的动作仿佛是走在舞台上的超模，帅得惊人。

闻乐有些嫉妒。她也不想裹成一个“粽子”，但是她太不抗冻了。

闻乐把脖子往围巾里又缩了缩，声音闷闷地从围巾里传来：“干吗？”

周考上前两步，把闻乐揽进怀里，给闻乐挡着风："进去说。"

周考停车的地方到门口就两步路，一进门闻乐就摘了脖子上的围巾，长舒了一口气："太冷了。"

周考帮闻乐拿着围巾："吃饭了？"

闻乐点头："刚从餐厅过来。正好现在后台没什么人，大家都去吃饭了。我带你去化妆间后边的小走廊吧，那边没人。"

周考拉住闻乐，道："既然你爸爸都知道了，我们是不是可以宣布我们的关系了？"

闻乐愣了一下，觉得好像是这个样子，于是点了点头，道："那就顺其自然吧。"

周考笑了笑，轻轻地敲了一下闻乐的头，道："我以为你还想逃避呢。"

闻乐笑道："想什么呢？我可不是那种不负责任的坏女人。"

说着闻乐又摸了摸周考的脸："再说，我男朋友这么帅，这么优秀，我为什么不负责呢？"

周考闻言，笑着上前亲了闻乐一下。

猝不及防被周考亲了一下，闻乐吓了一跳，连忙推开周考，又看了看周围。还好没人看到他们，但闻乐还是瞪了周考一眼。

周考觉得闻乐的反应有点儿过激，不高兴了："说好的要负责呢？这就不给亲了？"

闻乐无奈地说："拜托，就算别人知道我们是情侣，大庭广众之下亲亲也不合适吧？"

闻乐说着脸还有些红。其实她经常在宿舍楼下看到抱在一起热吻的情侣，这似乎是很正常的事，但放在她身上，她就做不到旁若无人地在别人的眼皮子底下亲热。

这可能是受家庭环境的影响，也可能是因为闻乐一直以来接受爷爷奶奶的保守教育，在闻乐看来，想跟男朋友亲热也应该找个没人的地方，不然就太尴尬了。

周考笑着弹了闻乐的额头一下："放心吧，没人。"

闻乐拍掉周考的手，觉得自己刚刚的反应有点儿大了，她知道周考是个有分寸的人。

化妆室后的小走廊靠近大剧院的四号侧门，四号侧门常年关闭，因此这里少有人来。

两人在小走廊上设置的座椅上坐下。周考见没人，便直接揽着闻乐的腰，把闻乐搂到怀里。闻乐也没挣扎，靠在周考的怀里，握着周考有些凉的手给他取暖。

周考看到闻乐的这些小动作，心里暖暖的，没忍住就钩着闻乐的下巴与闻乐交换了一个吻。这个吻很短，放开闻乐时周考还有些意犹未尽。他伸手摸了摸闻乐的脸："还没化妆？"

闻乐摇头道："没有。"

周考拨弄着闻乐拉到领口的拉链，眼神幽怨："里面穿了什么？"

闻乐见周考对那件衣服耿耿于怀，心中不由觉得好笑。她拉开周考的手，不让周考去碰拉链："就是那件包臀连衣裙啊，我不是跟你说了好多遍了吗？还问！"

果然，她的话一说完，周考的脸都黑了。他捏着闻乐脸颊上的肉，阴沉沉地说："我不是说了那件不合适吗？你怎么这么不听话？"

闻乐作势要去咬周考的手："我说合适，你说不合适。我也不能信你的一家之言，这不得让别人评评理吗？"

周考躲开闻乐的牙齿，苦口婆心地道："你穿那条裙子的确美，但天气这么冷，不合适。"

闻乐喜欢周考夸她美，听了周考这话心顿时软了下来，但仍不松口："大剧院内有暖气和空调啊。"

周考拿出自己准备已久的礼物："今天我路过商场时见到了更合适的，就给你买下来了。你难道不想试试？"

闻乐看着袋子里的包和裙子，嘴角忍不住上扬，心里甜得要命："什么时候去买的？"

周考道："就刚刚。"

周考揽着闻乐的腰，在闻乐的嘴边亲了一口："别穿那条了好不好？"

闻乐笑着在周考的唇上印下一吻，然后拉开自己羽绒服上的拉链，笑道："逗你的，你还真的以为我会穿那条？"

说着闻乐就将身上的羽绒服脱了下来，里面正是周考上次送她的白色长裙。那条裙子从脖子一直遮到小腿，绝对保守。

这身白裙让闻乐看起来就像是一个仙女。

闻乐站起身在周考面前转了个圈，裙摆如花绽放，而脸带笑容的闻乐比花更娇艳。

周考感觉到心脏漏跳了一拍，再次体验了一把沦陷的滋味。

周考深呼一口气，觉得领口有些紧，便轻扯了一下，但还是没忍住，起身上前两步把闻乐逼退到墙上，然后低头狠狠地朝她吻了上去。

闻乐最得意于周考为她失控，她的眼中满是笑意与得意，纤细的手臂顺从地攀上周考的脖颈，惹得周考越发激动。

漫长的一吻结束后，周考埋在闻乐的脖颈间平复呼吸，声音沙哑地说："闻乐。"

闻乐应了一声："嗯。"

周考亲吻着闻乐的耳垂，声音低沉："为什么我们都是'老夫老妻'了，我还这么心动，你是不是……是不是在勾引我？"

闻乐笑着拍了周考一下："就准你勾引我啊？"

正说着突然传来一阵脚步声，闻乐推了推周考："有人过来了。"

周考后退两步，打算整理一下自己的领口，可是他的手刚碰到领口就突然收住了。他低头看了看闻乐，挑了一下眉，放下手。

闻乐看了周考一眼，问："怎么了？"

周考指了指自己的领口。

闻乐用余光看了看四周，确定周围没有人后，才红着脸给周考整理了领口。

周考嘴角噙着笑意，凑上前去又亲了闻乐一口。

闻乐捂着脸推开周考："我要去化妆了，你该去哪儿去哪儿。"

周考叹了口气："就不能多陪我一会儿吗？"

闻乐也不舍得周考，便慢吞吞地道："那……你今晚什么时候走？"

周考道："看完你的表演就走，我今晚要回家一趟。"

闻乐的节目排在第三场。

闻乐道："那我化完妆再过来找你，好不好？"

周考的眼中都是闻乐，他放软声音道："好。"

闻乐转身就要离开，周考提醒了一句："东西拿着。"她这才想起周考给自己买的礼物。

周考道："喜欢吗？"

她笑道："超喜欢，我男朋友的眼光超棒的。"

他得意地道："那是。"

程惠是后台工作人员，见闻乐拎着几个袋子回来，便上前接过："天哪，我上个厕所的工夫，你就去逛街，买东西了？"

闻乐笑道："不是，是周考来了。"

化妆间这会儿人少，闻乐脱掉羽绒服，坐到化妆镜前，化了个淡妆。她用了珠光粉眼影，银色的细珠光让她的眼皮像是蒙了一层水润的光膜。她唇上涂的口红，颜色粉嫩，为了配合妆容她还在眼角贴了一颗水滴形的钻。仙女大概也就是长成她那样的了。

闻乐问程惠："怎么样？"

程惠道："美呆了。"

说着程惠给闻乐看了看自己的手机屏幕："我上网搜了一下你这衣服，死贵。而且模特穿着是这个样子，像不像孕妇？这衣服的销量一直不太好，但是没想到你穿上身竟然这么令人惊艳。你怎么挑中这件衣服的？眼光不错啊！"

闻乐小声说："是周考看上的。"

程惠气得差点儿说不出话来："我就不该问，真是……"

可想而知，闻乐穿上这身衣服有多令人惊艳。她刚一上台，台下就响起了一阵惊呼声和掌声。

直到闻乐在钢琴前坐下，双手放在钢琴键上，掌声才渐渐平息。

一曲轻快舒缓的钢琴曲结束后，台下掌声雷动，不断有人喊着"学姐，我爱你""好美"。

这种情况下的喊话更多被看作是年轻人之间的玩闹，没有人会因为这样的行为而感到恼怒，就连院里的老师也不禁跟着笑。

不过，闻乐不知道台下的周考是什么心情。

闻乐从台上下来后，去后台拿了衣服和手机，然后直接去了门口。

周考已经等在门外。

闻乐穿上衣服，走过去抱了抱周考。

周考帮闻乐把衣服紧了紧，又把她的拉链往上拉了拉，这才将她抱入怀中。他亲了亲闻乐的额头："我回去了。"

闻乐点点头："开车慢点儿，注意安全。"

周考低低地应了声，抱着闻乐不舍得离开。

闻乐推了推周考："走吧，路上不要赶。"

周考不舍，低头又与闻乐交换了一个吻，才驱车离开。

闻乐送走周考，往角落看了一眼。不知道为什么，她觉得那个地方好像有什么光闪了一下。

不过闻乐没多想，又回到了大剧院内。

闻乐也没有想到，元旦晚会结束不久，她与周考热恋的帖子就被顶上了"校园小广播"的首页。

于是这晚，众人在震惊中得知：全校最不可能找到对象的两个人在一起了。

发帖子的楼主大概是在闻乐表演完出来送周考的时候，看见了两个人在门口亲亲抱抱，就直接将这一幕偷拍了下来。

照片中，周考将闻乐紧紧地抱在怀里，两个人十八厘米的身高差衬得闻乐有些娇小。

闻乐踮脚接受周考亲吻的那一幕被身后的灯光一映衬竟然有几分唯美，仿佛是偶像剧里的画面。

"元旦晚会，楼主去得有些晚，谁知道竟然遇到这样一幕。好甜。

"好像是周考要提前离开，闻乐出来送他。然后两个人缠缠绵绵，抱了一会儿还不够，临走前还亲了亲。周考上车后，闻乐还站在原地，等车不见了，才回大剧院。我看好的两个人竟然真的在一起了！他俩也太甜蜜了吧！天哪！高颜值组合，这两人的孩子得多好看啊！"

楼主在帖子里放了几张当时偷拍的照片。

那个帖子发出来没多久，就上了热门，而同时上去的还有当时那个投票的帖子——那些大学四年绝对不会找到对象的"花花草草"。

当时投票选出的第一名和第二名正是闻乐和周考。

故事的走向就是如此魔幻，当初最不被看好的两个人竟然在一起了，以致那个曝光闻乐和周考的恋情的帖子出现后，大家的第一反应竟然是：假的吧？楼主是在骗关注吧？甚至帖子前两页的回复都是在质疑这消息的真伪，甚至当楼主将两人亲吻的照片放出来后，还有人在质疑照片的真伪。

但是随着楼主发出来的照片越来越多，众人还是目瞪口呆地接受了这个事实。

“感觉脸被打了……这两个人不是水火不容吗？”

“他们真的在一起了？！”

“真乱。前阵子两个人打架不是还上热帖了吗？是我的记忆出问题了吗？这就在一起了？”

于是当初闻乐和周考打架的帖子又上了热门。

这天晚上，“校园小广播”上有关闻乐和周考的帖子都成了热帖。

从两个人如何千方百计地拒绝众多追求者，到他们被猜测是不是有什么不为人知的情伤，再到他们打架又握手言和……

众网友这一回忆才发现，两个人的八卦消息竟然有这么多。

而在这些回忆帖中，一个帖子杀出重围，挂在了热门前五的位置——今天绝对是最魔幻的一天，没有之一。

这个帖子里全是吐槽的，仿佛闻乐和周考在一起是一件令人难以接受的事一样。

网友们在“校园小广播”上聊了大半个晚上，有关闻乐和周考在一起的讨论仍然没有停歇的兆头。

元旦晚会结束后，时间也不早了，闻乐就没有回家，直接在宿舍休息了。

闻乐洗完澡出来，就听见宿舍里一阵笑闹声。她不明所以地问了句：“怎么了？”

程惠说：“你和周考在一起的事被曝光了。

“来来来，你过来，我给你看看。他们简直要被惊掉下巴了。”

程惠翻着手机给闻乐看：“瞅瞅，瞅瞅，这前几页全都是你们的光荣事迹。你俩不愧是‘校园小广播’里人气最高的人啊！哈哈哈！

“哈哈哈，你看这个多有意思，有人新开了个帖子，封你和周考为年度最勤劳的制造八卦消息专业户，还特发此帖以资鼓励。”

闻乐笑得不行：“什么玩意儿？”

说笑了一会儿，闻乐才想起什么似的问了一句：“网上评论的风向怎么样？”

程惠僵了僵，看了闻乐一眼，偷偷地打量着闻乐的脸色，似乎在犹豫要不要说。

闻乐看到了程惠的犹豫，便道：“不要紧，我差不多预料到了他们是什么反应。你实话说就行。”

程惠实话实说：“你和周考的追求者那么多，肯定有很多人不能接受。本来这也没什么，但是你们两个之前还打了一仗。当初有人帮你骂周考是打女人的坏男人，也有人帮周考骂你是凶婆娘。两边对骂得挺厉害的，结果你俩转头就在一起了，于是很多人就觉得你们骗人，耍他们玩儿。这会儿他们都反过来骂你们。不过这样的人还是很少的，你不用放在心上。”

闻乐耸耸肩：“我没放在心上啊。而且他们早晚也要知道，给他们时间消化好了，消化不了我也没办法。”

程惠拍了拍闻乐的肩膀，道：“你这心态还挺好。”

闻乐笑着说：“你设身处地地想一下，我刚刚暴富，又拥有这样一个男朋友，你说我到底还有什么想不开的？”

程惠气得说不出话来，踹了闻乐一脚：“滚滚滚。”

闻乐笑着跑开了。

曝光闻乐和周考在一起的帖子发酵了一段时间后，有些人回过味来了。

大概是接受了这两个人在一起的这个设定，他们再翻看当初闻乐和周考握手言和的照片，就发现了不对劲的地方。

两个人握手言和为什么偏偏要发到学校的“网络表白墙”上？而且两个人握手言和为什么要十指相扣？正常握个手不好吗？

于是顺着这点儿蛛丝马迹摸下去，他们终于发现了不对劲的地方。

虽说周考和闻乐在一起这件事是今天刚刚被曝光的，可他们俩到底是什么时候在一起的大家还不知道。一般来说，今天曝光的恋情肯定不是今天才开始的。

那么闻乐和周考在一起的时间只能往前推。

顺着曝光恋情的帖子的时间往前推，上一个热帖正是两个人握手言和的帖子。

假设这个时候两人已经在一起了，那么当初为什么要把握手言和的“洗白帖”发到表白墙上，为什么两个人十指相扣，为什么他们俩的笑容灿烂似乎就有了答案。

虽然大家仍然不知道闻乐和周考为什么打架，但这两个人又是十指相扣，又是将握手言和的事发到表白墙上，明显不对劲儿。

网友们越想越觉得逻辑正确。

这哪是握手言和啊？这分明就是向大家宣布恋情！是秀恩爱。

原来他们俩早在那个时候就宣布恋情了！可怜众人那时还被他们俩蒙在鼓里，现在才反应过来。

于是乎就有人开帖讨论当初闻乐和周考在表白墙握手言和的事，并对这两个人当初的行为给出了一些合理的猜测。

“……综合以上的合理分析，我认为当时两个人已经在一起了。但是这两个人为什么要打架，至今还是一个谜。”

“我的天，好有道理。”

“这就是秀恩爱的王者境界，你秀了别人都不知道你在秀……”

“他们当初打架就是小情侣吵架呗，然后相互……‘家暴’。不得不说，幸亏他们俩在一起了，要不然跟他们吵起架来谁受得了啊？闻乐一出手，很多男的都打不过她吧？太凶了……”

“天哪！你说得也好有道理。我刚去看他们俩握手言和的照片了，两个人不但笑得异常灿烂，而且手上都戴着一枚戒指。当初还有人嘲讽这两个人戴着戒指进跆拳道馆打架不专业，但现在想想，他们可能是故意戴的。只是这两枚戒指看着也不一样啊，不像情侣戒指，难不成有什么别的含意？”

“天哪！楼上这么一说，我才发现他们当时真的戴了戒指，而且都戴在十指相扣的那只手上。天哪天哪，这其中肯定有故事。”

这个帖子很快就成了热门帖子，并引来无数人围观。

但是一直没有人查出来闻乐和周考戴的那两枚戒指到底是何来历，直到一个新的帖子横空出世。

“你们要的周考和闻乐的两枚戒指的来历。看过来！

“他们的戒指是瑞典的一个小众珠宝品牌的首席设计师的得意之作……周考手上的那枚戒指和闻乐手上的那枚是可以拼在一起，成为一个整体的，也就是说这是一对情侣戒指……两枚戒指拼在一起是这个样子的。”楼主发了一张两枚戒指拼在一起的照片。

“再给你们看看模特将戒指分开来戴的效果。”楼主又发了一张模特分别将两枚戒指戴在不同手指上的照片。

“这两枚戒指是不是跟闻乐和周考的那两枚一模一样？

“最重要的在这里：这对戒指之所以卖得这么贵，是因为闻乐手上戴的那枚戒指上面有一圈钻石，并且这对戒指中最贵的是女款戒指，男款戒指只是普通的铂金戒指而已。售价的大部分花在这枚女款戒指上，男款戒指顶多也就花了设计手工费，但钱也不少。

“就像男士在对女士说：想把最重要的部分给你。这对戒指最浪漫之处就是它的寓意：你是我的灵魂和光华。很浪漫是不是？”

点进这个帖子的人似乎能听到一片尖叫声。

“啊啊啊，周考太会撩拨了！世界欠我一个周考！”类似于这样的回帖数不胜数。

程惠捧着手机笑得很大声：“现在全网都看到你们秀恩爱了。”

闻乐却突然转头盯着程惠。

程惠被她看得毛骨悚然：“干吗？”

她用一种怀疑的眼光上下打量着程惠，道：“我怎么觉得这是你干的呢？”

程惠努力睁大眼睛，想让自己看上去很无辜：“怎么可能？我几乎不发帖子，好吗？”

她仍然不相信，上下打量着程惠。

程惠道：“真不是我。”

闻乐又盯了程惠一会儿，才慢慢地移开视线。

程惠背着闻乐轻轻地拍了一下胸口。哈哈哈，那真的不是她发的帖子。只是她恰好将那对戒指的消息发给了一个朋友，那个朋友又恰好发了这个帖子而已。

这件事跟她绝对没有关系。

见闻乐不再怀疑自己，程惠又刷起“校园小广播”的评论来。

她最喜欢看帖子里的各种赞叹和吐槽了，心里总算是平衡了一点儿。

只是帖子里还有一些不和谐的声音存在。

"天哪，看来周考确实是个有钱的帅哥。"

"大家不是一直默认周考是这样的人吗？这还有什么好质疑的？周考的高中辛普森私立高中是一所什么样的学校，你们可以去搜一下。"

"周考其实一直都很低调，身上的衣服样式简单，看不出品牌，开的车也只是一辆价值二三十万的迈腾。"

"建议你们回去翻一翻闻乐和周考打架的视频。那视频里的停车场停着一辆黑色的超级跑车，好像就是周考的。有人看到周考从那辆车上下来，不过没有照片。但是这样说来才有道理。他们两个人在停车场干吗？那边又没有周考的那辆迈腾，他是不是开了别的车？"

程惠看着评论，啧啧两声，啃了一口苹果，对闻乐道："你们家周考也太低调了吧？穿一身看不出牌子的衣服，还开着一辆仅价值二三十万的迈腾。低调又有内涵！我的天哪！"

闻乐扑哧一笑："那你一定不知道这位开着普通车的低调人士，手上戴着一只昂贵的表。"

程惠吃了一惊，吃的那口苹果直接呛到了嗓子里，咳得"惊天动地"。闻乐白了她一眼，上前给她拍后背。一张脸憋得通红，她好一会儿才缓过来。

程惠也没想要闻乐的回答，又想起别的事，道："那辆跑车真的是周考的？"

闻乐点点头："好像是。"

程惠好奇地道："他那天怎么突然就开了跑车？为了和你来一次偶像剧中的浪漫约会？"

闻乐有点儿尴尬："不是，是因为他的迈腾没油了……"

程惠面无表情："哦……"

程惠恶狠狠地道："我不接受这种无厘头的理由！我单方面宣布，他就是为了带你约会，特意开的跑车！"

闻乐一脸无奈。

程惠摆摆手，道："行了行了，你洗漱去吧。我要继续刷'校园小广播'上的帖子，嘿嘿嘿。"

闻乐小心翼翼地道："我记得你讨厌这种被秀恩爱的事……"

程惠带着笑，特别敷衍地应和道："哦，对，没错。"

闻乐道："说这种话的时候，是不是该收一下自己脸上那诡异的笑容？"

程惠挥手赶人："好了，你去忙吧。我继续刷'校园小广播'了。"

闻乐道："哦。"

闻乐一转身，程惠的嘴角又诡异地上扬了几分，她迅速切换手机界面，切到一个微信对话框。

惠："速来！"

程惠跟小姐妹分享完真假参半的故事，又跑回去看"校园小广播"上的评论。原本她是想从别人那里找点儿安慰，结果那些评论看得她有些火大。

"这么说……贫民窟女孩儿闻乐是要飞上枝头变凤凰了？大美女都有很大的野心，我倒也不意外，反而觉得是在预料之中。"

"周考也是大方。今天我看到周考又给闻乐送了几件礼物……啧啧，羡慕不来。"

程惠生了一会儿气，紧接着却诡异地笑了一下。

程惠看着那些阴阳怪气的评论，不由得为这些人擦了一把同情泪。

他们怕是不知道，这个在他们眼中想要攀高枝、心机颇深的女人其实是闻氏的唯一继承人，天音集团的大小姐，也是将来这群人中某些人的雇主。

程惠脑洞大开，想象了一场大戏：

网上的这帮气人有、笑人无的家伙对闻乐羡慕、嫉妒，诋毁闻乐是想凭借美色攀高枝。闻乐大学毕业后，经过激烈的竞争进入天音集团。突然在某日，众人见到闻氏掌权人闻天启带着继承人巡查公司，在他身边的那个人据说是闻氏唯一的继承人……众人纳闷，那个不正是闻乐吗？然后他们就见闻乐笑眯眯地自我介绍："各位好，我是闻乐，闻氏的闻，乐音的乐。"

"扑哧！"程惠控制不住地笑出声，虽然想象中的主角不是自己，但她还是笑得在床上打滚。

闻乐瞧着程惠在下边闹腾，心中毫无波澜，想着等会儿包小凡、满青旋回来了又得一番闹腾，就是不知道孙优美回来了会是什么反应。

果然，孙优美、包小凡一回来，宿舍里更热闹了。

孙优美或许是回宿舍之前就从“校园小广播”上得知了闻乐和周考在一起的消息，回来的时候脸色就不大好。她看着闻乐情场得意的样子，气就不打一处来，又见闻乐在忙着收拾男朋友送的礼物，她心中的那股不知是妒火还是怒火便直冲头皮。

想想过去和男朋友恩爱的是自己，被男朋友送礼物的也是自己，受到别人嫉妒吹捧的更是自己，而现在一切都变了。她没了男朋友，没了礼物，闻乐却仿佛“顶替”了她的位置，风光得意。

孙优美有种被闻乐由模仿到取代的感觉，这叫她无论如何都挤不出笑容。于是在宿舍欢快的氛围里，她阴阳怪气地说了一句：“恭喜，还是闻乐你厉害。”

在场的几个人都听出这话的不对劲儿，气氛一瞬间凝滞了。闻乐懒得理她，跟程惠说起别的事。

次日周六，程惠难得睡了一个懒觉，起来的时候发现宿舍里竟然十分安静，这才想起来包小凡、满青旋找了一个临时的周末兼职。

程惠下床洗漱。闻乐听见动静从床上坐起身，白皙的小脸上两个硕大的黑眼圈格外明显。

程惠吓了一跳：“你怎么回事？”

闻乐挠了挠头：“失眠了。”

程惠道：“为什么失眠？”

程惠不由得想起“校园小广播”上那些暗指闻乐是处心积虑攀高枝的女人的话，猜测闻乐大概是看到了那些言论所以难受得睡不着觉。

程惠心里不是滋味，心想若是这样，可得好好开导一下闻乐。闻乐是常年上“校园小广播”热帖的人，要是她总是被这样的言论干扰，那就太辛苦了。

闻乐没说话，有些苦恼地捋了捋头发。

程惠越发觉得闻乐一定是看到了那个帖子，于是试探道：“你看到了‘校园小广播’上边有人说你……”

闻乐特别挫败地叹了口气：“没错，他们说周考送给我礼物，我才后知后觉地发现了一个问题。”

闻乐特别失落：“周考送我的东西都是用自己赚的钱买的。可是如果我想送周考一件差不多价值的东西，却需要动用我爸给我的卡。我想给男朋友买个礼物，都要用我爸给的钱。我觉得好羞耻。”

她生无可恋地道：“我才发现我和周考在经济上并不平等。我压力好大。”

程惠听得一愣一愣的：“所以你是因为周考赚钱比你多，感到有压力，才失眠的？”

闻乐摇头：“也不是，主要是我昨晚一晚上都在想生财之道。我虽然没有办法在短时间内与周考的身价齐平，但是我起码要做到以后送周考礼物时不用发愁吧……”

程惠道：“那你想出来了？”

闻乐点点头，用拇指和食指比画了一下：“初步有了一点点概念。”

程惠无奈：“所以你不是因为网上有人骂你爱慕虚荣，才伤心难过得睡不着？”

闻乐摆摆手：“她们说得没错啊，我之前因为突然知道家里有钱，失去了动力和目标。经过这一晚上的思考，我想明白了，现在我奋斗的目标就是我要从经济地位上压制周考！”

闻乐有些亢奋，眼见得浑身充满干劲儿，哪怕此刻她挂着大大的黑眼圈，双眼都炯炯有神，在放着亮光。

程惠看着闻乐的样子，喃喃地道：“你这模样像是进了传……销组织。”

闻乐亢奋地跳下床，激动地上前抱住程惠道：“舍长，我太开心了。你一定要找一个能激发你斗志的男朋友，这样的感觉真的是太好了。我现在身上充满了力量，能跟他再打三百回合！”

程惠拒绝：“不要，我只适合找普通人当男朋友，而且再说一次，我是不婚主义者！”

说着程惠退出闻乐的怀抱，还嘟嘟囔囔的：“原来打架是你们表达爱意的方式，打是亲骂是爱这种说法竟然是真的。见识到了……”

临近考试周，闻乐和程惠几乎天天组团泡在图书馆。这天下午闻乐接到周考的电话。

周考的表哥来 A 大约周考吃饭，听说周考交了女朋友，便想约他们两个人吃个饭，见见面。

周考打电话询问闻乐要不要出席。她虽然有些不好意思，但是并未拒绝。

周六晚上下了大雪，周日闻乐醒来，便见外面的世界是一片美丽的银白。闻乐在南方的山区长大，没怎么见过雪，于是欢喜地趴在窗前张望，只是这一望就看到了戳在宿舍楼下的周考。

这是他们俩恋情曝光后的第一次约会。周考穿了一件帅气的黑色毛呢大衣。他身姿挺拔，双腿修长，就那么直直地戳在女生宿舍楼下等闻乐。黑色的大衣和雪白的世界，鲜明的视觉对比让这一幕看上去就像是电影里的美好画面，引得经过的人频频回头。

闻乐却有些煞风景地暗自骂了周考一句：围巾、帽子一样没戴？

闻乐知道外面的天气有多冷，连忙从自己的衣柜里取了一条最长的白色羊毛围巾，抱着它就往楼下跑。

周考在微信上说要来接她去吃饭，闻乐早就穿戴整齐，等得无聊才趴在窗前看雪，因此也方便随时出门。

闻乐走出宿舍，她的皮靴踩在雪上发出咯吱咯吱的声音。周考闻声望过去，见是闻乐，还没说话就先露出笑容。他这一笑远胜冬日暖阳，叫人浑身上下都暖融融的。

闻乐大步走上去，站在周考面前，将手放在周考的腰间，趁别人不注意掐了周考一把。

周考疼得倒抽一口冷气。

闻乐没松手，又掂量了一下周考穿的衣服的厚度。这一摸之下，她不由得把手上的力度又加重了些——大冬天的他就穿这么薄？

闻乐咬牙切齿地道："大冷天的穿这么薄，想出来勾搭小姑娘？"

周考忍着疼，握着闻乐的手："还不是为了让你每次见我都多爱我一点儿？"

闻乐感受到周考手上灼热的温度，心想他是真的不冷，这才松手："低头。"

周考的嘴角噙着笑意，他矜持地低下头。

这一低头，周考的俊脸离闻乐更近了。闻乐的视线扫过周考那英俊的眉眼，她的眼里是自己都未察觉的温柔之意。

闻乐小心地将抱在怀里还暖烘烘的羊毛围巾围在了周考的脖子上，

还仔细地帮周考整理了一下，尽量配合周考这身精致的装扮。

“好了。”

周考没有抬头，而是先扫视了一下四周。这会儿人少，注意他们俩的人不多。周考迅速地在闻乐的脸上亲了一下，随即站直身体，一本正经地道：“我们走吧。”

闻乐捂着被亲过的地方，脸红了，又瞪了周考一眼。只是这一眼含羞带怯的，没多少威力，倒尽是风情。

周考嘴角轻勾，温热的大手牵起闻乐的一只手，揣进自己的大衣口袋里。

闻乐将手轻轻地往后抽了一下，没抽动，于是红着脸任由周考牵着自己往前走。

雪天路滑，两个人走得很慢。路边不时有别的学生经过，见到他俩在一起难免要多看两眼。

闻乐也是从小被看到大的，不怵外人打量自己的目光。可是这还是闻乐第一次因为恋情被别人打量，她有些不好意思，握着周考的手的力道不由得加重了两分。

周考却像没事人一样捏了捏闻乐的手心。他早就想将自己的恋情昭告所有人，巴不得这样的目光多一些。

京城的冬天很冷，闻乐基本上是羽绒服不离身的状态。她受不了这么低的温度，宁愿把自己包裹成一个粽子，也不要去维持什么可笑的风度。

可是这次是去见周考的表哥，闻乐自然不可能任由自己以一只粽子的形象出现，于是稍加用心地打理了一下自己。

周考的表哥庞星光是庞氏集团的大少爷。庞星光不想着继承家业，反倒考了艺术院校，想要当导演。

有着当艺术家梦想的庞表哥把自己打扮得像是个艺术家。他一米八五的身高，古铜色的皮肤，留着小辫和小胡子，穿着花衬衫和宽松的黑裤子，看上去有点儿不修边幅，但好在底子还是不错的。

周考简单地给两个人做了介绍。

庞星光看到闻乐的那一刻，眼睛都直了，眼中满是被惊艳、震惊和不可思议之色。

“这是你女朋友？你们学校的？真的假的？你不是骗我吧，表弟？天哪！”

周考瞪了庞星光一眼以示警告。庞星光大概意识到了自己的失态，轻咳一声，对闻乐挤出一个自认为非常柔和、非常优雅的笑：“那个……弟妹你不要误会啊，我只是太震惊了。我真的没想到，你比我们学校的校花还好看，明明我们学校才是艺术院校啊。”

庞星光说着还拍了周考一下：“你上哪儿找的这么好的女朋友？还是你们学校的学霸？

“弟妹，来当我电影的女主角吧！我敢保证，你只要来，我就能让你一夜火遍大街小巷。来吧，弟妹，我诚挚地邀请你……”

话没说完，庞星光就被周考一把推开：“不吃就滚。”

庞星光轻哼一声：“粗俗！

“弟妹，我们不跟他这种粗人一般见识。来，我和你聊一下我的电影配置，那绝对谁演谁火。”

周考把庞星光的脑袋推了回去道：“别做梦，这是闻氏的独苗。”他特地咬重了后面几个字的音。

庞星光没听清：“啥？闻氏？”

难不成是那个刚刚回到京城的闻氏？独苗？闻氏的唯一继承人？庞星光不由得瞪大双眼，眼珠几乎要瞪出来了。

前两天他的妈妈还跟他的爸爸抱怨说，舅舅和舅妈神神道道的，整天担心周考好好的周家少爷不做，要入赘到别人家去。当时，他的爸妈还偷偷笑话舅舅和舅妈，说也不知道那两个人是怎么想的，整天瞎操心。这下好了，原来不是舅舅和舅妈瞎操心，而是因为周考这小子真的被闻氏的独苗给迷住了……闻家都离开京城多少年了，但闻家的根基在那里，大家不会忘。传说闻家掌权人闻天启是单身，所以没有继承人。外界还在猜测闻家的家业会传给谁，没想到闻家还有个女儿……如果闻家就只有闻乐这么一根独苗的话，人家要求男方入赘也不是什么过分的事情。但偏偏像周家和闻家这样的家庭，周考是周承运的独子，也需要支撑门户。这就难办了。

只不过瞬间，庞星光的脑中就跳过了这些念头，于是懂事地闭上了嘴巴。

他还想让闻乐一夜之间火遍大江南北，看来是不可能了。闻家和周家这种家庭是一样的，肯定不希望自家的孩子抛头露面，更何况闻乐是掌权人的孩子。

庞星光心中苦哇，自己身边放着这么多优质的资源，却都是不能进演艺圈的人。他的表弟长着这样的脸进不了娱乐圈，天天在他眼前晃荡，还不演他的戏，就让他很郁闷了。这下表弟找了一个同样令人惊艳的女朋友，可这姑娘的来头也很大，他也用不起。

作为一位未来的名导演，挖不到自己想要的演员，心情是何等痛苦？庞星光郁闷地喝了一口酒。太难了，为什么他进军导演圈的路上会遇到这么多的坎坷和挫折？

庞星光这人是个话痨，甭管认识不认识，他都有的是话题唠，所以席间一直没有冷场，难得的是两位男士也能拉着闻乐融入话题。

席间庞星光都没眼看这对小情侣。

周考中途出去接了个电话，庞星光和闻乐便有一句没一句地聊着如今娱乐圈的生意。

饭店里的暖气开得足，有些热，闻乐就脱了外衣，身上只穿着一件泡泡袖的白色连衣裙。

泡泡袖靠近手腕的地方设计有两条拉链，金色的拉链一条在小臂的位置，链柄是个硬币大小的圆形，上面是闻乐的兰草生产线的标志性标志——一个圆形的兰草浮雕，中间还点缀了钻。

这拉链的链柄随着闻乐一上一下的动作，发出清脆好听的声音。

庞星光下意识地看了一眼，只是无意间扫了一眼，却像是想到什么似的轻轻地皱了一下眉。

庞星光似乎想到了什么，随口说了一句："弟妹，你这衣服上的标志是龙字吧？"

闻乐看了自己拉链上的兰草标志一眼，摇头道："不是吧？应该是宋梅。表哥对兰草有研究？"

庞星光喝了一口饮料，道："那倒不是。只是我看着这兰草的笔触有些眼熟，好像跟周考家里的一幅兰草图有些像。我刚看到你这个标志的时候，还以为有人拿他家里的那幅画去注册了商标，没承想你这标志竟然是宋梅。"

庞星光夹了一口菜，又道：“周考家里的那幅兰草图不是宋梅，而是龙字。”

闻乐随口问了一句：“是谁画的？”

庞星光道：“好像是郁石先生。”

闻乐：“……”

表哥饭后还有事，就先行离开了。

临近考试周，大家的学业都有些繁忙。不只是闻乐，周考也面临着考试周的问题。

于是两个人没多待，亲热了一阵就离开了。

回去以后闻乐想到庞星光的话，便给爷爷打了个电话。

闻乐见过庞星光后没两天，苏珍珍就找上了门，确切地说是苏珍珍打来电话约闻乐见面。

闻乐对苏珍珍的举动竟然不觉得奇怪。

既然闻乐和周考在一起的事情全校都知道了，孙优美也知道了，那么苏珍珍知道这件事，闻乐也并不觉得多么奇怪。

闻乐好久没听过甚至没想起过苏珍珍这个名字了。

好像自从上次联谊活动，周考跟苏珍珍谈话后，苏珍珍就再也没有骚扰过她和周考。

不知道周考到底和苏珍珍说了什么话，彻底断了苏珍珍的念头。闻乐本以为苏珍珍死心了，没想到，苏珍珍是死了心，可苏珍珍想要闻乐也死心。现在苏珍珍就是一副“虽然我得不到周考，但是尔等也不可能得到”的极端心态。

苏珍珍想约闻乐见面，闻乐没有拒绝。闻乐虽然不知道苏珍珍要搞什么鬼，但是这种事自然是早日解决的好。她可不想让自己和周考的感情中出现这么一个莫名其妙的人。

苏珍珍大概是想给闻乐一个下马威，约闻乐去了一家高档的西班牙餐厅。

闻乐也不害怕，欣然赴约。

闻乐来得早些，跟餐厅的工作人员报了苏珍珍的名。服务生领着闻乐去了桌位坐下。这家餐厅环境优雅，有三两个人在台上演奏古典乐。

闻乐发现，这里的服务生有不少是外国人，虽然他们会说一点儿中文，但主要还是用英语和西班牙语交流。

闻乐等了没一会儿，苏珍珍就到了。

苏珍珍趾高气扬的姿态和一身用力过度的打扮，让她看上去像是一个上了战场的斗士。大概是真的想给闻乐一个下马威，苏珍珍身上穿着一套高级定制服装，手上拎着一个包，脚上穿着一双红底鞋，手上戴着带钻的女士腕表。

苏珍珍动作优雅地在闻乐对面落座。服务员送上菜单后，她没点菜，反而把菜单递给了闻乐。她笑吟吟地看着闻乐，道："喝点儿什么？"

闻乐打开菜单，果然菜单上全是西班牙文。

苏珍珍笑吟吟地盯着闻乐，仿佛是在等着闻乐出丑。

闻乐看了看菜单，也跟着笑了一下，心道：幼稚的把戏。

她合上菜单后，苏珍珍脸上的笑越发得意。

闻乐流利地说出一段话——是发音标准的西班牙语。

苏珍珍脸上的表情变了，她似乎有些失望。

服务员下去后，苏珍珍一边拿过餐巾，一边道："准备功课做得不错。"

闻乐淡淡一笑，没说话。

闻乐是真的没想到夸张的电视剧剧情会在自己的身上上演，但她大概能猜到苏珍珍的想法。但很可惜，苏珍珍选错了地方，偏偏选了一家西班牙餐厅。

闻乐的爷爷和奶奶是什么样的人物？

那是赫赫有名的才子才女，教出的孙女又如何能差？

上过学的人大概没有不知道郁石先生的。而对郁石先生了解更深一些的人就应该知道，郁石先生不但一手文章惊才绝艳，而且对书法、国画、天文、地理、国学都略通一二，据说还会多国语言。

闻乐小时候没有上过幼儿园，从三岁启蒙到七岁上小学，这期间全是闻乐的爷爷奶奶在教她。

别人的启蒙老师都是普通的幼儿园教师，闻乐的启蒙老师却是泰斗级别的人物。

别的孩子双语启蒙，闻乐则是受爷爷奶奶的多门外语熏陶。

可惜闻乐不是生来的天才，达不到爷爷那种高度。但闻乐也熟练地掌握了英语，也能磕磕巴巴地用法语、西班牙语跟爷爷进行简单的交流。

闻乐自认不是一个聪明人，她的一切光环都是自己努力拼来的。

于是乎苏珍珍想要给闻乐的第一个下马威显然失败了。

但苏珍珍只以为闻乐是在来了餐厅后才查的手机做的准备。

闻乐端坐在那里，微笑着看向苏珍珍。

苏珍珍轻轻地拨弄着自己包上的钻扣，上下打量着闻乐。

闻乐笑道："苏小姐，这些把戏就不要玩了。您有什么话就直说好了，省得浪费彼此的时间，您说是吧？"

苏珍珍脸上的笑容消失了，她看着闻乐，面带嘲讽："和周考在一起是不是很风光？看周考没有跟我这种人在一起，反而选择了出身贫苦的你，你是不是觉得很得意？是不是觉得只差临门一脚，就能改变阶层，当上阔太太？"

苏珍珍说着说着就自己笑了起来："你以为周家真的会同意你这种人跟周考在一起吗？周家是不会同意周考和你这种女人在一起的。"

"哇，苏小姐，你知不知道你自己现在正以一个外人的身份，干着偶像剧男主角他妈才做的事？"闻乐笑吟吟地道，"难不成接下来你要拿出100万让我离开周考？"

苏珍珍气得说不出话来，扬起巴掌就要扇闻乐，但是不知道想起什么又忍了下来。苏珍珍放下手，冷冷地看着闻乐："你不用反应那么激烈，我说的都是实话。你先听我好好说。"

闻乐无奈，心想反应激烈的到底是谁？

苏珍珍继续道："就算周考的妈妈和爸爸不反对你们在一起，周家的其他人也不会同意。周考是周家前途最光明的小辈，不论是周老爷子还是周家的其他长辈，都不可能让一个门不当户不对的女生和周考在一起。

"周考这样的大少爷只会与门当户对的大小姐结婚。而且，周考家里的规矩很严，他也不可能为了你离婚。你这种普通女孩儿在这个社会上比比皆是，我们这些人家早就看腻了，也都清楚你们的把戏。真正会被你们骗到手的都不过是草包和废物。像那种真正清醒的男人，根本就不会把你们放在眼里，不过就是跟你们玩玩。

"别跟我说都什么年代了还说这种话。富裕家庭和普通家庭就是不一样。或许我得不到周考，但是最后和周考在一起的也不可能是你。你想嫁入周家真的是痴人说梦。我劝你早点儿认清现实，和我合作，打消周考对我的误会。我可以给你介绍其他男人。怎么样？你是聪明人，跟着周考不过是竹篮打水一场空，和我合作却能飞上枝头变凤凰，虽然不是周考家这种家庭，但也够你风光一辈子的了。

“闻乐，你是聪明人，好好想想。”

此时服务员过来上咖啡，闻乐没说话。

今天出来和苏珍珍见面，闻乐特意穿了上次见庞星光时穿的那件泡泡袖白色连衣裙。

服务员还在上甜点，闻乐依旧没说话，只是有一下没一下地拨弄着泡泡袖上那两个硬币大小的拉链柄。她拨弄拉链柄的动作竟然和苏珍珍刚刚拨弄钻扣的动作一般无二。

庞星光这样一个不拘小节的男生都能注意到的拉链柄，心思更为细腻的苏珍珍又如何注意不到？

苏珍珍望过去，见拉链柄上有个明显的兰草标志，觉得似乎有些眼熟。

紧接着苏珍珍像想起什么似的，瞳孔猛缩。她想到了谭香香。

谭香香是跟苏珍珍同龄的女生，但是谭香香的家境比苏珍珍好一些。她在苏珍珍面前趾高气扬的，苏珍珍一直看不惯她。

对死对头格外关注似乎是人之常情，苏珍珍也未能免俗地一直关注着谭香香。

苏珍珍每周要看“檀香很香”这个账号好几次，以了解死对头谭香香的情况，顺带吐槽嘲笑她。

前阵子，谭香香在微博出了一回风头，还闹上了热搜。这件事苏珍珍怎么可能会不知道？

谭香香知道的东西的确比苏珍珍多，这点苏珍珍虽然不甘，但也是承认的。

苏珍珍之前就隐隐约约听说过乐音。谭香香一直炫耀她的奶奶是乐音的会员，可在苏珍珍向她打听什么是乐音的时候，她又不肯说。

之后，苏珍珍也是在热搜上知道乐音到底是什么样的存在的。

乐音是天音集团旗下的，可苏珍珍对天音并不了解，于是就去找了她的爸爸。

苏爸爸说，天音集团是闻氏的产业，闻氏很厉害，和周家有着一样的地位。但苏爸爸似乎对闻氏了解得也不是很深，只说："那是我们高攀不上的老家族。"苏珍珍问爸爸，怎么样才能成为乐音的会员，拥有一条属于自己的生产线。苏爸爸跟她说，不要想了，哪怕是谭香香也没必要多想。

这些画面一幕幕地在苏珍珍的眼前闪过。

苏珍珍看着闻乐的衣服上的那个兰草标志，觉得它分明与自己在热搜上看到的那个放大后的兰草标志一模一样。

苏珍珍不可置信地瞪着闻乐，似乎希望闻乐告诉自己那个标志只是她仿造的。可是即使那个标志是仿造的，也不可能在这么短的时间内完成。

闻乐笑着抚摸着拉链上的链柄，笑道："你知道这个呀？

"这是宋梅，与龙字并称国兰双璧。

"据说我出生那天，爷爷激动之下灵感乍现，画成两幅兰草图，一为宋梅，一为龙字。这两幅图神完气足，可以说是爷爷平生难得的佳作之一。奶奶说这是好兆头，对这两幅图也是十分喜欢，就以这两幅图为蓝本做了乐音的两个系列——宋梅系列和龙字系列。

"奶奶将宋梅归入我名下，那便是属于我的一支。而龙字系列至今尘封，奶奶的意思是准备在我订婚之日启动龙字系列，作为我送给我的爱人的第一件订婚礼物。"

闻乐摸了摸拉链的链柄，笑道："是不是很浪漫？

"更浪漫的是，爷爷曾经在十年前将龙字图送给他的一位挚友。而挚友离世后，龙字图辗转多方，于四年前被周家老爷子拍下。那时恰逢周考生日，周老爷子问周考想要什么生日礼物。周考就指着那幅兰草图说自己想要它。于是，周老爷子将龙字图赠予周考。

"四年前……也是在那一年，我与周考在一个偏远的县城相遇。"

闻乐轻轻地拨弄着手上的拉链链柄，看着苏珍珍，笑吟吟地问："现在是不是连你都觉得，周考合该是我的？"

苏珍珍盯着闻乐："你……你……"

苏珍珍震惊得眼睛都红了，说话慌乱："你……你是天音集团的那个闻氏？”

闻乐看着苏珍珍，抿唇浅笑：“是这样的呢。”

闻乐笑得温柔：“你说，闻家、周家、苏家，哪个是大户人家？谁又想嫁进去，嗯？”

苏珍珍感到羞耻至极。在周家和闻家这样的家庭面前，苏家不过是相对普通的家庭。答案很明显，她如何说得出口？

明明她才是出身富贵家庭的美女，闻乐只是出身普通家庭的女孩子。

苏珍珍喃喃地道：“不可能，不可能……孙优美明明说你只是个……不可能……你肯定是骗我的。你身上的衣服是假的吧？还是周考给你弄来的？我不信……我不信！”

闻乐耸了耸肩，满不在乎地喝了一口咖啡：“或许吧，信不信随你。”

可闻乐越是这样随意和不在乎，苏珍珍越是惊疑不定。

苏珍珍因为各种猜测而坐立难安时，闻乐却毫不在意地用小叉子叉了一口甜点，享受地眯了眯眼，又拿餐巾擦了擦嘴角，优雅而风情万种。

这更加刺痛了苏珍珍的心。

闻乐的一颦一笑都优雅得体，一举一动都像是精心排演过的电影画面。单闻乐身上这种优雅又从容的气质就不是所有人都能有的。

苏珍珍在没有意识到这一点时，并没有觉得这一点有多么重要。可是在此刻，在闻乐的魅力的衬托之下，一身“战服”的苏珍珍只会黯然失色。

闻乐的心情颇为不错，她还称赞了一句道：“这家店选得不错。”

瞧瞧，对无礼的情敌她都能真挚又坦诚地赞美，落落大方，宽容成熟。

苏珍珍觉得自己现在就像是一个节节溃败的反派，可怜又可笑。

苏珍珍气得眼眶都红了，心想这有什么，她也不是没学过餐桌礼仪，她也可以优雅，她甚至可以比闻乐更有魅力。

于是苏珍珍拿起刀叉，用尽全力地展现着她曾经学过的礼仪。可或许是因为心中有压力，又或许是因为刚刚被闻乐所骇，她在气势上已经输了。用力过猛的结果就是她一个没留神，让刀具在盘子上擦出了刺耳的声音。

周围有人闻声看过来，苏珍珍的脸一红，她干脆放下刀叉，也用餐巾擦擦嘴角，可这一擦就让她的口红晕出了唇外。苏珍珍看着餐巾上的红印子，气得都要哭出来。

东施效颦的故事谁都知道。

苏珍珍悲哀地发现自己如今不但是东施效颦，还邯郸学步。明明以前都会的、都能做得很好的事情，现在却像是什么都忘了，连手都不知道往哪儿放了。

苏珍珍红着眼睛，狠狠地放下餐巾，去拿红酒，可急躁之下红酒杯被她碰翻。当啷一声，酒杯翻倒，红酒从桌子上一路淌到了苏珍珍的裙子上。

闻乐有些诧异，但是什么都没说，反而友好地给苏珍珍递上一张纸巾。

可看着闻乐的举动，苏珍珍更气了。她没有接，直接哭着跑出了餐厅。

周围的人都诧异地看过来。闻乐没理会，也没去追苏珍珍。

闻乐自然不会去追。

她拿出手机发了一条微信信息。

有服务生上来询问闻乐是否需要帮助，闻乐操着一口流利的英语谢绝，然后像是没有注意到混乱的桌面似的，慢条斯理地吃完了自己面前的甜点。这时手机传来一阵振动，闻乐看了一眼，唤来服务生结账。

来结账的服务生是个外国人，上来结账的时候说的是蹩脚的英语。

闻乐看他说得难受，自己也听得难受，干脆用西班牙语跟这个服务生说了两句。服务生很是惊喜的样子，连夸闻乐的发音标准、容貌美丽。

此时周围男士的目光又在闻乐的身上流连。闻乐沐浴着众人的视线却没有任何不适，一副自信美丽的样子，不知道的还以为她是哪位明星。

闻乐就是这般，仿佛走到哪里都带着光。

账单递过来，闻乐在心中轻啧一声，递上爸爸给自己的卡。

想来还有些可惜，第一次用爸爸给自己的这张卡竟然是在这种场合。

结了账闻乐起身，服务生送来她的外套。

有男士的视线不由得跟着闻乐一道去往了门口，又透过窗上的玻璃继续追随这位走出餐厅的美人。

接下来有男士在停满高档车的停车场里发现了一辆格外突兀的普通

汽车。

还在男士们惊讶之际就见车上下来一个帅哥。那帅哥年轻俊美，高大挺拔，比某些明星都要帅气，且富有气质。

而下一刻，他们就见刚刚出门的美人走到这个帅哥面前。帅哥低头浅笑，将美人揽入怀中，亲吻美人的额头。

美人则摘下脖子上的围巾，仔细地围在帅哥的脖子上，又珍爱地摸了摸帅哥的脸颊，凑近在帅哥的下巴上亲了一下。

美人亲完帅哥，又摸着帅哥的下巴说了什么。帅哥摸着自己的下巴笑出了声。

随后两个人上车，扬长而去。

苏珍珍挑衅事件之后，闻乐就彻底进入了繁忙的考试周。她每天早出晚归，日日泡在图书馆。

其间再没有什么事，只是似乎孙优美看她的眼神不太对劲，大概是苏珍珍跟孙优美说了什么。闻乐对此并不在意。她在意的只有自己年级第一的位置，她的第一谁都不能动。

晚上闻乐跟周考煲电话粥。周考的声音显得有些疲惫："所以，三天后考完最后一场，你就放假了？"

闻乐戴着蓝牙耳机一边和周考通话，一边看书。她翻了一页书，点点头道："是啊。"

周考老大不乐意："哦，我还有两门，比你们晚一周。"

闻乐嗯嗯两声："那你加油。"

他不满地道："你就这么敷衍我？"

闻乐从书本里抬起头，笑着问："你还想我怎样？"

周考放软了声音，撒娇道："你来我家陪我，我们一起复习。"

闻乐挑了一下眉，没说话。

他的理由找得又快又充分："你放假回山里，我们一个半月见不到……"

闻乐没能扛住周考的软磨硬泡，次日被周考接到了家中。

她背着书包坐到他车上的时候心里还在想：我只是去学习，只是去学习……

两个人在周考家客厅的沙发上看书。闻乐突然发现周考的脸上起了一颗痘，不禁凑上前去，摸着周考的脸仔细看。

周考的视线还在书上："怎么了？被你男朋友帅到了？"

闻乐白了他一眼，道："是你脸上起了一颗痘。"

周考的皮肤一直很好，男生中很少有像他一样有着这么干净的皮肤的。闻乐还是第一次见到周考长痘。

闻乐不禁又摸了摸周考没长痘的地方——皮肤真好。

周考笑道："嗯，我早上洗脸的时候看到了。"

闻乐道："最近上火了？是不是有些忙，作息不规律？"

他低声道："是上火了，不过不是因为作息不规律，是因为太久没见女朋友。"

闻乐笑骂一句："油嘴滑舌。"

说着她摸着周考的脸，然后慢慢顺着周考的脸、脖子往下摸。

周考冷眼看着她："干什么？"

闻乐道："你最近这么忙，作息又不规律，应该没时间健身，我看看你的肌肉消失没。"

周考挑眉看着闻乐，不说话。

闻乐理直气壮地回望过去："你的肌肉都是我的'福利'。我自己的'福利'我不能检查一下吗？"

周考思考片刻，点点头道："有道理。"

说着周考掀起衣服的下摆，露出漂亮的腹肌，身材一点儿没变："您觉得您的'资产'被我照顾得怎么样？"

闻乐轻咳一声："还不错。"

周考往闻乐的身上看了看："那我是不是也可以检查一下我的'资产'？"

闻乐的脸爆红："不，不行。"

周考放下书，轻笑一声，把闻乐扑倒在沙发上，凑上去就想吻她。他的声音低沉性感，飘在闻乐的耳边："现在都讲究男女平等，你不能对我这么不公平。"

说完他就低头吻了上去。

闻乐被周考吻得迷迷糊糊的，动情之际单手插进周考的头发间，沉醉地回应着他。而周考的手则顺着闻乐腰间的弧度一路向上，闻乐被他弄得呼吸沉重，腰都软了。周考的唇离开她的唇，流连在她的脖颈间，然后单手解开了她的领口扣子……

闻乐眯着眼，轻轻喘息，脚趾蜷缩了一下，迷离的双眼不经意间扫过他的喉结。

闻乐睁开眼，紧接着扣着周考的肩一个巧劲儿翻身骑在了周考的身上。周考喘了一下，看着衣衫不整的闻乐，挑了一下眉。

他的这个小动作，简直性感得要命。

闻乐咬了一下唇，用纤细的手指抚上周考的侧脸，低头在周考的唇角落下一吻，温柔又细密的吻顺着周考的嘴角一直吻到周考的喉结。

周考的喉结十分性感，闻乐觊觎已久，张嘴就叼了上去。

周考用手揉着闻乐的背，让闻乐紧紧地贴在自己身上。

闻乐的唇在周考的脖颈间流连了一会儿，又凑到周考的唇边亲了一下，之后她就要起身。

周考不依，压着闻乐不让闻乐起身。

闻乐平复着呼吸，推了周考一下，声音也有些哑："好了，不玩儿了，再玩儿就'走火'了。"

他不肯，抱着闻乐不撒手。

闻乐道："我要吃水果，你去削。"

他盯着闻乐，不肯动。

闻乐道："去嘛去嘛。"

他叹了一口气，这才放开闻乐，起身去厨房削水果。

苹果、桃子、火龙果、香蕉去皮切块，车厘子、葡萄洗净放好，再加上两个精致的小银叉，周大少爷的服务相当周到。

周考切完水果从厨房出来，见闻乐正坐在沙发上看专业课的书。

他把水果放在闻乐的手边，用叉子叉了一块香蕉喂给闻乐，闻乐张嘴吃掉。他放下叉子，拿了一本书在闻乐身边的沙发上躺下，将头枕在闻乐的腿上。

闻乐把书往另一边偏了偏，以免挡住周考的视线。

周考枕在闻乐的腿上，翻看着自己的专业课的书。

闻乐把书放在沙发扶手上，一手翻书，一手轻轻地摸着周考的侧脸。

闻乐的这些小动作让周考极为受用，在周考看来，那都是闻乐爱意的涌现。

闻乐用手摸着周考的脸，思考时手指无意识地抚过周考的唇。周考张口含住她的手指。闻乐反应过来，抽出手指，在他的额头上弹了一下。

周考呲了一声，捂住头。

闻乐见状以为自己下手重了，连忙轻轻地揉了揉周考被弹过的地方。

他其实不疼，只是享受闻乐对他的爱抚。

闻乐给周考轻揉着额头，想起周考脸上的痘痘："我那儿有去火美容的茶，明天给你拿一点儿。"

说着她捏了捏周考的脸，笑道："你是靠脸维持我对你的宠爱的，你得保护好这张脸。知道吗，男朋友？"

周考笑道："哦，那你呢？那你是靠什么维持男朋友对你的宠爱的，女朋友？"

闻乐轻点了一下周考的胸口："我就不一样了，我靠男朋友不变的心。"

周考闻言，笑出声，拉过闻乐的手，亲了亲闻乐从不离手的女款排钻戒指："你说得对。"

闻乐的视线粘在书本上，她翻了一页书，捏着小银叉往自己的嘴里塞了一块火龙果，又随手往周考嘴里塞了一块苹果。

就在这时，玄关传来一阵声响。黎华一进门就见到了沙发上的那一对小情侣。

而那一对小情侣看到黎华后僵在了原地。两个人此时还维持着刚才的动作：闻乐手上捏着银叉，叉了一块桃子送到周考嘴边，周考还配合地张着嘴。

这一瞬间，空气似乎凝固了。

周考站起身，把闻乐挡在身后，无奈地喊了一声："妈！"

闻乐被周考挡在身后，红着脸整理着自己的衣服，羞恼得恨不得找条地缝钻进去。

黎华笑得慈祥："那什么……妈妈就是来给你送点儿东西。"

这个时候闻乐已经整理好衣服。她深吸一口气主动站出来。现在这种情况也不是她想躲就躲得过去的了。

闻乐尽量让自己脸上的笑看上去不那么尴尬，往外挪了两步：“阿姨好。”

周考回头看了闻乐一眼，攥了攥闻乐的手腕以示安抚。

黎华不用周考介绍就认出了闻乐，热情地笑道：“是乐乐吧？阿姨前些日子还说让周考把你带来家里吃顿饭。他非说你最近考试忙，说要等过一段时间再带你过来。阿姨早就想见你了，过来给阿姨瞧瞧。”

黎华热情的态度让闻乐的尴尬顿时消减了大半。闻乐看了周考一眼，周考冲闻乐点了点头。闻乐暗暗地在心里给自己打气，露出得体的笑容，落落大方地走上前，任由黎华打量。

黎华笑着拉过闻乐的手：“好孩子。”

黎华保养得极好，年逾五十看上去却像是三十多岁。她本来应该给人一种不好接近的女强人的感觉，可实际上身上带着一种温柔如水的气质，优雅又柔和，像是涓涓细雨，又像是淡雅的水墨，极易让人心生好感。

这便是周考的妈妈，看起来似乎并不难相处。

黎华拉着闻乐进客厅，嘱咐周考把她带来的菜和水果放进冰箱。

周考拎着东西去了厨房，黎华拉着闻乐亲热地说着话，气氛倒并不尴尬。

黎华笑着说：“你比周考小几个月。你们家的老宅就在我们家附近。你们家要不是因为那件事搬出京城，你和周考就是青梅竹马。不承想你们虽然没有一起长大，却还是走到了一起。这缘分真是奇妙。

“周考的爸爸和你爸爸是老相识了，前阵子他还说要给你爸爸接风洗尘。等过两天你和周考考完试了，我们家长也见见面，叙叙旧。”

黎华没多待，送了东西和闻乐他们说了一会儿话就离开了。

两个人把黎华送进电梯后，看着她乘的电梯往下，楼层数字不断跳动，才终于松了一口气。

闻乐捶了周考一下：“都怪你！”

周考捂着被闻乐捶过的地方，表情很是无辜。

闻乐郁闷地道：“我觉得我都快对你这屋子有心理阴影了。”

周考上前从背后抱住闻乐，和她一起往房里走。周考的呼吸喷在闻乐耳边，他声音低沉：“可别，你要是对它有阴影，我只能卖了它了。”

闻乐还有些纳闷："怎么又给碰见了，你妈妈天天来这里吗？"

周考道："还真没有，黎女士一共来过三次，两次被你碰上了。"

周考耸耸肩："大概这就是你和黎女士之间的吸引力吧。"

两个人抱在一起，边说着话，边晃悠着往前走。这时周考邻居的门突然被打开，走出来一个三四十岁的大叔，他衣着考究，一副精英的打扮，看到面前抱在一起的小情侣，不由得愣了一下。

六目相对，这对小情侣也是一惊，僵了片刻，然后迅速分开，打开门快速进屋。

黎华上车后，给周承运打了个电话："老周，你看要不要什么时候约闻天启出来见个面？你看孩子的事……"

第十章

订　婚?

这天，307 宿舍的人考完了最后一门考试，都在忙着打包行李，预计于当天或于次日动身离校。

闻乐打包好行李，准备当天回家。小杨要来接，但是被闻乐拒绝了。

学生们基本上都考完试了，这天正是女生宿舍楼热闹的时候，女生宿舍楼下有快递小哥，有开车来接学生的家长，还有来送女朋友的男朋友。

周考站在热闹的人群中，如鹤立鸡群，惹得周围的人频频回头。

自从家中别墅装修好之后，闻乐常回家，因此她放在宿舍里的东西并不多，只打包了一个二十四寸的行李箱。

闻乐搬着行李箱从三楼下来。女生宿舍楼下的门是透明的玻璃，周考远远地见到闻乐推着行李箱下来，便大步上前。

众人只见原本站在原地的周考突然往女生宿舍楼的门口走去，大长腿带起一阵风，接着就见周考拉开女生宿舍楼的门，拎了一只白色的行李箱出来。他扶着门，而门里走出了一个女生——大名鼎鼎的“校园小广播”热门人物闻乐。这对俊男美女的组合，般配至极。

周考推着闻乐的行李箱，与闻乐亲昵地说着话。周考把闻乐的行李箱放上车，然后载着闻乐离去。

周考的车直接开进闻乐家的别墅区。两个人在车上亲热了一会儿，一想到即将一个多月见不到面，就舍不得分开。

车停在大门外，两个人抱在一起吻了一会儿，越发舍不得分开。

闻乐小声道："要不，你进去坐坐？我爸不在家的。"

现在是白天，闻天启这个时间都在外面工作。

周考亲了亲闻乐的耳垂，很心动，但还是拒绝了："不了，我空着手就不进去了。下次等你爸在家我再去。"

闻乐的脸红了一下。

两个人还在车上亲热，这时大门却突然打开了。他们愣了一下，这才记起大门口有监控。

闻乐眨了眨眼："应……应该是……管家吧。不行，我再不下车，管家怕是要出来了。"

两个人迅速下车。周考从后备厢拿出闻乐的行李箱，推着送到闻乐的手边："我走了。"

闻乐抓着周考的手，与周考依依不舍地对视了一会儿。过了许久，闻乐才应了一声，松开了手。

周考的车离开后，闻乐转身正要回去，转头却见管家站在自己的身后。

闻乐吓了一跳，拍着胸口埋怨道："何叔，你怎么在这里？吓我一跳。"

管家何叔笑着上前接过闻乐的行李箱："先生见小姐迟迟不肯进去，让我出来迎迎小姐。"

闻乐心中一惊，有些心虚："爸爸在家？"

管家笑道："是啊，先生把最近的行程空出来了，准备陪小姐回去看望老爷子和老太太。"

闻乐心虚得不行，心想刚才应该是爸爸看他们俩在车里磨蹭，特意打开门提醒他们的吧？

幸好周考没进来，不然更尴尬。

闻乐回到家后，闻天启的脸色有些不好，但他没说什么，只让闻乐收拾东西，还告知了闻乐回家的时间。

辗转几个小时，闻乐终于和爸爸回到了山区的家。那是一栋建在山脚下的小别墅，总共上下两层，里面的装修也简单，远远无法与京城豪华的别墅相比，但这是闻乐长大的地方，相对而言这里让闻乐更有归属感。

闻乐几个月没回家，再次见到这栋熟悉的小别墅十分激动，喊着爷爷奶奶就一路小跑进去。

七十多岁的奶奶在院子里浇花，爷爷在旁边唠唠叨叨地指挥着。被奶奶埋怨了几句，他才不甘地闭上嘴。

闻乐一进院子就高兴地扑到奶奶身上："奶奶！我回来了。"

奶奶被闻乐扑得往后退了一步，笑着拍了闻乐一下："吓死奶奶了，怎么这么大了还跟个皮猴子似的？"

闻乐笑着在奶奶的脸上吧唧亲了一口："因为太想奶奶了。"

奶奶被闻乐逗得直笑。

爷爷这时候在旁边不满地咳了一声。

闻乐连忙放开奶奶，跑到爷爷身边，讨好地给爷爷捶着肩膀："我也想爷爷了。"

爷爷轻哼一声，不满地道："没看出你哪儿想了，也没接到你几个电话。"

闻乐大呼冤枉："明明是我每次给爷爷打电话，爷爷都让奶奶接！"

爷爷哼一声："我那时在忙！没空！"

闻乐也学着爷爷的样子哼哼两声："给你打电话，次次都说忙，爷爷你可真是比爸爸都忙。"

爷爷说不过闻乐，作势要去敲闻乐的头。闻乐躲到奶奶的身后，冲爷爷吐吐舌头。

闻天启此时也走进了院子："爸，妈。"

一家人进了屋，其乐融融。

爷爷是个脾气古怪又可爱的老头。闻乐每次给爷爷打电话，爷爷都说忙，让奶奶接电话，然后躲在一边，竖着耳朵听奶奶跟闻乐说话，从不肯主动上前说话。但是爷爷是真的疼爱闻乐，闻乐一回家就被爷爷叫去书房，说是要考查闻乐最近有没有落下功课，实际上是给闻乐炫耀他最近的大作。

闻乐从小就是一个马屁精，从爷爷书房的墙上的画一路夸到桌子上的一盏新砚台。

爷爷被闻乐夸得高兴，大手一挥就给了闻乐一幅不知道哪个年代的古画。

闻乐笑嘻嘻地收了，只是看着这画，突然想到什么似的道：“爷爷，当年你画的那幅宋梅在哪儿？”

爷爷道：“保险箱里，怎么想起它来了？”

闻乐笑道：“我听说那幅龙字在我的……一个同学手里。”

爷爷闻言，不在意地道：“这倒是巧了。你问问你那同学，看看能不能将那幅龙字收回来。我是无所谓，但你奶奶信这些东西。当年我那老友看上龙字，非要要去。你奶奶就不乐意，埋怨了我好几年，非说这东西跟你有莫大的缘分。既然知道它在谁手里，还是收回来的好，将来你和你的另一半一人一幅才算圆满。”

说着他又补充一句：“这样你奶奶也用不着再埋怨我了。”

闻乐其实跟爷爷的关系更好，他们祖孙俩的关系更像是一对忘年交，闻乐有时候有一些话不会跟奶奶说，也不会跟爸爸说，倒是喜欢跟自己这个脾气古怪又不失可爱的爷爷说。

闻乐犹豫了一会儿，讷讷地道：“龙字……在我男朋友手里。”

爷爷手上的毛笔吧嗒一下戳在了袖子上：“男朋友？”

只见爷爷瞪着眼，吹了吹胡子，似乎有些生气。

闻乐愣了愣，小声道：“不……不行吗？”

爷爷梗着脖子没说话。也不是说不行，但是就是有一种憋屈感，自己养了这么多年的“小白菜”被“猪”拱了，任谁都高兴不起来。

过了一会儿爷爷才哼哼两声，特骄矜地问了一句：“他……怎么样？”

闻乐笑了，也没怎么夸周考，只淡淡地说了一句：“还行，我们很合得来。”

这样平淡的、带着几分理智和克制的回答却似乎更能说服长辈，或许没有长辈愿意看到自己宠爱的孩子被另一个孩子迷得五迷三道的。

闻言，爷爷脸上的神情舒缓了一些。他不欲多问，挥挥手道：“行了，烦你奶奶去吧。”

闻乐便笑着跑去找奶奶说话。

转身闻炳秋就把闻天启叫去书房说话。

“爸，您找我。”

闻炳秋道：“乐乐交了个男朋友？”

闻天启先是诧异，然后点点头：“乐乐跟您说了？”

闻炳秋哼了一声，在沙发上坐下。

闻天启道：“咱家这个情况吧，其实我还是觉得招赘……”

放假之后周考不忙了，倒是闻乐忙了起来。周考给闻乐打电话，闻乐不是说几句就挂了，就是没时间接电话。

周考不明白闻乐在忙什么，闻乐道：“我在提高我的经济地位。”

“什么？”

“开学你就知道了。”闻乐神秘兮兮的，不肯多说，生硬地转了话题，“你家前两天是不是给我们家送了年礼？”

周考笑着说：“你看到了？”

闻乐也跟着笑：“不是我看到了，而是因为我爸爸……”

说起那天的情景闻乐就想笑。

管家送来了年礼的单子，闻天启接过来看了一眼，突然暴怒，指着其中一栏说：“谁让周家人给我们送年礼的？”

闻天启越说越气，然后直接把单子扔在了桌子上。

爷爷从旁边走过来，问了一句：“怎么了？”

闻天启说：“周家人送来了年礼。”

管家犹豫着问：“咱家要不要回一份？”

闻天启没说话。

爷爷说：“回就普普通通地回。”

闻天启生气地道：“孩子们的事八字还没一撇呢，就这么积极。”

爷爷说：“哪怕不是孩子们的事，咱们两家也认识这么多年了，送个礼倒没什么说不过去的地方。而且今年跟往年不一样，往年没送年礼，不怎么来往是往年。如今你回京城了，他们要是还不送的话，那也说不过去。”

闻天启冷冷地哼了一声：“话是这么说，但我还不知道周承运吗？他一肚子坏水，怕是惦记上乐乐了。”

说着闻天启唇角一勾，笑了一下：“周家的孩子想进我们家的门，也没那么容易。”

闻乐忙自己的事忙得开心，闲时陪男朋友聊天，日子过得快活。周考经常联系不上闻乐，满腹怨言，被闻乐调侃“都快成了个怨妇”。

新年过完，开春这一阵，于阿姨回山里看望爷爷奶奶。她跟奶奶闲聊的时候，提起港城最近有一场私人拍卖会，说里面有几件珠宝奶奶肯定会很喜欢，打算拍回来。

于阿姨说：“这次不用找代理人了，正好我有事要去一趟港城，我去拍就行。”

奶奶想了想，说：“那你带着乐乐去吧。看看乐乐有什么喜欢的，让她自己拍回来。顺便让她在港城那边玩几天吧。你看有什么要给她置办的，给她置办齐了。”

于是闻乐去港城这件事就这么定了下来。

于阿姨那边速度奇快，上午才跟奶奶商量好，晚上就订了机票。

闻乐晚上跟周考打电话的时候顺道提了一嘴。周考叹了口气说：“还好快要开学了。”

闻乐笑道：“想我了？”

周考叹息道：“我怕再不开学，某人连自己的男朋友长什么样都忘了。”

闻乐笑得不行：“你知道你现在的样子很像怨妇吗？”

他特理直气壮地道：“这是我的错吗？你不觉得你该自我反省一下吗？”

闻乐心虚：“是我的错喽？”

他冷笑一声：“难道不是吗？”

闻乐讪讪地道：“好啦，好啦，开学回去一定多陪你啦。”

过了没两天，闻乐就跟着于阿姨飞往港城。

闻家在港城有房产。于阿姨为了就近照顾闻乐，就住在了闻家的房子里。

于阿姨家里几辈人都在闻家工作。不同于一般的老板和职工的关系，闻家的人与于阿姨彼此都有很深的感情，像是家人一样。加上于阿姨没有结婚，她看闻乐就像看自己的女儿一样。

这次拍卖会的热门拍品是一条黄色蓝宝石项链。

于阿姨几次出手叫价，可惜另一位买家紧咬不放，最后那条项链被那人以高出市场价两成的价格拍下。

那颗黄色蓝宝石的确很美，于阿姨没将它拍下觉得有些遗憾。闻乐倒是没觉得有什么遗憾，因为她看上了另一条项链，它的名字叫“女神之泪”。

这条项链的款式极简单，却极美，以一颗一百九十二克拉的坦桑石为主设计而成。

这颗蓝色坦桑石的造型像是一滴水滴，因为是立体的锥形，所以它并没有大范围的钻石镶嵌，只是在水滴的尖端处用钻石点缀，将它固定在一条细细的链子上，链子通体银色，上面没有任何碎钻点缀，但如此一来整条项链便突出了蓝色坦桑石的美丽。

闻乐拍下这条项链就已经很满足。

拍卖会结束之后还有一场晚宴，众人都盛装出席。

这是一场私人的拍卖会，并不对外公开，出席的人都是被主办方邀请来的。

闻乐在这场拍卖会上见到了不少熟面孔——知名影视演员、当红歌手……

闻乐穿着一套白色的晚礼服，跟着于阿姨出席晚宴。

于阿姨带着闻乐往宴会厅走，路上于阿姨低声跟闻乐说着刚刚被闻乐拍下的那条项链。

“乐乐的眼光不错。那款坦桑石不论是颜色，还是纯净度都相当不错。虽然它的原石并不值这个价格，但是它的工艺和设计为它增分不少，关键它是珠宝大师……”

正说着话，于阿姨突然被人喊住。

“于主编！”

于阿姨突然停下脚步。闻乐也跟着回头，见当红明星曲曼语正笑盈盈地站在她们身后，她身边还带着两个看着有些眼熟的人。其中一个闻乐认识，是李乐雪；另一个闻乐只觉得眼熟，好像是曲曼语工作室刚签的一个新人。

李乐雪和曲曼语同属一个公司，大概这也是李乐雪会出现在曲曼语身边的原因。

曲曼语出道早，在娱乐圈打拼了十几年，如今三十出头，在娱乐圈里依然有些影响。这几年她想要转型演电影，只是一直不怎么顺利。

于阿姨认出来人，笑着道："是曼语啊。"

曲曼语笑着点头，给于阿姨介绍了一下身边的那两个人："乐雪您认识的，这是虞烟，最近跟王导有合作……"

于阿姨客套地夸了她们两句。

曲曼语笑道："上次合作之后很久没见您了。我一直想找机会谢谢您，上次出意外要不是有您帮忙，我们可要出丑了。"

于阿姨笑得很客气："哪里就要谢了，随手的事。"

"您谦虚了。"说着曲曼语这才看向于阿姨身边的闻乐。她只觉眼前一亮，可接着心中却是一沉。这样的美女若是能签进她的工作室……可惜怎么偏偏叫于望舒挖去了，只是没听说于望舒要带新人啊……

李乐雪也认出了闻乐。李乐雪还记得闻乐倒不只是因为闻乐的美貌，更是因为她对当初闻乐无意间抢了自己的风头的事耿耿于怀。自从那件事之后，但凡公司发通稿吹嘘她的美貌，就有人嘲讽她曾被一个路人比下去。

李乐雪很委屈。谁会平白无故地被陌生人压了一头而不觉得委屈呢？因此李乐雪对闻乐很有敌意。

曲曼语笑着对于阿姨道："这是您带的新人？真是不错。"

于阿姨的笑容淡了两分："不是，是我家小姐。"

曲曼语一下子没有反应过来，"我家小姐"到底是什么意思？

就在这时，席雅安走过来叫了于阿姨一声："望舒。"

于阿姨转头看向席雅安，神色明显更亲近些："你也来啦？"

席雅安点点头。她与于阿姨看上去很熟，说话更随意一些："来看看，可惜没拍到喜欢的。"

说着席雅安看向闻乐。她目光微动，眼神闪了闪，看了闻乐身上的衣服一眼，不由得吃惊："这不是上次我在你家时，你亲手做的那件衣服吗？我记得当时我跟你要，你还不给我。原来这件衣服是准备给这个小美女穿的呀。这小美女是谁呀？”

闻乐笑盈盈地朝席雅安伸出手：“闻乐。”

她一副落落大方的样子，体态气质毫不输于眼前这位知名影星。

于阿姨看着闻乐说：“乐乐的衣服绝大部分是我亲手做的。”

席雅安闻言，更是诧异。

于阿姨继续解释道：“你当时不是问我，乐音的兰草系列和其他系列有什么不同吗？它们最大的不同之处就在于，兰草系列生产线中的一环由副会长亲自参与。”

席雅安有些吃惊。要知道，于望舒不但是拥有自己的品牌的国际知名设计师，更是国内三大时尚杂志之一——《乐尚》的主编，而且兼任闻氏旗下一个服装品牌的副总裁，还是乐音的副会长。

而乐音的每一个副会长都有着和于望舒差不多的履历。这样的人物却只是兰草系列生产线中的一环？

席雅安和在场的几个人都不约而同地看向闻乐，心道：这个小姑娘究竟是什么来历？

这几个人没有在外面待多久，就走进了宴会厅。

于阿姨趁别人不注意低声问闻乐：“我看那个李乐雪看你的眼神不大对劲儿，你们之间有什么过节儿吗？”

闻乐就把当初那件有关“回眸一笑”的视频的事情跟于阿姨说了一遍。

于阿姨笑着道：“也算她倒霉。这样吧，我们也不是不讲理的人。她既然因为你受了一回委屈，那咱们就给她一个资源做补偿。怎么样？”

闻乐点头，赞同地道：“您说得对。”

关于闻乐的身份，于阿姨虽然没有多说，但是事后在场的几个人一猜差不多都有了底。

拥有乐音的兰草系列，于望舒亲自给她做衣服，能有这样的待遇，这个人的身份已经昭然若揭——天音集团闻氏的大小姐。

席雅安和于阿姨一边去往宴会厅，一边寒暄：“那颗黄色蓝宝石真的漂亮，也不知道被谁拍去了……”

宴会上不断有人来找于阿姨聊天。

闻乐在于阿姨身边待了一阵，觉得有些无聊，便借口喝得有点儿晕，去阳台透口气。

谁知刚走开没两步，她就被一个熟悉的声音喊住：“闻乐。”

闻乐有些惊讶地转过身——周考！

闻乐惊喜不已，声音都忍不住高了几分：“你怎么会在这里？”

周考笑着上前环住闻乐的腰，说：“为了缓解我病入膏肓的相思症。”

闻乐太过惊喜，心中的愉悦无处表达，恨不得当场扑到周考身上去。只是这里人很多，两个人说话不方便。

小别胜新婚，多日不见的小情侣眼中都带着电，四目相对时如负极与正极相连接，眼神紧紧地粘在彼此的身上。

闻乐直到见了周考，才发现原来自己对周考的想念已经到了如此浓烈的地步。在见到周考的那一刻，她觉得爱意与思念在自己的身体中迅速膨胀，就要喷涌而出。

周考拉着闻乐到了一处僻静的小花园，两个人躲在树后咬耳朵。

周考将闻乐抵在树上，把头埋在闻乐的颈窝间，低声诉说着自己的思念。

她受不了周考这温声软语撒娇一般的情话，只觉得自己的血液升温。她的身后是粗糙冰冷的树干，身前是压着她身躯的火热的周考。

闻乐觉得自己的灵魂被撕裂，煎熬于两个维度——冰冷与火热，理智与迷失，紧张与激情。

他们干柴烈火，一点即燃。两个人呼吸渐渐粗重，只觉得有电流在他们的身体里乱窜，点起了一簇簇火花。她似乎化成了一摊水，任由周考摆布。

树的另一边是充满欢声笑语的热闹晚宴，两个人在树后激情热吻，这种紧张感刺激得两个人越发激动。

两个人抱在一起不知亲热了多久，直到树后传来一阵脚步声两个人才分开。

闻乐的腿还有些软，她扶着周考喘了一会儿。

这时闻乐的手包里传来了手机的振动声。闻乐心道，出来这么久，估计是于阿姨在找她。果然她拿出手机一看，便见是于阿姨发来了短信。

闻乐把手机放回包里，对周考说：“我得回去了，阿姨找我了。”

闻乐说着就要走，却被周考扯住胳膊。闻乐不解地回望过去，见周考指了指她的嘴唇。

闻乐这才想到什么似的，脸一红，连忙拿出包里的口红和镜子补了补口红。补完口红后，闻乐又抬头看向周考：“过来，我给你擦擦。”

收拾妥当之后，两个人这才恋恋不舍地离开。

闻乐确定自己的身上没有什么不妥的地方，才走进宴会厅。

于阿姨这会儿还在和席雅安说话，见闻乐走过来突然就是一愣，指着闻乐的脖子说：“乐乐，你脖子上那个……怎么会在你那儿？”

闻乐先是愣了一下，怕是周考又给自己种了“草莓”。可是她随即发现不对，因为周考没吻过她的脖子。于是闻乐下意识地往脖子上摸了摸，这才反应过来阿姨在说什么。

她的脖子上多了于阿姨没有拍到的那条黄色蓝宝石项链。

闻乐这才想起来，和周考亲吻的时候，周考似乎在她的脖子上搞了什么动作，但她当时太激动，以至给忘了。

闻乐也有些蒙。

席雅安看着那条曾让她觉得遗憾的黄色蓝宝石项链，问闻乐：“怎么会在你这儿？”

于阿姨皱了皱眉。她的第一反应竟然是联想到了“栽赃嫁祸”，心不由得沉了沉，她低声问闻乐：“是谁给你的，乐乐？这种东西可不能乱收。”

闻乐还没说话，就听见自己的手机传来一阵振动。她拿出手机看了一眼，见是周考给她发来的微信信息：新年礼物，很适合你。

闻乐收起手机，看着急得几乎要叫保安的于阿姨，抓着于阿姨的手小声地解释了一句：“阿姨别激动，是……是我男朋友。”

于阿姨环视四周，见周围尽是一些秃头的中年男人，脸色更阴沉了。

闻乐一看于阿姨的神情，就知道于阿姨误会了。她看着宴会厅中占绝大多数的秃头的中年男人也觉得头疼，不知道该怎么解释，但也不能不解释。

闻乐拉着阿姨的手小声地道：“不是……阿姨……是我同学……”

于阿姨闻言，脸色又是一变。

闻乐的身边还有随手送这么昂贵的珠宝的同龄人？于阿姨认识的、知道的绝大部分有钱的年轻人都没法随意支配这么大一笔钱。

“乐乐，这太贵重了，我们不能要吧？”

于阿姨虽然不赞同，但还是用询问的语气让闻乐自己拿主意。

其实不用于阿姨说，闻乐自己也觉得不妥。

之前没有认识到她和周考在经济能力上的差距时，闻乐收下那颗蓝宝石戒指也就罢了，而且那颗蓝宝石戒指的价格也没有高到这种地步。但是现在闻乐已经认识到了两个人在经济能力上的差距，以她的骄傲和自尊心，绝对不容许自己在没有达到与周考同样的经济地位时，收下这条价格如此昂贵的黄色蓝宝石项链。

闻乐先安慰了一下于阿姨：“阿姨你别担心，他自己手上有公司和项目，拍下这黄色蓝宝石项链的钱不是他父母出的。我当然不会收这条项链，我等会儿去跟他说说。”

于阿姨点了点头说：“那你快去吧。”

席雅安却在一旁笑着说：“把你的小男友带过来给我们看看哪。”

闻乐有些不好意思，看了于阿姨一眼，见于阿姨虽然没说什么，但是脸上也露出好奇的神色。

闻乐拿出手机，道：“我问问他，不知道他还在不在这里。”

于阿姨对闻乐找了男朋友这件事还是充满好奇的，所以低声问闻乐：“家里知道这事吗？”

闻乐给周考发了一条消息，闻言，点点头，道：“爸爸和爷爷知道了，爸爸……还见过他。”

于阿姨闻言，更好奇了：“先生同意了？”

闻乐小声道：“爸爸没反对。”

这反应倒也正常，于阿姨也看不出闻家人对闻乐的这个小男朋友到底是什么态度，不由得对闻乐的这个男朋友越发好奇。

席雅安与于阿姨看上去不是一般的朋友，更像是相交颇深的老友，所以于阿姨说起这事的时候也没有避讳着她。

闻乐的信息发出去好一阵都没收到回复，闻乐放下手机，道：“估计他已经离开了。”

于阿姨没有看到闻乐的小男朋友，显得有些遗憾。

席雅安也一直被吊着好奇心，闻言，也有些失望：“宴会才刚刚开始，怎么走得这么早？”

闻乐道："他这次来港城主要还是为了工作，估计有事先离开了。"

于阿姨笑道："看来这次是见不成了，乐乐回去以后找个机会把项链还回去吧。"

闻乐点头。

三个人在一起聊了点儿娱乐圈的八卦消息。席雅安是娱乐圈里的人物，于阿姨是时尚杂志的主编，手上握着大量资源，也算是半个娱乐圈的人，因此这两人聊起八卦消息来简直相当于当场爆料。

她们正说着最近很火的两个年轻娱乐明星的恋情，就见刚刚在宴会厅外见过的曲曼语和另一位一线花旦戚馥带着一群人走了过来。曲曼语和戚馥时常顶着好闺密的身份一起出没，但据说私底下两人的竞争很激烈。

曲曼语身边带着两个人，戚馥身边带着工作室新签的混血模特，五个人朝于阿姨她们走过来。

曲曼语笑吟吟地对于望舒道："我刚刚还跟馥子说我见到了望舒姐，馥子不信，这不一转头就瞧见了。"

戚馥则惊喜地上前与于望舒拥抱了一下："望舒姐，真的是你。我还以为曼语又诓我呢。"

于是，于望舒又笑着与这几个人寒暄了一阵，连着在边上的席雅安也跟着与她们寒暄起来。

席雅安的地位不是这几个人能比的，她实在是懒得跟这几个人寒暄，正打算找个理由离开，就突然听到有一个男生喊了一句："闻乐。"

接着席雅安就见闻乐惊喜地转身。出于好奇，席雅安也跟着转过身去，抬眼就见一个颜值很高、身材很好的小帅哥。

席雅安在娱乐圈里待了这么多年，什么样的脸没见过，但是在见到这个小帅哥的时候，她还是被惊艳了一下。只是她觉得这个小帅哥似乎有点儿眼熟。

周考到场后，吸引了周围所有女性的注意力。刚刚还在和于望舒寒暄的曲曼语和戚馥也安静了下来。两个人身边带着的几个年轻姑娘在见到周考之后，眼睛亮晶晶地放着光，视线就没从周考的身上下来过。

只是这个帅哥的视线自从来到这里之后就一直粘在闻乐的身上，甚至一眼都没分给周围那几个风格各异的美女。

于阿姨在见到周考的那一刻也愣了一下，随即看了闻乐一眼。她想起闻乐之前所说的男朋友，猜测大概就是此人了。

饶是以挑剔的眼光来看周考，于阿姨眼中都露出一丝满意之色。

先不说其他方面，单论外貌、气质，周考就不逊色于闻乐。两个人站在一起，如同天造地设的一对，实在好看。

闻乐见到周考，她的视线就与周考的视线紧紧粘在一起。好在她还没忘记现在是什么场合，很快反应过来，给于阿姨做介绍。

“于阿姨，这是周考。

“周考，这是于阿姨。”

周考跟着闻乐向于阿姨问了一声好。

于阿姨跟曲曼语和戚馥说了声“失陪”，便和闻乐、周考走到一边谈话。

席雅安也识趣地没过去。她看着周考，仍在思考，总觉得在哪儿见过这男生。

这时戚馥突然惊呼一声道：“我想起来了，我见过这个人！”

曲曼语还没弄明白是怎么回事：“这男生谁呀？看上去年纪不大。”

戚馥道：“我手上有‘笔尖’的合作，你知道吧？上次机缘巧合之下，我去过一次‘笔尖’的公司，就在那个公司见过这个男生。”

曲曼语听戚馥提到与“笔尖”的合作，心里就酸溜溜的，因为戚馥在商务上一直压她一头。她勉强地应了一声：“哦，怎么？他跟‘笔尖’有什么合作？”

戚馥似乎真的很震惊地道：“不是，这男生是‘笔尖’的大老板。”

曲曼语扑哧一笑：“什么啊？‘笔尖’的大老板不是一个三十多岁的精英男吗？虽然这个男生看上去也很帅，但是年纪太小了吧？”

戚馥摇头，道：“不是，外界说的那个三十多岁的陆总其实是副总，这个年轻的才是大老板。这是我的助理听到他们公司的员工亲口承认的。”

曲曼语闻言，也有些惊讶：“哇，那很不错啊！年纪轻轻就有这样的成就。”

曲曼语的语气轻描淡写的，虽然她说的不错，但是她一副完全没有把人家放在眼里的样子。席雅安直接被她气笑了，端着红酒轻抿一口，悠悠地叹了一口气："京城周家培养的继承人，当然年轻有为。"

席雅安三十二岁嫁人，算是嫁得不错了。可她家现在也没法跟周家相提并论。周家这样的家庭底蕴深厚又内敛低调，谁都不知道他们到底有着怎样的实力。

席雅安跟着老公出席各种场合，也曾经远远地见过这个大少爷一眼。他小小年纪，被围在人群中央接受恭维客套，却宠辱不惊。

说完，席雅安就径自离开，只留下眼珠子都要瞪出来的曲曼语和戚馥。

她们这些野心勃勃想出人头地的人，怎么可能不知道周家？

曲曼语的追求者众多，她却一直单身，只因为看不上这些追求者。她做梦都想往更高处爬，而现在竟然有人告诉她，这个男生有可能就是她的机会。

于阿姨没跟闻乐和周考多说什么，就离开了，给闻乐和周考留下了充足的空间。

闻乐取下脖子上的项链，递给周考。

周考没有去接，反倒问："你不喜欢？要还给我？"

闻乐摇头："我喜欢，我也没要还给你。"

周考挑眉看着闻乐，不说话。

闻乐轻咳一声，道："是这样的，我家的保险柜都满了，没地方放这条项链。你先帮我收着，等我赚钱买了保险柜，你再还给我。"

周考扑哧一笑："这是我听过的最荒唐的理由。"

有人会因为没有保险柜而拒绝收下珠宝吗？

闻乐拉住周考的手："我又不是不要，你先帮我存着，我要经常检查的。"

周考还能不了解闻乐吗？他估计是闻乐那点儿好胜心又发作了，她就是这样要强的人，大概还是在意自己的经济地位。

周考对这样的闻乐是又爱又恨。

但周考没有坚持，接过闻乐递过来的项链。周考没说让闻乐快点儿拿回项链的话。他不想再给闻乐增加任何的压力了，于是宠溺又无奈地刮了闻乐的鼻子一下："真拿你没办法。"

闻乐拉着周考的手轻轻地晃了晃，笑容明媚自信，道："相信我，很快我就能买上保险柜，取回黄色蓝宝石项链了！”

他无奈地笑了：“我的女朋友是超人吗？怎么这么厉害？”

闻乐不好意思地低头，道：“主要还是我的男朋友太优秀。”

正月十五过后没两天，“笔尖”应用程序进行了一轮更新，解锁了购物商城板块。

这是周考公司的主要成员对“笔尖”转型的问题进行长达半年之久的商议后，最终做出的一致决定。

“笔尖”的野心显然很大，它并没有把市场局限在女性身上，而是以此为基础增加了诸多板块，以吸引更多类型的用户。

这样的转型模式一旦操作不好，不但不会留住新用户，反而还会使原有的粉丝群体流失。不过，这样的转型带来了更加多元化的用户，也拓宽了“笔尖”的市场。

购物商城上线之后，“笔尖”联动商家轰轰烈烈地搞了几个大促销活动，以稳固“笔尖”的用户和市场。

开学后，闻乐经常能够听到身边的人讨论“笔尖”商城。这些人最初大多是冲着“笔尖”商城的活动优惠价去的，在第一次购物之后却被“笔尖”的心得分享模式吸引。

在“笔尖”的商城里购物，评价商品相当于发布心得笔记，购物的同时还能吸引粉丝，这种模式实在是令人眼前一亮。

这样新颖的模式为“笔尖”吸引了大量的用户，加上“笔尖”团队不惜余力，投入大量资金进行宣传，不到半年的时间，转型后的“笔尖”就逐步步入正轨。

“笔尖”的各项数据表明，这是一次非常成功的转型。

“笔尖”商城上线的这半年时间里，周考忙得不可开交，与闻乐见面的时间自然也就越发少了。

事实上，两个人见面的时间越来越少的主要原因并不在周考身上。闻乐似乎比周考还要忙。基本上只要闻乐给周考打电话，都能接通。但是周考给闻乐打电话，不论是什么时间，五次里大概只有两次能打通。

周考不知道闻乐到底在忙什么。他问过闻乐，但闻乐只说：“再等等，你会知道的，到时候给你一个惊喜。”

见她不肯说，他也不再多问。

但是他万万没有想到，闻乐忙起来的时间比他还要长。

半年后，“笔尖”商城迈入正轨，周考终于闲了下来，打算约女朋友出去吃个饭。

可电话打过去周考才知道，闻乐竟然请了一周的假跑去外地。

周考给闻乐拨过去一个视频电话，这次电话倒是接通了，却见视频里的闻乐头上戴着一顶草帽，身上穿着白T恤和黑裤子，手上拿着一串葡萄，站在绿茵茵的果园里。

“周考。”

他挑了一下眉，感觉一头雾水：“闻乐，你到底在搞什么？”

她笑道：“搞事业啊。”

周考仔细地打量着视频里的闻乐，迟疑地问了一句：“你……是不是黑了？”

闻乐下意识地摸了摸自己的脸：“不会吧？”

按照闻乐以往爱美的性子，周考以为闻乐会很在意。没想到闻乐只是摸了一下脸，然后就不怎么在意地说了一句：“不过也正常。”

闻乐这个反应让周考对闻乐做的事情越来越好奇了。

周考道：“什么时候回来？”

闻乐笑着道：“想我了？”

周考真的是连调侃的精力都没了，叹了一口气，投降一般地道：“是啊，想你。”

闻乐道：“就快回去了。可是该不会我有时间了，你反倒没有了吧？”

周考说：“公司已经步入正轨，我有的是时间陪你。可你总得给我一个机会吧。”

闻乐有些心软：“这周回去我们就约会好不好？”

周考嗯了一声，声音低沉地道：“好，等你。”

闻乐感觉耳朵一麻，心也跟着一颤，恨不得立刻飞回去，看看他是怎么等她的。

他大概会穿着白T恤和黑裤子，带着他那俊美的相貌和冷冷的气质，站在女生宿舍楼下，垂眸静静地想着别人不知道的心事。

而她会推开女生宿舍楼的门，笑着喊他的名字。他回眸看她，眼中都是她……

她捂住有些发红的脸，摇了摇头，阻止自己继续胡思乱想，还叹息着自己和周考大概是太久不见，听到他的声音就把持不住了。

两个人都没有注意，这天晚上一篇文章上了热搜，连带着“笔尖”这个词条也跟着上了热搜。

彼时周考正在图书馆自习，见到手机里推送的热搜通知上有“笔尖”这两个字，只以为公司又做了什么宣传，就没点进去看。

当时周考还觉得有些诧异，因为陆博瀚跟他说过宣传组的工作已经基本完成，短时间内没有必要继续增加宣传费用了。

可周考不知道，就连次日得到消息的陆博瀚也很困惑。

“对，不是公司买的。我去看了看，‘笔尖’的确是上了热搜，这篇文章好像是先在某乎被讨论过，谈论度还很高，后来被人从某乎搬运到了微博，然后又被路人自发给顶了上去。而且陆总，不知道你看不看朋友圈，反正我的朋友圈这几天都快被这篇文章给刷屏了。”

手上拿着手机听员工汇报的陆博瀚挑了一下眉，他诧异地道：“至于吗？”

电话那边的员工的声音似乎有些惊叹：“陆总，你怕是还没看过这篇文章吧？你去看看就知道了，确实厉害。”

陆博瀚在微博上找到那篇文章点进去看了一眼——是一个知名大号转发的。

“我原来以为这是哪位大作家的散文，谁知道这竟然是一位卖货博主的推荐文。”这个人发了一个一脸震惊的表情图。

“这是我在全网见过的最有意思的一位卖货博主。别人卖货靠直播、靠拍短视频，这位厉害了，直接用文章，靠文采。”

“她的文笔细腻，极具美感，以情怀为武器，以意境造回忆，字字珠玑，直逼人心，就俩字可以形容——厉害。”

“我不管，我被她说服了，我要买。”

“现在的博主都这么厉害的吗？她这水平当什么卖货博主，去当作家不好吗？”

“我在某乎看过这篇文章，大家都说这篇文章绝对是一位大佬写的，水平相当高，虽然咱也具体说不出来到底哪里好了，但是专业人员说好就是好。”

…………

“笔尖”的这位博主火了，直接带着“笔尖”上了热搜。

关于这位博主火起来的原因，网上有人讨论。

有人说是时机把握得好，她选择了最能触动人心的东西打了一场情怀战。

有人说是笔者充满真情实感的细腻描写触动人心。

有人说是笔者找到的东西就是他们想要的那份纯天然。

还有人说不知道为什么，反正就是喜欢她的情怀和文字。

网上也有人曾评价过这个人的文字，说此人文笔细腻，才情斐然，形魂一体，技巧纯熟，总之看得出她积累深厚。有人猜测这账号背后应该是一位四十岁以上的小有名气的作家。

总之这位特殊的博主凭借着一篇令人惊艳的文章，硬是在卖货圈“杀”出一条“血路”，直戳人心，给人们展示了卖货博主的无限可能。

她的这篇文章先是在朋友圈被广泛传播，又在其他几个网络社交平台上被热议了许久，这让“笔尖”在时隔半年后，又吸引了一批新用户。甚至有人为了关注这位博主而特意下载了“笔尖”应用程序。

这对“笔尖”来说，是意外之喜。

陆博瀚打电话给周考说起这件事的时候，已经是这篇文章发表半个月之后了。周考还没有具体地了解过这件事，只知道个大概。

陆博翰在电话里不无得意地说：“简直天助我也，‘笔尖’的运气还是相当不错的。这位太厉害了，我都想挖她来咱们公司做策划了。啧啧，以一人之力拉动整个平台，让订单暴增。这次的销量比之前我们联动商家搞活动的销量还要高。这个博主推荐的那款山泽茶，两天就卖到脱销了。从她发表那篇文章到现在还不到半个月的时间，山泽茶就已经打出了响亮的名声，估计以后都不会愁销量了。

“事后我们还了解过，这位博主带的货主要是贫困地区的农产品。这篇文章还是她免费写的，做慈善的成分更多一些。这倒是提醒了我们，其实我们也可以从这方面着手……”

周考挂了电话，还有些好奇，就拿出手机去“笔尖”看了那篇文章。

这是一个新用户，注册时间不足半年，但是到今天已经有 10 万粉丝了。

周考点进那篇文章看了一眼。这篇让博主大火的推荐文章，实际上是在推广南方西部地区的一种茶叶。

这毕竟是一篇推荐文章，所以没有多长，一千字左右，几乎一气呵成，文字清新细腻，感情自然流露，善于营造意境，融情于景，更善于挖掘人心中最细腻、最柔软的部分。

一篇文章看下来，周考也觉得有所触动，甚至都忍不住想去尝尝文章中所说的茶叶，看看是不是真的有她笔下所描述的那样美妙。

这篇文章能火不是没有原因的，绝对的实力和真挚的感情造就了它在某乎上超高的评价。这样真挚而清丽的文字，谁又能不为之打动？这文字的背后大概有一颗真诚而细腻的火热的心，叫人好奇这篇文章的作者到底是怎样一位妙人。

周考见那位博主仅有 10 万粉丝，甚至觉得可惜。拥有这样的才华，她应该是一位优秀的作家，来做博主实在是太屈才了。

或许她本身就是一位成名已久的作家，或许她如闻乐的爷爷一般为了创作隐居在山中，因此才能遇到这样的好茶。而她定然有一颗柔软而细腻的心，为当地农民卖不出茶叶而犯愁，因此抬笔写下这样动人的文字。

只是周考总觉得这文字有种熟悉的感觉……

周考突然抬眸。他想起来了！

这分明是……是闻乐的风格。

一刹那，无数的线索涌入周考的脑海。

茶叶，山区，南方西部地区，据说是在搞事业、忙得不见人影的闻乐……把这些线索串联起来，一切似乎就有了答案。

这篇文章是闻乐写的。

一个星期之后，闻乐终于从外面回来了。周考开着车去机场接人。

闻乐一开始没有认出周考的车。直到周考走过来带她上车，闻乐才发现周考不知什么时候换了个车牌。

周考摸了摸闻乐的头发，又看了看闻乐的脸颊，道：“黑了。”

闻乐拿出手机照了照，郁闷地说：“很明显吗？我觉得也没有多明显吧。”

周考帮闻乐打开副驾驶的门，让闻乐坐上去，接着他转到驾驶座那边上车。周考关上车门后，说：“这不一样。外人哪里会像我观察得这么仔细？”

闻乐闷闷地道：“其实也没有多黑吧？”

说来她其实还是在意这件事的，没有女生不爱美。

周考侧过身直勾勾地看着闻乐。

闻乐察觉到周考的灼热的眼神，便放下手中的手机，抬头就撞进周考那带着浓烈情意的双眼中。

闻乐一怔，手无意识地停在半空，感觉自己的心也仿佛被烫了一下，热热的，像是火苗一下子就点燃了全身的血液。

周考凑过来用手钳着她的下巴，然后低头吻了上去。她轻喘一声，伸手主动攀上了周考的肩，热情地回应着他。思念在两个人的唇舌间传递。

机场不便久停车，两人很快结束了亲热。

周考发动车子。

他们都没敢多看对方一眼，生怕一个不慎又缠到一起去。

车子驶离机场后，两人才平复下来。

闻乐回过神后，依旧很在意刚刚的问题：“我真的很黑吗？”

周考闻言，笑了：“看来你真是对自己的肤色没有认知。就你这个肤色，再黑能黑到哪儿去？”

周考突然转头道：“去我家吧。”

闻乐一脸疑惑：“干吗去你家？”

周考说：“约会。”

闻乐笑道：“在你家约会？”

周考说：“你来我家，我亲自下厨。”

闻乐挑眉看着周考：“你还会做饭？”

周考笑道：“今天就让你知道你的男朋友无所不能。去吧。”

闻乐拒绝：“我不要，太可怕了。每次去你家都被你妈撞上。”

周考闻言，竟然笑了好一会儿。这时候他正好停下车子等红灯，便转头看向闻乐，低声说：“我把大门的密码换掉？”

闻乐眨眨眼，先是笑了一下，随后想起什么似的，问道：“你妈该不会还有钥匙什么的吧？”

看来闻乐是真的害怕了。

周考笑着捏了闻乐的脸颊一下：“没有的，放心吧。”

闻乐还是不放心。不过周考见她问这么多，就知道她已经心动了。

闻乐说：“那你爸呢？哥哥姐姐弟弟妹妹什么的？”

周考无奈地说：“今天势必要让你去我家一趟了，不然你这心理阴影永远无法去除。”

闻乐怀疑地看着周考，依旧不肯相信。

他跟闻乐保证：“真的没有。”

她这才半信半疑地点了点头。

车子一路开到周考家的小区。

周考带着闻乐进门，又当着闻乐的面把密码锁的密码换了。闻乐看得直笑，觉得他们像是在干什么坏事。换完密码，周考从背后抱着她，推着她往里面走。

闻乐十点下的飞机，这会儿已经是十一点了。

周考去厨房看了一下，问：“想吃什么菜？”

闻乐笑着抱臂倚在一旁看着周考：“你做的我都喜欢吃。”

他笑着上前亲了闻乐一口：“我女朋友的嘴什么时候这么甜了？”

闻乐推开周考：“你快做饭，我饿了。”

他道：“好。”

闻乐从外地回来总感觉身上带了一身的土，便对周考道：“我要去洗个澡。客房有浴室吗？”

周考从厨房走出来，道：“你去主卧吧。客房里什么都没有。”

闻乐倒也不害羞：“行。”

周考带闻乐去了主卧，给闻乐找了一条毛巾，交代了一番后就去了厨房。

闻乐的行李箱里有换洗的衣服。她的行李箱里别的不多，就衣服多，只是大部分衣服都穿过了。这些衣服有的洗了，有的没洗，而具体哪些洗过，哪些没洗过，闻乐也忘了。

没穿过的干净衣服只有一件，那是闻乐为了拍照带的一条白色的波希米亚吊带长裙，但去了才发现这裙子根本就没法穿。

闻乐拿起这条裙子去了浴室洗澡。

闻乐穿着吊带裙，披散着湿漉漉的头发从浴室出来，然后去厨房看周考做饭。

周考回头看见闻乐，呛咳一声：“你在外面就穿这个？”

闻乐笑着看了周考一眼：“怎么？吃醋了？”

“你说呢？”

闻乐笑道：“没穿过。我给你看过照片啊，我在那儿只穿白T恤和黑裤子。”

周考闻言，才放了心：“女孩儿在外面要注意安全。”

闻乐扑哧一笑：“我看是你没有安全感吧。”

周考无奈地点头：“是啊，那就拜托女朋友给我点儿安全感吧。”

说起这个周考就觉得堵心。闻乐穿着超短裤和他打架的视频被发在了“校园小广播”上，网友们因为眼馋闻乐的那双长腿，就把视频中的闻乐截成静态图挂在了“校园小广播”上。每隔一段时间就有人前去欣赏，弄得周考很是闹心。

闻乐笑着上前亲了亲周考，从身后抱着周考的腰：“你做的什么饭呀？”

她转移话题的技术不怎样。

周考说：“家常便饭。还没好，你先去坐一会儿。”

周考没做太复杂的，主要是时间不早了，就调了个卤子，下了一份面，做了一份糖醋小排，又炒了一份清淡的菜。

全都不是多复杂的菜式，却称得上色香味俱全。

闻乐看着周考，她的眼睛一闪一闪的，几乎快冒出“星星”来了。“我男朋友太帅了吧”，这几个字简直就写在了闻乐的眼睛里。

闻乐崇拜的目光让周考有些小得意：“尝尝，看味道怎么样。”

闻乐小心翼翼地夹起一筷子，尝了尝味道。周考做的菜竟然意外地好吃。她毫不吝啬自己的夸奖与赞美之词：“天哪，周考你也太厉害了。我男朋友简直十项全能。你什么时候学的做饭？竟然做得这么好吃啊。这是什么优秀男友……”

闻乐一通吹捧，夸得周考都有些不好意思了。

周考轻咳了一声："高三暑假学的。"

说实话，闻乐是真的觉得惊喜。她曾经尝试过，确认自己在厨艺这方面是真的一点儿天赋都没有。

周考说："接你之前我让阿姨帮我把小排给腌制好了。不然的话，你怎么可能在这么短的时间内吃到这道菜呢？"

闻乐看着周考，笑道："原来你早有预谋。其实你早就盘算着把我带到这里来了，是不是？"

周考直接承认了："是你说要过来跟我约会的，难不成想反悔？"

"可我也没说是今天哪。"

"可你也没说不是今天。"

两个人拌着嘴。

吃完这顿饭，闻乐主动提出去洗碗。

周考却把闻乐推向了卧室："知道你刚回来有些累，去睡一觉吧。"

闻乐啧啧两声，眼中闪着狡黠的光，继续吹捧："看看，这是什么优秀男友啊。"

周考捏了闻乐的鼻尖一下："少拍我马屁。待会儿有事要你交代。先去床上等我。"

闻乐去了周考的卧室。他们两个在一起这么久了，闻乐也不是第一次上周考的床。想当初他们在一起没多久，闻乐就因为周考生病来他家里照顾他。两个人躺在床上亲的时候，周考的妈妈来了。当时闻乐还吓得躲进了衣柜里。

想到当初的事，闻乐依旧有些脸红。

闻乐上了周考的床，缩进周考柔软的被子里，她身上那条波希米亚长裙的布料也柔软得像是丝绸。奔波了几日的闻乐闻着被窝里周考的味道和淡淡的香水味昏昏欲睡。

可是闻乐想到周考要她交代什么事，便有些睡不着，直挺挺地躺在床上，看着天花板发呆。她没想到什么，过了一会儿又拿出手机来玩。

周考收拾完来到主卧，就见闻乐躺在他的床上玩手机。

周考挑了一下眉，上前两步趴到床上，隔着被子把闻乐困在他与床铺之间。闻乐放下手机，推开他的脸："干什么？"

周考冲闻乐的耳边吹了口气："既然你不想睡，那我们来干点别的。"

闻乐把手从被周考压着的被子里抽出来，缓慢而优雅地搭上了周考的脖颈。她用纤细修长的手指缓缓地抚过周考的侧脸，端的是一派风情万种，魅惑无边。

原本周考只是开玩笑，可被闻乐这么一撩拨，他的眼睛似乎在放光，低头就要亲吻闻乐。

闻乐却笑着躲开，用力推倒周考，翻身而上。她将手臂撑在周考的胸膛上，居高临下地看着周考："你想干什么？"

周考的声音都沙哑了："你说我想干什么？"

闻乐的手指缓缓地从周考的侧脸滑到周考的喉结上，她笑得极具风情又蛊惑人心，可说出口的话却冷淡无情："我可不陪你闹，我累了。"

周考郁闷地瞪了她一眼，这一眼却看到了闻乐因为趴伏在他身上，而从低领吊带裙中露出的雪白的肌肤。

周考只觉得一阵气血上涌，便轻咳一声，声音更加沙哑了："既然你不想做什么，就不要惹火上身。"

闻乐低头就看到了自己半裸的胸口，顿时脸一红，连忙从周考的身上爬起来。可慌忙间裙子被压到了，一扯之下，用力不稳，她狠狠地扑在了周考的身上。

周考闷哼一声。闻乐察觉到他的异样，脸通红，一动不敢动。

周考扶着闻乐坐起身，掐着闻乐的腰，声音沙哑地道："这会儿你倒是服软了。我看你还敢不敢乱撩拨。"

闻乐没说话，心里却道"还敢"。

周考从床上起身，对闻乐说："你先睡吧，我去洗个澡。"

说完他就去了浴室。

刚才闻乐还觉得困，可是这会儿觉得不困了，在床上辗转反侧，就是睡不着。

过了没多久，周考从浴室出来，头发半干，身上穿着一件黑色浴袍，性感得要命。

闻乐眼馋地打量着周考的脖颈和他的浴袍间露出的一片胸膛，一边唾弃自己，一边偷看。

周考从浴室出来，见闻乐还没睡，便上前坐到床边，声音低沉温柔："认床？"

闻乐觉得耳朵一麻，缩了一下脖子，摇头道："不是，睡不着。在想你刚才说让我交代什么。"

周考见闻乐不困，就从旁边拿过手机，翻开"笔尖"应用程序，找到那篇很火的文章，递到闻乐面前："这是你写的吗？"

闻乐看了看那篇文章，诧异地问他："你为什么觉得这是我写的？"

周考说："感觉。所以是不是你？"

闻乐笑了："被你猜到了。其实这是个意外。我本来以为要发表下一篇文章才能有点儿火苗，却没想到这篇文章先火了。"

周考虽然早就猜到了，但听到闻乐承认，还是有些诧异。

闻乐见他一副诧异的表情，不由得问道："怎么？"

周考摇摇头："只是没想到你的文笔现在已经这么好了。"

闻乐闻言，有些得意："那当然，这么多年我可从来没停止过写作。"

闻乐得意了一会儿，还是老实交代了："其实这篇文章的初稿我请爷爷帮我看过，然后照着爷爷的意见修改了，最后又让爷爷看过才发表出来的。要让我自己完成的话，也写不到这种高度。"

周考不由失笑，心道：外界都在猜测这篇文章是哪个大作家写的散文，得知是一位卖货博主的推荐文章时还十分震惊。这些人大概做梦都想不到，这篇文章虽然不是大作家写的，却实打实是大作家审的。

周考问她："所以你整个寒假都在忙这件事？你怎么想到做这个的？"

说到这个闻乐就来了兴致。她转过身面对周考，整个人神采奕奕："其实这也是一个巧合。你还记不记得期末考试的时候，你脸上起了痘痘，我给你送了一些美容排毒的茶？"

周考点点头："记得。"

"那种美容茶是用我们家传下来的老方子制成的，据说是某位老太医给开的方子，效果极好。当时我给你送了那茶之后，一时兴起就在我的账号上分享了这个茶方。"

闻乐的账号因为乐音兰草系列生产线上过热搜，已经积累了不少的粉丝。粉丝都以为闻乐出身大户人家，所以闻乐在账号上分享了茶方后，反响很不错。

评论区下面经常有人问闻乐在哪里能买到这种茶。闻乐看到了这些评论，但这种茶是家里配的，自己也没有地方去买，因此就没回复。

可是没想到在发布了这种美容茶的方子之后的第二天，闻乐就听于叔叔说，今年邻村茶叶的收成很好，但是因为中间商出了问题，导致卖不出去，积压了许多茶叶，村民们的生活可能有些困难。

闻乐知道那种茶。

那种茶因为生长环境特殊，品质相当不错。不过由于它没有名气，中间商压价压得厉害，种茶的人并没有多大的赚头。因此，哪怕邻村全村种茶，村民们的生活质量也没有提高多少。虽然邻村不是贫困村，但村民们的收入实在不高。

听了于叔叔的话之后，想到网上有人问她在哪里能够买到她分享的美容茶，闻乐的脑中灵光一现。

闻乐托于叔叔找到邻村主任的儿子。那人是村里为数不多上过大学又回乡工作的年轻人，说起网上的事情也不会陌生。

闻乐跟他说，如果茶不好卖，不如换个方式卖，而她发布在网上的那个还挺有热度的方子便是现成的宣传。

闻乐向网友们推荐的那种美容茶是以茶为主要成分，另外加了一些美容排毒的中药。那些中药在这边卖得很便宜。将茶和中药按比例混合后，再一起卖出去，价格就能翻几倍。

那人虽然有些怀疑，但还是信了闻乐的话，决定试一试，就在某宝上开了一个网店。闻乐教他把搜索的关键词设置成“笔尖”“美容茶”。

果真有不少人通过这几个关键词来搜索美容茶，而且销量相当不错。

闻乐见美容茶的销量还不错，便觉得这方法可行，就用大号上网找了一位粉丝量比较多的医生，花钱请他帮忙推广美容茶。

这位医生的口碑很好，他的审核自然很严格。

不过，闻乐坚信这种美容茶能通过那位医生的审核。毕竟能让闻家传承这么久的美容茶，它的方子一定被不少厉害的医生看过，所以审核方面没什么好担心的。

果然那医生拿到美容茶的方子之后，便主动来找闻乐，说愿意帮闻乐做推广。

经过那位医生的推广，购买这种美容茶的人迅速增多。而邻村主任儿子的网店因为一早就设置了“笔尖”“美容茶”等关键词，所以凭着销量和口碑出现在了某宝的销售前排。

于是他的网店订单量猛增，不过一周的时间就基本清空了原本积压的库存。

邻村的经济问题就这样被闻乐的一张美容茶方子给解决了。

闻乐还记得她出现在邻村时那些村民看她的眼神和对待她的态度，那让她深受触动。

一个脸色黝黑、手掌粗糙的阿姨牵着她的儿子，让他给闻乐道谢。

那位阿姨的眼里含着泪，一副心酸又欣喜的样子。

她的儿子成绩不错，老师说他六月中考考上城里的重点高中不是问题。但上重点高中需要一笔学费，这笔学费对他们那样的家庭来说无异于一笔巨款。可偏偏今年家里的茶叶卖得不好，儿子还没考试，全家就开始为儿子的学费发愁了。

他们想跟村里人借，但是整个村子的情况都不容乐观。他们本来以为凑不齐儿子的学费了，没想到闻乐想出了这样一个卖茶的方法，解决了整个村子的难题，增加了所有村民的收入。他们不仅凑够了给儿子上学的学费，还给儿子买了一双新球鞋。

那位阿姨带着泪的笑容触动了闻乐。

她突然想，自己最初想要搞事业，更多的是想和周考较量一番，但现在自己或许找到了更值得走的路。

于是闻乐在“笔尖”重新注册了一个账号，并写下了那篇人气很高的文章。

那篇文章让闻乐一炮而红。过了没几天，闻乐又发布了一篇文章，再次让人们见识到了她深厚的文字功底、出色的文笔以及惊人的卖货能力。

她的文字总有一种魅力，笔下的每一样东西都充满了无与伦比的吸引力。看过她的文章的读者，没有谁不想去尝尝、去看看她笔下描绘的东西，到底有没有她说的那样神奇。

商家看到了这位博主的卖货能力，各种宣传邀约纷至沓来。

可她不但一个商业宣传都没接，而且没了消息，似乎就此销声匿迹。

几乎没有人会对报酬丰厚的宣传邀约无动于衷。

于是，有人调侃这位账户名为“闻音”的博主大概真的是在山中隐居写作的作家，发表完两篇文章后又钻进了大山里，断了网，也切断了其与外界的联系。要不大家怎么会找不到这个博主的消息？

事实上，闻乐和外界说的差不多。她又一头钻进了山区，虽不至于与外界切断联系，但也差不多了。

彼时正值寒假，闻乐钻进山中一待就是一个多月。

她的文章在网上火了之后，不少人来联系她，希望她能帮忙推广卖货。闻乐大致看过那些商业宣传的邀约，却没多大兴趣。

对她而言，想要写出好的文章靠的不只是自己的文学功底、爷爷的建议，更重要的是那一闪而逝的极为关键的灵感。

闻乐之前能写出那样打动人心的文章，是因为自己真的被邻村的风土人情打动。她详细地了解过那里，在那里生活过一段时间，带着饱满的感情写下了那两篇文章，因此才会有那样令人惊艳的效果。

若让闻乐重新选择，闻乐依旧会做出同样的选择。

开学后，闻乐在众多的私信中发现了这样一条。

那是沣县的一个“下乡大学生”给闻乐发的。

大意是沣县是西部的一个贫困县，那里的几个村庄的村民收入不高，也没有太多的谋生手段，家家户户靠种植蜜橘为生。

沣县的蜜橘个大皮薄，汁多浓甜，味道不比外面有名的蜜橘、丑橘差。但是沣县的蜜橘既没有外头的蜜橘好看，又没有丑橘有名，而且沣县附近的柑橘种类多，产量也多，因此蜜橘的价格被中间商压得很低，卖不了多少钱。

“下乡大学生”在网上看到闻乐为美容茶做宣传，为村民们打开了销路，于是也抱着试一试的想法找这个账户名为“闻音”的博主做一下宣传。

闻乐特意上网去了解了一下沣县，却并没有查到多少消息，只知道沣县是西部的一个贫困县。

在众多的邀约中，只有这个让闻乐觉得有些心动。闻乐便要了那个人的联系方式，经过几番沟通，闻乐定下了计划。放暑假不到一个月，闻乐就带着生活助理黎倪和司机小杨飞往沣县。

沣县多山，地势有些复杂。闻乐这才知道，原来沣县的蜜橘卖不上价钱还与它复杂的地势和不便的交通运输有关。

闻乐带着黎倪和小杨，权当是去沣县旅游。在沣县住了大半个月，闻乐跟着当初联系自己的那个“下乡大学生”于杨来了解沣县的风土人情。

于杨大学毕业没多久就来到了沣县的衡村工作，现在也不过二十四岁，与闻乐没差几岁。

于杨初见闻乐时震惊了许久，一时没反应过来。

于杨也是在读过那个账户名为闻音的博主的文章后，才动了请她帮忙的念头。在于杨心里，“闻音”的形象应该就是外界猜测的那样，是一位四十多岁，博学多才，但是常年隐居的低调的作家。

于杨实在没想到，“闻音”竟然是一位比他还小，还没有大学毕业的女生，而且还长得这么好看。

于杨第一次见到闻乐的时候，闻乐一身白T恤、牛仔裤和运动鞋的打扮。她将长发在脑后绑了个马尾，身后跟着两个看上去像是助理的人帮她打着伞。

于杨当时就是一怔，还以为他们这地方也有明星来拍综艺节目了。就在于杨猜测是哪个综艺节目在这里拍摄的时候，闻乐带着两个助理走过来，向他打招呼：“你好，你是于杨先生吗？”

于杨愣愣地点点头，纳闷这人怎么知道自己的名字，然后就见那个被他认作是女明星的女孩儿朝自己伸出手：“你好，我是‘闻音’。”

于杨当时愣了好久才反应过来，拘谨地跟闻乐握了一下手。

但于杨仍然不敢相信，面前这个年轻的女孩儿就是网上那个文学功底深厚的作者。

于是，他试探着问了一句：“你真的是……‘闻音’？”

闻乐点点头：“不像吗？”

“我以为你至少四十岁了……”

闻乐闻言，就是一笑，那一笑更是美得不可方物。于杨感觉自己的心脏就像被电了一下，心道：她大概就是明明可以靠脸吃饭，却偏偏要靠才华的典型代表了。

闻乐在沣县待了大半个月，这大半个月她很少与周考联系。周考那段时间也不知道在忙什么，只是在闻乐动身出发前往沣县的时候，说过要给闻乐一个惊喜。

闻乐忙了一阵就把这事忘在脑后了。

这日闻乐跟着房东阿姨去山上采风。

她只带了生活助理黎倪帮自己拍照，小杨去了镇上买生活用品。

那座山不怎么高，但正值盛夏，山上的草木郁郁葱葱，很是美丽。

房东阿姨说这座山上有一条小溪，小溪流经一处断崖，形成一条小小的瀑布，从山上一泻而下。溪水很甜，也很清澈，偶尔还能看到小鱼，而且岸边开着一片白色的小花，风景很是秀丽。

闻乐先是拍了几张风景照，又让黎倪帮忙从后面拍她的背影。玩儿了一会儿，闻乐突然发现黎倪的裤子上有一块污渍，便提醒道："黎姐，你是不是来……'姨妈'了？"

黎倪有些窘迫地用双手往后一捂，尴尬地道："可能是水土不服，就有些不规律，我也没发现。"

闻乐脱下身上的外套给黎倪系在腰间："黎姐，你先回去吧。房东阿姨在这里，我再待一会儿就回去。"

黎倪有些不放心："你一个人能行吗？"

闻乐笑道："不碍事，我也是在山上长大的。再说我这么多年的跆拳道、散打也不是白练的。"

黎倪这才放心，又叮嘱了闻乐一番，才往山下走去。

闻乐是真的不害怕。她在这里住了大半个月，早就摸清楚地形了，山上的村民知道她是来帮忙卖蜜橘的，因此对她也很好。再者房东阿姨就在不远处，闻乐也不是一个人，没有什么好害怕的。

这里的风景很美，闻乐拿着相机拍了不少风景照，打算发表文章的时候挑选一些合适的放上去。

突然，闻乐瞥到有一个毛茸茸的东西一闪而过。她有些惊喜，因为她曾听村里的人说，山上有狐狸之类的小动物。可惜她刚刚没看清，也不知道那究竟是个什么东西。

闻乐心中好奇，不由得往刚刚有东西一闪而过的地方走去。

闻乐走了两步，突然听见从另一个方向传来声音。她连忙回头看，就见一只肥肥的野兔倏地跳进草丛中。她想去追，一着急没看清脚下的路，就一脚踩在了一块拳头大小的石头上。她觉得脚腕子一疼，整个人就失去了平衡，朝着一个方向跌落。她有些狼狈地跌落在地，手掌因为撑在地面上擦破了皮，脚腕子也崴了，一阵阵钻心地疼。

她倒吸一口气，甩甩手上沾的泥。待脚腕子上的疼痛过去后，她才尝试着站起身。

幸运的是，虽然脚腕子很疼，但是闻乐还能一瘸一拐地独自行走。只是想到从山上回到住处还有很长的路要走，闻乐就一阵发愁。

闻乐坐在地上，拿出手机给小杨打了个电话。但是这里信号不好，电话一直都没打通。

闻乐又给黎倪打了个电话，也没打通。

闻乐叹了一口气，心道：真是屋漏偏逢连夜雨。

一时间联系不到人，闻乐干脆脱了鞋和袜子，把刚刚扭伤的脚浸到冰凉的溪水里，算是给自己的脚冷敷。她又给小杨和黎倪发了短信，然后一边用冰凉的溪水泡脚，一边坐在原地摆弄相机。她偶尔拨一个电话出去，希望求得救援。

闻乐看了看手机的电量，心想要是再过半个小时还是打不通电话，她就自己走回去。

"闻乐！"

闻乐吓得哆嗦了一下。她觉得自己听到了一个熟悉的声音。难不成她出现幻觉了？

她正自我怀疑着，又听到了一声"闻乐"。

闻乐睁大双眼，不可置信地转过头看向身后。

只见周考站在她身后，他高大的身体在她的身上投下一片阴影。他正居高临下地看着闻乐。

闻乐惊喜至极："周考？你怎么来了？"

周考蹲下身，凑近闻乐。闻乐扑进周考的怀里，惊喜之情溢于言表。

周考笑着拥抱了闻乐一下，又侧头亲吻了闻乐一下，声音几近叹息："我好想你。"

闻乐将头在周考的颈窝间蹭了蹭，心里酸酸的："我也想你。"

周考侧头在闻乐的耳鬓亲吻，灼热的呼吸喷在闻乐的脸上。闻乐的脸上很快浮起一层红晕。

周考循着闻乐的脸颊一路亲到闻乐的唇边，先是轻轻地咬了闻乐的唇一下，而后低头狠狠地吻了上去。

一吻结束，两人努力地平复着呼吸，可视线还是紧紧地粘在对方身上。

闻乐的手一下一下地摸着周考的脖颈，她的眼中含着星子，嘴角带着笑："这就是你说的惊喜？"

周考笑着点了一下闻乐的鼻子："不算惊喜吗？"

闻乐笑着在周考的嘴角又亲了一下："算，你就是最大的惊喜。"

周考笑着低下头，用鼻尖蹭了蹭闻乐的鼻尖："看你嘴这么甜，我就告诉你，其实还有别的惊喜。"

闻乐又笑着亲了周考一口："什么惊喜，告诉我好不好？"

周考拒绝："现在告诉你就没意思了。"

说着周考看向闻乐泡在水中的脚："脚泡在水里凉不凉？"

闻乐看了自己的脚丫一眼，道："脚腕崴了。"

周考闻言，挑眉，将闻乐的脚从水里抬起来，放在自己的腿上查看伤势，只见闻乐的脚腕子肿起了一块。

周考道："你这脚腕子真是多灾多难。"

闻乐耸耸肩："我怎么感觉每次崴脚你都在？"

周考敲了闻乐的头一下："你应该说幸好每次崴脚男朋友都在身边。"

闻乐白了他一眼。

周考给闻乐穿上袜子和鞋，然后背起闻乐往山下走去。

下山的路不长，周考走得也不急。

闻乐被周考稳稳地背在背上，耳边是虫鸣鸟叫，空气里是淡淡的果香，鼻端还能嗅到周考身上隐隐约约的香水味。

闻乐在周考宽阔的背上只觉得分外安心。

周考背着她走过一棵又一棵树。阳光被树叶切碎，光斑打在周考的脸上，变换着不同的形状，像是一幅幅奇特的画。

闻乐伸出手指轻轻地点在周考被光斑照亮的那块皮肤上。她眯起眼睛笑了笑，然后在上面落下一个轻盈的吻。

周考的声音带着一丝慵懒："干吗？"

闻乐又亲了他的脸颊一下："喜欢你。"

周考觉得心尖一颤，有些受不住闻乐这样的撩拨，只得轻咳一声。

闻乐以为他害羞了。

结果周考说了一句："再喜欢一下。"

闻乐抬手就给了周考一个"脑瓜崩"，咬着牙问他："这是爱你。喜欢吗？"

"过犹不及。"

"去你的，"闻乐又弹了周考的脑袋一下，嫌弃道，"求求你下次别开口了，难得我带着'滤镜'看你，你非得打破'滤镜'。"

温馨了没一会儿，两个人又拌起了嘴，一路抬着杠下了山。

直到到了山脚，法学院优秀学生代表和辩论队最佳辩手之间的角逐仍旧没有分出胜负。

就在这时，闻乐的手机铃声响起，打断了这场无厘头的争辩。原来是小杨打来的电话，这会儿有了信号，小杨看到了闻乐发的信息，便给闻乐打来了电话。

闻乐一边在心里吐槽这里的电话信号简直就是马后炮，一边接通电话。

小杨从城里采购回来了，听说闻乐崴了脚，就要过来接闻乐。这时候，周考背着闻乐就快到她租的房子了，闻乐就没让小杨过来。

"你晚上住哪儿？"

周考道："还没定，看看吧。"

周考虽是这么说，却侧头盯着闻乐。

闻乐被周考盯得头皮发麻："干吗？"

周考道："要不你收留我吧？"

闻乐毫不犹豫地答道："我不。"

周考道："我千里迢迢地来给你送惊喜，你就这态度？"

闻乐道："网购的东西不喜欢还能退货呢，送上门的惊喜不能退吗？"

周考咬牙道："可以。闻乐，有你的。"

说着周考就背着闻乐往回走。

闻乐一惊，心道：周考不会要把我扔回去吧？不是吧……

闻乐死死地抱着周考的脖子，怒道："你要干吗？！"

周考道："你不肯收留我。我也不愿意孤单一人流落街头，正好拖着你，今晚咱俩就在山里露营。偌大一座山里就咱们俩，也算浪漫。"

闻乐死死地勒住周考的脖子："不去！谁要跟你露宿山里！你是不是打算让蚊子吃了你女朋友，好换一个新的？"

周考道："那你收不收留我？"

闻乐这才不甘不愿地嘟囔了一句："'最毒男人心'。收留……收留啦。"

他皱眉："听上去很勉强的样子。算了，还是露营吧。"

闻乐瞪他："周考！"

他轻嗯了一声。

闻乐眸子一转，用可怜巴巴的声音道："你快走，我脚疼。"

他明明知道闻乐是装的，但还是舍不得，老老实实地转身往回走。

闻乐见周考果真吃这套，觉得自己这次又占了上风，心中得意。

啪的一下，闻乐的腿被周考拍了一巴掌。

闻乐还来不及生气，就听周考道："知道你得意，但也不用在我面前翘脚脚吧？"

闻乐下意识地看了自己的脚一眼，脸一红。但下一刻闻乐就顶了回去："你不好好看路，看我的脚干吗？"

周考道："我也不想看，但它的存在感太强。"

两人刚到村口，就见小杨迎了过来。

小杨见闻乐被一个男的背着，客气地道："这一路辛苦了，接下来我来吧。"

周考侧身躲避，直接给拒绝了："不用。"

小杨愣了一下，就听周考道："背自己的女朋友有什么辛苦的？"

说完周考背着闻乐就继续往前走。

小杨反应过来周考说了什么后，吃惊地看过去，却见被周考背在身上的闻乐扭过头来，对着他比了一个噤声的手势，然后做了个口型。小杨看得分明，她是在说：别告诉我爸他来了。

小杨沉默了，在心中盘算了一会儿。他是闻乐的私人管家，给他发工资的是大老板闻天启……算了，还是听闻乐的吧。

闻乐崴了脚，其实她自己觉得没事，周考却不放心，说她的这只脚崴过两次，非要她去做个详细的检查。

但这个地方比较偏远，离县城的医院太远，闻乐不想折腾。

两个人各持己见，僵持不下。最终他们各退一步，周考带着闻乐找了村里的一个赤脚医生。

那个赤脚医生摸了摸闻乐的脚腕子，问了几声“这儿疼不疼，那儿疼不疼”，然后给闻乐开了一瓶红花油，就要叫下一位患者进来。

周考连忙拦住医生，向他询问红花油要怎么涂。赤脚医生是个大爷，他低着头用眼睛从镜片上方瞄了周考两眼：“就用手涂。”

周考：“……”

这老大爷看看周考，又看看闻乐，恍然大悟，道：“啊，涂这药油吧，得有特殊手法，辅以按摩效果更佳。小伙子你过来，我来教你怎么按。”

周考：“……”

周考虽然觉得老大爷可能想多了，但是也没有拒绝。

闻乐在旁边看着，无聊得打了一个哈欠。

从赤脚医生家里出来，周考直接跟闻乐回了她在这里租的房子。那是一栋小房子，有两层，里面虽然简陋了些，但好在干净。

黎倪和小杨住在一楼。闻乐住在二楼，这栋小房子的房间多，周考住进去倒还有房间。

正好今天小杨去买了生活用品。其实床单被套房东都可以提供，但是闻乐还是习惯用自己的，于是她让小杨给周考准备一套。

闻乐看周考两手空空，便问：“你的行李箱呢？”

周考道：“在城里，一会儿有人送来。”

她突然怀疑地看向周考：“你不会是来工作，然后顺便看看我吧？”

周考挑了一下眉，没说话。

她却觉得这也不是没有可能。

周考道：“说不定我是为了看你，顺便来工作呢？”

闻乐一脸震惊：“所以你真的是来工作的？”

他道：“差不多吧。”

闻乐有点不高兴了，哦了一声。

她觉得白惊喜了。想到自己之前还为周考的突然出现而感动得不行，她就来气。

这个小伙子怎么回事？他不知道这样谈恋爱会没女朋友的吗？

闻乐闭上嘴转过身，不大想搭理周考。

周考察觉到闻乐的不高兴反而贴了上去，从身后抱住闻乐："怎么？不高兴了？"

闻乐哼了一声，不去看周考。

周考却把闻乐搂得更紧了，笑道："我不是一开始就跟你说了，我是来给你送惊喜的吗？而这个惊喜并非代指我自己。"

他还真的有惊喜？

工作也是惊喜？到底是什么？

闻乐心头一紧，总觉得周考搞了什么大动作。

"你……干了什么？"

周考笑而不语，只道："今天晚上你就知道了。"

闻乐若有所思，不禁联想到周考最近又突然忙碌起来的日程。

莫非……他那时候是在准备这份惊喜？

闻乐乱七八糟地想了一通，也没个头绪，反倒被周考吊胃口，吊得她紧张兮兮的。

闻乐转身搂住周考："你就告诉我吧，别吊我胃口了。"

周考摇摇头："不行。"

闻乐难得软声撒娇："周考……"

周考依旧笑而不语。

闻乐："……"

闻乐心中郁闷，心想这个坏男人也太不配合了，自己难得撒一次娇，结果他就这反应？

莫非周考就是那种吃硬不吃软的受虐狂？

闻乐在这边想些有的没的，突然被周考敲了一下脑袋，只听他道："想什么呢？吃饭去。"

闻乐在这边的工作就是收集素材、写稿子、改稿子。但是今天周考在这里，闻乐打算抽出时间陪陪这个许久未见的满身怨气的男朋友。

一楼是小杨和黎倪住的地方，闻乐和周考不想当着别人的面秀恩爱。吃过饭后，周考回自己的房间准备了一会儿，就敲开了闻乐的房门。

闻乐打开门，发现周考竟然换了一身衣服，他的头发虽然是干的，但是身上带着沐浴之后的湿润气息，还喷了香水。更令闻乐震惊的是，周考竟然还拿了一瓶红酒和两个酒杯。

闻乐扑哧一声就笑了出来，周考这架势搞得仿佛他们不是在乡下，不是在一处简陋的民宿，反倒是像在灯红酒绿的大都市的星级酒店里。

他真是夸张。

闻乐笑了一声，把周考拦在门外："等等，你等等。"

周考挑眉看她："怎么？"

闻乐道："既然你这副打扮过来，那我也不能马虎。"

闻乐把周考推出去："给我十分钟。"

说着闻乐不待周考反对，就关上了门。

周考掐着表，十分钟一到就去敲了门。

门再次打开，闻乐已然换了一身行头。她穿了一条漂亮的白色长裙，化了个精致的妆容，大波浪卷发披散在背后。闻乐笑着站在门口，风情万种地撩了一下自己的长发："怎么样？"

周考揽着闻乐亲了一下："这么配合？"

闻乐笑道："那是。"

周考进了闻乐的房间。房门在身后关闭后，周考转身就把闻乐抵在门上，与她交换了缠绵的一吻。

一吻结束，周考还在闻乐的耳侧流连，轻轻地嗅着闻乐身上的味道，他的声音低哑暧昧："好香。"

而后他缓缓地在闻乐的脖颈上落下一吻。

周考的气息灼热，闻乐被烫得一颤。她轻喘一声，觉得要是再这样下去会"擦枪走火"，于是推了推他："好了。"

他不肯："没好。"他继续低头在闻乐的脖颈上落下一个又一个灼热的吻。

闻乐被烫得身躯颤抖，呼吸急促，脑袋晕晕乎乎的，全身软成一团棉花。就在她以为今晚大概真的要彻底进行下去的时候，周考却在她的锁骨上落下一吻，就起身平复呼吸了。

闻乐还迷迷糊糊的，周考拉着闻乐坐在了沙发上。

闻乐醒过神来，眨了眨眼，看了看明显情动却努力压抑着的周考，眼睛笑弯了。

这里是小村子，大家晚上没有太多的消遣活动。电视机没有机顶盒更没有几个频道，好在房东在电视机下的柜子里放了不少老旧的碟片。两个人从里面挑了一部早年的“僵尸片”，然后打开了电视，窝在沙发上看电影。

周考打开了红酒，给自己和闻乐各倒了一杯。两人碰杯对饮。

闻乐放下酒杯，道：“从哪儿弄的红酒？”

周考道：“刚刚我的人把行李箱送来了。我顺道让他给我捎了一瓶红酒。可惜时间太紧，我没来得及准备鲜花和蜡烛。”

“还要准备鲜花和蜡烛？”闻乐笑道，“刚刚开门见你这阵仗吓了我一跳。”

周考道：“这位同学，你的第一反应不应该是惊喜得热泪盈眶、感动不已吗？”

闻乐连忙道：“惊喜，我真的特别惊喜。我男朋友真是太浪漫了。”

喝着红酒看着“僵尸片”约会，闻乐也不知道这是什么诡异的画面。

闻乐的手机振动了一下——是黎倪发来信息，说她明天要早起去市里，问闻乐要不要和她一起去。

今晚大概会玩儿到很晚，闻乐想明天睡个懒觉，就让黎倪不要来叫她，说自己下午再去。

回了微信信息，闻乐又打开微博看了一会儿。突然，她在热搜榜上发现了一条名为“笔尖更新”的热搜。

闻乐点开那条热搜看了一眼，这才得知今晚八点“笔尖”将进行更新，上架一个新的板块，但这个板块具体是什么，没有人知道。

闻乐又看了看时间，见现在是晚上七点五十分，也就是说还有十分钟“笔尖”就要更新了。

这条热搜算是为“笔尖”新板块的上架搞一波预热，顺便也为“笔尖”做一番宣传。

闻乐放下酒杯，趴到周考怀里，问道：“什么板块？你们又研发了什么功能？”

闻乐以前向周考问起关于“笔尖”的问题时，周考从来都不隐瞒，但凡是闻乐想知道的，周考都会告诉她，有时候周考甚至还会主动给闻乐介绍一些“笔尖”即将开发的功能。闻乐以为这次周考也会一如既往地告诉她，不承想周考却道："保密。"

闻乐有些意外，还有十分钟"笔尖"的新板块就要上架了，为什么他要保密，神神秘秘的？

突然间，闻乐想到了什么，脑海中一连串的关键词串联在了一起：工作、惊喜、保密……

闻乐大惊："今晚上更新的那个板块该不会就是你说的那个惊喜吧？"

周考挑了一下眉，不置可否。

闻乐见周考仍然不肯告诉自己，心里既紧张又期待，鬼使神差地就将自己杯中的酒一饮而尽了。

周考拦住闻乐："别喝那么急。"

接下来的七八分钟，闻乐几乎没有心思看电影，只紧张地等着八点的到来。

八点整，闻乐准时点开更新页面更新"笔尖"应用程序。

周考在一边笑吟吟地盯着闻乐。

闻乐瞪他一眼，心道：这个惊喜送得真是揪心。

这里的网速极慢，一个应用程序下载了十多分钟。闻乐等得心急，于是上微博去看评论。

才过了十分钟而已，那条"笔尖更新"的热搜就已经往上升了十位。

闻乐又去看了看网友的评论，有少数人说"笔尖"是在借博主"闻音"的热度，但是大多数人对"笔尖"团队的这一创新之举给予了肯定和赞扬。

闻乐心中好奇，找到了一个网友发的"笔尖"更新的界面，这才发现"笔尖"商城辟出了一个单独的板块——农产品区，这个板块点进去后有一个红色的标签，上面写有"笔尖"团队的声明。

标签上的声明向网友们说明了"笔尖"此次增加"农产品区"板块的初衷，大意是"笔尖"团队看到博主"闻音"为帮助贫困地区打开产品销路所做的努力后，深受触动，也很感激"闻音"带来了良好的社会影响。"笔尖"作为"闻音"信赖的平台，也想为这样的善行增添一分力量，因此特意增加"农产品区"板块，以进一步扩大这种积极的社会影响。

闻乐几乎是一字一句地读着“笔尖”团队发出的声明，心中的触动难以用语言描述。

这时她的手机发出一阵清脆的提示音——“笔尖”应用程序的更新完成了。

闻乐迫不及待地点进“笔尖”应用程序，就见“笔尖”商城新上架的“农产品区”板块排在整个页面的第一位。

她点进“农产品区”，见里面不仅有自己之前推荐的山泽县的茶叶，还有种类多样的农产品。

闻乐目光微动，心中被一种巨大的甜蜜充斥着，这甜蜜撑得她心中酸酸的、涨涨的。她没忍住，眼眶就是一红。

闻乐无法说清心中的感动，也从未像现在这样真切地感受到周考对她的爱和包容。

世界上最大的幸福大概就是你因为你喜欢的人而找到了人生的方向，而你喜欢的人又站在你的身后无条件地、全力地支持你。

原来周考忙了这么久，是在准备这个惊喜。

闻乐决定做助农这件事时，家里人都支持她，说这是一件好事。但是有时候她也会觉得孤独，觉得迷茫，而家里人的那些鼓励与支持的作用实际上并没有闻乐原先以为的那么大。

周考此举就像是给闻乐打了一支强心剂，同时他也给了闻乐一份安全感，告诉闻乐他始终都站在她的身后，她可以大胆放手去做，这大大驱散了闻乐心中的那种孤独感。

闻乐红着眼眶看向周考：“这就是你给我准备的惊喜？”

周考笑道：“喜欢吗？”

闻乐没说话，半晌才憋出一句：“周考，你这也太高调了吧……”

的确，“笔尖”的那篇声明不但没有抹掉“闻音”为贫困地区所做出的贡献，以突显“笔尖”为响应国家号召而表现出来的社会责任感，反而字里行间都充斥着对“闻音”的赞美，似乎“笔尖”的这次更新调整就是为了颂扬“闻音”一般。

周考闻言，扑哧一声笑了出来：“被你发现了。”

闻乐双手环着周考的腰，靠在周考的怀里，轻轻地蹭了蹭周考的胸膛，娇嗔道：“我还不知道你吗？”

周考摸了摸闻乐的头："其实我这也是为了支持女朋友的事业。"

闻乐轻轻地叫了一声："周考。"

周考低低地应了一声："嗯。"

闻乐笑着把周考扑倒，兴奋到声音都有些尖："但是我要说，你这恩爱秀得可太帅了！"

说着她压在周考身上就俯身吻了上去。

周考的手抚着闻乐的发，他霸道地入侵，加深了这个吻。

两个人纠缠在一起，他们口中的红酒的味道，熏得两人微醺，他们俩沉迷在彼此温柔而热烈的爱抚中，不可自拔。

微醺状态下的闻乐变得有些大胆。在电影音效的掩盖下，她越发放纵了。

闻乐学着周考的样子，俯身在周考的锁骨上落下一吻，似乎不甘心一般又在上面印下一排齿痕。

他的呼吸愈加粗重。闻乐被他的衬衫衣领阻挡，于是干脆直接解开了他衬衫上的几颗扣子。

周考突然攥住闻乐的手，声音沙哑地道："你确定还要继续？"

或许是被氛围迷惑，闻乐顿了顿，红唇轻启，凑到周考的耳边挑衅道："你确定还能忍？"

他松开了闻乐的一只手。

闻乐慢慢地解开了他衬衫上的一颗扣子。她看上去淡定，实则心中小鹿乱撞，口舌发干。可既然放了狠话，她就不能后退。

闻乐心中既紧张，又有着一种难言的兴奋。她继续用颤抖的手解开周考的衬衫上的扣子。

他在闻乐的身下，却掌握着节奏。他用火热的目光看着闻乐，命令道："继续。"闻乐紧张得心脏狂跳，被他的这声"继续"弄得手都一颤，伸手解了几次纽扣也没能解开。

周考也不去帮闻乐，只是紧紧地盯着她。她被周考看得越发心慌，干脆伸手捂住周考的眼睛，然后深呼一口气，低头含住了周考的衬衫扣子。她灵活地一卷舌尖，扣子便被解开了。

周考只觉得有什么柔软的东西扫过他的胸口，头皮一麻。周考忍无可忍地翻身压在闻乐身上："还是我来吧。"话音刚落，他就吻上了闻乐的眼睛。

闻乐闭上眼。这时一切感觉都被放大了。她心里的小鹿一直在乱撞，她紧张地攥住沙发的一角。

她只觉得自己像是飘在云端，迷迷糊糊间听到他在她的耳边轻声说了句："闻乐，我们订婚吧。"

次日清晨，闻乐醒来，看到身边靠在床头看平板电脑的周考，昨晚的记忆顿时涌上心头。闻乐的脸一红，接着她就觉得身上一阵酸疼，想起昨晚他没完没了……就恨得在他的身上掐了一下。

周考轻嗞一声，转身看向闻乐，笑道："大早上的火气这么大。我还以为你会给我一个早安吻。"

闻乐瞪他一眼："想得美！"

说完她才发现自己的嗓子沙哑得不像话，不由得又拍了周考一下。只是她感觉自己的身体软绵绵的，没有力气，她打周考的这一下也轻飘飘的。

周考拉着闻乐的手，在闻乐的手上落下一吻。

闻乐拿出手机看了一眼，见已经上午十点。看到微博推送的通知，她又想到昨天周考准备的惊喜，于是打开"笔尖"看了看。看到那个新增的板块，她心中仍旧十分欢喜，连带着对周考的气也消了。

她不由得问周考："你是怎么想到要做这个板块的？"

周考道："自然是为了方便我女朋友卖货。"

"你最近就是在忙这个？"

周考道："不止。'笔尖'最近正在关注一家物流公司，打算通过收购这家公司，来发展'笔尖'自己的物流。要让山区的商品顺利流入市场，就必须保证运输便利。'笔尖'成立自己的物流公司后，会针对地形复杂的山区做方案，方便商品运输。"

闻乐心中感动，原来周考想得比她还多，可见周考不只是想给"笔尖"一个好名声，更不是单纯为了秀恩爱，而是真心实意地想要做好这件事。

周考是真的懂她，并且认可她的想法。闻乐突然觉得庆幸，在茫茫人海中，自己能遇到周考。她笑道："周考，能遇见你真好。"

周考也笑道："能遇见你才是我的福气。"

周考看着闻乐，低声道："你知道的，我不会违背父亲的期望。我会继承周家一脉相传的抱负，而或许你自己都没有发觉，你的很多想法都与我的规划不谋而合。我何其幸运，能遇到这样优秀的你。"

闻乐愣了愣，心想如果周考真的要放弃经商，走上另一条道路，那"笔尖"……

周考似乎能读懂闻乐心里的想法一般，道："'笔尖'是我的第一个项目。它就像是我亲手带大的孩子一样。孩子的爸爸只能把孩子安心地交给孩子的妈妈，你说对吧？"

闻乐一脸震惊："你说什么？"

周考是说他想将"笔尖"交给……她？

周考道："从我们在一起的那一天，我就不认为我们会分开。我们三观相同，能力相匹配，门当户对，最重要的是我们彼此吸引，哪怕过去了三年，依旧只为彼此心动。

"我们的灵魂彼此契合，世上再没有如此般配的灵魂伴侣。

"从和你在一起的那一刻起，我就想和你过一辈子。

"我想你也应该能够感受得到，我们之间多么合拍。而且我们的合拍不只是因为热恋期分泌旺盛的多巴胺所导致的。我最懂你，你也最懂我。

"如果孤独是一种毒，那么只有我才是你的解药，能化解你的孤独，也只有你能化解我的孤独。

"我知道你会喜欢'笔尖'的，我也知道你会喜欢发展'笔尖'的过程。

"'笔尖'就像是我亲手准备的一份聘礼。"

闻乐呆若木鸡地看着周考。

周考看着闻乐，突然道："你不会不记得昨天答应过我什么吧？"

闻乐想起昨晚周考说的话，心中有些紧张，却故意装作忘记这件事的样子："答应过什么？"

他眯了眯眼睛，怀疑地上下打量着闻乐。

闻乐眼神飘忽，不敢与周考对视。

他撩起闻乐的一缕发丝，道："你知道我们家规矩严……"

闻乐心想她不知道啊。

周考继续道："既然我不守规矩，被你拿走了清白……"

她问道："什么？"

周考道："那我势必得娶你了。你看着办吧。"

闻乐道："看着办？！我爸爸可能想要入赘的女婿。"

他的声音透着一丝威胁之意："所以你同不同意订婚？"

闻乐轻咳一声："也不是不可以。"

他道："嗯？"

她道："好啦好啦，我对你负责。"

周考笑着亲了闻乐一下："回去给你补钻戒。"

她道："但是入赘……"

周考耸肩："我倒是不介意，只要能娶到你，让上一辈人自己去争吧。未婚妻要紧。"

番外一

每年九月新生入学，社团招新，新生都像是游戏中进入新手村的玩家，对一切都充满好奇。而当新生茫然地穿梭在各大社团的宣传帐篷时，为抢占优质成员的各社团学长学姐也是使尽了浑身解数。

闻乐这几天正是忙的时候，每晚都将近十点才回宿舍。这晚她回来得比往常早些，舍友还有些奇怪。

“怎么今天这么早？”

闻乐从衣柜里拿出一套正装挂在通风的地方，道：“基本上要忙完了，明天召集新干事开个会就行了。”

程惠靠在闻乐的衣柜前吃着一包坚果：“啧啧啧，我们的主席新官上任，感觉怎么样？”

闻乐从程惠手里抢了一粒葡萄干，笑道：“忙得要死。”

包小凡眼尖地瞥见闻乐的桌上放着几张贺卡一样的东西，便问道：“这是什么？”

闻乐拿起一张递给包小凡看：“邀请函。”

包小凡打开看了看，笑着念出声：“亲爱的社团联合会主席闻乐同学，我院将于周三晚上在学院大会议厅举办英文配音大赛，诚挚地邀请您作为评委莅临……”

包小凡还没读完邀请函上的内容，闻乐就把那张邀请函收走了。

包小凡笑着指着桌子上的另外几张贺卡，道："那几张贺卡不会全部都是邀请函吧？"

闻乐点头："没错，所以你知道我到底有多忙了吧。光社联的事情就够多了，还有各种邀请。不过，以往的学长学姐都是这么过来的。"

程惠突然笑着走过来道："那是不是如果你应邀出席，就可能会遇到你家的会长大人？"

闻乐摇摇头："概率不大。这些邀请我也不是全部出席，他出席的场次估计比我还少，所以……"

闻乐耸耸肩："不是遇不到，但也不是随便出席一次就能遇到。"

闻乐说这话的时候，万万没想到会这么快被自己打脸。

周五闻乐应邀到图书馆大会议室出席一个演讲比赛，并作为嘉宾坐在观众席的前排。闻乐来的时间刚刚好，当时观众席已经坐满，但是比赛还没开始，台上的工作人员还在调试设备。

这样的比赛都是学院联合社团举办的，比赛规模不大，出席的老师也不会是学院很大的领导。

闻乐到场之后跟比赛的负责人聊了一会儿，然后在工作人员的带领下入座。

离比赛开始还有不到十分钟，观众和比赛人员已经就位，主持人拿着稿子站在舞台旁边跟负责调试设备的工作人员在说着什么。一切准备就绪，作为评委的老师到场比赛就可以开始。

闻乐坐在前排，随手翻看着面前的材料，突然听到身后传来一阵骚动。

闻乐下意识地回头看了一眼，就见穿着黑衬衫和黑裤子的周考一边侧着头跟身边的工作人员说着什么，一边迈着长腿缓步走来。

周考长着长腿俊脸，帅气逼人，几乎在他进门的那一刻，身后的观众席就传来了一阵骚动。

这场比赛不论是参赛者，还是观众，大部分都是大一新生。他们初入校园，对前几届的八卦消息和学校的热门人物还不甚了解，因此乍一见到周大校草只觉得惊为天人。

闻乐后面坐着几个大一的女孩儿。闻乐几乎能够听到后边的几个女孩儿在周考走进来的那一刻突然惊呼一声，然后纷纷招呼同伴看向周考，还兴奋地叫道：“我的天！帅哥！”

“啊啊啊！这是谁？！也太帅了吧！”

…………

闻乐也不禁上下打量了周考一番，嗯，他是挺帅的。

不过那是她的男朋友。

周考一进来就看到了闻乐。他先是顿了一下，然后朝闻乐勾唇别有意味地笑了笑，接着低头跟身边的工作人员交代着什么。

这时候闻乐身后的女生已经开始叽叽喳喳地打听这帅哥是何身份。

她们是大一新生，初来乍到还不知道周考这位大名鼎鼎的校草。但是老生少有不知道的，而恰好，在她们的身边就坐了一个老生。

闻乐也没想偷听，但是离得实在太近，哪怕后面压低了声音，闻乐依旧听得一清二楚。

“那是周考，咱学校的校草。”

“啊，学姐，那是校草？”

“天哪，我们学校的校草的质量也太高了吧？怎么这么帅！”

“学姐，那个学长是单身吗？”

“这是他的女朋友。”

身后突然安静了片刻，闻乐猜测大概是那位“学姐”在说“女朋友”的时候指了指自己，才叫身后那几个人安静得如此诡异。

片刻后，一个很小的声音响起：“校草来这里干什么？他是我们院的吗？”

那学姐又小声道：“不是，校草是校学生会会长，这位是社联主席。”

闻乐似乎听到了一声小小的哇。

这时周考恰好和身边的工作人员交代完事情，便抬头向观众席看了一眼。闻乐分明看到，周考是在看自己，而他的眼中还闪过一丝戏谑之意。

周考迈开长腿，朝着闻乐走过来。

在场的嘉宾都是根据名牌坐的，闻乐的位置比较靠外，而空着的位置都在闻乐位置的里侧。

周考站在第一排，勾唇浅笑，低声问道：“能借过一下吗？”

闻乐座位的外侧分明还坐着两个人，但周考的视线直直地落在闻乐的身上。

闻乐瞥了周考一眼，心想这个男人又要闹了。

闻乐跟着身边的几个女生起身，给周考让路。

周考笑着看了闻乐一眼，侧身进了座位里侧。其间，闻乐几乎能够感受到坐在后排的几个女生、坐在自己外侧的两个工作人员，都目光灼灼地盯着她和周考。

好在长久地相处下来，闻乐早已经习惯了周考在各种场合下的表现，她的脸皮也磨炼得够厚，不惧这点儿场面。

好巧不巧，周考就坐在闻乐的身边。闻乐诧异地看了一眼周考座位前的名牌。她明明记得上面写着的不是周考的名字。

正想着，就见刚刚和周考说过话的工作人员拿着周考的名牌将周考桌上的名牌替换掉了。

闻乐低头翻看手上的材料，不去看周考。周考也不同闻乐说话，随手翻着手上的材料。看上去他们就像是两个陌生人，只是他们的眼中闪着外人看不到的笑意。

刁佳思是今年刚入学的大一新生，喜欢动漫、帅哥，性格外向。刚刚入学不久的她对大学充满了各种想象。

在她的想象中，大学里应该有一个帅到“惊天动地”的校草，而今天刁佳思真的见到了这样一位校草。正当她心里小鹿乱撞的时候，却被学姐残忍地告知，这个校草是属于前面那位美丽的社联主席的。

这实在是令人心痛！但好像也比较合情理，俊男美女是绝配，而且这两个人也太般配了吧！

刁佳思两眼放光，盯着面前的两个人，想看看这两个天仙一般的人物到底是怎么谈恋爱的，然后……

然后她就见到那两个人落座后，各自翻看手上的材料，一言不发，没有任何互动，甚至连一个眼神都不舍得给对方。

这是情侣?

刁佳思觉得自己被学姐欺骗了。前面那对情侣虽然坐在一起，但简直就要把“不认识对方”几个大字顶到头顶上了。

刁佳思撇撇嘴，看向学姐，悄悄地指了指前面没有任何互动的两个人，做了个口型：情侣？

却见学姐神秘一笑，用一种“你还是太小太天真”的表情看着她，然后伸手指了指，示意刁佳思看闻乐和周考放在桌子上的两只手。

刁佳思看了一眼，没看出什么名堂，又疑惑地看向学姐。

学姐抬起手指了指自己的中指。

刁佳思又看过去，这才发现闻乐的右手中指上和周考的左手中指上都戴着一枚戒指。

但那两枚戒指完全不相同，闻乐的戒指是女款排钻戒指，闪亮夺目；周考的是普通的铂金戒指，低调朴素。刁佳思越看越疑惑。

就在这时，学姐把手机从桌上推过来，只见手机屏幕上是一张图片——正是闻乐和周考手上的那对戒指的宣传图，原来那两枚截然不同的戒指竟然能够组合在一起。那竟然是一对情侣戒！再一看那对戒指的价格，刁佳思差点儿一个白眼翻过去。

刁佳思算是看明白了，前面那对情侣就是故意不说话装作不认识的，而实际上……啧啧啧，两个人一直都没摘下的情侣戒指还不足以说明一切吗？

刁佳思不信盯着这两个人看一个晚上还看不出什么端倪。

然而，一个半小时下来，直到比赛结束，嘉宾上台给获奖者颁奖，刁佳思瞪得眼睛都酸了，也没发现前面那对情侣有什么互动。

到了工作人员、嘉宾、评委和获奖者在台上合影的环节，刁佳思注意到那对情侣站在一起，却淡漠得像是陌生人。

刁佳思都要怀疑人生了：一对情侣坐在一起一个半小时，一点儿互动都没有……这两人是不是感情出了什么问题啊？难道他们要分手了？可是明明他们的情侣戒指都戴在手上不离手的啊。

刁佳思百思不得其解。直到散场，刁佳思跟着舍友走出图书馆大会议室后，才想起自己把钥匙落在里面了。

刁佳思跟舍友打了声招呼，连忙回去取钥匙。她一路跑回图书馆，进了图书馆大会议室，才发现只剩下两个收尾的同学还没走。刁佳思在心中庆幸自己回来得及时，取了钥匙便离开了。

这会儿图书馆已经没什么人了，走廊里静悄悄的。刁佳思有些害怕，她的脑子里不断闪现曾经看过的恐怖片。她不由得握紧了拳头，放轻了脚步，生怕惊动什么一般。

在路过一个隐蔽的拐角时，刁佳思突然见到墙边有两个人正在拥吻。而那两个人正是刚刚还被她怀疑感情不和的周考和闻乐。

刚入大学的新生对学校充满好奇，早就从各种渠道得知了“校园小广播”这样的校内大型娱乐平台。但初来乍到的新生对这个应用程序的魅力还一无所知，当他们尚且搞不清学长学姐们为什么对“校园小广播”爱不释手的时候，一个帖子横空出世，彻底引爆了这个应用程序。

网友们看八卦消息看得不亦乐乎。新生们也在这场狂欢中彻底了解到了“校园小广播”的魅力。

能够在“校园小广播”中拥有如此高的关注度的人非校园风云人物闻乐、周考莫属。

有经验的学长学姐一眼就看得出那个帖子是新人发的。帖子的标题是“今天参加一个比赛一下子遇到两个颜值超高的人”，配图是演讲比赛结束后众人合影的照片。

“A 大的帅哥美女的质量这么高吗？”

“求问小哥哥的身份啊！”

“这个男的我知道，好像是我们校学生会的会长。女生是谁我就不知道了，不过也太美了吧！”

“女生是我们社联的主席啊。”

“校学生会和社联是看脸招人和选拔干部的吧？是不是丑人不配进校学生会和社联？”

“怕是不知道这两个人不仅长得好看，获得过的奖状和证书拿出来还能埋了你，你真以为 A 大这样的学校会看脸选干部啊？”

“啧啧，楼主是新人吧？不知道这俩是‘校园小广播’上不能提的人吗？因为一提这两人‘校园小广播’就会炸窝！哈哈哈哈。”

“我是新人，不懂就问。这两人是什么情况？怪神秘的……”

“社联和校学生会还要做什么招新宣传？把这两人的照片贴出来，社联和校学生会不就直接被踊跃报名的新生踏破门槛了？”

“卑微地问一下，这个小哥哥是单身吗？”

“别想了，那两人是一对。”

“天哪，果然优秀的人只和优秀的人做朋友。”

“有没有人给我科普一下校学生会会长和社联主席的美好爱情故事啊？！”

“这两人……早就分手了吧？好久没看到两个人同时出现在同一个场合了。”

“从来没看过两个人秀恩爱，在学校更是基本见不到两人一起出现。就算是一起出现，这两个人也基本上不怎么说话。这是正常情侣的样子吗？”

“这两个人一看就是性格都很强势的人，肯定走不远的。”

“分了。上次活动我遇到这两人。他们完全没有互动，连眼神交流都没有，直接无视对方，比陌生人还要陌生，证据确凿了。”

…………

果然，闻乐和周考就是“校园小广播”里的名人，两个人的名字一在“校园小广播”出现，“校园小广播”当晚的用户活跃度就不愁了。

这个新生发的帖子很快来到了热门帖的第一位，而这个帖子的话题更是从分享帅哥偏到讨论周考和闻乐到底有没有分手。

闻乐和周考全然不知此事，就在“校园小广播”上轰轰烈烈地被分手了。

“校园小广播”上的新生们一晚上经历了从得知 A 大校草校花的美貌的惊喜震惊，到得知两人竟然是一对的遗憾失望，再到得知两人分手的兴奋激动，心情波澜起伏。

后来这批新生成为老生，当被懵懂的新生问起到底为什么如此沉迷“校园小广播”时，他们还会回想起当年刚入学校不久就看八卦消息看得心情波澜起伏的这一晚，还有 A 大“校园小广播”上这两位著名的学长、学姐。

当然这是后话。

网友们在“校园小广播”上看八卦消息的时候，闻乐正敷着面膜坐在宿舍的电脑桌前处理社联的工作，全然不知“校园小广播”上的风雨。

307 宿舍里还是四人组。

程惠躺在床上玩手机，包小凡正和学弟男友腻腻歪歪地煲电话粥。

满青旋之前给一个小孩儿做家教，那小孩儿的家长对她很满意，还给她介绍了一份工作。据说满青旋若是表现得好，大四就能收到这家公司的录用通知。满青旋对此很是上心，此刻正在填一份表格。

四个人各忙各的，宿舍里的气氛很是和谐。

就在这时，宿舍的门被推开了——孙优美。

孙优美自从和男友分手，经历了这么多事，也成长了不少。这时的她反倒能够与宿舍里的那几个人和睦相处。

孙优美推门进来时手上还拿着手机。她一边看手机，一边推开门，关上门的时候随口问了一句：“闻乐，你和周考分手了吗？”

闻乐的手一抖，敲错了一个字。她脸上敷着面膜，不敢有太大的表情变化，只缓慢而僵硬地转过头看了孙优美一眼：“没有啊。”

孙优美道：“我猜也是，你手上的戒指我可从来没见你摘下来过。”

闻乐下意识地摸了一下手上的戒指，眼神无比温柔。接着她却说出一句惊掉所有舍友的下巴的话：“快摘下来了。”

这五个字刚落下的那一瞬，整个宿舍都安静了。

程惠放下手机看过来，满青旋从电脑屏幕前转过头来，就连包小凡都惊得直接掐断了与男朋友的电话。

几个人望着闻乐，神情复杂。

程惠小心地问了一句：“你们的感情……出问题了？”

闻乐看到这几个人震惊的样子，便知道她们误会了自己的意思，连忙摆摆手：“不是，不是，我们决定订婚了，近期双方家长就会接触。所以我手上的戒指可能要换了。”

啪嗒，程惠惊得把手机砸到了脸上。其余几个人脸上的表情更加震惊。

片刻之后舍友们发出一阵惊呼：“订婚？！”

“我的天哪！”四个人异口同声地脱口而出。

程惠揉着被手机砸疼的脸，好奇地看着闻乐：“你们现在才大三，订婚会不会太草率了？”

其余三个人也用同样好奇的目光看着闻乐。

闻乐笑道：“感情到了，订婚就是水到渠成的事。再说订婚又不是结婚。我们家与周考家其实是世交，我爸爸和周考的爸爸是发小，也算知根知底。这场订婚也会给我们两个家族带来很多益处。”

舍友们还是一脸震惊的样子。

这时候包小凡突然磕磕巴巴地问了一句：“你们家……到底啥来头？”

闻乐这才想起来，虽然自己当初向舍友们坦白了自己家很有钱的事实，但好像没有说过自己家到底是什么来头。她给忘记了……

闻乐道：“天音集团就是我们家的。”

包小凡瞪圆了双眼：“就是超级厉害的那个闻氏？”

满青旋也瞪着双眼：“就上次那个来我们学校演讲的闻大老板的那个闻氏？”

闻乐轻咳一声：“那是我爸……”

“天哪！”包小凡和满青旋同时惊呼一声，不可思议地看向对方，然后双双尖叫。

穷舍友突然变成了千金大小姐，你的心情会怎样？这几个舍友都感觉世界很魔幻。震惊之后，舍友们许久才平静下来。

孙优美喝了一口水“压惊”，想起自己当初对闻乐的鄙夷，只觉得脸像是被现实打了一巴掌，真疼。

好在闻乐没有翻出那些事来嘲笑她。

过了一会儿，闻乐转过身去继续忙工作。可她突然想到了什么，便转头对正在卸妆的孙优美道：“你刚刚要跟我说什么来着？”

孙优美用蘸了卸妆水的化妆棉擦了一下眼妆，道：“哦，对了，你们没看‘校园小广播’吗？”

程惠随口问了一句：“怎么了？”

孙优美道：“‘校园小广播’上说闻乐和周考分手了。”

啪嗒，闻乐脸上的面膜掉在了地上。她一脸茫然地眨了眨眼。她和周考分手了？她怎么不知道？

程惠突然爆发出一阵大笑：“哈哈哈哈哈！我要去‘校园小广播’上看看。看那群人又在瞎想些什么。”

包小凡也笑得不行：“那等闻乐换了订婚戒指，那些人是不是就要说闻乐已经另觅新欢？哈哈哈哈。

“一对刚要准备订婚的小情侣就这样被分手了。哈哈哈哈，他们咋这么会想呢？”

闻乐捡起地上的面膜，用纸巾把地上的水渍擦拭干净，然后用手机登录“校园小广播”。她打算进去看看，她怎么就和周考分手了。

结果，闻乐看到网友说她和周考之间没有互动，关系冷淡。她不由得无语。她只是不喜欢在别人面前秀恩爱。

闻乐想了想，把这些评论截图后给周考发了过去。

周考很快回复了：“收到。明天安排。”

周考这个周末的事情不算多。周六上午他往校学生会跑了一趟。办完事情后，他估摸着时间差不多了，便打算去找闻乐。

谁知周考刚一出校学生会所在的活动大楼就被一个女生拦住了。

“学长，我关注你好久了。听说你目前单身，我能跟你要个微信号吗？”

周考闻言，一愣，没想到竟然真的有人会相信他和闻乐分手这种谣言。周考低头看着手上的戒指笑了，眼中满是温柔。

接着周考抬起手，将手上的戒指给对面的女生看：“抱歉，有主了。如果我女朋友知道有女生跟我搭讪，她会不高兴的。”

对面的女生觉得心一颤，不过那种被拒绝的心酸竟然迅速被一种奇怪的甜蜜感所取代。她明明是来追学长的……

女生红着脸，磕磕巴巴地说：“抱……抱歉，祝你们……早生贵子！”说完她就飞一般地跑开了。

周考在原地愣了一会儿，想着“早生贵子”四个字，突然笑了。

周六闻乐难得空闲，便想在宿舍里睡个懒觉。可早上九点半她就被周考打来的电话吵醒了。

闻乐还没清醒，迷迷糊糊地摸到手机，接通了电话。她的声音有气无力的：“喂。”

周考的声音从话筒中传来：“还没醒？”

闻乐困得迷迷糊糊的：“嗯。”

周考的声音里带着一丝笑意：“赶快起来收拾收拾。我半个小时后到你们宿舍楼下。”

闻乐闻言，把眼睛睁开一条缝，看了看时间，见才早上九点半。她又伸头看了一眼，发现舍友们起来了一半。闻乐彻底清醒了，语气不善地问道："你又要干吗？"

周考道："例行约会。"

闻乐翻了个身，用被子蒙住头："不去。"

周考也不跟闻乐争辩，只道："我半个小时之后到你宿舍楼下。"

闻乐骂了一句："你烦死了！"

只听电话另一端的周考轻笑了一下，便挂了电话。

闻乐放下手机，从床上坐起，下床洗漱。

程惠听到闻乐刚刚接了一个电话，但具体说了什么她没听，便问闻乐："有事？"

闻乐打了个哈欠，面无表情地道："例行约会。"

程惠啧啧两声："你们这对情侣也太没劲了，别人都是激情约会，你俩还例行约会。怪不得外人都怀疑你俩分手了。"

闻乐一边从衣柜里拿出一条裙子，一边随口道："'老夫老妻'了，见多了烦。"

程惠翻了个白眼。看到闻乐手里拿着一条崭新的裙子，她扑哧一笑，道："信你才怪，隔壁宿舍有个女生跟男朋友在一起五年了，和男朋友见面就穿拖鞋、大裤衩，不化妆也不涂口红。嫌烦你也别化妆别打扮啊。"

闻乐拿着裙子在镜子面前比了比道："我就不。"

程惠在一边用看破一切的语气道："呵，女人，口是心非。"

闻乐又从衣柜里拿出一条裙子，道："我这是打扮给他看的吗？我这是为了维持我的形象，是为了取悦自己，是为了……"

程惠抢先补充道："是为了震慑路边的'野花野草'，顺带着让周考对你神魂颠倒，我没说错吧？"

闻乐把选定的裙子挂在衣柜外面，然后从桌子上拿了包果干丢向程惠："没谈过恋爱的人闭嘴吧。"

程惠撕开果干的包装，边吃边笑。

闻乐洗漱出来，换衣服、化妆、收拾头发，一套流程下来刚好半个小时。她收拾完趴在窗口看了一眼，见周考已经站在女生宿舍楼下。

周考今天穿得相当性感，往楼下那么一站，比超模还惹眼，来往的路人频频回头。

就在这时，周考有意无意地朝楼上看了一眼并勾起了唇，闻乐几乎以为周考看到了自己。

闻乐从窗边离开，拿上包就往外走。

程惠看着闻乐，笑着调侃了一句："啧啧，又是让某人神魂颠倒的一天。"

闻乐回头白了程惠一眼，然后在程惠的笑声中关上了宿舍的门。

闻乐捋了捋胸前的头发，轻轻地推开女生宿舍楼的大门，一时间竟然觉得有些紧张。

真奇怪，她和周考在一起也快一年了，约过会，接过吻，甚至还……两个人早该是"老夫老妻"的状态了。但今天的这次"例行约会"竟然让闻乐有些紧张，以至于闻乐在衣服和妆容上都下了一番功夫。

闻乐推开门，在周考的注视下走向周考。

闻乐轻咳一声："走吧。"

周考自然地接过闻乐的包，牵住闻乐的手："你今天又美出新高度了。"

闻乐的嘴角不受控制地往上扬了扬，但很快就被她压了回去。

周考没有开车，和闻乐就这样牵着手走在路上，这一路走过，引来无数人的目光。

这天晚上，"校园小广播"上果然又出现了有关闻乐和周考的热门帖。

有人发了一条题为"昨天刚被鉴定分手，今天就甜蜜约会了"的帖子，还贴出了三张闻乐和周考约会时的照片："如图，昨天说他们已经分手，证据确凿的人，就问你们的脸疼不疼？就问你们在这两人的身上栽了多少次了，还不悔改？瞧瞧，昨天刚说人家分手，今天两人就甜蜜约会，啧啧啧……第一张是周考在女生宿舍楼下等闻乐时被偷拍的照片，第二张照片是两个人牵着手走在校园的路上，第三张是两个人边说笑边交接一个购物袋时被抓拍的照片。这三张照片都是在女生宿舍楼下拍的，应该是某个女生恰好在一天里撞见周考接闻乐、送闻乐。"

"估计会有人肿着脸说：我就是死不悔改，总有一天会猜对的！"

"这一幕似曾相识。好像当初有人说闻乐和周考打架，第二天就被他们这样光速澄清……”

“我觉得他们这么快澄清反而像心里有鬼……”

“人家小情侣那对情侣戒指可从来都没摘过呢！”

“所以主席怎么可能会跟会长分手，有嫁给这么完美的人的机会却不要？”

“啧啧，主席这下是要麻雀变凤凰了。”

…………

闻乐与周考结束约会之后，晚上特地去“校园小广播”上看网友们的反应。看到有网友说她向周考要礼物，一心要攀高枝，心机重，她忍不住直笑。

事实上，今天根本不是周考送她礼物，而是她送周考礼物。之前她出去逛街，看到一件粉红色的衬衫，觉得很符合周考的气质，就买了下来。

周考送闻乐回来后，闻乐让周考在楼下等她，然后回宿舍拿了这件衬衫下来，递给周考。那条热门帖里的第三张照片恰好就定格在两个人交接装有衬衫的购物袋的时候。仅凭借照片，的确无法分辨出到底是谁接过了购物袋。

闻乐看完网友们的评论后，在宿舍的洗漱间笑着给周考打了一个电话。

电话接通，周考的声音从话筒中传来，带着一丝慵懒和温柔：“喂。”

闻乐感觉耳朵一麻，心也跟着这声音变得轻盈而柔软。闻乐转过身，背对着窗户，眼中仿佛含着一汪星子：“你在家里？”

周考轻轻嗯了一声：“刚刚回了趟家。”

闻乐的耳朵红了。

他的声音带着一丝戏谑之意：“你不问我回家干什么？”

闻乐干巴巴地道：“你也不必事事向我汇报，我是个很开明的女朋友。”

他笑道：“可是我觉得你应该问一问我，因为这件事情跟你有关。”

“哦，那你说吧，我听着。”

周考却故意吊闻乐的胃口：“啊，你的语气这么勉强，那我还是不说了吧。”

“周考！

“你要是再不说我就挂电话了！”

他低声笑着说：“我回家跟我爸妈说了我们的事，让他们找个时间约约你爸。

“你……什么时候跟我回家吃个饭？”

她的脸一红：“再……再说吧。

“我给你买的衣服你试过了吗？大小合适吗？”

说起这个周考的脸就一僵，他咬牙切齿地道：“闻乐，要是我没看错的话，那是一件粉红色衬衫吧？”

闻乐听到周考的语气似乎就能想到周考咬牙切齿的模样，便扑哧一声笑了出来。她银铃一般的笑声在听筒里回荡，击得周考的心池泛起了一圈圈涟漪。

她笑了一会儿才停下，道：“那可是我亲自给你挑选的礼物，你不喜欢？”

他能说不喜欢吗？他不能。

周考道：“我听说女生最害怕的就是不解风情的男朋友给自己送芭比粉口红。是不是因为我没给你送芭比粉的口红，你才给我送了一件芭比粉的衬衫？”

闻乐脸上的笑容僵住了。她轻咳一声，道：“可是，你穿那件衬衫一定会很好看。”

周考冷酷地道：“吹捧也没用，我不吃这一套。”

闻乐放软声音：“周考——周大校草——周考哥哥——亲爱的——”

周考被闻乐的这一连串称呼叫得头皮发麻，嗓音都哑了。

闻乐继续说道：“所以你到底什么时候穿给我看啊？”

他声音沙哑地道：“等着。”

闻乐的嘴角挑起一抹奸计得逞的笑。

仿佛生怕周考反悔或者提出其他条件，闻乐迅速转移了话题，说起今天晚上自己在“校园小广播”上看到的帖子和网友们的反应。

“他们一天天也是够无聊的，昨天说我们分手，今天说我要嫁人，大家晚上都很闲吗？”

“你以为谁都像闻大主席这么忙的吗？连陪男朋友的时间都没有。”

闻乐大呼冤枉："拜托，我们今天刚约的会好不好？"

"我以为你现在会心心念念地想要黏在我身边。闻乐，你是不是变心了？"

闻乐轻嗤一声："周考，你是不是疯了？你什么时候拥有过一个心心念念地想要黏在你身边的女朋友了？"

周考柔声道："是我心心念念地想要黏在你身边。明天陪我，好不好？"

闻乐下意识地在心中盘算明天有没有什么事要忙。她突然反应过来："我们刚才不是在说网友觉得我是费尽心机要嫁入富人家的坏女人吗？你别转移话题。"

周考轻啧一声："这些人是不是想破坏我在未来岳父心中的形象，然后取代我入赘闻家？"

"入赘？"闻乐笑得不行，"你爸妈同意吗？"

周考毫不在意："这就看你爸与我爸到底谁更胜一筹了。"

闻乐忍不住问道："你跟你爸妈说订婚这件事的时候，他们是什么反应？"

周考想起那天自己说了订婚的事后父母的反应，不禁失笑。

那天周考趁着父母都在家，将自己想与闻乐订婚的事跟他们说了。话音刚落，就见原本还坐在沙发上喝茶看报纸的周承运突然站起身，一脸如临大敌的模样，在客厅来回踱步，然后他对着周考一脸严肃地道："这件事，需要从长计议。

"闻天启那个老东西可不好对付。"

周考十分配合地点点头，道："爸，你加油。婚我得订，媳妇我也得要，这中间具体怎么操作都可以，别把我媳妇弄丢就好。"

周承运闻言，瞪了周考一眼："你这个没出息的臭小子！我和你妈养你……"

眼看周承运又要滔滔不绝地发表长篇大论，周考连忙找了一个借口开溜："爸，公司还有事，我先走了。"

周考走的时候，还能听到周承运在自己身后气呼呼地骂道："明明是这臭小子娶媳妇，却净给他爹出难题……"

周考收回思绪，笑道："总之，如果岳父大人最近有时间，那么恐怕我父母近期就会与他有接触。”

闻乐闻言，咽了一口口水。她不知道爸爸会有什么反应，但是大概会比较……抗拒吧？

明明在电话的另一端，但周考就是能察觉闻乐的心思，笑道：“怎么，紧张了？”

闻乐叹气：“我在想该找个什么样的时机带你去见我爸爸。”

闻乐说完，就听到电话那边没声了。

她的眼中含着一丝笑意：“怎么，这下你也紧张了？”

周考轻咳一声：“没有，我只是在想该带什么样的见面礼。听说岳父大人喜欢古画，郁石老先生喜欢名砚，还有祖母喜欢翡翠？”

闻乐一挑眉：“你早就打听清楚了？”

他道：“那是。这是我人生中头等重要的面试，不做好功课怎么娶得到媳妇？”

闻乐笑着调侃周考：“刚刚你不还说入赘吗？”

周考道：“我都可以，孩子随谁姓也无所谓。”

闻乐听周考提“孩子”，她的脸当即就红了。她甚至有些恼羞成怒：“你……你先把这婚订了再操心别的吧！没学会走就想跑，飘了吧你！”

说完闻乐还是觉得气不过，又骂了一句：“想要孩子你自己生！”接着她也不待周考说完，就果断挂了电话。

闻乐走到镜子前，见自己的脸早已红成一片。不过她美眸含怒，别有风情。

她心烦地打开水龙头洗了一把脸，想要降降脸上的温度。可是在哗哗的水声中，周考的话似乎又在她的耳边回响。

她生孩子？闻乐红着脸拍了一下水流，溅起一片水花。

他做梦！

闻乐又洗了把脸，确认脸上的热度散去了，才走出宿舍的洗漱间。这时手机振动了一下，闻乐拿出手机看了一眼，见是周考发来的微信信息。

某人：“网上的事不要在意，我会找人处理的。”

“某人”是闻乐最近给周考改的微信备注。

一看周考发来的这条信息，她就皱起了眉头："你要怎么处理？"

禁言和删帖只会引起网友们的逆反心理。"校园小广播"是学校内部的应用程序，他们又没有办法请网络写手来解决这件事。闻乐不知道周考打算怎么处理，于是又给他发了一条信息："你不要管了，我根本不在意网友们乱说的东西。"

周考很快回复了她的信息："我在意。放心，我有分寸。"

闻乐见周考这么说，也不再担心。她对周考就是有这样一种信任感——她能想到的，周考自然能够想到。

周考没跟闻乐说到底要怎么处理这件事，闻乐也没有再问。不到两天，那个热门帖子就被新的帖子压了下去，再没掀起一点儿水花。

闻乐以为这件事情就这么过去了，也以为周考说的处理就是用别的事情把那个帖子的热度给压下去，因此那个帖子下去之后，她就再也没有关注了。

那件用来压热度的事情就是——联谊。

在之前的那条热门帖里，周考和闻乐被贴上了"校学生会会长""社联主席""高颜值""学霸""情侣"这样一个又一个的标签，这让他们在新生里迅速拥有了名气。在A大只要提到周考和闻乐这两个名字，几乎没有人不知道。

在两人广为流传的事迹中，最让众人津津乐道的，还数去年两个人在联谊活动上跳了一支开场舞这件事。

去年的联谊活动堪称是A大单身学生的狂欢活动。这场狂欢活动持续了三天，取得了巨大的成功，也给所有A大的学生留下了深刻的印象。因此，今年社团招新活动结束没多久，就有不少人向校学生会和社联提议，希望今年还能举办一场和去年一样的联谊活动，并且希望这样的联谊活动能够一届一届地举办下去，成为A大新生开学后的一项"传统活动"。

校学生会和社联的许多内部成员也提出了这样的建议。

去年能举办那场联谊活动是因为校学生会的外联部拉到了赞助。之后，校学生会联系了社联，与社联商议许久后，才达成共识，共同举办了那场活动。

去年校学生会和社联能够合作举办联谊活动，上一届的校学生会会长功不可没。那位会长和上一届的社联主席从高中起就是很好的朋友。他说服了任社联主席的好友，才使得两边合力举办了这样一场成功的联谊活动。

众所周知，这一届的学生会会长和社联主席是一对情侣，如此说来，今年举办联谊活动也并非不可能。

外界早就有不少人关注联谊活动的消息。就在那条说闻乐心机重的帖子出现之后没两天，一条新的帖子迅速登上了“校园小广播”的首页，强势地将之前的帖子的热度都压了下去：“刚刚得到消息，今年有望举办联谊活动！楼主是校学生会的内部成员，具体什么职务不多说。刚刚得到消息，说会长已经将举办联谊活动的事宜报备给老师，现在外联部已经领了拉赞助的任务。接下来会长将联系社联主席讨论此次活动。如果外联部拉到赞助，今年的联谊活动就会如期举行。据说主席还联系了校学生会的宣传部和策划部部长。估计今年的联谊活动会出现新花样。现在校学生会的各个部门已经开始筹备这次活动了。希望外联部一切顺利，今年的联谊活动能够如期举行。”

“联谊！联谊！”

“别的不说，这两人合作办的联谊活动还是可以期待一下的。别的不说，这两人的能力和眼光还是相当可靠的。”

“我是一个正在实习的单身人士。若是校学生会的外联部拉不到赞助，可以找我，我可以提供帮助。”

“我也可以提供帮助，外联部看过来！只要你们肯办这次活动，赞助不是问题！”

…………

这个帖子发出来的时候闻乐正在洗澡。她刚擦着头发从洗漱间出来，就见放在桌上的手机一阵振动。闻乐擦头发的手顿了顿，她想上前拿过手机看看。她刚解开锁屏，就看到那个顶着红色的“99+”标志的微信图标。

闻乐以为又是哪个群里的人聊到兴起了，但点进去才发现全是不同的人给自己发来的信息。

闻乐还没看信息，心便猛地一跳。上次出现这种场面，还是她和周考在停车场打架的视频被发到了“校园小广播”上。

闻乐一见这情况就知道，肯定是在她洗澡的这一会儿工夫里，“校园小广播”上发生了什么事情。

闻乐叹了一口气，心想“校园小广播”上的网友到底什么时候才肯放过她和周考。

她一边在心里吐槽着，一边点开了一条微信信息。读完这人的信息后，闻乐挑了一下眉。接着，她又连读了几条信息。她觉得很诧异，这些人竟然无一例外都是问她有关联谊活动的消息的。

闻乐觉得有些莫名其妙。她作为社联主席，尚未得到有关今年联谊活动的通知，而外界竟然已经开始关注这个活动了。

闻乐一头雾水地点开“校园小广播”。她发现自己虽然不怎么玩“校园小广播”，但是她还真的删不了这个应用程序，因为她的生活总是会莫名其妙地与这个应用程序扯上关系。

一点进“校园小广播”，闻乐就看到首页最上方的那个帖子。果然，真的是有人在“校园小广播”上放了有关联谊活动的消息。

闻乐快速地浏览了一遍那个帖子。看到网友们对联谊活动如此期待，看到有那么多大佬热心表示可以帮外联部解决赞助的问题，她心中竟然有些感动。

闻乐作为去年联谊活动的工作人员之一，看到自己努力的成果得到这样的肯定，说不高兴是假的。大家的支持和认同大概就是对那场活动的所有工作人员的褒奖。

即使在这些人当中可能有一些前两天还在说闻乐心机重，但是这一刻，闻乐不愿意辜负他们的期待和支持。

闻乐甚至忍不住担忧网上的消息会不会是假的，会不会让网友们空欢喜一场。毕竟连她这个社联主席都没有得到消息，发帖的楼主又怎么能肯定消息的准确性呢？但她又想起周考之前说的那番话，心想莫非这帖子是周考为了转移大家视线而故意放出来的？

她想了想，很快便给周考发了一条信息询问此事。

周考回复得很快。

“确有此事。帖子虽然不是我授意发的，但解决那件事的确要靠这次联谊活动。你不妨想一想，这次联谊活动要穿什么衣服。我觉得情侣装就不错。”

说到这件事，闻乐倒是被周考吸引了注意力。她给周考打了一个电话过去，小声道："穿情侣装也太夸张了吧……"

周考的声音带着一丝笑意，而且放缓了语速："我会穿那件粉色的衬衫。"

周考虽然有时候在她的面前会表现得很开放，但是在外人面前还是低调又正经的。他平时的衣服多以黑、白、灰色系为主。在闻乐的印象里，周考几乎没有穿过颜色鲜亮的衣服。不过，周考的皮肤白，他应该能够驾驭得住各种颜色的衣服。

因此，听说周考要穿那件粉红色的衬衫，闻乐还挺期待。

就在这时，闻乐却听周考道："但是你要跟我穿情侣装。"

闻乐倒吸一口凉气："我不要，我没有衣服跟你配。"

周考却笑吟吟地道："这个不是问题。"

她在脑海中想象了一下她和周考穿着粉红色的情侣装出现在舞池中央的画面。她退缩了："要不你下次再穿吧？"

"怎么，你不敢了？敢给我买，不敢陪我穿？"

闻乐有点儿心虚："激将法在我这儿没用，我不要穿粉红色的情侣装。"

"闻乐，勇敢点儿，衣服和男朋友都是你自己选的。有句话说'自己选的路，跪着也要走完'，不是吗？"

闻乐无奈："我能退货吗？"

周考道："不好意思，这边不支持退货业务。就这么定了，衣服等我给你送过去。"

闻乐挂了电话，有些犯愁，心想如果自己真的和周考穿了粉红色的情侣装，恐怕又要上"校园小广播"了。

正想着，宿舍门被推开了——是程惠从别的宿舍串门回来了。

程惠一进宿舍双眼就锁定了闻乐，显然她有些激动。

闻乐警惕地道："干吗？"

程惠关上门，坐到闻乐身边，兴奋地道："'校园小广播'你看了吗？"

闻乐点点头。

程惠激动地握上闻乐的手："所以那个帖子说的是真的吗？今年真的

还会举办联谊活动？！真的？”

闻乐道：“社联还没有收到消息，但是我刚刚向周考求证，周考说是真的。”

“啊啊啊啊啊啊！”程惠激动得不行。

“啊啊啊！天哪！你们家会长也太帅了吧！今年一定要好好办活动。去年的活动真的是太棒了！我不跟你说了，隔壁宿舍的人都想知道这件事是不是真的，我去跟她们说说。哈哈哈哈哈！”

说完程惠风一样地跑出了宿舍。不久，闻乐就听到从走廊上传来一群女生的尖叫声。

闻乐不由得莞尔一笑。她突然对今年的联谊活动也充满了期待。

联谊活动的消息一出，在整个A大都引起了轰动。

各方大佬齐出，校学生会外联部想完成拉赞助的任务完全不是问题。没过多久，外联部就拉到了几个大赞助，效率意外地高。

周考与外联部部长谈起这件事情的时候，免不了夸外联部几句。外联部部长一言难尽地看了周考一眼，然后磕磕巴巴地说：“其实这次是赞助商主动联系咱们……这里面恐怕少不了A大同学的功劳。”

周考闻言，也是一怔，继而一笑：“如此一来，我们更应该好好地办这次联谊活动，不能辜负众人的期望。”

校学生会的效率奇高，社联这边也很快就得到了这个消息。

闻乐早就心中有数，因此提前做好了规划。等校学生会外联部一拉到赞助，她就开始让社联的各个部门开展工作。

校学生会和社联又一次合作，各部门热情高涨，忙得热火朝天。

在今年的秋季学期里，联谊反倒成了A大最受重视的活动，其关注度远超校花大赛、校草大选、十佳歌手等热门活动。校学生会和社联的成员都铆足了劲，想在今年交出一份更令人满意的答卷。大家定了一个共同的目标：今年的联谊活动无论如何都要超越去年的。

今年的联谊活动仍旧给学校里高人气的学生单独送了邀请函。邀请函是由校学生会宣传部设计的，上面的内容则是由校学生会会长周考和社联主席闻乐亲手所写，而且都是用毛笔写的。

周考和闻乐家学渊源，他们那一手毛笔字也是下过功夫练的，因此邀请函上的字写得极为漂亮。

写邀请函那天，校学生会的宣传部部长和社联的宣传部部长带着其他部门的几位部长把拟定的邀请嘉宾名单往会长和主席手上一塞，就把两个人关进了一个早已准备好的房间，还扬言说："不写完就不准出来，当然，主席和会长要是舍不得出来也不要紧！"

周考和闻乐被关在一间房间里，反倒有些不好意思。两个人对视了一眼后，老老实实地在各自的桌子前苦哈哈地写起了邀请函。

后来，"以下犯上"的两位宣传部部长敲门进来，看见老老实实地各坐在一张桌子前写邀请函的两个人，竟然还觉得有些失望。

但等两位宣传部部长看到这两个人的字时，震惊得眼睛都瞪圆了。他们原本让这两个"有身份"的人写邀请函，是为了向邀请嘉宾展示联谊活动主办方的诚意，压根儿没想过这两人的字好不好看。

当看到邀请函上那一个个漂亮的毛笔字的时候，这两位部长才发现闻乐和周考竟然还写得一手好字，也才意识到让这两人干这活儿真的是大材小用。闻乐和周考真的是优秀到令人无地自容。每当别人以为这两人已经很优秀了的时候，这两人就会立刻用实际行动告诉众人，他们还能更优秀。

这两人当真是优秀得旗鼓相当。

这份特别的邀请函最终被送到了受邀者的手中。而收到邀请函代表着联谊活动主办方对邀请嘉宾人气的认可。他们收到邀请函就像是受到了表彰一样，简直比在校花校草大赛上获奖更为得意。

校学生会和社联的内部人员忙得热火朝天。他们不仅要策划活动，还要学习经典的开场交谊舞。

校学生会和社联特意组建了一个交谊舞兴趣小组。原本这只是为了方便工作人员练习舞蹈。可是，后来有些不会交谊舞但是想在舞会上跳舞的外部人员想要跟着一起学，因此这个兴趣小组渐渐壮大起来。除了联谊活动主办方的工作人员，还有越来越多想要参加联谊活动的同学自愿加入小组学习交谊舞。

这个兴趣小组一开始请了隔壁艺术学院的一个学姐来教大家跳舞。可学姐一周只来两次，后来他们只好请去年学习过交谊舞的工作人员来轮流担任临时教练。

几位部长轮流当过一次教练后，就有人提出请校学生会会长和社联主席来代课。

“对！”

“让会长和主席来，他们两个跳得那么好，应该来教教我们啊。部长你帮我们申请一下吧。”

那个部长轻咳了一声，道：“行，我帮你们说。但是他们太忙了，不一定会来。不过我可以给你们透露一个消息，这两人今年会跳开场舞。就算他们不来代课，你们也可以在联谊活动上看到他们跳舞。”

“啊啊啊啊！”

下面有不少女学员非常激动，异口同声地问：“还是去年的那种舞吗？”

部长又神秘兮兮地道：“听说他们这次新排了一支舞。”

“啊啊啊啊！好期待！”

部长拿出手机，道：“你们先练着，我现在就帮你们问一下这两人能不能来。”

说完部长就拿着手机出了练习室。

片刻后，部长拿着手机回来了。一个刚刚跟部长搭过话的女生上前询问，她的眼睛里写满了期待：“学长，会长和主席会来吗？”

部长闻言，翻了个白眼，把手机屏幕翻过来给那个女生看：“约会呢，让我别烦他。”

那个女生惊讶得说不出话来。

此时周考的确在跟闻乐约会。

几天前周考给闻乐送了一条粉红色的裙子。那条裙子刚好能够配他的粉红色衬衫。可闻乐很嫌弃那条裙子，说太夸张了不大乐意穿。

周考觉得那条裙子不论是造型，还是长短，都极为安全且美观，既能维护他身为男朋友的利益，又能满足闻乐爱美又挑剔的性子，非常合适。

但闻乐就是说不喜欢。

于是周考干脆带闻乐出来逛街，想着一定要给闻乐挑一条她喜欢的粉红色裙子。

周考熟门熟路地带着闻乐直接进了一家店的贵宾室。服务员早已在那里等候，一见周考进来，便从一旁拖出一整个挂衣架的粉红色裙子。

闻乐愣了一下。周考往沙发上一坐，伸展着大长腿，特大气地道：“我提前让她们把粉色系的裙子都调了过来。你随便挑。”

闻乐心道：惨了，这下真的逃不过了。

算了，她当初选择周考做男朋友的时候就想到会有这么一天。

近朱者赤，近墨者黑。

她还能怎样呢？她还能“退货”吗？

筹办了大半个月的联谊活动终于在众人的期盼中如约而至。

联谊活动当天，校篮球馆的大门还没有打开，门口就已经排开了长队。众人闹哄哄地议论着。主办方不得不一边抽出人手来维持秩序，一边催促场内的工作人员尽快做好准备。

闻乐既不是主持人，又不用表演开幕式的节目，就在后台跟进场地布置。

这时一个学妹向闻乐跑来。她停下脚步，有些激动地道：“学姐！学长来了！”

闻乐没反应过来：“谁？”

学妹凑过来小声道：“隔壁会长，咱社联的‘学姐夫’！”

闻乐一脸疑惑：“‘学姐夫’？”

不过她很快就明白过来了，无奈地道：“来就来呗，怎么了？”

学妹激动地道：“会长穿了一件粉红色的衬衫！”

闻乐心虚地轻咳一声，裹紧了身上的外套：“嗯，我知道了。”

学妹用调侃的眼神看着闻乐，揶揄道：“学姐不要装了，刚刚学长说那件粉红色的衬衫是学姐给买的。”

闻乐脸一红，正想说点儿什么挽回自己的形象，就听学妹笑嘻嘻地道：“现在他们都说没想到学姐看上去这么正经，其实还挺狂野的。”

闻乐一脸震惊：“我？”

学妹竟然还配合地点点头，然后笑着溜走了。

闻乐简直要一口血喷出来。

冤枉！这也太冤枉了！她简直比窦娥还冤！

狂野的明明是周考！

闻乐心痛不已，捶胸顿足。她经营多年的形象终究是被周考给毁了。

妙啊。闻乐咬牙切齿地想，周考反将一军这招用得真是妙啊。周考给她等着。

因为有举办联谊活动的经验，因此今年主办方的准备工作进行得相对顺利。工作人员早早准备就绪，时间一到，就打开了篮球馆的大门。

排在门口的学生蜂拥而上，而此时距离联谊活动开幕式正式开始还有一个小时。

闻乐在后台跟进工作，调派人手。突然，校学生会的一个叫石彦的部长过来找闻乐，说楼上的化妆室可能不够，还需要再借几个。闻乐一边拿出手机准备找老师沟通，一边奇怪地问："你们会长呢？"

校学生会的事怎么找到她这儿来了？

那部长笑着道："会长还没准备好发言稿。现场又有那么多人围观他的粉红色衬衫，他觉得烦，就跑到楼上待着去了，说让我们有事就找嫂子。"

半个小时之后，周考终于舍得从楼上下来了。闻乐这时才有时间歇一会儿。她正站在后台小侧门外那条小走廊的拐角处喝水，手中还拿着一份节目单，时不时地低头看一眼。

这个地方比较偏僻，所以少有人过来，也因此安静些，能让闻乐静下心来。

闻乐刚放下手中的矿泉水瓶，就见它被一只骨节分明的大手拿起，拧开了瓶盖。

那只手上戴着一枚铂金男款戒指，闻乐一眼就看出那人是周考。

周考喝了一口水，道："主席大人，还在忙？"

闻乐眼睛一眯，就将手上的纸张卷了起来："会长大人……"

周考还没有察觉到危险，慢条斯理地将瓶盖拧紧，轻声应了一句："嗯，主席大人。"

谁知话音刚落他的脑袋上就挨了一下打。周考有些蒙。

闻乐拿着被卷成筒状的几张 A4 纸就往他的身上打。

她边打边怒骂："有事找嫂子？嫂你个头啊！整天在外面瞎说。现在好了，所有人都知道你身上的那件粉红色衬衫是我买的了。我……我真是……”

周考抱着头笑着躲闻乐：“主席大人，还没订婚你就家暴我。”

闻乐骂道：“谁家暴你？你就是欠打！”

他连忙护住头发躲开：“别别别，发型要乱了。”

她不依：“不要紧，等我打完了给你重新抓一个发型！”

两个人一个打一个躲，突然听见外面传来一阵脚步声。

周考探头看了一眼，抓着她的手小声道：“来人了，在外人面前给我留点儿面子。”

闻乐回头看了一眼，又回头瞪了周考一眼，倒是放了手。

她才放手，便走过来两个人。他们见到闻乐和周考，礼貌地喊了一声：“学姐学长。”

闻乐和周考笑着答应了。

等那两个人走了，闻乐才转过头，怒气冲冲地盯着周考。

周考下意识地后退一步：“主席大人，我错了，好吧？”

闻乐掐了个兰花指，笑得很温柔：“过来。”

周考警惕地盯着闻乐：“干吗？”

她一只手掐着兰花指，另一只手向他招了招：“过来。”

周考乖乖上前：“是，主席大人。”

见周考凑上来，闻乐掐着兰花指的那只手用力绷直，朝着周考的头就给他一个“脑瓜崩”。

嗞，周考捂着头，倒抽了一口冷气。

他揉了揉被闻乐打过的地方，恶狠狠地瞪了闻乐一眼，又掐着闻乐的腰将她抵在墙上：“闻乐，想‘谋杀亲夫’，是吧？看我能饶了你？”

说着周考就开始挠闻乐腰上的痒痒肉。

闻乐受不了地笑着并一个劲儿地弯腰躲：“别……哈哈哈哈，别！”

他不依不饶。

她笑着求饶：“哈哈哈，我错了，我错了……”

两人闹完，闻乐箍着周考的脖子把他的头拉低：“让我看看红没红。”

周考低头给闻乐看：“这里，疼死了。”

闻乐给周考吹了吹：“好了，不疼了。”

周考笑着将闻乐的手牵在手里，道："打我的时候倒不见你心疼。"

闻乐道："该打的时候打，该心疼的时候心疼，这是两码事。"

"好了，主席大人，消了气上楼吃点儿东西吧。你晚饭什么都没吃。"

周考拉着闻乐进了一间没有人的办公室。关上门后，他从袋子里拿出了饭盒。

闻乐看了看饭盒，有些诧异。

约会的时候周考带闻乐去这家店吃过。闻乐对这家店的糖醋小排念念不忘。有一次两个人聊电话，闻乐似乎跟周考提过一嘴，没想到周考竟然还记得。

据闻乐所知，这家店是不送外卖的。

闻乐坐在沙发上，接过周考递过来的餐具，问："你开车去买的？"

周考点点头："嗯。"

闻乐心里有些感动："刚刚石彦跟我说你在楼上准备稿子，我还以为是真的。"

周考将饭盒摆好打开，笑道："难道我要告诉他们，他们会长抛下他们这一堆人和事是去给女朋友买晚饭？"

闻乐见摆在面前的都是自己喜欢的菜，心中熨帖："其实点外卖就行，不用亲自跑这么远的。"

周考道："晚上订的盒饭你没吃。我看你没胃口，是不是对这次的联谊活动有些紧张？"

闻乐抬头看了周考一眼，心中很受触动——竟然被他……发现了。

闻乐在周考面前也没有必要伪装。她呼出长长的一口气。的确，她是因为心中想着联谊活动的事，所以才没有胃口。

"去年的联谊活动很成功。难免会有人将今年的活动和去年的作比较。我不想被比下去。"

事实上，不但两次活动会被别人拿来比较，就连闻乐和周考都会被拉着跟上一届的社联主席和校学生会会长对比。闻乐和周考又是"校园小广播"上的热门人物，一个弄不好就要被嘲笑很久的。

周考知道闻乐心中的顾虑，伸手捏了捏闻乐的脸颊："我就知道，你好胜心强。你肯定没有表面上表现出来的这么淡定。

"会比去年好的。

“有我在呢。”

要是别人说这话，闻乐就会只是听听而已，那些话根本起不到安慰她的作用。但说这话的是周考，闻乐便下意识地信了。她那颗一直紧绷着的心突然放松了不少。

闻乐突然有种感觉，这次的联谊活动的任务虽然很重，但周考在她的身边，他们牵着手，并肩而行，用两个人的肩膀一起挑着这重担。周考给予她一种平和而安宁的安全感，她不孤独，也不害怕，甚至也不紧张了。

闻乐笑了笑，点点头。

周考陪着闻乐吃了两口，就放下了筷子。

闻乐抬头看他：“你不吃了？”

周考看了看时间，见还有二十多分钟活动就开始了，便道：“你先吃着，不急。我下去看看。我们两个总要有一个在下面。”

周考摸了摸闻乐的头：“我下去了，你慢慢吃。我辛苦跑了这一趟，你可别给我浪费了。”

闻乐笑着点头：“知道。”

周考出了房间，关上了门。

闻乐看着旁边空荡荡的位置，笑了一下，然后掏出手机拍下了两个人的餐具和外带纸袋上的标志，悄悄地发在朋友圈并设置成仅自己可见。

晚上七点，联谊活动开幕式正式开始。

周考作为联谊活动的主办方代表将上台简单地说两句，之后主持人便会上场。

周考穿着一身高级定制的黑色礼服，里面是闻乐送他的那件粉红色的衬衫。

周考一出场，台下就起了一阵骚动。

“天哪，粉红色！但是好帅！”

“啊啊啊啊！我好像突然懂了——这是会长大人的少女心！”

台下的女生似乎都在偷笑或者直接开怀大笑，但台上的周考像没有察觉一般，仍旧一本正经地说着感言。

闻乐在台下，难免听到女生们小声的议论。她臊得直捂脸。

怎么办，她也穿了粉红色的衣服！

天哪，她当初就不应该作孽，给周考买那件粉红色的衬衫！

天道好轮回，她终究是要自食恶果了。

开幕式开始后，演员们基本上化好了妆，在后台或是化妆间等候上场。

闻乐见化妆间基本上空了出来，便找到周考，让周考看着点儿现场，然后她拎着东西去了楼上的化妆间。

闻乐先去洗手间把脸上的妆卸掉，再重新上粉底。闻乐的动作很快，可她还没化完妆，周考就敲门走了进来。

此时化妆间里就只有闻乐一个人。闻乐正在画眼线，周考走过来“围观”。闻乐嫌周考烦，想把周考赶走：“你上来干什么？怎么不在楼下照看着？”

周考笑道：“拜托你对他们有点儿信心，不用过分紧张。我们不在，他们还能轻松些。”

闻乐道：“好吧，是我太紧张了。但是你能不能不要在我面前转了？”

周考似乎对闻乐的“装备”充满好奇。他打开一个小盒子，见里面是一对耳坠。

周考拿出一只对着闻乐比了比，道：“我帮你戴这个。”

闻乐闻言，扭头看了周考一眼。她打量着周考，似乎在衡量着什么。

周考挑眉：“怎么？”

闻乐道：“我能信你吗？”

周考道：“什么意思？”

闻乐道：“那你小心点儿，别给我扎出血来。”

周考闻言，威胁一般地轻轻地捏了闻乐的耳垂一下：“闻乐，你不相信我？”

闻乐道：“不可以吗？”

周考轻嗤一声：“戴个耳坠而已。”

五分钟后，闻乐的耳垂都被周考温热的手指揉热了，周考却愣是没把耳坠给闻乐戴上。

闻乐反手抓过周考手中的耳坠。周考吓了一跳，生怕扎到闻乐似的连忙松手。

闻乐接过耳坠，回头静静地看向周考："会长大人，五分钟过去了，我的耳垂都要被揉肿了。"

周考不好意思地轻咳一声："你这个针是圆的……看着有些疼。要不……不戴了吧？"

闻乐呼吸一顿。说实话，她竟然觉得这样的周考有点儿可爱。

想到周考刚刚说大话的样子，闻乐挑了一下眉。她拿着耳坠对着耳洞一转，为难了周考五分钟的耳坠就被她戴了进去。

周考微微张嘴，似乎想说点儿什么。但是闻乐的速度太快，眨眼间她就戴上了耳坠，周考只好闭上了嘴。

闻乐把另一只耳坠递给周考："会了吗？"

周考顿了顿，伸手拿起那只耳坠，默默地坐在闻乐的另一边，小心翼翼地给闻乐戴耳坠。

周考的动作很轻。闻乐从镜子里看到周考既专注又温柔。耳坠的针插入耳洞的那一刻，闻乐似乎感觉到周考的手颤了一下。之后周考还小心翼翼地给闻乐戴上了软塞。

闻乐打算表扬一下周考——这次他用了三分钟就成功了。可她刚想转头，就感到自己的耳垂上落下了轻柔的一吻。

闻乐愣住了，睫毛轻颤，心在扑通扑通地狂跳。

这是初恋的味道。

闻乐觉得自己要疯了。她万万没有想到，周考今天竟然会表现得这么纯情，而她竟然还吃这一套……

周考摸了摸闻乐的耳朵："打耳洞的时候疼不疼？"

闻乐摇摇头，道："不疼。"

说完闻乐转过身，认真地打量着面前的男人，突然很想吻他。

他是自己的男朋友，这里又没有其他人，闻乐想到了便去做，用手臂环上周考的胳膊，就朝他吻了上去。

周考搂着闻乐，闭上眼睛，化被动为主动，加深了这个吻。

一吻结束，周考搂着闻乐问："今天怎么这么主动？不过，闻乐，你好像又把你的口红蹭到了我的嘴上。"

闻乐从周考的怀里出来，退开些看了他一眼，然后扑哧一声笑了出来。说到口红，闻乐总是忍不住想起他们刚在一起就被周考妈妈“抓包”的事。现在想起来她竟然只觉得搞笑，完全没了当初的羞赧。

闻乐笑着抽出湿巾给周考擦嘴上的口红：“我的口红好吃吗？”

周考思索了一会儿，道：“还行，草莓味的。”

闻乐笑道：“嗯，你不喜欢草莓，那下次我换个巧克力味的。”

周考道：“其实口味不是很重要。”

闻乐道：“哦，你是不是要说我比较重要？”

周考道：“其实……口红的安全性更重要些。要是因为吃口红中毒上了社会新闻，那就太惨了。”

闻乐用湿巾捂住周考的嘴：“你给我闭嘴，周考！

“就给我留点儿‘滤镜’，让我以为我男朋友是个清纯可爱的美男子，行不行？”

周考扯掉闻乐的手，阴险地道：“你还喜欢清纯可爱型的，闻乐？

“看来我今天势必得振振夫纲了。”

闻乐睨他一眼：“哦，你要怎么振？”

周考抓着闻乐的手，按在自己的腹肌上：“清纯可爱型的有这个吗？”

闻乐的脸一红，她呛咳一声，眼神飘忽，不安分的手却悄悄地在周考的腹肌上掐了一把。

周考道：“怎么样，振了吗？”

闻乐红着脸，又轻咳一声，小声地说了一句：“振了。”

周考很得意，闻乐却在这时一巴掌拍在周考的脸上：“振你个大头鬼。一边去，我要弄头发了。”

周考抱臂站在闻乐的身后：“闻乐，你知道你的行为很无情吗？”

闻乐道：“不知道，你好烦，快走开。”

周考真想打开手机搜索：在一起不到一年就被女朋友厌倦，究竟是为何？

周考委屈地起身，准备离开。

“等等，你回来。”

周考很欣慰，果然闻乐还是舍不得他走。

闻乐拿出项链——是当初在拍卖会上自己拍下的那条名为“女神之泪”的项链。她对周考道：“帮我戴上。”

周考失望地走回去，给闻乐戴上项链。

闻乐对着镜子照了照，觉得相当完美，转头却见周考还站在自己的身后，不由得诧异：“你站在那儿干什么？你可以走了。”

周考：“……”

周考不禁又想打开手机搜索：如何让女朋友对你保持新鲜感？

闻乐化完妆，穿上外套就下楼了。就算后台很忙，她也想在台下看看节目。

一个学妹见闻乐下来，便跟闻乐打了个招呼。她见闻乐还穿着之前的那件外套，不由得纳闷，道：“学姐，你没换礼服吗？怎么还穿着外套？”

闻乐总不好说自己不太想提前被人当猴子一样围观吧？她只得干巴巴地笑笑，道：“那条裙子太露，有点儿冷。”

学妹显然不信：“学姐，你别开玩笑了。你的裙子能有多露，要是真的很露，你也过不了会长那一关吧？”

在一旁的其他女生听了，都笑了起来。

闻乐不由得一臊，开始赶人：“都别在这儿烦我，该干吗干吗去。”

有一个跟闻乐关系不错的部长笑道：“你凶我们也没有用，难不成你还不脱外套了？”

闻乐怕了这群人，只得自己溜了。

开幕式还剩下最后一个表演节目的时候，闻乐的紧张程度不亚于参加一场全国大赛总决赛。她甚至开始下意识地攥住外套的领口。明明还没脱外套，她的脸却已经红了。

偏偏就在这时周考朝她走了过来。闻乐原本坐在篮球馆观众席的一个偏僻的角落，很少有人会注意到她。可周考一走过来，就吸引来不少人的目光。

闻乐气得瞪了周考一眼。周考无辜地回望过去，然后自然地坐在闻乐的身边。

周考放低声音：“还不脱外套？”

闻乐攥着外套没说话。

周考道："我帮你？"

最后一个节目是唱歌，此时那首歌已经唱了一半。

闻乐拍开周考的手："不用！"

说完闻乐深呼一口气，脱掉了外套。

里面的衣服渐渐地露了出来。

那是一条跟周考的衬衫同色系的粉红色晚礼服——一字肩，收腰的款式，腰上系着一个大大的黑色的蝴蝶结，正好跟周考衬衫外的礼服同色系。她的衣服与周考的是同样的粉，同样的黑。两人狂野得不分伯仲。

闻乐的脸此时已经红成一片，看上去就像和她身上那条粉红色的裙子融为一体。

闻乐一脱下外套，坐在她后面的人就突然扑哧一笑。

这笑声引得坐在前边的人回头。他们一回头，就见观众席上多了两抹特别显眼的粉红色，再定睛一看发现那竟然是坐在一起穿了粉红色情侣装的闻乐和周考。

大概那场面实在是令人吃惊，那几个回头看过来的人先是愣了一下，随即双眼中露出了惊疑的神色。接下来的时间里，他们频频回头看闻乐和周考，那眼神就像是见了外星人一般。甚至还有人偷偷地拿起手机装作自拍，绞尽脑汁地调角度，就是想要将闻乐和周考摄入镜头内。

闻乐一脸无奈，掐了周考的手心一下。周考很平静，安慰她道："小场面。"

开幕式结束后，主持人再次上台。

主持人道："下面有请校学生会会长周考和社联主席闻乐同学为我们跳开场舞。"

周考牵着闻乐的手走下观众席，所经之处，无不传来观众的惊呼声。有人当即拿起手机给他们拍照。

主持人没来得及关话筒，就远远地看到了周考和闻乐。于是，众人就听到主持人含含糊糊地喊了一声"天哪"。

话音刚落，在场所有的观众就见周考和闻乐穿着一身粉红色的情侣装走入了舞池。

闻乐和周考上场后，灯光一打，场上便轰动起来，笑声、口哨声、尖叫声连成一片。这两个人一出场就自带热场效果，此刻场上的气氛比刚刚别人唱摇滚歌曲时都要更高昂。

闻乐在舞池中央站定后，不禁在心中叹了一口气。她想都不用想，便知道她和周考的“光荣事迹”很快就要被放到“校园小广播”上供众人嘲笑了。

“哈哈！刚刚没看清，我还以为这是俩桃花精。”

“但是有点儿好看是怎么回事？”

“情侣装！这是两个人第一次在公共场合这样秀吧？这算什么？公开秀恩爱？”

“粉红也是红。我不管，这俩今天就算结婚了。”

“哈哈哈，你们看到主席那一脸不情愿的模样没有？我很好奇穿一身粉红色到底是谁的主意。”

“这俩怎么回事，这么好玩儿吗？这是相互捉弄吗？哈哈哈。”

…………

好在闻乐此时尚未看到网友们的评论。她只要深呼一口气，闭上眼睛，摒除杂念，就还可以把自己当作是那个形象尚未崩塌的闻乐。

闻乐和周考站在舞池中央，过了一会儿，舞池中的灯光暗了下来，笑闹声也渐渐平息，场上渐渐安静了下来。忽然，一束灯光直直地打在了舞池中央，照亮了面对面站着的两个人。

灯光可以营造浪漫的氛围，它为舞池中央那两个人对视的目光加上了一层深情又温柔的滤镜。那两人没有察觉，却看得场上的观众几乎忘记呼吸，心脏乱跳。

音乐响起的那一瞬间，场上响起一阵惊呼。

耳尖的观众一下子就听出，这伴奏分明和去年开场舞时放的一模一样。

前奏刚开始，观众就被吊足了胃口。

闻乐看着周考，深吸一口气。熟悉的场合，熟悉的音乐，和熟悉的人跳舞，舞伴却有了新的身份。

闻乐随着音乐节奏缓步上前，与周考相拥，缠绵地翩跹起舞。

同样的一支舞，不复往日的针锋相对，多了两分缱绻温柔。

舞蹈依旧优美，两个人一个美丽，另一个帅气，灯光音乐依旧浪漫，这支舞给观众的震撼程度完全不亚于去年的开场舞。

可是观众觉得这舞就是有哪里不对味。

舞池中央的两个人相拥，对望，旋转，周考的眼中只有闻乐，眼神温柔得让人心醉。若说去年的舞是两人针锋相对的较量，那今年的舞就是两人肆无忌惮地秀恩爱。

观众与舞池隔着十几米的距离，都仿佛被场上那两个人的氛围感染，一颗心像是泡在蜜罐里，既甜又涩。固执的从没想过谈过恋爱的人都突然产生了恋爱的冲动。

周考和闻乐的开场舞结束之后，“校园小广播”上便涌现出大量与他们有关的帖子：

“大型单身人士心态崩溃现场！”

“恭喜二位喜提新封号：月老、媒婆！”

…………

在这些帖子中，也有那么一个风格不一样的热门帖子——“那套今晚火遍‘校园小广播’的粉红色情侣装”。

“先放一张会长和主席的美图。听说在今晚的联谊活动上找到对象的概率还蛮高的，莫非这套粉红色的情侣装能带来桃花运？还有，你们竟然笑这条裙子……丑？我要给你们看看这条裙子的价格，好叫你们知道，这条裙子虽然……但它的价格是真的让我们高攀不起。”楼主发了一张标着价格的裙子的广告图。

“其实也没那么丑吧？主席穿上它还是很好看的。哈哈哈哈！”

“谢谢楼主，美图我拿走了。以后我想恋爱就拜这俩了，听说他们比月老还灵？”

“那啥，图我也拿走了……”

开场舞结束后，闻乐和周考谢幕离场，舞会正式开场。

闻乐从隐蔽的地方离开，周考因为校学生会那边有事被叫走了。闻乐刚刚上场时，将脱下的外套交给了一个学妹，让学妹放到后台。于是，闻乐顺着没人的小路走去了后台。

大部分的工作人员都上场跳舞去了，还有几个没啥兴趣的在后台待着，以便随时支援设备组。

留在后台的几个人正一边看着手机，一边聊天。一见闻乐过来，他们就直笑。

“哈哈哈，会长挑的衣服好好看啊。”

闻乐翻了个白眼：“那你们的眼光也挺好的。”

众人闻言，笑得更欢了。

社联副主席又笑着道：“我说你怎么不肯脱外套呢，原来是里面偷偷穿了情侣装。啧啧啧，这恩爱秀得……”

“主席，我能采访你一下吗？为啥你和会长的情侣装是粉红色的呀？”

听到这人问的问题，周围的人直笑。

闻乐瞪他一眼：“行啊，我可以告诉你。但是今天晚上的公众号的稿子是不是也由你写啊，大记者？”

那人闻言，连忙溜了：“唉，学姐，我在外联部还有任务，要先走了。新媒体中心的人还在那边等我呢！”

几个人又聊了一会儿。闻乐干脆不穿外套了，反正她这身衣服已经被所有人看到了，再穿外套也没啥意义了。

闻乐低头整理了一下拿在手上的外套。她胸前的项链轻轻晃荡，那项链在灯光的反射下发出耀眼的光。一个女生不由得被这项链吸引了注意力。

“学姐，你这条项链在哪儿买的？也太好看了吧。”

闻乐整理好衣服，直起身，下意识地摸了摸胸前的项链。

她今晚穿的是一字肩的裙子，脖颈间空荡荡的不好看，所以需要戴一条款式简单的项链。

而她当初在拍卖会上拍下的那条“女神之泪”样式简单，却极美，配这身衣服正合适。

学妹这话一问出来，在场的另外几个女孩儿也围了过来，七嘴八舌地道：“对啊，太美了吧。学姐，我也早就注意到你这条项链了。”

“真的超级好看，学姐在哪儿买的？挺贵的吧？”

闻乐心想，她要是说实话，肯定没人信，毕竟她“山里的穷孩子”的形象深入人心。

闻乐笑了笑，道：“就是我在路边摊花 20 块钱买的。”

话音刚落，闻乐就见正朝自己走过来的周考顿了顿脚步，他脸上的表情也僵了一下。

闻乐见周考距离他们不远，心想周考应该是听到了她的话。

听到就听到呗，他还能拆穿她？他们周家不是低调的典型代表吗？

周考只愣了片刻，接着就像什么也没听到一样走过来，对在场的几位女生道：“方不方便借走你们的学姐几分钟？”

学妹们原本还因为没要到项链的具体信息而有些失望，周考的这一句话却让她们像是打了鸡血一样兴奋：“没……没问题，想借走多久都行。”

闻乐看了周考一眼。周考笑吟吟地看着她，似乎是有话要对她说。

闻乐跟学妹们交代了几句，让她们看好后台，然后就跟着周考离开了。

走前她还听到学妹们在身后喊：“晚点儿回来也不要紧！”

闻乐回头瞪了她们一眼，那几个女生又笑成了一团。

闻乐跟着周考走到一条偏僻安静的小走廊。闻乐道：“什么事？”

周考道：“没事就不能找你？”

闻乐道：“没事我就回去了。”

说着她就要走。

周考抓着闻乐，把闻乐抵在墙上：“周一你有没有时间？我妈想让我带你回家吃个饭。”

闻乐心头一紧，有些紧张：“得过两天才能知道。”

周考点点头：“行。”

闻乐道：“没事我真走了啊。”

周考把闻乐按在墙上，不准闻乐走。他一手揽着闻乐的腰，一手摸着闻乐锁骨上的细链子，顺着细链摸到那颗水滴形的宝石上，笑道：“听说主席大人这款珠宝是在路边摊花 20 块钱买来的。”

闻乐闻言，扑哧一声笑了出来：“大概摊主是我爸。我是真的花了 20 块钱在路边摊买了一个车上的挂坠送我爸。结果我爸一感动，给了我一张卡，于是就有了这条项链。所以我说得也没错。”

闻乐笑着挑起周考的下巴：“不过这位小哥，你这美色怎么卖啊？”

周考低头就朝闻乐吻去，声音喑哑地道：“特惠 10 块。”

她皱了皱鼻子，躲开周考的吻：“有点儿贵啊，那我不要了。”

周考咬牙切齿地道：“闻乐！你还和我讨价还价？”

闻乐挑眉看向周考。

周考败下阵来，柔声道：“好，我的闻大小姐，我倒贴行吗？”

闻乐得意地笑了。周考低头温柔地吻上去，闻乐伸手攀上周考的脖颈，回应着周考的吻。

而吻得忘我的两个人万万没想到，他们刚刚对话的场景竟然被录下来放到了“校园小广播”上。

显然，“校园小广播”又炸窝了。

两个人从小走廊离开时还浑然不知发生了什么事。

回到会场的时候，舞会还没有结束。一个学妹见闻乐这么快回来还有些失望：“啊，学姐，你们怎么这么快就回来了？都没干点儿什么吗？”

闻乐笑着看她一眼：“干点儿什么？”

学妹嘿嘿地笑了笑：“你们孤男寡女的干点儿什么不好啊？”

闻乐笑道：“你其实是想让我晚点儿回来方便你偷懒吧？”

学妹摇头：“没有没有，我比小蜜蜂还勤快。你看，那边需要我，我去忙了！”

闻乐笑着回头跟身边的社联副主席说话：“网上的反响怎么样？”

副主席正在玩手机，闻言，连忙退出当前的界面，轻咳一声：“还行吧。我感觉今年的创意并不比去年的差啊。对了，刚刚老主席和老会长说今晚有事来不及赶回来。不过明天是周六，他们没事大概会回来。”

闻乐听闻两个学长要回来还挺高兴：“太好了，好久没见学长了，到时候我们一起聚个餐。”

副主席点点头：“行，到时候我再问问其他人去不去。”

副主席说着就拿起了手机。闻乐正要离开去看看另一边的工作，结果瞥到了什么熟悉的东西，便下意识地多看了一眼，接着就不由得愣住了。

副主席亮起的手机屏中有两抹亮眼的粉红色——拥抱在一起在舞池中央翩翩起舞的闻乐和周考。

闻乐不可思议地看向副主席：“你的屏保……”

副主席的脸一僵，显然她也终于意识到自己的小心机被发现了。她有些尴尬地笑了笑：“主席，你听我解释……”

闻乐冷漠地抱着手臂看着她：“行，你说吧。”

副主席轻咳一声，将站在一旁的小干事学弟叫过来，问：“几点了？”

学弟摸出手机，按亮锁屏：“八点十分。”

副主席笑着对闻乐道：“看到了吧？”

小学弟一脸茫然：“啥？”

闻乐面无表情。她没看错的话，这小学弟的屏保和副主席的屏保一样。闻乐疑惑地问：“什么意思？情侣屏保？你俩在一起了？”

小学弟一脸震惊，看看闻乐，又看看副主席，连连摆手：“什么？不……不……不是……”

副主席也呛咳一声，瞪了闻乐一眼：“情侣屏保为什么要用你俩？把你美的。”

闻乐轻哼一声。

小学弟连忙红着脸解释道：“学姐，你别误会。我这张图是在‘校园小广播’上找的。他们说……”

小学弟没好意思说下去。脸皮更厚的前辈副主席帮忙补充道：“啧啧啧。闻乐，你怕是不知道，现在场上至少一半人都在用这个屏保。这是求桃花专用。‘校园小广播’上的网友说用你俩的照片做屏保，今天一定会谈恋爱。”

闻乐一脸疑惑：“什么？”

副主席幸灾乐祸地道：“你和周考现在就是‘校园小广播’上的月老和红娘。哈哈哈哈，我给你看看他们修的图，笑死我了。”

副主席从手机相册里翻出自己保存的图，然后把手机递给闻乐。她笑得站都站不直，身边的小学弟红着脸上前扶了她一把。副主席一边扶着小学弟的肩，一边用手擦着笑出来的眼泪，笑声仍旧止不住：“哈哈哈哈，不行了，我要笑‘死’了。”

闻乐看着手机上的两张图，脸色一阵青一阵红，最后整个人红成了一只虾。她没忍住，也跟着副主席扑哧笑了出来：“哈哈哈哈哈哈，我的天，这什么鬼东西，哈哈哈。”

原来这两张图一张是周考的，一张是闻乐的，只是在两个人的脸上都加了一颗“媒婆痣”，模样滑稽又搞笑。

闻乐笑道：“把周考的这张图发给我。”

副主席笑道：“怎么，打算用你们家周大媒婆的图当屏保？”

闻乐道：“不可以吗？就准你们用，不给我用？”

副主席笑道：“那公平起见，我是不是应该把闻大媒婆的照片发给会长？”

闻乐作势要掐她：“这位同学，麻烦您好好看看自己的工作牌，上面写的是‘社联副主席孟芊丽’，而不是‘学生会副会长孟芊丽’，对吧？”

副主席笑着捂住工作牌，保证道：“好的，主席，我不会‘通敌叛国’的。”

闻乐这才满意。她打开手机，把刚刚收到的图片设为屏保后，突然计上心头：“有了！”

副主席道：“啥？”

“明天化装舞会我和周考就这造型，你觉得怎么样？”

副主席闻言，目瞪口呆。半晌，她才讷讷地道：“闻乐，你可真是个狠人。狠起来连自己和自己的老公都搞。哈哈哈，我一百个支持。”

听闻乐这么一说，副主席都能想象得出那画面了。她不禁叹息：“明天的气氛肯定会特别好。你可太厉害了，主席。只要你能劝服会长那样打扮，明天晚上的热议话题就有了。你可真是个营销小天才。”

闻乐得意地道：“那是。联谊活动本来就是怎么高兴怎么玩儿，对不对？”

闻乐想了想，又道：“这样吧，等今晚的活动结束后我跟会长商量一下，把今年的化装舞会的主题改为‘搞怪’。”

副主席眼睛一亮，一拍手道：“宣传语就用‘是时候释放你的搞怪灵魂了’。哈哈哈，要是真的这么搞，那今年的联谊活动估计会比去年的更疯狂。”

舞会的倒数第二个环节是游戏环节，主持人在场上带着观众做游戏。闻乐找到正和校学生会的部长们商量明天道具供给方案的周考。

一见闻乐过来，那几个部长就低声笑着对周考道：“嫂子来了。”

周考转头，果然就看到了闻乐。见闻乐朝自己招了招手，周考便低头跟那几个部长交代了些什么。很快，那几个部长就离开了。

周考迎上前去，问：“怎么了？”

闻乐给周考看了一眼自己的手机屏保：“感觉怎么样？”

周考乍一见闻乐的手机屏保换成了自己的照片，还挺高兴。可是，他很快就发现了不对劲儿。周考在闻乐的手机屏幕上抹了一下，又看了看自己的手指，发现上面没有沾染上什么东西，于是道：“你的手机是不是坏了，屏幕上有这么大一块黑斑？”

闻乐扑哧一声笑了出来：“你再看。”

周考又拿过闻乐的手机看了看，终于发现那块黑斑是被加在他脸上的，看上去就像是一颗……“媒婆痣”。

周考原本还有些得意的脸瞬间垮了下来：“好看吗？”

闻乐憋着笑，点了点头。

周考用一只手捏着闻乐的脸颊，咬牙切齿地道：“从粉红色的衬衫到‘媒婆痣’，你的眼光可真是越来越好了。”

见闻乐还在笑，周考的两只手都捏上了她的脸：“你还挺骄傲的，是不是？”

闻乐拍掉周考的手，指着手机屏幕笑道：“你明天就用这个造型吧！”

周考黑着脸道：“你想都不要想。”

闻乐看了看四周，发现没有人注意自己和周考，便迅速拉过周考，在他的脸上亲了一下，然后小声地在他的耳边道：“我陪你一起嘛，情侣造型。”

周考被闻乐亲得心里一甜，表情眼见得迅速阴转晴，却还是嘟囔着道：“什么鬼东西，‘媒婆痣’也可以用来做情侣造型？”

周考怀疑地看着闻乐。他知道闻乐的“包袱”有多重，也能够想象得到，他们若是以这个造型出场，将会引起大家怎样的反应。

按照闻乐的性格，能让她这么豁出去的，除了她的好胜心，周考实在是想不出第二个理由了。

周考猜到闻乐这么做是为了什么——和他当初要求闻乐与自己穿粉红色的情侣装的目的差不多——为了炒作，为了在“校园小广播”上有足够的热度。

“你真的要玩得这么疯？”

闻乐拽着周考的袖子：“就问你敢不敢？”

周考舔了舔唇，笑道：“行吧，既然你想疯，那我就陪你呗。”

周考低下头，凑到闻乐的耳边小声笑着说：“我就怕你事后臊得躲起来哭。”

闻乐摇摇头：“不会的。近朱者赤，近墨者黑，我跟你在一起之后，脸皮的厚度已经今非昔比了。”

周考轻轻地敲了闻乐的额头一下：“这位同学，你是在求我办事，能不能说句好话？”

闻乐转身就走，理直气壮地道：“飘了吧你，还求？我是来下达通知的。”

周考拉着闻乐，把她拽回来，然后指了指自己的脸，道：“把你留下的口红擦掉再走。”

闻乐的脸一红，她嫌弃地用自己的袖子在周考的脸上抹了一把。

晚上的联谊活动结束之后，校学生会和社联开了个简单的会议讨论了一下第二天的化装舞会，定下了最后的主题。

这天晚上，“校园小广播”上的网友异常活跃。当晚的联谊活动好评如潮，这大概是因为今年联谊活动的盛况不输去年，没有让众人失望。而且今年周考和闻乐穿粉红色情侣装的事更是被玩出了新花样。

就在网友们谈论这件事的时候，一个热门帖引爆了“校园小广播”。闻乐万万没想到，在自己忙着准备媒婆造型所需要的衣服和道具的时候，她的身份已经被“校园小广播”上的网友亮了个干净。

“闻乐的千金小姐身份曝光！这是今晚意外拍下的视频，震惊！”楼主在帖子里发了一个视频，视频的内容正是周考把闻乐抵在墙上，说她戴的项链价格不菲那一段。

“啥意思？闻乐不是穷娃子吗？”

“不会吧，周考真的不是在开玩笑？我看那项链也觉得像是在路边摊花 20 块钱买来的。”

“所以这个女人开始给自己塑造千金小姐的形象了？不会真的有人相信吧？”

“周考傻吗？周考的家里人傻吗？闻乐弄个假身份有用吗？要是没用

的话，那闻乐也没有必要作假，所以闻乐真的是有钱人家的孩子？”

“所以你们为什么说闻乐是穷娃子？”

“因为闻乐的确是来自贫困县，家住在山里，而且她从来没穿过任何一件名牌衣服（除了周考送的）。不过闻乐平日的作风也是真的低调。她跟周考在一起这么久，除了穿过周考送的那件礼服，身上就再也没出现过名牌的东西。就连这次的珠宝，她也说是自己在路边摊花 20 块钱买来的。这真的是太低调了。”

“为了迎合周考吧？周考平日里就很低调。你看他作为一个大少爷，平时就开一辆很普通的车。”

“这到底有什么好争的？周考不是说了吗？闻乐脖子上的项链价格不菲，而且不是他买的，来个人查一查这项链到底是真是假，不就一清二楚了吗？”

…………

“来了来了，你们要的项链的资料来了。”这个网友发了一张项链的图。

“这条项链叫‘女神之泪’，中间的坦桑石足有 192 克拉，由珠宝设计大师希尔·杜克设计，今年年初在港城拍卖会上被一位买家拍下，成交价……至于真假……咱们是没法知道的。”

“哈哈哈哈，‘校园小广播’里果然卧虎藏龙，这效率可以。”

“把‘闻乐厉害’打在屏幕上。”

“就想问之前说闻乐坏话的人脸疼不疼，疼不疼？”

“怎么？隔着照片你就能鉴定项链的真假？我们根本就没有拍卖者的信息。51 楼不是说了不知道闻乐的那条是真是假吗？”

“所以我还是白激动一场？有没有大佬继续说？”

…………

不久后，又有人发来一个列举了关于闻乐是千金小姐的证据的帖子：“你们觉不觉得闻乐跟这个大佬有点儿像？”帖子里放了闻天启的两张照片。

“这个大叔是谁？天哪，好帅！”

“天音集团的掌权人。”

“好像真的有点儿像……”

“难道闻乐是天音集团的大小姐？”

“众所周知，天音集团的掌权人是黄金单身汉，哪儿来的女儿？”

“可是周考在视频里也说‘闻大小姐’。”

“情侣之间的调情而已。”

“但是这两人真的像。”

“角度问题而已，你换个角度看看还像不像？”这个网友发了另外一张闻天启的照片。

…………

很快，又有人发了一个帖子，还在帖子里贴了不少照片：“不知道你们还记不记得当初微博上的一条热搜。不记得也没关系，我这儿有截图。这条热搜让乐音走进了众人的视线。大家这才知道，原来有钱人还能这么玩儿。这是那个当初很火的‘笔尖’博主‘山音’衣服上的兰草图案。

“这是我翻‘校园小广播’上闻乐的照片时发现的图，还有很多，我就先截了三张。关键是这三张照片的日期都在那条热搜出现之前。也就是说，闻乐在那条热搜出现之前，衣服上就全是这样的图案了。按照网上说的，这个兰草图案是生产线的标志，是独一无二的设计。楼主又去看‘山音’的穿搭分享笔记。‘山音’总共没发几篇穿搭分享笔记，不过楼主发现了更大的问题！

“这张照片可以看到‘山音’的衣帽间里挂的衣服。楼主圈出来的这条红裙子是不是有些眼熟？闻乐穿过。这是楼主在‘校园小广播’找到的闻乐穿这条红裙子的图。还有这些……所以闻乐是千金小姐，证据确凿了！

“楼主还顺便找到了一个闻乐的小号——‘笔尖山音’。另外，据说这兰草系列的拥有者是闻天启的亲女儿，楼主不知道这是真是假。”

“闻乐竟然是‘山音’！”

“闻乐和周考都这么低调，还超级优秀！”

“富装穷很好玩儿吗？住山区不会是为了高考加分吧？”

“闻乐高考没加分，裸分全省第四，还不够上A大吗？”

“别在这儿想入非非了。闻天启没孩子，就算闻乐是‘山音’，也不可能是天音的大小姐。”

“所以闻乐到底是什么身份？”

“校园小广播”上的网友狂欢的时候，闻乐正在和周考煲电话粥。

“我们临时定造型，服装根本来不及准备。你那里有没有什么合适的衣服？”

周考顿了顿才道：“你所谓的合适的衣服是什么样的衣服？”

“搞怪嘛，颜色越艳俗越好，什么大红大绿的……”

“绿色？”周考咬牙切齿地道，“你最好想都不要想。”

闻乐扑哧一声笑了出来：“没让你穿绿色。红色有吧？大红色。”

周考黑着脸道：“没有。”

闻乐道：“真的没有？”

他无奈地道：“你送我的那件粉红色的衬衫是我衣柜里最亮眼的了。”

想到那件粉红色的衬衫，闻乐不自在地轻咳了一声。但基于周考表面正经，内心狂野的性子，闻乐对周考这话的真实性表示怀疑：“我怎么不信呢？你真的没有背着我偷偷买过其他奇奇怪怪的衣服？”

周考冷笑一声：“你又不是没往我的衣柜里钻过，我的衣柜里到底有什么色系的衣服，你不清楚？”

闻乐对自己钻进周考的衣柜来躲周考妈妈的事情记忆犹新。她仔细回想了一下，发现当时的确目之所及都是黑、白、灰色系的衣服。

这风格很像周考，又不像周考。

闻乐回想起自己跟周考在一起之前，与他有过为数不多的几次接触，那时周考的确如他的衣品所展现出来的一般。也难怪当初他在另外一个校区时，一度被大家称为最难追的高岭之花。

而她与周考重逢之初，周考也还是一如往常一般冷淡，但渐渐地周考就变得不对劲了。

大概就是和她在一起之后，周考迅速从高岭之花进化为现在的样子，这转变如此迅速，让人猝不及防。

闻乐不禁反省，周考变成这样是不是她的错。她到底做了什么，激发了周考体内不为人知的属性？

闻乐越想越觉得郁闷：“你当初也是一代高岭之花，怎么如今变成这副样子了？”

周考一脑门问号："什么样子？我不帅了吗？"

他帅还是帅的，但是……

闻乐道："你知道洪世贤的那句名句吗？"

周考没跟上她的思路："什么？"

闻乐道："没什么。"

周考没再追问，只道："明天用的衣服和道具你都准备好了吗？"

闻乐道："还没有，我打算明天去外面看看。"

他道："我明天开车送你去？"

她道："不了，你留下看会场布置吧。我让小杨来接我。你等会儿把你的尺码发给我。"

周考答应了，但是似乎有些不放心，叮嘱道："你最好悠着点儿。绿色我是绝对不会穿的，绝对。"

闻乐又笑了："知道知道，我不买绿色，但是其他颜色你要穿啊。"

周考答应得很爽快："行。"

闻乐挂了电话后，突然大笑一声，把脸埋进被子里。

闻乐作为一个"包袱"极重的人，原本对于明天的扮丑行动还怀有一种逃避心理，但现在突然有些期待明天的活动，而主要原因是闻乐期待看到周考的媒婆扮相。只要想想那画面，闻乐就觉得身上像打了鸡血一样，兴奋得想要尖叫，以至哪怕自己要扮丑甚至扮得更丑都不是事了。

闻乐心中已经开始盘算起周考的造型。想到要给周考画眉毛、眼影、腮红、大红唇，还要点痣，闻乐埋在被子里，频频傻笑出声。她的反常举动引得对面床的满青旋频频看向她："乐乐呀，你傻了？"

闻乐摇摇头，擦着从眼角笑出来的眼泪，一脸憧憬地道："我好期待明天晚上的到来。"

包小凡轻啧一声，道："明天怎么了？莫非你家会长给你准备了什么浪漫惊喜？"

闻乐笑道："是比浪漫惊喜更能让你们变成玩具'尖叫鸡'的事情。"

正说着程惠突然惊呼一声。

闻乐不禁向程惠看去，笑道："怎么，你追的偶像剧里的男女主角终于亲上了？"

程惠把手机屏幕转过来给闻乐看："是亲上了，不过不是剧里的男女主角亲上了，是你和周考亲上了，你顺便还暴露了身份。"

闻乐没反应过来："什么？"

程惠道："'校园小广播'的网友都快把你的老底给扒出来了。"

包小凡和满青旋也蒙了："啥？"

闻乐这才反应过来，有些吃惊地道："怎么会？"

程惠把手机递给闻乐："快看'校园小广播'，你和周考亲亲的时候被偷拍了。"

闻乐接过手机，点开"校园小广播"上那个置顶的热门帖，就见今晚她和周考在小走廊的一举一动都被拍了下来。偷拍者应该是躲在小走廊的拐角。因为那条小走廊很僻静，所以连脚步声都很明显，两人当时也就很放心，放松了警惕，万万没想到竟然还会有人偷拍……

闻乐的脸瞬间就红了，因为那个视频的拍摄机器像素很高，把她和周考亲吻的画面拍得一清二楚。视频里周考把闻乐抵在墙上，一手揽着闻乐的腰，一手垫在闻乐的脑后。两人闭着眼，忘我亲吻的样子竟然被偷拍者拍得有种情意缠绵的感觉，看得人脸红心跳。

就连闻乐这个视频中的女主角看到这视频时也脸红心跳的。

我们没有亲得这么……夸张吧？闻乐想着，脸越来越红。

从来都没秀过恩爱，一直秉着低调原则的两个人竟然被拍下了亲吻的视频，还被发到网上让全"校园小广播"上的网友围观。要是只是普通的吻，闻乐也不至于这么尴尬，但偷拍者偏偏把她和周考之间的吻拍得这么直接。她实在是受不了。

特别是闻乐看到下面有人这样评论：

"妈呀！我感觉自己像在看偶像剧，这也太甜蜜了吧！"

闻乐看完这条评论直接哀号一声，将自己整个人埋进了被子里。

满青旋和包小凡看完"校园小广播"上的视频后，红着脸看向埋在被子里打算用被子"闷死"自己的闻乐，又对视了一眼，然后悄悄地点开视频，打算再看一遍。

这亲吻实在太甜蜜了。

说实话，闻乐和周考的动作并没有很过分，但是这两个人实在是太性感了，才加剧了那种让人脸红心跳的氛围。

程惠扯了扯闻乐的被子。

闻乐把被子拽回来，把自己团成一个球，裹得更严实了："别理我。"

程惠又拽了拽闻乐的被子，这回终于把闻乐从被子里翻了出来。

闻乐捂着一张通红的脸："干吗？"

程惠道："朋友，你到底有没有抓住重点？"

闻乐生无可恋，道："重点就是我感觉我要'疯'了。"

程惠恨铁不成钢似的戳了戳闻乐的脑袋："重点难道不是你的身份被曝光了吗？"

闻乐还是一脸生无可恋的样子。

程惠继续道："你'笔尖'的账户名是'山音'，你是天音集团的大小姐，这些事情都要被曝光了。"

闻乐闻言，这才有了反应，裹着被子缓缓看了程惠一眼，然后吐出一个字："哦。"

程惠道："哦？"

程惠眨眨眼，不是很懂闻乐为什么是这样的反应。

闻乐重新把自己埋进被子里，道："这些都是早晚的事情。"

程惠道："你觉不觉得你的反应有些太淡定了？"

闻乐掀起一个被角，露出一双眼睛："我早就做好心理准备了。生产线的事情一直是于阿姨帮我打理的，当初我是真的不知情才用'山音'的账号发了那篇笔记，没想到后来就这么火了。直到那时，我才知道我的兰草生产线。我知道这件事后，就做好了身份被曝光的准备，其实他们曝光我身份的速度比我预计的要慢一些。"

说完，闻乐把自己重新埋回被子里，又慢吞吞地道："所以没啥大不了的。"

程惠原本还有些紧张，看到闻乐一副淡定的样子，终于放下心来，道："他们说天音集团掌权人闻天启没有孩子，也就是外界都不知道你的存在。你们家这样做是为了保护你吧？你就这么被曝光，没关系吗？"

闻乐道："我们家就我一个孩子，早晚都要被曝光的。"

闻乐垂下眼，心想：其实从爸爸搬回京城的那一天起，闻家就已经做好了准备，向外界宣布我这个唯一的女儿了吧？

程惠又扯了扯闻乐的被子："那你到底在躲什么？"

闻乐闷声闷气地道："要是这视频里的女主角是你，你不觉得羞耻吗？"

程惠轻咳一声，道："其实还好吧，把你俩拍得挺唯美的。"

闻乐闻言，捂着耳朵，道："啊啊啊！你别说了！"

就在这时，闻乐的手机振动了一下——是周考发来了信息。

闻乐拿过来看了一眼，见周考给她发了一个鸵鸟的表情包。

"害怕了？看了视频我才发现，你接吻的时候喜欢摸我的耳朵。"

闻乐："……"

第二天闻乐一到会场，就被社联的副主席、部长、干事等几个学妹团团围住。他们都用谴责和审视的目光盯着她。

闻乐被盯得毛骨悚然，故作抱胸害怕状："干……干吗？"

副主席轻呵一声，撸了撸自己的袖子，一副流氓的样子："呦，咱们主席今儿可没戴那 20 块钱的'女神之泪'啊。"

闻乐一听，就知道这几个人是要找她兴师问罪。

闻乐有些尴尬地轻咳一声："那个……我可以解释……"

一个部长学妹哼了一声："解释什么？解释到底哪里能花 20 块钱买到百万珠宝吗？"

另一个部长学妹也故作阴阳怪气地道："花 20 块钱在路边摊买来的珠宝，人家也想要。"

"主席我也想要！"

闻乐抱头："我错了，我错了，好不好？"

闻乐一认错，那几个人就绷不住了："所以网上说的是真的吗？"

"学姐，你隐瞒自己的身份，是不是因为什么家族斗争？"

"学姐，你怎么能做到平日里这么低调啊？"

"学姐，那为什么你住在山区？是你们有钱人都喜欢追求大自然中的清新空气吗？"

…………

这些人叽叽喳喳地问出一堆问题，闻乐听得头都大了。

闻乐道："其实我也没有故意隐瞒。不告诉你们那条项链的价钱，是我不好。活动结束后，我请你们吃饭，就当是赔罪，好不好？"

闻乐双手合十，真诚地看着那几个人。

那几个人差不多都能够猜测出闻乐故意隐瞒那条项链的价格的原因。

本来“校园小广播”上的网友就默认闻乐是家庭条件不太好的学生。若闻乐在这个时候如实说出那条项链的价格，恐怕外人对她的印象会更加糟糕。就算闻乐之后澄清，怕也没人相信，反倒会让人觉得闻乐爱慕虚荣、心机深沉。

再加上性格使然，闻乐本来在这方面就表现得比较低调。

闻乐在这件事上的确是骗了她们，但闻乐没有狡辩，没有高高在上，反倒是主动承认自己的错误，这样的行为让她们对她的印象增分不少，也更容易消弭她们和闻乐之间的隔阂。

副主席率先道：“那还差不多，不过到时候我们可得好好撮一顿，你准备大出血吧。”

这句话算是主动给了闻乐一个台阶下，一时间无形的裂缝弥合了，气氛又轻松了起来。闻乐感激地看了副主席一眼。

有个部长突然道：“主席！你真的是那个‘山音’，对吗？！”

闻乐没再隐瞒，点点头，调侃道：“‘校园小广播’上的网友们太过分了吧！就不能看在平日我经常为大家产出八卦消息的分上给我留点儿面子吗？”

听她调侃自己，几个女生不禁笑了起来。

但也有女生反应过来：“学姐，所以你真的是拥有自己的衣服生产线的女人！”

这话说完几个人便齐刷刷地看向闻乐。

“那个……我还有事，你们继续忙。”

说着她就想逃走，却被副主席大手一伸，给捞了回来。

“你等等，快给我看看你的兰草标志。在哪里，在哪里？”

说实话，闻乐也没怎么注意那个标志，但是根据她的印象，那些兰草标志要不就在衣服的边角处，要不就在拉链上，偶尔会因为款式设计的需要，大面积地印在衣服上。

闻乐低头看了看自己的袖子的边，又看了看衬衫上的扣子，这才指了指扣子道：“这里。”

果然，众人就见闻乐的衬衫上的扣子全都雕刻着兰草标志。那些扣子是木质的，兰草标志是刻上去的，看上去并不明显，但要是仔细看，还是能看得出来。这些标志的确与网上曝光的“山音”的兰草标志一模一样。

“好羡慕，可是学姐和会长也太低调了吧？”

有个学妹突然问道：“学姐，你真的是闻家大小姐吗？”

闻乐笑而不语：“你觉得呢？”

学妹一头雾水，心想自己怎么会知道呢？

闻乐道：“你只要知道我是你们的学姐和主席就够了。好了，我真的得走了。”

闻乐跟她们交代了一些活动的事情，就准备离开。

副主席正拿着道具单子打算对对数量，见闻乐要离开，便道：“去哪儿？”

闻乐道：“去买服装，晚上的造型临时有变，还没准备好衣服。”

说到这个副主席就想起昨天闻乐说的媒婆造型，当即就笑了一声：“你来真的啊？”

闻乐点头：“废话。”

副主席还在笑：“你家会长同意了？”

闻乐点头：“同意了，你等着看就行了。”

副主席由衷赞叹：“闻乐，你可真厉害。”

闻乐道：“也就一般般吧。”

副主席道：“你一个人去？要不要我陪你？”

闻乐摆摆手：“不用，我带了人，不是一个人，不用担心。”说着她就要走。

副主席不放心：“我送送你吧。”

闻乐笑道：“真不用。”

副主席放下手中的东西，挽上闻乐的手臂：“走吧。”

闻乐无奈，只能跟副主席一起走向篮球馆外面的停车场。

小杨正在车里等闻乐，见闻乐出来，便从驾驶座上下来：“小姐。”

闻天启给闻乐配的车，虽然她的车没有周考的车那么低调，但是她的车放在京城这样的城市也算是不惹眼了。只是小杨西装革履的打扮和谦逊有礼的态度，让他看上去像是开豪车的司机。

这一声“小姐”让副主席愣了一下，接着她转头看向闻乐。她原本不怎么相信昨晚“校园小广播”上的帖子，对闻乐的身份更是没什么感觉。可这一刻她有了一种真实感，发现原来网上说的是真的。

小杨问闻乐：“小姐，我们去哪里？”

闻乐报了个地名。

小杨随口问了一句：“小姐要买衣服吗？于总昨天才给小姐的衣柜添了一批衣服。”

闻乐摇摇头笑道：“不是那种衣服。”

小杨没多问，开车送闻乐去了她所说的地方。

停好车后，小杨跟着闻乐进了商场。见闻乐走进了一家专卖老年人衣服的店铺，小杨先是有些诧异，接着就“了然”：“小姐是要给长辈买衣服啊？”

可是，小杨看着那花花绿绿的店面，张了张嘴，欲言又止。

他们家的老太太和老爷子也不是这种穿衣风格吧？

闻乐似乎察觉到小杨的犹豫，笑着道：“不是，买给我穿的。”

小杨更疑惑了，但是这次他很识趣，没有多说什么。他们家小姐的心思不能猜，猜也猜不透。

闻乐走进那家店铺，选了一男一女两套又花又艳的土气老人装。结账的时候，收银员诧异地看了闻乐好几眼。闻乐那泰然自若的模样，让服务员有些蒙。

服务员心想：现在的小姑娘路子都这么野的吗？

闻乐给周考选的是一身红色的老人版唐装，给自己选的也是一身老人版的唐装，不过上身是艳粉色，下身是黑色的。

走的时候，闻乐看到商场楼下有一个花店，想了想，就进去买了一束艳粉色的花。

开车回学校的路上，闻乐把自己给周考选的那身红色唐装拍了照发给周考看：“好看吗？是不是特别心动，是不是内心骚动，已经按捺不住，想立刻穿上它？”

过了一会儿，闻乐才收到周考的回复：“傻媳妇，你是不是被店家骗了？这种万年滞销的款式都能被卖出去，那个销售员一定是个人才。你可以把那个销售员介绍给我，这种营销人才必须挖到我们公司。”

她看着手机上的信息，先是笑了一会儿，接着挑眉给周考回了信息："你什么意思，讽刺我？"

"我绝对没有说你眼光不好的意思。你要知道，呃……我只是在夸那个销售员是营销天才。你懂吧？"

"我不懂。我就问你喜不喜欢，穿不穿？"

"我要看看你那套。"

她将自己那套服装的图片发给了周考。

周考回复："亲爱的，看了你的这身服装我才发现……"

"发现什么？"

"发现你是如此爱我。"

闻乐给他发了一个表示嫌弃的表情图："要点儿脸啊，这位同学。你不能因为有对象了，就这么肆无忌惮。都是成年人了，怎样维持女朋友对你的宠爱，这种事还需要我教你吗？"

"虚心求教。"

"这个我恐怕教不了你，或许我的下一任男朋友可以？"

"那太遗憾了，恐怕我只能自行摸索了。"

闻乐回复："不不不，你应该认识我的下一任男朋友的。他叫月考，你不认识吗？"

最后，闻乐看着他发来的三个省略号，直接笑趴在车后座上。

闻乐中午吃完饭后，就一直忙着跟其他工作人员在篮球馆布置会场。

今年的化装舞会依旧有自己动手画面具的环节，材料仍然是处理过的环保材料，那些东西是早就准备好的。

下午四点左右会场就布置得差不多了。工作人员轮流去食堂吃了晚餐后，就开始准备晚上的服装。

周考下午带着外联部的成员跑了一趟赞助商的公司，因为赞助商为他们提供了一批颜料和道具。

下午五点左右，周考和那几个人才回来。大家好奇地簇拥过去。接着就听见有人欢呼一声："厉害！"

闻乐跟着人群迎了出去，就见从外面回来的几个男生人手搬着一个大纸箱，身边还有一群人在围观。

周考走在最后，听到欢呼声，他的脸上带着笑。他不经意地抬眸，准确地锁定了隐匿在人群后方正看着他的闻乐，便不由得笑着向闻乐走来。

此时不论是社联还是校学生会的男生女生，都被那几个大纸箱吸引了注意力，没人注意到人群后方的主席和会长。

周考走上前去直接揽住闻乐的腰，把她带向没有人的后台，然后笑着在她的脸上亲了一下："怎么这么看我？"

闻乐道："怎么看你？"

周考笑着用食指轻轻地抚过闻乐的眼皮："眼里是我，心里，也是我。

"眼里像是有一片温柔的海，要把我淹没。"

说着周考在闻乐的眼皮上吻了一下。这个吻如同蜻蜓点水，却比深吻更加撩动人心。

闻乐的耳朵红透了，她推了推周考，周考顺着闻乐的力道站好。

闻乐拉着周考的手，和周考从后台的小侧门出了体育馆，上了二楼。

二楼大部分能被借用的办公室都用作了工作人员和演员的化妆间，唯有 210 办公室空了出来用作临时的会议室。

此刻会议室没人，闻乐拉着周考进了会议室。关上门后，周考笑吟吟地看着闻乐："干什么呢？神神秘秘的。"

闻乐看到周考脸上的坏笑，就知道他在想什么了。

闻乐嫌弃地道："你那是什么眼神？把你脑子里那些乱七八糟的想法给我收一收。"

周考道："我脑子里有什么乱七八糟的想法？"

闻乐没说话。她才不上当呢。恋爱后的周考蔫儿坏，闻乐一个不小心就会掉进他挖的坑里。闻乐道："随便你什么想法，过来吃饭。"

周考这才看到茶几上放着的外卖袋，不禁挑了挑眉。

闻乐把餐具拿出来，递给周考一张湿巾："现在不吃，等会儿忙起来就更没时间吃了。"

周考接过湿巾擦了擦手，坐在沙发上："你吃过了吗？"

闻乐点点头："我和副主席一起吃过了。"

周考点点头，拿起餐具，脸上一直带着笑。

闻乐翻了个白眼："脸上的笑能不能收一收？"

周考吃完饭，放下餐具，擦了擦嘴角。听到外面的喧闹声，他看了门口一眼，道："他们开始化妆了？"

闻乐看了一眼时间："应该差不多了。"

闻乐道："我去隔壁看看，你去篮球馆看看吧，半个小时后再来这儿。"

周考有种不好的预感，果然就见闻乐坏笑着说："我给你化妆。"

闻乐明明笑得很温柔，却让周考莫名有种毛骨悚然的感觉。她顿了顿，又道："亲自。"

周考："……"

周考轻咳一声，心想：我今天似乎、大概、应该没有惹闻乐生气吧？

周考道："那个……我先下去了。"

闻乐脸上那种让周考觉得怪异的笑全程就没有消失过。她目送着周考走出会议室，并关上门。闻乐捂着嘴小声尖叫了一声。想到过一会儿就可以给周考化妆，闻乐兴奋得直冒鸡皮疙瘩。

半个小时后，闻乐回到了210办公室，却没看到周考。

闻乐给周考发了一条微信信息："你是在用迟到的方式逃避吗？"

"没有，你想多了，我这就过来。"

没一会儿，周考打开了210办公室的门。他带着一丝警惕看着闻乐，慢慢地关上门。

闻乐从包里拿出准备好的衣服，并打开包装，将衣服展开搭在椅背上："换上衣服，我给你化妆。"

周考倒是没说什么，走上前去拿起那件大红色的老人版唐装，正准备脱掉身上的T恤，却听身后传来咔嗒一声。周考顿了顿，听这声音不像是开门或关门的声音，便不禁转头看向身后。

原来是闻乐站在门后，将门反锁了。她转身坐回了沙发上，察觉周考回头看她，便抬头看了过去。她顿了顿，眨了眨眼，片刻后才恍然大悟道："需要我出去吗？"

周考维持着双手交叉抓着T恤下摆的动作，看了闻乐几秒，确定没有在闻乐脸上看出什么，便摇头道："不用。"

说完他转过头去，双手捏着衣服下摆一掀，露出上身漂亮的肌肉线条。

在周考没看到的那个瞬间，闻乐看着周考露出来的那一大片肌肉，蓦然红了脸。

周考把T恤脱下，甩了甩头，让被领口弄乱的头发平顺些，抬头的时候，见闻乐正在玩手机。可闻乐通红的耳朵出卖了她。

周考的视线扫过闻乐的侧脸和闻乐通红的耳垂，他唇角轻勾，无声地笑了笑。这笑温柔又宠溺。不同于他往日刻意撩拨闻乐的笑，这笑清浅、沉静，他的眼中还透着超出年龄的成熟与包容。

他本是孤傲的性子，外表有多冷，内心就有多冷淡。面对闻乐时他却一反常态，总想着逗她、惹她，也不怕她嗔怒、羞恼。他喜欢她在自己面前不淑女、不文静、不端庄的样子。

那些不过是撩拨女朋友的手段，只要能让闻乐在他面前露出独给他看的可爱一面就可以。

周考慢吞吞地换上那身红色唐装，走到闻乐面前："你自己选的衣服，好好看看。"

闻乐抬头看了一眼，瞪圆了眼睛——竟然比她想象中的还要好看。

闻乐看了几眼，不舍地收回视线："还……可以，主要是因为我的眼光好。"

周考在闻乐身边坐下，轻呵一声，拿起矿泉水喝了一口："是你眼光好，还是我身材好？"

闻乐轻咳一声，转过头去："都好。"

周考伸手把玩着闻乐垂到腰间的长发，道："我换好了，你还不换？"

闻乐把自己的长发拽回来，眼神飘忽："我等会儿换。"

周考将嘴凑到闻乐的耳边吹气，道："需要我帮你吗？"

闻乐感觉耳后一痒，便缩了一下脖子，一把推开周考："我自己能换。"

周考还要说什么，闻乐迅速伸出手，捂住周考的嘴，瞪着他道："别嘚瑟！"

周考握着闻乐的手腕拿下闻乐的手，笑得胸腔震动。

闻乐甩开周考的手，从放在一旁的化妆包里拿出“装备”，又起身从电脑桌旁拖过来一把椅子。这椅子比沙发高，只要闻乐坐在椅子上，周考坐在沙发上，这个高度差就刚好适合闻乐给周考化妆，闻乐的胳膊也不会累。

闻乐坐在椅子上，又拍了拍旁边的沙发：“坐过来。”

周考看了看闻乐手中的“装备”，犹豫了一下，才坐了过去。

闻乐从化妆包中拿出刷子和腮红，用刷子在腮红上转了几圈。

周考看着闻乐的动作，心中有种不祥的预感：“闻乐，我是你最亲爱的男朋友，对吧？”

闻乐手上的动作一顿。她很想笑，但是忍住了，装作一脸不耐烦的样子：“你说呢？”

周考很执着，似乎只有得到明确的答案才能让他安心：“我要再确认一次，你是爱我的，对吧？”

闻乐道：“这些等我们化完妆再谈。”

周考哀愁地叹了一口气。

闻乐憋着笑给周考化妆。

粉底要白一些，腮红要又大又红，眉毛要画得粗长些，唇妆要用深红色，还要画上那最具特色的大黑痣。

周考全程闭着眼，心如死灰。

“好了！”

闻乐收手后，想了想，又从自己准备的那束鲜花中，挑选了一朵艳粉色的，给周考别在耳后。

周考察觉到闻乐的动作，不禁紧抿嘴角，额头上的青筋跳了跳。

闻乐拿出小镜子：“看看，怎么样？”

周考睁开眼，接过镜子后，将视线缓缓地转向镜子。当看到自己在镜子中的模样的时候，周考的眼皮一跳，脸上的肌肉痉挛，然后他闭上眼睛，把镜子塞还给闻乐。

闻乐看到周考的反应，笑得肚子疼，扶着周考的肩直不起腰来。

周考仍旧一副高贵冷艳的姿态：“笑够没有？”

闻乐呛咳一声，眼角还带着泪花，却硬生生地把眼泪给憋了回去，乖乖地道：“够了。”

其实她并没有笑够。

闻乐憋着笑，还是忍不住盯着周考。过了一会儿，她突然掐了掐周考的脸，叹息道：“怎么都这样了，你还能这么帅？”

周考冷笑道：“要不是颜值高，我会给你这么折腾？”

闻乐笑道：“你少自恋了。”

周考叹了一口气：“闻乐，你绝对是全网第一个这么折腾自己男朋友的人。”

闻乐简直要笑“死”了。她主动抱住周考，娇嗔道：“还不是因为我男朋友又帅又爱我？”

周考笑了一下，敲了敲闻乐的头：“看着我说这句话。”

闻乐将下巴搁在周考的颈窝间：“不要。”

周考掰着闻乐的肩，让闻乐看向自己：“闻乐，看着我，说你还爱我。”

闻乐眼神躲闪，就是不去看周考，嘴上敷衍地道：“还爱你。”

周考道：“看着我的脸说。”

闻乐慢吞吞地把视线移到周考的脸上：“还爱……”

扑哧，闻乐笑出声来，连连摆手笑道：“不行，哈哈哈哈，不行。”

傍晚六点十一分，周考顶着这副尊容出了办公室的门。

闻乐锁上门，听到走廊上传来一连串的惊呼声时，她还在偷笑。可她笑了一会儿，看到桌上搭着的自己的衣服，笑容就僵住了。她有什么资格幸灾乐祸呢？

傍晚六点二十八分，闻乐化完妆后，下楼去找周考。

闻乐心里紧张，咬牙给自己打气，心道：不慌，没事，等会儿大家都丑。

闻乐下了楼，顺着侧门进了会场。远远地，她就瞧见“妖魔乱舞”的场面，紧张得攥了攥手。但很快，闻乐就在一群“妖魔鬼怪”中迅速锁定了那个高大挺拔的红色身影。周考有身高优势，加之穿着亮眼的红色，实在没有办法不让人一眼就看到他。

闻乐心中的紧张感突然消失了，转而被兴奋感替代。闻乐笑着从不起眼的地方绕去周考身后，心中满是戏弄周考的兴奋感，完全忽视周围工作人员的目光。闻乐上前拍了周考一下："周考！"

周考转身，见闻乐这身打扮，不禁嘴角抽动了一下："这位……这位女士是……？我认识你吗？"

闻乐掐了周考的胳膊一下，威胁道："你再仔细看看，不认识吗？"

周考躲了一下，淡淡地道："大庭广众之下，动手动脚不合适吧？我有女朋友了。"

闻乐瞪他："你再装？"

周考笑了，没继续装下去。

闻乐展开扇子，娇羞地半遮着下半张脸："亲爱的，我这个造型美吗？"

周考呛咳一声，直接伸手捂住闻乐露出来的上半张脸："别这样。"

闻乐拿掉周考的手："我哪样了？"

闻乐顶着一张花里胡哨的丑脸眨了眨眼："是这样了？"

接着她又抛了个媚眼："还是这样了？"

呕！这声突如其来的呕吐声是如此响亮，却不是周考发出的。

两人不禁回头看过去，只见校学生会的副会长捂着嘴，虚弱地道："对不起，对不起，你们继续。"

说完，副主席又发出呕的一声，捂着嘴跑掉了。

闻乐目瞪口呆，接着转头看向周考："他的孩子是谁的？几个月了？"

周考捂脸叹息："我都让你别这样了。你看，误伤了吧？"

闻乐一脸震惊，指了指自己，又指了指周考："你现在不应该安慰一下我受伤的小心灵吗？男——朋——友？"

周考闭了闭眼："你不知道你现在的杀伤力有多大吗？"

闻乐了然，点点头，凑上前去，轻声道："原来你是嫌我丑啊？周考，你变心了。"

周考紧抿嘴唇："没有……"

闻乐指了指自己的侧脸："来吧，证明你心意的时候到了。"

周考看了看闻乐指的地方，那地方旁边就是一颗大黑痣。

周考的大手温柔地抚上闻乐的脸，然后毫不留情地推开了："太丑了，受不了。"

这时候副主席从两人身边路过，目光僵直地看着前边，就是不看闻乐和周考，嘴里还念念有词：“一个丑八怪怎么有脸嫌弃另一个丑八怪丑？真的太丑了啊，丑。”

两人默默转过头看向副主席。

副主席受惊般地往后跳了一步，将脸转向别的方向，却双手合十地对着两人，拒绝道：“别！求你们别这样，同时被两位丑八怪盯着，我受不住的。”

闻乐面目表情地瞪着副主席：“你完了。”

周考跟着抱臂道：“竟然当着我们的面说我们丑？”

闻乐道：“你会为此付出代价的。”

周考道：“我们要报复你。”

闻乐道：“我们要你看两个丑八怪亲亲。”

副主席惊骇至极：“做梦，别想让我看你们俩！”

闻乐讥笑道：“谁的钱掉了？”

副主席下意识地转头看过来。

周考低头以迅雷不及掩耳之势在闻乐的嘴上亲了一下，虽然这个吻只是蜻蜓点水，却是嘴对嘴地亲。

这是两个丑到极致的“妖怪”的亲亲，恰好被转头的副主席看到了。

那场面之惊悚，令副主席毛骨悚然！

“啊啊啊！”副主席大惊，“你们好歹毒！”

说完她捂着眼睛跑开：“啊！我的眼睛不干净了！”

走出没两步，副主席大喊一声：“谁带了洗眼液，给我洗洗眼？！”

副主席这一声大吼，把身边的一个小学弟吓得一哆嗦。

这一哆嗦不要紧，关键是他当时正拿着笔在给另一个学弟的脸上画很酷的涂鸦，可被副主席一吓，学弟的手就是一抖，直接拿黑色颜料在对面那男生的脸上点了一个大黑点儿。这黑点儿酷似闻乐和周考脸上的黑痣。

正在画涂鸦的学弟副主席认识，是一个画画很好的学弟，叫常伊。

常伊哀怨地喊了一声：“学姐！”

副主席转头，就见到了那颗酷似周考和闻乐脸上的大黑痣，不由得惊呼：“天哪！

“这儿怎么还有个丑八怪？”

丑八怪？被副主席这么一打击，那个被画涂鸦的学弟都要哭了。

副主席连忙安慰他道：“不不不，你不知道，我是指会长和主席那两个丑八怪。”

被画涂鸦的那个学弟眼睛一亮，心想会长和主席的高颜值可是出了名的啊。

那个学弟因此心里好受了许多，甚至还有些窃喜：学姐是在夸我帅吗？

学弟心中高兴，嘴角不断上扬，而他那失去控制的表情严重妨碍了常伊的工作。

常伊戳戳这位正傻笑的学弟，指了指远处的会长和主席，道：“学姐到底是在说你丑，还是说你帅，你还没点儿数吗？”

学弟往那边看了一眼，见会长和主席一身媒婆打扮，丑得“别致”。他的脸当即就黑了下来，他哭丧着脸问常伊：“我真的就那么丑吗？”

常伊不敢说“我在你的脸上点了一颗大‘媒婆痣’”，只道：“会长和主席那样打扮肯定有他们的道理，跟着会长和主席的步伐走没错的，别伤心了。”

篮球场上一切准备就绪，还有十分钟就要开启篮球馆，迎接同学进入。

这时闻乐突然想起了什么，往楼上跑了一趟，拿了什么东西下来。

周考主动拎过闻乐的包：“什么东西？”

闻乐笑道：“好东西。”

周考捂住闻乐的脸，然后把她的脸转向另一边：“你现在这副尊容还是少笑的好。”

闻乐拍掉周考的手：“你敢嫌弃我？我这会儿没工夫收拾你，等活动结束了你给我等着。”

闻乐打开包，从包里抽出四条红绶带。

闻乐理了理绶带，转头看了一圈，从人群中拉了那个脸上因意外被点了同款“媒婆痣”的学弟过来。如此还少一人，闻乐在人群中看了一眼，就看到了那个偷笑得最欢的学弟——正是常伊。

于是，闻乐把常伊也叫了过来。

闻乐给周考、“黑点儿”学弟，一人发了一条绶带。最后她看了看脸上没有黑点儿的学弟常伊，意味深长地道：“学弟啊，你看你是不是有什么地方跟我们不太一样啊？”

常伊的视线在三个有绶带的人身上转了一圈，再看着他们脸上醒目的黑痣，他像是明白了什么：“那个……学姐……”

闻乐道：“对这事你有没有什么想法啊？”

那个被涂了黑痣的学弟幸灾乐祸地道：“学姐，我觉得一个队伍吧，整整齐齐比较好看。”

众人察觉这边的动静，很快围了过来，听闻这学弟的话，不禁笑出声。还有人看热闹不嫌事大跟着附和：“对！一家人就要整整齐齐。”

闻乐闻声看过去，笑道：“一家人，那在场的各位……”

“但是！”当即就有人改口道，“咱们作为一个大集体，还是要有多元化的特色的！”

闻乐扑哧一声笑了出来。

闻乐继续转头看向常伊，给常伊看了看自己手上的绶带：“学弟你喜欢这条绶带吗？”

常伊看看闻乐手上的绶带，又看看众人，道：“这绶带就一般般吧，我主要是觉得那颗黑痣是真的好看。”

人群中又传来一阵哄笑。

那位之前莫名被点了黑痣的学弟见机会来了，立即拉着常伊到旁边去报“一痣之仇”了。

他们点完痣回来后，闻乐让他们把绶带佩戴在身上。四个人在门口站成一排。

做完这一切之后，学弟常伊终于明白了，敢情他们四个的特殊任务就是在大门口迎宾！

常伊看看闻乐又看看周考，心道能俘获咱们主席的芳心的男人可不一般啊。

他想着又朝周考看了一眼，却见周考静静地站在原地，哪怕是顶着一张画有“媒婆痣”的大花脸，身上穿着红色的老头装，鬓边插着一枝艳粉色的花，胸前还戴着搞怪的绶带，依旧站在那儿八风不动。不看脸，他依旧有着令人折服的风采；看了脸就让人忍不住扑哧一笑了。

会长是真男人。

六点半，篮球馆开放，大家蜂拥而至。然而高高兴兴往里走的人，刚一进大门就堵住了。人群排成一条长龙，缓缓地往前挪。

后边排着队等待入场的人等不及了，不满地嘟囔道："前边在干什么？"

"怎么进个场都堵成这样？"

大家正抱怨着，却听到前方突然传来一阵笑声、尖叫声和惊呼声，而这些声音就像是有某种感染力，让越来越多的人跟着起哄。

排在后边的人什么都看不到，不知前边到底发生了什么事，一头雾水，便好奇地问道："他们在笑什么啊？怎么不往前走了？"

"不知道啊，莫非是社联和校学生会又搞了什么？"

笑声和惊呼声就没停下来过，后面的人踮着脚也就只能看到一个个人头，于是越发好奇，连连抻着脖子看过去。

好在堵了一会儿后，队伍渐渐地向前挪动了。前方似乎有催促的声音传来，似乎是工作人员在引导人群从门口进入。

只是大门口到底有什么，以致堵了一群人，甚至需要工作人员来疏散？

后面的人百思不得其解，只得不断地抻着脖子向前探望，可惜前面的人堵得太严实，什么都看不到。

随着队伍渐渐前进，篮球馆大门口那块地方终于露了出来。众人伸头看了看，见似乎是有人站在门口迎宾——服务很是周到——却看不到其他什么东西。

队伍像是一条龙，被篮球馆一点点地"吃"了进去。当后方的人终于看清一切时，不禁也跟着惊呼出声，接着就传出一阵爆笑。

主办方的确在大门口安排了四个人迎宾，但这四个人的身边围着一群人。围观群众拿着手机，边拍边笑，迟迟不肯散去。哪怕工作人员在一旁反复提醒这些人，试图疏散人群，仍有人不肯离开。

人群中传出的笑声飘荡在门口的上方。前一批人离开，后一批人补上，于是笑声许久不散。

而引得众人这般模样的"罪魁祸首"，当然还是站在门口迎宾的那四个人——事实上也可以说是站在门口迎宾的四个人中的两个人。

门口迎宾的那四个人，除了身上都佩戴着绶带，其他相似的地方就只有脸上那颗夸张又惹眼的“媒婆痣”了。

最亮眼的那两个人，不但脸上化着夸张的妆容，耳边还各戴了一朵花。有着这副打扮的人大概随便往哪儿一站，都会被人围观吧。

而让观众如此激动的原因远不止如此，若是别人打扮成这副模样，或许还不会有这样轰动的效果，但是偏偏这两个人本身就是热点话题。

可是此刻，这两个人却打扮得一个比一个丑，一个比一个土——黑痣花衣还簪红花，相当奇怪。

哪怕底子很好，这造型也是相当让人不忍直视的。

更奇怪的是，这四个人戴着绶带站成一排，绶带上的字顺着读下来就是：“A 大联谊婚介所”“竭诚为您服务”“祝心想事成”“祝恋爱顺利”。

这……看得出主办方满满的诚意了。

此刻，“校园小广播”上又涌现出了大量有关此事的帖子。

其中一条有关他们的帖子成了热门帖。发帖人放出了两张闻乐和周考打扮成媒婆，站在门口迎宾的照片。“美吗？”发帖人还加了一个内涵丰富的微笑的表情图。

“我在现场。这两人站在门口迎宾。我还没进门就被前边的尖叫声和笑声吓到了，当时就觉得肯定是社联和校学生会闹了什么幺蛾子。我一进门看见这两人，当场觉得心肌梗死。”

“大红花过于搞笑了吧？”

“哈哈哈哈，为什么在这个造型下周考还能维持‘高贵冷艳’的姿态？哈哈哈，他果真是高岭之花吗？哈哈哈。”

“到底是谁把昨天晚上‘校园小广播’上的恋爱桃花图给他们看了？！不过，现场近距离地接触他们，是不是更有利于找到对象？”

“同问，今晚现场找到对象的概率怎么样？高的话明天我就不去兼职了，参加联谊活动去。钱好赚，恋爱机会难寻。”

今晚的主题是搞怪。至于为什么要定下这样一个主题，主办方的宣传词是：

你是否常因美丽的外表而感到苦恼？没有关系，搞怪一点儿，让他/她直面你有趣的灵魂！让爱永不为外表所困！

主办方的搞怪程度，远远不止在大门口展现出来的那么一点儿。

吴晓楠是一名大一的女生。她在“校园小广播”上听说去年联谊活动的盛况后，特地前来。经历了篮球馆大门口的阵仗，她便认识到了这场联谊活动的不简单。

待进了篮球馆大门，她才发现，第二道小门处还另有玄机。

从大门穿过走廊，靠近小门的地方，摆着一张招待桌。招待桌上放着一个菜市场里常用的大喇叭。字正腔圆的男播音腔正循环播放：“想开启甜蜜的恋爱吗？那就请收下这颗‘桃花痣’吧！这不仅是一颗痣，还是您的桃花，更是您的一段缘分。快来吧，快来领走属于您的恋爱！”

吴晓楠当即就笑翻了，回头还见有人打开当下最火的视频软件，将这一幕拍了下来直接上传。

吴晓楠抻脖子看了一眼，想看看所谓的“桃花痣”到底是什么东西。她这一看才知道，“桃花痣”就是“媒婆痣”，守在门口的工作人员的脸上都有一颗。

她能不要这玩意儿吗？它的个头不算小，真的丑。

走近后，她发现门上贴着的那张粉色A4纸上还写有“桃花痣”的用处。

“桃花痣”是贴在脸上的，每一颗“桃花痣”上都用针刺出了一个数字的形状，所有数字都是成双成对的。联谊活动开始后，主办方会用这些数字帮参加活动的人匹配搭档，进行游戏。

吴晓楠觉得有些新奇，想着反正这次活动的主题是搞怪，所以也不排斥“桃花痣”了，反倒觉得好玩儿。

快轮到吴晓楠贴“桃花痣”的时候，排在她前面的一个穿格子衬衫的男生和工作人员发生了一点儿争执，队伍迟迟没有前进。

“格子衬衫”想要多贴几个“桃花痣”，工作人员说这样做会违反规则。“格子衬衫”却道：“但是规则也没说每个人只能贴一个。”

工作人员做不了决定，只好派人去搬救兵。

很快人群中又传来一阵骚动，吴晓楠好奇地回头望去，见一道显眼的红色身影从人群中走来。之所以说显眼，实在是因为那套红色的唐装和那人的装扮太惹眼，特别是他耳边的大红花，无时无刻不彰显着独特的存在感。这人无疑就是校学生会会长、A大校草周考本人了。

大校草一来，就成为全场的焦点。

周考问清了事情的来龙去脉，转身背对着众人对工作人员小声说了一句什么。后边的人没有听清，吴晓楠却听到了。她听到周考说："可以，后面的人如果也想多要'桃花痣'，你也可以给，但最好不要声张，毕竟这东西数量有限。而且你要提前跟想多要的同学说清楚，每一个数字都会匹配到一个对象，如果领多了，引起误会，主办方是概不负责的。"

那个工作人员扑哧一笑，点了点头："好的，明白了，学长。"

周考点了点头，道："继续吧，辛苦了。"

说完他便离开了。有女生从后面偷拍周考，周考若有所觉，瞥了她一眼。那女生吓得连忙藏起手机。周考没说什么，径自离开了。

吴晓楠听周考说可以多要"桃花痣"，原本也打算跟工作人员多要两个，但是一听到周考的话，就吓得立刻退缩了。

一个对象就很好，两个什么的，应付不来应付不来。

进了会场吴晓楠才知道除了"格子衬衫"，还有不少人多要了几个"桃花痣"——勇士比她想象中的要多。

吴晓楠看到有个女生在酒窝的位置一左一右对称地贴了两个"桃花痣"，配合她那黑色系的妆容竟然意外好看。

还有一个男生要了四五个"桃花痣"，叠着贴在嘴唇上方，看上去就像是一排胡子。

而这些人中最特殊的当数"格子衬衫"。他拿了整整一把"桃花痣"，胡乱地贴在脸上。

如果被贴的是一张白纸，按照这种贴法，那应该是一幅还不错的波点图。但如果那是一张不太平滑的男生的脸，那效果就像是长了一脸的麻子。有密集恐惧症的人看上一眼都会疯。

但吴晓楠一想到游戏开场后，"格子衬衫"将会面对什么，就感觉非常兴奋。

这个"格子衬衫"终于靠自己绝无仅有的搞怪程度引起了全场的关

注，但……

吴晓楠听自己的朋友说："要是他这样都能找到对象，以后我的名字倒过来念。"

吴晓楠道："他虽然找不到对象，但是他可以获得'搞怪之王'的称号。"

朋友却冷哼一声："呸！不可能，他顶多就是个'花心大王'。还搞怪之王？你当别人都是吃素的？今晚的'搞怪之王'必须是我们校草夫妇。"

吴晓楠看了"格子衬衫"一眼，道："你冤枉他了。他就是个把想当'花心大王'的想法贴在脸上的傻子。你看看他的脸就会知道，对他而言当'花心大王'就是一种奢望。他有想花心的心，却没有花心的命。啧啧。"

朋友道："吴晓楠，你的嘴好毒啊！"

吴晓楠委屈地道："但这是实话啊……"

晚上七点，联谊活动的化装舞会正式开始。

舞会开始时，闻乐和主持人一起上台，引得台下一阵骚动。

闻乐笑着跟主持人相互配合。介绍完规则后，闻乐正想下台，就听到台下突然有人大声问道："学姐，你把你自己化成这副样子，是为了考验我们会长对你是不是真爱吗？"

这问题一问完，台下就传来一阵笑声。

闻乐顿了顿，也跟着笑道："唉，聪明。但主要还是为了向大家证明，除了美貌，我还拥有有趣的灵魂。"

"哟！"台下的人齐齐发出嘘声。

接着又有人大声喊道："学姐，那你有没有检验出学长对你是不是真爱啊？"

闻乐闻言，下意识地往舞台侧方的位置看了一眼，引得不少观众看向那个方向。果然，大家看到了站在舞台旁边的周考。

闻乐收回目光，看着台下，装模作样地叹了一口气，故作哀伤地道："不大行。自从我化成这副样子，你们学长都不愿意看我了。"

台下响起一阵哄笑。接着不知是谁带头喊了一句："学长！快证明你对学姐是真爱！”

“亲一个！”

越来越多的观众兴奋起来了，开始起哄，大声喊着：“亲一个，亲一个，亲一个！”

闻乐被这么起哄，脸有些红。她正要说什么，却听台下传来一阵尖叫声。闻乐好奇地转过头去，就见周考迈着大长腿走了上来。

台下的尖叫声几乎要掀翻屋顶。

“吻她！”

台下的人，不论是男生还是女生，都激动得几乎要冲到舞台上来。

周考慢慢地走到闻乐面前，笑吟吟地低下头。闻乐竟然有些紧张，但是看着周考那张花里胡哨的脸，又忍不住笑场，还握着话筒对台下的观众道：“不是吧？我们两个现在这副尊容，你们确定要……”

话还没说完，周考就低头在闻乐的嘴上亲了一下。

一瞬间，台下的尖叫声几乎要震破人的耳膜。

站在一边的主持人实在看不下去了，吐槽道：“你们到底激动什么？两个丑……亲嘴吗？啊？”

“哈哈哈哈。”

“有点儿哟！”

“后知后觉，是这样的！”

“哈哈哈……”

“校园小广播”也同样热闹。有人发了关于周考和闻乐第一次当众秀恩爱的帖子。

“哈哈哈哈哈，笑死了，我的妈呀！”

“我含笑哭着说话——果然这两个人怎么会像常人那样当众秀恩爱？呜呜呜……”

“在场的人都是魔鬼吗？竟然还起哄让他们亲！”

…………

讨论闻乐和周考当众亲吻的帖子数不胜数，如“在线贩卖‘校园小广播’牌洗眼液，你的双眼还好吗？”“人在现场，刚出会馆，想问到底是哪个丧心病狂的人喊出了第一声‘亲她’”，等等。

闻乐和周考的这一个吻，让全场气氛高涨，在接下来的活动中，观众配合度意外地高。

闻乐和周考下台之后，主持人上台引导观众参与游戏。

为了避免因为人太多而出现找搭档太麻烦的问题，这次观众都是按照“桃花痣”上面的号码坐的，也就是说当观众找到座位时，身边坐着的就是自己的搭档。

当然，就算所有人都坐下了，也会有人找不到自己的搭档，因为有些人不止有一个“桃花痣”。

“请各位观众和自己的同伴来到篮球场上，待会儿我们要做个游戏！”

“另外，请找不到同伴的同学去专门设置的多点区域寻找您的伙伴。”

人群稀稀拉拉地从观众席转移到篮球场。但有十几个人像是河流中分出的细细的一条支流，向着多点区域会聚。这些人有男有女，可怕的是其中足足有九个女生走向同一个男生——那个“格子衬衫”。

“格子衬衫”一开始看到这么多小姐姐向自己走过来，还在呵呵傻笑。可是当看到那九个女生不怎么友善的眼神时，他后知后觉地意识到了什么，突然后退一步，脸都白了。

主持人介绍完规则后，“格子衬衫”的脸更白了。虽然主办方没有刻意针对他，但今晚的游戏对于拥有九个搭档的他来说，真的是充满恶意。

别人抱着同伴做一个蹲起，他需要分别抱着九个女伴做一个蹲起。

“格子衬衫”愁得叹了一口气，捂着脸蹲下身。

全场爆发欢笑声。

“格子衬衫”的个子不高，172 厘米左右。但是那九个女生都不矮，最高的一个大概比“格子衬衫”还高 2 厘米。

“格子衬衫”犹豫了片刻，对那个比自己高的女生道：“美女，我很轻，才 114 斤。要不你抱我试试？”

“哈哈哈哈。”

全场都要笑“疯”了。

在当晚的联谊活动现场的观众玩得很尽兴，没能到现场的同学在“校园小广播”上也聊得很尽兴。

“哈哈哈，公元 2020 年，A 大校学生会和社联在他们新一任会长和主席的带领下终于疯了，哈哈哈哈！”

“天哪！这‘媒婆痣’也太搞笑了吧？”

“据说今晚找到对象的概率真的很高。”

“他们太有良心了吧？竟然为了我们的恋爱大业牺牲至此。哈哈哈哈！”

不仅如此，之前从小门进篮球馆那大喇叭喊广告的一幕因为被网友拍下来发在视频号上直接火了。外界万万没有想到，传说中的 A 大竟然这么搞怪。

这条视频火了之后，不少当初拍了视频的同学跟风发出自己手上的“存货”，其中一条视频趁着这股热度也爆料了一把。

这条视频是从进篮球馆大门开始拍的，首先入镜的是门口搞怪的“媒婆四人组”。这个视频把四个人身上的绶带上的字拍得一清二楚，甚至还给周考和闻乐的脸部来了个特写。紧接着入镜的就是领取“桃花痣”的地方，别致的大喇叭反复播放着播音腔的广告语。镜头还拍下了周考现身指导工作人员的那一幕，周考走之前还睨了镜头一眼。他那张脸花里胡哨的，眼神却很是犀利。

视频博主配的标题是“A 大社联主席和校学生会会长，以及他们合力举办的联谊活动”，后面还加了一个狗头表情图。

这个视频火了之后又被大号转发到微博，之后渐渐地上了热搜。

“那些无处不在的搞怪之魂”成了这个视频的热搜标题。

“请问谁能告诉我，哪两个是校学生会会长和社联主席？是那两个媒婆吗？哇！”

“哈哈哈，这怎么可能是 A 大啊？我心目中的学霸们的形象彻底崩塌了。”

“哈哈哈，哪怕是 A 大都没能逃脱搞怪之魂的支配。”

“你确定这是联谊活动？搞怪成这副模样还能找到对象？”

“一开始我还好奇一场好好的联谊活动怎么会被举办成这个样子。后来看了标题就清楚了，那自然是因为你们的校学生会会长和社联主席。哈哈哈。”

“是不是这两个爱搞怪的人威胁了你们，否则你们怎么会这样？你们可是全国顶尖学府的学生啊。你们要是被威胁了就眨一下眼。”

“天哪，这两人也太丑了吧？”

“我是A大历史系的，科普一下，这两个丑八怪……这两个搞怪的人……这两名同学虽然这么看丑了些，但他们可是我们A大里颜值数一数二高的呢。这个会长是校草，这个主席的人气也很高。”

“这两人竟然是你们A大的高颜值代表？哈哈哈，也是，你们学霸的颜值都比较……可以理解。”

“这个男生的身材是真的好，女的我看不大清，不过她的脸型不错。这两个人要是卸了妆的话，应该长得不错吧？”

话题偏向A大校草和人气女生的颜值的时候，又一个帖子在微博上火了。

“有人说我们A大的人丑。抱歉，我想大概是我们平日里太低调了。我想给你们瞅瞅那两个丑八怪卸了妆后长什么模样。这个丑八怪是我们学校的学生会会长，也是我们学校公认的校草，实际上他卸了妆长这样。”网友在后面附了一张周考的单人照。

“这是我们学校的社联主席，她是从大一就因一条视频出名的校园高人气女生，名副其实的无冕之王校花。实际上她卸了妆长这样。”网友又在后面附了一张闻乐的单人照。

除了这两张单人照，这个网友在帖子后面还分别发了两个人参加比赛的照片。

其中一张比赛的照片中，周考穿着白衬衫和长裤，鼻梁上架着一副银丝眼镜，他的一只手拿着一份文件，另一只手拿着激光笔指着身后的大屏幕，似乎是在讲解什么东西。照片上的他长相俊美，身材高挑，淡定从容，那种一切尽在掌握中的泰然自若的气质比他的外貌更迷人。

另一张照片中，闻乐穿着一身简单的白衬衫、西装裤和高跟鞋，站在演讲台上，手上拿着奖杯，对着镜头抿唇浅笑，落落大方，神采飞扬。

这两个人浑身上下的每一个毛孔似乎都展现着“优秀”两个字。

原来，他们不仅有着高颜值、高学历，还很优秀，很有趣。

发帖子的博主在帖子的最后这样写道：

“顺带一提，这两人是情侣哟。

“他们是只开普通车的大少爷和从不穿名牌的千金小姐，可以说是小说中的男女主人公的真人版，绝对讨人喜欢。这两个人的成绩从来都是各自院系的第一，都是国家奖学金的获得者，而且手上的证书无数。这就是你们口中的那两个丑八怪哟！”

在这一天，又有很多人知道了闻乐和周考。

原来小说中的男女主人公在现实生活中真的存在。

番外二

周考在自己的生日这天没有办生日聚会，唯一的一个要求就是和女朋友待一整天。

闻乐也顺着周考，满足了他的要求。

晚上两个人没有去餐厅，而是请了外头的厨师在周考家里做好了饭。摆上鲜花蜡烛，一场生日宴安排得倒像是两个人的约会。

关于周考的礼物，闻乐是真的想了很久。说实话，周考这个人的喜好真的难以琢磨。他看上去衣食住行样样讲究，但如果受条件所限，他也可以将就。

书法、围棋、象棋、乐器、马术、赛车……他似乎什么都会，但对这些事物又没有表现出太高的热情。

同龄人喜欢的球鞋，他不怎么关注；同龄人喜欢的电子设备，他都有。同龄人喜欢好车，他的车库里停着的几辆不错的车都落灰了，他却整天开着一辆很普通的车出没；同龄人喜欢打游戏，他不怎么玩；同龄人喜欢美女，呃，算了……

总之，周考看上去就是一个让人非常难以捉摸喜好的人，换一个说法就是，他是一个在生活中很无趣的人。闻乐想，如果周考没遇到她，大概今后唯一的发展方向就是成为一个生命里只有工作的工作狂。

毕竟除了工作，这个人也没有什么别的乐趣。

闻乐想用自己的积蓄给周考准备一份生日礼物。她也赚了些零花钱，虽然没有达到爸爸给出的100万的目标，但是已经不远了。

闻乐把礼物放在桌子上，推过去："看看，喜不喜欢？"

周考好奇地拿过盒子，笑道："是什么？神神秘秘的！"

闻乐道："你打开看看就知道了。"

周考打开盒子，见盒子里是一个吊坠——红色的绳子上系着一块小玉牌。

他将它放在灯光下端详，只见那玉牌整体是圆形的，比1元硬币大两圈，用浮雕的手法刻着一幅兰草图。

他觉得这图有些熟悉，不禁诧异地抬头看向闻乐："这是……郁石先生的那幅龙字？"

她笑着点点头。

他看着手中的吊坠，笑着问："怎么会想到送我这个？"

她笑着道："这可不是一份简单的礼物，这东西于你我而言如同月老的红线。"说着她从自己的衣领里翻出同样的一块玉牌。

但仔细看会发现，其实它们并不一样——两块玉牌上雕刻的东西不一样。

周考忍不住起身走到她的面前，低头端详着她脖颈上的那块玉牌，随即像是明白了什么似的："这兰草图莫非还有另一幅？"

闻乐道："我知道你手中有那幅龙字，你不知道它的来历吗？"

周考眼含诧异之色。莫非这其中还有什么他不知道的渊源？

闻乐道："兰草图是爷爷在我出生当天灵感突至所画的，一共两幅，一为龙字，一为宋梅。后来龙字流出，到了你的手中；而宋梅则一直被奶奶留在家中。"

周考闻言，面露吃惊之色。

闻乐继续道："不仅如此，听说你得到龙字的那一年，正是你转学与我相遇的那一年。"

似乎……的确如此！

周考想想，竟也觉得这缘分奇妙。

闻乐道："其实还远不止这些，当年爷爷画了兰草图之后，奶奶便以龙字和宋梅为蓝本创立了乐音的兰草系列。至今，兰草系列只有宋梅和龙字。宋梅是属于我的，而龙字至今尘封……”

闻乐没有说出接下来的话，周考已经了然，看向她的眼神颤动，心脏也跟着剧烈跳动。周考在自己越发剧烈的心跳声中听到她说：“龙字系列将在我订婚那一日启动，作为我送给我的未婚夫的第一份礼物。而今，我要将这龙字玉雕送给……”

“你”字还没有说完，周考就已经情不自禁地吻了上来。

不需多说，他已经知晓。

这吻灼热，两个人缠绵间只觉心旌摇曳。缘分这种东西对爱情是锦上添花，能让心意相通的两个人更觉得彼此之间有一种宿命一般的牵绊。这种牵绊像是直接拴在灵魂上的红绳，浪漫得叫人欲罢不能。因为这让人觉得，不论这世道如何变化，有着这种牵绊的两个人总能以最合适的方式走到一起。

亲吻间，闻乐后退时不慎碰到了桌子，刺耳的摩擦声响起，有什么东西落地发出响亮的声音，接着就是手机铃声响起。

闻乐皱了一下眉，推了推周考。周考不情不愿地轻轻咬了一下闻乐的唇，才放开闻乐。

闻乐蹲下身，捡起手机看了一眼，见来电是骚扰电话，便无奈地挂掉了，然后捡起了滚落在地上的手提包。由于穿了裙子，身上没有口袋，她刚刚把礼物放在了手提包里，又把手提包放在了桌子边。此刻桌子被撞，手提包掉在地上，里面的东西撒了一地。

闻乐捡起东西放回手提包里。捡钥匙时，闻乐看到钥匙串上的两把旧钥匙，她的动作顿了顿，不知想到了什么。

周考上前，握着闻乐的手，把闻乐从地上拉起来：“怎么了？”

闻乐看着那串钥匙笑着摇了摇头，道：“没什么，就是想到了一些事。”

他道：“什么？”

闻乐挑出钥匙串上的两把钥匙，道：“这两把钥匙是我考上A大后，爷爷和爸爸给我的礼物。”

提起这个，周考隐约有印象，闻乐似乎跟他说过这两把钥匙，一把是开一栋楼的，一把是开一套四合院的。

闻乐指着其中的一把又小又老的钥匙道：“那个四合院我还从来没去

看过呢。”

周考道：“这好办，那房子就在我们家老宅的后头，哪天带你去看看。”

她点头：“可以。”

周考笑着道：“那另外一把钥匙就是你包租婆身份的象征了吧？”

她笑着睨了周考一眼，眉毛微挑：“包——租——婆？”

她风情万种地抚了抚鬓边的发：“再说一遍。”

周考的声音弱了些：“包租婆？”

她转身就走：“涨租。”

周考笑得胸腔颤抖，上前从身后抱住她：“我那个小破公司太穷，涨租就交不起房租了，要不……”

周考附在她的耳边低声道：“要不卖身还债吧？”

说着他还在她的耳边吹了一口气。

如今的闻乐早已经不是当初的闻乐，面对这样的暗示她脸不红心不跳的，还嫌弃地用胳膊肘往后捅了捅：“一边去。”

周考不罢休，将搂着闻乐的手臂收紧，又往闻乐的耳边吹了一口气：“我最近去健身了，多了两块腹肌，你要不要检查检查？”

闻乐轻咳一声：“是吗？最近这么努力？”

周考从背后抱着闻乐，推着闻乐往卧室走：“不信就去床上检查检查，看我有没有骗你。”

“那是得检查检查，你要是敢骗我……”

后面的字突然变得含混不清，像是有什么把闻乐的嘴封住了。直到卧室的门被咔嗒一声关上，彻底消音。

周考生日的第二天是周末，两个人都赖床了。直到十点，闻乐才被周考叫醒。

闻乐迷迷糊糊地睁开眼，想到昨天晚上周考干的事就火大。她一个翻身就骑到周考的身上，咬牙切齿地道：“哥哥？周考哥哥？老公？周考！我看你是越来越飘了，嗯？”

周考怕闻乐掉下去，便扶着闻乐的腰，挑眉道：“你昨晚不叫得挺……”

闻乐直接掐周考腰侧的软肉，却笑得很温柔：“我怎么了？”

周考疼得轻嗞一声：“亲爱的，你能不能下来？”

闻乐瞪他：“不能。”

可随即闻乐就感觉到自己的身下有什么东西，她的身子不由得一僵，接着整个人都红成了虾。

周考将视线从闻乐那带着点点吻痕的锁骨上移走，他的双手也微微松开，接着他声音沙哑地道：“大早上的……你真的是对自己的魅力一无所知。”

闻乐慌忙下床：“我去洗漱。”

闻乐从浴室出来的时候，周考已经收拾好自己，在穿衣镜前整理着装。

闻乐看了看周考的打扮，道：“去哪里？”

周考一展长臂，搂着闻乐亲了一口：“带你蹭饭去。”

她闻言，心头一紧：“你……不会带我去你家吧？”

周考笑着摇头：“不是去见我妈，是去你家，看看你的四合院。”

闻乐挑了一下眉，虽然昨天周考说哪天带她去看看四合院，但她是真的没想到这个“哪天”是今天。

两个人收拾完毕，周考开车载着闻乐前往内环。

在车上闻乐才想起来，周考家的老宅就在那里，周考说的“蹭饭”不会就是去那里吧？周家老宅里肯定住着周考家的长辈，这……不还是要见家长？

见闻乐又有些紧张的样子，周考解释道：“我爷爷虽然住在老宅，但是前几天因为想钓鱼，跑去郊区住了，管家爷爷也跟着去了。现在家里就剩下张姨了，张姨的厨艺极好。”

说着周考像是想起什么似的笑了一下，道：“庞星光小时候就喜欢吃张姨做的菜，还想把张姨带回家。家里人不答应，他就哭，还说以后遇到了喜欢的女孩儿，就带女孩儿回来吃张姨做的饭，保管她吃完之后，因为担心再也吃不到这么好的菜而哭着要嫁给他。”

闻乐笑着道：“所以你才带我去吃？”

周考也跟着笑道：“是。

“想你能早日嫁给我。”

车子离闻家的老宅还有一段距离就停了下来。周考拉着闻乐的手，慢慢地走着自己小时候常走的路。每走到一处，他就给闻乐说起那一处的回忆，像是要把自己的整个童年向闻乐娓娓道来。

能住这片的，家庭背景大多相仿。周考走两步就能遇见一个熟人。见周考带着一个小姑娘，他们更是好奇地频频回头看。

周考跟这些熟悉的长辈打过招呼后，带着闻乐往闻家的老宅走去。

他们刚拐进闻家老宅所在的那条胡同，一个老人就拎着鸟笼从前头的胡同里出来。

"周老头，你的宝贝小孙子回来看你，怎么他前脚进门，你后脚就出来了？"

被称作"周老头"的老人正是周考所说的正在郊区钓鱼的爷爷——周季。

周爷爷闻言，瞪了那人一眼："胡说八道，老王头你怕不是年纪大眼花了吧？我哪个孙子回来了？"

"还能哪个？周考啊。他刚打这儿走过去。"

周季断然否定："那不可能，你看错了。"

"我怎么可能看错，他刚刚还跟我打招呼。前头的小刘也看到了，不信你问问他。怎么，难道你的孙子不是来看你的？哈哈。"

正说着隔壁街的吴婶走了过来，她还往后头张望了一下："我也瞧见小考了，他怎么跑屋后去了？"

周考从院子里出来，在门口点了一支烟，慢悠悠地在胡同里踱步，远远地却见巷口走出来一个拎着鸟笼的老头。

周考道："爷爷？"

原来那老头正是周考的爷爷周季老爷子。

周老爷子看着向自己走过来的孙子，冷哼一声："我听老王头说你连家门都不认识了，所以过来看看。"

周考掐灭烟头，把它扔到胡同口的垃圾桶里："不是。您怎么在家？"

说着周考还往自己的身后看了一眼。

周老爷子闻言，气笑了："我不在这里，在哪里？合着你还真不是来看我的？”

周考闻言，立刻就明白是怎么回事了，连忙道：“庞星光说您去郊区钓鱼了。”

“胡说八道，我早半个月就回来了！”

庞星光那人靠谱的时候少，所以周考不怎么感到意外，只是又往身后看了一眼。

周老爷子也跟着周考的视线看过去：“我看你是太久没回来看我这个老头子，家门都忘了。你往别的胡同瞅什么？”

周考收回视线，不知道怎么开口。其实他心里更惦记另一件事，他来之前信誓旦旦地跟闻乐说自己的爷爷在郊外，可是现在爷爷就堵在巷子口，闻乐一出门就能看见……

天知道他真的没打算让闻乐就这么猝不及防地见家长的，也不知道闻乐会不会紧张，会不会生气……

周考有些走神，没回答周老爷子的话。周老爷子自然看出孙子的不对劲儿，他上下打量了周考两眼，道：“说吧，回来干什么？又犯了什么事回来躲你爸妈？”

周考回过神来，无奈地道：“爷爷，我五岁之后就没干过这事了。”

周老爷子不大满意：“回来不是看我，也不是躲人，那干吗？”

周考只得实话实说道：“回来蹭饭。”

周老爷子不信：“蹭饭你往屋后跑？”

周考补充道：“带着女朋友。”

周老爷子闻言，逗鸟儿的动作一顿，又诧异地看了周考一眼，那眼神写满了怀疑：“不信。

“你少诓我，就你这臭脾气能找到好姑娘？不信。”

周考挑了一下眉，淡淡地道：“真的。”

周老爷子连连摆手，一副“你说的话我一个字都不信”的样子道：“你表哥多会讨小姑娘喜欢，还不是找不到媳妇？就你这个锯嘴葫芦能找得到媳妇？你们不要以为我年纪大了就好骗。”

周考被爷爷这般质疑也不急，只转头又向身后看了一眼，道：“过一会儿您就能看到她了。”

话音未落，果真就见一个女孩儿从屋后的院里出来，关上大门后背对着他们锁门。

周老爷子蓦地瞪大眼。竟然还真有个女娃娃?

只可惜从他那个角度只能看到一个背影，只知道那是个留着及腰长发的女娃娃。

周老爷子看看那女娃娃的背影，又看看自己的孙子，只见整日不见个笑脸的孙子一见那女娃娃就变了。虽然孙子还是端着一张冷淡的脸，但是那眼里含着的笑意，他又怎么看不出来?

周老爷子心中的震惊程度不亚于自己养的哑巴八哥突然张嘴来了串流利的自我介绍。

这小子是……开窍了?真是公鸡下蛋——稀奇啊。

周老爷子见孙子这反应，不禁对那女娃娃充满了好奇。到底是谁家的女娃娃能降住这个臭小子?

正想着就见女娃娃锁好门，转过身来，这下他终于看清了那女娃娃的脸。

周老爷子当即就点了点头——个子高，长相周正，眉目清明，落落大方，那女娃娃是个好孩子。

只是那女娃娃怎么从那儿出来?这片儿的孩子他都见过。那女娃娃是哪家的亲戚?她的身后不是闻家的宅子吗?

闻乐锁了门，转身向着胡同口走去。

这一转身她就看到了周考正站在胡同口跟一个老人说话。闻乐没多想，只以为那老爷爷也是看着周考长大的长辈，于是直接走了过去。

闻乐走上前，周考做了个介绍："这是爷爷。"

闻乐没多想，自然又大方地跟着周考叫了声："爷爷好，我是闻乐。"

周老爷子的眼中带着笑意。这女娃娃走近了，他看了只觉更加满意。

这女娃娃不但长得好，而且举止不卑不亢，神态间自有一股自信稳重感，一看就是个能和周考相配的好孩子。又听女娃娃清脆地叫了自己一声"爷爷"，周老爷子更觉得这女娃娃招人喜欢，连忙笑着道："哎，好孩子。"

周家到周考这一辈全是小子，没有一个女娃娃。隔壁老王家却有一个宝贝孙女，而且自小就是个贴心小棉袄，羡杀了没有孙女的周老爷子。周老爷子总嫌弃粗枝大叶的孙子不如孙女贴心，希望有孙女孝顺自己的愿望一日都没有得到满足，遗憾之下，周老爷子便不由得对女娃娃格外温和喜爱些，因此也表现得格外和蔼亲切。

不知为何周老爷子的这副神情竟叫闻乐想到了自己的爷爷。虽然这两个老人的性格乍一看并不相似，但也叫闻乐无端地生出几分亲近之感。

周老爷子看着这女娃娃觉得很喜欢，又想到女娃娃刚刚说她叫闻乐。闻……那不正是那座宅子的主人——闻家?

想到这儿周老爷子就往那条老巷子里看了一眼。合着孙子是拐了闻家的姑娘?

只是不知道这是俩孩子父母的意思，还是俩孩子真就看对眼了自由恋爱。

嘿，要是后者那倒是有些意思。

周老爷子眯了眯眼，努力让自己看上去慈祥些："乐乐，你爷爷是闻炳秋?"

闻乐愣了一下，但想到闻家曾经在这里住了这么久，自然有老人记得他们闻家，于是也没隐瞒，笑着点了点头："是啊，您认识我爷爷?"

看到自己的猜测得到证实后，周老爷子笑着点点头："那可不，咱两家是世交，只是好些年不见了。你爷爷上哪儿去了，这么些年也不回来?"

闻乐只道："爷爷现在隐居在山里搞创作。"

周老爷子面上带笑，也看不出他心里想什么。他只问道："你爷爷什么时候回来? 我还等着跟他下棋呢。"

闻乐笑道："这个我也不知道。"

周老爷子也没多问，看了看时间，道："晌午了，也该吃饭了。走，去尝尝你们张阿姨的手艺。"

闻乐闻言，愣了一下："张阿姨?"

周考之前提到做菜好吃的不就是"张阿姨"吗?

闻乐后知后觉，这个……这个爷爷莫非是周考的那个传说中正在郊区钓鱼的亲爷爷?

闻乐僵硬地慢慢将头转向周考，用眼神逼问他，却见周考缓缓地点了点头。

闻乐用口型问周考：这就是你说的在郊区钓鱼的爷爷？你故意的吧？

周考摇了摇头，眼神真诚——真不是故意的。

闻乐面无表情地瞪着周考。

所以，她这是猝不及防就见了家长呗？

闻乐看看在前方领路的周老爷子，又看看周考，咽了口唾沫，心道：这个男朋友怕是留不得了。

周老爷子在前方领路，因此没有发现后方那两个人的小动作。周考揽着闻乐的肩膀，推着她往前走，又在闻乐的耳边轻声安慰道："我也不知道，别生气。"

闻乐掐了周考一把。

周考任由闻乐掐着，小声在闻乐的耳边道："紧张吗？"

闻乐的手不由得松了松，其实这么一闹，她反倒不紧张了。若是提前知道自己要来见周考的爷爷，那她肯定会紧张的。但是现在见都见过了，且场面比她想象中的任何画面都要和谐自然一些，周老爷子也很亲切，她反倒没有什么好紧张的了。

这么一想，闻乐的气不由得消了些，但她还是不打算就这么放过周考，没好气地嗔了一声，道："上次遇到了你妈，这次遇到了你爷爷。你能不能靠谱点儿？"

一听闻乐提起这两件事，周考自知理亏："是我的错。"

周考心想：早该一下子都让你见齐，这样就不会一次次发生这样尴尬的事了。

闻乐跟着周考进了周家的大门。老管家见周老爷子回来，身后还跟着周考和一个女生，有些诧异，但是他很快就反应过来，脸上现出慈祥的笑。

"小考，这是……"

老管家在周家的地位很高。周考看了闻乐一眼，正式介绍道："江爷爷，这是闻乐，我的女朋友。"

老管家闻言，脸上笑出一堆的褶子："女朋友好啊，哈哈哈，女朋友，真好。"

闻乐跟着周考喊了声"江爷爷"，又看了周考一眼，转过头对两位老人道："第一次见面也没带见面礼，失礼了。"

老管家对闻乐很热情，也不在乎这些虚礼。周老爷子更是直接，道："周家和闻家也算是世交，你爸爸跟你爷爷要是没带着你搬出京城，你和周考就是一块长大的。串门子都是常事，还需要哪门子见面礼？"

老管家惊讶地道："原来是闻家的娃娃。没想到你和小考虽然没一块长大，但最后还是走到了一起，这是你们的缘分哪。"

老管家寒暄了几句就准备去厨房："我去跟张阿姨说说，让张阿姨给你们做两道你们爱吃的菜。"

走之前他又向周考询问闻乐的口味。

周考要是跟着老管家过去，那客厅就只剩下闻乐和周老爷子了。周考怕闻乐不自在，担忧地看了闻乐一眼。

闻乐感觉还好，正端着茶杯喝茶，察觉周考的视线，便摇摇头，示意自己没关系。

周考这才跟着管家出去。

客厅就剩下闻乐和周老爷子。

周老爷子拿出自己的围棋，问闻乐："会下棋吗？"

闻乐看看放在桌子上的围棋，点点头："会一点儿。"

周老爷子笑了，道："会就行，来陪爷爷下一局。"

闻乐也不推辞，坐到了周老爷子的对面。

闻乐说自己只是会一点儿围棋，是谦虚了。她有段时间对围棋极为着迷，曾废寝忘食地钻研过。不过闻乐没有去考级，只是平日里来了兴趣，就跟爷爷下上几局，再后来爷爷也不是她的对手了。

周考回到客厅的时候，闻乐正和老爷子边下棋边说着话，气氛很是融洽。

两个人起初只是聊了两句有关周老爷子和闻乐爷爷的过去的趣事，后来话题渐渐地拓展开来。周老爷子意外地发现这小女娃虽然年纪不大，但是见识不浅，天南海北的都能聊上些，看得出来是家里仔细培养的，这一点倒与他的小孙子周考是极配的，不由得更为满意。

这个孙媳妇，不论是家室、样貌、年龄、才干、脾气，还是性格，跟小孙子周考都是极配的。

一顿饭吃完闻乐和周考也没走，陪着老人家说话、下棋。

周老爷子喜欢下棋，没事就喜欢拉着别人来上一局。跟闻乐下的那一局棋更是引出了周老爷子的棋瘾，饭后周老爷子就拉着周考陪他下。

周考显然不太想跟周老爷子下棋，想来是没少遭周老爷子的“折磨”。这祖孙俩执子对弈，闻乐就坐在旁边，捧着一杯茶看两个人下棋。

只对弈一局，闻乐就看得出来，周老爷子虽然热爱下棋，却跟自己的爷爷一样，是个“臭棋篓子”。周考的棋艺显然更胜一筹。

渐渐地老爷子就落了下风，眼看一步不慎就要丢几个子。老爷子后悔了，抬眼给老管家使了个眼色。

老管家会意，上前走到周考的身侧，低头跟周考说了什么。

想来周考过去也没少受周老爷子的各种“骚扰”，只淡淡地瞥了周老爷子一眼，看样子是不想理会。但老管家又说了什么，闻乐隐隐约约地听见了，似乎是说：“乐乐……喜欢……”

周考虽然知道这是周老爷子设的“陷阱”，但还是上了当，转头去跟老管家道：“不要冰激凌，蛋糕不要太甜，水果上一点儿。”

虽然周考压低了声音，但闻乐还是听到了。她不由得耳朵一红，只觉得有种在长辈面前秀恩爱的羞耻感，臊得她装作喝茶的样子低下头去掩盖脸上的红晕。

闻乐这一低头却发现了一只手偷偷地换了棋盘上的几颗棋子，这一换局势立刻扭转了。

闻乐吃惊得忘了害臊。她万万没想到，外人眼中严肃正经的周老爷子私下里竟然是这样一副耍赖的样子。

周老爷子见自己的形迹败露，也不慌，冲闻乐比了一个噤声的手势，然后指了指周考，接着把手上的棋子偷偷地放到了自己的衣服兜里。

闻乐眨了眨眼，然后配合地闭上了嘴。

周考跟老管家说完话，转头看了看棋盘，一下子就发现了这棋盘上的变化。

周考瞥了周老爷子一眼。周老爷子这时候露出那种熟悉的、在《新闻联播》上经常可以见到的严肃模样，一点儿心虚的样子都看不到。

周考也没说什么，装作没发现的样子重新拾起一颗棋子，继续下棋。

周老爷子见状，眉眼间竟然有种得意的神色。

闻乐想，现实生活中的周老爷子真的和大众心目中的不一样。真实的周老爷子要比电视上的可爱一些。

只是……他的棋艺实在是不咋样。

眼看周老爷子就要落进周考布的陷阱，闻乐作为看客都觉得心急，便下意识地轻咳了一声。

周老爷子落子的动作停住了。他偷偷地看了闻乐一眼，慢慢地将手中的棋子落向另一个方向。

闻乐又轻咳一声。

周老爷子这下明白了，第三次终于将棋子落在了合适的地方。

周考抬起眼皮，懒懒地扫了当着他的面明目张胆地作弊的两个人一眼，实在是懒得理会。

但是有些人就是你越放纵，他就越得寸进尺。

这局棋到最后成了闻乐和周老爷子两个人对周考一个人。

周考无奈地看着两个人，最后寻了个机会下错了一子，让了这一局。

这两人却以为自己凭着实力赢了这局棋，眼角眉梢都是得意。

一局棋结束，老管家适时地送上甜点，三个人移步沙发享用点心。周老爷子还在得意地跟闻乐吹嘘自己刚刚那一步妙棋是如何杀得周考片甲不留的。

老管家在一旁附和吹捧，闻乐也跟着夸赞周老爷子两句。周考懒得理这老头，侧身逗着一旁鸟笼里的一只笨八哥。

下午，周考带着闻乐离开。临走前周老爷子还有些不舍，让闻乐多来陪陪他这个老人家，不要学那个连家门在哪儿都忘了的臭小子。

闻乐笑着答应了。

管家这时捧上来一个木盒。盒子是实木的，很沉，里面不知装了什么东西。

周老爷子道："周考妈妈第一次来见我的时候，周考奶奶送了一个给她。今天周考第一次带你来见我，我也没准备什么见面礼，就把另一个给你吧。"

闻乐听周老爷子这么说，就知道这盒子中的东西肯定要么价值不菲，要么就是有什么特殊的意义，甚至有可能两者兼具。

闻乐有些迟疑，但是周考握着闻乐的手，让她将那盒子收下："长辈赐不可辞。既然爷爷给你了，那你就收下吧。”

闻乐抬头看了周考一眼，点点头：“那就谢谢爷爷了。”

与周老爷子道别后，周考开车载着闻乐回去。

两个人回去的时间不巧，正赶上下班高峰期，被堵在了高架桥上。

闻乐坐在副驾驶上，还无意识地把玩着手中的木盒子。

周考道：“不打开看看？”

闻乐回过神来，低头看了看手上的盒子，没打开，却问：“这里面是什么？”

周考道：“大概是镯子吧。”

闻乐打开盒子，果然见里面躺着一个水头极好的翡翠镯子。这个质地的水头，想来应该当得起“价值不菲”四个字，而之前周老爷子的那一番话，又让它当得起“意义特殊”四个字。

这时候他们仍被堵在高架桥上，前面的车迟迟不肯移动。周考低头看了那个镯子一眼，道：“我妈好像也有一个，这个镯子只传我们周家儿媳妇。”

闻乐笑着看了周考一眼，不接话，反而合上木盒的盖子，笑着问：“你打算什么时候去见我爸？”

周考轻咳一声，如临大敌，坐直身子，斟酌了一会儿措辞：“岳父大人什么时间方便？”

闻乐点点头，道：“那就明天吧。”

周考：“……”

他没拒绝，只过了片刻又问道：“不知道岳父大人这两天的心情怎么样？”

闻乐笑了一下，看向他，调侃道：“他这两天的心情是不错，但是见了你……就不一定了。”

周考：“……”

闻乐看了看手机，见刚刚小杨给她发了一条微信信息，说闻天启今天会回家，问她要不要回家吃饭。闻乐想了想，道：“要不就今晚吧？一天把事情都办了，就没心事了。”

周考道：“见家长这个事也可以攒着一天都见了？”

她反问道：“不可以吗？”

周考语气勉强地道："可以……"

"真的可以？"

周考僵硬地点了点头。

她晃晃手机，对周考道："那……给你安排上？"

她给小杨回了一条微信信息，让小杨转告闻天启她一会儿就回去吃饭。

小杨要来接闻乐。

她回头看了周考一眼，直接给小杨发了一条语音信息，道："我在周考的车上，周考送我回去。"

小杨："好的。"

可是，闻乐却迟迟不见小杨回自己更多信息。她特意提周考，就是想让小杨将自己的话转述给爸爸，期望爸爸听到周考的名字，会礼节性地邀请周考留下来吃饭。但小杨显然没有理解闻乐的意思。

闻乐又给小杨发了一条信息："你暗示我爸爸一下，看他会不会直接让周考留下来吃个便饭。"

小杨："好的……"

过了一会儿，小杨打电话过来，道："先生说，既然是周考先生来了，就不好不留饭。"

闻乐挂了电话后，点了点头，看向周考，道："安排上了。"

周考嘴唇微张，有些犹豫。闻乐大感惊奇，这个口才一流的法学院大才子竟然也有不知道该怎么说话的时候。

闻乐好整以暇地看着周考，想看看周考到底想要说什么。莫非他是后悔了，想要拒绝？

却见周考踌躇片刻，轻咳一声，说了句："不知道岳父大人的心情怎么样？"

闻乐觉得好笑，但强忍住没笑："还行吧。怎么，要不你再看看皇历？"

周考点点头，掏出手机，道："这么重要的事的确要讲究天时地利人和。"

周考在手机上敲了一阵，似乎是发了一段文字信息。

"不会吧？"闻乐迟疑地看着周考，"你要是实在害怕，咱们就回去，反正我不急。”

周考最后看了手机一眼，收起了手机。前方的车开始缓缓移动，周考驱车跟上去，淡淡地说了句：“我急。”

闻乐道：“这个语气可品不出您的焦急。”

周考的嘴角噙着笑意，他的语气很淡，说出的话却与语气截然相反：“是我的错，等上了床就让夫人真切地品品为夫这火急火燎的‘急’。”

闻乐：“……”

闻乐抖了抖胳膊上的鸡皮疙瘩：“要不是你在开车……”

周考道：“怎样？想家暴我？”

闻乐皮笑肉不笑地道：“要不是你在开车，咱俩可以好好地切——磋一场。”

周考道：“我又不会还手，还不是你单方面家暴我？”

周考说着眼珠一转，眼中的笑意都要溢出来了：“不过说不定不是坏事，说不定岳父大人看到负伤的我，心生怜悯，就不会为难我了。”

闻乐无奈地翻了个白眼。

两个人东一句西一句地拌着嘴，挨过了最难熬的堵车时间。但闻乐后知后觉地发现，自己虽然没有因为被堵在路上龟速移动而生气烦躁，可和某人拌嘴的心情与堵车造成的烦躁郁闷的情绪相差无几。

想明白这点，闻乐更加郁闷了。

40 分钟之后，车在一个路口停下。闻乐转身就见杨秘书提着什么东西放进了后备厢。

闻乐不禁想起周考之前发的那条信息。

闻乐道：“你这是要送什么东西？”

周考道：“见面礼。空手上门不太好。”

闻乐看了塞满了整个后备厢的礼物一眼，道：“你是不是……紧张啊？”

周考否认：“没有。”

闻乐怀疑地看着他，半晌才哦了一声。

下午五点，周考驱车到达闻乐家的别墅，因为他有录入安保信息，所以直接驱车开到了闻乐家的别墅门口。

管家大概是通过监控看到了周考的车。大门被缓缓打开。

周考在门外的停车位停车，下车后转到一边给闻乐开门。

闻乐跟着周考来到后备厢前，看了看那一堆礼物，无奈地道："这么多？你不要太夸张了。"

周考点了点头："我知道。"

周考最后只从后备厢中拿出两个袋子："不是我紧张，是你的秘书紧张。"

闻乐心道：我信你才怪哟。

进门前闻乐揪着周考叮嘱道："你可别乱叫啊。"

如果他叫闻天启什么岳父，那这场面试就直接判零分了吧？

周考拍拍闻乐的手，道："我知道。"

明明是周考见家长，闻乐却比自己见家长还要紧张。

当见到坐在沙发上用平板电脑处理邮件的闻天启时，闻乐的心都要提到嗓子眼儿了。

反倒是周考拍了拍闻乐的手，安抚闻乐。

闻乐抬头看了周考一眼，发现周考比自己的状态好，不禁有点儿气恼。

闻乐先开口："爸爸。"

闻天启转头见是闻乐和周考，便放下手中的平板电脑，起身走过来："回来了？"

闻乐的心又提到了嗓子眼儿。她把身边的周考介绍给闻天启："爸爸，这是周考。"

闻天启将视线落到周考的身上，并停留了片刻，似乎是在打量什么。在闻天启的脸上看不出什么情绪。

周考不复之前的紧张模样，从容地问好："伯父好。"

周考从容淡定的模样，甚至让闻乐生出一种感觉：周考之前表现出紧张的样子会不会是在演戏逗她玩？

闻天启盯了周考好一会儿，没有说话。就在闻乐察觉气氛有些微妙，想要调节一下气氛的时候，却见闻天启突然温和一笑道："周考是吧？你我两家是世交，哪儿就这么多礼了？"

周考却丝毫不敢怠慢："初次登门拜访闻伯父，应当的。"

闻天启的脸色好了些。管家上前接过周考手中的礼物，引着几个人落座。

闻天启的脸上始终带着温和亲切的笑，他对周考不算热情，却也不失礼数，客客气气却稍显疏离。他笑着与周考随意地聊着天：“我跟你爸爸这么多年没见了，也不知道他最近怎么样。”

周考就规矩地回答了家里长辈的状况。

两个人的寒暄说不上热络，但也不至于冷淡。闻天启全程没有提起周考和闻乐的关系，与周考谈话仿佛只是单纯地出于对一位世侄的关心。

周考小心应付着闻天启的问话，心中却轻叹：这个岳父是真的难缠。

说话间，管家上来道：“可以上菜了。”

三个人又移步餐桌前。

他们坐的是圆桌，吃的是中餐。菜被一盘盘端上来，菜式丰富，大多是闻乐喜欢的菜。

闻天启还在和周考聊天。闻乐偏头跟管家说话，询问管家今晚的菜式。

管家一边安排着女佣上菜，一边答着闻乐的问话。

闻乐认真听着，转头就见女佣端着一盘糖醋里脊往周考面前放去。她下意识地阻拦，将那盘菜放到了靠近闻天启的那一边。

闻天启虽然跟周考说着话，余光却在注意着女儿的动静。见闻乐主动把他喜欢的菜放到他这边，他心想女儿到底体贴，没有有了男朋友就忘了爹。他心中熨帖，脸上的笑容就多了两分。

谁知下一秒他就听到闻乐低声嘟囔了一句：“他不吃甜的。”

闻天启听了，顿时表现出一副“心碎”的模样。

闻天启不知道谁不吃甜的，但是这个不吃甜的的“他”肯定不是指自己。而现在在座的只有两个“他”，这个“他”除了指周考，还能指谁呢？

闻天启的脸色顿时由晴转阴。

周考脸上的笑容不变，心中的感觉却就像是吃了蘸了蜜的苦瓜——既甜又苦。

这大概就是传说中的“甜蜜的负担”吧？

闻乐后知后觉，这才发现自己似乎帮了倒忙。

刚刚还算融洽的氛围骤然冷下来，周围的温度似乎都低了两度。

周考机警地转移了话题，言语之间尽是对闻天启的仰慕：“我有幸听过闻伯父在A大的演讲，当时就有一些问题想向闻伯父讨教，不承想现在有了一个机会。”

闻天启也记得那次演讲活动，更记得那是他第一次见周考。想起当时周考和闻乐亲昵的样子，他不由得冷哼一声，心想：这小子其实早就看上我家闺女了！想到这里，他心中的不爽更甚，只冷冷地道：“我记得。当时别人都散去了，就剩下你和乐乐在走廊说话。”

周考像是没有察觉到闻天启对自己的不满似的，点点头道：“是。起初我不知道那天有您的演讲活动，只是在交接工作时，正好遇到闻乐拿着活动海报兴致勃勃地跟别人说主讲人多么厉害，便不由得心生好奇。

“我跟闻乐是高中同学，也算了解闻乐的性格。当时我很好奇，到底是谁能让闻乐这般崇拜，就跟闻乐要了一张海报……”

周考神态自然，语气平淡，像是在陈述一件平常事。要不是闻乐了解周考，她也完全看不出周考是在吹捧他未来的岳父。

果然，这番吹捧让未来岳父极为高兴。

听说女儿在外面如此吹嘘自己、崇拜自己，闻天启那颗老父亲的心得到了极大的满足。他不由得忘记了之前闻乐说的那句“他不吃甜的”，反倒心情不错地隐晦地向周考询问闻乐是如何吹捧自己的。

为了讨未来岳父的欢心，周考简直“不择手段”。闻乐听得目瞪口呆，满脸通红。她怎么不知道，原来自己在私下这么崇拜爸爸，却不好意思在爸爸面前表现？

闻乐觉得长见识了——女朋友还能这么用，这么卖……

闻乐偷偷地在桌子底下给周考竖了个大拇指。这要是放在宫斗类型的小说里，她大概就是那种活不过三集的配角，而周考应该就是那种能活到最后的人生赢家。

周考吹捧的功力应该说是相当不错了，他打消了未来岳父心中的不满。更妙的是，周考总能在合适的时机讨闻天启的欢心。哪怕闻天启对周考如此戒备挑剔，也依旧被哄得心情舒畅。

周考这个人看上去冷冷的，不好接近。实际上，他若是想要讨好一个人，是真的很容易，而且他的讨好不是那种一眼就被识破的低劣奉承，而是言辞恳切，叫人很难不生出好感。

一顿饭下来，气氛越来越好。周考和闻天启聊得越来越深入，也越来越舒服随意。可饶是如此，闻天启依旧全程没有提周考和闻乐的事。

闻乐猜不透爸爸避而不谈两个人的婚事，到底是因为他多年来处于上位所形成的坚定心智使然，还是因为他对周考的满意仅仅浮于表面，而不达于心底。

若原因是前者，那是出于商人的谨慎，从目前的氛围来看，周考已经过了第一关的考量，并给爸爸留下了还不错的印象；若是后者，那说明爸爸在心里依旧拒绝周考。

闻乐心中疑惑，不禁又看了两个人一眼，见那两个人随意地聊着天，都很闲适自然，氛围也是和谐融洽。

闻乐叹了一口气，心想这也看不出什么。

闻天启放下餐具，端起酒杯对周考示意。周考端起酒杯，不卑不亢，但也显示出自己对闻天启的尊重。

闻天启看样子对周考很满意，道："你不错。"

这三个字就是今晚周考的面试成绩，这三个字给周考带来的成就感远比小学时拿到 100 分更令他兴奋。

随着这三个字落下，闻乐只觉得自己心头的石头也落了下来，不由得跟着舒了一口气。

这么说这次的"面试"算是通过了吧？

想着想着，闻乐心中突然生出一种困惑感：这次"面试"的明明是周考，为什么看上去紧张担忧的只有她一人？

她想想还觉得有点儿郁闷。

饭后周考没有多留，闻天启也没有挽留周考，只在周考走前送了一份见面礼。

周考没有推辞，接了。

闻乐和管家把周考送到门口。看着驶过拐角后消失的车辆，闻乐竟然有些恍惚。

她突然有种奇怪的尘埃落定之感，可这尘埃落定的感觉没让她放松，反倒叫她觉得有些怅然。这淡淡的怅然中却又带着一种不易察觉的甜。

待她回过神来，那甜味已在不知不觉中塞满了心田。

闻乐的嘴角不自觉地轻轻上扬。在这星子闪烁的黑夜之中，她品到了那一丝甘甜。

闻乐跟着管家慢慢地走回屋中。

老管家眼中含着笑意，他慈祥地与闻乐闲聊："先生似乎对周少爷很满意。"

闻乐笑道："看来他今晚表现得不错。"

老管家却笑着摇头："可不只今晚。"

闻乐不解地看向老管家，却听老管家道："先生一直都属意周少爷。"

闻乐这下是真的吃惊了。老管家是从哪儿看出来的？

老管家只含含糊糊地说："周家想要结婚，闻家不会拒绝，最好的结果当然是小姐自己中意。"

闻乐虽然没听懂老管家说的这番话到底是什么意思，但是抓住了两个关键词"周家""闻家"。闻乐直接问道："周家和闻家有什么我不知道的渊源？"

老管家带着闻乐走了一段，没作声。就在闻乐以为老管家不会回答这个问题的时候，老管家突然说了一句："周家于小姐和夫人有点儿恩情。"

闻乐闻言，只觉一惊。什么叫"有点儿恩情"？

老管家见闻乐一副吃惊的样子，又摆摆手，笑道："其实也说不上是恩情，但是一份极要紧的人情。"

闻乐怔住了，心道：人情？还是与我和妈妈有关的人情？

"妈妈"对闻乐来说是一个十分陌生的词汇。在闻乐很小的时候，闻乐的妈妈就离开了。

从此之后，这便成了闻家的一块伤疤，一揭就痛。闻天启单身了十几年都不愿再婚，闻乐的爷爷奶奶更是从来没有跟闻天启提过再婚这件事，由此便可以知道这件事于他们家而言是一种不能碰的伤痛。

闻乐自从懂事之后，就再也没有问起过妈妈的事情。但这并不代表闻乐对妈妈不好奇，不想念。

闻乐只知道妈妈在自己很小的时候就病逝了，其他的一概不知。

老管家在闻家待了几十年，什么能说，什么不能说，都是有数的。

今晚他突然向她透露了一点儿关于她妈妈的事情，是不是意味着爸爸打算跟她说点儿什么了？

闻乐想到妈妈，想到闻家和周家的关联，觉得脑子里也没个头绪。但她知道，若自己真的想和周考在一起，似乎没有什么太大的阻碍。

闻乐不由得想起今天周考淡定从容的样子，忍不住在心中猜测：莫非周考早就知道这其中的渊源？若真是如此……

闻乐没多想，大概觉得想下去会让自己的心情不太好。

闻乐回到屋内时，闻天启正坐在沙发上等她。见闻乐走过来，闻天启招了招手，示意闻乐坐过去。

“周考走了？”

闻乐点了点头：“走了。”

闻天启想到是周考送闻乐回来的，便问：“你们中午去约会了？”

闻乐轻咳一声，有些不好意思：“就一起吃了个饭。”

“和周考爷爷一起”这半句话她没说出来。

闻天启没说话。

闻乐抬头看了闻天启一眼，没看出什么来，她的心中有些忐忑：“爸爸？”

闻天启回过神来，看向闻乐：“怎么了？”

闻乐想了想，还是小声问出了口：“爸爸喜欢周考吗？”

闻天启不答反问：“爸爸喜不喜欢不重要，重要的是你喜欢周考吗？”

闻乐怔了一下，看了爸爸一眼，然后有些不好意思地点点头。

闻天启叹了一口气，道：“没想到你们有这样的缘分。”

闻乐听爸爸这么说，心下疑惑。什么叫“没想到你们有这样的缘分”？这话说得仿佛她与周考在一起之前就有什么渊源一般。

闻乐不禁想到了老管家的话，却听闻天启道：“周考的资料我也算是查了个底朝天。这个孩子很优秀，可与你相配。闻家与周家是世交，两家也算彼此知根知底。周家的作风如何，我大概还是有数的。平心而论，周家是个不错的家庭。周季老爷子和周承运都是正直宽厚的人。加上周家与我们家也有一些渊源，与周家结亲爸爸是愿意的。爸爸只是舍不得你。”

闻乐看着爸爸，感觉眼睛微酸："爸爸。"

闻天启摸了摸闻乐的头："爸爸总想着能一直把你留在身边，所以哪怕对方是周家，我也是不情愿的。要按我和你爷爷的意思，能招个女婿是再好不过的，这样就能把你留在我们身边。"

闻乐扑哧一笑："那爸爸就招了周考吧。"

闻天启道："可惜周季老爷子和周承运都是难缠的人，想要周考入赘，难啊。"

看着闻天启遗憾的眼神，闻乐不禁怀疑，闻天启真的动过这个念头。

闻乐不由得扶额，但转而想起另一件事情，便向闻天启问起闻家和周家的渊源。

闻天启闻言，沉默了下来，看着闻乐的眼神带着一种复杂的情绪，叫闻乐读不懂。正当闻乐感到困惑时，他开口了。

"那时候你还小，可能不记得了。"

想起当年的事，他整个人都阴郁了下来。闻乐有些吃惊，她从来没有见过爸爸这样的一面。

"你外公当年的事情，就是周家在中间帮忙斡旋，虽然最终你的外公外婆……但周家也没少出力。后来周家因为这件事被打压了几年，直到你外公的对手垮台，才好起来。"

闻天启的这句话说得含含糊糊的，闻乐却听得心惊肉跳。这句话透露了十几年前那一场席卷京城的风雨。

闻乐多多少少知道外公的对手是一位家底丰厚又气焰嚣张之人，手段更是狠辣，她的外公外婆就折在那场博弈中。

她从前没有多想，现在想想觉得是有诸多不对劲的地方。

闻家的人脉都在京城，爷爷和爸爸为何会无缘无故地抛下京城的一切，一走就是十多年？当真是因为爷爷要搞创作吗？那爸爸为什么只在沿海和港城活动，几乎不踏入京城？旋涡之外的周家都受到了打压，那作为姻亲的闻家曾遭受怎样的待遇呢？闻乐心中一惊，莫非当年闻家离开京城另有隐情？后来外公的对手倒台了，周家起来了，闻家就又回来了……

闻乐实在没有办法不去多想。闻家与周家似乎并不如表面上看上去的那样毫无瓜葛。

闻天启想起当年闻家的遭遇，以及妻女所承受的苦难，脸色不太好。哪怕后来他与他人合力扳倒了那人，他仍旧无法释怀。过去的伤痛并不会因为仇人的离去而消失，就像他的妻子也不会因为仇人的离世而复生。

大三的课虽然渐渐少了，但是闻乐和周考身上的事反而越来越多了。前些闻天启还提过闻乐实习的事，话里话外的意思是打算让闻乐到天音实习。但闻乐目前也有自己感兴趣的事，就没应下来，只说到时候看看。

闻乐那个“闻音”的账号已经有大几百万的关注者，也算是有一些影响力，因此向她发来的各种商业邀约也渐渐多了。

前段时间“笔尖”搞了一个活动，借机对农产品区做了宣传。闻乐也配合着写了一篇宣传稿，这番宣传收效不错，农产品区的销量可观，贫困地区积压的商品找到了销路。之后有关部门给“笔尖”送了一面锦旗，还在官方报纸发表了一篇文章公开表扬“笔尖”。

此事一出，“笔尖”和博主“闻音”受到了不少关注。闻乐和周考都接到不少采访邀约，但两个人都不约而同地婉拒了。

忙过这段时间之后，两个人终于得闲约个会。

周考在一个私家会馆订桌吃饭。据说这家会馆的菜口味极好，但是只接受会员预订，且一天可以预订几桌都是有定数的。要去那里吃饭往往要提前半个月预约。

京城的十二月正是冷的时候，凛冽的北风刮在脸上比被刀割好不到哪里去。闻乐再爱美也不敢当“要风度不要温度”的勇士，只得老老实实地穿了一件厚厚的羽绒服，又在脖子上绕了几圈围巾，把一张巴掌大的小脸遮起了大半。饶是如此，她还嫌冷地直缩脖子。

老人常说那些在冬天不怕冷的人身上火气旺，闻乐觉得周考就是这样的人。大冬天的他只穿了件挡风的厚毛呢大衣，手却是热的。

那个私家会馆没有地下停车场，车只能停在会馆外面的停车坪。刚推开车门，闻乐就被从车门灌进来的寒风冻得打了一个哆嗦。要不是她咬牙给自己鼓了把劲儿，几乎就想顺着那风的力道关上车门，缩回车内。

或许是因为裹得厚，闻乐的动作有些笨拙。周考大概是看不下去了，下车后绕到闻乐这边拉开车门，把闻乐拉出来揽在怀里，然后关上车门，锁车。动作一气呵成。

闻乐却觉得周考是故意在她的面前耍帅，目的是讽刺她笨得像一个球。

闻乐轻哼一声，推开周考，自己往会馆那边小跑过去。

跑了一会儿，闻乐发现周考没跟上来，觉得奇怪，便转头看了一眼，却见周考正拿着手机偷拍她。闻乐黑着脸看了他一眼。周考那点儿小心思，她还不知道？

闻乐黑着脸一步一步地向周考走去，伸出手道："给我。"

她这架势就像是高中时期没收学生手机的班主任。

周考单手拿着手机："干什么？查岗？"

闻乐懒得跟他废话，立即开始脱外套。

周考似乎是没反应过来闻乐到底要干什么。

只见闻乐把羽绒服的拉链向下一拉，活动了一下手臂，在周考还没反应过来的时候，她一个抬腿踢在周考举起的手臂上。被她踢中那一下倒是不疼，因为她收着力气。不过闻乐这一脚来得猝不及防，周考的手一松，手机就掉了。她伸手接住手机后，瞪了周考一眼。

周考诧异地挑了一下眉，看着闻乐当着他的面熟练地解开他的手机锁屏。

周考连忙挡住手机屏幕转移话题："夫人，这不太好吧？当众家暴我，又查我的手机，为夫还有没有点儿人权了？"

闻乐拍掉周考的手："谁是你的夫人？"

周考又挡了一下手机屏幕："不是我的夫人还查我的手机？"

闻乐道："你侵犯我的肖像权了。"

周考道："你确定要跟我讨论肖像权这个问题？"

闻乐捧着周考的手机，翻了个白眼，然后转过身去背对着周考。谁要跟学法律的讨论这些东西？

闻乐解开锁屏，果然就见还没退出的页面上显示的是周考给她录的视频。闻乐一见视频里那个跑得像只笨熊的自己，气得就要转身去找周考算账。周考却已经走向会馆。

闻乐更气了，他竟然留她在门口挨冻？

"啊！周考！"

周考回头："嗯？"

闻乐走过去，笑得很温柔，却突然伸手掐着周考肚子上的一块软肉，用力一扭。她"柔情似水"地道："拿命来！"

周考疼得倒吸一口气，握住闻乐的手："大庭广众的，怎么就想我的腹肌了呢？"

说着他不由分说地把闻乐拉进自己的怀中，带着闻乐大步往会馆走去，边走还边道："你想看，我回去给你看就是了。"

闻乐的脸都红了，也不知是冻得、气得还是羞得。

这天晚上他们来得有些晚。原本预订的时间是五点半，可闻乐临时有事，他们的车又在路上堵了一阵，两人到会馆的时候已经晚上七点半了。这顿晚饭吃得不可谓不晚。原本他们明天也有空，可以明天再约，但闻乐听说如果没有提前预约就没法在这个会馆吃饭，所以还是跟周考来了这儿。

一进会馆大门周考就放开了闻乐，两个人还是不习惯在人前秀恩爱。

服务员在前面引路，周考上前两步牵着闻乐的手，还讨好地挠了闻乐的手一下。闻乐扯了一下，没把手扯回来，也就不再理会。

周考见闻乐还是不理他，又轻轻地搔了闻乐的手心一下。

闻乐被惹得转回头去瞪了周考一眼。周考笑着望着闻乐，他眼中的温柔之情和笑意让闻乐看得没脾气。

只是周考像是看见了什么似的，脸上的笑突然僵住了。闻乐下意识地顺着周考的视线看过去，就见到了迎面走来的一群人。

说是一群人，其实也就五六个人，但走在前头的三个人是……周考的爸妈和闻乐的爸爸。

十目相对，现场顿时一片寂静。

在前方领路的服务员和对面的服务员察觉客人突然停下，有些不解地回头，却听周考率先开口："爸、妈、闻伯父。"

服务员了然，原来客人是遇到熟人了，看来是要等一会儿了，这些人怕是要说上一会儿话。

服务员悄无声息地退到不起眼的角落。

闻乐这时候也反应过来，跟着叫道：“爸、叔叔、阿姨。”

三个长辈先是对视一眼，然后看向两个人，点了点头。

闻天启的脸上看不出什么情绪，周考一直都是严肃脸所以也看不出什么，倒是周考的妈妈黎华一脸慈祥，笑着看着闻乐和周考。

这三个长辈里面闻天启的年纪最大，所以他最先开口。他看了外面的天色一眼，道：“怎么这个时间了还没吃饭？”

显然他是有点儿不满意闻乐和周考的作息时间。

闻乐怕爸爸又给周考降印象分，便解释道：“我临时有点儿事，但是位子订好了，不好不来，加上路上堵车，就晚了点儿。”

黎华嗔怪道：“工作再忙也要照顾身体嘛。阿姨最近不忙，你有空就让周考带你回家吃饭。”

三个长辈是吃完晚饭出来的，见两个小的还没吃饭，就没多说，催他们进去。三个人对自己为什么会出现在这里也没个解释。但是哪怕他们不解释，闻乐和周考也多多少少能猜出点儿来。

两个人把长辈送出门，才返回自己订的包间。闻乐有些紧张：“你说，我爸和叔叔阿姨今天在这里吃饭会不会是……商量我们的事？”

周考拍了拍闻乐的后背以示安抚：“今晚回去问问就知道了，八成是。”

闻乐一时不知自己该是什么反应，半晌才讷讷地道：“他们还……还挺快。”

因为有这么一段插曲，闻乐这顿饭吃得心不在焉的。周考见闻乐吃得少，就给闻乐夹了块茄子：“尝尝这道菜，这就是《红楼梦》里说的茄鲞。新下的茄子刮了皮，切成碎丁，先用鸡油炸了，再把鸡胸肉、香菌、新笋、蘑菇、五香腐干切丁用鸡汤煨干，加香油收汁，最后用糟油一拌，盛在瓷罐子里封严，吃的时候拿出来，用炒鸡丁拌了就是这一小盘。”

闻乐诧异地看了一眼，试探性地用筷子夹了一点儿，尝了一口，好吃是好吃，但……闻乐看了看周考，在周考的脸上看不出什么破绽。可闻乐总有些怀疑，不由得又夹了一筷子，然后看了周考一眼：“你骗我的吧？”

果然，闻乐的话音刚落就见周考的眼中闪过一丝笑意。

这个男人越来越坏了。闻乐气得大喊：“你今天是不是非得气死我才罢休？”

周考的脸上绽开笑容，他道：“吃个饭也心不在焉的，就算真的给你吃茄鲞，你也尝不出滋味。”

说着周考又给闻乐夹了一块排骨：“能不能好好吃饭？”

哦，原来这个坏男人是想哄她好好吃饭。他真的是一个心十个窍，想让她吃饭，直说就是了，还骗她，啧啧。

闻乐虽然在心里这么吐槽着，但那股火气瞬间就消失了，而且心里不知打哪个角落涌出一股甜蜜的感觉，甜得她费了不少劲儿才压下嘴角的笑。

闻乐低头吃了一口排骨，觉得排骨的滋味恰到好处。闻乐摇摇头，不去想那些扰人心思的事。今晚的美食不可辜负，毕竟这是提前半个月才能预约到的。

饭后两个人聊了一会儿天，周考突然出去接了个电话。回来后他一脸平静地对闻乐道：“商量好了，他们决定明年四月给我们办订婚宴。”

闻乐听了一脸震惊。

婚事商定之后，闻家和周家就开始着手准备工作。为了这件事，于阿姨特地从海城飞回京城，一是为了给闻乐和周考准备订婚当天穿的衣服，二是安排启动龙字系列的事宜。

为了准备闻乐和周考的婚事，于阿姨几乎推掉了下半年的大部分工作。这一动静自然没有办法瞒过外界。于阿姨手上握着大把的时尚资源，娱乐圈里不知道有多少人盯着她。察觉她的这一动静，外界纷纷猜测于望舒与老东家关系破裂，准备离职，或者是天音又准备搞什么大动作，才让于望舒推掉其他的工作全心筹备。

求婚戒指自然是由周家这边准备。周考的妈妈黎华为此也很是紧张，四处托人去找合适的钻石。周家如今正是烈火烹油的时候，暗处不知有多少双眼睛盯着。周家找钻石这事瞒不住外界。钻石这东西不同于其他珠宝，意义总归有些特殊。有些人一联想到周家的孙辈有不少到了适婚的年纪，便猜测周家不久之后将有喜事，只是不知道要娶的是哪家的姑娘。有的人打听了一圈儿，竟然没有得到一点儿消息。大家不由得更好奇了。诸多猜测层出不穷。

珠宝供应商短期内实在是找不到合适的钻石。周家催得又急，那珠宝商家的大老板怕耽误了周家的事坏了交情，被逼得亲自跑了一趟周家，劝黎华多留意一下世界各地的拍卖会。

黎华听了也怕耽误事，当晚就给周家和黎家的代理人、经纪人下了任务，让他们务必帮着物色合适的钻石，且要抓紧时间。

在家里长辈为这桩婚事忙碌之际，闻乐和周考反倒闲了下来。自从婚事商定之后，闻家和周家就渐渐地转变了相处模式，基本上就以亲家的关系来往。

闻乐被周考带着去见了父母，周家长辈都对这桩婚事极为满意，对闻乐更是满意，见到闻乐自然是满心欢喜。周考的父母只有周考一个孩子，对闻乐就权当女儿对待。黎华对闻乐更是喜欢，经常给闻乐买鞋、衣服、首饰和包，还带着闻乐逛街做水疗美容。

自确定订婚之后，闻乐见黎华的次数似乎比见周考都多。周考当初说的不错，闻乐和黎华的确有不少共同语言，特别是在逛街、花钱这方面。

临近年关，黎华手头上的事情不多。或许是因为年纪大了，事业心没有那么重了，她反倒喜欢儿女绕膝的家庭生活。她最近的爱好是跟着阿姨研究厨艺。她从闻家要来了闻乐喜欢的菜单，隔三岔五地就要亲手做上一桌子菜，还打电话让周考带闻乐回家吃饭。

闻乐初时还有些不好意思，后来和她相处得久了也就习惯了，有时闻乐还帮她切切水果摆摆盘。

周家的作风要比闻家低调得多，家里只有一个阿姨，自己动手的机会也多。有时黎华做饭，周承运也会在旁边帮忙择菜，他还会支使周考炒个菜。一家人说说笑笑的，倒是要比闻乐家显得有人气。

有时闻乐看着这样温馨的周家，也会觉得心酸。她的爸爸多年来一直单身，身边只有管家和用人。家里没点儿人气，冷冰冰的，比酒店好不到哪里去。好在逢年过节，她的爸爸还能回到她的爷爷奶奶身边。

想到爷爷奶奶，闻乐又有点儿想念他们。

闻乐想到这些，便也经常带着周考回家陪爸爸吃饭。家里只有爸爸一个人，他实在是太过寂寞了。闻乐之后也常回家住，那一学期基本上没怎么住校。

周末时闻乐也偶尔会去周考那里待上两天。两个人没事的时候就一整天都待在一起。

这天也是周末，两个人待在周考的公寓。

午睡醒来，闻乐见周考靠在床头看书。闻乐看了床头的闹钟一眼，揉揉眼睛坐起身，靠在周考的怀里打哈欠醒神。

周考揽着闻乐，视线还停留在书上。

闻乐睁着眼睛发了一会儿呆，总算清醒点儿了。她动了动身子，在周考的怀里找了个舒服的姿势靠着，拿过手机玩了一会儿。见手机没收到什么信息，她又看了几眼就放下了，觉得有些无聊，又因周考不理她而郁闷，心里纳闷：他看什么书这么入迷？

她见周考的视线一直在书上，而且他的嘴唇微动，像是在背书。

周考最近没有考试啊，背什么书？闻乐好奇地侧头看了看那书的封面——《郁石文集》。

“啊！”闻乐哀号一声，觉得脑袋都在痛。这可是她的童年阴影。闻乐还清晰地记得自己小时候是怎么被爷爷押着背这本书的。最过分的是，当时年幼的她根本不知道那本书是爷爷写的，爷爷也不告诉她，还惩罚她写一篇800字的作文来赞美郁石先生，作为她不尊重前辈和文学作品的代价。

闻乐还记得自己当初因为写不出800字的赞美词而被愁哭的悲惨模样。

往事不堪回首。

她只怪老头太坏，自己太蠢。

看着封面上那四个字，闻乐觉得自己的脑壳都在痛。闻乐敲了敲自己的脑袋，万分不解地道：“你看这个干什么？”

周考的视线还在那本书上。他似乎是看完最后一句，才低头看向闻乐，道：“这是你爷爷的书。”

“我当然知道，”闻乐捂着脑袋，“这是我的童年阴影。”

周考拿书敲了敲闻乐的脑袋：“我背你爷爷的……不，咱爷爷的书，你说是为了什么？”

闻乐：“……”

他这样做还能为了什么，当然是为了见她的爷爷。

“不用吧……”

周考就因为定了今年要随她回山里见爷爷，就要背下整本《郁石文集》？

闻乐又看了周考手上那本不薄的书一眼，突然深刻地体会到了周考对她的感情。

原来周考这么爱她。

毕竟如果周考告诉闻乐，想要赢得周老爷子的好感就必须背下一本书，闻乐可能就会考虑一下，到底是背下一本书更容易，还是换个男朋友更容易。

当然她只是会考虑一下这个问题。她是不会因为要背一本书，而放弃一个愿意为了她背一整本《郁石文集》的男朋友的。

闻乐决定，就冲周考愿意背下《郁石文集》这一点，以后就算他再怎样，她都可以原谅他。

不过一瞬间闻乐心中就闪过了这些念头。她心中充满怜爱地摸了摸周考的脸，又温柔地捧着周考的脸亲了亲：“难为你了。”

周考的嘴角噙着笑意，他享受着闻乐主动地亲近他。

周考背书背得有多专心，闻乐心中就有多怜爱他。似乎只要周考在她的面前背一整天的书，那无论周考今天提什么要求，她都能答应。

闻乐又在周考的脸上亲了一下：“我去给你切点儿水果，你慢慢背。”

周考诧异地看了闻乐一眼。他自然了解闻乐的性格，闻乐这句话就是在变相地讨好他。周考看了看手中的《郁石文集》，眼中闪过一丝笑意。

过了一会儿，闻乐端着水果进来了。她用小叉子叉起一块水果喂给周考：“背到哪儿了？”

周考翻到夹了书签的那一页。闻乐看了一眼，见他背了有一半了，估计背了有一阵了，便道：“什么时候开始背的？”

周考看了看时间：“两个小时之前。”

闻乐诧异地道：“多久？”

“两个小时之前，有问题吗？”

闻乐眨了眨眼，看着周考那本已经背了一半的书，突然觉得自己有

“周考竟然这么爱我”的这种想法，大概是自作多情了。她忘了，自己是理科生，可周考是个文科生，还是学法律的文科生。

闻乐难以置信地问了一句：“这么说你四个小时就能背完这本书？”

“三个小时就差不多了。”

“背完就忘那种吗？”

“看来你的记性是真的不太好。我寄给你的那一箱证书中，有一张是全国青少年记忆大赛的冠军。”

闻乐：“……”

作为一个背书困难户，闻乐无法理解背书达人——周考对背书的蔑视。

她想：抱歉，是我自作多情了。

因为来年四月就要订婚，周考无论如何也要见见闻乐家里的长辈。

周考家里商量好了，今年过年就让周考跟着闻乐一起回家，一是为了亲自送年礼，既然已经决定订婚，礼数就不能少；二是为了见见闻乐的爷爷奶奶。

闻天启还没有忙完手上的事情，因此这次还是闻乐先回去，不过不同的是，这次有周考陪着闻乐。

闻乐所在的学院放假一向比较早，她的最后一门考试结束后，再过三天才是周考的最后一门考试的日子。闻乐在家里等了周考三天。周考考试结束后，和闻乐回周家吃了顿饭，又回老宅见了周老爷子。周老爷子送两个人走的时候，给周考拿了东西，说那是送给许久不见的闻炳秋的礼物。

两人见完这边的家长，第二天一大早就出发了，小杨随行。

下午，两个人就进了县里。闻乐的爷爷奶奶虽然住在山里，但也不是在大山里面。那里低缓的山地多一点儿，所在的村落又在山脚下，周围绿树掩映，环境清幽，只是因为道路的问题，交通多少不太方便。

闻乐的爷爷奶奶早就知道周考要来，但闻乐怕两个老人因为惦记自己，要出来迎接，就没具体说自己哪天到。

山路崎岖，车子开不到村子里，有一段路他们需要步行。

闻乐带着周考边走边介绍。周考打量着这地方，觉得这里山清水秀，林木葱郁，加上不太方便的交通，倒像是一片世外桃源。他不禁赞叹道：“这倒是一处好地方，当时是怎么找到这里的？”

闻乐笑了笑道：“是爷爷找的。爷爷年轻的时候来过这里，具体怎么回事我也不知道。爷爷挺喜欢这里的，就带着我和奶奶住了下来。”

周考看着这一片翠绿的山林，只觉呼吸间都是清新的草木芬芳，全身的毛孔仿佛都张开了。这是在城市里绝对见不到的秀丽景色。周考的眼中含着笑意，神态惬意：“这里是钟灵毓秀之地，怪不得能养出这样的你。”

“我什么样？”

周考笑而不语。

周考看着这土地、山林、河水，几乎能够想象小时候的闻乐是如何在这片土地上放肆而欢快地奔跑、玩耍、游戏、成长的。

一方水土养一方人，只有这样迷人的地方才能养出这样的闻乐。她是山林原野孕育的精灵，一身的野性和灵气，令人着迷，令人上瘾。

周考年前在闻乐家里待了十天，这十天基本上就是周考的个人才艺秀时间。

他先是以高深的棋艺和谦逊的风度赢得了爷爷的好感，又用一手厨艺征服了奶奶和管家，加上那全方位无死角的吹捧，便迅速稳住了自己的预备孙女婿的地位。

这一番操作下来看得闻乐目瞪口呆。

但周考的野心远不止如此。

接下来的几天，周考在和爷爷聊天时“不经意”地提起爷爷的一篇文章，引起爷爷的兴趣，又“不经意”地透露自己背下了整本《郁石文集》。爷爷抽查周考之后，发现果真如此，当即带着周考进了自己的小书房。

闻乐看着爷爷带着周考走进小书房的样子，仿佛看见爷爷领着周考打进了闻家内部，忍不住翻了个白眼。

这两个人在小书房一待就是一个下午。晚饭时间，闻乐去书房叫两个人下楼吃饭，却见周考正在爷爷的指点下在桌前练毛笔字。见闻乐进门，爷爷还说了句：“他的字不错，比你有天赋。”

闻乐：“……”

难得放假手上无事，又是在家中，闻乐这天早上十点多才起床。洗漱完，她换上一身家居服就要下楼，可想到家里还住了个男朋友，就犹豫了一会儿。最后，她还是打算给男朋友点儿面子，便跑到镜子前勉强打理了一下自己的形象——主要是把睡得乱糟糟的头发梳一下。

闻乐出了房门先去周考的房间。她敲敲门，见没有动静，又喊了一声。没听到有人答应，她便推开门看了一眼，原来周考不在。

也是，不早了，周考大概在楼下。

闻乐遂下楼去，见爷爷在客厅摆弄盆景。闻乐看了一圈，问："爷爷，周考呢？"

爷爷不满意地嘟囔了一句什么。闻乐没听清，又问："什么？"

爷爷不耐烦地道："跟你奶奶在厨房。"

闻乐诧异地找去厨房，见周考正系着粉红色的围裙在奶奶的指导下做汤。

闻乐先是目瞪口呆地看看周考，再看看一脸慈祥的笑容的奶奶，又看看旁边一脸慈祥笑容的阿姨们，脑海中不禁浮出四个大字：妇女之友。

周考最先察觉了闻乐的到来，朝闻乐笑了笑，然后盛了一勺汤，对着闻乐招了招手道："尝尝怎么样。"

他这副温柔"贤淑"的模样……这样的画面带来的冲击……

闻乐有点儿恍惚，愣愣地走过去。

周考低头轻轻地吹了吹汤，喂闻乐喝了一口。

闻乐红着脸喝了，可心里快活得根本尝不出滋味。

实在是因为周考这副家庭"煮夫"的样子太打动她了。闻乐曾经梦想自己能够挣大钱，养活男朋友，那时的她也曾经模糊地有过这样的念头——要养一位贤惠温柔的……

小围裙、做羹汤、周考，这一切都让闻乐觉得太梦幻了，她高兴满足得简直要晕过去。

周考问了句："好喝吗？"

闻乐愣愣地点点头。

此刻，这一屋子的女人，不论年纪大小都折服在周考的"煮夫"光环之下，不能自拔。

闻乐咽了咽口水……

临近年关，周考要回家了。奶奶拉着周考的手，实在舍不得他走。

家里的阿姨们也担心周考在路上的安全问题，反复叮嘱送周考去机场的小杨："周考少爷第一次走那条路，你可得小心着点儿，到了给家里打电话，好好照应着……"

小杨被家里的这个阿姨那个阿姨念了一早上，木着脸只知道点头。

奶奶则拉着周考的手，跟他絮絮叨叨着什么。知道周考要走，奶奶给周考收拾了一堆东西。她总觉得家里的这个东西也好，那个东西也好。这个东西周考喜欢吃，她让给周考带点儿；那个东西对身体好，也让周考带点儿；这个东西是这边的特产，周考也得带着。就这么左收拾一点儿，右收拾一点儿，最后她就收拾了一堆。

闻乐看着那一堆东西有些无奈："奶奶，你干脆把家都给他搬去算了。路又不好走，你让他怎么拿？"

奶奶看了看那堆东西，什么都不舍得留下，但也知道周考带不了那么多，不免觉得遗憾。

周考则安慰奶奶："奶奶您别担心，年后我有时间再来给您拜年。"

奶奶闻言，果然又高兴了起来。

最后周考只带走了闻乐的爷爷和奶奶给的见面礼。

在门口与闻家人告别后，周考就要离开了。闻乐刚刚还说奶奶，现在自己却舍不得周考了。闻乐觉得，每天睁开眼就看到周考穿着围裙给自己做饭的感觉真令人怀念。

闻乐跟爷爷奶奶打了声招呼，就送了周考一段路。

小杨知道这对小情侣怕是要腻歪一会儿，便识趣地在前方等着。

周考也有些不舍，但外面有些冷，他怕闻乐冻着，便摸了摸闻乐的头，低声道："回去吧。"

闻乐抬头看着周考，不知道是不是因为不舍，脸都红了，用水汪汪的眼睛含情脉脉地望着周考。

周考的心一软，满眼柔情。

闻乐轻启朱唇："回去好好练厨艺。"

周考："……"

闻乐道："不练就生疏了。我回去要检查的。阿嚏！"

闻乐揉揉冻红的鼻子："你走吧。冻死了，我要回去了。"

他再一次认识到闻乐的确是一个不解风情的人。

周一早上八点左右，京城中央商务区随处可见行色匆匆的白领。

袁浩森就是其中的一员。惬意的周末总是太短，越是知道周一早上要上班，周日晚上就越舍不得睡，他总想着晚睡一会儿就能多挽留周末一阵，于是昨晚又按惯例熬了个夜，大早上起来有些没精打采。

正是上班高峰期，电梯异常忙碌，袁浩森呆滞地站在人群中等电梯。

突然他的左肩被拍了一下，他回头看去，见是楼下公司的陈远。袁浩森道："挺早啊。"

陈远笑道："还行。啧，你这黑眼圈快到腮帮子了，昨晚又熬夜了？"

袁浩森点点头："周末的每一秒都得珍惜。"

陈远笑了一声。

电梯停在二十三楼上面迟迟不动，也不知二十三楼的人到底在干什么。人群中有人发出不耐烦的声音。

陈远跟袁浩森聊着天："听说你们公司上周招了六个实习生。"

袁浩森道："你的消息还挺灵通。"

陈远道："这有什么？我听我们公司的王姐说的。她们那些女人能聊，这栋楼里有什么八卦消息能瞒得过这群姐姐？"

袁浩森笑了一下："谁说不是呢？"

陈远突然笑了笑："听说这六个实习生里有个特好看的美女。"

袁浩森明白了："你是想打听这个美女吧？"

陈远又笑了一下："我们公司里都是一群大老爷们，公司都快成少林寺了，哪像你们公司……羡慕不来啊。那个美女是不是叫靳什么？我忘了。据说她长得跟郁凌薇似的。"

郁凌薇是娱乐圈的当红年轻女明星，以气质清纯著称，深受部分男性喜欢。

袁浩森先是一愣，随后坏笑了一下，道："你说这个啊，我还以为……"

陈远听出点儿其他意思："还以为什么？你们公司还新招了其他美女？"

袁浩淼挑了一下眉，看了看四周小声道："其实我们公司这次招了七个人。"

陈远道："七个？不是说六个吗？"

袁浩淼道："陆总临时又加了一个人进来。"

陈远闻言，啧了一声："你们陆总看上去不像是这样的人啊！"

袁浩淼道："谁说不是呢，不过要说美女，那个陆总招进来的人简直绝了……"

陈远道："比她们说的那个靳什么还好看？"

袁浩淼道："我们组的人一致认为，哪怕郁凌薇本人来了，也不会比那个人更好看。"

陈远还想问两句，却听叮的一声电梯来了。袁浩淼被人群挤挤挨挨地带进电梯，陈远便失去了继续讨论八卦消息的机会。

陈远正觉遗憾，不承想电梯门临近关闭的时候一个女生匆匆地跑了进来："请等一下。"

陈远站在电梯按键的旁边，所以顺手拦了一下电梯门。

"谢谢。"

那是一道悦耳的女声。

陈远抬头看了一眼，只觉得双眼被晃了一下，背光走进来的女生像是带着光环，容颜夺目。

电梯里大半人的视线都向这女生移去。

女生进了电梯后背过身去，只在人群中留一个背影，汇聚在一起的视线这才渐渐撤离。

陈远收回视线盯着楼层数，心中仍觉震撼。

正想着，他的余光突然瞥到袁浩淼冲自己使了个眼神，做了个口型：关系户。陈远看了那女生一眼，心想：这……就是那个关系户？

大三下学期，闻乐思量了一番后，还是选择去"笔尖"实习。闻天启对此倒是没有意见，想着闻乐和周考不久就要订婚，两家的关系也不同以往，闻乐想去"笔尖"，便让她去吧。

正巧"笔尖"那段时间要招一批实习生，闻乐就跟着这群实习生同期进了公司。

闻乐的待遇和其他实习生一样。她跟同批的一位女生一起被分到了运营部，现在的工作就是跟着运营部的一位前辈学习并……打下手。

当初公司决定招收实习生六名，最后却招了七个人。这七个人里有一个是陆总亲自发话放进来的。公司的解释是人手不够，临时多招了一个。

这个人长得美，又和陆总认识，知情人心中对她有成见也是正常的。暗自揣测闻乐与陆总关系的人更是不知生出了什么想法，毕竟陆总目前单身也是众所周知的事实。

有些人虽然背后对闻乐有成见，但当着闻乐的面还是和和气气的。他们心中不爽能给实习生小鞋穿，但要是实习生不爽，直接将那些事在背后说给陆总听可就要命了。

闻乐不管别人在背后对自己到底存了什么样的心思，只勤勤恳恳地在运营部干着一位实习生该干的活，对跑腿、打下手什么的从无怨言。一周下来，她就给同办公室的前辈留下了勤快又能干的印象。如此一来，办公室的人倒是渐渐地开始接受这个人了。

这天中午办公室的人忙完手里的活儿，就三三两两地到楼下的餐厅吃饭。闻乐还坐在电脑前整理一份文件，她的手机突然振动了一下。闻乐看了手机一眼，还没回信息，和她同批进来的一个叫蓝慧月的姑娘就过来找她一起去吃饭。

闻乐又看了看手机，抱歉地对蓝慧月笑笑："我中午有点儿事，你先去吃吧。"

蓝慧月道："那好吧。"

办公室的人陆陆续续地走出去后，闻乐才关了电脑走出去，出门时还四下看了看。她在心中吐槽自己：我怎么还跟做贼似的？

"笔尖"一共在丰瑞大厦B栋租了两层。闻乐所在的运营组在十六楼，周考所在的总裁办在十七楼。她没等电梯，直接走楼梯。周考在那儿等着她。

闻乐一进楼梯间就被一股力道拉了过去。

闻乐吓了一跳，抬头就见是穿着一身正装的周考，不由得轻喘一声，又看了看四周，嗔道："跟做贼似的。"

周考轻笑了一下，抱紧闻乐，调侃道："小实习生，今天的工作怎么样？"

闻乐道："怎么？大总裁是想听我汇报一下工作？"

周考道："听听。"

闻乐推了推周考，道："那你起开。"

周考把闻乐按在怀中不撒手："过两天我就把你从运营部调走，也不知哪个不长眼的把你送去了十六楼。"

闻乐道："别是你自己。"

周考挑了一下眉："我何必自找苦吃？"

闻乐道："哦，是不是因为把女朋友放在身边会限制你自由的灵魂？"

周考慢慢地低头，声音含混："我巴不得夫人把为夫的灵魂牢牢拴死……"

周考含混的声音消失在两个人相交的双唇间。可下一秒，楼梯间的门就突然被拉开，六目相对，尴尬到极点。

开门的正是袁浩淼。他的手上正拿着一根烟，看上去他是打算来楼梯间这儿抽烟，不承想却撞见这么尴尬又劲爆的场面。

袁浩淼的身后不远处还有两个正路过的女生。

袁浩淼拉开门看清面前相拥的两个人的那一瞬间，只觉大脑一片空白，在他自己都没反应过来之际，飞速地说了句"对不起"，然后砰的一声关上了门。

周考过了一会儿才开口："走吧，去我的办公室。"

闻乐点了点头，心想：小场面而已。

没想到，到了下午，闻乐和周考的事情就被传了出去——新来的美女实习生和大老板的关系匪浅。

袁浩淼感到一万个委屈，这真的不是他说的，但当时是他开的楼梯间的门，还让大老板看清了自己的脸！

这下公司的所有人都知道，原来闻乐靠的不是陆总的关系，而是大老板的关系。

八卦消息只在背地里传播。闻乐虽然觉得别人看自己的眼神有些不一样，但对她的态度倒是没有什么改变——起码表面上是这样。

八卦消息传到十七楼，那些早在去年就见过闻乐的公司老人不禁扑哧一笑。什么叫关系匪浅？周考第一次带闻乐来公司的时候就向大家说明那是他的女朋友了。

八卦消息一层一层地传出去，十六楼运营部那个美女实习生是大老板的女朋友这件事很快就在各个小群里流传开来。

年轻英俊的大老板竟然有女朋友，这实在是令人伤心。

大老板年轻英俊又多金，体贴温柔又有风度。女朋友要实习，他就帮忙解决实习的问题。等女朋友以后要找工作了，他还能帮忙解决工作的问题。这真令人羡慕。

众人本来就知道闻乐是陆总招进来的，这下还得知她是周考的女朋友，背地里难免会说些酸溜溜的话。

“看看同期的实习生面试时多紧张啊。她倒好，直接搞定大老板，别说实习，以后想在这儿正式工作也就是张张嘴的事。”

“咱是没有那个命，唉。”

闻乐可能知道，也可能不知道众人在背后对她的议论。反正在众人面前，她像是一副什么也不知道的样子，只跟平日一样正常上班。面对一些若有似无的话语的刺探，闻乐尽数不动声色地挡了回去，半分口风不露。

外人纵使好奇，也很难从闻乐的口中问出什么来。大家只道这姑娘谨慎，与大老板平日低调的作风相符，怪不得大老板喜欢。

闻乐在公司从来都只穿自家的衣服，衣服上干干净净的，一个别家的商标都没有。闻乐浑身上下没一件牌子货，于是就有人断定闻乐的家境平平。还有些人见闻乐连实习都让周考帮忙安排，不由得在心里轻视闻乐两分。

直到有人在停车场看到闻乐的车，大家才发现自己看走眼了。

实习期间为了上下班方便，闻乐直接住在了家里。关于用何种交通方式上班的问题，闻乐没多想，认为实习生就该低调本分些，每天让小杨开车接送自己上下班显然不合适。于是，闻乐干脆每天早上跟着人群一起挤地铁。

她挤了一周的地铁，有时还能在公司附近的地铁口遇见同事。和同事一起买了早餐上楼打卡，这很符合闻乐曾经想象过的毕业后的工作生活。闻乐也算乐在其中。

大三下学期，社联的工作渐渐移交给了几个部长和副主席，闻乐手上的事情不多。但是昨天晚上十点多，闻乐接到一个学妹的电话，说是有一份重要的文件找不到了。学妹有些着急，听说当初闻乐经手过那份文件，便来找闻乐。

一通电话下来，学妹仍旧找不到文件。闻乐没办法，只能向她承诺早上过去看看。

小杨不住在闻家的别墅里，之前接送她的车被他开走了，车库里只剩下闻天启那几辆比较惹眼的车，再就是当初闻天启送闻乐的那辆红色的跑车。

其实这些车的惹眼程度也就半斤对八两吧。

闻乐突然明白周考为什么那么喜欢他常开的那辆车了。

相比之下那辆车是那样质朴、实用又低调。

闻乐在心中吐槽着，选了自己的那辆红色的跑车。

学妹那边挺着急，闻乐怕耽误了时间还请了个假。入职一周就请假的确不好，但闻乐也没有办法。

好在只是虚惊一场，闻乐半个小时就找到了文件。做了交接记录后，闻乐看看时间，发现若是堵车情况不严重，她也有可能卡点儿到公司，于是就匆匆跟学妹告别了。

学妹送闻乐到门口，见闻乐按了一下车钥匙，停在J号楼楼下的一辆红色的跑车就闪了一下灯光。学妹愣愣地朝闻乐挥了挥手，这才想起这个低调的学姐是个有钱人。

闻乐也朝学妹挥了挥手，一边行色匆匆地朝那辆红色的跑车走去，一边道："你快回去吧，我走了。"

学妹眼睁睁地看着闻乐上了车，关上车门。很快，那辆红色的跑车就扬长而去。

学妹看着闻乐离开的方向，半晌才道："哇，有点儿酷。"

闻乐的运气还不错，这天早上路上堵车的情况不严重，她到公司楼下的停车场时才八点二十分，离上班时间还有十分钟。

闻乐找了一个车位停车，然后开门下车，没想到与一个刚从车上下来的女同事撞了个正着。

说来也巧，这女同事是与闻乐同部门同组的一位前辈。闻乐的眼皮跳了一下，面上却不动声色。她从副驾驶拿出包，关上车门上锁。见那个女同事正紧紧地盯着自己，闻乐不由得轻叹一声，脸上露出微笑，道：“陈姐。”

被称为陈姐的女同事愣了一下，然后点点头，看了看闻乐，又看了看闻乐的车：“今天开车来的啊？”

闻乐笑了一下，道：“早上有点儿事，出去了一趟。”

陈姐又看了那车一眼，开玩笑地试探道：“没想到啊，你平日里不声不响的，其实是个开跑车的有钱人。”

闻乐笑着讨饶：“陈姐就别笑话我了。咱得快走了，还有八分钟就迟到了。可没有刚到公司一周就迟到的实习生，我得赶紧跑了。”

陈姐快步跟上闻乐的脚步，眼中满是好奇之色。她嘴上跟闻乐聊着天，实际上就是想试探闻乐的底细：“你们家里连跑车都买得起，还跑这儿当实习生？”

闻乐道：“且不说我们学校有实习安排，我自己早晚也是要踏入社会的，所以就想着来学点儿东西，再说我也对‘笔尖’感兴趣。”

陈姐又道：“你家里是做什么生意的？怎么不在家里开的公司实习？”

闻乐笑了一下，只含糊地道：“啥都做点儿，不过我还是喜欢这里。”

陈姐还想再问，闻乐却道：“电梯来了。”

说完，她就率先进了电梯。

十六楼那个平日里低调朴实的美女实习生是个有钱人的消息迅速传遍了整栋丰瑞大厦。毕竟有关周考和闻乐的关系的消息，只会在公司内传播，而闻乐开的那辆红色跑车却是丰瑞大厦所有进出停车场的人都能清清楚楚地看到的，而且据说这辆跑车是她自己的。

这条消息一出就堵住了那些爱胡说八道的人的嘴，昨天他们还说着一些捕风捉影的话，第二天就被一辆车堵住了嘴。

背地里不知有多少人用探究的目光来回地在闻乐的身上扫视着。

运营部表面上依旧和谐融洽，但暗地里氛围发生了微妙的变化。闻乐当然感觉得到，但她只佯作不知，该干什么就干什么。

中午同事都陆陆续续地去楼下吃饭，闻乐手上还有事就没动身。蓝慧月往闻乐那边看了好几眼，似乎在犹豫要不要约闻乐吃饭。

闻乐用余光瞥见了这一幕。她笑了一下，放下手中的活儿，走过去问蓝慧月："去吃饭？"

蓝慧月看了闻乐一眼，笑了一下，道："走吧。你和周总真的是情侣关系？"

闻乐没想到她竟然会这么直接地问出来，先是愣了一下，然后笑着点点头。

闻言，蓝慧月的眼睛里闪过一丝笑意："所以你来'笔尖'其实是为了周总吧？"

闻乐笑了笑道："也不全是，其实我对'笔尖'还是很有感情的，我是真的想在这里做下去。"

蓝慧月却不解，这样的闻乐还需要做小白领吗？

不过，蓝慧月见闻乐不愿多说的样子，也就没问了。

晚上下班后，周考下楼来找闻乐。这时候十六楼办公室的人还没走光，那些人见周考来运营部，都不由得吃了一惊，随即默契地将视线投向一个角落——闻乐正坐在那里低头整理着什么。

果然，传闻是真的，闻乐和周总是一对。

那些本来正抓紧时间忙着手上的工作好尽快下班的人也不急了，他们反倒放慢了动作。一时间竟然再没有人从办公室往外走。

闻乐听到有人喊"周总"，不由得抬头看去，却正对上周考的视线。

周考没说什么，看了一眼就直接离开了。

闻乐心中不解，却听手机振动了一下——原来是走出去一阵的周考发来的信息：还不下班？

闻乐心头一紧，偷偷地看了四周的同事一眼，见大家都忙着手上的事，才松了一口气。她连忙收拾了包，关了电脑，跟身边的同事说了再见后，就拎着包匆匆地走了出去。

闻乐一走出办公室，原本还低着头工作的同事们就立刻齐刷刷地抬起头看向门口，甚至还有人飞快地从座位上离开，跑向门口。在这人的带动下，很快就有一群人扒在办公室的门上往外看。

只见周考正在办公室外的走廊等闻乐，见闻乐过来，周考便熟练地接过闻乐的包，牵着闻乐的手。两个人说着话，向电梯那边走去。

周考的身高偏高，闻乐说话时需要向周考的方向微微仰头。周考则靠近闻乐，听她说话。他们只是牵牵手而已，却自有一股甜味儿在空气中发酵。

周考牵着闻乐的手，问道："听说你今天开了一辆红色的跑车？"

闻乐无奈地道："怎么你都知道了？"

周考想起今天自己和同事在办公室的对话，不禁啼笑皆非。他和程序部、策划部的几个年轻人的关系一向不错。下午程序部的蒋飞过来找他签一份文件，随后和他聊了两句。蒋飞挖苦道："周总，你女朋友都开上跑车了，你还开那么普通的车，你这家庭地位不行啊！"

周考当时听了前半句只觉得有些诧异，听了后半句又觉得有些哭笑不得，只道："你这个单身的跟我讨论家庭地位？"

周考特意咬重了"家庭"两个字的音。

单身人士蒋飞感觉自己的心脏受到狠狠的一击——此局他落败了。

周考说完，闻乐轻笑了一下，随后举起他们交握在一起的手，看了看他们手上的情侣戒指，道："说起来，你的家庭地位还是你给自己定下的，不是吗？"

周考苦笑两声。他自然知道闻乐说的是他当初买的第一对情侣戒指——昂贵的女款排钻戒指和相对朴素的男款铂金戒指。

周考低声轻笑："失策了。"

"怎么，你后悔了？"

周考道："我的厨艺都修炼得炉火纯青了，现在后悔似乎也晚了。"

两个人说笑着走进电梯。闻乐问周考怎么这个时间来找她。

周考道："刚刚我妈给我发了信息，说我们两家订婚的消息已经放出去了。"

周考说的是"我们两家订婚的消息"，而不是"我和你订婚的消息"，说明他们俩订婚是两个家族的事。而他说消息"放出去"，是指将消息放给外界，而不是指将消息透露给亲戚们。

闻乐一怔，这一天终于要到了吗？

翌日早上九点左右，“笔尖”的各个部门开始运转。策划部的组长拿着一份文件来找陆博瀚签字。陆博瀚的嘴角带着笑意，他扫了文件一眼，痛快地签了字。

组长收了文件，笑着道：“陆总心情不错，是有什么好事？”

陆博瀚嘴角轻挑，笑了一下，点头道：“的确有好事。”

组长平日跟陆博瀚的关系还不错，见陆博瀚心情不错，愿意聊上两句，也不急着走了，问：“怎么，陆总谈恋爱了？”

陆博瀚闻言，睨了他一眼：“怎么可能是我谈恋爱？”

组长诧异，听陆博瀚的语气，难不成真的有谁谈恋爱了？他这样想着，不由得问了出来。

陆博瀚笑着点了点桌面上的一份红色的请柬：“有人要订婚了。”

组长征得陆博瀚的同意后，拿过那份请柬看了一眼，不禁双目大睁：“周总……订婚？”

到了上午十点，周家和闻家联姻的消息惊现网络。

到了下午，闻乐的身边几乎就没有人不知道这件事。

但因为平日里周家和闻家太过低调，网友们刚接收到新闻推送时还一头雾水，心想这个周家和闻家是什么来头，怎么联个姻还闹得这么大阵仗？

也有人因为好奇点进了那些新闻。

他们一路看下来，最后得出一个结论：这是一个常出大佬的家庭和一个族谱上有很多大佬的家庭联姻了——很符合电视剧的剧情。

刚了解到这两个家族的网友就随意看看联姻的阵仗，而早就知道这两个家族的人不免要分析一番这两大家族接下来的举动。

外界也对闻家大小姐的身份有所猜疑。知道闻天启的人都听说过闻天启是个钻石王老五。这些年来闻天启甚至被传是不婚主义者，外界认为这才是他单身这么多年的原因。闻天启一没结婚，二没花边新闻，自然就不会有什么独生女。这个所谓的闻家大小姐又是从何而来的呢？

外界有人说这个闻家大小姐实际上是闻天启的私生女，也有人说她是闻天启为了联姻从闻氏的旁支要来的女儿。

虽然外界对闻家大小姐的身份有所猜疑，但这样的说法毕竟只占少数，在一众分析周家和闻家联姻举动背后的深意的新闻中实在不起眼。

看客们都关注周家和闻家，却似乎没有关注到本次事件的主角，也就是那两位即将订婚的新人——周家少爷和闻家小姐，似乎这两位主角是本次订婚中最微不足道的配角。

这真是令人唏嘘。

但当事人身边的人对他们订婚这件事的反应与外界截然不同。

这天的午休时间，办公室里的人三三两两地低声说着话，或者是趴在桌上短暂地休憩一会儿。突然有人拿着手机惊呼："周家与闻家联姻了！"

"周家少爷与闻家小姐将于本月中旬举行订婚仪式……"

"周家少爷，周家长房独子……那不是我们的大老板吗？"

"啥？我们大老板是周家的长房独子？那个叫周承运的大佬就是周总的爸爸？天哪！不会吧？"

"不会吧，不会吧，我们办公室竟然还有人不知道周总的出身？"

"强强联合，厉害！"

"不是，周总这是商业联姻？与那个闻家小姐？可是周总不是有女朋友吗？"

办公室的讨论声戛然而止，众人齐刷刷地向闻乐看过去。闻乐如芒刺在背："干……干吗？"

众人不说话，闻乐突然察觉这些人看向自己的眼神中竟然带着两分怜悯，不由得大为诧异，心道：这些人都在想什么？

这时候突然有一道细细的声音问了一句："闻乐，你该不会就是那个闻家大小姐吧？"

这话一出，周围突然一片寂静。

对呀，闻乐姓闻，周家和闻家联姻，周考又和闻乐是一对，周考是那个周家少爷，那闻乐不就是那个闻家小姐？

又有一个前辈问闻乐："闻乐，你真的是那个闻家大小姐？"

这事外界早晚得知道，瞒着也没用，于是闻乐点点头，有些不好意思地道："是的。"

周围的人听了都倒吸一口凉气："原来你是老板娘？"

闻乐正喝着水，闻言，不小心呛了一口，连咳几声。

接着又有人惊呼："天哪！

"闻乐不仅是老板娘，丰瑞大厦是闻家的产业，所以闻乐就是房东喽？

"还是周总厉害，为了不交房租，直接把房东给拿下了。"

财务部的一个小姐姐道："希望周总小心伺候闻大小姐，咱这个小破公司可经不起房租涨价的磨难。"

"看来周总注定要牺牲美色了。"

众人一齐哄笑。

后来丰瑞大厦里就流传着一个笑话，说十六楼那个平平无奇的实习生其实是乔装打扮来催租的房东，十六楼的大老板为了逃房租不惜出卖美色，最后竟然成就一段佳话。

周家和闻家订婚的消息早早就放了出去，外界对此事颇为关注，这场订婚仪式注定不会只是两家人的事。但闻家和周家低调惯了，在这件事上也不会例外。

订婚仪式很正式，却没有大办，周家和闻家都只邀请了相熟的亲友前来见证这场订婚仪式。

订婚当天闻家将启动龙字系列的生产线，所以于阿姨早早地就回到京城做准备。

闻乐要订婚，闻乐的爷爷奶奶当然不会缺席，毕竟他们一手把闻乐带大，是闻乐最亲的人。早在半个月前，两位老人就从隐居了十几年的山中出来了。闻乐的奶奶作为宋梅和龙字两条生产线的创始人，到时将在婚礼上亲自宣布启动龙字系列的事宜。

闻乐的爷爷闻炳秋自带着一家人住进山中，至今已有十几年没出现在外人的面前了。

郁石先生要出山的消息一传出去就引起了一阵轰动。

这位文学界的大佬早在十几年前就已经攀登上了文学领域的高峰，文学方面的成就使他早已成为一位国宝级的人物。这样的人不露面还好，一旦决定露面，不知有多少人等着约见他。

郁石先生要回京城的消息传出不久，就有不少人辗转托了闻天启的关系想来见见老爷子。可老爷子嫌烦不肯见。回京这几天，除了几个老友和学生他谁都不见。

闻乐在和周考订婚这天，紧张得要命。

闻乐和周考的服装都是于阿姨安排定制的。闻乐穿一身白色的小礼服，端庄得体；周考穿一身黑色的礼服，优雅绅士。两个人身上的礼服分别出自宋梅和龙字两条生产线。制作这两套礼服时，两条生产线上的工作人员相互配合，在礼服的细节上相互比照着做。乍看之下这两套礼服的设计是相互独立的，但是细看就会发现它们之间的关联，知晓它们是一套情侣礼服。

订婚这日，有不少媒体蹲守在酒店门口。

就在这时，从一辆商务车上下来一个老头，那老头身边只跟了一个助理。在场的记者中有一位是新人。他不知道那老人是谁，又怕错过什么好料，觉得老人没什么人跟着应该可以拍，于是随手拍了几张。

没想到那老头没拿请柬就进了门，想来身份应该不一般。

订婚仪式正式开始后，大门却被紧紧关上了。纵使记者在门外急得抓耳挠腮，也听不到、看不到里面的情况。

酒店大堂里台上灯光炫目，台下装饰美丽，人群浅笑低语。闻乐和周考走上台，台下的说话声更大了些。亲友们都在打量这对新人——俊男美女，门当户对，天作之合。

主持人上台表达订婚双方的长辈的期许。闻乐大概是因为心中有些紧张，恍惚地看着台下的人影，一时间竟然有种不真实的感觉。

周考察觉到了闻乐的紧张，在闻乐裙摆的遮掩下，轻轻地握了握闻乐的手，又在闻乐的手心里轻轻地捏了一下，以作安抚。他低声问闻乐：“紧张吗？”

闻乐回过神来，看向周考，眨了眨眼，半晌才轻轻地应了一声：“嗯。”

周考又捏了捏闻乐的手心，他说话的声音很低，却有种安抚人心的魔力：“别怕。”

闻乐看着周考从容镇定的眸子，听着他说出那两个简简单单的字，竟再也不紧张了。

闻乐和周考在主持人的引导下为对方戴上订婚戒指。完成这一仪式后，主持人说了一些吉祥喜庆的话，台下顿时掌声雷动。

坐在台下的黎华眼中含着泪花，边鼓掌边看着两人，眼中满是欣慰、期望之情。

闻乐看着黎华，轻轻地笑了一下。

在酒店外面蹲守的记者们丝毫不敢放松，为了防止别家抢占先机，他们的团队各自在后方运作，及时更新新闻。他们虽然没有拍到订婚的过程，但是只凭拍到的来宾就可以先蹭一波热度。

于是，闻乐和周考的订婚仪式开始没多久，第一波的新闻稿就推送出来了。媒体只是放了参加订婚仪式的嘉宾名单和照片，网上就出现一片惊叹声。

“天哪，这全是大佬。”

“倒数第二张照片中的那位都能请得动？我的天，闻家和周家好大的面子。”

“闻家和周家厉害。”

而在那几张被编辑重点着墨、郑重介绍的照片后，有那么一张照片画风格外清奇，就孤零零地“挂”在最后，像是凑数的。

“妈呀，这……这老爷子有点儿眼熟！”

“没错，没错，楼上也察觉到了吧？是像那位，没错吧？”

“震惊！你们说的莫非是语文书上那个让人头疼的郁石老爷子？”

“这不会就是那个郁石老爷子吧？”

“郁石老爷子还活着？”

“对不起，没有恶意，我是真的以为郁石老爷子……那啥……”

“我也……”

“郁石老爷子不是民国时期的人吗？”

“各位，‘郁石’只是这位老爷子的笔名，知道吧？老爷子能在那个年代读书留学，家庭条件肯定不差。建议你们搜一下郁石老爷子的真名，这样你们就会知道这个老爷子为什么会出现在那里了。”

“郁石老爷子叫闻炳秋。闻家和周家订婚，他出现在那里，有什么问题吗？”

“所以说，郁石老爷子也是闻家的人喽？”

周考和闻乐交换戒指之后，闻乐的奶奶上台了。

奶奶手上拿着话筒，眼眶微红。她想起这么多年来闻家的不易——守在山中不愿出世的丈夫，一个人在外支撑门户的儿子，被穷养在山里的孙女。闻家人看着风风光光，实则心中充满了难以向外人诉说的苦楚，好在一切都过去了。

仇人倒台，周家上位。闻家可以返回京城，孙女也出落得亭亭玉立，还如此优秀，而今天更是要定下婚姻大事，奶奶不由得觉得眼前一片开阔，心中积压多年的忧虑也渐渐散去。

闻奶奶眼眶湿润地说起往事："乐乐出生那年，炳秋灵感突至，画了两幅兰草，一是宋梅，一是龙字，我就以这两幅图做了天音的兰草系列的标志。后来龙字图赠人，不承想多年后辗转到了周考的手上，这其中的缘分竟如此奇妙。如今宋梅、龙字两幅图'重聚'，所以我想在今日乐乐订婚之际启动龙字系列的生产线。希望乐乐和周考以后能相知相伴，如那两幅兰草图般圆满和美。"

说着她的身后有人捧上来两幅画——正是闻老爷子亲笔画的那两幅兰草图。两幅兰草图拼在一起竟然是一个圆，如同破镜重圆一般。闻乐和周考合该是天生的一对。这缘分的确奇妙无比。

台下响起一阵掌声。

网上热烈讨论郁石先生的时候，订婚宴结束了。送走宾客后，周家和闻家见守在外面的记者还是不肯走，想着他们蹲守了这么久，无非是想拍一下新人的照片，这也没有什么不好的影响，便放那些人进去给新人拍两张合照。

记者们听了，鱼贯而入。进了大门，他们见到了站在一起说话的闻乐和周考。这对俊男美女言笑晏晏，见一群人进来，他俩不由得转头看过去。

闻乐手拿一杯香槟，身穿晚礼服，脖子上的那条项链上镶嵌着一颗鸽子蛋大小的钻石，璀璨夺目，而她的气质和容颜更胜百千颗钻石；周考穿着一身礼服，站在闻乐的身边低头浅笑。水晶灯的柔和灯光打在这两个人的身上，更衬得他们贵气逼人。

酒店的工作人员向闻乐和周考说明了这些记者的来意。两人对视一眼，又看了看身后的长辈，然后点头答应了这件事。

闻乐刚想放下手中的酒杯，周考就自然地将酒杯接了过去。他一口饮尽了杯中剩下的酒，然后将酒杯放在一旁的托盘上。他揽着闻乐面对镜头摆好姿势，示意记者们可以拍照了。

记者们有些激动，谁不喜欢拍俊男美女？再想想过一会儿这对俊男美女能给自家带来的关注度，他们更是拍得认真，恨不得把两人拍成天仙。

镁光灯闪了好一阵都没停，最后还是小杨和周考那边的人上前拦阻，记者们才肯罢休。

这些记者团队的工作效率奇高，晚上八点左右——各大网站人流量最多的时候，周考和闻乐的合照被放了出来。

一直为人所津津乐道的闻家和周家联姻的主角终于在订婚宴结束的这晚有了姓名和照片。

网友们这才发现，一直被众人忽略的两位订婚的主角有着非常高的颜值!

“像是在看电视剧一样，我是在做梦吗？这是真实存在的长相吗？”

“真的有这么美好的事情存在？门当户对的婚姻，主角还是大帅哥和大美人？”

“这两个人是不是有点儿眼熟？”

“虽然他们是家族联姻，但一定是真爱！”

“就是真爱。忘了当初上热搜的‘媒婆’吗？就是这两人。”

“可以一起美，可以一起丑，可以一起拼事业！这是多么美好的爱情啊！”

这场订婚宴虽然记者没有进酒店跟拍，但是进去了的人可以透露里面的情况。当晚有人在网上发了一些从观众席的角度拍摄的照片。这些照片引发了网友们的讨论，形成了许多热门话题。

办公室来了个新人，名字挺有意思，叫周考。他是一个年轻的大帅哥，颜值超高，能力出众。这么优秀的小伙子，别说年轻的姑娘喜欢，就是食堂阿姨也会偏向他两分，更别提那些手中有着大把优质单身女性资源的大姐了。那些大姐早在那个帅哥入职当天，就将他的联系方式存在了通讯录里，并在心里列了个单身女性的名单，只等这个帅哥说一声“想找对象”，就立刻给他安排相亲。

可万万没想到，这么好的一个小伙子竟然早早就结婚了。他那手上的婚戒一亮，就不知道逼退了多少暗地里为他预备相亲的人。

这实在是令大姐们感到遗憾，更令局里的未婚姑娘们感到惋惜。果然优质资源在哪儿都是抢手货。

这帅哥性子冷淡，要说他傲慢，却也是个和气的人；要说他好相处，可他那冷冰冰的脸上哪怕挂着谦逊的笑容，也是一副拒人于千里之外的样子。

可就是这么冷淡的一个人，早早就结婚了不说，手上的婚戒更是从不离手，而且洁身自好，作息规律，每天下班从不跟着别人出去鬼混。局里的其他小伙子说约他出去喝酒，他也婉拒。要是别人问他回去干什么，他就说陪媳妇，还说媳妇一个人在家会不好好吃饭。

这话说出来的第二天，局里上到食堂大妈，下到未婚的小姑娘没有不知道的。这是何等贴心的好老公啊，在他的衬托下，周遭的小伙子、老大爷都遭到了不少人的嫌弃。

要说起这帅哥呵护妻子的方式，那局里的大姐们能掰着指头说上一上午。可这帅哥才来了不到一年。

又到了每年新人入职的时期，晚上大伙儿找了个地儿和新人聚餐。同一个办公室的大姐跟身边新来的小姑娘聊天，话间不知她们怎么就扯起了那位周大帅哥。大姐兴头上来就拉着小姑娘聊起那位周大帅哥对他的妻子有多好。

“去年九月，小王和周考出了个外勤。事情办完往回走的时候，他们路过一个赌石市场。有一家店的玻璃柜里放着一枚翡翠胸针，据说那枚胸针上面的纹路还挺别致的，周考一眼就看中它了。那一枚小小的胸针不便宜，周考眼都没眨一下就将它买下了。”

小姑娘感叹：“周哥对媳妇可真好。”

大姐喝了一口饮料，继续道：“他主要是没有经济压力。他是京城本地人，有房有车，也没有什么大花销。他刚结婚这么个花法不怕，可要是等有了孩子再这么花，那就得靠家里补贴了。”

说着她不知道想到了什么，言不由衷地道：“也就你们年轻人喜欢弄这些花里胡哨的。”

小姑娘没接大姐的话，转而说起别的：“他的对象是干什么的？周哥敢这样花钱，说明他们夫妻俩的工资应该是够用的。周哥的工资不高，那估计是他的对象的工资高吧？”

大姐想了想，点点头道：“估计是，听说她在中央商务区上班，要是在那种大企业，工资应该是比周考的高一点儿，但再高也有限啊，她才工作多久？”

而八卦消息的主角周考此刻正被堵在路上。下班高峰期车流拥堵，周考明知如此却还是驱车驶向中央商务区，去接闻乐。

好容易过了堵车的路段，周考直接驱车进了停车场。闻乐还没出来，周考给闻乐发了一条信息，便熄了火在车上等着闻乐。

闻乐接到信息后不久就拎着包从电梯下来了。

闻乐打开副驾驶座的门，把包放到了后座。关上车门后，她笑道：“怎么今天又来接我？路上这么……”

她“堵”字还没说出口，就被周考捧着脸吻住了。

闻乐笑了一下，将手臂搭上周考的肩，吻了回去。一吻结束，周考摩挲着闻乐的侧脸，又在闻乐的嘴角印下一个轻柔的吻，然后拉过安全带帮闻乐系好。

闻乐翻个白眼：“你是不是嫌我唠叨，才堵我的话？”

周考没有停下手上的动作，只道：“哦，明知道还说，你是想我再向你索吻？”

闻乐道：“所以你是真的嫌我唠叨？”

周考给自己系好安全带后，道：“我只是想你。”

闻乐听了心情大好，眼中亮晶晶的，像是盛了一汪的星星，衬得她的眉眼越发动人。

周考见状，心软得化成了一摊水。他眼含笑意，戳破道：“你每次挑刺跟我斗嘴，就是想我说好话哄你。”

闻乐瞪了周考一眼：“哦，原来你不是真的想我，而是为了哄我才说了那些好话？”

周考笑着道："想你是真想你，不然为什么堵了一个小时的车我也要来接你？"

闻乐心里舒服了，觉得甜滋滋的，笑眯眯地问："老公，今晚怎么安排？"

这声"老公"叫得周考心中那叫一个熨帖。周考饶是再从容，也有些压不住上扬的嘴角。他的目光越发温柔，声音也不自觉地柔和了："我今天发工资了，带夫人出去吃。"

每个月发工资那天，周考都会特意开车去接闻乐，然后带闻乐出去吃一顿，偶尔还会看场电影逛个街，就像从前两人约会一样。这已经成为他们这对小夫妻的习惯了。

周考每个月发工资的时间都是固定的，闻乐早知道周考今天要来接她，所以早上没有开车，直接让小杨送她来上班。这对小夫妻的习惯小杨都知道。

闻乐每到这天都会精心打扮一番，然后等着周考来接她。公司里细心的姑娘也发现闻总每个月的这天似乎都会打扮得格外不同，却不知道为什么。不过，后来她们慢慢地知道了，原来是前周总每个月的这一天都会带着闻总出去约会。

这对小夫妻明明都结婚一年了，过得还跟刚谈恋爱的小情侣似的。

"今天去哪儿吃？"

"宣海路那边新开了一家饺子馆，味道还不错。"

"你去吃过？"

"上个星期有一天中午和同事去了一趟，感觉那个味道你应该会喜欢。"

闻乐闻言，不由得笑了。闻乐和周考结婚后就搬到了外面住。闻乐和周考的名下都有几套房子，两人最后选择住在周考名下的一套公寓，没有什么别的原因，主要是离两个人工作的地方都比较近。

若是不忙，两个人也在两边家长的家里住。他们有时候在闻乐的爸爸那边住几天，有时候在周考的爸妈那边住几天，周末的时候还会回老宅陪陪老人。两个人没孩子，也没经济压力，日子过得逍遥自在。

住在家长那边时，家里有阿姨，自然不用两个人做饭。两个人在自己家中时不想被别人打扰，便没请阿姨。周考会做饭，闻乐心疼周考工作忙也跟着学了点儿，两个人对付着也能过得去。

周考的手艺好，因此多数时间是周考做饭。周考这人做什么都要做到最好，就连做菜也是花足了心思的。周考对闻乐又上心，哪个菜闻乐吃得多，哪个菜闻乐吃得少，渐渐地周考就摸清楚了。他对闻乐的口味的了解比闻乐自己还要清楚些。

说话间他们就到了吃饭的地方。两个人下车后携手走进餐厅。正是饭点儿，吃饭的人不少。周考预订了房间，在前台报上自己的名字后，服务员查到了房间号，还让人引着周考和闻乐上楼。

闻乐穿着高跟鞋——尖头细跟，很是优雅妩媚。但周考看着实在是不踏实，总担心闻乐一个不慎崴了脚，便单手搂着闻乐的腰上楼，还低头叮嘱闻乐小心。

“这有什么，当年我还不是穿着高跟鞋跟你跳舞？”

周考嘲讽道：“年纪大了可不能不服老。”

闻乐咬牙切齿地道：“你再说一遍！”

周考察觉闻乐的语气不善，立刻转移话题，从包里掏出一张卡递给闻乐：“亲爱的，这是我的工资卡。”

他想献工资卡保命。

闻乐瞥了周考一眼，慢条斯理地接过周考手上的卡，笑着道：“存了多少了？”

周考笑道：“不多，毕竟我只是一个领着 7000 块工资的小员工，不比您这个大总裁身家丰厚。”

两个人正说着话，突然听到身后传来一声试探的声音：“周考？”

两个人同时转身，就见到了三男两女。

周考愣了一下：“张姐？”

“真的是你啊，这位是……？”

那几个人见周考的身边站着一位大美人，不禁都把视线落在了她的身上。而闻乐为了和周考约会，精心打扮了一番，当然令人惊艳。

周考向那几个人介绍道：“这是我的爱人。”

众人这才看到两个人握在一起的手上戴着的婚戒——这位大美人竟然就是周考的爱人！

周考又给闻乐一一介绍自己的同事，闻乐跟着问了好。

那几个人的视线一转，看到了闻乐手上的品牌皮包，然后他们又联想到自己刚刚隐隐约约地听到这对小夫妻在说什么7000块什么大总裁，还有周考递工资卡给闻乐时那种谄媚的姿态和闻乐嫌弃的神情，不由得脸色大变。

一时间众人的脑中有着各种猜测。

几个人寒暄了一阵，便分别了。

第二天周考的爱人是个大美人的消息就传遍了整个办公室，只是随着这消息传播的，还有各种微妙的猜测揣度。

周末闻乐和周考都待在家里。闻乐早上拖着周考赖床，不想起。周考靠在床上拿着平板电脑看书。他最近有考在职研究生的打算。

闻乐处理了两封邮件，就依偎在周考的怀里玩手机。

周考单手搂着闻乐，用另一只手滑了一下平板电脑的屏幕翻了一页电子书，然后他看了屏幕上的时间一眼，摸了摸闻乐的脸颊道："该起床了。"

"哦。"可闻乐不想动，两个人谁也没动。

周考的视线也没从平板电脑的屏幕上移开，他又翻了一页电子书，才道："再不起来你儿子就要过来了。"

闻乐动了动，换了个舒服的姿势："再等等。"

结果话音刚落，卧室的门就被从外面顶开了，大福从门缝挤了进来。

"来了。"

大福具有准时叫醒功能。

大福是一只萨摩耶，在两个人结婚后来到家里，现在已经是一只大狗了。

大福的性格温驯，有些黏人。它摇着尾巴走到床边。周考伸出手，大福便凑上前用湿润的鼻子嗅着周考的手。

周考随手揉了揉大福的脑袋，大福温驯地闭上了眼睛，欢快地摇着尾巴。

闻乐趴在周考的怀里，懒懒地看着傻乎乎的大福，朝大福招招手，笑道："大福，到妈妈这儿来。"

大福听到闻乐的声音，便欢快地往床上一扑。周考连忙抱着闻乐往旁边一滚，躲开大福的“泰山压顶”。

闻乐被周考抱着在床上滚了一圈儿，头发有些乱，却不顾形象地笑了起来。

周考看了闻乐一眼，责备道：“你少招惹它。”

闻乐推了推周考，又拍了拍床沿：“大福过来。”

大福又伸着舌头，欢快地下床绕到床的另一边，扑到闻乐的怀里撒娇。

闻乐摸着大福身上的毛，又把脸在大福的头上蹭了蹭，笑着道：“我们大福香香的，爸爸昨天带你洗澡澡了吗？”

周考掀开被子下床，换上居家服，然后走过来揉了揉闻乐的头发，故意把她的头发揉乱。闻乐烦得往一边躲，却没躲开，被周考揉成了鸡窝头。

闻乐伸手去拍周考的手，却被周考躲开。

闻乐顶着一头乱糟糟的头发，朝周考丢了一个枕头。

周考接住枕头抱在怀里，然后对大福招招手：“大福，跟爸爸去吃饭。”

一听到“吃饭”两个字，大福条件反射般地摇了摇尾巴，下床向周考跑去。

周考带大福出了卧室。

闻乐抓了抓被周考揉乱的头发，下床洗漱。

中午两个人随便吃了点儿东西，下午又各自处理了点儿公务，愉快的周末就这样过去了将近一半。

闻乐看了看时间，道：“晚上吃什么？”

她从来没有这么愁过三餐，婚后最常说的一句话大概就是“吃什么”。

周考道：“不想做，去蹭饭吧。去哪边蹭？”

“抽签吧，”闻乐从一旁的笔记本上撕了几张纸，又从桌上拿了一支笔，在纸上写了字，然后将这几张纸团成一团，“抽一个吧。”

周考抽了一个纸团，展开看了一眼。

闻乐抻脖子去看：“去哪儿吃？”

周考把字条递给闻乐看，道：“我妈那儿。”

闻乐道：“你给妈妈打电话吧，我去化个妆。”

闻乐刚想从被窝里起身，又被周考拉了回去。

“干吗？”

周考暧昧地摸着闻乐的脖颈：“晚上，我们早点儿回来？”

闻乐只觉得被周考摸过的地方有一阵电流经过，腰肢有些软：“干什么？”

周考在闻乐的耳侧轻轻地亲了一下，用低沉的声音道：“春宵不可辜负。”

闻乐被周考撩拨得口干舌燥，声色俱厉地道：“好好说话！”

周考道：“媳妇，该交‘公粮’了。昨晚你说累，我就放了你一马，今天可不能了。”

闻乐的脸一红，她拍掉周考的手：“那你跟妈说。”

两个人收拾好，回周考的父母那儿蹭了一顿饭。

小两口就喜欢热闹，总往父母家跑。周考的父母听说两个人又要回来吃饭，自然很高兴。黎华让阿姨做了几道闻乐和周考喜欢的菜，又想开瓶红酒，但是想了想，不知想到什么，又把酒放了回去。

周承运见黎华又把酒放了回去，不由得问了句：“怎么？”

黎华道：“得跟这俩孩子说说，他俩年轻，又正是感情好的时候，在饮食上还是要注意点儿，万一弄出个孩子，你说……”

周承运虎起脸道：“他们不计划要孩子你就别提。别给他们压力。”

黎华不乐意了：“我没想提。我这不怕万一吗？再说他们虽然还没打算要孩子，但总得要吧，饮食什么的平时注意点儿总归是好的。”

周承运只道：“反正你别提。”

黎华白了他一眼：“知道了知道了。老古板。”

周承运听黎华说他老古板，不由得瞪她一眼。

黎华道：“瞪什么瞪，晚上不想吃饭了？”

周承运轻哼一声，低头看自己手上的文献。

晚上闻乐和周考来家里吃完饭后，又帮着干了点儿家务。一家人坐在一起说了一会儿话，黎华拉着闻乐叮嘱道：“妈妈没想催你们要孩子，你别多想，只是想跟你说说，要孩子这事得提前计划。你们年轻，平时饮食上难免有些随便。如果有计划要孩子了，为了孩子好，你和周考就得提前调理身体。”

闻乐听了脸一红：“妈妈，我们还没考虑这么多。”

黎华道：“我知道，你们才结婚，也各自有事业，我和你爸爸也不急，尊重你们的意见，我就是跟你说一说，好让你注意着点儿。

“要孩子这事可不能马虎，要是准备要了就提前注意点儿；要是没有准备要，就得做好措施，这事大意不得。”

闻乐红着脸匆匆地点了点头。

黎华看闻乐不好意思，就没多说，转而说起了别的事。

晚上黎华问两个人要不要留宿，周考借口明天还有事拒绝了。

明天是周末，他能有什么事？他想要回去和闻乐享受二人世界罢了。

黎华一脸笑意地送两个人离开。

回家的路上，闻乐坐在副驾驶上出神，想起之前黎华叮嘱自己的话，既有些不好意思，又觉得的确需要注意。

周考见闻乐发呆，不由得问闻乐在想什么。闻乐含含糊糊的，没说出什么。周考挑了一下眉，也没多问。

晚上一回到家，周考就把闻乐扯进自己的怀里低头吻了下去。

闻乐被周考吻得迷迷糊糊的，什么也想不了。周考的动作有些急，两个人的衣服掉了一地。闻乐轻轻地喘息着，推搡着周考，道：“你……慢点儿……”

周考呼吸粗重：“妈跟你说了什么？”

闻乐含含糊糊地说了，周考总算是明白怎么回事了，笑道：“好了，酒和饮料我这几个月都没怎么沾，烟也戒了，咱俩措施也做了，没什么好担心的。”

闻乐的声音有些低：“我就是不好意思。”

周考笑道：“我还想和你过几年二人世界。”

闻乐将双手攀上周考的肩，笑靥如花：“二人世界？那你把大福置于何地？”

周考笑道：“大福就是我们二人世界里的阻碍。”

又是一阵衣料的摩擦声。

周考喃喃地道：“腰怎么又细了？我每日辛苦喂养你，你就给我长这样？”

啪的一声，闻乐拍了周考的胳膊一下，喘着粗气咬牙切齿地道：“你……能不能闭嘴！”

周考声音沙哑地道：“也好，我闭嘴，你大声点儿。”

“周考……”

这明明是闻乐咬牙切齿地说出来的还带着一点儿怒气的一声警告，到了后头却变了味，声音里带着点儿娇，带着点儿柔媚。

周考激动得红了眼：“你别这么叫我，我受不了。”

闻乐忍无可忍：“别说了！”

闻乐和周考已经结婚三年了。

“闻总！闻总！”

闻乐一个激灵醒了过来，见是秘书叫自己，茫然地看了看四周，有些恍惚。

片刻闻乐才回过神来，发现自己看着看着文件竟然睡着了。

闻乐揉了揉眉心：“几点了？”

秘书看了看手表，道：“还有半个小时下班。”

闻乐摇了摇头，好让自己清醒点儿，又指了指自己左边的一摞文件：“这是签好了的，你拿下去。还有什么事？”

秘书摇摇头：“没有了，这是您要的文件。”

闻乐接过文件放到一边：“嗯。”

秘书看了闻乐一眼，犹豫了片刻，道：“闻总，您最近是不是有些不舒服啊？”

闻乐皱了一下眉。最近她的确有些嗜睡，整个人都有些懒，但她觉得这是天气冷的原因，就没多想，于是摇摇头，道：“没事，可能是因为有些累。”

秘书看了闻乐一眼，欲言又止。

看了一会儿文件，闻乐突然觉得有些饿。她把桌上的那包饼干吃了个干净，还觉得有些饿。不知道为什么，她最近的饭量也大了。

我是不是有些胖了？闻乐想着，捏了捏自己的腰身，不禁微微蹙眉。

晚上淋浴的时候，闻乐站在浴室的镜子前打量着自己，发现自己的确胖了，胸大了，腰上也长赘肉了。

闻乐郁闷地捏了捏自己的腰，有些沮丧，心想：我是因为年纪大了，开始发福了吗？从前我没有刻意控制过身材，也没有发胖的苦恼，现在年纪大了，新陈代谢慢了，看来是要控制一下饮食了。

闻乐想着还是有些失落。

晚上周考想跟闻乐亲热。闻乐想到自己长了赘肉的腰身，有些没兴致。

周考从闻乐的衣襟里将自己的手拿出手，关切地道："怎么了？"

闻乐神色怏怏，她总不能说自己发胖了，因为身材走样而不想跟周考亲热吧？

闻乐没说话。倒是周考道："你的胸是不是大了点儿？"

闻乐转头看向周考："你也发现了？"

周考点点头："看来是真的大了。"

闻乐的"形象包袱"一向很重，她对外形很在意，现在被周考发现自己的身材走样，只觉得挫败。谁也不想在另一半还帅气的时候，自己的颜值和身材却在走下坡路。

闻乐怏怏不乐了几天，周考实在头痛。见闻乐吃得少了，他怀疑闻乐是在减肥。

周考没说什么，只变着花样给闻乐做好吃的。

闻乐精神不济了几天，心情有些不好，胃口却变大了，总觉得饿，想控制饮食却也控制不了。

原来减肥这么痛苦？闻乐明明已经很辛苦地在控制饮食了，可周考总是做好吃的引诱她。闻乐有些火大。但是周考的手艺是真的好，闻乐一边吃，一边生气，周考简直哭笑不得。

这天中午闻乐没有到公司楼下的餐厅吃饭，而是让秘书给自己订了一份海鲜意面。一打开外卖包装，一股腥味便扑面而来，闻乐只觉得一阵反胃，最后受不了了，跑到厕所吐了一阵。秘书跟了过来，担心地问："是不是海鲜意面不新鲜，坏了？"

闻乐一惊：坏了？怀了？不会吧？

算算经期，闻乐心中一个咯噔。她似乎"中奖"了……

闻乐悄悄地让秘书去买了验孕棒。验完后，她看着上面那两条杠杠陷入了沉思。

闻乐先是有些庆幸：哦，原来是怀孕了，不是发福了。

然后她又有些蒙：怎么就“中奖”了？

闻乐慌了一阵，然后给周考发了一张验孕棒的照片。

老婆大人：“看看你干的好事！”

正在办公室里看文件的周考惊得当即从座位上站了起来，一向冷淡的脸上露出了慌乱和惊喜的表情。

他闹出人命了……不对！他当爸爸了！

周懿是闻乐和周考的独子，但周家和闻家都不是平常的家族，一个是宁愿让跑车落灰都只爱开普通车的低调父系，一个是能把孩子放在山里养的豪放母系，于是周懿没有被溺爱，没被养成骄纵的“小祖宗”，而是健健康康地长成了一个阳光的“小可爱”。

“小可爱”周懿小小年纪却常有烦恼。

周懿上幼儿园小班。有一天他是哭着被小杨接回家的。

周考听到动静后，走到门口，就见周懿那张雪白的小脸上满是泪痕。周懿伤心得不得了，哭得直打嗝，周考心疼地抱起儿子小声哄着。

周懿把自己的小脸埋进爸爸的怀里，还是很伤心的样子，不断地抽噎着。

周考用询问的眼神看向小杨。小杨也是一脸纳闷，摇了摇头，小声地道：“也不知道为什么，他见了我就伤心地喊了一声杨叔叔，然后上了车就开始哭，哄也哄不好，问也不肯说。”

周考点点头，送小杨离开。他抱着抽噎的儿子去找闻乐，一边轻轻地摸着儿子的头，一边问儿子为什么哭。

闻乐从书房出来，就见周懿从周考的怀里抬起头来，泪眼婆娑地问周考：“爸爸，为什么我要叫周一？大家都不喜欢周一，我也不喜欢。”

说着说着周懿又伤心地哭了起来：“为什么我不能叫周末？大家都喜欢周末，哇呜呜……”

闻乐闻言，跟周考对视了一眼，啼笑皆非。

闻乐把周懿从周考的怀里拎了出来，道：“不准哭，看着妈妈。”

周懿抽噎了一声便停止了哭泣，委屈地看向妈妈。

闻乐给周懿擦了一把泪，道："你哭什么，你爸爸叫周考，你叫周一很委屈吗？等你长大就会知道周考是比周一更可怕的存在。"

周懿怯生生地望了周考一眼，趴在闻乐的耳边小声地道："真的吗？爸爸比周一还令人讨厌吗？"

周考闻言，白了闻乐一眼，轻敲了周懿的脑袋一下："臭小子，说爸爸坏话？"

周懿捂着脑袋泪眼汪汪，委屈地道："没有。"

闻乐忍着笑道："要不你跟爸爸换换名字，你叫周考，爸爸叫周一？"

周考瞪了闻乐一眼。这都什么馊主意？

周懿想了一小会儿，抱住闻乐的脖子，拒绝道："不要，爸爸不讨厌，周一也不讨厌。"

周考心中一软。他知道这小东西是在说大家虽然讨厌周考，但是叫周考的爸爸不令人讨厌；大家虽然讨厌周一，但是乖巧可爱的"周一"也可以不令人讨厌。

闻乐笑得很温柔，亲了亲儿子的侧脸，道："没错，爸爸不令人讨厌，周一也不令人讨厌。"

周考抱起儿子，父子俩在沙发上坐下。周考笑道："乖儿子，周一不令人讨厌，你也不叫周一，你叫周懿。"

周考拉着儿子的小手在儿子的掌心写了个"一"，道："这是'一'。"

说完他又写了个"懿"，道："这是'懿'。"

周懿露出疑惑的眼神，周考徐徐解释道："懿，美也，是美好的意思，就是说爸爸、妈妈、爷爷、奶奶、外公、曾祖父、外曾祖父、外曾祖母都喜欢你。"周懿闻言，水汪汪的眸子亮了，道："'周懿'是大家都喜欢我的意思？"

周考笑着道："真贪心，是家人都很爱你的意思。"

周懿才不管那么多，靠在爸爸的怀里咯咯地笑了起来。

小朋友总有些奇奇怪怪的点子。前两天李琪琪和章嘉逸都有哥哥姐姐来接，幼儿园的小朋友就开始炫耀起自己的哥哥姐姐来。

周懿周小少爷也不甘示弱。

临近放学，周懿对小朋友们说："今天我的哥哥来接我！"

当时老师在旁边听了很是诧异。周家这一代的玄孙只有周懿一人，他哪儿来的哥哥？

却听周懿煞有其事地说："我最喜欢哥哥，我的哥哥跑得最快，你们的哥哥姐姐都追不上！"

小朋友们都不相信，发出一阵嘘声。

周懿小少爷仰着脑袋："我的哥哥等会儿就来了。"

老师也不由得好奇，跟着小朋友们在门口等候，想要看看周懿的这个哥哥到底是何方神圣。

不久到了放学时间，一辆不错的车停在了幼儿园的停车场——私立幼儿园的孩子家境都差不多。一位司机从驾驶座上下来，周懿兴奋地大喊："杨叔叔。"

众人便知道，这是周家的车。

小杨下车打开了后车座。众人想，大概后座坐的那位就是周懿的哥哥了吧？

老师也不由得抻着脖子看过去，心想：莫非周懿还真的有个哥哥不成？

只见车门打开，后座上下来一只穿着西服，打着领带的萨摩耶。

周懿高兴地跑过去："大福哥哥来接我了。老师再见，大家再见。"

老师："……"

晚上七点钟播放的动画片是周懿最喜欢的电视节目，而且周懿喜欢爸爸妈妈和大福陪他看电视。

客厅里铺了厚厚的地毯，大福趴在地毯上，周懿席地而坐靠在大福的身上，手上捧着奶瓶看最喜欢的动画片。

闻乐和周考坐在后面的沙发上陪着周懿。

见周懿看电视看得入神，周考放下了手中的平板电脑，抽走了闻乐手上的手机，然后牵着闻乐的手，悄悄地走向书房。

周懿看电视看得入神，没发现。

两个人对视一眼，看到了彼此眼中的笑意。

两个人躲到书房，周考揽着闻乐亲了又亲，低声抱怨："'小电灯泡'也太亮了些，他怎么就这么黏人？"

闻乐嗔怪道："还不是你惯的？"

周考抱着闻乐，轻蹭着闻乐的脸颊，低声说："下周送他到爷爷奶奶那儿去。"

周考的吻，细细密密地落在闻乐的脖颈上，嘴里还含含糊糊地说着："下下周送他到外公那儿去……"

正说着，他用余光瞥见了什么，吓了一跳，连忙和闻乐分开。

只见周懿拉着大福站在书房门口。四双大眼睛正齐齐地看着抱在一起的父母。周懿的眼中满是好奇，还有些委屈。

闻乐扶额。

周考觉得头疼。

这个小"黏人精"。

小"黏人精"眨了两下眼，眼里就聚了一汪水。他撇着嘴道："爸爸妈妈坏坏。我也要亲亲。"

说着他迈着小短腿噔噔噔地跑了过来，还张开手臂要父母抱。

周考弯腰把儿子抱起来，低头亲了亲儿子的左脸。周懿指了指自己的右脸："妈妈亲亲。"

闻乐无奈地亲了亲儿子的右脸。

周懿满足了，抱着爸爸妈妈一人亲了一口。

大福站在闻乐和周考的脚边汪地叫了一声。

晚上周懿闹着要跟闻乐睡。

小"黏人精"备受宠爱，自有一套撒娇卖萌的法子。

闻乐最受不了周懿眨巴着水汪汪的大眼睛，说："爱妈妈。"

于是周懿这一晚还是得逞了。躺在他左边的是爸爸，右边的是妈妈，他睡得香甜而满足。

周考看着四仰八叉地睡在自己和闻乐中间的儿子，又好气又好笑。

闻乐心虚，小声地道："我没办法，我拒绝不了他。"

周考瞪了闻乐一眼，拿小毯子把儿子裹好，小心地抱起了儿子。

闻乐识趣地下床，小心地打开门，又跑着去打开儿子房间的门。周考把周懿放到小床上，闻乐去客厅把大福牵进来陪着周懿。

夫妻俩又在儿童房陪周懿待了一会儿，看小家伙睡得踏实，这才小心翼翼地退了出去。

一回到主卧，周考就脱掉上衣，向闻乐走去。

闻乐撩了一下头发，慢条斯理地解开了睡衣的扣子。周考直接把闻乐扑倒在床上。

次日周懿醒来，看了看四周，见没有爸爸妈妈，只有大福。

他明明记得自己昨晚睡在妈妈的旁边。

周懿的眼眶里又盛满了一汪水，他道："哇，坏坏！"

闻乐和周考说晚上带周懿去逛超市，周懿很开心。

周懿期待地望着闻乐："妈妈，我可以买一包小熊饼干吗？"

说完，他又伸出一根短短的指头："只要一包就可以了。"

闻乐心软，欣然允诺。

公寓楼下就是商场，周考抱着儿子牵着媳妇下了楼。

他取了推车把周懿放在上面的儿童座上。周懿心中惦记着小熊饼干，高兴地晃着小脚。

周懿是个有耐心的小朋友，半个多小时从生鲜区逛到日用品区，都没出一声。

终于来到了周懿心心念念的零食区，周懿高兴得发出小小的欢呼声。

周懿睁着大眼睛在零食架上扫视，寻找自己的小熊饼干。

找到了，就在前面！周懿的眼睛亮晶晶的，他指了指前面。这时推车却停了下来。

周懿不解地抬头望去，见爸爸妈妈在挑选零食——是妈妈喜欢的威化饼干。

周懿眼巴巴地望着爸爸妈妈。

等爸爸妈妈挑完了威化饼干，推车一路向前，周懿兴奋地看着小熊饼干离自己越来越近。可是推车又停下了。

周懿泪眼汪汪地抬头看向爸爸妈妈，却见爸爸妈妈又停下来讨论薯片。

"少吃点儿零食，膨化食品不健康。"

"知道，我就买一点儿。"

"你最近嚷嚷着减肥，还买这些热量高的东西。"

"哎呀，我又不是小孩儿，你不要念叨。"

周懿见爸爸妈妈说个没完，便撇撇嘴，决定自己动手。他扭着身子去够架子上的小熊饼干，可惜他人小手短，总是够不到。他累得气喘吁吁，收回手后沮丧地蹬了蹬腿，却发现车子竟然往前挪动了一点儿。

周懿的眼睛一亮，他像是发现了什么好玩儿的东西似的，又蹬了蹬腿，推车又往前挪动了一点儿，离小熊饼干也更近了。

闻乐和周考还在讨论着哪个口味的薯片好吃。

“这个味的上次买过，不好吃。”

周考拿过另一包：“吃烘焙的吧，相对健康。”

闻乐看了看，都想要，一时拿不定主意。

周懿则趁着爸爸妈妈不注意，蹬着小腿不断往前挪动推车。在周懿的努力下，推车离小熊饼干越来越近。

周懿想伸手去拿小熊饼干。

闻乐做好了决定：“那就买两包薯片吧。”

说着她把薯片扔进了推车，推着它继续往前走。

周懿看着与自己擦肩而过的小熊饼干，委屈地哭了出来：“哇，妈妈坏坏！”

这天闻乐不忙，下午没安排。她看了看时间，决定亲自去幼儿园接儿子放学。

周懿小朋友在幼儿园门口礼貌地跟老师说了再见，又跟同学说了再见，才欢快地跑向等在门口的妈妈。

“妈妈！”

今天是妈妈来接他，周懿很高兴。

闻乐弯腰抱着儿子亲了亲：“今天开心吗？”

周懿把眼睛眯成了月牙形，点了点头，兴奋地说：“今天老师教我们钢琴！”

他指了指自己胸前的花：“我得了一朵小红花。”

闻乐笑着夸奖儿子。

周懿一路上兴奋地跟闻乐说着幼儿园的事。他年纪小小，却口齿伶俐，逻辑清晰，说话童稚可爱，引得坐在前面开车的小杨都忍不住笑。

车开到半路，闻乐突然想到了什么，眼睛一转，对小杨道：“去一趟超市。”

闻乐领着周懿买了一大袋东西。周懿小朋友得了小红花，闻乐奖励他一包小熊饼干。

周懿拎着小熊饼干的包装袋，看着妈妈，道：“妈妈要做蛋糕吗？”

闻乐道：“一一怎么知道妈妈要做蛋糕？”

周懿道：“妈妈买了奶油。”

闻乐笑着点点头：“是呀，一一真聪明。”

周懿开心得咯咯直笑，叽叽喳喳地说着蛋糕要草莓味，要杧果味，要香草味。

回家换好衣服后，闻乐围上围裙去厨房准备动手做蛋糕。

原本在和大福玩儿的周懿挽着小袖子走了过来说要帮忙。

闻乐给他换了身衣服，带着他做蛋糕。

周懿找出自己喜欢的漂亮模具推给妈妈，亮晶晶的眼睛里写满了期待。

闻乐就给了周懿一块面团，让他把面团放进模具里。他做得很仔细。

闻乐看了一眼，放心地转过身去，从一旁的抽屉里拿出了一管芥末。她看着蛋糕，坏笑了一下。

周懿转头看到妈妈的笑，手上的动作僵了僵。可惜以他的词汇量，他不知道这种感觉叫不祥。

将蛋糕放进烤箱后，闻乐带着周懿去洗手。周考下班回到家，就见到正围着围裙的闻乐和周懿在搓泡泡。

周懿很高兴，对着手上的泡泡吹了吹。泡泡没飞，他又吹了吹。有很小的泡泡飞了起来，他就兴奋地喊：“妈妈快看，泡泡。”

周考换了鞋，脱掉外套，上前亲了闻乐和周懿一人一口。

“爸爸回来了！”周懿笑得更欢快了。

闻乐道：“你洗个手，然后带儿子弹琴去。”

周考洗完手后，看到烤箱正在工作，便问：“做了蛋糕？”

闻乐笑道：“对啊，等会儿就好了。”

周考擦干手，抱起周懿转了个圈。周懿兴奋得大叫：“爸爸好棒！”

接着，父子俩去了琴房。

闻乐转身，看着蛋糕露出一个坏笑。

烤箱发出叮的一声，蛋糕可以出炉了。

闻乐把周懿做的几个蛋糕拿出来，装到了保鲜盒里，然后唤父子俩出来吃饭。

周懿兴奋地道：“妈妈，妈妈，我做的蛋糕呢？”

闻乐把保鲜盒拿给周懿看。他兴奋地拍手：“好棒！”

闻乐道：“这是你自己做的，你可以明天带去幼儿园跟小朋友们一起分享。”

周懿乖巧地点点头，亲了妈妈一口。

他围着小围嘴，拿着小勺子期待地等着妈妈端蛋糕上桌。

闻乐为了不让周考起疑心，特意把蛋糕做得一模一样。只是那夹了芥末馅儿的蛋糕用了不一样的颜色的模具，很好认。闻乐把小蛋糕放到盘子里，记准了那个芥末馅儿的蛋糕的位置，一脸笑意地端了出去。

闻乐把蛋糕放在桌子上，对周考道：“尝尝我的手艺。”

周考笑着看了闻乐一眼：“今天怎么这么有兴致？”

闻乐道：“可能就是突然体会到了烘焙的乐趣。”

周考似笑非笑地道：“是吗？”

闻乐点点头。

周懿期待地看着闻乐，等待闻乐给自己分蛋糕。

闻乐看到儿子期待的小表情，舍不得让儿子多等，给他夹了一个蛋糕。

周懿欢呼一声：“谢谢妈妈。”

然后他拿着自己的小勺子舀了一大勺。

闻乐夹起那个芥末馅儿的蛋糕放到周考面前的盘子上，笑靥如花地说：“老公，尝尝我的手艺？”

周考看了闻乐一眼——闻乐轻易不叫他老公。

周考面上不动声色，点了点头，嗯了一声，却迟迟不肯动手。

闻乐挑眉看向周考。他敢不给她面子？

周考端过旁边的水喝了一口，却说起别的事：“昨天我听你爸爸说，你打算做贫困地区的儿童慈善项目。怎么样了？”

闻乐心中着急，怀疑周考是在故意拖延时间，只敷衍道：“还在筹备。先不说这些。儿子听不懂会急，尝尝这蛋……”

话没说完，周懿哇的一声哭了出来。

闻乐转头看去才发现这个小倒霉蛋不知道什么时候偷偷挖了一勺爸爸面前的蛋糕，才吃了一口，就辣得整张脸都红了。

夫妻俩大惊失色：“儿子！”

周懿哭得好伤心：“哇……”

爸妈斗法，伤及周懿。

这晚，闻乐和周考又背着周懿亲热。周懿泪眼汪汪地抱着大福，委屈巴巴地道：“大福哥哥，这个家里只有你是爱我的。”

“汪！”

周懿泪眼汪汪地从抽屉里找出绳索，挂在大福的脖子上：“大福哥哥，我们离家出走吧。”

他从自己的房间里拿出小猪存钱罐抱在怀里，一手牵着大福，脸上还挂着眼泪：“走吧，大福哥哥，从此以后就剩下你和我相依为命了。”

说着他抽噎着牵着大福准备出门。

大福乖巧地跟着周懿，身上还穿着一身黑色的西装狗狗服，威武帅气得像是周懿忠实的保镖。

周懿慢吞吞地走到门口，回头看了一眼，发现没有人跟着自己出来，还有些落寞地抽噎了一声，最后决绝地带着大福走出了大门。

“呦，周懿。”邻居王婶看到周懿，开心地跟他打了一声招呼。

周懿擦干净脸上的泪，乖巧地叫了声：“王奶奶。”

王婶一脸慈爱：“哎，你又要去曾爷爷家？”

周懿奶声奶气地道：“我要离家出走。”

王婶吓了一跳：“呦，怎么了这是？怎么还离家出走了？”

周懿沉重地叹息了一声，然后垂下了小脑袋。他垂头丧气的模样实在可爱。

王婶道：“是爸爸妈妈惹你生气了吗？”

周家的这个小曾孙又聪明又乖巧，羡杀旁人。他突然说要离家出走，脸上还带着泪，肯定有什么事，实在是可怜又惹人怜爱。

周懿不想说，只低头道：“王奶奶再见。”

然后他就牵着大福离开了。

王婶有些担心，这么小的一个孩子，怎么能让他一个人出门？他家里的大人也真是的。

王婶偷偷地跟在周懿的身后，却见周懿往前面的胡同一拐。

王婶放心了："嗐，这孩子说什么离家出走，还不是从后屋走去前屋，去了曾爷爷家。"

王婶直到看着周懿走进了周季老爷子的家门才放心地转身。

她一转身就看到身后站着两个人，正是那对气得孩子离家出走的父母。

王婶吓了一跳，捂着胸口责怪道："你们俩呀！"

这对父母明明就跟在孩子的身后，却不出声。

周考和闻乐向王婶道了谢，笑着把王婶送回了家。

周懿在周季老爷子家抱着大福看电视，虽然电视上放的是他最喜欢的动画片，可是他看上去还是闷闷不乐的。

周季老爷子给周懿拿了他最喜欢的旺仔牛奶，问道："一一怎么自己过来了？想曾爷爷了？"

周懿看看周季老爷子，有些伤心地点点头。

"曾爷爷，我离家出走了。"

周季老爷子觉得好笑，却板着脸道："你为什么离家出走？爸爸妈妈发现你不见了得多担心啊！"

周懿哼了一声转过头去，不高兴地道："他们才不会呢！"他竹筒倒豆子一般向曾爷爷告父母的状。最后他抱紧大福总结道："他们都不爱我。他们说我是'小灯泡'，我听见了。"

说着他还哭着问曾爷爷："曾爷爷，什么是'小灯泡'？"

周季老爷子哭笑不得，看来周考闻乐这两口子挺不着调的。

周季老爷子哄周懿："'小灯泡'是说你又温暖又明亮的意思。"

周懿抽噎了一声："真的吗？"

此时周考闻乐夫妻俩送完王婶赶了过来，刚刚到周家的老宅门口。

周考往大门里看了一眼，对闻乐道："快哭。"

闻乐白了他一眼，道："你怎么不哭？"

周考道："我怎么哭？"

闻乐没好气地道：“反正我不哭。”

周考好声好气地哄着她：“老婆大人，你的演技好。”

闻乐瞪了周考一眼，才不情不愿地掏出眼药水，滴了两滴，然后用力眨了眨眼，又揉了揉眼，好让眼睛看上去红一些：“怎么样？”

周考点点头：“很像。”

她向他招招手：“你也来两滴。”

周考无奈，只得让闻乐给自己滴了两滴。

她拉着周考：“来来，进去。”

两个人装模作样，气喘吁吁地跑进了周家老宅。

闻乐“声情并茂”地哭着道：“爷爷，周懿不见了。”

周季老爷子一见这对小夫妻这副模样，就知道这两人在演戏，不由得笑了两声，然后配合着演：“你们是怎么看孩子的？”

夫妻俩看老爷子还挺配合，不由得对视了一眼，继续演。闻乐伏在周考的怀里哭得很“伤心”：“一一，妈妈的宝贝。”

周懿躲在门后，见妈妈哭得如此伤心，不禁心疼了，跟着吧嗒吧嗒地掉着眼泪。

接着他抹着眼泪走了出来，手上还拿着没有喝完的旺仔牛奶，奶声奶气地道：“妈妈不要伤心了，一一在这里。”

夫妻俩又对视一眼，眼含笑意齐声道：“儿子！”

闻乐和周考上前两步，就抱紧周懿。闻乐哭道：“你怎么能这样？吓死妈妈了。”

周懿含着一汪眼泪给闻乐擦眼泪，自责地道：“对不起，爸爸妈妈。一一以后不会这样了。

“一一爱爸爸妈妈，爸爸妈妈爱一一吗？”

闻乐亲了亲周懿的脸，周考也跟着亲了亲。两个人异口同声地道：“一一是爸爸妈妈的宝贝，爸爸妈妈不爱一一爱谁？”

周懿委屈巴巴地道：“那为什么爸爸妈妈总是背着一一在一起？”

闻乐笑道：“爸爸妈妈有一些大人的话要单独说，就像一一要单独跟大福哥哥说秘密一样。爸爸妈妈也没有偷听你们的话，对不对？”

周懿想了想，点了点头。

闻乐又道：“那一一不能再这样吓爸爸妈妈了。”

周懿一点点头，越发自责，泪眼汪汪的，小声地道："对不起，爸爸妈妈。一一爱你们。"

闻乐给周懿擦掉眼泪，亲了亲他，道："好了，没有下次了，知道吗？"

他垂着脑袋点点头，很是乖巧可爱。

闻乐与周考和周季老爷子对视了一眼，笑道："你今天离家出走，妈妈就惩罚你这一周不准喝旺仔牛奶。"

说着她伸手拿走周懿手上的旺仔牛奶，两口喝光了。

周懿一脸震惊，反应过来后哇的一声哭了出来。

前几天电视上播报了一条新闻——青年干部进行培训。一个一晃而过的镜头却上了热搜。

热搜里全是网友们一帧一帧地截下来的视频图片。那些图片里的中心人物始终只有一个，一位西装革履，正色端坐的帅哥。

网友们雪亮的眼睛不会放过任何一位拥有高颜值的帅哥。神通广大的他们似乎总能知道他们想知道的任何信息。

不久，那位帅哥的信息就被找了出来——名校毕业，年纪轻轻，能力出众，外形出色。

随着关注者的增多，有关那位帅哥的更多的信息被挖掘出来，包括各种生活照、工作照、获奖照，甚至还有学生时期的照片，这些信息一一呈现在网友们的眼前。

在那些被搜集到的信息里，以获奖照居多，那帅哥手中的奖状和证书不断变换，人也从小男孩变成美少年，再变成帅气的青年。他的相貌如此出众，可比相貌更耀眼的是他的优秀程度。

这个帅哥顿时让网友们无比震惊。他的外貌令人惊艳，实力令人钦佩。优秀的人从来都更受追捧，而拥有好看的外表的强者似乎值得这世间的一切赞美。

有人喜欢，自然就有人讨厌，物极必反，一样事物被吹捧过头就会被不和谐的声音反扑，这样的例子在生活中比比皆是。

人非圣贤，孰能无过，这世上从来就没有完美的人，深究下去再完美的形象都会崩塌。

可怜周考这件事的舆论反扑来得如此之快，他的完美形象不过才维持了几个小时，以往的“负面”经历就被层层挖出。于是他的完美形象崩塌，网友不住哀号：万万没有想到这个近乎完美的男人竟然拥有如此“不堪入目”的过往。

网络信息是留有痕迹的。哪怕周考当年的事情过去了这么多年，但是留在网络上的痕迹依旧能够被有心人找到，何况当初这件事还闹上了热搜。

那条“搞怪之魂”的热搜时隔多年还是被翻了出来。

大红褂子大黑痣，大红腮红大红唇，还有鬓边那一朵令人窒息的大红花——周考当年的媒婆形象可真令网友们震惊。

很快，网络上又出现了许多讨论周考的帖子。

“啊！我的眼睛！”

“周考肯定想说，别想让这‘美丽’的皮囊遮挡了他有趣的灵魂。”

“果然人不可貌相，有些人表面正经冷淡，背地里却是搞怪之王。”

时隔八年，周考的那段黑历史被翻了出来，所达到的效果比当年更为轰动。

网友们大跌眼镜之余，也很兴奋。但谁都摸不准网友们兴奋的点会出现在哪里。

当年的话题又上了热搜，且快速攀升，甚至渐渐地超过了如今这条热搜的关注度。

次日周考上班，办公室里一个小伙子看见周考就笑。但周主任一向兴味寡淡，不像其他性格温和的领导还能跟下属开个玩笑，他在周主任的面前不敢放肆，只能苦苦憋笑，直憋得表情扭曲、脸色通红。

周考瞥了他一眼，好像误会了什么，道：“身体不舒服就不要勉强。”

那个小伙子听了一个激灵，连忙摆手，道：“没有没有。”

周考不明所以，又看了他一眼，才进办公室。

见周主任进去了，小伙子才长舒一口气，又与周围的同事对视了一眼。他没忍住，扑哧一声笑了出来。

见周主任不在，小伙子小声道：“真的没想到，周主任这样的人，竟然还有这样的往事，哈哈哈。”

旁边的一个姑娘也跟着笑：“我当时看到热搜吓得把手机都砸到脸上了，还怀疑自己是不是看错了。我的天，我真的惊得被手机砸脸都不觉得疼了。周主任怕是还不知道自己以前的事情被翻出来了吧？”

“看样子是不知道。”

“小声点儿，别让周主任听到……”

网友们对周考的讨论一直没有停下来。

“对不起，哪怕他打扮成那样，我还是觉得他帅。”

“像极了笨拙的我认认真真化完妆的样子。”

“我就不一样了，我认认真真化完妆也没他这么好看。”

“看重外表什么的太肤浅了，我主要对小哥哥有趣的灵魂感兴趣。请问这位小哥哥，有兴趣跟我探讨一下‘媒婆痣’的 100 种画法吗？”

“哈哈，我这里有 10086 种画法。”

“帅哥手上戴着的是……婚戒吗？”

“呜呜呜，果然好看的男人都是有主的。”

…………

有关周考的那条热搜在热搜榜上挂了一天。看到热搜的人多了，知情人多了，向外界透露的消息也多了，周考已婚的消息没多久就被曝光了。

有人不知从哪里找到了几张周考参加其他活动时的照片。这些照片上，周考的衣服、发型都不一样，只有一样不变，就是周考的手上始终没摘下的婚戒。

原来周考已婚是事实。

更有人爆料说当年的照片中的另外一个“媒婆”就是周考的老婆。听到这一消息，网友们大为吃惊，继而觉得好笑，心想大概是因为搞怪会传染，周考和另一个“媒婆”才会成双成对出现。

网上的闲人多，竟然还有人循着当年网络上留下的痕迹查到了闻乐的身份。这一查不要紧，网友们发现那位疑似周考的妻子的大美人竟然有点儿眼熟。

她不正是前两天上了新闻的“笔尖”总裁、闻家大小姐、天音集团副总裁闻乐吗?

这……有些意外。

闻大小姐性格强势，雷厉风行，如今这个年纪就已经站在了圈子里的金字塔上层，而周考虽说前途无量，自身条件优越，能力出众，但他的事业还处于起步阶段。周考虽然优秀，可是与有众多光环加身的闻大小姐一比，竟顿时就黯然失色。这对夫妻让人有一种女强男弱的感觉。

这让两个人看上去似乎并不怎么相配。但从外界能发现的迹象来看，闻大小姐与丈夫极为恩爱。

闻大小姐身家丰厚，又极会打扮。闻大小姐手上的戒指花样极多，少有重样的时候，可不论她怎么换衣服，怎么换手上的戒指、镯子，无名指上的那枚略微朴素的婚戒却是万年不变的。

外界皆知，闻大小姐穿衣打扮一向讲究，更重细节。可对穿衣打扮如此挑剔的闻大小姐，不论手上的婚戒与当天的衣着风格如何冲突，都不会将那婚戒摘下。

有人曾经调侃:“闻大小姐手上的婚戒代表了她的丈夫在她心中的地位，没有什么能动摇得了丈夫在闻大小姐心中的地位。”

现在再看，闻大小姐手上那枚略显朴素的婚戒似乎与周考手上戴着的那枚相似，像是一大一小相配的一对。

曾经有人提出疑问，闻大小姐的婚戒为何会是如此朴素的一枚铂金戒?

若闻大小姐的丈夫真的是周考，一切似乎就解释得通了。两人都不愿意摘下婚戒，碍于周考的身份，又不方便戴太招摇的戒指，因此为了迁就丈夫，闻大小姐便接受戴一枚朴素的铂金婚戒。

事实上，不论是他们当初订婚时的戒指，还是结婚时交换的戒指，都价格不菲。但一来他们的钻戒太过招摇，不适合日常佩戴;二来那玩意儿稍显笨重，戴着也不方便，于是钻戒就被锁进了保险柜。两个人如今戴的婚戒是由龙字和宋梅两条生产线生产的戒指。

这天的热搜榜实在是热闹，先有周考的往事，紧接着闻乐跟着上了热搜。

有人说看外貌这两人就般配，也有人说这两个人除了外表，再无相配之处，甚至有暗指周考依靠女人的意思。

这样的猜测其实不只网上有，在周考身边工作多年的同事也曾通过各种蛛丝马迹，猜测出周考在这段婚姻关系里处于弱势。虽然周考的能力出众，但有些眼红他的人总能揪着些无关紧要的东西大放厥词，造谣污蔑。

当然他们只敢在背后议论，不敢闹到周考的面前来，更无法阻止周考一路高升，年纪轻轻就有了如此令人瞩目的实绩。

如此一来，这热搜话题一出，闻乐的身份挑明，暗处的议论又响了起来。

"天哪！周主任的老婆竟然是闻家大小姐！周主任可真行。"

"真看不出来，他平常只开一辆不起眼的车，原来是因为开腻了家里的好车。"

"周主任可真能藏。"

网上的事情不断有着新变化，也不知这背后有没有人插手，那些议论声刚出现，就有其他的新消息传出，把那些议论的声音堵了回去。

虽然那些事情已经过去七八年，但是还是有一些网友对当年周、闻两家联姻的事情有一点儿记忆的。

当年周考和闻乐结婚，虽然没有公开订婚和婚礼的细节，但是当时网上对此事的报道还是不少的。如今去搜索这些信息，似乎还能从过去的文字中读出当年的盛况。

闻大小姐嫁的自然是门当户对的周家小少爷，那作为闻大小姐丈夫的周考自然就是周家小少爷本人。

周考靠女人什么的说法自然都只是笑话。

那个能力出众，却多年来被议论是靠老婆的人，竟然是根正苗红的周家小少爷。

周考几年如一日的低调，一辆迈腾开了近十年没换，身上从来没有什么大牌，腕表也平平无奇，若不是有着过于优秀的外形条件，这样打扮的他被扔进人群里别人肯定找不到。

他即使身处非议之中，也波澜不惊，从容宽和，现在想来实在是令人震惊、令人敬佩。

他真正低调到了极致。

一个人手中有财富并不令人敬佩，真正令人敬佩的是能守着财富不外露，低调务实，踏实上进。

有些人就是喜欢抬杠，不论什么事，他们都能找到理由抬杠。得知周家和闻家门当户对，他们又道周考只靠家里，若是靠自己，又如何养得起闻大小姐?

知情人总不吝啬献上“巴掌”。他们把资料截图往网上一贴，世界顿时就安静了。

其实只需到网上查一查，就会知道“笔尖”的创始人姓周名考，正是那位低调的周家小少爷。

网友们这才知道原来闻家大小姐手下的“笔尖”，竟然是丈夫送的礼物。

别人送礼物，送鲜花、美酒、衣服和包，大手笔的甚至送车送房。周家小少爷却另辟蹊径，送爱人一份事业、一个梦想、一个未来。

而且据说，周家小少爷年仅二十岁的时候，就挣够了未来十年给夫人买珠宝的钱。

这大概就是传说中的美好爱情。

周懿的生日是闻乐和周考的结婚纪念日。周懿四岁生日那天，周考提前买了一个儿子平日里想要的礼物，那是一个很大的过山车玩具。

这玩具周懿念叨了好久，可周考和闻乐对周懿一向管得严，周懿想要礼物需要用自己的努力去换。

于是，周懿苦哈哈地干了一周的活儿。他帮爸爸妈妈打扫卫生和跑腿，积攒了七朵小红花，才终于让爸爸答应买这个玩具。

周懿听到爸爸说给自己买了过山车玩具，欢呼着跑向客厅，却见客厅里空空如也，根本没有自己要的玩具过山车。

周懿不由得看向爸爸，他的大眼睛眨呀眨，似乎在问过山车去哪儿了。被这样一个可爱的小孩子用期待的眼神盯着，怕是谁都说不出拒绝的话来。

周考笑着上前牵了周懿的手，道:“过山车太大了，家里摆不下，我给你放在爷爷奶奶家了。”

周懿的大眼睛转了转，又眨了眨。他想了想，奶声奶气地道:“好久没见爷爷奶奶了。”

这个机灵鬼。

周考在心中暗笑，只摸了摸周懿的脑袋：“那一一今天想见爷爷奶奶吗？”

周懿又眨了眨眼睛，点点头。

周考道：“那你等等爸爸，爸爸送你过去。”

说着周考就进了周懿的房间。

闻乐从卧室出来，看了看在客厅跟大福玩丢球游戏的儿子，又看了在儿子的房间收拾儿子的行李的周考一眼，不由得翻了个白眼，心想：这个周考，又在坑儿子。

看着还傻乎乎不知情的儿子，闻乐叹息一声，上前亲了儿子一口。

周懿突然被妈妈亲了一口，先是捂着被妈妈亲过的地方呀了一声，又咯咯笑着亲了妈妈一口。

母子俩正亲昵地互动着，周考拿着周懿的小书包和一个袋子走了出来，看了闻乐一眼，道：“去吗？”

闻乐摇摇头，心想她就不去了，她要是去了，儿子怕是就放不下了。

周考大概也想到了，就没坚持，给周懿背上了书包。他一手牵着周懿，一手拿着一个袋子，唤大福开路。

闻乐送父子俩和大福上了电梯，这才慢吞吞地走回去。她打算回去补个觉，估计今晚是睡不安生了。

周考驱车一路赶到父母住的地方。周懿见到爷爷奶奶很高兴，蹦蹦跳跳地跑过去：“爷爷奶奶，一一来啦！”

周承运和黎华听到宝贝孙子的声音，连忙出来迎接。见到可爱的大孙子，就连一向不苟言笑的周承运也露出了笑容，上前抱着乖孙亲热地说着话。

大福温驯地跟在周承运的脚边，像是周懿的忠实护卫。

周懿抱着爷爷的脖子，絮絮叨叨地说着自己多么想念爷爷奶奶，小嘴儿像是抹了蜜一样。

说了一会儿话，周懿想起自己的玩具，要去看。他被周承运牵着去了儿童房，果然就见地板上放着一个已经建好的模型。

周懿欢呼一声，高兴地绕着爷爷奶奶和爸爸转圈圈。他那兴奋的模样让人看了心里也跟着高兴。

周懿就是两家的小心肝。

周懿靠在大福的背上，拿着小车在跑道上滑过，嘴里还发出呜呜的声音。

看周懿玩儿得开心，周考低声跟周承运和黎华说了什么。

周承运和黎华哪里会不知道儿子的心思。

今天是儿子和儿媳的结婚纪念日，自打周懿出生，每到这一天，周考都要想法子把周懿送走，要不就送到这边来，要不就送到周懿的外公那边去。反正儿子和儿媳就是想过一下二人世界。可怜的周懿还不知道自己被爸爸当成“电灯泡”送了出来。

周考把手上那个装着周懿的东西的袋子交给了家里的阿姨，还跟她叮嘱了什么，然后跟周懿沟通道：“周懿。”

周懿听到爸爸的声音，放下手里的东西看向爸爸：“爸爸。”

周考道：“模型太大拿不回家，你要不要在这里住两天，陪陪爷爷奶奶，顺便可以玩玩具？”

周懿想了想，点了点头：“陪爷爷奶奶。”

这个小鬼精灵不说为了玩玩具。

周考放下周懿的东西离开，回家跟老婆约会。

周懿玩了一会儿车，后知后觉，撇撇嘴问爷爷奶奶：“爸爸是不是又背着——找妈妈玩了？”

爷爷奶奶只笑不说话。

周懿嘟着嘴有些不高兴：“坏坏。”

周考赶回去后，把闻乐从床上拉了起来。这个午觉睡的时间有些长，闻乐懒洋洋地爬下床换衣服：“去哪儿？”

周考道：“去约会。”

闻乐白了周考一眼，她不知道是去约会吗？

可见周考的模样，闻乐就知道自己是问不出什么来了。周考大概又想保密，闻乐也没多问。闻乐打扮好走出卧室，就见周考脱下了一身西装，换了一件略休闲的白衬衫和黑色休闲裤，看上去倒是年轻了不少。闻乐看看自己身上的白裙，觉得自己这身打扮还跟周考挺配的。

周考伸出手，闻乐浅笑，挽上了他的胳膊。周考看向闻乐的目光很温柔，道：“走吧。”

看到车子驶入了熟悉的道路，闻乐不由得惊讶，原来周考开车驶入了A大。

车子在停车场停下，周考牵着闻乐走向篮球馆。

虽然已经是晚上，篮球馆却灯火通明，闻乐心中一跳：“难道是……联谊活动？”

闻乐对上周考含着笑意的目光，听到自己的猜测得到周考的肯定后，闻乐惊喜得叫出声。她浸染着欢喜的眉目更为生动，目光流转间清丽动人。

闻乐一走神没注意，也不知道周考从哪里掏出了两个面具。周考递给闻乐一个：“我们去蹭一场舞会。”

今天恰好是联谊活动的第二场——化装舞会。

闻乐笑着接过面具戴上，跟着稀稀拉拉的人群走进会场。

时隔八年，他们再次回到了这里，心境已不同以往，没有了当年的兴奋和紧张，步履也不再匆忙。他们缓缓地从大门穿过狭窄黑暗的小走廊，仿佛走过时光隧道，从入口走出的那一刻，亦如走回了八年前，他们还是A大的学生，青涩而朝气蓬勃。

两个人来得不算早，没赶上开场，好在不算太迟，这时舞会上的音乐响起，群舞时间开始。

两个人相视一笑，滑入舞池隐没在人群中。他们跳的不是受人瞩目的开场舞，隐没于人群中没有被关注，却更为自由欢快。脚步乱了错了，撞了碰了，他们可以轻笑一声，追上节拍继续来。

中场换了音乐——《一步之遥》，周考温柔地邀请闻乐：“还记得我们的第一场舞吗？”

闻乐心中感动，轻轻地点了点头。

熟悉的音乐，熟悉的场合，时间仿佛倒退回了八年前，他们当初还是青涩的学生，把喜欢藏在心中，喜欢了多久就藏了多久。

明明每一次巧遇都心生欢喜，奈何那是个骄傲如同初春青草疯狂生长的年纪，喜欢的幼苗就被挤到了阴暗的角落，见不了光，缺乏营养，可饶是如此也阻止不了它借着一次次巧遇，疯狂生长。

闻乐眼眶湿润，笑容明媚。她好像看到往日的一幕幕在眼前闪过，从她和周考高中相遇，到大学相恋。他们一路陪伴、扶持，已经走过了人生最美好的十年。

日子平淡，生活琐碎，但时光还是美好。

音乐结束，在别人看不到的角落，周考低头吻了吻闻乐手上的婚戒，像过去的两次一样，他的一句话穿透了八年的时光：“我爱你。”

人心易变，爱你不变。